U0113239

中国国情调研丛书
乡镇卷
China's national conditions survey Series
Vol. towns

中国国情调研丛书·乡镇卷
China's national conditions survey Series · **Vol towns**
主 编 刘树成
吴太昌

从资源开采
到可持续发展的转型
——北京市房山区长沟镇调研报告

From the exploitation of resources to the
sustainable development

长沟镇调研课题组 著

中国社会科学出版社

图书在版编目（CIP）数据

从资源开采到可持续发展的转型：北京市房山区长沟镇调研报告/长沟镇调研课题组著 . —北京：中国社会科学出版社，2009.4
（中国国情调研丛书·乡镇卷）
ISBN 978 - 7 - 5004 - 7758 - 7

Ⅰ. 从…　Ⅱ. 长…　Ⅲ. ①乡镇经济 - 经济发展 - 调查报告 - 房山区②乡镇 - 社会发展 - 调查报告 - 房山区　Ⅳ. F299.271.3

中国版本图书馆 CIP 数据核字（2009）第 064706 号

责任编辑　冯春凤
责任校对　周　昊
封面设计　杨丰瑜
技术编辑　王炳图

出版发行　中国社会科学出版社
社　　址　北京鼓楼西大街甲 158 号　　　邮　编　100720
电　　话　010—84029450（邮购）
网　　址　http：∥www.csspw.cn
经　　销　新华书店
印刷装订　北京一二零一印刷厂
版　　次　2009 年 4 月第 1 版　　　印　次　2009 年 4 月第 1 次印刷
开　　本　710×1000　1/16
印　　张　27.25　　　　　　　　　　插　页　2
字　　数　456 千字
定　　价　48.00 元

中国国情调研丛书·企业卷·乡镇卷·村庄卷

总　序

陈　佳　贵

　　为了贯彻党中央的指示，充分发挥中国社会科学院思想库和智囊团作用，进一步推进理论创新，提高哲学社会科学研究水平，2006 年中国社会科学院开始实施"国情调研"项目。

　　改革开放以来，尤其是经历了近 30 年的改革开放进程，我国已经进入了一个新的历史时期，我国的国情发生了很大变化。从经济国情角度看，伴随着市场化改革的深入和工业化进程的推进，我国经济实现了连续近 30 年的高速增长。我国已经具有庞大的经济总量，整体经济实力显著增强，到 2006 年，我国国内生产总值达到了 209407 亿元，约合 2.67 亿美元，列世界第四位；我国经济结构也得到优化，产业结构不断升级，第一产业产值的比重从 1978 年的 27.9% 下降到 2006 年的 11.8%，第三产业产值的比重从 1978 年的 24.2% 上升到 2006 年的 39.5%；2006 年，我国实际利用外资为 630.21 亿美元，列世界第四位，进出口总额达 1.76 亿美元，列世界第三位；我国人民生活水平不断改善，城市化水平不断提升。2006 年，我国城镇居民家庭人均可支配收入从 1978 年的 343.4 元上升到 11759 元，恩格尔系数从 57.5% 下降到 35.8%，农村居民家庭人均纯收入从 133.6 元上升到 3587 元，恩格尔系数从 67.7% 下降到 43%，人口城市化率从 1978 年的 17.92% 上升到 2006 年的 43.9% 以上。经济的高速发展，必然引起国情的变化。我们的研究表明，我国的经济国情已经逐渐从一个农业经济大国转变为一个工业经济大国。但是，这只是从总体上对我国经济国情的分析判断，还缺少对我国经济国情变化分析的微观基础。这需要对我国基层单位进行详细的分析研究。实际上，深入基层进行调查研究，坚持理论与实际相结合，由此制定和执行正确的路线方针政策，是我们党领导革命、建设与改革的基本经验和基本工作方法。进行国情调研，也必须深入基层，只有深入基层，才能真正了解我国国情。

为此，中国社会科学院经济学部组织了针对我国企业、乡镇和村庄三类基层单位的国情调研活动。据国家统计局的最近一次普查，到2005年底，我国有国营农场0.19万家，国有以及规模以上非国有工业企业27.18万家，建筑业企业5.88万家；乡政府1.66万个，镇政府1.89万个，村民委员会64.01万个。这些基层单位是我国社会经济的细胞，是我国经济运行和社会进步的基础。要真正了解我国国情，必须对这些基层单位的构成要素、体制结构、运行机制以及生存发展状况进行深入的调查研究。

在国情调研的具体组织方面，中国社会科学院经济学部组织的调研由我牵头，第一期安排了三个大的长期的调研项目，分别是"中国企业调研"、"中国乡镇调研"和"中国村庄调研"。"中国乡镇调研"由刘树成同志和吴太昌同志具体负责，"中国村庄调研"由张晓山同志和蔡昉同志具体负责，"中国企业调研"由我和黄群慧同志具体负责。第一期项目时间为三年（2006—2008），每个项目至少选择30个调研对象。经过一年多的调查研究，这些调研活动已经取得了初步成果，分别形成了《中国国情调研丛书·企业卷》、《中国国情调研丛书·乡镇卷》和《中国国情调研丛书·村庄卷》。今后这三个国情调研项目的调研成果，还会陆续收录到这三卷书中。我们期望，通过《中国国情调研丛书·企业卷》、《中国国情调研丛书·乡镇卷》和《中国国情调研丛书·村庄卷》这三卷书，能够在一定程度上反映和描述在21世纪初期工业化、市场化、国际化和信息化的背景下，我国企业、乡镇和村庄的发展变化。

国情调研是一个需要不断进行的过程，以后我们还会在第一期国情调研项目基础上将这三个国情调研项目滚动开展下去，全面持续地反映我国基层单位的发展变化，为国家的科学决策服务，为提高科研水平服务，为社会科学理论创新服务。《中国国情调研丛书·企业卷》、《中国国情调研丛书·乡镇卷》和《中国国情调研丛书·村庄卷》这三卷书也会在此基础上不断丰富和完善。

2007 年 9 月

中国国情调研丛书·乡镇卷

序 言

中国社会科学院在 2006 年正式启动了中国国情调研项目。该项目为期 3 年，将于 2008 年结束。经济学部负责该项目的调研分为企业、乡镇和村庄 3 个部分，经济研究所负责具体组织其中乡镇调研的任务，经济学部中的各个研究所都有参与。乡镇调研计划在全国范围内选择 30 个乡镇进行，每年 10 个，在 3 年内全部完成。

乡镇作为我国最基层的政府机构和行政区划，在我国社会经济发展中，特别是在城镇化和社会主义新农村建设中起着非常重要的作用，担负着艰巨的任务。通过个案调查，解剖麻雀，管窥蠡测，能够真正掌握乡镇层次的真实情况。乡镇调研可为党和政府在新的历史阶段贯彻城乡统筹发展，实施工业反哺农业、城市支持乡村，建设社会主义新农村提供详细具体的情况和建设性意见，同时达到培养人才，锻炼队伍，推进理论创新和对国情的认识，提高科研人员理论联系实际能力和实事求是学风之目的。我们组织科研力量，经过反复讨论，制定了乡镇调研提纲。在调研提纲中，规定了必须调查的内容和自选调查的内容。必须调查的内容主要有乡镇基本经济发展情况、政府职能变化情况、社会和治安情况三大部分。自选调查内容主要是指根据课题研究需要和客观条件可能进行的各类专题调查。同时，调研提纲还附录了基本统计表。每个调研课题可以参照各自调研对象的具体情况，尽可能多地完成和满足统计表所规定的要求。

每个调研的乡镇为一个课题组。对于乡镇调研对象的选择，我们没有特别指定地点。最终确定的调研对象完全是由课题组自己决定的。现在看来，由课题组自行选取调研对象好处很多。第一，所调研的乡镇大都是自己工作或生活过的地方，有的还是自己的家乡。这样无形之中节约了人力和财力，降低了调研成本。同时又能够在规定的期限之内，用最经济的支出，完成所担负的任务。第二，在自己熟悉的地方调研，能够很快地深入下去，同当地的父老乡亲打成一片、融为一体。通过相互间无拘束和无顾忌的交流，能够较快地获得真实的第一手材料，为最终调研成果的形成打下良好的基础。第三，便于同当地的有关部门、有关机构和有关人员加强联系，建立互惠共赢的合作关系。还可以在他们的支持和协助下，利用双方各自的优势，共同开展对当地社会经济发展状况的研究。

第一批的乡镇调研活动已经结束，第二批和第三批的调研将如期进行。在第一批乡镇调研成果即将付梓之际，我们要感谢经济学部和院科研局的具体安排落实。同时感谢调研当地的干部和群众，没有他们的鼎力支持和坦诚相助，要想在较短时间内又好又快地完成调研任务几乎没有可能。最后要感谢中国社会科学出版社的领导和编辑人员，没有他们高效和辛勤的劳动，我们所完成的乡镇调研成果就很难用最快的速度以飨读者。

长沟镇调研指导委员会

长沟镇调研课题组

目　录

第一章

长沟镇概况

　　长沟镇位于房山区南部，地处北京市西南，其南和东均与河北省接壤。长沟镇域总面积 38.7 平方公里，地势由东南向西北平原、丘陵、山区三分天下。全镇辖 18 个行政村和 1 个社区居委会，总人口 27361 人，其中农业人口占 61%。2007 年，全镇农村经济营业收入 13.1 亿元，工业总产值 5.4 亿元；农民人均纯收入 9115 元，高于房山区 8980.6 元的平均水平。20 世纪 90 年代以来，先后被北京市人民政府、建设部、国家六部委确定为北京远郊区县小城镇建设试点镇、全国小城镇建设试点镇和全国重点镇，荣获"国家卫生镇"、"全国环境优美乡镇"、"首都文明乡镇"等多项荣誉称号。

第一节　自然地理、资源及人口

　　长沟镇为北京西南门户，既是西汉以来京都通往山西的枢纽和要塞，也是具有五百多年历史的京南大集，自古就是京畿重镇、兵家必争之地、商贾云集之处。长沟镇区位独特，有着丰富的自然资源和优美的自然环境，生态资源得天独厚。作为有着 2400 多年悠久历史的古老邑落，长沟镇近年来紧紧围绕"以水为神，以绿为魂，天人合一，永续发展"的战略构想，努力建设富裕长沟、生态长沟；在新农村建设的进程中，长沟镇积极发展农村产业、改善农村环境、完善社会服务，促进了全镇经济社会的健康快速发展。

一　自然地理条件

　　长沟镇地理位置得天独厚，地形地貌天设地造。大自然赋予了长沟丰富的资源，长沟作为北方鱼米之乡由来已久。在新农村建设的征程中，辛勤劳作的长沟人正在努力建设碧水蓝天下的绿色生态名镇。

长沟镇地处京冀交汇地带，坐落在太行山脉与燕山山脉的结合部，属于华北平原与太行山脉的过渡地带，平原、丘陵、山区三分天下。长沟镇位于北京市房山区的南部，西与本区的大石窝镇、北与韩村河镇相毗邻，东和南均与河北省涿州市接壤。长沟距燕房卫星城、良乡20—30公里，距河北省涿州市约为13公里。长沟镇交通便利，路网如织，素有"路潞之喉"之称，陆运、海运、空运便利，距京广铁路、京石高速公路入口仅10公里；距北京市中心50公里，40分钟可到达北京西客站，1小时即可抵达首都国际机场；150分钟可到达天津塘沽海运港口。市级公路云居寺路呈东西、房易路呈南北方向通过镇域，北京市规划的七环路将从镇域南部通过。南水北调中线在镇域中部南北方向穿过。

长沟镇域面积38.7平方公里，地势西北高、东南低，海拔高度在33—256米之间。西北部中高山区与平原之间为侵蚀切割较弱的低山区，由各种不同的前第四系岩石组成，海拔150米以上，坡度较大；中部地区多为山路斜坡阶地，海拔在70—150米之间，坡度为3%—5%；东南部大部分地区位于河流阶地上，海拔在36—70米之间，地形基本平坦。长沟属泉水流域，地下水丰富；土壤为潮土、沼泽土、风沙土分布区。长沟镇属北温带大陆型季风气候，一年四季分明，年平均气温10—12℃，其中西部山区年平均气温10℃，无霜期148天左右；中部平原地区年平均气温11℃，无霜期180—190天；年降水量560—610毫米。

长沟镇生态环境在京郊独树一帜，是发展观光、休闲、采摘业的绝好佳境。全镇绿化面积已达29300多亩，绿化覆盖率52%；中心区绿化面积4882亩，绿化覆盖率60.4%，驻镇单位100%达到了园林式标准。不仅如此，长沟镇还极为重视各村的绿化美化。近年来，新建街心花园、街头小景16处，花池274个，栽植绿化树种60余万株。当前长沟的人均湿地面积为165平方米，人均公共绿地面积为65平方米。

长沟镇以北泉水河源头整治为起点，精心打造"京南第一水乡"，沿河清淤种柳，修堤筑桥铺路，引水截流建湖，在镇域内形成了一道约6公里长的水景观光旅游线。天然甘泉、橡胶坝、水车、形状各异的石桥，使水乡特色初步显现。泉水河畔的圣泉公园占地200亩，贯彻了绿色生态、古朴典雅、自然和谐的建设理念，四周翠树环抱，绿柳成荫；湖中碧波荡漾，鱼翔浅底；岛上花草飘香，争奇斗艳。河豚、玉带桥、凉亭、四季花园设计精妙，独具匠心；儿童乐园、老年活动中心、十二生肖广场内涵丰富，充满着文化气息。不论是整体构思、建筑风格，还是景观特色、规模效益都堪称经典之作，对于北京这个缺水城市来说，无疑又增添了一个新的旅游亮点。

长沟镇"三生"（生态、生产、生活）兼顾，人与自然和谐共存，产生了很强的亲和力和凝聚力。1995 年以来，长沟镇先后被评为全国环境优美镇、国家卫生镇和北京市园林式小城镇，是房山区唯一获得这三项国家级荣誉称号的乡镇。"山顶松柏盖帽，山间果树缠腰，山下流水潺潺，平地花园环绕"的生态景观，成为生态长沟的真实写照。

长沟镇还是房山旅游黄金线上的一道风景，周边世界级、国家级景区星罗棋布。人类发祥地——周口店猿人遗址、北方小桂林——十渡山水、世界石经文化宝库——云居寺、北方溶洞之最——石花洞和银狐洞皆与长沟毗邻。

二　资源

长沟镇镇域总面积 3870 公顷，其中建设用地 811.55 公顷，所占比例为20.73%，其余 79.27% 为水域、耕地、林地、村庄等。目前种植面积已经达到 2000 亩的御用贡米、2000 亩的柿子园、7000 亩的核桃园都建成了市级标准化基地，和占地规模 1 万亩的长沟镇新世纪产业基地一起，为富裕长沟的建设发挥着重要的作用。

长沟自然资源丰富，自然环境优美。长沟镇西北部自古就有"青山叠翠，绿水环流"的描述，因此被全部列入国家级文物保护单位云居寺的风景区。据《房山县志》记载，长沟境内自北向南的雪山、太白山、双坨山、桃山、横山、般州山、杵山、天台山、紫金山等九座山峰，层叠分布，神态迥异，各具特色。这里恬静、自然，可谓"青山不墨千秋画，绿水无言万古诗"。南部横山余脉，北部桃山，东部龙子岗，西部雪山，四山合拢将长沟西北部浅山区构成了一个天然"香格里拉"，那里林秀、土沃、泉幽、河清，风景绮丽，诚京畿间名胜地也！长沟自然资源丰富。长沟历来被皇家所看好，故山间有玄心寺、胜泉寺等古刹，松柏参天，香火兴旺。谷间有清泉多处，水从山之缝隙日夜向外喷涌，汇流成北泉水河，纵横弯曲穿越全境，滋润着两岸土地，沐浴着境内万物生灵。长沟镇坚持打造绿色经济特色，塑造生态环境品牌，坚持"'三生'（生产、生活、生态）兼顾、永续发展"的理念，实施"天人合一"的发展战略，取得了突出成效。在房山区的市级中心镇经济发展综合评价和绿色国民经济综合评价中，长沟镇经济发展水平、发展速度和绿色GDP三项指标均居5个市级中心镇之首，于2003年被房山区委、区政府授予"绿色国民经济示范镇"称号。

长沟镇物产及地下矿藏丰富。坟庄、东甘池、沿村三村地下的"草炭"资源，以其开发成本低、储藏量大、稀有而著称；白云石因洁白如雪而享誉全国；大理石与"大石窝"汉白玉，邻里一脉，蜚声海内外；长沟的硅石矿床也蕴藏着广阔的开发前景。长沟镇地下水资源丰富，其境内有拒马河支流南泉水河和北泉水河两条河流，发源于长沟镇西北部山脚下西甘池村和北甘池村的北泉水河贯穿全镇。发源于南尚乐镇的南泉水河在长沟镇南部东西向流经镇域，区内山前地带有丰富的泉水涌出。1万多个泉眼长年喷流不断，涌流不息，一年四季恒温在16℃左右，年流量近2000万立方米，自古无断流、无溺水，当地百姓称之为"神泉"，而且其中的甘池泉有比目鱼故乡之说。甘池泉水接近矿泉水标准，"长峰"牌纯净水因其含有多种于人身体有益的微量元素和甘甜爽口的特色，畅销北京市场。这里有久负盛名的汉白玉、大理石，以及精湛的石雕工艺，为历代皇宫所采用，曾让长沟人民骄傲和荣光；这里特有的草炭层让泉水驻足，稻花飘香，莲藕满塘，曾成为乾隆笔下的鱼米之乡；这里盛产的"御塘贡米"，米质丰腴洁白，口味清香，《史记》中曾有"九蒸九晒，色泽如初"的赞誉，被朝廷视为珍品；这里的鱼虾、莲藕等产品制作的风味小吃曾陪伴着长沟人民度过难忘的岁月。范阳郡（即涿州）设置长沟为亭，素有"十里鱼米长沟亭"之称。

长沟镇还有着丰富的历史文化资源。时至今日，汉代城垣雄姿尚在，记录着西汉以来历史的变迁；千佛寺藏经阁散落的古经幢记载着佛教文化的博大精深；北郑辽塔历经了千年风雨仍完美如初，印证着从五代十国至大唐佛教文化的演绎过程；明嘉靖缮城记载中的鳌头寨虽已成残垣断壁，仍于镇西部呈南北相控之势；南正行宫回廊中的30块乾隆御笔诗碑默默吟唱着恢宏的往昔；甘池满清皇族规格不同的石碑、宝顶显现着皇家风水宝地的奢华；杵山顶部溶洞内的摩崖石刻清晰地记录了元朝尚衣局石匠们在此修造名胜的印迹；南正村出土的汉代手工作坊群和沿村出土的谷物扇车、提水工具等文物向后人展示了长沟当年科技文化的荣兴。这些悠悠陈述着历史沧桑的文物古迹，是历史赐予长沟镇的宝贵财富，给长沟镇带来了难得的历史文化资源。

此外，享"京南第一集"美誉数百年的长沟，现在已经发展成占地面积200亩、日客流量近万人、年成交额超亿元的京西南最大的农副产品集散地和小商品批发零售市场，成为装点长沟的一道亮丽风景线。

三　人口

1997—2007 年的 10 年间，长沟镇常住人口增加了 552 人，暂住人口增加了 519 人。2007 年，全镇总人口达到 27361 人，其中，常住人口26383 人，暂住人口 978 人；全镇总户数 11400 户，其中农户 6189 户、小城镇户 2023 户、非农户 3188 户，人口密度约为 707 人/平方公里。在长沟镇的常住人口中，农业人口 16658 人，小城镇人口 5779 人，非农业人口3946 人。

长沟镇有两个满族村，分别是东甘池村和黄元井村。2007 年，全镇满族人口在 1600 人左右。据镇里对 2006 年少数民族流动人口的调查，镇域内少数民族流动人口共 40 人，其中：回族 14 人、蒙古族 4 人、满族 9 人、土家族 8 人、维吾尔族 2 人、壮族、藏族、侗族各 1 人。

近年来，长沟镇坚持以人为本、教育创新，以实施"人才素质工程"、"教育现代化工程"为重点，全面推进素质教育，培养造就了一大批高素质的劳动者和专业人才。目前，全镇 90% 以上的农村"两委"干部都达到了中专以上学历，80% 以上的农村党员都掌握了 1—2 门实用技术，获得绿色证书的农民达到 2100 人，在企业就业的农民近 5000 人，从事农业生产的农民近万人。

第二节　镇行政隶属沿革

长沟镇历史悠久，其有迹可考的历史可以追溯到 2400 多年以前，是华夏神州最古老的邑落之一。自战国时期开始，南依涿邑，东连蓟都，逐渐成为一处物阜民丰的富庶之地。

一　新中国成立前的行政隶属沿革

据考证，长沟于汉代置乡，唐宋发轫，明清腾达，历史文化源远流长。长沟自古位于"涿鹿之地"。由于频繁的朝代更迭和岁月风雨的冲刷，现在长沟尚能寻觅的历史遗迹及保留下来的历史文物仅始于汉代。今天，史书记载的西乡县古城，就在长沟镇镇东，遗址的轮廓清晰可见。长沟在隋唐及五代时期是范阳县西北部一个较大的邑落，长沟北正村从唐代至今 1000 多年间村名一直沿袭未变，而其在今天北京地区的古代村镇中，有金石文献可供查考，则实属罕见。在辽南京时期，长沟隶属南京道析津府涿州范阳县管辖，并称西北乡，以其南控中原、北连幽蓟的战略地位与河流萦带、林麓磅礴的山川形胜，成为辽南京西南部经济繁荣、商贾云集、宗教文化极为兴盛的一个大邑落。在金、元两代的 200 年间，长沟一直是位于都城西南不足百里的一座繁荣的京畿重镇，并改称怀玉乡。从明永乐元年起至清代末年，长沟便作为顺天府（今北京）畿辅的一个古老乡镇，坐落在京师西南的膏腴之地上，持续繁荣了 500 余年。民国至新中国成立前的近半个世纪，军阀混战、日本侵略、政权更迭频繁，长沟随房山县的行政区划也多有变换。北京市房山区长沟镇于新中国成立前的历代行政隶属沿革如表 1－1 所示。

二　新中国成立后的行政隶属沿革

1948 年 12 月，房山解放。新中国成立初期，长沟一带随房山县的行政区划属河北省。1953 年 3 月，长沟地区共划分为 6 个小乡，分别为双磨乡、良各庄乡、长沟乡、坟庄乡、甘池乡和六甲房乡，建立了乡政权。1956 年 7 月，将6 个乡合并为长沟乡和甘池乡。1957 年 8 月，长沟乡和甘池乡合并为长沟乡。

1958 年 3 月，长沟乡随房山县划归北京市，由于当时将房山县与良乡县合并叫周口店区，而称为北京市周口店区长沟乡。1958 年 9 月，成立了"政社合一"的长沟人民公社，公社下设九个管理区，分别为张坊、南尚乐、下滩、石窝、北正、甘池、五侯、天开、赵各庄，共有 88 个自然村。1960 年 1 月，撤销周口店区改为房山县，长沟公社便改为北京市房山县长沟公社。

"文化大革命"时期的 1966 年 9 月，成立"长征公社红卫兵指挥部"取代党委工作；1967 年成立各级"抓革命、促生产第一线指挥部"；1968 年 2 月，成立公社革命委员会；1969 年成立长沟公社党委会。

改革开放后的 1982 年 11 月底 12 月初，五届全国人大五次会议通过的新修改的《中华人民共和国宪法》要求："改变农村人民公社的政社合一的体制，设立乡政权，人民公社将只是农村集体经济的一种组织形式。"1983 年 10月，中共中央、国务院发出《关于实行政社分开建立乡政府的通知》，要求各地有领导、有步骤地搞好农村政社分开的改革。其间，长沟进行体制改革，恢复乡建制，由长沟公社改为长沟乡。1986年11月，经国务院批准，将燕山区和房山县合并为房山区。1990年，长沟乡改为房山区长沟镇。

表1-1　　　北京市房山区长沟镇新中国成立前历代行政隶属沿革

朝代、国号	纪年	上隶 （国、郡、道、路、州、县）	下属（里、村）	名称
春秋战国	公元前770— 前226年	北燕涿邑		
秦	秦王政21年 （公元前226年）	广阳郡涿邑		
	秦王政26年 （公元前221年）	广阳郡涿县		
西汉	高帝元年 （公元前206年）	幽州涿郡		
	初元五年 （公元前44年）	幽州涿郡 西乡县（侯国县）		
东汉	王莽始建国元年 （公元9年）	幽州垣翰郡移风县		
	建武元年 （公元25年）	幽州刺史部 涿郡西乡县		
	永元二年 （公元90年）	幽州牧涿郡涿县		
三国魏	黄初五年 （公元224年）	范阳国涿县		
	黄初七年 （公元226年）	幽州范阳郡范阳县		
	太和六年 （公元232年）	幽州刺史部范阳郡涿县		
晋	泰始元年 （公元265年）	范阳国涿县		
	建兴三年 （公元315年）	幽州燕郡涿县		
南北朝	北魏登国元年 （公元386年）	范阳郡范阳县		
	北齐天宝元年 （公元550年）	范阳郡范阳县		
	北周大象二年 （公元580年）	幽州总管府范阳郡范阳县		

续表

朝代、国号	纪年	上隶 （国、郡、道、路、州、县）	下属（里、村）	名称
隋	开皇元年 （公元 581 年）	范阳郡涿县		
	开皇三年 （公元 583 年）	幽州涿县		
	大业三年 （公元 607 年）	涿郡范阳县		
唐	武德元年 （公元 618 年）	河北道幽州涿县	南正村、瓦井村、七贤村、 五侯村、北正村、支卢村等	
	武德七年 （公元 624 年）	河北道幽州范阳县	南正村、瓦井村、七贤村、 五侯村、北正村、支卢村等	
	天宝元年 （公元 742 年）	河北道范阳郡范阳县	南正村、瓦井村、七贤村、 五侯村、北正村、支卢村等	
	至德二年 （公元 757 年）	河北道幽州范阳县	南正村、瓦井村、七贤村、 五侯村、北正村、支卢村等	
	太和六年 （公元 832 年）	河北道涿州范阳县	南正村、瓦井村、七贤村、 五侯村、北正村、支卢村等	
五代	后梁开平元年 （公元 907 年）	涿州范阳县	南正村、瓦井村、七贤村、 五侯村、北正村、支卢村等	
	后唐长兴二年 （公元 932 年）	涿州范阳县	南正村、瓦井村、七贤村、 五侯村、北正村、支卢村等	
辽	会同元年 （公元 938 年）	幽州都府涿州范阳县	甘泉村、坟庄村、柳溪村、 北正村、南正村、独树村等	
	西北乡开泰元年 （公元 1012 年）	燕京析津府涿州范阳县	甘泉村、坟庄村、柳溪村、 北正村、南正村、独树村等	西北乡
北宋	宣和四年 （公元 1122 年）	南京道涿水郡范阳县	甘泉村、坟庄村、柳溪村、 北正村、南正村、独树村等	西北乡
金	天会三年 （公元 1125 年）	南京道范阳县	甘泉村、坟庄村、柳溪村、 北正村、南正村、独树村等	西北乡
	天会九年 （公元 1131 年）	中都路涿州范阳县	甘泉村、坟庄村、柳溪村、 北正村、南正村、独树村等	西北乡
	贞元元年 （公元 1153 年）	中都路大兴府涿州范阳县	甘泉村、坟庄村、柳溪村、 北正村、南正村、独树村等	西北乡
	明昌二年 （公元 1191 年）	中都路大兴府涿州奉先县	甘泉村、坟庄村、柳溪村、 北正村、南正村、独树村等	怀玉乡

续表

朝代、国号	纪年	上隶 （国、郡、道、路、州、县）	下属（里、村）	名称
元	元太祖十年 （公元 1215 年）	涿州路奉先县	甘泉村、坟庄村、柳溪村、 北正村、南正村、独树村等	怀玉乡
	中统六年 （公元 1265 年）	中书省大都路涿州房山县	甘泉村、坟庄村、柳溪村、 北正村、南正村、独树村等	怀玉乡
	至元二十一年 （公元 1284 年）	大都路总管府涿州房山县	甘泉村、坟庄村、柳溪村、 北正村、南正村、独树村等	怀玉乡
明	洪武元年 （公元 1368 年）	北平府涿州房山县	北正村、南正村、石窝村、 西巫河村、长沟店、西甘池村、 东甘池村、中甘池村、坟庄村等	怀玉乡
	永乐元年 （公元 1403 年）	京师顺天府涿州房山县	北正村、南正村、石窝村、 西巫河村、长沟店、西甘池村、 东甘池村、中甘池村、坟庄村等	怀玉乡
清	康熙二十七年 （公元 1688 年）	京师顺天府西路厅 涿州房山县	北正村、南正村、石窝村、 西巫河村、长沟店、西甘池村、 东甘池村、中甘池村、坟庄村等	怀玉乡
	雍正五年 （公元 1727 年）	京师顺天府房山县	北正村、南正村、石窝村、 西巫河村、长沟店、西甘池村、 东甘池村、中甘池村、坟庄村等	怀玉乡
民国	民国三年 （公元 1914 年）	京兆特别区房山	北正村、南正村、石窝村、 西巫河村、长沟店、西甘池村、 东甘池村、中甘池村、坟庄村等	怀玉乡
	民国十七年 （公元 1928 年）	河北省第二督察区房山县	北正村、南正村、石窝村、 西巫河村、长沟店、西甘池村、 东甘池村、中甘池村、坟庄村等	怀玉乡
	民国三十三年 （公元 1944 年）	伪华北政务委员会 第一行政区房山县	北正村、南正村、石窝村、 西巫河村、长沟店、西甘池村、 东甘池村、中甘池村、坟庄村等	怀玉乡
	民国三十四年 （公元 1945 年）	华北第六督察区房山县	北正村、南正村、石窝村、 西巫河村、长沟店、西甘池村、 东甘池村、中甘池村、坟庄村等	怀玉乡

资料来源：京畿古镇长沟，北京燕山出版社 2006 年 5 月第一版。

第三节 农村概况

长沟镇辖 18 个行政村，共有农户 7428 户，农业人口 20616 人，耕地 26819.4 亩，从业人员 14339 人。目前，全镇 18 个行政村均已达到了小康村标准。

一 各行政村基本情况

目前，长沟镇下辖坟庄、沿村、三座庵、双磨、六甲房、东甘池、西甘池、南甘池、北甘池、东长沟、西长沟、太和庄、南正、北正、东良各庄、南良各庄、北良各庄、黄元井 18 个行政村，其中平原村 13 个、丘陵村 4 个、山区村 1 个。各村基本情况如表 1－2。

表 1－2　　　　　　　　2007 年长沟镇各行政村基本情况表

村庄	耕地面积（亩）	农户、农业人口及从业人员	人均纯收入（元）	非农户与非农业人口	特色产业	环境交通
南正	2655.8	608 户，1747 人；从业 1091 人。	8701.5	298 户，355 人。	以农业为主	位于周张公路旁边，交通便利
北正	2336.3	637 户，1699 人；从业 1386 人。	9394.4	401 户，497 人。	以农业为主，商业比较发达	位于周张公路旁边，交通便利
双磨	2326.4	572 户，1605 人；从业 1200 人。	8825.9	293 户，345 人。	以农业为主	位于周张公路旁边，交通便利
南良各庄	1709.0	402 户，1109 人；从业 886 人。	8321.4	224 户，289 人。	以农业为主	位于周张公路旁边，交通便利
北良各庄	1151.5	409 户，1170 人；从业 550 人。	8949.2	239 户，287 人。	以农业为主	位于周张公路旁边，交通便利
东良各庄	714.8	209 户，540 人；从业 450 人。	9165.5	99 户，128 人。	以农业为主	位于周张公路旁边，交通便利

村庄	耕地面积（亩）	农户、农业人口及从业人员	人均纯收入（元）	非农户与非农业人口	特色产业	环境交通
东长沟	1105.8	362 户，934 人；从业 532 人。	9572.1	276 户，526 人。	位于小城镇开发区内，商业发达	位于周张公路旁边，交通便利
西长沟	364.7	410 户，1047 人；从业 721 人。	12881.5	442 户，961 人。	位于小城镇开发区内，商业发达	位于周张公路旁边，交通便利
太和庄	950.3	416 户，1162 人；从业 820 人。	9555.6	358 户，986 人。	位于小城镇开发区内，商业发达	位于周张公路旁边，交通便利
沿村	2279.5	593 户，1918 人；从业 1350 人。	8479.3	440 户，1384 人。	水资源丰富	位于周张公路旁边，交通便利
坟庄	1963.1	595 户，1710 人；从业 1393 人。	9513.7	431 户，1138 人。	位于小城镇开发区内，工业发达	位于周张公路旁边，交通便利
东甘池	809.4	243 户，696 人；从业 506 人。	7903.1	106 户，131 人。	水资源丰富	位于云居寺公路旁边，交通便利
南甘池	712.8	174 户，430 人；从业 385 人。	8828.3	85 户，109 人。	水资源丰富	位于云居寺公路旁边，交通便利
北甘池	498.0	236 户，589 人；从业 435 人。	8931.5	119 户，137 人。	水资源丰富	位于云居寺公路旁边，交通便利
西甘池	2229.3	593 户，1570 人；从业 850 人。	8878.0	302 户，349 人。	水资源丰富	位于云居寺公路旁边，交通便利
六甲房	1489.5	361 户，1013 人；从业 664 人。	9282.4	181 户，226 人。	矿产资源丰富；石材加工业发达	位于云居寺公路旁边，交通便利
三座庵	1325.0	214 户，584 人；从业 494 人。	8546.9	62 户，69 人。	林果业；矿产资源丰富	位于云居寺公路旁边，交通便利
黄元井	2198.2	394 户，1093 人；从业 626 人。	9224.2	221 户，255 人。	矿产资源丰富	位于周张公路旁边，交通便利

资料来源：长沟镇统计资料（2007）。

二 村庄分布及产业特点

位于长沟镇西北部的坟庄、沿村、三座庵、六甲房、东甘池、西甘池、南甘池、北甘池、北正、黄元井 10 个村，占地 22.6 平方公里。以前的产业以利用当地矿山资源开采矿石为主，在十一届三中全会之后达到鼎盛时期，为长沟镇的经济发展做出了很大的贡献。现在以发展旅游休闲、文化产业为主，开展民俗旅游和接待。当前，西北部旅游总体规划、修建性详细规划的编制工作即将完成，这将为旅游产业发展提供保障。

位于长沟镇东部的东长沟、西长沟和太和庄 3 个村，是长沟镇的商业贸易区，500 年的传统大集就坐落于此。这里建有占地面积 200 亩的农副产品集散地和小商品批发零售市场，以及占地面积 10 万平方米的长沟商贸园区。现在长沟镇以"京南第一集"升级改造为重点，结合北泉水河下游河道整治工程，着力打造具有水乡特色的现代商贸物流中心，培育长沟镇经济发展新的增长点。

位于房易路以南的东良各庄、南良各庄、北良各庄、南正、双磨 5 个村，以前的产业以种植、养殖为主，现在以发展设施农业、都市型现代农业为主。如今，采用活水种植技术的御用贡米基地优质稻种植面积已经达到 2000 亩，并通过了绿色食品认证。双磨奶牛场是长沟的规模奶牛养殖基地之一，目前全部实现规范化管理，饲养规模达到 1000 头以上，带动农户达到 500 户，日交售鲜奶 5 吨。

三 新农村建设情况

2006 年年初，坟庄村被确定为市级新农村建设试点村，东长沟、北正和三座庵三个村被确定为区级新农村建设试点村。几年来，长沟镇认真按照"生产发展、生活宽裕、乡风文明、环境整洁、管理民主"的新农村建设二十字方针，通过改造农村环境、完善农村服务、发展农村产业、创新村庄管理机制、改变农民精神风貌等措施，使全镇人民共建共享新农村建设成果。

更为突出的是，长沟镇根据各村的实际情况，分别确定了各村的发展重点。在大力发展都市型现代农业方面，以北甘池优种核桃合作社、双磨星冠弘成合作社为典范，巩固规范双萍奶牛合作社、三座庵柴鸡养殖合作社，带动全镇核桃、蔬菜、奶牛、柴鸡产业化发展；在加强无公害农产品产地认定与产品认证，增强特色农产品市场竞争力方面，重点建设双磨蔬菜产业化基地配套冷库、交易大厅、检测室，以及三座庵村自动化肉鸡养殖小区、沿村生猪养殖基地、南甘池民俗旅游接待村，推出北甘池核桃、双磨蔬菜、三座庵磨盘柿采摘等民俗旅游项目，让一产变三产，让农民在转变生产方式中得到实惠。在发展农村先进文化方面，充分发挥北正、北良各庄等6个村数字影院作用，着力提高公民文明素质和社会文明程度。在加强农村基础设施建设方面，积极推进农村安全饮水工程，让东良各庄、南良各庄、北良各庄、黄元井、南正、六甲房等六个村2400户、7000名农民喝上放心水；继续大力实施新农村建设功能配套系列工程，完成村庄规划、路面硬化、环境绿化、信息服务、娱乐健身设施等系列工程，解决关系群众切身利益的热点问题。2008年第一季度，长沟镇农村经济营业总收入完成3.5亿元，同比增长4.2%。

在新农村建设过程中，长沟镇还突破村级区划壁垒，打造四种类型新农村：一是生态旅游型村庄。整合东西南北4个甘池村的泉水资源，依据泉水自然流势开发探寻源头游、自然漂流、湖心激情游等旅游项目，实现旅游增收。二是现代农业型村庄。在南部平原村建设高标准贡米基地，在北部山区村建设果树基地、药材基地和柴鸡养殖基地等，并组建农产品产销协会，实现农业增收。三是工贸发展型村庄。整合企业闲置资产、厂房、土地等，完善中心地区基础设施建设，加快引进步伐。四是现代商业型村庄。实施"京南第一集"改扩建工程，同时完善东、西长沟2个村的商业街建设，扩大集市规模，提高经营档次，实现工贸增收。

第四节 小城镇概况

一 小城镇建设情况

1994年，长沟镇被北京市政府确定为远郊区县10个小城镇建设试点镇之一；1996年，又被国家建设部确定为全国小城镇建设试点镇；2004年，被建设部、国家发展和改革委员会、民政部、国土资源部、农业部、科技部等国家六部委确定为全国重点镇。

十余年来，长沟镇党委、政府紧紧围绕"以水为神，以绿为魂，天人合一，永续发展"和"造碧水蓝天，建绿色生态型小城镇；实施水域经济战略，抓环境促发展，引进强镇，兴村富民"的战略构想，认真遵循"不求最大，但求最佳，环境兴镇，发展共享"的建设宗旨，团结和带领全镇人民与时俱进、真抓实干、把握机遇、乘势而上，先后完成了《长沟镇域总体规划》、《长沟镇中心区控制性详细规划》、《长沟镇环境保护规划》、《长沟镇文物保护规划》等前期性工作，以及府前街和房易路南正段拓宽拆迁改造、金元大街和天宝大街的建设、西厢苑小区的开发、圣泉公园和千亩龙泉湖的建设、4600 平方米泉水河会议中心的建设、"前店后厂"商业街和便民超市的建设、大型综合交易市场开业、937 局通信工程建设和程控电话的开通、供暖设施和自来水厂的建设、3500 米给排水及燃气管线的铺设、绿化美化环境等一大批精品工程；以及以房云盛玻璃钢、清华通力长清、蓝宝酒业、冯氏车圣集团等为代表的一大批有实力的大企业加盟，扩大了企业的群体规模，为长沟的发展积蓄了后劲；以胜泉、龙泉湖、圣泉公园为代表的北泉河6 公里旅游景观带，给人以"舟行碧波上，人在画中游"的仙境感受；以"京南第一集"为代表的新型商贸园营业面积 2 万平方米，集建材、化工、电器、副食、餐饮、娱乐于一体，初步实现了传统商贸业向现代物流业的转变。所有这些，展现了小城镇建设的日新月异，大大改善了长沟的外在形象和内在实力，凸显了长沟的水乡特色。

目前，长沟镇正在围绕"宜居宜憩绿色生态走廊"的功能定位，结合社会主义新农村建设，大力统筹城乡发展，全力提速各项基础设施建设，将全镇打造成人们向往的田园意境、令人留恋的世外桃源。

二 居委会基本情况

长沟镇唯一的西厢苑社区居委会，成立于 1999 年 7 月。目前该社区拥有住户 634 户，居民 1853 人，其中常住人口 1553 人，外来人口 300 人。在镇党委、镇政府的领导下，西厢苑社区居委会紧紧围绕"以人为本、服务第一"的理念，全面落实科学发展观，与时俱进，开拓创新，以努力为居民创造一个管理有序、服务完善、环境优美、治安良好、生活便利、人居和谐的新型现代化社区为目标，积极开展创建"首都文明社区"活动，取得了令人鼓舞的成绩。近年来，西厢苑社区居委会着力注重安全防范，以确保社区平安。为确保社区安全，实行封闭式管理，专职保安负责 24 小时门卫值班和定时定点巡逻；健全义务消防队伍组织，配备各类消防器材；制定突发事件处理预案，经常进行消防、防盗实战演习；认真做好外来暂住人口管理工作，做到制度与措施落实，管理与教育结合；在落实人防、物防的基础上，加强道德与法制教育，增强了居民的法制意识和文明素养；坚持"以人为本"，积极开展丰富多彩的文体娱乐活动和"六进社区"活动；投资 1 万元添置或更换了社区活动室的电视、音响等设备；组建了由 56 名社区退休老人构成的"志愿者义务宣传队"，2007 年为居民义务演出 20 余场，观看文艺演出的居民达 3500 余人次；组织了社区居民学摄影、学英语等各项活动 20 余次。此外，在社区内建设了 300 平方米的健身园地，设置十余种健身器材，大大方便了居民的身体锻炼；还经常开展健康教育活动，聘请医务专家到社区义诊、咨询，讲授常见病、老年病的预防知识，深受居民的欢迎。经过扎实细致的工作，多年来，保障了社区实现没有居民违法犯罪，无"黄、赌、毒"现象，未发生上访、计划外生育等情况，没有封建迷信和"法轮功"邪教等活动，保持了社区的安全稳定，2000 年以来接连获得"首都文明社区"称号。

三　产业基地发展情况

长沟全镇现有企业总数为 1461 个，其中镇属企业 16 个，村属企业 1 个，个体私营企业 1444 个。2007 年，二、三产业实现收入 11.4 亿元。

长沟镇的二、三产业在发展中，始终坚持"不求所有，但求所在；不求最大，但求最佳"的理念，通过"引进强镇"战略的实施，先后引进了投资 8000 万元的玻璃钢、3000 万元的维奥乳品、汽车城项目和清华大学企业集团、北京数码港投资、鸿润翔科技、北京胜利实业、清华机械、金能达汽配、广天塑料包装、富安米业、新奇娱乐等一批有市场、有前景的企业，扩大了经济总量。由于二、三产业发展的突飞猛进，长沟镇新世纪产业园区被确定为京郊 55 个重点乡镇工业区之一。

2005 年，《长沟镇总体规划》及《长沟镇控制性详细规划》通过了首都规划委员会的审批，8000 亩新世纪产业基地成为长沟经济腾飞的"航空母舰"。目前，新世纪产业基地累计入驻企业 29 个，2007 年全年实现销售收入 4.4 亿元，安置农村劳动力 3592 人。

第二章

经济与社会的发展历程[①]

　　长沟镇历史悠久，物华天宝，人杰地灵，至迟在西周初年就有先民拓殖。历史上的长沟地区农业发达，商业繁荣，手工业、采掘业也曾盛极一时，培育过灿烂的社会文化。新中国成立后，长沟镇开展了土地改革及社会主义改造，走上农业合作化、集体化之路。与全国其他地区一样，计划经济时期，长沟人民公社的经济几经波折，发展速度较为缓慢。改革开放后，长沟镇充分运用当地的资源优势、传统的商贸中心优势及地处首都郊区的区位优势，建立了大大小小的乡镇企业，推动了当地经济的快速发展。20世纪90年代末，随着经济实力的增强，长沟镇政府引导村民扭转旧的发展之路，调整产业结构，在科学发展观指导下，确立了"以水为神，以绿为魂，天人合一，永续发展"的方针，着力打造京南水乡，建设社会主义新农村。

第一节　1949年以前经济与社会的发展状况

　　新中国成立之前的长沟地区，经济与社会的发展水在北方地区处于领先地位。古代长沟的先民发展了较为先进的沟洫农业，盛产稻谷及果品。长沟地区的白云石、大理石资源带来了采掘业的发达。长沟的地理位置吸引着四方客商，商业贸易兴盛。伴随着经济的发展，长沟地区的社会文化也繁荣起来。

---

　　① 本章写作参阅了《京畿古镇长沟》，北京燕山出版社2006年5月出版；《京畿古镇长沟》（续集），北京燕山出版社2007年6月出版；《北京百科全书》（房山卷），奥林匹克出版社、北京出版社2002年2月出版；《北京市房山区志》，北京出版社出版1999年9月出版；《长沟乡组织史资料》（油印本）。

一 农业

坐落于太行山脉与燕山山脉结合部的长沟地区，土壤肥沃，降雨充沛，很早就得到开发。据记载，西周初年，燕地居民已开始种植黍、稷、粟、菽、麦等作物。先秦时期，燕地之民已开始修筑渠道，引水灌溉农田。长沟一带地下泉水极其丰富，沟洫农业得到发展。

长沟地区最早种植的农作物是我国北方人民最早培育的粮食作物。《史记》曾记载长沟一带生产的稻米"九蒸九晒，色泽如初"。幽燕地区水利条件虽然优越，但在辽代以前却较少种植水稻。辽宋时期，宋朝政府在幽燕一带推行屯垦，利用北部边陲的池塘湖泊种植水稻，于是，南方的水稻种植技术得到推广，长沟一带居民开始大规模开辟水田，种植水稻。到明清时期，长沟地区已是重要的稻米产区。清朝雍正四年（1726）政府在京师设立营田府，负责京师一带的水稻种植，房山西南的广润庄、长沟等地村庄，都引渠种稻。《房山志料》记载，咸丰年间"房邑西南广润庄、高家庄、南良各庄、长沟村四处营田二十六顷有奇"。

由于北京曾是多个朝代的都城，京畿之地的房山发展了蔬菜种植业。房山地区很早就开始了蔬菜种植。据记载，元代时期，房山长沟出产的蔬菜主要有白菜、萝卜、蔓菁、赤根菜、葱、韭、蒜等。到民国初年，房山仍是北京城重要的蔬菜产地。据农商部的调查，房山县有菜园 3.31 万亩，主要分布于县城四关、长沟等地。长沟种植蔬菜有相当大的规模。

除生产粮食、蔬菜之外，房山地区还是京都传统的果品产地。在丘陵、山区，生长着许多野生的板栗、山杏、核桃等果树。当地人民很早就嫁接了柿子、红果、梨、苹果等树木。长沟地区的山地、丘陵盛产这些干鲜果品。

二 商业

战国时期，燕地的商品经济已经比较发达，在大大小小市场上交易的主要有粮食、麻、枣、栗、布帛、铁器、铜器、陶器、食盐、狐裘、毡子、马匹等商品。

长沟位于房山与涿州交界，古代属于交通要道。元朝定都北京之后，明清两代封建王朝也建都于北京。朝廷兴修宫殿，建造陵园，大规模开采房山石窝的汉白玉石料。元明时期，运石路线主要是从石窝到京都一线。清代形成了四条运石线路：一是起自石窝，途经长沟，过卢沟桥到北京，再向东过通县等地，到东陵；二是从石窝出发，经南尚乐到清西陵；三是起自石窝，途经长沟，过北京，再运往承德避暑山庄；四是起自石窝，途经长沟，循至清东陵线，经运河运到山东孔庙。长沟是运输房山石料的交通要道。清西陵修竣后，皇室贵戚前往皇陵拜谒的御路也经过长沟。乾隆十三年，在长沟镇南正村西侧修建了南正行宫（也称半壁店行宫）。这是清朝皇帝前往西陵谒陵途中的第二座行宫。明清时期，通往山西的皇家驿站也设在长沟。优越的地理位置推动了长沟集市的兴盛。

长沟集市源于汉代，明、清时期趋于繁荣，近代至于鼎盛，历来与河北省的刁窝、码头、松林店并称为京西南四大名集。汉代的长沟集市没有文字记载，有据可考的历史距今已有500多年。清代南正行宫建成后，长沟更是天下驰名，以至士民云集，商贾辐辏，集市日益兴旺。长沟大集在清代及民国时期，是远近闻名的交易中心。长沟集市上的行业比较齐全，有粮行、油行、染行、皮麻行、酿酒行、典当行、药行、车行、烟行、屠宰行、盐行、绸缎行、茶行、杂货行、饭店、理发店、黑白铁铺、竹器铺、绒线铺、鲜果铺、洗澡堂等。长沟集市商贾的来源既有本地富户，也有来自京城、天津、山西及河北固安、涿州、禹州等周围十几个州县的商人。粮行、盐行等重要的行业由官府控制，私人经营，其他行业则主要通过各种行会自行管理。民国时期的《房山县志》说：长沟集市"商业以粮行为大宗，杂货次之，其他药行、盐店、布行等亦皆殷实"。房山地区自古缺粮，当地所产粮食年不敷年半，所以，当地商品市场以粮行为多。据民国17年《房山县志》记载，房山境内有粮食油商号46家，其中房山县城有24家，其余粮号分布于长沟、张坊、石窝、灰厂等地。长沟当时比较知名的商行主要有：广润公、德义隆、通顺义、合升号、增兴局、广兴号、顺兴号、永盛号、永丰号等粮行；义泰永、义顺兴、万兴号等布行；利仁堂、永春堂等药行；永丰号、李肉铺等肉行；合升馆、志诚斋、刘饭铺等饭店；还有益照临盐店、玉兴店酒行、高烟铺烟行、永丰号席行等。长沟集市的日期为阴历每月初二、十二、二十二，初四、十四、二十四，初七、十七、二十七，初九、十九、二十九日。

长沟市场交易的商品主要是粮食等农副产品，在房山县的粮食交易中居于重要地位。房山县粮食的大宗交易基本控制在大粮商手中，零散的粮食交易则在集市贸易中进行。民国年间，农民出售剩余农副产品，大多经过私商之手，倒卖到商店或农贸集市，经常遭受种种欺诈。每当新粮入市，私营粮商压价收购，然后囤积居奇，待价而沽。遇上灾荒年份则高价抛出，鲸吞厚利。

日军占领房山时期，推行"强化治安"措施，由汉奸组织"新民会"控制市场，垄断粮食。1941 年日伪将房山所产小麦悉数掠去以充军粮，而将掺有沙砾的粗粮供给百姓。1942 年，天旱禾枯，长沟集市的粮价飞涨，玉米、小麦价格比抗日战争前上涨十几倍到二十倍。1943 年春荒时，粮食市场上竟无粮可卖。

日本投降后，国民党军队接管房山。1948 年在中共领导的人民军队打击下，国民党军队节节败退，为了囤粮困守，麦收时节国民党政府驱兵赴粮市低价强购，以低于市价 40% 的价格强行购买粮油。结果商农逃散，市场上的粮油近于绝迹。为获得粮食，国民党政府只得在长沟、琉璃河等市场设立专购机构，以高价诱购，导致粮价暴涨。一时间长沟集市的小麦价格上涨 10 倍之巨，给人民的生活造成极大的冲击。

三 工业

石料采掘业。房山地区自古盛产白云石、大理石。长沟西部的三座庵、黄元井、六间房、西甘池的殷州山、雪山、横山一带，拥有优质的白云石、大理石资源。元代曾设立采石局开采石料。明清时期，修建故宫、圆明园等皇家园林，从房山大石窝开采汉白玉，还从殷州山开采"房山白"石料。长沟石料采掘业直到 20 世纪 50 年代仍很兴盛。

金属制品工业曾是长沟历史上比较久远的手工业之一。由于当地开采石料，需要打造、修理采石工具，专门从事打造铁器的手工业得到发展。这些铁匠主要制作铁桶、铁壶、锄、镐、锹等用具。民国年间，还出现了专营铜、锡、金、银等加工的行业。

长沟的酿造业很早就比较发达。民国时期，长沟地区已建有酱醋园，酿造酱、醋、酱油。新中国成立后，为保证食品安全，政府禁止食品、酿造业私人经营，大多数手工作坊关闭。长沟原先的酱醋作坊转由供销社系统经营。

造纸业。民国年间，长沟地区北正村建有造纸作坊，制作麻纸、东昌纸，纸质粗糙，色质发乌。新中国成立后，造纸业中断。

粮食加工业。历史上，长沟地区南、北两条泉水河水势很旺，先民开发水能，发明了水磨。从当地出土的文物看，东汉时期长沟地区已开始使用水磨。清代时期，长沟地区进入使用水磨的盛期。据乾隆年间的《房山志料》记载，长沟等地装有水磨。清末民初，在南北两条泉水河道上，曾分布着8座水磨房。这些水磨主要用来加工粮食。水磨房产生了长沟地区的粮食加工业。水磨房一般由当地有钱人修建，雇人经营，为当地居民加工粮食，赚取加工费。水磨房也将粮食加工成各种米面出售。甘池村的水磨一直使用到20世纪70年代，"电磨"出现后才被取代。

编织业。长沟地区沿村的编织业历史很久，房山有"七贤篮子沿村筐"的说法。沿村编织业发达后，长沟集市向北发展出了沿村条子集。沿村几乎家家从事编织手工业，编织各类荆条制品，如筛筐、煤筐、背筐、鸡笼、鸟笼、荆排子、粮食囤、提篮、柳条帽、大抬筛等。商贾们在长沟集市购买这些编织品，再转运到北京、丰台、天津、白洋淀、保定等地。

四 社会文化

从隋唐时期起，长沟地区民间的佛教活动比较兴盛。据《房山县志》记载，这一时期北正村、西甘池村建有崇福寺、慧聚寺。到辽代，北正村及周边地区佛教更为兴旺，有名的寺院就有万庆寺、宝岩寺、崇教院、玄心寺、永乐院等禅寺。建于辽代的北郑院及千佛寺就是当时极为著名的两座寺院。明清两代，长沟地区宗教活动仍很活跃，佛教、道教寺庙遍布各村。

元末明初，在佛教、道教等宗教传播的同时，以宗教为教义的封建会道门逐渐兴起。中国封建会道门的种类比较繁多，从组织形式上可分为道、会、堂、教、坛、宫等。大约在清末民初时期，各类会道门传入房山地区，抗日战争和解放战争时期发展壮大。在各种会道门中，长沟地区受普济佛教会（后天道）的影响较大。该教明末清初由李廷玉创立。民国6年，普济佛教会改称"后天白阳收缘大道"（后天道），势力遍及华北和东北。在长沟地区，该教道众聚集于坟庄、南正等村。后天道的教头在抗日战争时期曾当过汉奸，解放战争中又帮助国民党军队搜集解放军及人民政权的情报，新中国成立初期其主要首领被人民政府镇压。

长沟地区还是多元文化交汇区。20世纪初期，天主教传入了长沟地区。1914年传教士在太和庄村修建立了天主教堂。1935—1936年间，太和庄又有2个私立传教所建立，教徒达到4128人。

传统花会是长沟地区民间文化的代表之一。长沟花会最为盛行的时期是20世纪初期。长沟村村都有花会，有的村不止一档花会，各色花会像赶台子似的走会表演。比较有名的花会有：西甘池和南良的"杠箱会"，太和庄和西长沟的"花鼓子会"，黄元井、东良各庄、沿村、双磨的"高跷会"，东长沟的"坛子会"，东甘池的"太平鼓会"、"炮会"，南甘池的"礼佛会"，北甘池的"旱船会"、"叉会"，坟庄的"龙斗虎会"，东良的"打幡会"，以及其他村的"少林会"、"狮子会"、"跑驴会"、"小车会"等。长沟花会为长沟大集增添了文化娱乐的氛围。

第二节　1949—1978年经济与社会的发展历程

1950年初，长沟地区开展了土地改革，无地、少地的农民分得了土地，饱受战乱的农村经济开始恢复与发展。20世纪50年代初期，在农业合作化运动、社会主义改造中，长沟地区都走在房山县前列。1958年9月，长沟建立了人民公社。计划经济时期，长沟人民公社兴修了水利工程，曾试种了新型水稻品种，创办了社队企业，农村供销合作社垄断了商品流通，经济发展较为缓慢。这一时期，长沟人民公社社会发展的最大成就是建立了农村合作医疗制度和农村"五保户"的社会保障制度。长沟人民公社还建立了社会治安保卫体系，维护了社会安全。

一　1949—1956年的经济发展状况

（一）土地改革与农业合作化

房山县解放后，轰轰烈烈的土地改革运动随即展开。长沟地区属于新解放区，人民政府将其列为第三批土地改革地区。1950年1月起，长沟地区18个村开始进行土地改革。新区土改大体按四个步骤进行：第一步，解散各种伪组织，收缴村中暗藏的武器，严格控制保甲长、坏分子的活动，选举出有中农参加的村农民代表大会；第二步，按标准以村为单位，经群众大会通过，划分阶级成分，确定斗争对象；第三步，按政策没收地主和征收富农多余的土地、财产；第四步，核实、登记土地亩数，根据地段远近、好坏定出常年产量，经自报公议，代表会审查，群众大会通过，将土地分配给无地、少地的农民。在土地改革运动中，各村建立了农会组织，领导农民废除封建土地所有权，实现分田到户。长沟地区的土地改革步伐较快，小的村庄大约1个月左右，大的村庄大约两三个月左右，便完成了土地改革工作。

新中国成立初期，长沟地区部分村庄组建了互助组。这种互助组一般几户或十几户，按自愿互利原则换工互助，解决农户之间缺少劳动力、耕畜、农具等困难。互助组又分为季节性互助组与常年性互助组。互助组成员的土地等生产资料以及收获物仍归农户自己所有。

1952年年底，长沟北正村以黄德元为首的十几户农民组织起来，成立了房山县第一个初级农业生产合作社。这种初级社已具有半社会主义性质。农户按照自愿互利的原则，以土地入股，将土地、耕畜及大型农具交给合作社统一经营使用，由合作社付给一定的报酬。合作社社员集体劳动，分工协作，产品由合作社统一分配。

1953年12月，中共中央通过了《关于发展农业合作社的决议》，全国合作化运动的步伐加快。1954年，长沟各村普遍成立了合作社。在合作化初期，不少村建立了多个合作社。如北正村建立了横街社、后街社、南街社，双磨村建立了阳光社、胜利社、农联社、前进社、警钟社等。为了推动合作社的健康发展，1955年上半年房山县各乡镇在"入社自愿，退社自由"的原则下，进行了整社工作。

1955年年底，中共中央提出试办完全社会主义性质的农业生产合作社，即高级社，实行按劳分配，取消土地入股分红。长沟各村小的合作社开始合并，纷纷由初级社转为高级社。高级农业生产合作社是农民在自愿互利基础上组织起来的社会主义集体经济组织。入社社员将交给合作社的私有土地、耕畜及大型农具等转为合作社集体所有。合作社组织农民集体劳动，按劳取酬。合作社分给社员少量土地以种植蔬菜，允许社员在不影响集体生产的条件下经营家庭副业。初级合作社转为高级合作社后，规模不断扩大，有几个村联合组建了合作社，如南正、北正和双磨3个村建立了"青春社"，坟庄、沿村、东长沟、西长沟、太和庄、南良、北良和东良等8个村庄建立了"星火社"。一年多后，几村联合组建的大合作社解散，各村基本恢复到以村为单位的合作社。

（二）私营工商业的改造

新中国成立前，长沟地区的商业以私营商业为主。1953年起，国家对私营商业实行"限制、利用、改造"的方针，私营商业走上公私合营的道路。1955年上半年，房山县成立私营工商业改造领导小组办公室，贯彻"统筹兼顾，全面安排，积极改造"的方针，引导私营工商业者走公私合营道路。1955年4月6日，房山县在长沟进行公私合营改造试点，全县首家公私合营商店长沟三义昌杂货店开业。该店由长沟三义昌私营店与长沟供销社合营，由私方李兆祥任经理，公方代表张桂元任副经理，有职工 7 人。1956—1957 年，公私合营三义昌杂货店变为长沟供销社的一部分。

1953 年，在社会主义改造中，房山地区金属制品行业的手工业者在自愿互利的原则下，开始联合，组成了互助组与合作社。到 1957 年以铁金属加工业为主，组建了房山、良乡、长沟等 7 个铁业合作社，主营修理农具、钉马掌及生产车马套具。

（三）农村商品流通市场处于国家控制之下

1949 年 2 月，北平市供销合作总社成立。北平供销合作总社指导地方供销合作工作，推动了供销合作事业的开展。总社在农村积极吸收农民入社，组织农民建立为农民服务的供销合作社，以免除商人的中间盘剥。供销合作社还通过代销方式，向农民配售生活必需品，供应农用生产资料，扶助农业生产的发展。在北平供销合作总社推动下，作为房山县第三区的长沟与第四、五区及良乡第四区部分村庄，利用土地改革的剩余果实，自发办起街村消费合作社。但是，由于缺少经验，无章可循，盲目经营，又缺乏领导，试办不久便自行解散。

为推进供销合作社的发展，1950 年房山县人民政府明确提出了以行政区划与经济区划相结合的原则，首先在各区区公所驻地建立区级供销合作社，同时以大村为中心，建立单村供销合作社。1952 年，房山县建立了长沟等 5 个集镇供销社。这 5 个集镇社建立后，政府又按行政区划合并了 11 个单村社为联村社，将单村社改为分销店，地广人稀不宜设店的村庄，设立流动供货组。1954 年区划变动后，仍按行政区划建社办法，联村社改为联乡社。长沟供销合作社成立后，设立了花纱布、副食、磁铁、生产资料、肉食、蔬菜等多个门市部。长沟供销合作社很快占领农村市场，私营商业逐渐门可罗雀。1956 年年底，国家完成了对私营工商业的社会主义改造，从此长沟大集被取消了，私营商业最终关门。

长沟传统的农用生产资料流通以集市交易为主。长沟供销合作社建立后，这一传统的交易模式发生了较大的变化。1953 年，房山县供销社建立了生产资料批发栈，集镇基层供销社设立了生产资料门市部，一般基层供销社则设专营组，供应农用生产资料。长沟供销社是重点集镇供销社，开展了农用生产资料的经营。1954 年，农业合作化迅猛发展，化肥、新式农具、大牲畜的需求增多，长沟供销社按照上级指示的"先国营农场、农业生产社、互助组，适当照顾单干农民"的原则，实行农用生产资料计划供应。

在工业品经营方面，20世纪50年代初期，房山县对国营商业部门与供销社系统实行营销分工：国营商业负责城市市场的供应，调控公私比重，掌握国家统一规定的市场价格，并对私商进行社会主义改造；供销合作社负责农村市场的供应，领导农村市场，开展农副产品的收购。1953年，中共中央决定开展粮食统购统销。1954年3月，长沟地区开始执行统购统销政策。根据国务院《农村粮食统购统销暂行办法》，长沟按照土质、自然条件划片，参照各粮食作物种植面积和比例，估算单位面积常年产量，实行定产到户口，再根据农村消费水平，扣除自用粮、种子粮，剩余粮食的80%—90%归国家统购，统购数字核定到户，3年不变。推行粮食统购统销政策之初，房山县建立了国营粮食市场，取缔非法粮商，但也保留了长沟、城关、夏村等15个在政府控制下的粮食市场，长沟农贸集市仍在发挥传统的粮食交易功能。但是，因为政府对粮食集市控制过死，农民对统购统销也心存疑虑，长沟等农贸集市有市无粮。此后，管理部门取消了某些限制，长沟集市的粮食交易一度活跃。1957年，粮食集市被认为是新生的资本主义市场，全部遭到关闭。长沟等粮食交易市场被移交给粮食管理部门。

二 1956—1978年的经济发展状况

（一）经济管理体制的变迁

1958年秋，全国掀起大办人民公社的热潮。9月1—5日，周口店区仅用5天时间就实现了"人民公社化"，将全区330个高级社合并为8个人民公社。在这一时代潮流中，长沟地区也成立了人民公社。9月5日，成立了"政社合一"的长沟人民公社，囊括88个自然村，下设9个管理区。人民公社建立初期，机构十分庞大。

1958年秋冬，周口店地区掀起"大跃进"热潮。在"大跃进"中，农村出现了"一大二公"、"一平二调"的极"左"潮流。在农业建设中，京郊农村与全国一样，不讲科学，盲干蛮干，大规模地深翻土地，全面推行"密植"技术。在"大炼钢铁"运动中，公社无偿调拨各集体经济组织的生产资料、劳动力、资金。在农村生活方面，不顾客观条件，违反生活习俗，村村开办了村公共食堂。这种"浮夸风"、"共产风"、"瞎指挥风"浪费了财力物力，严重挫伤了农民的生产积极性。

1958—1960年的"大跃进"造成国民经济的严重失衡，生活消费品极其短缺，全国发生饥馑。1960年11月3日，为解决农村的经济困难，中共中央发出《关于农村人民公社当前政策问题的紧急指示信》，指出"三级所有，队为基础"是现阶段人民公社的根本制度，要求坚决纠正"共产风"等"五风"。长沟人民公社开始落实"三级所有，队为基础"的生产经营体制。

1961年1月，中共中央召开八届九中全会，决定在"调整、巩固、充实、提高"的方针下调整国民经济。1961年6月，房山县进行公社调整，将7个人民公社分解为31个人民公社，长沟人民公社的五侯、天开两个管理区分离出去，建立了五侯人民公社和天开人民公社。1961年下半年，长沟人民公社的张坊管理区和赵各庄管理区又分离出去，分别建立张坊人民公社和赵各庄人民公社；南尚乐、下摊和石窝三个管理区也从长沟人民公社分离出来，合并后成立了南尚乐人民公社。7个管理区分出后，剩下的北正与甘池两管理区合并，组建为新的长沟人民公社，管辖18个自然村，恢复为历史上长沟乡的建制规模。

1961年6月，北京市委发出了"关于食堂问题"的指示，房山县停办了1121个集体食堂，长沟的集体食堂也关闭了。

1964年3月，长沟人民公社开始了"清理账目、清理仓库、清理财物、清理工分"的"小四清"运动。1965年秋，房山区开始了社会主义教育运动，在农村进行"清政治、清组织、清经济、清思想"的"四清运动"。房山县成立了"四清"工作团，长沟公社成立了"四清"工作分团，各大队派驻了"四清"工作组，到1966年4月长沟人民公社开展了"四清运动"。

1966年5月，全国"文化大革命"兴起。8月，长沟人民公社卷入"文化大革命"之中，公社及各村都成立了红卫兵组织或群众造反组织。造反群众以"破四旧"为名，大肆毁坏自以为封建主义、资本主义和修正主义的东西，不少文物古迹遭受浩劫。随着运动的升级，造反派组织开始夺取地方政权。1966年9月15日，长沟人民公社造反派成立"长征公社红卫兵指挥部"，取代了公社党委，接管了公社政权。1967年，长沟公社成立了各级"抓革命、促生产第一线指挥部"，负责公社的生产。到1970年，中共房山县直属机关及各公社委员会才得以恢复。对于公社的经济建设，由公社经济管理委员会进行管理。这种经济管理体制到1983年人民公社变为乡政府时结束。长沟人民公社改为长沟乡后，设立了农工商公司，在经济管理方面则建立了经管站。这一乡经济管理体制一直延续到今天。

（二）经济发展状况

1. 农业的发展。

1956—1978 年的计划经济时期，长沟镇农业经济的发展比较缓慢。长沟人民公社动员力量，兴修了水利工程。在农业生产方面值得一提的是，20 世纪 70 年代从国外引进水稻品种的试种与推广。当时，北京市农林科学院从日本武富引进了新的水稻品种"白金"，在房山地区的长沟、长阳等地试种，获得成功后加以推广。长沟地区种植的"白金"水稻占到插植总面积的 80% 以上，产量提高的幅度较大。

2. 社队企业的兴办。

1949—1958 年，长沟地区的企业主要是小的石料厂、小砖窑及家庭草编业。长沟镇乡镇企业的前身——社队企业发端于 1958 年。当年，在"大跃进"的潮流中，长沟利用当地的石材、秸秆资源，开始经营采石场、草编等小企业。长沟人民公社兴办的东郊白云石厂，开采白云石、黑石，兴隆一时，成为京南的一面旗帜。长沟各村利用水稻秸秆编织草绳、草帘，销往河北等地。20 世纪 60 年代长沟人民公社开办煤矿，1968 年沿村煤矿出煤。70 年代，长沟公社又开设了煤厂。70 年代后期，长沟人民公社建立了多家小型砖瓦厂，成立了农机修理站。长沟地区地处历史上的"鸣泽渚"地域内，地下有丰富的草炭层，70 年代公社开始设厂挖掘，直到 1977 年为保护环境停止生产。1975 年公社还成立了建筑队，外出揽工创收。总的来看，在计划经济体制下，由于受到市场、资金、技术、人才等方面的限制，长沟人民公社的社队企业发展较慢。

3. 供销合作社垄断农村商业流通。

国家推行农产品统购统销政策后，关闭了农村农产品集市贸易，农村供销合作社垄断农村商品流通市场。1958 年随着行政区划的调整，房山、良乡两县供销社合并为周口店区供销社，全系统设立了 340 个基层单位，其中有 13 个基层供销社，长沟供销社即为 13 个基层供销社之一。人民公社建立后，周口店区供销社调整基层供销社布局，将 13 个基层供销社合并为 8 个中心商店，即长沟、马安、长阳、良乡、琉璃河、霞云岭、河北、周口店中心商店，长沟供销社在房山县商业系统居于重要地位。在这次供销社的调整中，房山县供销社一度与国营商业局合并，所有制性质也一度变更，长沟供销社曾一度成为国营商业部门。1961 年 6 月，房山县调整人民公社规模，不少规模过大的公社分离出一些小的人民公社，全县人民公社数量改为 31 个。为适应人民公社规模与布局的变动，房山县供销社又一次调整管理体制，将基层供销社分作 31 家。长沟供销社是 31 家供销社网点之一。

长沟供销社在当地农村商品流通中占据主要地位，它不仅垄断了火柴、肥皂等日常用品的销售，还负责种子、农药、化肥等生产资料的供应。20 世纪 60 年代初期，供销社因地制宜，在调查基础上对大宗农用生产资料及时供应，特别是在化肥供应上采取"国家计划分配与组织地方货源相结合"的方针，调剂余缺，保证急需。对新式农具，则采用供应与传授技术相结合，进行推广。直到 70 年代末，长沟地区日用工业品销售仍由长沟供销社系统专营。

1959 年，为搞活经济，曾经关闭的农村集市贸易又曾几度开放。1959 年下半年，国家决定恢复和开放农村集市贸易，允许部分农产品上市买卖，以满足人民的生活需要，但严禁国家统购派购的农副产品上市交易，无论集体和个人只准出售自己生产的产品和购买自己所需要的商品，不准转手倒卖和弃农经商。长沟集市一度恢复。但到 1969 年北京市革命委员会发布命令，坚决取缔自由市场，严禁粮、棉、油等国家统购统销的物资和重要的统一收购物资在农村集市交易，严禁商贩参与集市活动。长沟大集几乎消失。直到 1978 年 12 月，房山县政府决定重建、开放长沟集贸市场，长沟大集才随着经济的发展日益繁荣。

三　1949—1978 年的社会发展状况

新中国成立后，经过农业社会主义改造，广大农民走上集体化道路，生活水平开始好转，收入增加，稍有节余。1957 年长沟地区农民平均年收入 33 元。1958 年建立人民公社，长沟公社社员人均年收入 55 元，其中收入 70 元以上者占 6%，收入 40—70 元者占 75.5%，收入 40 元以下者占 10%。1959 年人均年收入增至 62 元。[①] 但是，计划经济时期，人民收入增长比较缓慢。

新中国成立后到改革开放前，长沟地区在社会发展方面最为突出的成就是农村医疗卫生事业的巨大进步与农村五保供养制度的建立。新中国成立前，广大农村缺医少药，农民生病后无钱就医，往往求助于装神弄鬼的巫婆神汉。为推进农村医疗卫生的发展，20 世纪 50 年代，房山县陆续在各级乡

---

① 《北京市房山区志》，第 634 页。

镇建立医疗卫生机构。长沟地区是京南重要集镇，新中国成立初期镇上开有私人诊所。1956 年社会主义改造进入高潮，国家禁止私人行医，成立了长沟大众联合诊所。1958 年实现人民公社化后，农村医疗卫生工作又取得新的进展。1958 年 10 月，长沟大众联合诊所与南尚乐地区医院、赵各庄卫生所合并组建为长沟卫生院。长沟卫生院的建筑面积达 100 平方米，有医务人员 14 名，简易病床 7 张。1970 年北京市卫生局又将长沟卫生院确定为长沟中心卫生院，医务人员扩充到 40 人，病床增加到 30 张。在长沟卫生院建立与扩展的同时，1971 年长沟人民公社村村建立了合作医疗站。

农村合作医疗制度的建立与推行，进一步提高了长沟地区农民的医疗福利。1968 年起长沟人民公社开始实施合作医疗制度。这是一种农民社员自筹资金、互助互利的集体医疗福利制度。在自筹资金方面，各村根据各自的经济状况，安排了不等的医疗经费，一般每人每年 2 元，由大队合作医疗站统一使用。农民在本大队合作医疗站看病，大队根据经济状况，全部免收或部分免收其医疗费用；若需要出外就医，须经大队合作医疗站同意，并到指定医院就诊，按 30%—50% 的比例报销药费。

20 世纪 80 年代初期，实行家庭联产承包责任制后，长沟乡的集体经济财力日益不足，合作医疗制度陷于停顿，各村合作医疗站纷纷解体。

在社会治安方面，长沟地区建立了由公安部门与群众治安保卫组织组成的维护公共安全体系。房山县解放后，为维护社会治安，于 1950 年 6 月建立了长沟公安派出所。不久，长沟派出所被撤销。1958 年北京市周口店区成立后，10 月份又增设了长沟派出所。"文化大革命"爆发后，公安部门受到严重冲击。1968 年 11 月，长沟人民公社设立了公安员，长沟派出所也被撤销。直到 1973 年 10 月长沟派出所再度设立。自此，长沟派出所一直工作到今天。

长沟地区群众性治保组织成立于 20 世纪 50 年代初期。1951 年根据中共中央关于普遍建立群众性治保委员会的指示，房山各村开始筹建治保委员会，1951 年年底村村建立了治保会，设立了主任、副主任及委员。基层治保组织的建立，对协助人民政府剿匪、"镇压反革命"、取缔反动会道门活动、维护社会治安等起了积极作用。1953 年 4 月房山县改成县、乡、村行政体制，长沟乡在建乡的同时，也建立了乡治保会，配备了治保主任及委员。1954 年 9 月，房山县在农业生产合作社内建立治保组织，要求 100 户以上的社建立保卫股，50—100 户的社建立治保组，20—50 户的社建立保卫员。长沟乡各村在农业生产合作社中建立了治保组织。1958 年长沟实现人民公社体制后，公社和大队均设立治保主任，负责社会治安保卫工作。1983 年恢复长沟乡建制后，各村成立了村民委员会，下设治保委员，承担社会治安保卫职责。

长沟地区的邮政事业也有发展。新中国成立后，房山县设立了邮政局，长沟区设立了区邮政所。农村邮件先从县邮政局送到各区邮政所，再由区邮政所送到各村。1950 年，因区划变动，各区邮政所撤销，农村邮件由县邮政局直投各村。1954 年，房山县建立长沟邮电所，负责周边乡镇的邮递。1970 年，房山邮政局新开辟了以房山县城、河北、长沟三点为中心的摩托车邮路 10 条，其中长沟邮电所新开 2 条摩托车邮路，邮递条件大为改善。

与全国各地邮政机构一样，20 世纪 50 年代长沟邮电所开办了函件包裹业务。函件分为平信、挂号信、保价及明信片几种。1956 年增设特挂信函，用于邮寄粮票、布票、户口簿、组织关系等业务。包裹业务分为普通包裹、快递小包（限重 1 公斤）和代收货价包裹。50 年代长沟邮电所报刊发行量很小。80 年代后随着人们收入的增加，文化需求提高，报刊发行量才逐年递增。

1958 年，长沟公社安装了第一部公用电话。计划经济时期，长沟地区农村电话发展缓慢。直到 20 世纪 80 年代后期，农村电话才有了较快的发展。

第三节　改革开放以来经济与社会的发展状况

"文革"结束后，百废待兴。党的十一届三中全会确定的改革开放政策，为长沟经济社会的发展送来了春风。长沟开始推行家庭联产承包责任制，解放农村生产力。长沟利用当地的资源优势、传统商贸中心地位及首都郊区的区位优势，建立了多家石料采掘加工业、建筑业及轻工业等乡镇企业，恢复了传统的长沟大集，推动了当地经济的发展。进入 21 世纪后，长沟在经济实力增强的条件下，关闭了大大小小的石料采掘场，恢复生态环境，调整产业结构，推进社会文化事业，在科学发展观指导下，投入了社会主义新农村建设。2000 年以来，长沟镇经济实力的迅猛增长，得益于引入企业的纳税，而引入企业受国家政策影响极大，2004 年随着国家税收政策的调整，引入企业向经营属地纳税，严重削弱了长沟的财政收入。当前国家冻结土地的政策，也制约了长沟经济的进一步发展。

一　经济的快速发展

（一）家庭联产承包责任制的推行

"文革"结束后，广大农民迫切要求改变农村仍在实行的人民公社经营管理体制。1978年秋，安徽、四川部分地区的农民自发恢复了20世纪60年代曾经实行过的包产到组、包产到户的生产责任制。1979年年底，全国有一半以上的生产队实行包工到组，有1/4的生产队实行包产到组。这种家庭联产承包责任制冲破了农村原先的生产经营体制，调动了农民的生产积极性。1980年9月，中共中央召开全国各省、市、自治区党第一书记座谈会，肯定了"双包"责任制，家庭联产承包责任制在全国迅速发展。1981年10月全国实行生产责任制的生产队已占总数的50.8%。1982年1月，中共中央《全国农村工作会议纪要》进一步肯定了家庭联产承包责任制的社会主义性质，家庭联产承包责任制得到巩固与发展。

长沟公社南良大队在1980年开始自发尝试实行承包责任制，由生产队经营转为由生产小组经营，包产到组。1982年秋，中共北京市委在房山县长沟公社的5个村进行整党试点。同一时期，中共房山县委根据中央实行多种形式责任制精神和北京市委的有关指示，也选择长沟公社西长沟村进行家庭联产承包责任制的试点，分田到户，家庭经营。

1983年3月，长沟人民公社改为长沟乡，成立了乡人民政府，家庭联产承包责任制在全乡全面推开。"政社合一"的人民公社制度宣告结束，家庭联产承包责任制成为农村生产经营的基本制度。在推进耕地的家庭联产承包责任制时，长沟也尝试进行山地林地经营制度的改革。1984年长沟乡对集体山林实行了分山承包。

长沟乡实行家庭联产承包责任制，规定各村除分田到户外，可以留下5%的土地作为机动地，对农户承包经营的土地进行调整，但许多村留出的机动地都多于5%；另外，还规定村集体可以留出1/4左右的土地实行集体经营。村集体保留的这部分土地，原先是想解决村级管理机构的经费问题。村集体将掌握的这部分土地转给种田大户承包经营，获取租金，种田能手将租到的土地开办农场。推行实行家庭联产承包责任制后，为解决一家一户土地分散不便耕作的问题，长沟乡在生产方面实行"五统一"，即统一经营、统一服务、统一耕种、统一施药、统一排灌，对农业生产发挥了积极作用。

农村家庭联产承包责任制推动了长沟农业经济的发展，推动了农业产业结构的变革。现在，长沟的经济林果业、特色养殖业都获得了良好的经济效益与社会效益。① 当然，家庭联产承包责任制也存在不足，限制了土地的集约化经营，需要寻求改进之路。

（二）乡镇企业的兴起与发展②

1978 年以来，由于计划体制的松动和政策放宽，长沟的乡镇企业逐渐进入了持续、快速发展的轨道，建筑业、采掘业、制造业、交通运输业、商业、饮食服务业等行业从无到有，从小到大，带动了当地经济飞速发展。

长沟的乡镇企业起步，充分利用了当地的资源禀赋优势，而迅猛发展的建筑业则为其提供了极大的外部需求环境。丰富的白云石矿，地接京冀的区位，传统的商贸中心，为长沟乡镇企业的发展提供了便利条件。因此，"靠山吃山"，长沟的石料采掘加工工业率先大规模发展起来。到 20 世纪 80 年代中期，长沟已经成为房山区主要的石材供应地，房山区的大理石采石场主要分布于长沟的西甘池、黄元井等 11 个村。1992 年前后，石料采掘加工工业达到鼎盛。与此同时，与石材相关的建材行业也发展起来。1978 年建立了水磨石厂。20世纪 80 年代中期房山水泥制品业也迅猛壮大，全县有水泥构件厂 37 家、水磨石厂为 45 家，长沟便各有一家。另外，1979 年长沟建起了砖厂，到 80 年代中期房山地区砖厂星罗棋布，长沟砖厂成为 120 家砖厂之一。

改革开放后，首都的建设突飞猛进，长沟镇在公社时期已成立的建筑队基础上，组建了建筑公司，承揽工程。

其他企业也在 20 世纪 70 年代末、80 年代初兴建起来。1977 年长沟建立了量具厂，1982 年建立了粉丝厂、燕兴设备安装公司、供销公司，1983 年建立了酱油厂、服装厂。1983 年，随着产业的发展，长沟成立了农工商公司，下设农业、工业、建筑、农机、运输、供销等 8 个公司。虽然有些企业比较短命，但到 1985 年时仍有十几家乡办企业，九十余家村办企业。

20 世纪 90 年代，长沟又建立起了溶剂厂、涂料厂、纺织机构厂、塑料厂、铸造厂、卫生材料厂、汽配厂、医药厂、饼干厂等乡镇企业。1996 年后，国内市场形成买方市场，乡镇企业陷入艰难的发展困境，长沟的乡镇企业开始转制。1998 年北京市开始扶持乡镇企业实现"二次创业"，长沟镇断然关闭各村的石料采掘业，封山造林，恢复植被，调整产业结构。同时，对 14 家镇办企

---

① 农业发展的详细内容参见第三章。
② 第二、三产业发展的详细内容参见第四章、第五章。

业实施改组改制。2000 年后，长沟镇政府又开始打造"新世纪产业基地"，吸引外来投资。现在，长沟镇已形成了可持续发展的良好环境。

（三）经济总量的增长与经济结构的变化

改革开放后，长沟乡镇企业的快速发展带动了全乡经济的高速增长，经济总量迅速攀升。进入 20 世纪 90 年代后，在第二产业、第三产业的强劲发展下，全镇的经济结构也出现了显著的变化。

1. 经济总量的增长。

1990 年以来，长沟的经济总量增长迅猛。1990 年长沟的国内生产总产值为 8016.8 万元，1993 年达到 22112.2 万元，1994 年又上升到 33197 万元，与 1990 年相比，1993 年、1994 年分别增加了 1.76 倍和 3.14 倍。从长沟镇农村国内生产总值看，1993 年为 8677.3 万元，1994 年上升到 10286.5 万元，1995 年、1996 年略有下降，1997 年、1998 年徘徊在 1 亿多元，1999 年猛增到 17010 万元。进入 21 世纪后，长沟镇农村国内生产总值更是一路飙升，2000 年突破 2 亿元，2002 年突破 3.5 亿元，2003 年超过 4.5 亿元，2004 又跃过了 6 亿元。与 1993 年相比，长沟镇农村国内生产总值 1999 年增加 0.96 倍，2000 年增加 1.38 倍，2002 年增加 3.24 倍，2003 年增加 4.43 倍，2004 年增加了 6.06 倍。从长沟镇人均国内生产总值看，1990 年为 3164 元，1992 年为 1990 年的 1.57 倍，1994 年为 1990 年的 4.04 倍。从长沟镇人均农村国内生产总值看，1993 年为 3535.1 元，1994 年增长为 1993 年的 1.19 倍。1995 年、1996 年、1997 年略有下降，1998 年增长为 1993 年的 1.47 倍。2000 年至今，长沟镇人均农村国内生产总值增长势头强劲，2000 年、2002 年、2003 年、2004 年分别是 1993 年的 2.23 倍、3.94 倍、5.0 倍和 6.5 倍。如表 2-1、表 2-2 所示。

表 2-1　　　　　长沟镇 1990—1994 年农村社会总产值（当年价）

| 年度 | 国内生产总值（万元） | | | | | | | | 人均国内生产总值（元） |
| | 总　计 | | 第一产业 | | 第二产业 | | 第三产业 | | |
	产值	（%）	产值	（%）	产值	（%）	产值	（%）	
1990	8016.8	100	3100.3	38.7	4277.8	53.4	638.7	7.9	3164
1991	9104.8	100	3123.7	34.3	5327.7	58.5	653.4	7.2	3659
1992	12294.1	100	3090.1	25.1	6965.6	56.7	2238.4	18.2	4962
1993	22112.2	100	3431.7	15.5	15390.1	69.6	3290.4	14.9	8576
1994	33197	100	6074	18.3	22391	67.4	4722	14.2	12785

资料来源：长沟镇统计科提供的统计资料。1990 年、1991 年原统计资料分为农业总产值、工业总产值、建筑业总产值、运输业总产值、工业及企业总产值五类，第一产业总产值即农业总产值，第三产业总产值实为运输业总产值，工业总产值、工业及企业总产值为第二产业总产值。1992—1994 年原统计表为农业总产值、工业总产值、建筑业总产值、运输业总产值、商饮服务业总产值五类，第一产业总产值即农业总产值，第三产业总产值为运输业总产值与商饮服务业总产值，工业总产值为第二产业总产值。

表 2 – 2　　长沟镇 1993—2006 年农村国内生产总值增长情况（当年价）

| 年度 | 农村国内生产总值（万元） | | | | | | | | 人均国内生产总值（元） |
| | 总　　计 | | 第一产业 | | 第二产业 | | 第三产业 | | |
	产值	（%）	产值	（%）	产值	（%）	产值	（%）	
1993	8677.3	100	—	—	—	—	—	—	3535.1
1994	10286.5	100	—	—	—	—	—	—	4200
1995	8224.5	100	—	—	—	—	—	—	3320
1996	9270.1	100	—	—	—	—	—	—	3761.9
1997	10730	100	1171.1	10.9	4189	39.0	5369.9	50.1	4060.7
1998	11711	100	1676.5	14.3	1604.7	13.7	6221.3	53.0	5194.9
1999	17010	100	1706.2	10.0	6731.2	39.6	8572.6	50.4	6527
2000	20648.8	100	2160	10.5	8793.8	42.6	9695	46.9	7890
2001	27216	100	2728.4	10.0	12022.6	44.2	12465	45.8	10324
2002	36789.0	100	3090	8.4	16436	44.7	17263	46.9	13912
2003	47153.5	100	3780.9	8.0	24600.1	52.2	18772.5	39.8	17691.6
2004	61301	100	4004.5	6.5	41357.5	67.5	15939	26.0	22989
2005	128190.4	100	11199.5	8.7	82777.9	64.6	34213	26.7	48262
2006	121080.4	100	7933.8	6.6	94683.6	78.2	18463	15.2	45090
2007	92020.2	100	8251.2	9.0	66438	72.2	17331	18.8	34878

　　资料来源：长沟镇统计科提供的统计资料。原统计资料缺 1994—1996 年分行业统计数据。

　　20 世纪 90 年代以来，长沟镇的经济发展速度与房山区及全国的平均水平相比，也是比较快的，它的经济增长幅度高于房山区与全国平均增长率。但是，长沟镇经济发展的波动幅度也很大。特别是 2004 年由于国家税收政策的调整，镇财政收入的大户顺天通房地产公司不再向长沟镇纳税，长沟镇经济增长出现了严重的下滑，如表2-3、图2-1所示。

表2-3　　长沟镇1990—2007年国内生产总值的增长比例（上年为100,％）

年度	长沟镇	房山区	全国
1991	113.6		109.1
1992	135.0		114.1
1993	179.9		114.1
1994	118.5		113.1
1995	80.0	116.8	109.3
1996	112.7	100.5	110.2
1997	115.7	105.6	109.6
1998	109.1	115.0	107.3
1999	168.8	112.5	107.9
2000	121.4		108.6
2001	131.8	111.7	108.1
2002	135.2	115.1	109.5
2003	128.2	114.5	110.6
2004	127.8	118.4	110.4
2005	198.8		111.2
2006	94.5		111.1
2007	76	107	111.1

资料来源：长沟镇统计科提供的《房山区统计资料（1995—1999）》、《房山区统计年鉴（2000—2008）》、《中国统计年鉴（2007）》。

经济的高速发展，带来了农村经济营业收入、农户纯收入及镇财政收入的快速提高。1990年长沟镇农村经济营业收入为3416.2万元，比1989年减少31.9%。此后，农村经济营业收入持续上升，与1990年相比，1991年增长了14.5%，1993年增长了281.1%，1996年增长了687.5%，1998年增长了893.7%，2000年增长了1554.0%，2003年增长了3693.5%，2006年则增长了5688.4%，2007年增长了3739.0%。长沟镇农户人均纯收入1990年为1096元，较1989年减少了24.2%。1991年后，农户人均纯收入增长的速度加快，与1990年相比，1991年提高了29.4%，1993年增加了137.6%，1996年增长了92.1%，1998年提高了82.6%。进入21世纪以来，农户人均纯收入增长的势头仍很强劲，与1990年相比，2000年、2003年、2006年、

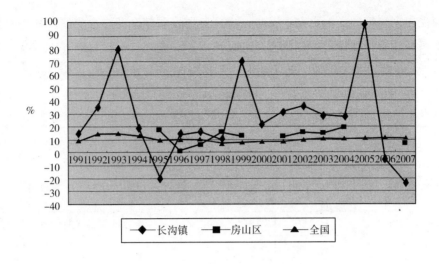

资料来源：《中国统计年鉴（2007）》。

图 2 - 1　长沟镇 1990—2006 年经济发展速度比较

2007 年分别增长了 372.7%、600.1%、723.0% 和 731.7%，如表 2 - 4 所示。

　　长沟镇的财政收入在 1993 年后更是几年一个台阶的飞速增长。1993 年长沟镇财政收入为 214 万元，1994 年到 1996 年增长较为缓慢，1997 年增长到 411.2 万元，1998 年增长到 469.8 万元，增幅分别为 192.1% 和 219.5%。1999 年长沟镇引进房地产企业顺天通房地产公司后，财政收入有了巨大的提高。与 1993 年相比，1999 年增长了 1046.3%，2000 年增长了 3320.6%。2002 年、2003 年镇财政收入突破 2 亿元，分别比 1993 年增长了 9974.1% 与9378.5%。2004 年，由于国家税收政策的调整，企业不再向注册地税务部门纳税，改为向经营地税务部门纳税，顺天通房地产公司脱离长沟，在属地纳税，长沟财政收入大幅下降，2005 年、2006 年超过了 1 亿元，2007 年降到6199 万元，如表 2 - 4、图 2 - 2 所示。近几年镇财政收入的高速增长，为镇政府打下了雄厚的经济实力。进入 21 世纪后，正是凭借富裕的地方财政，长沟镇政府调整了第二产业结构，整治了生态环境，着力打造出"京南水乡"。

　　长沟镇经济总量在 2000 年出现大幅的增长，其主要因素是当时镇政府实行招商引资，引入了房地产企业顺天通房地产公司等几家企业。这些企业在长沟镇注册，向长沟镇缴纳地税，促进了当地的经济增长。但是，引入企业受国家政策的影响很大。因此，2004 年国家调整企业纳税政策，引入企业不再向注册地纳税，长沟镇地方财政收入大幅下降。因此，当前长沟镇迫切需要解决引入企业离去后的困难，迫切需要培养本地的支柱型企业。

表 2-4　　长沟镇 1989—2006 年主要经济收入指标的变化（当年价格）

| 年份 | 农村经济营业收入 * | | | | | | 人均纯收入 ** | | 镇财政收入 | |
| | 总　额 | | 其中来自集体 | | 其中来自自营 | | | | | |
	数额（万元）	同比增减	数额（万元）	同比增减	数额（万元）	同比增减	数额（元）	同比增减	数额（万元）	同比增减
1989	5015	—	2397.4	—	2617.6	—	1446	—	—	—
1990	3416.2	-31.9	1566.2	-34.7	1850	-29.4	1096	-24.2	—	—
1991	3912.9	14.5	776	-50.5	3136.9	69.6	1481	29.4	—	—
1992	5538.7	41.5	775.9	-0.1	4762.8	51.8	1909	28.9	—	—
1993	9602.5	73.5	3880	400	5722.5	20.1	2604	36.4	214	—
1994	14140.2	47.3	—	—	—	—	2785	7.0	234.9	9.8
1995	19376.2	—	6230.4	—	13145.9	—	1921	308.8	31.5	—
1996	23485.6	21.2	7302.6	17.2	17016.2	29.4	2105	9.6	358	16.2
1997	26579.2	13.2	6469.4	-11.4	20736.9	21.7	2510	19.2	411.2	14.7
1998	30529.2	14.7	5842.5	-9.7	24686.7	19.0	2001	-20.3	469.8	14.4
1999	42125.6	38.0	5445	-6.9	36680.6	48.6	4317	115.7	2239	376.6
2000	53086.4	26.0	6598.9	21.2	45487.5	24.0	5181	20.0	7106	217.3
2001	67194.1	26.6	4949.9	-25	62244.2	36.8	6793.4	31.1	12248	72.4
2002	96099.3	43.0	5439.5	9.9	90659.8	45.7	6952.3	2.3	21344.5	74.3
2003	126176.8	31.3	8720.0	60.3	117456.8	29.6	7673.4	10.4	20070	-6.0
2004	155486.4	23.2	11588.7	32.9	143897.7	22.5	8272.2	7.8	8952	-55.4
2005	163125.4	4.9	6329.0	-45.4	156796.4	9.0	8958	8.3	10388	16.0
2006	194328.5	19.1	6486.3	2.5	187842.2	19.8	9020	7.0	12408	19.4
2007	131147.2	-32.5	4577.7	-29.4	126569.5	-32.6	9115	1.1	6199	-50.0

资料来源：长沟镇经管、统计科提供的资料。

注：* 本表 1994 年的数据为该镇原统计资料中"农村经济总收入"之"纯收入"数，与 1995

年后的"农村经济营业收入"统计口径有差别。

　　＊＊本表1994年的数据为该镇原统计资料中"人均收入"数，与1995年后的"人均纯收入"统计口径有所差别。

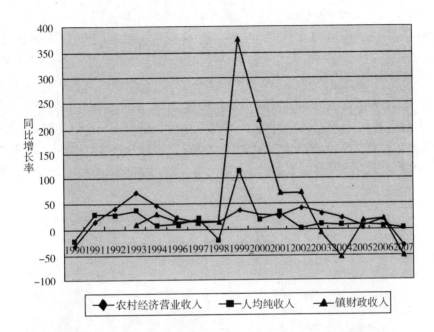

图 2-2　长沟镇1990—2007年主要经济收入指标的增长轨迹

　　2. 经济结构的变化。

　　改革开放以来，随着乡镇企业的异军突起，第二、三产业在农村国内生产总值中所占的份额越来越大，农业所占份额愈益减少，乡镇经济结构逐渐发生了重大的变化。在农村经济结构中，农业产值的比例日渐缩小，工业和第三产业产值快速增长，是全国农村经济的发展趋势。长沟镇第二、三产业的起步较早，发展较快，产业结构调整的步伐走在全国的前列。进入20世纪90年代后，投资结构出现了显著的变化，长沟镇的产业结构也发生重大转变。

　　1990年在长沟镇国内生产总值中，农业、第二产业和第三产业的比例分别为38.7%、53.4%和7.9%。1992年农业所占比例下降，第二、第三次产业所占比例上升，三次产业比例分别为25.1%、56.7%和18.2%。1993年、1994年农业产值在长沟镇国内生产总值中所占比例降到20%以下，第二、三产业所占比例则有较大的提高。20世纪90年代末期，农业产业在三次产业中所占比例进一步降到10%左右，如1997年、1999年、2000年分别减低到10.9%、10.0%和10.5%；第二、三产业所占比例则又有大的增长，特别是第三产业所占比例增长最快，1997年、1998年和2000年分别上升到50.1%、53.0%和50.4%；第二产业所占比例大体在40%左右，1997年、1998年和2000年分别提高到39.0%、38.1%和42.6%。进入21世纪后，农业产业所占比例又降至10%之下，2002年、2003年、2004年、2005年、2006年和2007年分别为8.4%、8.0%、6.5%、8.7%、6.6%和9.0%；第二产业所占比例趋于上升，2002年、2003年、2004年、2005年、2006年和2007年分别为44.7%、52.2%、67.5%、64.6%、78.2%和72.2%；第三产业产值所占比例略有波动，2002年、2003年、2004年、2005年、2006年和2007年分别为46.9%、39.8%、26.0%、26.7%、15.2%和18.8%，如表2-1、表2-2和图2-3。

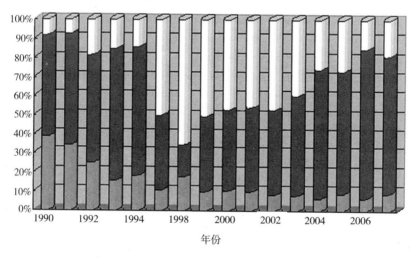

图2-3　长沟镇1990—2007年产业结构变化

20世纪90年代以来，长沟镇的投资规模增长很快。1995年全镇投资总额为5420万元，1997年达到7130万元，1999年突破了1亿元，2002年超越了3亿元，2003年越过了4.5亿元，2005年接近6亿元，2006年跨过了7.5亿元。以1995年投资额为100，长沟镇的投资总额1997年为131.5，1999年为255.4，2002年为555.2，2003年为834.9，2005年为1103.0，

2006 年为 1399.5。如表 2 - 6。在固定资产投资中，2003 年之前生产性固定资产投资占的比重较大，如 2000 年、2001 年、2003 年都超过了 75%。2003 年后，随着当地政府加大了基础设施的投资规模，生产性固定资产投资所占比例大幅下降，2004 年、2005 年、2006 年和 2007 年分别为 36.0%、35.7%、47.2% 和 0.7%，如表 2 - 5。

表 2 - 5　　长沟镇 2000—2007 年生产性固定资产投资的比例及增长情况

单位：万元

年份	生产性固定资产投资		固定资产投资年增长率（%）
	数额	%	
2000	10800	75.4	30.2
2001	11634	75.6	7.4
2002	19896.4	66.1	95.6
2003	34438.4	76.1	50.4
2004	20433	36.0	25.4
2005	21322	35.7	5.4
2006	31383	47.2	31.4
2007	31600	0.7	20.9

资料来源：北京市房山区长沟镇统计、经管科。

投资规模增长的同时，长沟镇的投资结构也发生了较大的变化。2003 年之前，长沟镇的投资类型主要分为农业、企业、道路、环境卫生、基础设施和房地产开发，2003 年后增加了对能源、教育、办公设施的投资。2003 年之前，投资于企业占了总投资的绝大部分，1995—2002 年每年所占投资比例都高于 70%，2003 年后出现了大幅下降，所占比例约在 20%—30% 之间。2003 年之前，长沟镇投资于农业的比例很低，每年都在 2% 以下，2003 年后投资于农业的比例出现大的提高，由 2.8% 上升到了 12%。2003 年前道路投资所占比例也较低，多数年份在 4% 左右，2003 年后所占投资比例突破了 10%，2006 年达到了 20%。环境卫生所占投资比例也有较大的变化，2000 年之前投资比例没有超过 6%，2000 年之后所占投资比例逐渐上升到 8% 左右。基础设施所占投资比例在 2002 年前后出现了较大增长，此前所占比例大约在 6%—7%，2002 年上升到 14%，2003 年进一步提高到了 20% 以上。房地产开发投资年占比例波动较大，1995—1997 年约占 10% 左右，1998 年到 2002 年下降到 9% 以下，2003 年出现较大的增长，2004—2006 年每年所占比例约为 14%。2003 年后长沟镇的投资结构出现较大的变化，投资项目增加了能源、教育、办公设施，但所占投资总额的比例都不大。如表 2-6 和图 2-4。

表 2-6　　　　　　　　　长沟镇 1995—2007 年的投资结构

年度	总计（万元）	各部分投资占总额的比例（%）								
		农业	企业	道路	能源	环境卫生	教育	办公设施	基础设施	房地产开发
1995	5420	0.9	71.0	4.2	—	4.0	—	—	7.1	12.8
1996	6540	1.5	73.6	4.1		3.9	—	—	6.4	10.5
1997	7130	1.5	73.4	3.9		3.7	—	—	6.6	10.9
1998	9035	1.4	76.7	3.5		3.2	—	—	6.0	9.2
1999	13844	1.2	80.6	2.7		3.3	—	—	5.7	6.5
2000	14320	1.6	75.0	2.9		5.8	—	—	6.8	7.5
2001	15384	2.0	75.6	4.0		7.2	—	—	6.6	4.6
2002	30093.4	1.7	63.3	4.3	—	6.5	2.8	—	14.0	8.3
2003	45249	2.8	28.6	10.6	2.7	7.6	2.7	0.6	21.0	23.4
2004	56747	3.1	34.4	10.5	1.7	7.9	1.2	1.9	25.2	14.1
2005	59783	4.7	28.1	12.9	2.1	9.4	2.5	0.8	25.0	14.5
2006	75852	12.0	21.8	20.8	3.4	7.9	2.9	3.9	13.6	13.7
2007	73546	16.5	24.7	14.0	4.8	6.2	2.1	0.4	25.1	6.2

资料来源：长沟镇统计、经管科。

二　社会文化事业的巨大变化[①]

（一）科技、教育的发展

改革开放以来，长沟经济的快速发展为推动科技、教育事业的进步打下了坚实的基础。特别是进入 21 世纪后，为提高农村科技水平，长沟积极组织大型科普赶集，制作"科普画廊"，普遍推广和应用农业科技，农业技术

---

① 详细内容参见第七、十一、十二章。

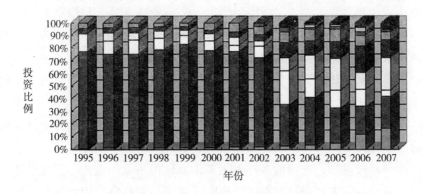

投资比例

1995 1996 1997 1998 1999 2000 2001 2002 2003 2004 2005 2006 2007

年份

■农业 ■工商业 □房地产 ▨基础设施 ▨道路 ▨环境卫生 ▨教育 ■办公设施 ■能源

图 2 - 4 长沟镇 1995—2007 年投资结构的变化

人员比例增加，科技事业有了较大进步。

长沟十分重视中小学教育工作。2000 年以来，为提高教育质量，长沟镇加强了校园建设，撤并办学条件差的小学，实现了校园环境达标和规模办学。长沟镇教师的素质和教学质量也有明显提高，初中毕业生及格率达到了100%。实现规模办学后，2004 年为解决镇周边学生"上学难"的问题，镇政府投资 1900 万元，建设了新中心小学教学楼、综合楼及塑胶跑道，配备了 3 辆大客车接送教师和学生，方便了群众，保证了学生的交通安全。镇政府还投资 100 万元，完成了中心幼儿园改建工程。在成人教育方面，则结合劳动者素质提高工程，开展了学历教育和科技培训。目前，长沟镇已构建了成人教育、中小学义务教育、幼儿教育"三位一体"的大教育格局。

在改善办学条件的同时，长沟镇中小学开展了"寻找失落的文明"主题教育活动，组织学生开展征文、绘画、书法、演讲等活动，教育学生"争做文明长沟人，建设文明新长沟"，陶冶青少年爱家乡、爱祖国的道德情操。

（二）文化、卫生的发展

长沟自古以来文化底蕴丰富，改革开放后，富裕起来的村民搞起了丰富多彩的文化活动。

为提高群众文化生活水平，2000 年以来，长沟镇加强了对文化活动场所的建设，建立了村民娱乐室、老年活动站等基础设施，有的村庄还建立了体育健身场所，配置各类健身器材，为村民晨练和健身提供场地。长沟镇还开展村级文化大院建设，村村都组织了秧歌队，自导自演，自娱自乐。长沟镇也借传统大集之地，建设"文化大集"，弘扬先进文化，传播科技知识，使原本只具备商品交换功能的商业大集，具备了为人们提供各种知识和信息的功能，农民在赶集购物时就可获得政策、技术和信息。

长沟镇弘扬传统文化的群众活动非常丰富。村民广泛开展棋牌赛、秧歌赛、乒乓球比赛，镇政府组织"五月的鲜花"等系列文化娱乐活动，举办了"水乡风韵、魅力长沟"有奖摄影征文比赛、民间花会比赛、消夏露天电影等喜闻乐见的群众文化活动，极大地丰富了群众的业余文化生活。

改革开放以来，长沟的医疗卫生工作也取得很大的进步。家庭联产承包责任制推行后，人民公社时期的合作医疗解体，农村医疗卫生状况一度停滞不前。进入 21 世纪后，新型农村合作医疗制度在长沟推开，2004 年，新型农村合作医疗全面推行，覆盖率达 100%。2006 年参合率达到 94%。长沟中心卫生院的建设也有大的发展。近年来，卫生院开展了"光明行动计划"，对 34 名白内障患者免费实施了复明手术。卫生院还对 0～6 岁儿童开展健康筛查活动，查出患者，及时转诊治疗。长沟卫生院还开展了疫病防治工作，维护公共卫生安全。

（三）社会保障体系建设

家庭联产承包责任制推行后，人民公社时期的社会保障体系基本瓦解。"三农"问题引起全社会的高度关注后，各地开始探索建立农村社会保障体系问题。2000 年以来，长沟镇逐渐推行最低生活保障制度，政府把"扶贫济困"作为工作的重中之重。2004 年，最低生活保障制度得到全面落实，长沟镇出台了低保承诺制度，做到了应保尽保，这一措施在全区得到推广。政府关注特困户、残疾人等弱势群体，实施爱心助残"六大工程"。2006 年，最低生活保障制度得到进一步的推进。

（四）社会治安

改革开放以来，长沟的社会治安综合治理取得成效。近年来，镇、村领导层层签订综治工作责任书、禁毒责任书、消防安全责任书和交通安全责任书，成立宗教工作领导小组，开展反邪教警示教育工作，各村（居）委会还成立了巡逻队，分组对辖区进行 24 小时巡逻。多年来，全镇无重大火灾、无重大刑事案件，政治安定，社会稳定。

三　新农村建设的推进

党的十六届五中全会提出了建设社会主义新农村的大政方针。为建设

"生产发展、生活宽裕、乡风文明、村容整洁、管理民主"的新农村，长沟镇党委、政府动员各方力量，积极投入新农村建设。

（一）发展生产

新农村建设的首要任务是发展生产。长沟镇将农业发展定位于都市型农业、设施型农业，大力推动北甘池优种核桃合作社、双磨星冠弘成合作社的发展，巩固与规范双萍奶牛合作社、三座庵柴鸡合作社的生产经营，以带动全镇核桃、蔬菜、奶牛、柴鸡产业化发展，增强特色农产品的市场竞争力。

（二）培养新型农民

农民是建设新农村的主力。为培养新型农民，镇政府力图发挥镇成人教育中心、农民田间学校的作用，做好农民转移就业培训和实用技术培训工作，提高农民素质，促进家庭工资性收入的增长。镇政府积极开展成人教育，已举办各级各类成人培训班 25 期，培训农民 4269 人次。大力开展职业技能培训和职业指导工作，组织农村富余劳动力职业技能培训班，培训后的人员全部实现了就业。政府有关部门还组织职业指导培训班，培训农民上千人次，为他们推荐工作。另外，在一些村庄成立农民就业服务队，帮助弱势劳动力就业。

（三）美化环境

在村庄建设方面，力求做到村容整洁。镇政府重点推进村庄规划的编制工作，完成了坟庄、北正、三座庵、东长沟四个市、区级重点村的规划设计。同时，加快实施旧村改造步伐，推进甘池新村住宅楼工程的建设，引导更多的农民入住舒适的新房舍。在农村积极发展新能源利用，新建节能浴池5 座，667 户农民用上了太阳能热水器。在建设新农村政策提出之前，长沟镇的农村改厕、改水、硬化道路等工作已经完成。为整体改善农村环境，建设垃圾中转站 1 座，设置垃圾箱 40 个，购置垃圾运输车 5 辆，并新建公厕 8座，垃圾无害化处理率已达到 50%。各村已完成路面硬化 21 万平方米，绿化美化 34 万平方米。目前，政府各部门还在开展"亮起来、暖起来、循环起来"等三项工程，新安装太阳能路灯 417 盏，安装太阳能热水器 450 户，推广生物采暖炉 200 台，建设了三座庵村秸秆气化站，长沟各村的面貌已大有改观，有效改善了农民生活环境。

长沟镇继续打造优美的人居环境。按照建设京南水乡的发展战略，镇政府实施了龙泉湖二期综合治理工程，完成了龙泉湖二期湖心岛和周边环境绿化，新增湿地面积 37 万平方米。组织群众植树造林，完成了三座庵西坡爆破造林 300 亩，植树 3 万株，全镇绿化面积达到 3.1 万亩，绿化覆盖率达到 52%，中心区绿化覆盖率达到 67.9%。

（四）提高公共服务与民主管理水平

推进农民所需要的公共服务设施建设，是新农村建设的又一重要内容。长沟镇政府大力加强公共服务设施建设，新建 8 家便民超市，为社区卫生服务站配齐了医疗设备，为 80% 以上的住户接通了"四位一体"的信息网络。另外，长沟镇的新型农村合作医疗、社会保障工作也已取得成效，有效地提高了农民的生活质量。

长沟镇也在努力推进农村民主管理。全镇及各村已做到政务公开，进一步细化了村委会议事规则，村务管理逐步规范。2007 年，已完成第七届村委会换届选举工作，促进了村庄的和谐与稳定。

（五）培育文明乡风

为推进乡风建设，推进社会主义新农村文化建设，长沟镇积极宣传党的政策，制作了"八荣八耻"、新农村建设知识问答、"三字歌"、村民行为规范"四字歌"宣传册，免费发放到户。镇志愿者义务宣传队到各村各企业巡演自编自演农民喜闻乐见的反映文明新风的节目，积极开展群众文化活动。为丰富农村文化生活，政府启动了"2131"电影放映工程，每年放映电影近 300 场。长沟镇还成立了新农村"好孩子广播站"，开办村级有声数字图书馆。现在，长沟镇正在开展"迎奥运、讲文明、树新风"活动，开展了"十星文明户"、"诚信商户"评选、"周末社区大讲堂"、"讲文明、讲道德大讲堂"等系列文明礼仪宣传教育活动。这些宣传活动，推动了文明乡风建设。

第三章

第一产业发展状况

　　农业是长沟镇发展的基础。改革开放以来，长沟镇的农业不断取得发展和进步。这不仅体现在农业产量和结构变化上，也体现在农业生产经营体制和技术的变化上。长沟镇政府对农业的发展也十分关注。从引导农民进行观念的转变到"以水为神、以绿为魂、天人合一、永续发展"战略的提出，从各种项目的实施到各种支农惠农补贴的落实，都体现了长沟镇农业发展环境的不断优化和进步。总之，1979年以来，长沟镇的农业取得了可喜的成绩，为其他产业的发展创造了空间。

第一节　农业的发展与变化

　　1979年以来，长沟镇的农业发生了显著变化。在粮食播种面积和农业产量上，尽管工业化用地不断增加，但总体上保持了粮食播种面积的稳定，因此，粮食总产量有所波动，经历过下降的过程，但近年来又有所回升。农业结构不断改善，畜牧业、林业得到不断发展。农业结构的调整和优化，使农民的生活方式发生了根本性变化。而且，在农民走向逐渐富裕的同时，长沟镇的山川更加秀美。农业生产的技术水平不断得到提高，尤其是节水灌溉技术得到了普及和发展。农业生产经营的规模化、专业化水平也有了长足进步，目前龙头企业、基地已经遍布长沟各村。都市农业和循环农业发展迅速，生态农业有了初步发展，设施农业上了一定规模，休闲农业也有了初步基础。总之，近年来，长沟镇的农业发展有声有色。

一　农业产量和结构的变化

（一）粮食种植面积的变化

目前，随着中国工业化进程的加快，耕地面积的数量不断受到威胁[①]。2005 年，全国耕地面积为 18.31 亿亩，与 1996 年的 19.51 亿亩相比，减少 1.2 亿亩，人均耕地也从 1996 年的 1.59 亩变为 1.4 亩。中国的耕地数量已经逐步接近 18 亿亩的"红线"。长沟镇作为京南水乡，其耕地面积也随着工业化的进程有所变化。改革开放以来，其耕地面积变化不大，一直维持在 26000 亩左右。到了 20 世纪 90 年代中后期，随着工业化用地（比如开发区建设）的增加，长沟镇的耕地面积有所减少。中国关于土地的基本国策是"十分珍惜和合理利用每寸土地，切实保护耕地"。在 2001 年 3 月第九届全国人大第四次会议上通过的《国民经济和社会发展第十个五年计划纲要》中，为了稳定粮食生产能力，党中央、国务院要求严格执行基本农田保护制度[②]，保持全国耕地总量动态平衡[③]，确保到 2005 年全国耕地面积不低于 12800 万公顷（19.2 亿亩）。然而，由于开发区热、非农建设用地扩张、农业结构调整和生态退耕等原因，耕地保护的形势越来越严峻。为了保护耕地，长沟镇人民政府根据《中华人民共和国土地管理法》、《城市规划法》，以及北京市房山区有关法律、法规，并结合长沟镇实际情况，制定了规范使用土地管理的有关规定，并自 2003 年 8 月 1 日起实行。在这个规定中，明确指出，各村集体所有的土地的使用权不得出让、转让或者出租用于非农业建设；禁止在批准临时使用的土地上建设永久性建筑物、构筑物和其他设施。

从改革开放到 20 世纪 90 年代，长沟镇的粮食播种面积也基本稳定，

---

①　农村土地，除了法律规定属于国家所有的以外，统归农民集体所有。农村土地在利用现状上，分为农地、建设用地和四荒地（未利用地），其中农村建设用地分为农业建设用地和非农建设用地。农地是指直接用于农业生产的土地，包括耕地、林地、草地、农田水利用地（农田灌溉）、养殖水面和其他用于农业的土地。四荒地主要包括荒山、荒沟、荒丘和荒滩等。耕地是农业用地的主要类型，指用于小麦、水稻、玉米、蔬菜等农作物并经常进行耕耘的土地。

②　对基本农田进行保护，包括基本农田数量保护和基本农田质量保护。基本农田保护制度主要包括：基本农田保护规划制度；基本农田保护区制度；占用基本农田审批制度；基本农田占补平衡制度；禁止破坏和闲置、荒芜基本农田制度；基本农田保护责任制度；基本农田监督检查制度；基本农田地力建设和环境保护制度。

③　耕地总量动态平衡是指在一定时期、一定行政范围内开垦增加的耕地总量不少于减少的耕地总量，从而使耕地总量保持稳定。

维持在 35000 亩左右，这既包括夏粮播种面积，也包括秋粮播种面积。90
年代中后期，随着农业种植成本的上升以及种地机会成本的上升，广大农
民选择了去城里务工或者在农田种植上投入更少的精力。由此导致农田种
植面积不断减少，甚至有部分地块撂荒，但由于长沟镇的人均耕地很少，
所以撂荒的耕地也不多。21 世纪初期，由于粮食价格的提高以及农业收入
的增加，农民在耕种上投入了更多的精力，从而使得粮食种植面积不断增
加。总之，20 世纪 90 年代以来，粮食种植面积大致经历了一个由多到少，
然后又由少到多的过程，如图 3 - 1 所示。这个变化趋势与全国的趋势大
致一样。根据统计数据，2000 年全国粮食种植面积大约为 16.07 亿亩，比
上年减少 9000 万亩。该年是新中国成立以来粮食播种面积最少的一年。
从多年实践经验看，根据对现阶段中国粮食综合生产能力的分析，要实现
产需总量的大体平衡，全国粮食播种面积需要稳定在 16.5 亿亩左右。因
此，对于长沟镇来说，也有责任防止粮食播种面积继续大幅度调减，保证
年际之间、地区之间粮食播种面积不能波动过大。长沟镇实施的具体措施
是：一方面是坚持最严格的耕地保护制度，控制非农业占地，建立基本农
田保护区，确保基本农田总量不减少、质量不下降。另一方面是加强对现
有耕地的开发，通过进一步改进耕作制度和应用优良品种，保持相对稳定
的粮食作物播种面积，提高耕地利用效率。

　　长沟镇粮食作物的主要品种有水稻、玉米、小麦、豆类、白薯以及高
粱。伴随着粮田面积的变化，各种粮食作物的播种面积也发生了变化。有的
农作物播种面积减少，而有的农作物播种面积提高。总体来说，水稻、豆
类、高粱等的播种面积不断缩小，而玉米的播种面积则经历了显著提高、略
减、再次提高的过程，小麦的播种面积经历了先减少、后增多的过程，如
图 3 - 2 所示。某些农作物品种播种面积的减少与长沟镇的农业耕种的"天
时、地利"有关。比如，水稻的种植面积由 3500 亩左右变为目前的不足 700
亩（水稻的种植面积在 1980 年时是 4826 亩，而且，由于米质优良而成为贡
米），就与长沟镇的地下水位不断下降有关①。地下水位的下降，导致种植水
稻所需要的水资源减少，从而使得水稻耕种不具有大规模种植条件。某些农
作物播种面积的提高则不仅与长沟镇的"天时、地利"有关，还与该作物的

---

　　①　导致地下水位不断下降的因素很多，包括临近乡镇的大量机井采用、引拒济燕工程、工业
发展的影响等。

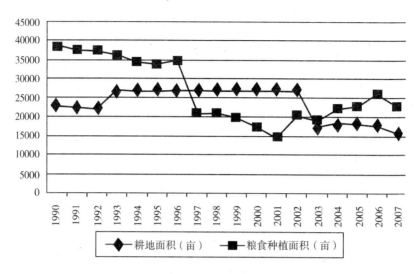

资料来源：长沟镇统计科提供的统计资料；房山区 2008 统计年鉴。

图 3 - 1　长沟镇 1993—2007 年耕地面积和粮食种植面积的变化

注：粮食种植面积的数据含义有所不同，1996 年之前指的是粮食播种面积，1997—2001 年间指的是粮田占耕地面积，而 2002 年之后指的是粮田面积。粮食播种面积数值要大于耕地面积，因为长沟镇一些地块可以一年两作，分为夏粮和秋粮，粮食播种面积的统计既包括夏粮种植面积，也包括秋粮种植面积。2003 年以后粮田面积大于耕地面积主要是统计上的原因。

价格变化有关。比如，玉米播种面积的提高就不仅仅是因为它是水稻的一个很好的替代品种，还因为玉米价格的不断提升。

（二）粮食产量的变化

改革开放初期，中国粮食产量曾经有过显著的提高，但随后，这种趋势就变得不明显。很多学者通过研究认为，改革开放初期粮食产量提高主要得益于农业耕作制度的变化，即家庭联产承包责任制取代了人民公社制度。当然，粮食价格的提高也是其中一个重要原因。长沟镇的粮食产量变化同样体现了这个趋势。20 世纪 90 年代以来，伴随着粮食种植面积的变化，长沟镇的农业产量总体上经历了两个周期：第一个周期从 90 年代开始到 90 年代中后期，粮食产量先上升、然后下降，过了低谷之后，又再次上升；第二个周期从 90 年代中后期到目前，粮食产量也呈现了一个先抑后扬的过程，如图 3 - 3 所示。从大的趋势看，长沟镇的粮食产量呈现下降趋势，尽管近年来粮食产量有所回升，但还没有达到

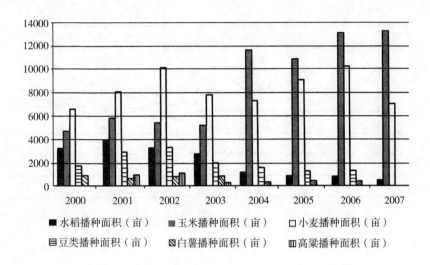

资料来源：长沟镇统计科提供的统计资料；房山区 2008 统计年鉴。

图 3 - 2　长沟镇 2002—2007 年主要农作物播种面积的变化

其历史最高水平。农业是人类最先开始的生产活动，也是人类生存所必需的产业。因为，农业的目的就是要利用动植物生长发育规律获取人类生存所需食物。粮食在人类社会发展进程中发挥着重要作用，在国民经济中有着特殊的重要性。国以民为本，民以食为天。确保 13 亿中国人有饭吃，用占世界 9% 的耕地养活占全球 21% 的人口，需要的就是粮食。因此，粮食产量的变化值得关注。尽管可以通过贸易获取世界粮食组织的支持，但是作为一个大国，有必要确保粮食安全。长沟镇虽然不是粮食主产区，但粮食产量的变化也引起了政府关注。长沟镇政府努力创造一个好的农业发展制度环境，来保证粮食生产。

　　如上所述，长沟镇主要农作物的耕种面积近年来发生了一些变化。因此，这些作物的产量也发生了相应的变化。基本的趋势是：小麦和玉米的产量不断上升，而其他主要作物的产量都有所萎缩，如图 3 - 4 所示。

　　长沟镇主要农作物的亩产在近年来没有显著的变化，如图 3 - 5 所示。这一方面说明了长沟镇主要农作物的播种面积和产量变化趋势趋同的原因；另一方面也表明了近年来粮食耕种技术没有得到显著提高。目前的农业耕种技术已经达到了较高水平。

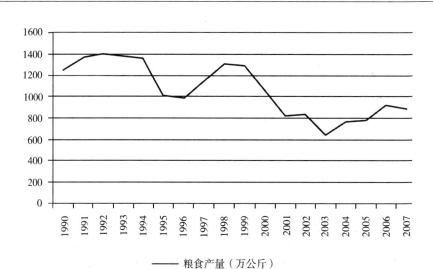

资料来源：长沟镇统计管科提供的统计资料；房山区 2008 统计年鉴。

图 3 - 3 长沟镇 1990—2007 年粮食产量的变化

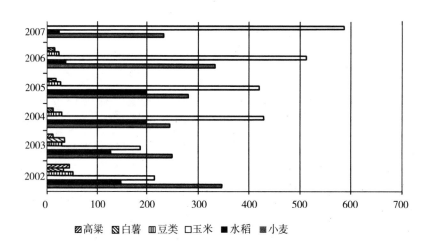

资料来源：长沟镇统计科提供的统计资料；房山区 2008 统计年鉴。产量单位：万公斤。

图 3 - 4 长沟镇 2002—2007 年主要农作物的产量变化

（三）农业结构的调整与变化

农业结构调整一直是农业发展的核心问题之一。它既是适应社会食品结构变化的要求，也是在更大范围内配置农业资源、提高农业生产率，增加农

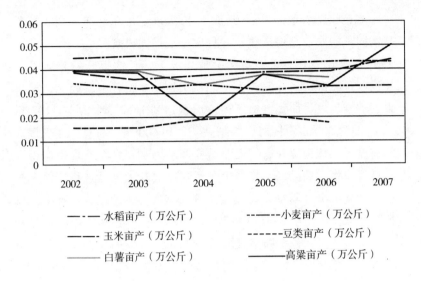

资料来源：长沟镇统计科提供的统计资料；房山区 2008 统计年鉴。

图 3 - 5　长沟镇 2002—2007 年主要农作物亩产的变化

民收入的需要。20 世纪 80 年代之前，长沟镇的农业结构变动缓慢，呈现出
单一的种植业为主的格局。农村经济体制改革以后，为了解决城市的副食品
供给问题，突破了"以粮为纲"之思想局限，京郊开始发展副食品生产。
1984 年，中央提出，大城市郊区要发展"郊区"型农业，可以少种粮食甚
至不种粮食。90 年代后期，随着中国农业整体上进入了一个新阶段，农业结
构调整也到了关键时刻。此时，随着粮食等多种农作物产量的提高，很多农
产品都实现了供需基本平衡。由于供给的提高和需求的刚性，绝大多数农产
品的价格都出现了下跌，农民收入增长的速度连年回落。这个时候，急需农
业结构调整。通过全面调整农业结构，可以优化农产品区域布局，提高农产
品质量，可以通过发展农产品加工业，促进农产品转化增值，从而提高农民
收入水平。作为都市郊区，其农业结构调整须有自身特点。随着都市功能的
日益多元化和农业功能的日益扩展，都市郊区农业在发挥"生产"作用的基
础上，还应该发挥"生活"和"生态"功能，率先实现具有都市特点的农
业现代化，并使现代化的大城市成为"有农"的都市。1998 年，北京市提
出"六种农业"来指导郊区的农业结构调整[①]，2005 年，北京市又提出"四

---

① 六种农业分别是：设施农业、籽种农业、精品农业、加工农业、创汇农业和观光农业。

种农业"来规范京郊农业的发展方向①。长沟镇正是在这样一个政策背景下进行了基本同步的农业结构调整，并且取得了很大成效。

从 1994 年开始，在林果、蔬菜基地建设上，长沟镇开发并形成了黄元井、西甘池两条经济沟。在完成大平大整土地 300 亩任务基础上，扩大了柿子、苹果、香椿等果树面积。柿子种植面积达到 1662 亩，苹果 1167 亩，香椿 1050 亩，药材 500 亩。同时，新增蔬菜面积 600 亩。可见，在巩固农业基础地位的前提下，长沟镇开启了农业结构调整之步伐。在粮食生产得以保障的同时，经济作物、林果以及养殖生产不断发展壮大。纵观长沟镇十多年来的农业结构调整情况，不难发现其成效是显著的。如图 3 - 6 所示，农业所占比重持续降低，已经由 1995 年的大约 75% 降至不足 30%。渔业尽管降低的幅度不是很大，但也是不断降低并维持在一个较低的比例。相反，畜牧业和林业所占比重不断提升。其中，畜牧业的提升较为显著，已经由历史最低谷的 20% 多提高到 60% 多。林业在近年来的增长是显著的，其所占比重不断提高。这一方面得益于国家"退耕还林"政策的引导和支持；另一方面也是长沟镇农业发展理念和思路的转变的结果。长沟镇曾经"靠山吃山"，大力发展过采矿业，对自然环境造成了一定的破坏。镇政府意识到了这样做会使得经济发展具有不可持续性，因此，在 2007 年提出"有煤不开矿、有水不养鸭"的口号，实施关矿限井，弃羊养鸡，退耕还林，开泉清淤等一系列举措，努力保护环境，恢复植被，坚持可持续发展观，坚持"以水为神，以绿为魂；天人合一，永续发展"之思路，努力做好山富水美大文章。为彻底改变山区农民落后的生产方式，长沟镇在山区村大力实施"弃羊养鸡"和"退耕还林"工程。目前，长沟镇柴鸡饲养规模已达到 8 万只，磨盘柿 2000 亩，薄皮核桃已经达到 4200 亩，并已陆续进入盛果期。农业结构的调整与优化，使农民的生产生活方式发生了根本性变化，大批农民在逐步走向富裕的同时，将山富水美这篇大文章也做得更加精彩。

长沟镇的蔬菜播种面积和总产量近年来总体上呈现出下降趋势。尽管与 2004 年相比，2005 年的播种面积和产量有所回升，但 2006 年马上又恢复了下降之趋势，如图 3 - 7 所示。相反，在"退耕还林"政策的支持下，果树种植面积不断扩展。因此，干鲜果品的总产量近年来总体上呈现出上升趋势。尽管 2005 年、2006 年有所波动，但总体上升趋势没有改变，如图 3 - 8 所示。

---

① 四种农业分别是：子种农业、循环农业、休闲农业和科技农业。

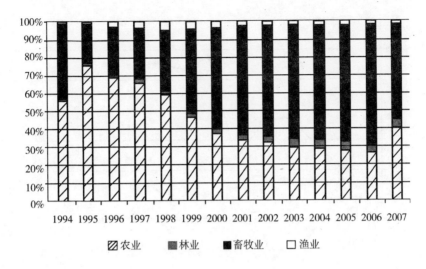

资料来源：长沟镇统计科提供的统计资料；房山区 2008 统计年鉴。

图 3 - 6 长沟镇 1994—2007 年农业结构变化

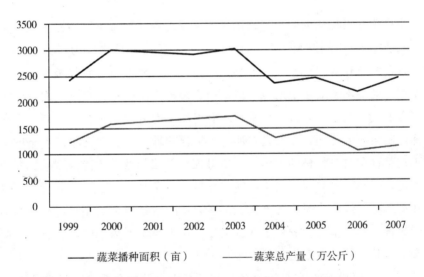

资料来源：长沟镇统计科提供的统计资料；房山区 2008 统计年鉴。

图 3 - 7 长沟镇 1999—2007 年蔬菜播种面积和总产量的变化

如上所述，在农业结构调整过程中，长沟镇的畜牧业得到了较好发展。这可以反映在出栏肉牛、猪、羊的数量变化上，如图 3 - 9 所示。从总体上看，出栏肉牛、猪、羊的数量呈现出上升趋势。在 2001 年之前，这种增速还较为明显。2001 年之后，虽然增速有所减弱，但增长的势头没有变。2006

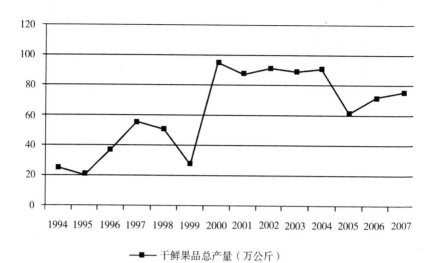

—■— 干鲜果品总产量（万公斤）

资料来源：长沟镇统计科提供的统计资料；房山区 2008 统计年鉴。

图 3 - 8　长沟镇 1994—2007 年干鲜果品总产量的变化

年，出栏羊和出栏猪的数量开始迅速下降。出栏羊数量下降的原因主要是长沟镇农业发展思路转变所引致的。正如前文所述，长沟镇为了保护生态环境，打造绿色长沟，开始弃羊养鸡，因为，山上放养将导致植被被破坏，而集中饲养的鸡不会对山上的绿色植被构成危害。出栏猪数量下降的原因主要有三方面：一是猪瘟导致，尽管镇政府组织了专人对猪进行了防疫，但还是不能遏制疾病的传播，尤其是对那些小规模的养殖户；二是猪肉价格的上涨抵不过粮食饲料等价格的上涨。这使得农户养猪的效益下降，因此，养猪激励不足；三是散养猪不利卫生。随着农村卫生条件的改善，圈养所带来的人居环境恶劣导致农户不愿意养猪。出栏肉牛的数量要远远小于出栏猪和出栏羊的数量，其数量变化的稳定性也较强。这主要是因为牛的饲养成本要高于猪和羊，其患病的概率也相对较小。

长沟镇的鲜蛋产量在 2000 年达到了其历史最好水平，约 50 万公斤，并一直持续到 2003 年，之后产量有所下降，2006 年不到 40 万公斤。鲜奶产量在 20 世纪 90 年代末期开始迅速提升，一直到 2003 年达到历史最高点，约为240 万公斤，之后开始下降，到 2006 年变为 170 万公斤左右。鲜鱼产量总体上呈现出一种上升趋势，但并不明显。其最高产量不超过 30 万公斤，如图 3 - 10 所示。

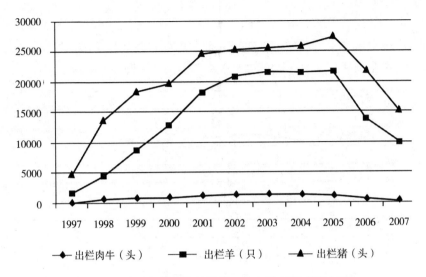

资料来源：长沟镇统计科提供的统计资料；房山区 2008 统计年鉴。

图 3-9　长沟镇 1997—2007 年出栏肉牛、出栏羊和出栏猪数量的变化

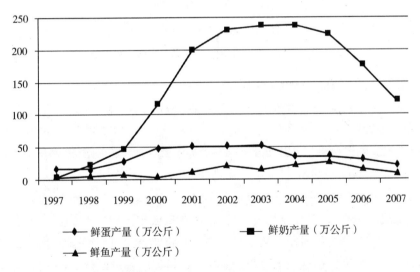

资料来源：长沟镇统计科提供的统计资料；房山区 2008 统计年鉴。

图 3-10　长沟镇 1997—2007 年鲜蛋、鲜奶、鲜鱼的产量变化

二　农业发展进程中的科技进步

（一）农业生产的机械化

农业机械总动力在一定程度上反映了农业生产的机械化水平，同时，也

在一定程度上反映了粮食生产的科技投入水平，是影响粮食单产的重要因素。1998 年以来，长沟镇农业机械总动力的变化趋势呈现出一种较为平稳的状态。农业机械总动力在 15000 千瓦左右徘徊，如图 3 – 11 所示。

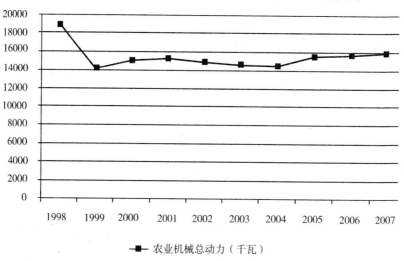

　　　　　　　—■— 农业机械总动力（千瓦）

资料来源：长沟镇统计科提供的统计资料；房山区 2008 统计年鉴。

图 3 – 11　长沟镇 1998—2007 年农业机械总动力的变化

2001 年，长沟镇的农业机械总动力为 15103 千瓦。其中，拥有各型拖拉机 282 台，拖拉机配套农具 191 部，收获机械 32 台，农副产品加工机械 49 台，畜牧业机械 38 台，农用运输车 155 辆。当年机械化秸秆还田面积 15700 亩，农田机械节水灌溉面积 4500 亩，机械加工农副产品数量 8100 吨。

2003 年，农业机械总动力变为 14625 千瓦，比 2001 年略有降低。其中，拥有拖拉机数量为 263 台，拖拉机配套农具 131 部，收获机械 22 台，农副产品加工机械 49 台，畜牧业机械 38 台，林业机械 2 台，渔业机械 10 台，农用运输车 176 辆。当年机械耕地面积为 21000 亩，占总耕地面积的 79%，机播总面积 13000 亩，机电灌溉面积 21000 亩，机械收获总面积 7000 亩，占总收获面积的 47%，机械化秸秆还田面积 9000 亩，农田机械节水灌溉面积 4500 亩，机械加工农副产品数量 8100 吨，农机化培训 12 人。

2007 年，农业机械总动力恢复到 15855.5 千瓦。其中，拥有拖拉机数量变为 293 台，大中型拖拉机 62 台，小型拖拉机 231 台，拖拉机配套农具 125 部，大中型配套农具 51 部，小型拖拉机配套农具 74 部，排灌动力机械 332 台，农用水泵 204 台，节水喷灌类机械 8 套，植保机械 870 台，收割机械 15

台，农副产品加工机械 49 台，畜牧业机械 38 台，林业机械 8 台，渔业机械 10 台，农用运输车 176 辆。当年机械耕地面积为 16700 亩，占总耕地面积的 96%（总耕地面积 17380 亩），机播总面积 19057.6 亩，机电灌溉面积 17380 亩，机械收获总面积 6727.3 亩，占总收获面积的 35%，农田机械节水灌溉面积 4500 亩，机械加工农副产品数量 8100 吨；农机化培训 14 人，农机化作业收入 195 万元，农机修理收入 7 万元；农机化作业服务组织 198 个，农机修理厂和修理点 4 个，农机经营机构 10 个。

（二）农业技术的进步：节水灌溉、化肥、种子等

除了农业机械化之外，农业技术进步还体现在节水灌溉、化肥、种子、农药的使用上。从水资源占有量上看，中国人均水资源的占有量不及世界人均水平的 1/4，而北京人均水资源的占有量只有全国平均水平的 1/8，可见，水资源极度缺乏。20 世纪五六十年代以来，长沟镇地表水资源日趋减少。大力发展节水灌溉是有效利用水资源，同时保障粮食生产安全的根本选择。近年来，这方面长沟镇有了长足的发展。

首先是输水工程。在输水工程上，目前广泛应用的有渠道防渗技术和管道输水技术。渠道防渗技术是将宽畦改为窄畦，长畦改为短畦，长沟改为短沟，控制田间灌水量。它可以有效减少水在渠道中的渗漏损失。管道输水技术是将低压管道埋设在地下或者铺设地面，将水直接输送到田间。长沟镇充分使用了这项技术，修建了各种类型的塘坝、蓄水池、防渗渠、小水窖等。其中，防渗渠与一般的土渠相比，可以节水 20% 左右。目前，已经修建了大量的防渗渠，并在山区丘陵村推广节水高产品种 3000 亩。长沟镇还通过管灌节水，把有限的水资源应用到设施农业上。管灌技术减少了"跑冒滴漏"现象，与一般土渠相比可以节水 25% 左右。

其次是集水工程。集水工程是将工程周围的天然降水人工汇集、存储并有效利用，包括拦河引水工程、塘坝工程、大口井工程、水池工程以及水窖工程等。长沟镇年降水平均 560—610 毫米，主要集中在汛期 6—9 月份，暴雨形成洪水，其中有 20% 回补地下水，80% 形成地表径流失。长沟镇西北部丘陵山区有广阔的山场面积，汇水面积大，有充足的雨水资源。因此，长沟镇在 2005 年实施了集雨节水工程，目的在于蓄集利用降水，缓解水资源紧缺矛盾。该工程包括蓄水量为 1000 立方米的集雨池 1 座，可蓄水 200 立方米的小集雨池 5 座，蓄水 1 万立方米以上的塘坝 2 座，蓄水 10 万立方米的橡胶坝 1 座等。工程完成后，蓄雨水量 138.8 万立方米，用于 5000 亩农田、2500

亩果园灌溉；每年节约水电及人工费 60—80 万元。

第三是节水技术。首先是微灌技术，包括滴灌、渗灌、微喷灌等，其原理是利用低压管道系统和灌水器，将水和作物所需的养分直接送到作物附近的土壤中。一般微灌技术多应用于绿化草坪等。其次是喷灌技术。喷灌技术是当前世界上最先进的节水灌溉技术。近年来，长沟镇大力推广节水技术。在大棚栽培和高效作物的栽培上应用微灌技术。由于是局部灌溉，湿润土壤面积小，蒸发损失少，因此，它比喷灌更节水，比地面灌大约节水 45%—75%。长沟镇还发展了喷灌技术。与地面灌相比，喷灌可节水 30%—50%，利用率也高达 60%—80%。在设施农业上，长沟镇也广泛使用节水灌溉技术，2007 年，为太和庄、东长沟、双磨、南良、动良、三座庵、北良村，安装设施农业大棚管灌 256 栋。

化肥、种子、农药等是反映农业技术进步的另外几个因素，也是影响粮食单产的重要因素。这些因素的投入曾经促进了粮食增产，然而，这些因素的增产作用却逐年减小。这是因为中国目前化肥和农药的施用水平已经较高，特别是化肥，其增产作用已经较小。长沟镇的化肥投入在促进粮食增产方面的能力也逐渐下降。施肥效益下降导致增肥不增收产，增产不增收的现象普遍存在。同时，大量使用化肥导致了土壤和水资源污染严重。与 20 世纪 80 年代中期相比，化肥的使用量已经增加了一倍以上。然而，土壤中化肥的利用率并不高，当季化肥利用率在 25% 以下，施用量远远超过作物吸收的数量。为了减少过量施肥所带来的污染，提高化肥的边际效益，长沟镇推广了秸秆还田技术，并且开展了测土配方施肥行动，即由农技人员免费为各村采土、化验，指导农户开展配方施肥。这可以有效地节肥，提高化肥的边际收益。蔬菜的施肥技术也有进步。在应对菜田盲目施肥、肥效下降、个别地块氮素污染、蔬菜品质下降等问题上，取得了重大进展。目前，编制了无公害蔬菜施肥技术标准规范，形成了无公害蔬菜诊断施肥技术体系，为大面积推广提供了技术支撑。

改革开放以来，中国农业种子的技术进步很快，并且得到大面积应用。1979 年，房山县（房山区）就率先开展种子"四化一供"（即生产专业化、加工机械化、质量标准化、品种布局区域化、以县为单位组织统一供种）。在种子繁殖上，推行专业化大面积制种技术。长沟镇也是如此。目前，长沟镇大力推广高产种子，并积极培育适宜本地使用的种子。在种子下地后，为了提高种子的发育水平，还采用了种子包衣等技术。近年来，由于生物技术的发展，一些优质抗病转基因的小麦、玉米种子也开始出现并得到使用。林果业的种子技术进步很快，并在退耕还林、爆破造林的林木选择上体现出来。一些新的优质的核桃品种也在北甘池等核桃种植基地得以应用。在畜牧业上，长沟镇采取良种引进、种畜禽场改造、联合育种、推广人工授精等措施，全面推进畜禽良种的培育和发展。

在农作物的田间管理上，农药被广泛使用。20 世纪 80 年代是农药使用的全盛时期。1984 年，全面停用 666、DDT 等有机氯农药，广泛推广使用菊酯类杀虫剂，是有机磷农药和菊酯类农药并存发展时期。为了减少杂草对农作物的影响，在种地时，习惯使用除草剂对地块进行清理。目前，除草技术已经日臻成熟。除草剂不仅品种多，而且发展出了适应不同作物和不同时期所需的除草品种。在农作物生长过程中，为了减少各种虫害以及促进农作物生长，也乐于喷洒多种农药，比如杀虫剂、杀菌剂、生长调节剂等。

除了节水灌溉以及化肥、种子使用等技术外，在耕种技术上长沟镇也在不断探索和进步。京郊种植业历史上以一年一熟为主，春播杂粮、薯类等，小麦等夏粮面积很小。以后，随着水浇地面积的扩大，夏粮面积逐渐增加，小麦、玉米两茬套种形式得到发展。20 世纪 80 年代以后，为两茬平播和套种并存，多种方式合理搭配。80 年代中期以后，紧凑型玉米的引进和晚播小麦栽培技术的突破，使两茬平播面积大幅度增加。目前，长沟镇还大力推广粮经间作、果粮间作、林草间作等种植方式，这样，可以种满种严地头、边角，从而可以发挥有限资源的最大效益。

为了提升粮食等农产品的质量，长沟镇通过一系列管理技术来严把质量关。这也体现了农业生产过程中的技术进步，同时，也为进一步提高农产品的市场声誉奠定了基础。以长沟镇御塘贡米厂生产过程中的质量控制技术为例，就可看出，长沟镇非常注重改进农业生产技术，非常关注农产品的质量。御塘贡米厂生产过程中的质量管理包括两个阶段：育秧期的管理和本田管理。育秧期管理包括四个环节：

1. 4 月上中旬准备运腐烂农家肥，每亩 4 方，打埂。

2. 4 月中下旬翻茬耕地，整地等工作。

3. 4 月中旬春播育秧：

（1）旱育秧，秧床做畦，施农家肥（鸡粪、猪粪）、翻地。

（2）种子处理，水稻做畦，晒种、选种、浸种、消毒、催芽等工作，培育壮苗。

（3）选种采用风选、筛选及盐选，浸种消毒预防病害，采用"三个统一"，即统一一个技术，统一变温浸种，统一高温杀菌。

（4）芽浸种后，洗净稻种进行催芽，方法是用 50℃ 热水统种 1—2 分钟，然后放进 35—40℃ 水中保温，一般 3 天催芽。

（5）秧田播种，播种量，一般采用的是稀粒育水秧的方法，亩播种量 75—80 公斤，达到带蘖插秧。

（6）育秧方法是半旱育秧，地力平坦，肥力好，土质松软，种子下地后，用木板轻压实，然后地表上撒一层腐熟的农家肥盖种。

（7）秧田排洪及管理，秧田施肥一般采用 3 次，采用的是使速效尿素化肥，三叶一心施 5—10 公斤，小秧起身使 10—15 公斤，三叶断奶肥 5—8 公斤，人工提草。

4. 5 月中下旬插秧，进入大田管理。

本田管理包括八个环节：

1. 为了使长沟稻谷有一个好的收成，要求各农场（组）个人，每亩产量达到 400—500 公斤，必须有一个好的栽培管理，条件及科学管理，高产水稻栽培的关键技术是选好优良品种，培育适龄壮秧，做到合理密植，科学的使用化肥及灌水，防治病虫害等措施。

2. 精细整地，稻田通过整地等作业达到深厚肥沃，松软平整，促使土壤熟化，有利于扎根苗壮，根系发达等。

3. 施足底基肥：一般要求亩施腐熟农家肥 4 方（3000 公斤）30% 复合肥 25 公斤，尿素 10 公斤做底肥来达到长效肥料。

4. 五月下旬插秧，插秧方法为 5×6，6×6 的方式，要求浅水插秧，合理密植。

5. 合理适时追肥浇水：我们的管理方法是浅水插秧，深入扶养、浅水养秧，合理晒秧，起身分蘖，亩追尿素肥 30 公斤，孕穗灌浆期追尿素 5—10 公斤，2 次肥。

6. 防治病虫害及中耕除草，水稻插秧后 15 天开始第一次挠秧除草，起身期第二次锄草，七月上旬用液体百病灵，防治稻瘟病，亩用药 50—100 克兑水 40—50 公斤，喷雾一次，8 月上旬用 5% 氯氰菊酯防治螟虫、粘虫、稻蘖虫等，亩用 1200—2000 倍液喷雾 1 次。

7. 晒田：根据土壤温度及秧田的群体，决定晒田，控制无效分蘖，促进根系生长，增加抗倒能力，减少病虫害。

8. 适时收获，做到不丢穗，不水泡烂，打干扬净，颗粒归仓。

这些质量管理措施反映了长沟镇农业生产过程中的技术进步。

三　农业生产经营的产业化

（一）农业生产经营的规模化、专业化

《农村土地承包法》颁布后，2003 年 10 月，中共中央在《关于完善社会主义市场经济体制若干问题的决定》中提出，"农户在承包期内可依法、自愿、有偿流转土地承包经营权，完善流转办法，逐步发展适度规模经营"。这就为农业产业化奠定了基础。农业和农村经济发展进入新阶段以来，农业生产经营的产业化在促进农民增收、加快农业结构调整等方面发挥了日益重要的作用。目前，大力发展农业产业化经营已经成为政府、企业和农民的共识。而且，推进农业产业化经营关键是要搞好龙头企业。政府为了加大对产业化龙头企业的扶持力度，出台了大量具体的政策措施，涵盖财政、税收、金融等各个方面，促进了资金、技术、土地、原料资源等生产要素向龙头企业的集中，从而促进了龙头企业的发展。在强有力的政策扶持下，长沟镇的农业产业化经营发展迅速，形成了农业生产经营规模化、专业化发展之格局。

近年来，长沟镇紧紧围绕"农业产业化"目标，加快了产业龙头建设和基地发展，促进了农民增收。通过扶持果、奶、米三大农业龙头，长沟镇建成了贡米、奶牛、优种核桃、磨盘柿四大市级标准化基地，推出了"御塘"、"甘池泉"、"圣泉珠"三个农产品特色品牌，有效推进了农业产业化进程。2007 年，全镇已经建成 2000 亩柿子园和 4200 亩核桃园。在双千亩果园建设中，镇党委、镇政府一切以农民利益为重，植用苗全部采用大规格优质苗木，栽植过程全部使用生根粉、保水剂等技术措施，栽前泅坑，栽后做树盘。林果业的迅速发展，促进了农村经济的发展，增加了群众的经济收入，而且改善了生态环境，为农民建起了一座"绿色银行"。中草药标准化基地建设走向科学化，以北甘池千亩核桃园的果药兼作为中心，带动了沿村、北良薏苡基地、北正甘草基地、南正黄芩基地的发展。种植面积 3000 亩，均达到了国家药监 GAP 标准。除了林果业和中草药，长沟镇还引种了南方茶叶。茶园地址选在泉眼密集、溪流环绕的西甘池村，栽植了龙井、大毫、长叶等。在发展养殖业上长沟镇也具有自己独特的思路。一方面，积极实施生态养殖。为了保护水源和植被，在水源地实行限养和圈养。目前，在三座庵建立了舍饲养羊小区，修路 2000 米，建羊舍 15 栋，绒山羊存栏 3000 只。长沟镇还开发了云林流域，试图通过沟域经济思路来进一步带动农业的产业化和规模化发展。根据沟域经济之特点，长沟镇可以发展流水养鱼、柴鸡等特色养殖业；并可以结合山区特有的生态资源和种养业情况（莲藕种植）大力发展观光采摘、民俗接待等产业。另一方面，努力打造自己的生态养殖拳头产品，并已形成规模效益。双磨奶牛场是长沟的规模奶牛养殖基地之一。目前全部实现规范化管理，饲养规模达到1000头以上，带动农户达到500户。近年来，通过引进胚胎移植技术，双磨奶牛场实现了高产奶牛培育，提高了市场竞争能力。2001年双萍奶牛场鲜奶质量在北京市同行业评比中名列第三。生态养殖的发展，催生了下游相关产业。奥德华奶业集团（北京）有限公司落户长沟，目前已经形成"维奥"系列乳品，畅销周边市场。独特的泉水资源养育了长沟"九蒸九晒，色香如初"的宫廷御用贡米。为了既保证水稻品质，又节约宝贵的水资源，长沟镇摸索出了一套"活水种植水稻"技术，即利用水流的自然落差浇灌水稻。与其他地区死水种植相比，长沟御用贡米品质上去了，耗水下去了，并通过了绿色食品认证。

目前长沟镇已有四大特色农产品。一是吉庆双孢菇。长沟镇启动种养联动循环农业建设工程，利用牛粪和麦秸发酵进行双孢菇生产，目前10栋试种大棚已开始收获，填补了房山区双孢菇生产的空白。二是纸皮核桃。在进一步完善北甘池核桃种植基地保鲜库、品种改良等工程建设的同时，建设了三座庵村500亩优质核桃种植园，种植核桃1.5万棵，有效促民增收。三是三座庵柴鸡蛋。长沟镇继续扩大三座庵柴鸡养殖规模，为农户提供优良柴鸡1万只，目前共有柴鸡8万余只。特色养殖改变了以前养殖规模小、品种杂、饲养管理简单粗放的状况，使得养殖开始向适度规模、家庭牧场等方向发展。四是御塘贡米。长沟镇进一步完善了4000亩御塘贡米产业基地建设，并聘请专家对水流量、落差、浇灌时间等进行研究，不断优化水稻种植环境。

蔬菜产业是长沟镇主导产业之一，设施农业是其发展的主要形式，以房易路两侧发展蔬菜种植、以云居寺路两侧发展绿色养殖，2006年设施面积已达400余亩，其中蔬菜种植发展尤为迅速，并逐渐趋向标准化、规模化，无公害蔬菜基地也相应而生。长沟镇已建设施农业大棚366栋。规模性蔬菜基地4处，占地300亩，蔬菜种植160栋。2007年，长沟镇进一步加快了设施农业建设：一是继续发展机建土墙温室；二是发展蔬菜新品种，科技种菜，提高设施种植率。长沟镇主推的温室类型是机建厚墙体经济型节能日光温室（简称机建土墙温室）。其建设成本平均约为1.5万元（即50延长米的节能日光温室）。该类型结构温室投资少、见效快、学得懂、用得起，这使得广大农户大力发展设施农业建设成为可能和现实。在生产中，蔬菜种植主推的技术是推广品质优良的抗病性品种，推广嫁接栽培、培育壮苗、高垄栽植、地膜覆盖、滴灌等实用技术，从而在技术上为蔬菜生产提供了保障。2007 年长沟镇在原有 68 亩设施面积基础上发展了设施农业大棚 278 栋，其中：蔬菜 228 栋、畜牧 113 栋、花卉 5 栋。在南正、北正、太和庄、三座庵等村，新建了一批设施小区。

长沟镇设施农业发展初具规模，成效较好，关键是镇、村领导重视和引导。镇、村组干部共同深入农户、帮助农民仔细算账，算设施农业投入和产出以及和种植大田效益的比较账，组织农民到先进地区参观设施农业生产，帮助农民解放思想、开阔眼界①，并帮助解决设施农业生产中的困难，真抓实干。长沟镇设施农业建设以自筹和贷款为主，外援为辅。建设设施农业，需要大量的投资，这是在发展中的遇到的最大困难。但各个村通过努力解决了这一难题。具体运作的形式如下：一是群众自筹；二是贷款援助；三是政府扶持，四是把多种支农资金在政府协调下，捆绑使用形成项目支持。长沟镇面对设施农业建设土地调整问题没有等上级发件，靠上级来解决，更没有向上级要政策，而且根据当地实际采取了以下三项措施：一是"租、换"的办法，即对集中规划的设施农业园区的土地，让农民自愿采取"租用"或"换地"的方法解决调地问题。二是对妨碍设施农业建设的少数人，用亲朋好友和有影响力的农民进行劝说教育。三是对采取以上两种办法还不能解决问题的个别人，由政府出面进行教育、帮助。设施农业生产最终效益的显现，要有生产栽培技术的保障。长沟镇特邀北京市农业技术推广站、房山区种植中心蔬菜科、植保站、农科所等有关专家，结合影像讲解和实地观摩，对农民进行培训和技术指导，还聘用有经验的种菜能手进行典型示范带动、关键生产季节上门服务等具体措施，有效地解决生产中出现的一些问题

总之，长沟镇的农业产业化经营取得了显著成效。可以归结为以下五点：

第一，根据现有禀赋条件发展农业产业化。长沟镇位于房山区西南，地处山前丘陵与平原交汇地带，山区、丘陵、平原各占三分之一。具有地形错

① 2006 年 3 月 9 日，经长沟镇党委、政府批准，镇农办组织有关设施农业产业化建设村的支部书记、重点农户组成 36 人考察团，赴山东寿光考察，历时 4 天。考察团考察了寿光蔬菜交易市场、寿光设施农业高效园区、设施蔬菜种植基地，听取了寿光市蔬菜局刘鹏副局长关于寿光设施蔬菜产业化建设的报告。通过考察认为，政府重视、行政推动对设施农业建设很重要，并且要做好区域布局、规模发展、政府搭台、农民唱戏，同时，需要解决设施农业的技术问题，加大科技培训。

落有致、空气湿度大、植被丰富、自然景观优美的特点，但也有耕地零散、土质瘠薄、人均占有耕地少不利因素。因此走传统的发展大规模农业产业化之路是行不通的，必须根据自身禀赋特点发展适宜的农业产业化。

第二，农业产业化龙头企业根据市场需要进行产品加工，按照加工要求建设标准化、优质化、规模化基地，带动了农业结构调整。2005 年，以粮食综合加工厂（莲藕加工、贡米加工、杂粮加工）为龙头，成立长沟镇粮食综合生产协会，各村成立分会，订单收购农民生产的粮食及藕，加工后销售，注册长沟的品牌，带动了农业结构调整。农业产业化与优势产业发展相结合，培育壮大了主导产业，特别是畜牧业。2005 年，长沟镇的畜牧业产值已经达到 6721.3 万元，占农林牧渔总产值的比重达到 60%。

第三，促进了农民增加收入。以设施农业和休闲农业为例。长沟镇农业设施大棚的经济效益明显。北正村 2005 年的半地下日光保温大棚比原普通大棚亩效益增加 30%。2006—2007 年 4 月中旬一个标准温室（即 50 延长米）最高收入可达 5000 元，平均收入达 3000—4000 元。长沟镇龙泉湖的莲藕种植收入也要高于大田 10 倍，再加上垂钓、游船等项收入，农民的收入有了很大提高。较好的经济效益进一步激发了农民的生产经营的积极性。

第四，促进了农民组织化程度的提高。农业产业化经营实现了产加销、贸工农的有机结合，提高了农民的组织化程度。目前，长沟镇已经形成了奶牛、核桃、生猪等各类农业合作组织和行业协会，缓解了大市场和农户分散经营之间的矛盾，有力地提高了农民生产经营的组织化水平。

第五，促进了农业整体水平的提升。农业产业化经营大力推进了农业专业化、规模化、标准化生产，加快了农业科技进步，提高了农业整体素质。目前，长沟镇的农业产业化已经初具规模，并形成了核桃、贡米、奶牛等多种特色产品。

（二）农业生产经营的特色化：都市农业①、循环农业

近几年来，长沟镇根据自己的资源禀赋条件以及房山区的政策精神，

---

① 都市农业也叫都市型现代农业，是指地处都市范围及其延伸地带，紧密依托并服务于大都市，采用现代化设备装备和先进科学技术成果进行农、林、牧、渔生产，为都市居民提供优质农产品和优美生态环境，并兼具休闲、旅游、教育、创新等多功能的集约化、高效益的现代化大农业系统。它是随着生产力水平的提高，农村和城市、农业与非农产业的融合，适应都市城乡一体化建设需要而形成的，其内容可以表现在：生态观光农业、休闲农业、设施农业、农业高新科技园（开发区）、都市农庄等。

以"造碧水蓝天，建绿色生态型小城镇，实施水域经济战略"为指导思想，对农业和农村工作进行了重新定位，坚持以建设都市型现代农业为主线，"跳出农业抓农业"，实现农业与环境互动，走一条可持续发展之路，不仅营造了良好的生态环境，丰富了农业发展的内涵，而且使得长沟镇农业经济快速增长，农民收入稳步持续提高，农村面貌呈现新变化。目前，长沟镇的农业生产经营越发特色化，都市农业已经初见端倪，循环农业也开始落地生根。

都市农业的发展体现在农业发展思想的转变上，体现在农业结构的调整上，体现在对传统农业的改造上。若要打造都市农业，必须把现代农业观念渗透到农业转变中，必须把现代科学技术注入到农业发展中，必须把市场经营理念融入到农业改造中，进而使农业从生存需要向生活需要的方向上转变，使农业从数量增长向数量和质量并重发展的方向上转变。长沟镇正是从这样的角度入手，发展了现代都市农业。具体体现在如下几个方面：

第一，生态型农业有了一定发展。长沟镇天然白云石储量丰富，靠山吃山使得全镇一半的山地面积被采矿厂占据，山体百孔千疮，自然景观和植被遭到严重破坏。然而，这种乱采滥挖并没有带来全镇经济的腾飞，反而为生态环境恢复造成了沉重的经济负担，农业也不能可持续发展。因此，长沟镇对采矿厂进行了大规模的清理和关闭。到2002年年底，全镇采矿厂已从150家降到10家。仅存的几家采矿厂也实施了严格的管理，实行标准化、科学化开采。另外，通过土地整理、荒山造林等工程使山体伤口愈合，重新变绿。在此基础上，长沟镇大力发展生态型农业，实施退羊还鸡工程，在三座庵、六甲房、西甘池等丘陵山区村，建柴鸡养殖小区和养鸭小区，以市场价格收购农民的羊，再给予适当补贴，村负责建好鸡舍、鸭舍及水电路等基础设施后交给农民使用，柴鸡蛋由村里注册商标做包装，负责销售，目前饲养柴鸡存栏已达到8万只，柴鸡蛋价格一直在每斤6元以上，经常脱销。这样既保护了生态环境建设成果，又给农民找到新的致富产业。除此之外，还努力发展观光采摘园、民俗文化旅游村，从而打造一个"富裕长沟、和谐长沟、绿色长沟"。

第二，设施型农业上了一定规模。用现代的设施武装农业，走工厂化生产之路，走现代化农业之路；从而摆脱自然资源禀赋对农业生产的束缚，达到不论何种"天时、地利"，农业都能获得丰收，农民的收入都有所保障。长沟镇按照"一个大棚就是一份产业，就能解决一户农民的生计问题，农民就有可能成为产业农民"的思路，发展了设施大棚，完成了高效节水工程。目前，长沟镇的设施农业已经有了一定规模，而且分布在种植业和养殖业等领域，对农业的增收效果也很明显。

第三，休闲型农业有了初步基础。长沟镇依托自己的地理环境特点，试图将农业和旅游业结合起来，大力发展休闲农业，不断拓展农业的新功能，使之成为都市农业的新亮点。随着中国工业化的发展，农业不仅有提供工业原材料、提供粮食保障等基本功能，而且应有休闲放松体验之新功能，尤其是作为都市郊区的农业。近年来，房山区长沟镇充分发挥水乡优势，建成了拥有1500亩水面的龙泉湖。龙泉湖放养鲢鱼、鲤鱼30万尾，观赏鱼10万尾，种植莲藕500亩，油葵100亩，水产养殖1000亩。目前，莲藕亭亭玉立，向日葵花盛开，形成了"龙泉跌瀑水中色，碧水蓝天树影斜，自然生态绝佳境，银波荡漾度闲暇"的景观。远山、树海、荷塘、石桥、绿岛、八角亭、波光粼粼的湖面、尽情戏水的小船，组成了一幅天然的风景画。不仅优化了环境，为村民休闲娱乐提供了好去处，为房山旅游黄金线增加了一个新亮点。湿地环境建设不但引进了睡莲、鸢尾、萱草、千屈菜等水生植物品种，而且，蒲草、芦苇等野生水生植物也得以大量繁殖，更可喜的是野鸭及水上鸟类增多，河里自然繁殖的鱼剧增，湿地公园内野鸭存量达2000只之多，珍贵候鸟天鹅也曾光顾此地。湿地公园已成为京南水乡的"特色名片"。人均100多平方米的水和湿地面积提速了长沟镇的旅游产业，为生态园区、观光农业的发展等创造了条件。

第四，加工型农业增添了亮色。长沟镇用现代工业理念谋划农业，加速发展精、深加工的农业企业，延伸产业链条，实现初级农产品与最终消费品的连接，带动农业结构调整和缓解农产品销售难，不断提高农产品附加值。典型企业是长沟镇的粮食综合加工厂（粮食综合加工协会），目前，可以提供贡米加工、莲藕加工和杂粮加工，如表3-1所示。

从全国来看，目前农业增长方式还是以粗放为主，农业对生态环境的破坏仍比较严重。长期以来，粗放的农业增长方式给生态环境造成了严重破坏，农业与自然远远没有实现和谐发展。规模化畜禽养殖业产生的粪便大部分没有得到资源化利用。农业生产中化肥用量严重超标已经成为一种普遍现象。过度放牧的趋势也没有扭转，乱采滥挖的现象还时有发生。长沟镇同样存在这样的问题。双磨村拥有存栏650头的现代化双萍奶牛场，由于没有建设配套的粪便处理设施，造成农村环境的严重污染，特别是畜禽粪便严重污染地表水、地下水、土壤和空气，造成空气恶臭，蚊蝇滋生，成为农村严重的污染源，危及畜禽本身和人体健康。另外，农业生产中有机肥施用量不断减少，过量使用农药、化肥、农膜等现象日益增多，造成农作物害虫天敌减少，土壤板结、退化、肥力下降。农村生态环境的恶化已严重威胁农业、农村和国民经济的持续、健康发展。

为了这种高投入、高消耗、低效益的粗放型农业经济增长方式，长沟镇从循环经济理念出发，大力发展循环农业。2007 年 5 月在区种植中心的大力支持下，引进双孢菇项目。双孢菇是一种味道鲜美、营养丰富的菌类，它的蛋白质、氨基酸、维生素含量高于其他菌类，而且含有多种生理活性的矿质元素，具有降血压、降低胆固醇、抗肿瘤、抗病毒等多种药用价值。享有"保健食品"和"素中之王"的美称。长沟镇双孢菇的生产是长沟镇种养联动循环农业建设工程中的一项。整个循环农业建设工程主要包括奶牛场改扩建、双孢菇生产基地、有机复合肥加工等项目。其中，双孢菇的生产将依托双磨村设施大棚和双萍奶牛场的资源，以牛粪和麦秸各 8 万公斤发酵进行生产，既解决了牛粪对农村环境的污染，又解决了三夏禁烧麦秸处理的难题，生产所剩的下脚料还可作设施农业生产的有机肥，充分的实现了种养加的有机结合。

双孢菇种植简单，管理容易，且产量高、品质好、营养丰富、价格稳定，这一种养联动的生产方式，为循环农业提供了很好的平台，将高效养殖与废弃物的处理有机结合，变废为宝、化害为利，实现农业清洁生产；是建设资源节约型、环境友好型社会和实现可持续发展的重要途径，符合开源节流并重，实现"废弃物减量化、无公害化和资源化"的原则；是高效农业、生态农业、设施农业的有效结合；是建设社会主义新农村、构建和谐社会的重要措施之一。

表 3 - 1　　　　　　　2007 年 12 月长沟镇农业企业生产经营情况统计

单位：万元，万头只，万公斤，人

企业名称	行业性质	职工数	资产总额	产量	产值	销售收入	主要产品
北京市长沟御塘贡米厂	加工	4	47	11	66	66	贡米
北京双萍养殖有限公司	养殖	32	350	26	60	60	鲜奶
北京市甘池泉长沟贡米厂	加工	6	46	35	140	140	面粉

续表

企业名称	行业性质	职工数	资产总额	产量	产值	销售收入	主要产品
北京京南吉庆蔬菜基地	种植	25	350	67	121	121	蔬菜
北京市长沟金帆养殖场	养殖	8	200	0.05	40	40	生猪
奥德华乳品（北京）有限公司	加工	16	552	10	55	55	乳业

第二节　农业生产经营体制的发展与变化

1979 年以来，长沟镇的农业生产经营体制不断进步，家庭联产承包责任制得到推行和深化。在市场经济环境的要求下，农村经济合作组织不断得到发展。这些专业社和协会为长沟镇的农业经济发展起到了重要的推动作用。一直以来，镇政府也非常重视农业的发展，积极贯彻党中央国务院的支农富农精神，同时，还因地制宜地提出符合长沟镇农业可持续发展的"以水为神、以绿为魂、天人合一、永续发展"的战略。

一　改革开放以来的农业生产经营体制

农村改革是从推行家庭联产承包责任制开始的。京郊推行家庭联产承包责任制经历了联产计酬和包干分配两个阶段，之后又进行了完善统分结合的双层经营体制的工作。北京市按照中央指示，在 1979—1981 年大力开展推行联产计酬责任制的工作。开始主要是联产到组，"四定一奖"（定地块、定产量、定人员、定工分，超产奖励），1980 年开始联产到劳，1981 年变成了"五定一奖"，增加了定开支。之后，又发展出包产到户。在包产到组、到劳、到户的地方，依然保留着集体统一经营，统一分配，生产队在经济上仍然处于主体地位。1982 年后，北京郊区全面实行包干到户（也叫"大包干"）。1984 年，北京市又进一步完善了统分结合的双层经营的体制。在种植业上，坚持"五统一"，即统一种植计划、统一机械作业、统一良种、统一排灌、统一植保。在农业适度规模经营上，形成了集体农场、专业队和专业户三种主要经营形式。京郊长沟镇的家庭联产承包责任制推广和深化进程与上述情况基本一致。长沟镇的土地耕作制度由原来的人民公社制度转变为家庭联产承包责任制，总体上经历了两个时期。在第一时期（1984 年以后），有 13 个村完成家庭联产承包责任制，另外的太和庄、坟庄、沿村、南梁和双磨 5 个村没有把土地分到各家各户；在第二时期（1990 年以后），所有的村都实行了家庭联产承包责任制，其核心内容是"土地公有，家庭经营"。中国的土地政策要求给农民土地承包经营权以长期的保障，永远不变。为此，中央出台了农村土地延包政策。为了贯彻中央的农村土地政策，维护好农民的土地承包经营权益，稳定土地承包关系，长沟镇在"九五"期间完成了农村延长土地承包期30年的工作，确立了新一轮土地承包关系。在"十五"期间，加强了农村家庭承包制度的法制化建设。2002年1月，中共中央、国务院在《关于做好2002年农业和农村工作的意见》中提出："要认真落实农村土地承包政策，做到承包地面积、地块全部落实到户，为期30年的承包经营合同全部签订到户，土地承包经营权证书全部发放到户。"2002年8月，九届人大常委会审议通过《农村土地承包法》。《农村土地承包法》的制定和实施，标志着中国农村土地承包走上了法制化轨道。土地承包的法制化建设是国务院出台一系列扶持粮食生产政策导致土地收益率提高的结果，也是城镇化和工业化发展的必然要求。2004年，长沟镇18个村采取"确权分利"的方式，圆满完成了土地确权任务，实现了信访零指标。《土地确权证书》全部发放到户，48.3万元土地收益金全部足额兑现。全镇确权土地总收益104.05万元，亩均收益169.8元。这次土地确权工作从7月中旬开始，到8月20日结束，不论是从完成的时间上、质量上，还是从完成的效果上都体现了高水平。一是工作效率高。从动员部署、制定方案到签发《确权证书》仅用了35天时间，每一个环节都做到了快速有序，精确高效。二是稳定性高。确权工作从开始到结束，没有引发任何过激行为，也没有出现一起群众上访事件。三是签约率高。全镇共确权6565户，24161人，签约率达到100%。四是满意率高。这次确权不仅让广大村民享受到了合法权益，且解决了许多历史遗留问题，得到了群众的普遍认可和好评。

在长期稳定土地承包关系的基础上，国家鼓励有条件的地区积极探索土地经营权流转制度改革。2000年北京市在《关于在二、三产业发展较快、经济较发达地区贯彻落实土地延包政策的意见》中指出，要建立和健全土地使用权流转机制，使更多的农民从土地中分离出去，推进农业专业化、集约化。随着农业结构的调整和工业化的发展，土地流转呈现出规模扩大，形式和主体多元化的趋势[①]。京郊土地流转出现了转让转包、互换、入股等形式。

---

① 从一般意义上讲，土地流转是指农地的承包经营权流转，是在农户与集体间的承包关系不发生变化的前提下，拥有土地承包经营权的农户将土地使用权转让给其他农户或经济组织，即保留承包权，转让使用权。

2001 年 12 月，中共中央在《关于做好农户承包地使用权流转工作的通知》中提出：加强对土地流转的领导，切实纠正土地流转中违背农民意愿、损害群众利益的问题。长沟镇针对土地流转问题，在规范使用土地管理的有关规定中，也强调严禁借农业结构调整之机搞违法建设，不得以养殖、种植等名义进行建设，发现进行违法建设的，要及时制止，并立即上报到村建科，把违法建设消灭在萌芽状态，做到早发现、早上报、早处理；各村占地建厂或临时用地建房，符合土地利用总体规划确需出让、转让或出租土地的，必须写出书面申请报到村建科，村建科出视现场，经镇长办公会研究同意，接到批复函后，按照国家规定程序办理相关手续，手续完备方可动工；农民现承包、租种的土地未经镇政府同意，不得随意转包转租。目前，长沟镇的土地流转程序日趋规范化，运作机制也趋于市场化。

随着城镇化和工业化的发展，农地征用的规模越来越大。针对农地征用中暴露出来的问题，比如土地农转非的速度快、征地规模大、失地农民补偿低等，2003 年 12 月，中共中央、国务院在《关于促进农民增加收入若干政策的意见》中提出："加快土地征用制度改革。各级政府要切实落实最严格的耕地保护制度，按照保障农民权益、控制征地规模的原则，严格遵守对非农占地的审批权限和审批程序，严格执行土地利用总体规划。"为了落实耕地保护制度，长沟镇实行了严格的基本农田保护制度。通过基本农田保护制度，保证了基本农田的总量没有减少，基本农田落实到了地块和农户，任何地方和单位不得随意调整和占用；确保了基本农田用途不改变，即基本农田必须用于农作物生产；确保了基本农田质量不下降，鼓励农民多用有机肥。

宅基地管理涉及农村社会发展和千家万户的利益，涉及土地资源的合理利用和保护，是农村土地管理工作的重点之一。鉴于北京市土地的稀缺程度和长沟镇的实际情况，长沟镇在 2003 年 8 月 1 日实行的规范使用土地管理的有关规定中，明确提出：各村村民新建住宅，按照北京市人民政府令，一律停止办理，各村不得擅自批准占地建房。

二　农民经济合作组织的发展

（一）农业合作组织的发展进程及现状

农民专业合作组织，是农民在家庭承包经营的基础上，依照加入自愿、退出自由、民主管理、盈余返还的原则组建，按照共同制订的章程进行共同生产经营活动，谋求全体成员共同利益的经济组织。该组织在农户与市场、农户与企业、农户与政府之间起到桥梁和纽带作用。2003 年，《中共中央、国务院关于做好农业和农村工作的意见》指出，要引导农民在自愿的基础上，按照民办、民管、民受益的原则，发展各种新型的农民专业合作组织。2003 年 10 月，《中共中央关于社会主义市场经济体制若干问题的决定》强调：支持农民按照自愿、民主的原则，发展多种形式的农村专业合作组织。2006 年，国家出台了《中华人民共和国农民专业合作社法》。

在中央政策精神的指引下，长沟镇的农民专业合作组织有了长足发展。其中比较典型的有双萍奶牛养殖合作社、北甘池北京胜龙泉核桃专业合作社、金帆生猪养殖合作社、京南吉庆蔬菜合作社、三座庵磨盘柿合作社和北正设施蔬菜产销合作社等。北甘池优种核桃合作社、京南吉庆蔬菜合作社成为首批在房山区工商局登记注册的农民合作组织，在长沟镇蔬菜、核桃销售中发挥了重要作用。

双萍奶牛养殖合作社位于长沟镇双磨村村南，1998 年 6 月建立。由双磨村顾爱萍等 47 户农民投资入股组建，总投资 520 万元。2007 年有奶牛 476 头，占地 80 亩，出资入股 47 户，日产鲜奶 10 吨左右，户均纯收入 2.5 万元。目前，合作社已带动 500 多农户养起了奶牛。为了扩大养殖规模，满足市场需求，合作社实行让利 100—200 元寄养牛犊到户的办法，寄养牛犊 1000 余头到 320 多户手中。随着奶牛养殖规模的不断扩大，种植也得到了调整，带动牧草种植 10000 亩，带动种植户 1000 多户，统一发放高油玉米籽种，以订单形式收购，使农户每亩增收 200 元，满足了奶牛饲草的需求，有效地推动了当地的农业结构调整。双萍奶牛养殖合作社带动了地方的经济发展，为农民增收致富，社会稳定起到了重要作用。2003 年双萍奶牛养殖合作社被确定为市级标准化基地，基地养殖规模达 600 头。顾爱萍先后多次受到上级表彰，2001 年被评为区人大代表，2002 年被评为市人大代表，2004 年被评为市级"农家女创业明星"称号，2005 年被评为市级劳动模范。双萍养殖小区环境无污染、空气清新、水质好，奶质符合绿色食品标准。双萍养殖小区现已成为奶牛养殖标准化基地，已走上了现代化经营的轨道。

北甘池北京胜龙泉核桃专业合作社，位于北京市房山区长沟镇北甘池村，成立于 2002 年。现种植有辽核、晋龙、丰辉等优质薄皮核桃 1610 亩，有 706 名村民入社，占全村总人口的 100%。2007 年春为进一步提升核桃品质，在区农委专家的指导下，进行水利灌溉系统改造，解决了核桃园水土流失问题。2007 年 5 月，房山区林业局、大连市林业局、中国农科院果树研究所在北甘池核桃园进行核桃优质品种嫁接，共嫁接 40 个品种，248 棵，成活率 98% 以上。这给北甘池带来了先进的嫁接技术和优质的核桃品种，扩大了影响力，使广大社员真正尝到了科技致富的甜头。2007 年 6 月通过北京五洲恒通认证有限公司认证，北京胜龙泉核桃专业合作社基地符合有机食品的各项管理规定，确定为有机食品转换期。通过不懈的努力，2007 年产核桃 2.5 万公斤，总收入 100 万元，随着管理技术的提高，水利配套设施的不断完善，核桃产量将成倍提高，预计到 2010 年，年产核桃将达到 25 万公斤，总收入 1000 万元，人均增收 1.4 万元。2007 年 6 月 23 日，在北京市房山区工商局注册为北京胜龙泉核桃专业合作社，并召开了第一次社员代表大会，会上通过了《北京胜龙泉核桃专业合作社章程》，明确规定了合作社合资机构、财务管理、利益分配等。合作社理事会共有 4 人组成，合作社与社员按业务交易额进行返还，返还总额不低于盈余的 80%，盈余中提取 10% 的公益金用于扩大生产经营，盈余中提取的 10% 的公益金用于深渊的技术培训、知识教育及文化、福利事业和生活上的互助互济。北京胜龙泉核桃专业合作社通过制定合理的发展规划，带动了周边各村发展特色果品，创出了名牌，积极推进了产业化经营，加强了"产前、产中、产后"系列化服务，解决了农民后顾之忧，调动了果农积极性，架起了果农与市场之间的桥梁。

金帆生猪养殖合作社成立于 2002 年，当初有 5 户，现占地 60 亩，生猪存栏已达 1800 头。2007 年准备扩大规模，向万头猪规模进军。2002—2003 年间，由于生猪价格不高，因此，每头猪的利润只有 100—200 元。2007 年，由于生猪的价格上涨，每头猪的利润也达到 600 元。长沟镇政府对合作社进行了支持，2007 年给予每一个新建猪舍补贴 6000 元，同时，还投资 30 万元帮助完成粪污治理工程。

京南吉庆蔬菜合作社以京南吉庆蔬菜基地为基础建立。该基地位于双磨村村西，占地 100 亩，设施面积 75 亩，大棚 61 栋。基地大棚已种植蔬菜 51 栋、种植双孢菇 10 栋，蔬菜以茄果类、瓜类、豆类为主。基地建设和发展安置了剩余劳动力 100 余人，合作社辐射带动种植户 200 余户。

三座庵磨盘柿合作社发展的主要品种是磨盘柿，基地规模达 2236 亩。北正设施蔬菜产销合作社的发展品种主要是蔬菜和食用菌。目前已建设设施大棚 338 栋。

农产品行业协会是政府和农民之间的一个重要组织，是农民专业合作经济组织的重要组成部分。2002 年的《农业法》明确提出，农民和农业生产经营组织可以按照法律、行政法规成立各种农产品行业协会，为成员提供生产、营销、信息、技术、培训等服务，发挥协调和自律作用，提出农产品贸易救济措施的申请，维护成员和行业的利益。

近年来，在政府引导和政策扶持下，长沟镇的农产品行业协会发展速度很快。目前，已有长沟镇北甘池核桃种植协会、长沟御塘贡米协会等。

长沟镇北甘池核桃种植协会成立于 2004 年 3 月。北甘池村位于长沟镇西北部的丘陵地带，全村总面积 2782 亩，共 268 户。其地理位置优越，交通方便，环境优美，是北泉水河发源地之一，一年四季水不断流，四季水温在 14—16℃，0.2 立方米/秒，周遍无污染源，非常适合种植果树和发展旅游。2002 年结合长沟绿色生态型小城镇建设和退耕还林工程，在原有 400 亩核桃的基础上，开始建设核桃标准化基地。主要种植优质薄皮核桃，品种选用辽河 1 号、7 号、丰辉、晋龙等。核桃种植严格按照标准化规定进行科学管理，并且由区林果中心果树专家住村进行技术指导，基地内核桃树全部由无污染的北泉水河泉水灌溉。经鉴定，这些薄皮核桃具有很高的医疗和保健价值，有健脑补肾、温肺润肠、护发美容等功效。

长沟御塘贡米协会成立于 1995 年 1 月。由于土地肥沃，水源丰富，有日流量 1.2 万立方米的甘泉水灌溉，并且无工业污染，早在明清时期，长沟镇的米即有米质柔软、丰腴洁白如玉，具有九蒸九晒、色味如初的佳话。由于作为宫廷御用，也被称为"贡米"。御塘贡米具有人体所需的蛋白质、脂肪、氨基酸、钙等多种营养成分，米质晶莹如玉，色香味俱佳，1998 年注册为"御塘贡米"，并获得了绿色食品证书。长沟御塘贡米协会是以龙头企业加农户的方式发展的。贡米厂为龙头企业，农户为协会会员。协会坚持科技引路、优质服务、富裕农民、发展名、优、特、新产品，把龙头和基地、农户与龙头企业紧密的联系起来。贡米厂占地面积约 3340 平方米，有加工车间 23 间，库房 12 间，建筑面积 2100 平方米，有精致碾米加工机械、面粉加工机械各一套及各种包装机械配套设备设施，总资产达 160 万元。贡米基地 4000 亩，位于长沟镇的东南部，与附近河北省地区连成稻地十八村，形成万亩贡米基地。长沟御塘贡米协会带动农户 2500 户，年产稻谷 320 万斤，实现收入 480 万元。

专栏 3-1 北甘池村：打造特色产业，建设社会主义新农村

2001 年以前北甘池村的经营状况不景气，经济基础差，村民主要靠仅有

的 800 余亩可耕地种植大田作物，种植模式落后，农产品单一，经济效益低。而占全村面积 2/3 的丘陵坡地由于土地贫瘠，靠天吃饭，种植农作物不仅产量低，而且产值不高，农民付出的是高强度劳动，收获的却是极低的经济效益。这种传统、落后的种植方式严重地制约了全村的经济发展，墨守陈规的思想观念滞后于全镇飞速发展的步伐。针对这种现实，村干部认为，种植粮食作物，2/3 的丘陵坡地是不利因素，如果发展林果产业，丘陵坡地则是得天独厚的自然优势。由于思想得到解放，找准了全村致富的突破口，因地制宜发展林果产业就成了北甘池村经济发展的新思路。

新的发展思路确定之后，如何把它变成为广大群众的共同心愿和行动？北甘池采取了两项措施：一是组织全体党员和村民代表到窦店镇交道一街学习参观，从先进典型中学习经验，增强大家搞好林果产业的信心和决心。二是建立林果示范基地，以点带面促进全面发展。

2001 年 10 月，在广泛征求意见和充分讨论的基础上，将全村每人承包的 1 分土地全部收回，作为发展林果产业的示范基地。当时，一部分村民不理解，有抵触情绪，工作难度很大，党员干部、领导干部带头到示范基地挖树坑。在支部的带领下，党员刘俭和一部分群众动了起来，随后全体村民都主动到示范基地挖树坑，100 亩示范基地的树坑不到 15 天就全部挖完。

当示范基地初见成效后，2003 年我们对全村所有荒山荒坡开始了核桃种植。对这种规模种植，一些村民担心今后没地种、没粮食吃，由此使我们的产业化进程陷入了僵局。面对困难，村党支部没有动摇选准的发展方向，没有动摇我们实行产业化进程的步伐，又组织两委干部到对调整有抵触情绪的村民家做思想工作，向他们反复耐心地宣讲发展林果产业的三大好处：一是林果产业可以涵养水分，减少大气污染，净化空气，有利于文明生态和谐村庄的建设。二是能使村民从繁重的农业耕作中解放出来，减轻劳动强度，节省劳动时间，为向第二、三产业转移提供条件。三是可以有效利用荒山荒坡，村民持续增收，提高村民的生活质量。经过耐心的工作，全村群众认识得到了统一，产业化进程得到了快速发展。经过 3 年的努力，北甘池村全体党员干部带领广大群众把荒坡变成了果园。到 2004 年，全村种植核桃达到 5.2 万株，果园总面积达到 2000 余亩，规模化的林果产业已成为该村的支柱产业。

林果业形成规模后，关键是要让果农掌握科技管理知识，靠科技含量保障产业的健康发展，靠科技含量追求最高的经济效益。这个共识形成后，北甘池村党支部便采取了多种形式和多种途径提高村民的科技管理水平。2002—2004年的初建期，北甘池村党支部想方设法请到了山西省汾阳市林业局核桃专家张树振和区林果服务中心核桃专家为果农进行培训。三年间这样重量级的专家讲课，就先后进行了九次，普及了核桃树的科技管理知识，大部分果农掌握了科学栽培、科学管理的技能。为了提高科技管理层次，解决果农在林果经营中遇到的实际问题，自2005年起，又聘请了区林果服务中心核桃专家刘新莲为村核桃管理技术专职指导员，在地头为果农答疑解惑。针对部分果农文化偏低，掌握科技知识吃力的现实，又投资制作了核桃管理技术光盘，制定核桃管理技术的明白纸发放到每户果农家中。

在普及科技知识的同时，还以服务协议的形式让专家与果农结成联合体，巩固技术推广成果，提高科技管理水平。自2006年开始，又分别聘请了区林果服务中心核桃专家郑仲明、刘新莲，镇林业站站长刘德建及村核桃管理技术员王德军与全村80户签订了核桃管理技术推广服务协议。

近两年来，为了实现核桃品种优良化，又从北京市园林绿化果林研究所请来了核桃专家郝彦彬教授传授高枝换头嫁接优良品种的技术。到目前，全村90%果农已熟练的掌握了嫁接技术，为改良核桃品种奠定了基础。

林果产业形成规模化之后，为了追求更高的经济效益，变产业优势为商品优势，北甘池主要从两个方面做好服务：一是充分挖掘核桃产品本身的商业内涵，以注册商标和权威认证的方式提高北甘池核桃知名度、美誉度，打响品牌优势。二是成立合作社组织，畅通销售渠道，有效有力地占领市场。2005年在中国商标局为北甘池核桃注册了"胜龙泉"牌商标并制作了产品"标识"。2007年由于北甘池村核桃品质优良，通过了北京五洲恒通认证有限公司权威认证，获得了"有机食品转换证书"。2007年10月，北甘池"胜龙泉"牌核桃在北京奥运推荐果品综合评选活动中，被中国林业产业协会、中国果品流通协会、中国园艺协会、北京市果蔬专业协会联合评选为奥运推荐果品，之后在中国商品学会开展的中国优质产品推广活动中又获得了中国优质产品荣誉证书。

畅通销售渠道让果农得到了经济实惠，并有效地保护了果农利益。2007年6月，北甘池村成立了北京胜龙泉核桃专业合作社，全村200户果农以现金入股的形式加入了合作社，并经过果农选举产生了合作社社员代表，经代表选举产生了理事会，经联社长被选为理事长。同年7月北京胜龙泉核桃专业合作社在区工商局成功注册。

适应市场的专业化经营组织，解决了果农销售的后顾之忧，2007 年全村所产核桃 3 万公斤全部销售，销售收入 120 万元。

（二）农业合作组织发展的作用

农民专业合作组织和行业协会的建立，已初步形成了一批"公司 ＋ 专业合作组织 ＋ 农户"和"专业合作组织 ＋ 农户"的产业化经营模式，为促进长沟镇农业农村经济发展发挥了重要作用。主要体现在：

第一，增强了农户的市场竞争力，起到了一种整合和强势的作用。农民专业合作组织和行业协会的组建，解决了一家一户面对市场，势单力薄的状况，提高了农民进入市场的组织化程度，同时，也使得优质农产品可以谋利于市，从而为农民增收创造条件。

第二，增加了农民收入，强化了保护和增效的作用。通过农民专业合作组织和行业协会，对农户提供产前、产中、产后的服务，种子、肥料、农药等生产资料供应成本降低；统一与企业签订合同，实行最低保护价，并优质优价销售，减少中间环节，提高销售价格，降低交易成本，从而增加农民收入。

第三，完善了农业社会化服务体系，增强了技术服务和推广的作用。过去农业部门开展技术培训、新技术试验、示范主要由农技服务机构进行，在技术力量和服务面上讲都有局限性。农民专业合作组织和行业协会的成立，可以直接与大专院校和农业等技术部门联系、合作，或由合作社聘请技术顾问，举办科学技术培训，或由合作社牵头开展科技示范活动，多形式、多渠道地开展农业先进技术和实用技术的普及与推广，完善了农业社会化服务体系。

第四，加快了农业产业结构调整步伐，推动了农业产业化发展。农民专业合作组织把分散的千家万户农民有序地带入农业产业化经营发展轨道，与"龙头"企业建立稳固合作伙伴关系。既改变企业原料供应分散和不稳定的状况，又解决了农产品销售问题。并通过培育农产品生产基地，为农业产业化经营的发展奠定了坚实基础。有的采取股份合作的方式，使"龙头"企业、农户及其他经济组织之间相互参股，真正形成多元参与主体"风险共担、利益共享"的紧密关系，从而保证农业产业化经营健康发展。

第三节　政府和农业

在中国历史的文化演进过程中，农业、农村、农民一直扮演着重要的角色。在《尚书》、《洪范》中，周公就告诫管理者和当权者，必须"知稼穑之艰难"，而"礼记"、"王制"篇更说："国无九年之蓄，曰不足；无六年之蓄，曰急；无三年之蓄，曰国非其国也。"指出农业生产与政治稳定的相关性。因此，中国历代政府都非常重视农业发展。新时期，农业、农村、农民共同构成政府关注的"三农问题"。长沟镇政府对农业的支持体现在两大方面，一是对农业的发展转变进行引导，把农业发展思路从"小农业"转到"大农业"上来，使农民把思想观念从"征服自然"转到"天人合一"上来；二是对农业发展进行实实在在的支持，包括资金筹措、支农补贴、技术服务等方方面面。

一 对农业转变的引导

（一）从"征服自然"到"天人合一"

在共和国建立初期，由于资本积累的需要，农业贡献了大量的农业生产剩余。为了多生产粮食以供工业化之需要，为了满足不断增长的人口消费需要，政府鼓励农民开荒种田，甚至把一些林地都转变成耕地。然而，这种"征服自然"的发展思路在完成其历史使命之后，也凸显了其弊端。中共十六大以后，中国新一届中央领导集体提出以人为本、全面协调可持续的科学发展观和构建和谐社会的执政理念，强调经济社会和环境资源的协调发展，强调要切实改变经济增长方式，改变目前高投入、高消耗、低效益的粗放型的经济发展方式。正是在这个发展理念下，中国政府转变了农业发展思路，提出了人与自然和谐发展的农业发展思想。

根据人与自然和谐发展的思路，长沟镇立足自身的禀赋条件和发展需求，适时地提出了"以水为神、以绿为魂、天人合一、永续发展"的发展思想。围绕"绿色生态、绿色产业、绿色富民"之理念，以建设"富裕长沟、生态长沟、魅力长沟、和谐长沟"为目标，遵循"不求最大、但求最佳、环境兴镇、发展共享"的原则，实施了多项富民工程。在"天人合一"思路的指引下，政府努力打造适宜"大农业"发展的自然生态环境。为了发挥水资源丰富和山场广阔优势，整合资源，造就生态农业发展平台，政府对云林小流域进行了治理。云林小流域位于北京市房山区长沟镇政府北部，包括：东甘池、南甘池、西甘池、北甘池、六间房、三座庵、黄元景七个村，流域总面积 16.6 平方公里，其中耕地面积 5987 亩，林地 4694.5 亩，果园 6703.4亩。通过小流域治理工程，长沟镇进一步改善了流域内生态环境，调整了产业结构，促进流域内户均增收 3500 元。水是一个好的自然环境的灵魂。因此，长沟镇利用自己的天然优势，努力建设水环境。2006 年，实施了治水、引水、蓄水、节水、护水等 5 项水环境建设治理工程，目前已初步建成了贯穿全镇的水景观生态长廊。通过对西甘池泉和北甘池泉进行保护性开发，分别建成 2350 平方米和 1400 平方米的水面。通过对镇域内河道进行疏挖、清理、护砌，并点缀以橡胶坝、水车、石桥、绿色小品，形成了 6 公里长的水景观。在北泉水河上游建设千亩龙泉湖。

都市农业的未来功能定位两个字："食"和"绿"。所谓"食"，即为市场提供食品，是农业的基本功能；所谓"绿"，即为居民提供观光休闲，以及在客观上改造自然环境的功能。因此，长沟镇应该抓住这个契机，努力在"绿"字上做好文章。目前，已经提出"以水为神、以绿为魂、天人合一、永续发展"的指导思想，并且卓有成效地做了一些工作。这应该说是一个好的开端。

（二）从"小农业"到"大农业"

农业本应是一个大农业的概念，即包含农林牧渔等产业[①]。然而，中国却长期把农业等同于粮食种植。随着工业化的发展，都市农业越来越从"生产"功能转移到"生活"和"生态"功能。伴随着农业功能的转变，是政府对农业结构的调整，是政府对农业观念改变的引导。长沟镇近年来一直把引导农民从"小农业"生产经营状态转换到"大农业"生产经营状态作为自己的施政任务。经过政府和农民的共同努力，长沟镇的农业结构发生了变化，"小农业"也让位于"大农业"。在农业总产值中，种植业的所占比重不断降低，而畜牧业的比重不断提高。除此之外，林业和渔业也有一定发展。政府对畜牧业进行了大力支持，也鼓励农民发展壮大畜牧业。目前，长沟镇的奶牛、生猪、肉鸭、肉鸡等都有较大发展。在都市农业"绿"功能的要求下，林业的发展更是显著。截止到 2007 年，长沟镇的爆破造林已有3870 亩。随着龙泉湖的建设和湿地工程的完工，长沟镇的渔业发展也会越来越好。

一般而言，传统农业的特征是种植业的比例偏高，随着经济的发展，农业结构中的种植业比例会趋于下降。对于都市农业来说，种植业的比例应该小于一个经济体的平均水平。近十年来，长沟镇种植业的比重已经下降很

---

① 钱学森：《农业系统工程》，《科学之友》1980 年第 1 期。

快，也优于全国的农业结构。但如果以都市农业的要求来考察长沟的农业结构，则发现还有进一步优化的空间。对于土地比较匮乏的长沟镇来说，需要进一步推动"小农业"向"大农业"的转变，争取畜牧业、林业和渔业的比重进一步提高。

二　对农业发展的支持

（一）从"农业税"到"财政支农"

随着中国经济发展进入新阶段，人均国民生产总值达到 1000—3000 美元之间，工业化已到中期阶段。农业在国民经济中的比例下降，非农产业成为整个社会的主导产业，国家财力增强，由以农补工向以工补农的条件日益成熟。另一方面，随着农民收入增长停滞、城乡差距扩大的问题日益凸显，全社会对于三农问题关注程度增加，党中央、国务院对"三农"问题高度重视，整个国民经济分配向农村倾斜创造，财政支农力度明显加大。长沟镇的支农惠农政策主要体现在三个方面：

第一，减免和取消农业税。1997 年之后，中国农业和农村经济步入了一个新阶段，农产品供给出现了阶段性、结构性的过剩，农产品的价格持续走低，农民收入增长缓慢，城乡居民的收入差距拉大。伴随着收入增长的缓慢，是农业负担的不断增加。"头税轻（指农业税）、二税重（指乡统筹、村提留等收费）、三税是个无底洞（指其他集资、摊派）"的现象比较普遍，农民的怨言较多。为了解决"三农"问题，减轻农民负担，从 2000 年开始，中央决定进行以"三取消、两调整、一改革"为主要内容的农村税费改革，以规范的农业税取代以前名目繁多的农业税费项目。2004 年，国家进一步取消、免收、降低了一批涉农收费项目。按照中央精神的要求，长沟镇进行了农村税费改革，相继取消了屠宰税、农业特产税、牧业税和村提留乡统筹等专门面向农民的行政事业性收费，在规范农业税的基础上取消了农业税、使全镇农民彻底告别了在我国延续了几千年的"皇粮国税"，宣告了"以农养政"的彻底结束。

第二，实施农业补贴。2004 年中央一号文件《中共中央国务院关于促进农民增加收入若干政策意见》指出为保护种粮农民利益，要建立对农民的直接补贴制度。为贯彻落实中央一号文件精神，长沟镇 2006 年实施了粮食直补和综合补贴。粮食直补补贴分为种植面积补贴和良种补贴，标准分别是：小麦每亩补贴 50 元，玉米每亩补贴 15 元，面积统计精确到小数点后 1

位；小麦良种每亩补贴 10 元，玉米不实施良种补贴。土地已确权确地或确
权确利到户的本市种粮农民，在耕地内种植的小麦、玉米享受粮食直补政
策。在国有土地，非耕地、已被征用或占用的土地上种植小麦、玉米的不享
受粮食直补政策；专用的青饲玉米不享受直补政策；小麦（玉米）与其他作
物间套作，不享受粮食直补政策；社会团体、企事业单位种植的粮食作物不
享受粮食直补政策。综合补贴的标准是：综合补贴不分品种，统一补贴标准
为 12 元/亩。综合补贴范围同粮食直补范围，补贴品种为小麦、玉米。除了
粮食直补和综合补贴外，为了防风、防沙，北京市还为粮食种植提供了生态
补贴，如表 3－2、表 3－3、表 3－4、表 3－5 所示。

表 3－2　　　　　　　　长沟镇的玉米种植面积的补贴：2007 年

（单位：亩）

村名	种植面积	补贴面积	不补贴面积
南正	1031.5	1031.5	
北正	1243.4	1243.4	
双磨	1300	1300	
南良	973	973	
北良	705.7	705.7	
东良	608.6	608.6	
东长沟	612.4	612.4	
太和庄	760.5	760.5	
沿村	896.9	896.9	
坟庄	331.6	243.1	88.5
东甘池	302.6	302.6	
南甘池	148.5	148.5	
北甘池	163.3	163.3	
西甘池	942.3	942.3	
六间房	689.8	689.8	
三座庵	580	580	
黄元井	1040.2	1040.2	
合计	12330.3	12241.8	88.5

表 3 - 3　　　　　　　　长沟镇的小麦种植面积的补贴

（单位：亩）

村名	种植面积	补贴面积	不补贴面积
南正	1002.2	1002.2	
北正	350	350	
双磨	1300	1300	
南良	600	600	
东良	508.6	508.6	
北良	493.5	493.5	
坟庄	113	26	87
沿村	399.5	399.5	
东长沟	437	437	
太和庄	760.5	760.5	
东甘池	247	247	
南甘池	64	64	
西甘池	120	120	
六甲房	80	80	
三座庵	70	70	
黄元井	182	182	
合计	6727.3	6640.3	87

表 3 - 4　　　　　　长沟镇玉米的补贴资金和涉及农户：2007 年

（单位：元、个）

村名	涉及农户数	补贴资金	其中		
			面积补贴	良种补贴	综合补贴
南正	493	40228.5	15472.5	12378	12378
北正	509	48492.6	18651	14920.8	14920.8
双磨	482	50700	19500	15600	15600
南良	304	37947	14595	11676	11676

续表

村名	涉及农户数	补贴资金	其中		
			面积补贴	良种补贴	综合补贴
北良	352	27522.3	10585.5	8468.4	8468.4
东良	195	23735.4	9129	7303.2	7303.2
东长沟	252	23883.6	9186	7348.8	7348.8
太和庄	321	29659.5	11407.5	9126	9126
沿村	434	34979.1	13453.5	10762.8	10762.8
坟庄	368	9480.9	3646.5	2917.2	2917.2
东甘池	187	11801.4	4539	3631.2	3631.2
南甘池	62	5791.5	2227.5	1782	1782
北甘池	10	6368.7	2449.5	1959.6	1959.6
西甘池	410	36749.7	14134.5	11307.6	11307.6
六间房	206	26902.2	10347	8277.6	8277.6
三座庵	119	22620	8700	6960	6960
黄元井	602	40567.8	15603	12482.4	12482.4
合计	5306	477430.2	183627	146901.6	146901.6

表 3—5 **长沟镇小麦的补贴资金和涉及农户：2007 年**

（单位：元、个）

村名	涉及农户数	补贴资金	其中		
			面积补贴	良种补贴	综合补贴
南正	244	88193.6	50110	20044	18039.6
北正	143	30800	17500	7000	6300
双磨	480	114400	65000	26000	23400
南良	191	52800	30000	12000	10800
东良	141	44756.8	25430	10172	9154.8
北良	294	43428	24675	9870	8883
坟庄	4	2288	1300	520	468

续表

村名	涉及农户数	补贴资金	其中		
			面积补贴	良种补贴	综合补贴
沿村	217	35156	19975	7990	7191
东长沟	201	38456	21850	8740	7866
太和庄	320	66924	38025	15210	13689
东甘池	149	21736	12350	4940	4446
南甘池	24	5632	3200	1280	1152
西甘池	62	10560	6000	2400	2160
六甲房	19	7040	4000	1600	1440
三座庵	1	6160	3500	1400	1260
黄元井	130	16016	9100	3640	3276
合计	2620	584346.4	332015	132806	119525.4

　　第三，奶牛良种补贴和母猪补贴。奶牛良种补贴项目是国家的惠农政策，也是奶牛业的效益工程，更是一项技术推广工程。房山区是全国奶牛优势主产区之一，是北京市实施国家奶牛良种补贴的五个区县之一，也是北京市奶牛良种"双"补贴的区县之一。长沟镇落实了房山区政策。近年来，对奶牛进行了良种补贴，让奶农得到了实惠。以长沟镇的双萍奶牛合作社为例，从双萍奶牛合作社成立到2006年9月，政府相关部门先后共扶持资金109.4万元。其中，房山区畜牧局扶持资金90.8万元，用于小区建设（30万元）、奶牛优势区建设（14万元）、胚胎移植（1万元）、奶罐（6.3万元）、奶罐车（22万元）、挤奶机（17.5万元）；长沟镇政府扶持资金18.6万元，用于场内路面硬化（16万元）和发电机购置（2.6万元）。通过奶牛良种补贴项目的实施，进一步激发了长沟镇奶牛养殖户使用优质冻精的积极性，加速了奶牛良种繁育进程，为提高奶牛品种质量，扶持奶牛业发展，增加农民收入，增强奶业市场竞争力，促进奶业持续、健康、协调发展起到了积极推进作用。近年来，由于生猪的繁育数量少以及各种猪瘟疾病的影响，市场上生猪的供给小于需求，致使生猪价格不断攀升。随之而来的是猪肉价格的不断上涨，已经影响到居民生活。为了扩大市场上生猪的供给量，降低猪肉价格，党中央、国务院决定对母猪进行补贴。长沟镇的生猪补贴标准是100元/头。养猪户得到了实惠，提高了养猪利润，刺激了农民养猪的热情。

（二）以工程项目带动农业发展

工业反哺农业的着力点是财政支农，具体的体现形式是各种各样的工程。正是通过这些工程，长沟镇的农业得到了北京市、房山区以及本镇等各级财政的支持，加强了农业基础设施建设，改善了农业发展环境，有效合理地对农民和农地进行了补偿，促进了农业增收和农民致富，带动了农业发展。"折子工程"是一项政府为民办实事的民心工程。通过"折子工程"，长沟镇有效地控制了各项工程的进度，提高了通过工程"富民"的效率。近年来，长沟镇完成的工程形式多样，主要有如下两大方面：

第一，改造生态环境的工程。比如，长沟镇于 1999 年实施了水利富民生态环境建设工程。生水利富民态环境建设工程在"大水利、大环境、大开发"思想指导下，有效地控制水土流失，涵养了水源，改善了自然环境，为长沟镇农村发展农民致富创造了条件。长沟镇为美化自然生态环境，自 1999 年开始，连续三年对北泉水河进行两岸护砌、橡胶坝建设、三期护砌和建造拦河坝等工程，工程总投入 430 万元。此项工程保证了小城镇建设不受洪水危害，不仅能直接扩大灌溉面积，而且能增加社会效益，并可回补地下水含蓄水源。从 2000 年开始，长沟镇实施了有史以来规模最大，投资最多。标准最高、效果最好的综合整治工程，重点抓了环境建设"五化"工程（绿化工程、美化工程、硬化工程、净化工程、亮化工程），总计投资 4950 万元。2005 年长沟镇完成了南北泉水河水源调度工程。该工程是一项水利工程，同时也是一项环境工程、生态工程。总投资 2336 万元。项目共穿越南正、双磨、北正、坟庄等 4 个村庄，占地 162.5 亩，其中：永久占地 131.5 亩，临时占地 31 亩。通过南泉水河的水源北调，实现南北泉水河会流，使长沟镇的灌溉、生产和生活用水得到满足，提高汛期防洪能力。为了节约水资源，改善生态环境，2006—2007 年间，长沟镇还发展了山区集雨节灌工程，采用坡面、路面等天然、人工集雨形式，累计修建集雨场 1.6 万平方米，蓄水池 225 座，发展节水灌溉 5000 亩。近几年，长沟镇还实施了云林流域综合治理工程。除此之外，还有每年都会进行的绿化造林工程，包括农田林网更新、改造工程、退耕还林工程、爆破造林工程。在退耕还林工程中，栽植用苗全部采用大规格优质苗木，栽植过程中全部使用生根粉、保水剂等技术措施，栽前洇坑，栽后做树盘，退耕还林补贴由镇政府出。通过近几年连续落实的小流域治理、生态环境建设、退耕还林等优惠政策，基本实现了"山顶松柏盖帽，山间果树缠腰，山下流水潺潺，平地花园环绕"的优美环境，湿地面积达到 25.93 平方公里。

第二，促进农业发展的工程。2005 年，为了改善我镇西部丘陵山区农业生产条件，长沟镇在六甲房、三座庵、黄元景、北正、南正五个村进行万亩农业综合开发中低产田改造工程，总投资 605 万元，完成土壤改良 700 亩，整理石坎梯田 800 亩，栽植防护林 200 亩、经济林 500 亩，硬化路面 2300米，埋设输水管道 2000 米，修建渠道 2000 米，新打及修复机井 9 眼。另外，还实施了绿色养殖工程。项目总投资 1326.4 万元，主要建设内容分别为：新建鸡舍 40 栋、新建办公室、兽医室、消毒室等办公用房 100 平方米、新打岩石井 1 眼，并配套必要的机电设备及 2000 米的引水管路及修路、配电、饲料加工等相关设施；建设优质核桃无公害种植基地项目，项目总投资 369万元。其中水利措施投资 341 万元；管理设备投资 28 万元，上级财政支持369 万元。2006 年，长沟镇实施了国家农业综合开发重点工程。其主要目标是彻底改变项目区原有的粮食生产的传统经营模式，通过水利措施、农业措施、林业措施、科技措施等，山、水、田、林、路综合规划，有效地改善了农业生产条件，调整农业种植结构，提高农业经济效益。该项目区位于长沟镇东南部，涉及南正、北正、双磨、南良、北良、东良、东长沟、太和庄、沿村九个自然村，共计 11306 亩粮田进行改造，建设成万亩农业高产田。近年来，长沟镇还实施了多项畜牧重点工程，包括六甲房舍饲养羊小区工程、坟庄河蟹养殖小区工程、北正水蛭养殖小区工程。这些工程既加快了畜牧业、渔业的发展，提高经济发展速度，又保护了生态环境和卫生。除此之外，在种植业上，长沟镇也实施了多个设施农业项目。对这些设施农业项目工程，镇政府和村集体通过实行"自主筹建，集体扶持"的原则，也给予了大力扶持。蔬菜大棚水、电、路、建筑等固定投入以及相关配套设施由集体负责筹建和提供，种植户只负担草帘、棚膜、种子、化肥等少量投入。同时，采用农户投资集体补贴的办法，对每个种植户给予扶持资金 3000 元，并为每个种植户申请贷款 1 万元，由集体担保并支付一年利息。

（三）技术服务：人才培训、田间学校

"十五"以来，国家高度重视农民素质的提高，2004 年、2005 年、2006年的三个一号文件，都对农村劳动力素质提高、新型农民的培养提出了明确要求，指出要结合农业结构调整、发展特色农业和生产实际的需要，开展针对性强、务实有效、通俗易懂的农业科技培训，要努力造就有文化、懂技术、会经营的新型农民，培养一大批生产能手、能工巧匠、经营能人和科技人员。为了贯彻这些精神，长沟镇开展了农村实用人才培训和富余劳动力转移性培训。几年来，取得了显著成就，主要体现在以下三方面：

第一，实施了新型农民科技培训工程和劳动力转移培训工程，提高了农民生产技能，促进了农村劳动力转化。2004年全镇完成农村富余劳动力转移引导性培训230人。其培训方式是，采取全镇集中组织，建立农村富余劳动力培训台账制度，对参加引导性培训的农民填写"农村富余劳动力转移性培训学员登记卡"，由房山区农机化学校授课。2005年，为提高农民的科学素质和就业本领，长沟镇组织农民参加引导性培训，举办培训班3次，共培训560人，参加区农村营销经纪人5人，举办全镇磨盘柿培训班、北甘池优种核桃、无公害食用菌栽培、小麦春季管理等培训班8次，培训570人次。另外，还举办农业综合技术咨询、禽流感防控、畜牧防疫等咨询4次。目前，长沟镇一年安排有4次科技培训。3—4月份，举办农业技术培训班，主要讲授病虫防治等技术，培训是免费的，由房山区植保站专家授课，农民的反响很好；4—5月份，举办蔬菜技术培训；5月份，三夏三秋培训，主要讲授农机具作业、修理、保护性耕作等技术；8—9月份，进行设施农业培训。应该说，通过科技培训提高了农民的科技文化水平与农业综合生产能力，增强了农民转岗就业的能力，提高了农民外出务工技能。

第二，举办了充分利用科技入户直通车、科普赶集宣传等大型活动，提高了全民科普知识。2006年10月与北京市农委、北京市农林科学院、区农委、区农口各局在长沟大街联合举办放心农资下乡活动，提高农民识别真伪农资知识；2006年4月13日，长沟镇与北京林业科学院在北甘池联合举办科技入户直通车活动，在北甘池村村委会会议室举办了优质核桃管理技术培训班。为了加快发展长沟镇设施农业建设、扩大蔬菜种植规模、调整产业结构、提高农民种植技术，2007年3月21日，长沟镇农办组织蔬菜种植户60余人，在坟庄村成教中心举办蔬菜种植技术培训班，北京市农业技术推广站、区种植中心蔬菜科、区植保站、农科所的专家们，结合影像讲解，传授了日光温室蔬菜实用技术，下午又深入实地，针对种植难题逐一解答。

第三，结合本镇产业发展情况，为农民提供技术服务。为了促进优质薄皮核桃产业化发展，长沟镇聘请房山区林果中心果树技术员刘新莲为常年指导，将室内培训与实地技术培训相结合，传授核桃树的修形、土肥管理、授粉、防治病虫害等技术，使广大果农掌握核桃树种植管理。通过每月发放果树管理"明白纸"的方法来提醒村民们适时管理果树。通过这个措施，使村民们理解了、掌握了种植要点，知道了什么时间该做什么，不该做什么，村民们的管理水平显著提高，从而保证了长沟镇 4200 亩优种薄皮核桃产业健康稳定发展。核桃价格也从 6 元/斤上升到 20 元/斤。通过聘请房山区种植服务中心高级农艺师胡宝安为双磨村吉庆蔬菜基地做技术指导，长沟镇成功引进了并试种成功 1500 平方米双孢菇，填补了北京市双孢菇生产空白。另外，长沟镇还与房山区科协、科委联系，举办了设施蔬菜种植、小麦、玉米、水稻栽培病虫害防治、奶牛饲养与管理培训班。

　　为了大力实施科技兴农，全面推进农业产业化、标准化进程，发展优质高效的农产品，促进农业和农村经济的快速发展，2007 年，长沟镇针对设施农业发展现状，结合农民需求，成立了一所农民田间学校。田间学校定址在长沟镇双磨村京南吉庆蔬菜基地。

　　（四）农业灾害的防治：防疫、防汛、防火、防虫等

　　农业疫情的防治一直是长沟镇政府工作的一件大事。长沟镇动物免疫接种按计划免疫、指导性免疫和区域性试验免疫三种方式进行：1. 口蹄疫、高致病性禽流感、猪瘟、狂犬病、鸡新城疫为计划免疫。口蹄疫、高致病性禽流感的免疫密度要求达到 100%；猪瘟、鸡新城疫要按程序适时免疫；狂犬病的免疫密度要求达到 90% 以上。2. 猪伪狂犬病、鸡马立克氏病、鸡传染性法式囊炎、鸡传染性支气管炎、鸡传染性喉气管炎、鸡产蛋下降综合征、羊痘、免病毒性出血症、猪丹毒、猪肺疫、仔猪副伤寒、大肠杆菌病、猪繁殖与呼吸障碍综合征、鸭瘟、羊梭菌病、犬瘟热等实行指导性免疫。3. 羊衣原体实行试验性免疫。2003 年，在防控"非典"工作的同时，为保障养殖业健康发展和人民群众食肉安全，有效控制和及时扑灭动物疫情，长沟镇及时制定了防疫预案。此项工作主要领导亲自布置，精心安排，狠抓落实，并派专人配合兽医检查工作人员，深入第一线，进行畜禽防疫，防疫密度达到了 100%。2005 年 3 月份，长沟镇镇对各村牲畜进行了免疫注射，并针对临产母畜和新生幼畜不能注射的情况，5 月份再次进行免疫注射，确保了防注效果，免疫率达到 100%。为了做好口蹄疫监测工作，全镇选了一个规模牛场（10 头份血样）、两个散养户（各 5 头份血样），共送检血样 20 头份；坚持每月进行采血监测；各畜禽养殖场实行"自我封锁"措施，严格控制养殖区域内的人流、物流，尽量减少畜禽的流动和与外界的交易联络，严禁疫区畜禽的流入，做到"封的严、封的住"，严防疫情的传入。全镇投资 2 万元对全镇实行大消毒，消毒面积达到 12 万多平方米，切实做好日常消毒工作，

特别是养殖场要加强对进出车辆、人员、笼舍、环境、饮用水和用具的消毒，并做好清粪、通风工作，对清理出的粪便要及时消毒和进行发酵处理。为保障畜牧业健康稳定发展，有效预防、控制和扑灭动物疫病，确保实现"北京不发生重大动物疫情"的目标，2007年长沟镇及时召开了春季动物防疫工作会。对各村村级防疫员进行了技术培训，并下发了春季动物防疫行动计划文件。目前，全镇共有4500余户养殖户，猪存栏4687头，牛591头，羊4621只，禽类65699只，犬3394条，在这次春防工作中共免了猪瘟202头、猪丹毒202头、猪三联43头、猪细小病毒14头、猪口蹄疫4013头、牛口蹄疫531头、羊口蹄疫3596只、兔二联415只、犬五联14条、禽流感鸡14049只、鸭20942只、其他禽类1027只、其他未免的均为孕畜、幼畜及弱畜，待及时补针。

自然灾害是农业所不可避免的。2003年5月，长沟镇经历了1小时43分钟的降雨以及3—4分钟的冰雹。全镇小麦7830亩倒伏40%左右，倒伏面积约3000亩，损失40%。按亩产343.31公斤算，全镇共减产小麦41.2万公斤。蔬菜受灾面积约350亩、果树受灾面积约3000亩，预计损失约33万元。2007年5月，长沟镇又经历了雨灾。受灾面积达22698亩。其中，小麦受灾面积是12990亩，春玉米1966亩，稻田150亩，蔬菜895亩，果树4992亩，材树100亩，黄豆530亩，花生130亩，苗圃160亩，其他农作物785亩。降雨不可预防，但是降雨后的防汛工作却是可以预防的。防汛工作一年一度，长沟镇每年都以防大汛准备迎接汛期。为确保防汛工作万无一失，镇政府成立防汛指挥部，召开防汛动员会，对镇重点防汛部位做周密部署，明确分工，成立抢险队伍，组织实施防汛演习，备足专用工具、防汛物资等。遇雨天组织镇、村干部走访险户，做好汛期雨情的预测预报、洪水调度和检查抢险工作，确保安全度汛。2003年5月，长沟镇就及时应对了汛情，共成立了23支1007人组成的抢险队伍，组织了各型抢险车辆40辆，并准备了一定量的防汛专用工具，其中：麻袋1万条，编织袋1万条，抽水泵4台，铁锹、雨衣、胶鞋、防水手电筒若干。

每年的11月1日到来年的5月31日，都是长沟镇的防火期。目前，防火主要有两种办法：生物防火和人工防火。所谓生物防火是指在林业种植时，留出防火道和种植防火林。人工防火是指通过护林员和生态管护员的监察，减少森林火灾发生的概率，从而促进林业发展。防火年度目标是"免火灾、消火警、压火情"。每到防火期时，各村都要成立以"两委"班子为成员的护林防火领导小组，村支部书记为护林防火第一责任人，村主任为直接责任人，并有一名"两委"干部专门负责护林防火日常工作，还要设立专门的护林防火值班室，认真填写值班记录，保证24小时通信畅通。各村、各重点有林单位，要与护林员、放牧员、林地内墓地主人、与林地相连的土地承包人、上山搞副业人员逐级签订护林防火责任书，做到责任有人负。每年十一月份是护林防火宣传月，各村、各重点有林单位都利用各种宣传工具，采取各种宣传形式，大造护林防火声势，掀起宣传高潮，以提高广大群众的护林防火意识。每年"三秋"期间农作物秸秆禁烧工作，也是"护林防火"工作的重中之重。这个时期要准备充足的干粉灭火器、铁锹、二号灭火工具等灭火设备，并成立禁烧巡逻队，实行24小时轮流值班巡逻，确保不出现火情。2007年，长沟镇共签订各级责任书109份，查处违章用火11起，扑灭荒火6起。同时，对全镇20名生态管护员进行了调整，各村增加了40名护林员，对全镇9名专职测报员进行了培训。另外，飞机防治森林病虫害26架次，有效地控制了森林病虫害的发生。

第四章

第二产业发展状况

　　长沟镇的第二产业起源于以石料为主的矿业开采，在新中国成立后直至改革开放以前，在其经济构成中，第一产业所占比重很大。改革开放以后，随着农村政策的调整与放开，在原有社队企业的基础上，长沟镇的乡镇企业出现了大发展的局面。但作为北京的郊区，出于环境和资源保护的需要，从 20 世纪 90 年代开始，其矿业开采受到严格限制。到 21 世纪初，长沟镇基本上退出了以石料开采和加工为主的工业发展模式，并随着中国市场经济的发展和逐步完善，转而践行"天人合一、永续发展"的科学理念，取得了初步的经济效益和社会效益。

第一节　第二产业的发展及变化

　　经济发展是一条无法割断的历史链条，今天的经济只能在以往的基础上向前推进。换言之，长沟镇的经济发展也是在既定条件下进行的。在经济发展的进程中，该地区的资源禀赋、区位地理、社会环境、政府政策乃至思想观念都曾起到过非常重要的作用。这些因素综合作用的结果，形成了长沟镇第二产业富有鲜明特色的历史发展进程。

一　发展历史概述

（一）改革开放前的"靠山吃山"与社队采掘业

　　位于京畿西南之侧的长沟镇，以石料开采为主的第二产业产生很早，但是到 1978 年改革开放时起点仍然很低。长沟镇的矿产资源以大理石、白云石（当地人称之为"次汉白玉"）、红砂石、水磨石、云母粉为主。石料开采主要用于门阶石、墓碑和铺路。云母粉主要是焊条用，但云母粉的开采量不是很大，因为当时市场需求量不是很大，直到 2000 年前后，每年开采量也不过百十吨左右。长沟镇也产煤，1968 年闫村开始出煤，1974 年长沟公社设有煤场，开采的巷道曾挖入 90 多米深。但由于当时整体科技水平较低，加之长沟镇的工业本来是就资源、就环境发展的，难以形成规模经济。在整个人民公社时期，矿业开采基本上是该镇农村副业的主要形式，所以形成了村村开矿，村村都有小副业队的情形。当时每个矿山都划有明确的地域界限，成为人民公社体制下各个村庄和生产队创收的主要来源之一。这种情况一直持续到 20 世纪 80 年代初，才发生改变。

（二）乡镇企业的兴起

改革开放以后，随着以"放权让利"为特征的政策调整不断深入，地方政府在经济管理中扮演着越来越重要的角色，高度集权的单一计划经济格局逐渐被打破，不仅为农村非农产业的发展提供了广阔的空间，而且也极大地调动了乡镇政府和农民发展乡镇企业的积极性。1984 年 3 月，中共中央、国务院转发了农牧渔业部《关于开创社队企业新局面的报告》，指出社队企业应在调整中继续发展，切实加强计划指导和市场调节，积极推动技术进步，开创出新的局面。北京市政府在 1985 年和 1986 年连续召开了两次乡镇企业工作会议（1984 年将社队企业改称为乡镇企业），提出了六点要求，其中第六点即最后一点就是鼓励和支持农民联户办和个人办企业。

在改革开放初期，在计划经济体制下压抑已久的经济活力得以释放，很快，长沟镇就迎来了第二产业大发展的时期。在勤劳致富的口号下，加之还没有颁布矿产资源法，在中央政策的鼓励下，长沟镇的部分镇村两级集体经济领导人，带领村民搞起了矿产开发。

由于当时计划经济的色彩仍很浓厚，市场仍呈现出严重的短缺状态，因此，办企业、上项目是镇政府很乐意的事。当时政策宽松，贷款也较为容易，企业生产的产品只要不存在严重的质量问题，大多数都能卖出去。因此，在当时走北京"白兰道路"① 的号召下，全国乡镇企业发展的速度很快。长沟镇也开始在原有矿业开采的产业发展路径之外，拓宽了产业发展路

---

① 北京白兰洗衣机厂将 80% 零部件下放到社队企业，城乡共同发展。北京市称这种城乡合作发展模式为"白兰道路"。

径，重点发展起食品、服装、纺织等轻工业企业。截至 1989 年，长沟镇共计有 17 个镇办企业，96 个村办企业。镇属企业中属于第二产业的企业具体情况如表 4 - 1 所示。

表 4 - 1 长沟镇镇属企业情况表

名称	成立时间
1. 长安建筑队	1975 年（后发展为长安建筑集团、长安第二建筑公司以及长安建筑分公司）
2. 工具厂	1977 年
3. 砖厂	1979 年
4. 粉丝厂	1982 年（到 1985 年前后，生产经营出现困境，1987 年前后改为编织袋厂）
5. 燕兴设备安装公司	1982 年
6. 燕兴材料厂	成立时间不详
7. 地材厂	1982 年
8. 服装厂	1983 年
9. 酱油厂	1984 年（后相继改为饼干厂、文物复制厂）
10. 水泥构件厂	成立时间不详
11. 溶剂厂	1988 年
12. 纺织机械厂	1994 年后改为羊绒衫厂
13. 量具厂	成立时间不详
14. 白云石一厂	1978 年
15. 白云石二厂	1982 年

资料来源：由于这方面资料缺失，2007 年 12 月 21 日，长沟镇吕天禄副镇长召集原农工商总公司负责人、原统计科科长、现任统计科科长等人座谈，通过口述和回忆、核对，为笔者提供了珍贵的材料，特此加以说明和致谢。

从表 4 - 1 中我们看到，在 20 世纪七八十年代，长沟镇的第二产业发展涉及矿业、建材、机械以及服装、食品等，在当时的生产条件下，还是采用了劳动密集型的企业发展模式。当时的村办企业，则是以矿业开采为主。因为有了在人民公社矿业开采的底子，所以，在改革开放后，该行业迅速地发展起来。

1986 年年底中共中央召开农村工作会议时，从乡镇企业所有制归属的角度，将其归纳为乡（镇）办、村办、联户办、户办四种基本形式一起发展，简称为"四轮驱动"。由于当时矿产资源为国家和集体所有，长沟镇各村则通过招标的办法，采用承包制的形式，来发展矿业开采。矿业开采又为石材加工奠定了基础。石材加工除去镇属企业外，尚有村办企业，联户办企业以及个体加工户。中央和北京市的政策支持，以及改革开放所形成的国内巨大的市场空间，都为长沟镇多种所有制经济蓬勃发展提供了推动力，长沟镇的第二产业特别是矿业开采迎来了历史上的快速发展时期。

在 1989 年前后，长沟镇矿业开采已初步形成规模，到 1992 年前后，达到鼎盛时期。当时使用的炸药量是 80 多吨，相当于解放石家庄市时使用的炸药量。其每年的承包费是 70 万—80 万元左右。由于当时账目管理工作的缺陷，统计工作滞后，缺乏这方面的详细记载，加之人员、机构更迭频繁，相关资料报表又不幸遗失，所以这方面的资料目前尚属空白。据当时负责综合治安管理的负责人介绍：当时各村报上来的大理石开采量是 10 万多吨，但由于存有多产瞒报现象，根据当时的实际情况，他估计当时大理石的开采量应达到 20 万吨左右。

当时的矿产开发，也确实给村民带来了不少的实惠，成为村集体经济的主要支柱。每年村里在长沟镇技术和管理人员的帮助下，做好采石点的勘探与规划，并按照村界划分山号。[①] 然后利用元旦到春节这段农闲时间公开竞标，当场签订合同，现金支付。有的村委拥有最多达 90 个左右的山号，其收入自然可见一斑。

当时的矿产开发，差不多拥有五六千人的就业队伍，在就业人员中，60% 左右是当地人，剩下的 40% 是外地人。20 世纪 80 年代末，工地采石的工人每天挣 5—7 元的工资，1992 年左右，则达到 15—20 元的水平。矿产的开发促进了石材加工业的壮大，也带动了周围第三产业的发展。在采石场的附近，出现了大量的出租车和小吃店。与矿业开发密切相关的交通运输、餐饮等服务业的发展也加大了当地的经济总量。

（三）"二次创业"与企业转制

进入 20 世纪 90 年代中期以后，伴随着国内和北京市场的变化，长沟镇的乡镇企业出现了一些新的问题，这些问题对未来经济的持续发展产生了制

---

①　由于当时工程机械的缺乏，生产方式基本上是以手工劳动为主。石料开采采用露天作业方式。山号划分后，在所划区域的最低处沿山体开采，如果山体开采面越陡，用打洞眼爆破的效果就越好，出石量就越大。

约，也促使长沟镇政府改变以往的发展思路和模式。

首先是增长速度快速下降。1990 年，长沟镇镇办企业工业总产值为 841.1 万元，1991 年为 1072.3 万元，增长 27.5%，1992 年为 1589 万元，增长幅度为 48.2%，1993 年增长 60.6%，到 1994 年，长沟镇镇办企业的产值为 3994 万元，增长率为 56.5%。但从 1995 年①开始，工业总产值增长率开始放缓，1996 年只增长了 11.2%。从 1997 年开始，受到国内外市场环境的影响，乡镇企业生产增长速度大幅下降。

其次是效益下滑很快。在 20 世纪 90 年代，1994 年镇办企业效益最好，利润总额达到了 473.9 万元。以后逐年下降。1997 年，长沟镇镇办企业出现了全行业整体亏损的局面。村办企业的效益趋势同镇办企业差不多。其利润总额从 1993 年的 1089.6 万元，迅速下滑到 1998 年的 54 万元。

第三是企业亏损增加。1995 年长沟镇办企业利润总额为 132.6 万元，利润净额为 34 万元。1996 年利润总额为 176.5 万元，利润净额为 91.5 万元；1997 年为亏损 296.5 万元，1998 年亏损 361 万元。村办企业虽然没有整体亏损，但 1998 年账面的利润总额也只有 54 万元，较之 1997 年的 136.1 万元，增幅为 −60.3%。其具体情况如表 4−2、表 4−3 所示。

表 4−2　　　　　　　　　长沟镇 1990—2000 年镇办企业情况

年份	企业数（个）	企业年末人数	工业总产值（万元）		利润总额（万元）		利润净额（万元）
			实际	增长率（%）	实际	增长率（%）	
1990	11	1415	841.1		86.3		46.8
1991	16	1603	1072.3	27.5	118.6	37.4	53
1992	16	1438	1589	48.2	197.1	66.2	66.1
1993	23	2036	2551.7	60.6	323.5	64.1	165.9
1994	33	2082	3994	56.5	473.9	46.5	102.3
1995	22	1005	2004.7	−50.0	132.6	−72.0	34

---

① 1995 年，长沟镇经济社会统计口径发生变化，同时，应国家和北京市政府的要求"挤水分"，该镇统计科在统计时力争数据真实、可靠，如此一来，1995 年各项经济指标和数据值同 1994 年相比相应减少，有的指标值减少幅度非常大。本章中凡涉及 1995 年及以后统计指标均适应此情况，不再一一解释。特此说明。

续表

年份	企业数（个）	企业年末人数	工业总产值（万元）		利润总额（万元）		利润净额（万元）
			实际	增长率（%）	实际	增长率（%）	
1996	27	943	2227.7	11.2	176.5	33.2	91.5
1997	26	891	1791.2	−20.0	−296.5	−268.0	
1998	23	1118	827	−53.8	−361	−21.8	
1999	24	1094	1951.6	136.0	−12.7	96.5	
2000	26	1065	3184.7	63.2	18	241.7	

资料来源：长沟镇统计科提供的《长沟镇历年社会经济统计资料》。

表 4−3　　　　　　　　　**长沟镇 1990—2000 年村办企业情况**

年份	企业数（个）	工业总产值（万元）		企业总收入（万元）		利润总额（万元）		利润净额（万元）
		实际	增长率（%）	实际	增长率（%）	实际	增长率（%）	
1990	83	928.2		1274.1		204		
1991	61	1230.2	32.5	1515.2	19.0	252.2	23.6	
1992	64	1804.5	46.7	2265.3	49.5	356.1	41.2	
1993	76	3493.8	93.6	6399.4	182.5	1089.6	206.0	440.8
1994	85	6130.4	75.5	10807	68.9	1713.8	57.3	692.1
1995	49	1249.6	−79.6	1897.5	−82.4	197.6	−88.4	40.7
1996	49	1527.8	22.2	2197.4	15.8	230.3	16.7	96.5
1997	43	1004.5	−34.2	1335.1	−39.2	136.1	−40.9	
1998	17	177	−82.3	849	−36.4	54	−60.3	
1999	12	196	10.7	951.7	12.1	60.7	12.4	
2000	10	121.1	−38.5	774.8	−18.6	59.4	−2.1	

资料来源：长沟镇统计科提供的《长沟镇社会经济统计资料》。

　　长沟镇乡镇企业困境的出现和持续，首先同自身的经济发展有着密切的关系。从 1995 年开始，长沟镇开始布置和规划小城镇建设。作为北京市 11 个小城镇建设的试点之一，长沟镇产业统一规划，合理布局本是题中应有之义。随着对矿业开采的限制和小城镇建设规划的实施，那些不符合科学规划和城镇功能布局的乡镇企业，将按照小城镇发展需要和环保要求被进行整改，一些企业被迁出。此时，国内买方市场的出现，也对产业结构的转型提出了迫切的要求。而且企业在发展方面也有自身的不足，上述诸多因素的综合作用，加速了长沟镇乡镇企业的调整工作。

1998 年中共北京市委八届二次会议通过的《中共北京市委关于贯彻党的十五届三中全会精神，进一步加强农业和农村工作的意见》中提出，乡镇企业是郊区农村经济的主体，是推动首都经济发展的一支重要力量，要积极扶持、指导和推动乡镇企业实施二次创业。1999 年 2 月和 5 月，北京市政府先后召开了乡镇企业二次创业研讨会和经验交流会。2000 年 2 月，北京市委、市政府以京发〔2000〕6 号文件下发了《关于大力推进乡镇企业二次创业的意见》，《意见》中提出"二次创业的奋斗目标是，通过产权制度改革，培育市场经营主体；进行结构调整，必须符合城市规划、国家产业政策和首都环境保护的要求；优先发展农副产品加工业、高新技术产业和第三产业；经过二至三年，普遍建立现代企业制度。"

1999 年，时任国务院副总理的姜春云到长沟镇视察，对长沟镇的工作提出了指导意见，肯定了长沟实施的集雨工程，认为长沟山区小流域治理和保护生态的工作是有积极成效的。长沟镇根据国家保护环境的方针政策和本地的工作实际，在工作实践中提出了适合本镇实际的经济政策。

一是对矿产开采要逐步"限制生产、逐渐取缔"的政策。1999 年，该镇主管矿产资源开发的管理部门，对矿产开发的营业资格四年一办改为两年一办，加强了验收标准，出台了 20 多条验收标准，对当时的矿产开发进行了综合治理。当时形象地称之为"系鞋带"。严格的准入制度和严密的管理，再加上国内市场的变化使得企业产品面临严峻的竞争，使得粗放型的矿产开发为主的工业发展道路难以为继，从而逐步退出市场。至 2002 年，国家又进一步出台了矿产资源开发的政策。长沟镇的工作力度逐步加大。到 2004 年就只剩下一家仍在开工。到 2005 年，所有的矿井都已关闭。

二是根据区委乡镇企业二次创业，产权制度改革工作精神，实行转制重组。从 2000 年起，为搞活镇属企业，确保集体资产不流失，资产存量优化组合，使低效的生产要素重新整合后发挥最大的效能，长沟镇资产经营公司开始对所属的 14 家工业企业进行重组转制。至 2004 年，重组改制工作基本完成。工业企业改制情况如表 4-4。

表4－4 长沟镇乡镇企业转制情况调查

（单位：万元）

企业名称	企业所有制性质	转制形式	盘活存量资产	转移债务
1. 北京市房山工具厂	镇集体	出售	770	1232
2. 北京市学峰羊绒制品公司	镇集体	出售	851	2078
3. 北京市汽车修理厂	镇集体	出售	140	20
4. 北京市星海化工公司	镇集体	出售	85	63
5. 北京市文昌文物复制厂	镇集体	出售	140	338
6. 房山建筑安装施工队	镇集体	出售	103	129
7. 兴燕卫生材料厂	镇集体	出售	693	406
8. 燕华建筑安装公司	镇集体	出售	82	108
9. 北京市京喷福利厂	镇集体	出售	39	
10. 龙建集团有限公司第11公司	镇集体	出售	233	75
11. 北京市御塘贡米厂	镇集体	出售	102	82
12. 北京市科春种子站	镇集体	出售	47	47
13. 北京市长沟水磨石厂	镇集体	出售	504	796
14. 农机站	镇集体	出售	42	

资料来源：长沟镇资产经营公司提供的《乡镇集体企业转制情况调查表》，2005年6月30日。

（四）打造新世纪产业基地

按照20世纪90年代中期的小城镇规划，2002年，长沟镇成立工业区。后来，国家和北京市整顿工业区。于是原来的工业区改为新世纪产业基地。2002年，镇政府投资1080万元，形成了"六通一平"、规模1000亩的基地园区，一批有市场、有效益、有前景的新企业、新项目先后进镇入区，扩大了经济总量。2003年新世纪产业基地成立后，逐步扩大，占地规模达到了1万余亩，共划分为绿色食品产业区、新型建材产业区、生物制药产业区、高新技术产业区、综合服务区、绿色休闲区、住宅娱乐区、仓储物流区、小规模投资区9个功能区，供水网、供电网、供暖网、污水网、电信网、路网配套，设施齐全完备。该镇已投资800万元建设企业服务中心，同时该中心还将成为暖、水、气的供应中枢。

到2004年，新世纪产业基地累计入住企业从2003年的34个增加到42

个，累计协议资金从 84950 万元增加到 115500 万元，累计到位资金从 57500 万元增加到 95000 万元，销售收入从 50540 万元增加到 64000 万元，利润总额由 4650 万元增加到 5812 万元，销售税金由 2780 万元增加到 3300 万元。安置劳动力由 3936 人增加到 4536 人，其中，安置本地劳动力由 2003 年的 2406 人增加到 2004 年的 4226 人。[①]

2005 年，长沟镇全镇共引进项目 67 个，到位资金 8.2 亿元，固定资产投资 11.7 亿元。[②] 清华机械厂、广天塑料包装、金能达汽配等企业先后建成投产，提高了在地企业的规模和质量，增强了经济实力；中源飞天制药、蓝宝酒业扩建等项目的实施，将进一步为长沟的发展积蓄力量；昊远隆基、金庭基和北京凯博威房地产开发公司等企业将打造长沟一类住宅，进一步提高城市化水平，提升城镇品位。

2005 年，产业基地实现收入 7.7 亿元，占全镇农村经济营业收入 19.5 亿元的 39.6%；创税 3795 万元，占全镇税收总额 1.04 亿元的 36.5%。产业基地的不断发展壮大。[③] 但 2007 年以来，产业基地各项指标均有下降的趋势。2007 年，产业基地销售收入 44369 万元，比 2006 年的 52376 万元增长 -15.3%；利润总额为 824 万元，比 2006 年的 3110 万元增长了 -73.5%；销售税金 2758 万元，较 2006 年的 3825 万元增长 -27.9%，就业人数由 2006 年的 4245 人下降到 3592 人，下降了 15.4%。

二　第二产业的发展与变化

（一）第二产业的发展状况

首先，第二产业的快速增长出现在 20 世纪 90 年代后期。按照现行价格计算，1989 年长沟镇第二产业营业收入为 5612.9 万元，1990 年为 3540.3 万元，1991 年为 4566.2 万元。1992 年出现小小的跃升，为 7250 万元，1993 年则达到 15459 万元。从图 4-1 可以看出，1994 年和 1995 年份差别很大，如前面所提到的那样，是因为统计口径变动和"挤水分"的缘故，1995 年及以后年份的指标稍低，趋于平稳增长。1998 年以后，长沟镇第二产业营业收入出现了快速且大幅度的增长。那是因为在 1998 年，建筑业产值大

---

① 长沟镇统计科：《长沟镇社会经济统计资料 2004 年度》。
② 长沟镇党政办：《长沟镇领导班子 2004—2005 年工作总结》。
③ 来自长沟镇政府网站：http://www.changgou.com。

户——北京顺天通房地产开发公司注册于长沟镇，在注册当地纳税，极大地增强了长沟镇的经济实力。同时，这一时期工业也发展迅速。从而使得在1998年以后，长沟镇的第二产业产值和税收都呈现出加速跃升的态势。1998年，长沟镇财政收入只有469.8万元，由于顺天通的加入，2003年，长沟镇财政税收破天荒地达到了21344.5万元，使其主要来自第二产业的财政与税收达到历史最高水平。2006年出现拐点，是因为长沟镇产业发展导向发生转换，工业收入下降。同时，这一年顺天通房地产开发公司搬离长沟，从而使得长沟镇失去了一个纳税大户。

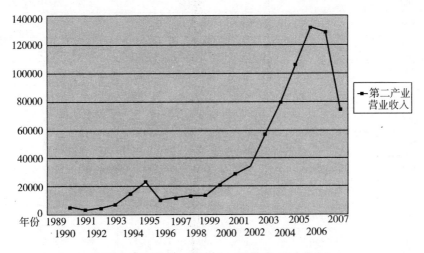

资料来源：长沟镇统计科提供的《长沟镇社会经济统计资料》。

图4-1　长沟镇第二产业营业收入变化情况

其次，第二产业的比重在21世纪初达到最高水平。在改革开放以后的一段时期里，长沟镇第二产业发展速度虽然很快，但由于传统农业的优势，工业在产业结构中的比重一直也不是很大。从1984年开始，也就是全国城市经济体制改革开始全面启动的那一年，长沟镇第二产业的产值才开始在社会总产值中逐渐占据重要地位。1995—1998年，这段时期正是乡镇企业二次创业和转制前期，经营出现困境。但直到2003年以后，第二产业才逐步达到历史最高水平。这是因为，这时国内出现了投资热和加快发展的势头，与此同时，北京房地产业也开始迅速升温，也刺激了建筑业的发展。2003—2006年，第二产业比重均在农村经营总收入的60%以上。具体如表4-5。

表 4 - 5　　　　　　　　长沟镇第二产业所占农村经济营业收入比重

年份	农村经济营业总收入（万元）	第二产业营业收入（万元）	第二产业所占比重（%）
1989	9217.2	5612.9	60.9
1990	6619.9	3540.3	53.5
1991	8042.7	4566.2	56.8
1992	11341	7250	64.0
1993	20811	15459	74.3
1994	36179	23179	64.1
1995	19376.2	10498.9	44.7
1996	23485.6	12463.9	53.1
1997	26579.2	13423.4	50.5
1998	30529.2	13991.8	45.8
1999	42125.6	21497.4	51.0
2000	53086.4	28954.0	54.5
2001	67194.1	34468.0	51.3
2002	96099.3	57296.1	59.6
2003	126176.8	79156.7	62.7
2004	155486.4	106019.7	68.2
2005	195487.1	132012.5	67.5
2006	194328.5	129053.5	66.4
2007	131147.2	74447.1	56.8

资料来源：长沟镇统计科提供的《长沟镇社会经济统计资料》。

最后，在第二产业内部结构上，工业和建筑业的比重经历了此消彼长的变化过程。1989—2007 年这个时段来看，因为 1995 年有统计口径和"挤水分"因素的影响，指标数字较 1994 年明显回落，但不影响我们的整体分析。1989—1998 年这十年中，工业收入稍大于建筑业收入，至 1998 年左右基本达到二者平分天下。1998—2003 年，建筑业收入增长十分迅速，并明显超过工业收入，于 2003 年达到最高峰。2004—2007 年，工业收入再次赶超建筑业收入。详细情况如图 4 - 2 所示。

就工业本身而言，除去 1994 年和 1995 年的统计因素外，工业收入基本

长沟镇第二产业内部情况表（单位：万元）

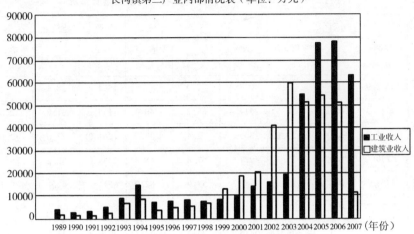

资料来源：长沟镇统计科提供的《长沟镇社会经济统计资料》。

图 4 - 2　长沟镇第二产业内部结构的变化情况

上 1989—2006 年保持持续增长状态。2003—2005 年，则保持迅速增长。至 2006 年工业收入同上年持平和 2007 年工业收入下降，这同长沟镇的发展战略有很大关系。自"十七大"以后，长沟镇落实科学发展观，实现"天人合一，永续发展"的理念，变以前的"招商引资"为"招商选资"，凡污染环境、破坏生态的项目，即使再有利于财政和税收的增长，也不引进。宁可"慢发展"，也不"乱发展"。其主要目标在于打造水域经济和休闲旅游业，所以产业政策导向的转移，不可避免的影响到实际产业的发展。2006 年工业收入增长率仅为 0.6%，2007 年则为 -18.9%。如表 4 -6。

建筑业是长沟镇的传统优势产业。在第二产业内部结构当中，建筑业在 1998 年以前，也是平稳发展的态势。1998 年，长沟镇的建筑业从 1989 年的 1574.6 万元增长到 6754.2 万元，中间虽有波动年份，但变化不大。从 1998 年开始，北京顺天通房地产开发公司注册于长沟镇，在注册当地纳税，促使建筑业产值迅猛增长，1999 年实现 60.9% 的增长率，达到 13101 万元。2002—2003 年，建筑业收入增长率更是超过 70% 上，2003 年，建筑业收入达到 59790 万元，创历史最高水平。但是自 2003 年以后，由于国家实行属地纳税的政策，纳税大户顺天通房地产公司不再只向长沟镇纳税，2006 年，该房地产公司搬离长沟，使得长沟镇财政和税收也相应减少了很大一部分。

表4-6　　　长沟镇1989—2007年第二产业营业收入构成及增长情况

年份	小计			工业			建筑业		
	总额（万元）	（%）	年增长率（%）	总额（万元）	（%）	年增长率（%）	总额（万元）	（%）	年增长率（%）
1989	5612.9	100		4038.3	71.9		1574.6	28.1	
1990	3540.3	100	-36.9	2414.4	68.2	-40.2	1125.9	31.8	12.0
1991	4566.2	100	29.0	3305	72.4	37.0	1261.2	27.6	12.0
1992	7250	100	58.8	4917	67.8	48.8	2333	32.2	85.0
1993	15459	100	113.2	8948	57.9	82.0	6511	42.1	179.1
1994	23179	100	49.9	14541	62.7	62.5	8638	37.3	32.7
1995	10498.9	100	-54.7	6878.1	65.5	-52.7	3620.8	34.5	-58.1
1996	12463.9	100	18.7	7546.4	60.5	7.3	4917.5	39.5	35.8
1997	13423.4	100	7.7	8096.8	60.3	7.3	5326.6	39.7	8.3
1998	13991.8	100	4.2	7237.6	51.7	-10.6	6754.2	48.3	26.9
1999	21497.4	100	53.6	8396.4	39.1	16.0	13101	60.9	94.0
2000	28954.0	100	34.7	10089.5	34.8	20.2	18864.5	65.2	44.0
2001	34468.0	100	19.0	14074.0	40.8	39.5	20394.0	59.2	8.1
2002	57296.1	100	66.2	16176.5	28.2	18.8	41119.6	71.8	101.6
2003	79156.7	100	38.2	19366.7	24.5	19.7	59790.0	75.5	45.4
2004	106019.7	100	33.9	54649.5	51.5	182.2	51370.2	48.5	-14.1
2005	132012.5	100	24.5	77435.5	58.7	41.7	54577.0	41.3	6.2
2006	129053.5	100	-2.2	77893.5	60.4	0.6	51160	39.6	-6.3
2007	74447.1	100	-42.3	63205.1	84.9	-18.9	11242	15.1	78.0

资料来源：长沟镇统计科提供的《长沟镇社会经济统计资料》。

（二）第二产业所有制结构的变化

早在改革开放之初，第二产业中私营企业微不足道。随着国家政策的转变，私营企业增长的速度很快。这在矿业开采等方面表现得尤为突出。到1995年，长沟镇镇办企业共计22个，村办企业49个，从业人数共计2287人，工业总产值为3254.3万元，利润总额为330.2万元；个体私营企业为879个，从业人数为2984人，工业总产值为4051.7万元，利润总额为1064.3万元。

　　1996 年，中共北京市委第八次代表会议上提出，乡镇企业要加大重组转制力度，优化产业、产品结构，促进乡镇企业进一步发展。1997 年 5 月北京市政府召开了"郊区企业资产重组，企业转制工作会议"，12 月市政府又召开了"郊区乡镇企业重组转制工作会"，提出乡镇企业重组转制的思路是：解放思想、实事求是、因厂制宜、分类指导，扎扎实实地抓好"六个一批"，即"引进一批，组建一批，创新一批，放活一批，盘活一批，聘用一批"。在重组转制中要引进高起点增量，推动企业结构优化，增加经济总量，彻底扭转乡镇企业的徘徊局面。

　　截至 2006 年，长沟镇政府完成了兴燕卫生材料厂企业破产后的相关手续办理工作；清查审计了三义德、长安公司、水磨石厂等 5 家企业，有效防止了集体资产的流失；加大了对卫生材料厂、水磨石厂等几家破产、关闭企业不良资产的处置力度，办理了呆账处理手续，圆满地完成了全镇企业闲置资产调查，为以后的招商引资创造了条件。

　　长沟镇通过重组转制，使乡镇企业引进增量，盘活存量，在改善投资主体结构单一，实现投资主体多元化的基础上，不同程度地实现了生产要素优化配置，促进了乡镇企业的发展。长沟镇的第二产业发展经历了一个集体企业数目不断减少，私营企业数目不断增加的过程。1995—2007 年，长沟镇集体所有制企业从 71 个下降为 16 个，与此同时，私营企业的数目从 1995 年的 879 个上升到 1444 个，增长接近一倍；就业人数更是达到 5 倍之多。

　　1998 年之前，镇属乡镇企业虽然数量只占全部数量的 3%—7%，但其所吸纳的就业人数却超过了 40% 以上。1998 年以后，长沟镇的个体及私营所有制企业发展很快，企业个数由 1995 年的 879 个增加到 2007 年的 1444 个，增长了 64.5%。就业人数也由 1995 年 2984 人的迅猛增加到 2007 年的 16776 人。

　　在这些企业当中，企业的规模和效益乃至就业人数差别很大。2007 年，长沟镇共有企业 1461 个，其中集体所有制企业 16 个，占企业总数的 1.1%，个体及私营所有制企业 1444 个，占企业总数的 98.9%，如表 4 - 7 所示。虽然集体所有制企业数目很少，但其企业总收入 46089 万元，占全部乡镇企业总收入的 40.35；利润总额 580 万元，占全部利润总额的 6.5%；税收 2659 万元，占全镇税收总数的 42.9%。镇属企业之一的广东蓝带集团北京蓝宝酒业有限公司就业人数为 650 人，占乡镇企业就业总人数的 3.3%；其企业总收入为 24314.0 万元，占乡镇企业全部收入的 21.3%；利润为 356.0 万元，占乡镇企业全部利润的 4.0%；税收为 2487.0 万元，占全镇税收的 40.1%。

表 4-7　　　　　　　长沟镇 1995—2007 年企业发展情况

年度	企业数目（个）				就业人数（人）			
	总计	集体所有制	个体及私营所有制	集体所占比重（%）	总计	集体所有制	个体及私营所有制	集体所占比重（%）
1995	950	71	879	7.4	5271	2287	2984	43.4
1996	1011	76	935	7.5	4756	2080	2676	43.7
1997	1028	69	959	6.7	3389	1440	1949	42.5
1998	904	28	876	3.1	3701	1548	2153	41.8
1999	1045	36	1009	3.4	4717	1514	3203	32.1
2000	1220	36	1184	3.0	5788	1439	4349	24.9
2001	1211	25	1186	2.1		1063	无统计	
2002	1277	21	1256	1.6	8716	880	7836	10.1
2003	1284	25	1259	1.9	9730	1407	8323	14.5
2004	1327	29	1298	2.2	12696	1060	11636	8.3
2005	1322	23	1299	1.7	12875	1801	11074	14.0
2006	1516	16	1498	1.1	15650	3320	12330	21.2
2007	1461	16	1444	1.1	19542	2766	16776	14.2

资料来源：长沟镇统计科提供的《长沟镇社会经济统计资料》。

总体上来讲，长沟镇的个体企业虽多，但规模都不是很大。例如在 2004 年，长沟镇个体经营户有 1398 个之多，其中以零售业和交通运输业为最多，两者之和为 923 个，占总数的 66%；其次是工业行业 184 个，约占总数的 13.2%。零售行业和交通运输业的就业人数，每户平均尚不到 2 人，每年的平均收入也就在 5万—10 万元之间；工业的就业人数相对而言多一些，但平均就业人数也不到 5人，其户均收入也就在 10 万元左右，而净收入每户还不到 2 万元。

表4-8　　　　　　　　　　　　长沟镇个体企业发展情况

行业	个数	就业人数	收入（万元）	支出（万元）	固定资产（万元）	经营项目
工业	184	790	1906.7	1560.6	929.0	水泥制品、水磨石、石渣、大理石、机加工、铝合金门窗、木器加工、面粉加工、建材加工
建筑业	13	113	111.7	95.3	43.0	民房建筑、装修。
交通运输业	353	486	1982.6	1510.1	1676.0	
零售	570	963	4627.0	4005.5	870.5	烟酒副食、文具百货、水果蔬菜、服装鞋帽、生活用品、五金电料、化肥农药、建筑建材，生产资料等。
餐饮	52	178	463.7	369.6	181.5	

资料来源：长沟镇统计科提供的《个体经营户情况表》，2004年12月。

第二节　管理体制的演变与政府管理

随着中国经济由计划经济逐步走向市场经济，发展环境由相对封闭走向全面开放，长沟镇第二产业的管理体制也发生了很大的变化。可以说，长沟镇的管理体制变迁也是中国第二产业体制演变的一个缩影。与此同时，政府管理的方式与职能也发生了很大的变动。

一　体制演变

（一）改革开放之初的管理机构及体制

1956年，经过社会主义改造，长沟镇工业社由县手工业合作社管理。1958年为适应人民公社大办工业的形势，公社设有管理工业的书记，并配备相应的干部，具体管理公社工业、指导大队工业。

"文化大革命"期间由公社革委会直接管理，1970年成立经济管理委员会，由公社分管领导任主任，下设副业办公室、农业办公室。作为人民公社管理工业的职能机构，其职能为：指导企业制定发展规划，确定投资方向，制订技术改造方案以及年度生产计划、利润使用、设备物资调度、财务管理、统计报表等工作，对社队办厂负责人的任免提出建议。

1978年，北京市各县区先后组建了人民公社企业局，1979年3月，北京市人民公社企业局成立。由此开始，北京市郊区乡镇的工业管理机构开始走向正轨。

1982 年，长沟镇成立农工商总公司，下设农业、工业、商业、建筑、运输、供销等八个专业公司，分别管理对口经济部门。农工商总公司下设的乡镇工业公司，由总公司的一名副总经理主管，直接管理乡镇企业，间接管理村办企业。实际上乡镇工业公司，具有集体经济组织和行政管理于一体的功能，同时与乡镇政府实际上仍然是政企难以分开。

（二）1984 年后的管理机构及体制

经过 20 世纪八九十年代乡镇企业的大发展，到 90 年代后期，乡镇企业的生产经营出现了困难。同时，为解决政企不分的问题，长沟镇政府于 1999 年将农工商公司撤销，成立了资产经营公司，下设招商办、经协办、市场科等部门。将原来镇政府所属的企业同政府剥离出来，转移到资产经营公司。

资产经营公司作为一个经济实体，统一管理和经营集体资产。类似于城市里的国有资产监督管理委员会和资产经营公司，负责镇属企业的保值、增值、监督和管理。2002 年，长沟镇以治理资产负债结构、处置不良资产为主要内容的老企业产权制度改革拉开序幕，启动了工具厂、水磨石厂 2 家企业的破产程序，共计处理不良资产 2000 万元；后来文物厂等 5 家企业也先后启动破产程序。同时，镇政府与金融部门协商，对多年来关停的 12 家企业形成的 794 万元不良资产，进行了呆账处理。通过大力推进产权制度改革，使全镇经济步入了安全运行和可持续发展的轨道。

新世纪产业基地则类似于城市的技术开发区。产业基地成立以后，镇政府成立了管理委员会，具体管理和服务于入驻企业。从行政关系上，产业基地直接隶属于长沟镇政府。其具体职能划分是招商引资归镇招商办，企业入驻以后，由产业基地管理委员会负责日常管理。该基地的企业服务中心是直接为企业服务的窗口，而且还是暖、水、气的供应中枢。目前，长沟镇产业基地已成为长沟镇经济的重要支撑。

二　政府的管理职能

长沟镇政府作为北京郊区的一个乡镇政府，其经济管理职能的变迁是中国政府经济职能从计划经济体制下的"全能型"向市场经济体制下的"效能型"转变的一个缩影。一方面，长沟镇政府不断消解计划经济时期遗留下来的不合时宜的旧职能；另一方面是在市场经济基础上，针对市场经济体制的不成熟，运用政治、经济手段进行干预，建立了适合本地区可持续发展的新的职能。实现了管理思路与管理体制的双重变迁。

（一）发展思路的演变

1. "有水快流"与工矿业的兴起

改革开放以来，国家为了发展矿业，解决矿产品供不应求的矛盾，曾经提出"大矿大开，小矿放开，有水快流"的指导方针，在促进经济生产新高潮的同时，也造成了小型矿山的盲目发展的趋势。

长沟镇的矿业开采历史本来就很悠久，而且符合资源型和劳动力密集型的产业优势。国家政策的松动，为农村安排剩余劳动力，为农民脱贫致富、就地就业提供了出路。小型矿山的发展，带动了以矿产为原料的加工业的发展，促进了区域经济的快速发展，这是不争的事实。长沟镇虽然原矿（大理石、白云石）产值不多，但全镇以这两种矿产为原料的石材业的产值却举足轻重。在20世纪70年代后期，北京市把一些技术要求不高，产品又有销路的企业和生产过程中扰民的企业以及国家占地需要搬迁的工业企业，连同技术设备一起下放到郊区。长沟镇虽然地处北京西南，但毕竟属北京市辖区，因此，乘着这股东风，也自我发展起来。80年代中期，北京市工业发展向郊区扩散、辐射的趋势明显加强，各级乡镇政府也乘着走"白兰道路"的东风，大力发展第二产业。

这一时期，长沟镇政府也兴建了一批企业。像工具厂、粉丝厂（到1985年前后，生产经营出现困境，1987年前后改为编织袋厂）、燕兴设备安装公司、燕兴材料厂、地材厂等都是那个时期兴建的。第二产业的迅猛发展，使得长沟镇镇域经济的总量不断得以扩大，在产业结构的升级速度方面发展很快，并成为长沟镇经济快速发展的阶段之一。

2. "天人合一"与可持续发展产业

从20世纪80年代初期到90年代中期，长沟镇矿业开采和矿产加工持续的时间较长、贡献较大，为以后的经济发展夯实了一定的基础。但这种经济粗放型的矿业发展道路也存在很多的问题：

首先，矿山规模小、设备简陋、回采率低、资源浪费严重。个体业主承包矿源后，采取掠夺式开发，争取自我利益的最大化。在这些地方，许多成片的大理石、白云石矿山被人为地分割成几十个、面积仅几十平方米的个体采石场。

其次，由于规模小、设备简陋，加之从事矿业生产的人员知识水平低、法制观念淡薄，矿山安全事故频发，环境污染严重，违法采矿时有发生，矿业秩序较乱。同时破坏植被、污染环境的情况十分严重。

再次，由于当时镇办、村办企业有一部分是属于矿产资源开发、低级机械加工的低端产品，大部分仍处于卖资源、卖初级产品的窘境，尽管有的生产企业产品量很大，但利润却不是很高，甚至有的生产越多，赔得就越多。但又不能停产，因为停产的成本更大，一是企业设备需要保养维护；二是职工的收入没有着落，更是政府管理者的一大心病。所以只好硬着头皮继续生产，陷入一个怪圈。

1996年以后，中国经济的快速发展，使得持续近五十年的短缺经济结束，买方市场开始出现。亚洲金融危机以后，更是给中国经济的发展模式敲响了警钟。

而此时一个非常有利的条件就是长沟镇的财政状况有了根本的好转。1997年，北京顺天通房地产开发公司注册于长沟镇。由于当时是实行注册地纳税的政策，顺天通作为一个资产雄厚的企业，先后开发了面积为98万平方米的天通苑小区，当年即上缴地方税收480万元，2003年度，上缴长沟镇的地方税收更是达2亿元之多。

在上述诸多因素影响下，长沟镇政府转换了经济发展思路，提出资源要留给子孙，不能吃祖宗饭，断子孙路。2002以后，长沟镇政府通过可持续的发展战略，提出"有矿不开发、有山不养羊、有水不养鸭。留给子孙一片青山绿水"。通过发挥比较优势，重点发展旅游休闲产业、劳动密集产业、食品加工业、生物医药业、绿色建材和汽车零部件加工等产业。

从1994年以后逐步开始的对原有矿井封、炸措施，此时也大大加强了工作力度。与此同时，长沟镇在财政中拿出一部分钱，在山坡上种果树，进行山体修复，垂直挂绿。为了让泉水不断流，不让在泉上游打井，不准在泉水池中养鸭。为解决以往第二产业从业人员的就业问题，镇政府出钱盖鸡舍，使鸡场养鸡规模达到8万只。

2003年年初，长沟镇政府提出"以水为神、以绿为魂、天人合一、永续发展"的经济发展理念，他们认为，长沟镇的泉水就是本地的比较优势，要执行国家政策，同时结合本地实际，就要打造水域经济，发展旅游休闲产业。从此，长沟镇确定了"造碧水蓝天，建绿色生态型小城镇，实施水域经济"战略。与此同步，该镇第二产业的发展也将围绕着此目标进行规划与发展。

（二）管理职能的转换

1. 企业出资人与管理者的合二为一

改革开放以后，虽然国家的政策是鼓励经济改革，积极探索可行的企业管理模式，但由于当时国家财政体制和财力的限制，仍要靠地方政府自我解决一部分工资。当是时，长沟镇镇里的财政基数是包死的，但编外人员也要吃饭、发工资。这样一来，钱从何处来？只能从镇属企业中来，当时，上级人事部门和财政部门给长沟镇政府 36 个人的正式编制，但房山区财政每个人头只拨 5000 元的工资底数，剩下的工资、补助及其他聘任人员的工资都要靠长沟镇政府自筹。因此，对于 20 世纪八九十年代的长沟镇而言，在"短缺"局面持续的情况下，镇属企业从某种意义上来说，是镇政府的钱袋子和命根子。

当时长沟镇政府作为出资人和管理者，同全国范围的各级地方政府一样，为了发展地方经济，积极拓展资金渠道，兴办企业。而在当时计划经济仍占主导地位的背景下，乡镇企业如果脱离了政府的支持，其资金、原料、技术、产品销售也难以保证，更别说发展和壮大了。作为基层政权组织的镇政府，不仅可以帮助企业贷款、批地皮、减税收，更可能依靠自身的行政力量来帮助生产企业推销产品，等等。正是因为如此，当时的客观环境使得政企分开难以提上日程。

但随着市场经济的发展，镇办企业生存发展的外部环境和内部因素不协调，严重制约了镇办企业的发展，有相当部分镇办企业亏损，处境困难。此时的企业，不再是镇政府的钱袋子，而是成为巨大的包袱和负担。因此，政府职能的改革与转换刻不容缓，打造服务型政府逐渐提上日程。

2. 打造服务型政府

打造新型的服务型政府就是要转变政府职能，实现从投资型政府、管制型政府向公共服务型政府、强化市场型政府转变。一方面，从政府与经济的角度看，建设服务型政府就是要理顺政府与市场、政府与企业的关系，使政府成为为市场主体服务、为社会服务、为企业服务的机构。另一方面，从政府内部的角度看，打造服务型政府意味着政府要拿自己开刀，要自我约束，规范自己的行为，该管的必须管好，不该管的坚决不管。

长沟镇政府作为首都的郊区乡镇，得风气之先，努力为营造一个良好的社会经济环境服务，这突出表现在政府在招商引资等工作方面。在招商引资过程中，长沟镇政府完善全程跟踪服务模式，确保企业引得进，留得住，做得强。为了提升产业基地的竞争能力，长沟镇政府将通过中心区路网、污水管网等重点工程的建设，提高产业基地"六通一平"的水平和质量；加快标准厂房的建设，为企业搭建平台，长沟镇政府坚持"不求所有，但求所在"的引进宗旨，在做好基础设施建设的同时，提升政府服务质量，通过多种渠道、方式招商、选商，全力实施"高起点、大范围、宽领域、多渠道"的资本引进战略。

在强化政府服务意识、增强镇级企业服务质量的同时，长沟镇政府也积极为村级企业提供政策支持和高效服务。长沟镇政府通过为9个经济薄弱村构建产业支撑，来加快新农村建设的步伐。同时，在实行增量改革的同时，积极对以往存量做好调整和理顺的工作，如通过做好房云盛产权梳理和闲置老企业的清查，长沟镇政府力争盘活闲置资产，减轻政府负担。从而为长沟镇第二产业的良性持久发展打造一个宽松、有序的政策环境。

第三节　企业运行的考察与分析

企业是社会经济运行的主体，也是构成社会的细胞。较之以往，当前长沟镇的企业无论在行业、规模、发展理念、管理机制等方面都发生了很大的变化。通过对微观企业的考察与分析，我们能够更好的把握长沟镇第二产业的发展情况。

一　企业分布情况

新世纪产业基地入住企业涵盖建材、机械、化工、轻工制品、食品等行业领域。截至2007年，产业基地企业的分布情况如表4-9所示。其中建材行业仍是长沟镇的优势产业之一，企业的历史也比较长。在现阶段长沟镇的第二产业当中，轻工类产品和食品类产品是其重点行业，吸纳的就业人数也比较多。像北京艾尔酒业集团吸纳的就业人数占了产业园区就业人数的绝大多数，从事汽车地毯设计与生产的冯氏车圣毯业也成为当地居民就业的一个重要渠道。也有一些产业基地的企业由于投资改造或者生产销售问题而停产，具体情况如表4-9所示。

表4-9 新世纪产业基地部分企业分布

行业	企业名称	就业人数 （个）	总产值 （万元）	销售产值 （万元）	利润总额 （万元）	税收 （万元）
建材类	三义德建材公司	27	51.4	42.0		4.0
	北京市蘑菇石制品厂	20	30.0		2.0	2.0
	陶粒建筑材料厂	36				
	建筑材料厂	45	60.0	60.0	3.0	3.0
	房云盛玻璃钢制品有限公司	80	177.0	142.0	1.0	13.0
机械类	先之机械设备公司	12	30.0	30.0	2.0	1.0
	长沟石田构件厂	6	20.0	20.0	2.0	1.0
轻工类	北京雪峰羊绒制品厂	6				
	华隆行礼品包装厂	27	65.0	65.0		7.0
	冯氏车圣企业集团	140	460.0	460.0	16.0	6.0
	思地台羊绒制品公司	48	644.0	644.0	23.0	2.0
化工类	油品分装公司	6			5.0	
	广天塑料包装厂	170	32.0		3.0	1.0
食品类	北京蓝带酒业有限公司	875	25275.0	21114.0	336.0	2207.0
	北京双合盛啤酒有限责任公司					
	北京艾尔酒业有限责任公司	1520	3042.0	3042.0	619.0	221.0
	北京绿藩谷食品有限公司					
	北京润颜饮品有限责任公司					
	金水桥酒厂	2				
	奥德华乳品（北京）有限公司					
药品类	仙人堂制药厂	20				
其他	数码港高新产业园	60				
	清华产业基地					

资料来源：新世纪产业基地办公室提供的《房山区三大基地（农民就业基地）主要经济指标统计表》，2007年10月。

说明：因为这是新世纪产业基地在2007年10月的统计，其部分数字可能与2007年《长沟镇社会经济统计资料》有出入，其他分析本文都以2007年《长沟镇社会经济统计资料》数字为准，特此说明。

二　技术与设备状况

长沟镇工业的技术进步主要经历了三个发展时期：一是改革开放之前的这段时期，主要是粗加工的工矿产品，多为资源性的初级品，科技附加值较低。生产手段也主要是手工工具操作。二是改革开放后至 20 世纪 90 年代中期，是工业技术逐步提高的时期。这一时期，由于改革开放，国有大中型企业引进国内外先进生产设备与技术，逐步淘汰了一批设备和技术，而这些被淘汰的技术与设备有相当部分就流入了乡镇企业。在长沟镇，矿山开采、机械、建材、食品等工业生产技术水平在这一时期都得到了相当程度的提升，这在建材工业方面表现的相当明显。三是从 90 年代后期至今。这段时期的主要特点是引进、开发高新技术产品成为主流，资源型、粗放型的产品逐步被淘汰，而环保型、高新技术产品则成为企业的努力方向。

进入 21 世纪以后，由于长沟镇新世纪产业基地对于入住企业有着严格的要求，因此，产业基地的企业的技术与设备状况有了很大程度的提升，通过技术引进和设备进口，长沟镇部分重点企业，如房云盛玻璃钢制品有限公司、北京艾尔酒业集团、奥德华乳品（北京）有限公司等企业的技术与设备均达到国内或国际同行业的水平，如表 4－10 所示。

北京房云盛玻璃钢制品有限公司是北京市科委命名的高新技术企业和高新技术转化项目、火炬计划和重大科技成果推广项目、国家级星火计划，是目前国内最大的玻璃钢门窗及型材生产企业，拥有全套德国、日本兰氏大型烤漆房、国内一流的拉挤型材生产线 24 条和大型中空玻璃生产线，

北京艾尔酒业集团是集研发、生产、销售为一体的现代化集团企业。集团从德国及意大利引进先进的高科技啤酒生产线 20 余条，年生产能力达 60 多万吨。艾尔集团已通过 ISO9001 质量体系认证、ISO14001 环境管理体系认证、HACCP—EC—01 食品安全管理体系认证、2005 年被中国食品工业协会授予"全国食品安全百佳先进单位"等。

奥德华乳品（北京）有限公司使用的是风味独特的奥地利专利配方，拥有从奥地利引进的先进生产工艺，在以上三大优势基础上，公司自 1994 年 11 月成立以来全部使用鲜牛奶和纯天然辅料，生产出了具有维也纳风味的乳品。1999 年北京市技术监督局将该公司"维奥"产品列为七种推荐品牌之一。

表 4 - 10　　　　　　　　　　长沟镇主要引进企业情况

企业名称	引进设备名称	产地	技术与设备水平
房云盛玻璃钢制品有限公司	组装生产线	德国	国内领先
	兰氏大型烤漆房	日本	
北京艾尔酒业集团	5L PARTY 桶生产线	德国	国内领先
奥德华乳品（北京）有限公司	全封闭式奶品生产线	奥地利	国际同行业水平

资料来源：根据产业基地企业相关资料和座谈走访记录。

三　产品产量分析

由于长沟镇新世纪产业基地引进的企业从开工、安装、试制到生产，仍尚需一段时间，现阶段其主要产品仍是原来老企业的产品，以建材、轻纺、食品工业为主。其中，一些企业经过政府的扶持，不断地发展壮大，其产品已经开始走出国门，迈向世界市场。

冯氏车圣毯业有限公司是集专业设计、制作于一体的汽车地毯生产企业，具有较高水平的设计与制作水准，可加工生产高、中、低档各种车型汽车地毯。企业为满足不同消费层次广大用户的需求，不断设计开发出采用优质纯毛、涤纶、BCF、尼龙、PP 等材料，加工灰色、黑色、红色、紫红色等近 40 余种花色的地毯，产品销往全国各地，并且近期又与美国、日本等国企业牵手达成订货协议，产品即将打入国际市场，成为本地区初具规模的出口创汇型企业。

北京房云盛玻璃钢制品有限公司是研制开发生产玻璃钢型材及门窗的专业企业，二期工程建成后，玻璃钢型材拉挤生产线达 100 条，加工能力可达 15 万平方米。玻璃钢门窗型材既具有铝合金门窗的坚固性，又有塑钢门窗的防腐、保温、节能性能，更具有自身的独特性能，在阳光直接照射下无膨胀、在寒冷的气候下无收缩、轻质高强无须金属加固、耐老化、使用寿命长等优于其他类门窗的综合性能。由于它具有优良的特性和美丽的外观，被誉为 21 世纪建筑门窗的"绿色产品"。

北京艾尔酒业集团通过与可口可乐上海申美、椰树集团、五星集团、蓝带集团、宝钢集团钢产业公司等知名企业合作以及努力发展与国外啤酒厂商、供应商合作，不断开拓业务领域（现拥有渠道经营商千余家）；优化资产结构；不断丰富产品结构、提升产品品质、立足长远发展。目前公司为国内首家 5L 宴会桶生产商，成为在中小型啤酒企业中特色啤酒生产、创新经营的佼佼者。

现在长沟镇新世纪产业基地仍在建设之中，一些新引进企业将在 2008 年以后先后投入生产，现在长沟镇主要工业产品的种类与数量如表 4 - 11 所示。

表 4 - 11　　　　　长沟镇 2002—2007 年主要工业产品产量

产品名称	单位	2002 年	2003 年	2004 年	2005 年	2006 年	2007 年
水泥制品	立方米	1429.0	1575.0	1807.0	1389.0		
大理石	立方米	2785.0	1006.0	312.0	4820.0	1669.0	1485.0
白云石	吨	3375.0	1840.0	1971.0	9940.0	3191.0	1730.0
机砖	万块	1200.0	1300.0			7832.0	2789.0
玻璃钢门窗	平方米				6551.0	1359.0	3000.0
砌块砖	立方米	10812.0	8370.0	5907.0	6963.0	7832.0	2789.0
羊绒制品	万件	1.7	3.6	4.9	2.0	2.0	1.6
中药饮片	吨	535.2	734.5				
啤酒	吨				58172.0	64071.0	60700.0

资料来源：长沟镇统计科提供的《长沟镇历年社会经济统计资料》。

四　市场情况

长沟镇的第二产业，其生产与产品主要是分成三个层次。一类是满足本地生产与发展需要的，这类企业比较多，而且大部分是村办企业。第二类企业主要是满足北京地区和全国其他地区的，像水泥、大理石、白云石、机砖等基本上是满足北京周边地区的，而其他一些工业产品，例如刺绣、啤酒、中药等，则是行销全国的。2006 年，北京艾尔酒业集团已形成吉林长春、北京、河北遵化、湖北武穴、广西北海五个啤酒生产基地和南（江西）北（北京）两个饮料加工基地，主要控股及参股企业 12 家，在中国啤酒饮料行业已拥有完善的管理、行销经验，建立了全国性营销网络。奥德华乳品（北京）有限公司"维奥"牌酸奶、鲜奶油、奶酪、冰淇淋、果汁、果酱等产品投放市场后深受广大消费者的关爱。公司产品行销北京十几家星级饭店、三十几所国家体育总局体育运动学校、十几个训练队。

第二产业最后一类企业就是生产出口创汇产品的，在长沟镇，主要有三种工业产品出口，它们是羊绒制品、刺绣以及石材，如表 4 – 12 所示。

表 4 – 12　　　　　　　　　　　　长沟镇主要出口产品情况表

	单位	2004 年	2005 年	同比增长	2006 年	2007 年	同比增长
出口产品总值	万元	2588.7	2850.0	10.1	2897.0	2379.0	–17.9
羊绒制品	万元	1359.7	1120.0	–17.6	944.0	1055.0	11.8
刺绣产品	万元	508.0	1250.0	146.1	1035.0	983.0	–5.0
石材	万元	380.0	480.0	26.3	918.0	341.0	–62.9

资料来源：长沟镇统计科提供的《长沟镇历年社会经济统计资料》。

在长沟镇的第二产业中，其建筑业在北京业内小有名气。北京市房山长安建筑实业公司是具有建筑业一级资质的企业，可承揽各种建筑、装饰装潢工程，已通过 ISO9000 质量体系认证，广泛开展全面质量管理活动。其工程验收合格率100%，优质率达 60% 以上，该公司先后承建了北京西长安街上的大型仿古建筑中宣部办公大楼，并获得银屋奖；承建了回龙观小区一期工程，并荣获结构长城杯；承建了北京市房山区长沟镇西厢苑小区住宅楼工程，并获房山区优质工程。现在公司下设四个工程处，六个附属企业。公司已连续多年被评为"重合同、守信誉"单位，企业资信等级连年保持 AAA 级。可以说，长沟镇建筑业取得了良好的经济效益和社会效益。

第五章

第三产业的兴起与发展

改革开放以来，长沟的第三产业蓬勃兴起。第三产业成为推动当地经济发展的重要动力。长沟的第三产业结构也在经济发展中发生着变化，交通运输业所占比重下降，商业、饮食业与现代服务业所占比重上升。第三产业成为长沟吸纳农村劳动力的重要渠道。

在农村商业方面，改革开放后长沟以"长沟大集"为纽带①，带动了集市贸易与商业网络的发展，形成了功能比较齐全的生活消费品流通网络与农用生产资料流通网络，但商业机构和店铺过分集中于镇政府所在地。

在农村金融服务方面，金融体系发生了较大的变化，中国农业银行基层机构长沟分理处虽未撤离出去，但在 2000 年后不再向当地经济组织发放贷款。邮政储蓄正在改变"只存不贷"的经营模式，已开始推出小额贷款，但不能满足农户的贷款需求。目前，只有改制后的农村商业银行长沟支行在支撑当地农业贷款市场。

在其他服务业方面，长沟也表现出较好的发展态势。农村医疗服务机构已基本覆盖全镇。交通道路网已建立起来，推进了交通运输的发展。旅游基础设施已初步完成，生态环境已日渐优美，为发展农村休闲旅游创造了良好的条件。

① 长沟集市源于汉代，明、清时期趋于繁荣，近代至于鼎盛，历来与河北省的刁窝、码头、松林店并称为京西南四大名集。又称之为"长沟大集"。1978 年改革开放以后恢复。

第一节　第三产业的发展状况

改革开放以来，长沟的第三产业以长沟大集的恢复开放为契机，运输业与服务业快速兴起。近30年的发展中，第三产业的增长虽然曾出现几次波折，但始终是经济发展的重要支柱。随着京郊经济结构的变化，长沟镇的第三产业结构也进一步优化，交通运输业所占比例下降，商业、饮食业与现代服务业所占比重上升。第三产业的快速发展，为当地居民创造了更多的就业岗位，成为吸纳农村劳动力的主要渠道。

一　第三产业的快速发展

十一届三中全会后，在国家开放、搞活农村经济的政策下，长沟人民公社在发展第二产业的同时，也推动农民及集体组织兴办第三产业。

1978年，即在长沟人民公社后期，传统的长沟大集得到恢复，农村商品流通市场开始出现多元化局面。1980年年初，当时的长沟人民公社制定了借助长沟大集，搞活长沟经济的计划。1983年实行家庭联产承包责任制及恢复长沟乡建制后，长沟乡成立了农工商公司，下设8个分公司，其中商业公司、农机公司、运输公司及供销公司等4个分公司从事第三产业，占到乡办企业的一半。

20世纪80年代，长沟大集日臻繁荣。长沟大集成为长沟乡第三产业的振兴之地，商业、饮食业及各类服务业逐渐壮大。农村商品流通市场的扩张，以石料采掘为特色的乡镇企业的崛起，为长沟地区交通运输业的发展开辟了天地。因此，80年代，长沟第三产业的主力是交通运输业，商业、饮食、服务业也在快速增长。但这一时期第三产业在长沟经济中的比重还较低，占其国内生产总值的比重不到10%，而且第三产业的主力军还主要是集体经济。

1992年邓小平的南方谈话激起了新一轮经济建设的热潮。随着乡镇企业的转制，从事第三产业的私营、个体经济得到快速增长，在长沟镇第三产业中越来越举足轻重。20世纪90年代以来，第三产业在长沟经济发展中的作用也日益重要。从全镇国内生产总值结构看，第三产业所占比重在稳步提高。1990年第三产业的产值占长沟国内生产总值的比例为7.9%，1992年上升到18.2%，1997年提升到50.1%，2000年保持在46.9%。进入21世纪后，第三产业产值占国内生产总值的比例虽有所下降，但仍占 1/3 以上。①
目前，第三产业在长沟镇经济结构中仍居重要地位。

1992 年后长沟镇第三产业的发展出现了强劲势头，但增长速度波动较
大。从第三产业营业额年增长率来看，1991 年增幅为 23.9%，1992 年略升
为 30.2%，1993 年、1994 年增长较快，分别为 66.1% 和 218.9%。1995 年
第三产业出现下滑，出现了 39.7% 的负增长。1996 年、1997 年第三产业再
次回升，年增长率分别为 30.6% 和 18.8%。1998 年、1999 年、2000 年第三
产业保持较快的发展速度，年增长率分别为 29.6%、32.5% 和 16.7%。
2001—2003 年，第三产业仍在快速发展，2001 年、2002 年、2003 年年增长
率分别达到 34.8%、30.5% 和 23%。2004 年年后，由于国家税收政策的调
整，长沟镇引入的企业在营业地纳税，第三产业的发展受到影响。2004 年、
2005 年第三产业增长比较缓慢，年增长率分别为 6.9% 和 10.0%。2006 年第
三产业的增幅提高到了 21.2%。2007 年，由于引入的企业顺天通房地产公
司下属物业公司也与长沟镇脱离关系，第三产业发展再次出现下滑。如
表 5 - 1、图 5 - 1 所示。

表 5 - 1　　　　长沟镇 1990—2007 年第三产业营业收入构成及增长情况

年份	小计			运输业			商饮服务业总额		
	总额（万元）	（%）	年增长率（%）	总额（万元）	（%）	年增长率（%）	总额（万元）	（%）	年增长率（%）
1990	1143.1	100		635	55.6		508.1	44.4	
1991	1415.8	100	23.9	677.5	47.9	6.7	738.3	52.1	45.3
1992	1843	100	30.2	877	47.6	29.4	966	52.4	30.8
1993	3061	100	66.1	1738	56.8	98.2	1323	43.2	37.0
1994	9760	100	218.9	2739	28.1	57.6	7021	71.9	430.7
1995	5886.8	100	-39.7	1348.3	22.9	-50.8	4538.5	77.1	-35.4
1996	7685.7	100	30.6	1621.1	21.1	20.2	6064.6	78.9	33.6
1997	9133.2	100	18.8	1878.3	20.6	15.9	7254.9	79.4	19.6
1998	11837.6	100	29.6	2089	17.6	11.2	9748.6	34.4	82.4

---

①　见表 2 - 1、表 2 - 2。

续表

年份	小计			运输业			商饮服务业总额		
	总额 （万元）	（％）	年增长率 （％）	总额 （万元）	（％）	年增长率 （％）	总额 （万元）	（％）	年增长率 （％）
1999	15685.4	100	32.5	2853	18.2	36.6	12832.4	81.8	31.6
2000	18311.6	100	16.7	3228.3	17.6	13.2	15083.3	82.4	17.5
2001	24690.7	100	34.8	4329.6	17.5	34.1	20361.1	82.5	35.0
2002	32209.6	100	30.5	6723.9	20.9	55.3	25485.7	79.1	25.2
2003	39610.7	100	23.0	8048.4	20.3	19.7	31562.3	79.7	23.8
2004	42342.2	100	6.9	9702	22.9	20.5	32640.2	77.1	27.8
2005	46587	100	10.0	9960	21.4	2.7	36627	78.6	12.2
2006	56444.5	100	21.2	12129	21.5	21.8	44315.5	78.5	21.0
2007	48390.6	100	-14.3	11440	23.6	-5.7	36950.6	76.4	-16.6

资料来源：长沟镇统计科提供的统计资料。

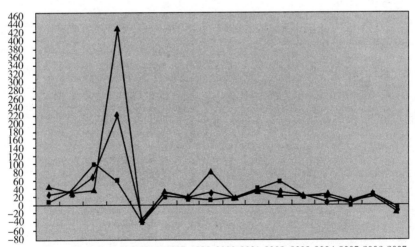

图 5－1　长沟镇 1991—2007 年第三产业营业收入增长率

二 第三产业结构的变化

20 世纪 80 年代，长沟第三产业刚起步时，交通运输业占了绝对比重。随着经济的发展，90 年代后第三产业的结构出现了大的变化，交通运输业所占比重降低，商业、现代服务业

所占比重不断上升。进入 21 世纪后，长沟镇第三产业结构已偏重于商业、现代服务业。

长沟的第三产业主要是运输业、商业与餐饮服务业。20 世纪 90 年代初期，在长沟第三产业产值中，运输业的比重超过商业与饮食服务业。1993 年运输业与商饮服务业产值之比为 52.8∶47.2，1994 年二者之比为 58.0∶42.0，1997 年二者分别占 59.7 与 40.3，1998 年二者分别占 58.2 与 41.8。1999 年后，除个别年份外，商业与饮食服务业的产值都超过了运输业的产值。1999 年运输业与商饮服务业产值之比为 38.1∶61.9，2000 年二者之比为 39.5∶60.5，2001 年二者各占 32.6 与 67.4。2002 年、2003 年运输业产值又超过商饮服务业产值。2004 年以后，运输业产值再一次低于商饮服务业产值，分别占 48.9 与 51.1。2005 年、2006 年运输业与商饮服务业产值之比分别为 34.0∶66.0、30.4∶69.6。1999—2006 年，商业与饮食业产值所占第三产业产值比重不相上下，2001 年、2002 年、2003 年、2004 年商业产值超过了饮食业，而 2000 年、2005 年、2006 年饮食业产值超过了商业产值。2007 年，运输业、商业和餐饮业产值之比为 60.7∶30.2∶9.1。从长远看，如果长沟集贸市场能有大的发展的话，商业产值仍会超过饮食业的产值。如表 5-2、图 5-3 所示。

表 5-2　　　　长沟镇 1990—2007 年第三产业产值及其构成比例

年份	产值（万元）			所占比例（%）		
	运输业	商业	餐饮业	运输业	商业	餐饮业
1990	683.7					
1991	653.4					
1992	1036.8	1201.6		46.3	53.7	
1993	1738.4	1552		52.8	47.2	
1994	2738	1984		58.0	42.0	

续表

年份	产值（万元）			所占比例（%）		
	运输业	商业	餐饮业	运输业	商业	餐饮业
1997	1878.3	1267.9		59.7	40.3	
1998	2089	1503.2		58.2	41.8	
1999	2853	1975	2651	38.1	26.4	35.5
2000	3228.3	1668.2	3281.2	39.5	20.4	40.1
2001	4330	5023	3916	32.6	37.9	29.5
2002	6723.9	3631.0	497.0	62.0	33.5	4.5
2003	8048.4	5843.8	775	54.9	39.8	5.3
2004	9702	6267.4	3872	48.9	29.6	19.5
2005	11639	9035	13539	34.0	26.4	39.6
2006	11969	10292	17202	30.4	26.0	43.6
2007	10535	5219	1577	60.7	30.2	9.1

　　资料来源：长沟镇统计科提供的统计资料。缺 1995 年、1996 年资料。原资料中 1995 年以前的数据与 1995 年以后的数据统计口径不同。

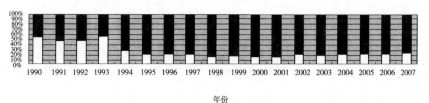

图 5-2　长沟镇 1990—2007 年第三产业各行业营业收入之比

　　20 世纪 90 年代后，从运输业与商饮服务业营业收入占第三产业产业营业收入的比例看，长沟第三产业的结构发生了大的变化，如图 5-3 所示。

　　1990 年长沟运输业的营业收入还高于商饮服务业，二者之比为 55.6∶44.4。1991 年以后，除 1993 年、1998 年外，商饮服务业的营业收入远远超过运输业。1992 年运输业与商饮服务业的营业收入之比为 47.9∶52.1，1994 年运输业与商饮服务业的营业收入之比降为 28.1∶71.9。1997 年运输业与商饮服务业的营业收入之比又降为 20.6∶79.4。2000 年运输业与商饮服务业营

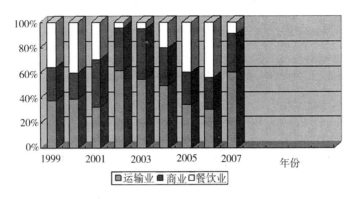

图 5 - 3　长沟镇 1999—2007 年第三产业各行业产值比例

业收入之比为 17.6：82.4。2005 年、2006 年运输业营业收入约为商饮服务业营业收入的 1/5，二者之比分别为 21.4：78.6 与 21.5：78.5（见表 5 - 1、图 5 - 1）。这说明 20 世纪 90 年代以来，长沟镇第三产业的增长动力主要是商饮服务业。

三　第三产业是吸纳农村劳动力的重要渠道

农村剩余劳动力转移问题，多年来一直是困扰许多地方政府的难题。一般来说，当地第二、三产业发展较快、较好，能够为农村剩余劳动力创造就业机会，当地农民可以离土不离乡，增加家庭工资性收入，促进农村经济发展。20 世纪 80 年代，长沟乡镇企业的快速发展，尤其是第二产业的兴办，开辟了农村剩余劳动力转移的通道。90 年代后期，第三产业产业在吸纳农村劳动力方面越来越重要，成为当地农民就业的主要渠道。

1993 年长沟就业人员总数为 11503 人，在第三产业部门就业的有 814 人，仅占总就业人数的 7.1%。1994 年第三产业就业人数占总就业人员的比重也仅为 8.8%，但第三产业吸纳劳动力就业的作用十分明显。1994 年新增就业人员 112 人，第三产业则新增就业人员 208 人，这说明第三产业除吸收当年新增就业人员外，还吸收了其他行业的转业人员。1995 年后，第三产业就业人员逐渐增多。1995 年就业人数下降了 1780 人，而第三产业却增加了 254 人就业，第三产业从业人员占就业人员总数的比例上升到 12.9%。1996 年新增就业人员 388 人，进入第三产业的有 271 人，第三产业新增就业人员占新增就业人员总额的 69.8%，第三产业就业人员占总就业人员的 15%。1997 年就业人员总数下降了 291 人，而第三产业则新增就业人员 47 人，第三产业从业人员占就业人员总数的比例提高到 15.9%。1999 年长沟新增就业人员增加了 544 人，第三产业新增就业人员则增加了 724 人，说明第三产业除全部吸收新增的就业人员外，还吸收了其他行业的就业人员，第三产业从业人员占就业人员总数的比例进一步增长到 21.3%。2000 年、2001 年长沟镇就业人员总数出现下降，第三产业人员下降人数超过了总就业人员减少的人数，但 2000 年、2001 年第三产业从业人员占就业人员总数的比例仍然分别达到了 19.4% 和 15.9%。进入 21 世纪后，第三产业吸纳农村劳动力就业的作用更为突出。2002 年长沟镇新增就业人员 1789 人，第三产业则新增就业人员 2762 人，说明第三产业吸纳了新增就业人员，还吸纳了其他行业的转业人员，第三产业就业人员为总就业人数的 36%。2003—2007 年，第三产业从业人员保持大的增长，占总就业人数的比重达到 34% 以上。2007 年长沟镇新增就业人员 1079 人，第三产业就业人员新增 775 人，第三产业新增就业人员占新增就业人员总数的比重达到 71.8%。如表 5 - 3、图 5 - 4 所示。长沟镇第三产业成为吸纳农村劳动力的主渠道。

表 5 - 3　　　　　　　长沟镇 1993—2007 年第三产业就业人员情况

单位：人、%

年份	第三产业就业人员			第三产业新增就业人员		
	总就业人员	第三产业就业人员	占总就业人员比例	新增就业人员总数	第三产业就业人员	占新增就业人员比例
1993	11503	814	7.1			
1994	11615	1022	8.8	112	208	185.7
1995	9907	1276	12.9	-1780	254	—
1996	10295	1547	15.0	388	271	69.8
1997	10005	1594	15.9	-291	47	—
1998	10162	1554	15.3	157	-40	—
1999	10706	2278	21.3	544	724	133.1
2000	10529	2039	19.4	-177	-239	—
2001	10302	1639	15.9	-227	-400	—
2002	12191	4401	36.1	1789	2762	154.4
2003	13027	4694	36.0	836	293	35.0

续表

年份	第三产业就业人员			第三产业新增就业人员		
	总就业人员	第三产业就业人员	占总就业人员比例	新增就业人员总数	第三产业就业人员	占新增就业人员比例
2004	12908	4674	36.2	−119	−20	—
2005	13260	4610	34.8	352	−64	—
2006	12471	4353	34.9	−789	257	—
2007	14339	5128	35.8	1079	775	71.8

资料来源：长沟镇统计科提供的统计资料。

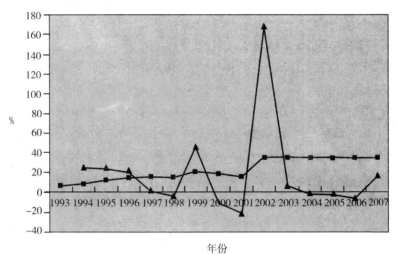

图 5 - 4　长沟镇 1993—2007 年第三产业就业人员的增长

第二节　农村商业的发展与变化

1979 年以来，长沟的农村商业出现了巨大的变化。长沟农村商业的变化表现在两个方面，一是商业市场规模在飞速增长；二是打破了农村供销社一统天下的格局，形成了多种经济成分竞争的多元化的市场结构。长沟大集是长沟地区集市贸易的主体，是当地农副产品流通的主渠道。长沟商贸园区及遍布各村的各类商业店铺，构成了长沟生活消费品的流通网络，长沟的几家农用生产资料专卖店，构成了本地农用生产资料的流通网络。总体而言，长沟的商业机构以经营日用百货为多，而商业店铺主要集中于镇政府所在地西长沟村。长沟连锁经营的商业企业仅有 5 家，如果能够降低经营成本，连锁经营企业应该还有较大的市场。

一　集市贸易的恢复与发展

长沟的集市贸易在计划经济时期曾被有关管理部门禁止，但长沟大集传统的农副产品交易功能却没有断绝，每逢农历集日，仍有附近农民前去交易农产品。这也为改革开放后长沟大集的复兴留下了基础。

1978 年 12 月，为搞活农村经济，房山县政府决定重建、开放长沟集贸市场。传统的长沟大集曾是京南粮食及农副产品交易市场，因此，重新开放的长沟集市的主要功能仍定位于粮油等农副产品交易。20 世纪 80 年代初期，长沟大集发展极快，传统的商贸功能得到恢复，成为房山县最大的粮食交易市场和家禽交易市场、第二大肉禽蛋市场、第三大油脂油料交易市场和蔬菜交易市场。长沟大集的市场成交额仅次于房山县城和良乡两个市场。1982 年房山县有 9 个大的集贸市场，长沟市场成交额占房山县交易总额的 23.1%，粮食和家禽的交易量分别占房山县市场交易量的 64.1% 和 57.4%，肉禽蛋、油脂油料、烟叶、干鲜果品和蔬菜交易量则分占房山县集市交易量的 21.6%、15.4%、15.9%、10.3% 和 14.3%。如表 5 - 4 所示。

表 5 - 4　　　　房山地区 1982 年主要集贸市场商品成交情况统计

集贸市场	成交额（万元）	主要品种成交量						
		粮食（万公斤）	油脂油料（万公斤）	烟叶（万公斤）	肉禽蛋（万公斤）	干鲜果品（万公斤）	蔬菜（万公斤）	家禽（万只）
长沟	257.9	73.45	8.10	2.50	26.75	37.25	190.75	54.5
房山	302.9	19.75	9.45	3.45	46.85	129.80	320.70	0.6
良乡	322.6	4.75	19.65	5.50	19.55	103.00	484.60	15.6
琉璃河	52.1	1.00	3.70	0.70	6.85	34.60	115.00	0.1
窦店	37.9	1.20	1.10	0.30	3.15	11.20	42.45	16.9
张坊	40.8	4.00	1.20	0.40	7.65	5.35	45.05	3.2
坨里	40.2	9.50	3.25	1.05	3.85	24.15	56.85	3.1
周口店	33.5	0.45	3.75	1.05	4.35	11.35	32.70	—

续表

集贸市场	成交额（万元）	主要品种成交量						
		粮食（万公斤）	油脂油料（万公斤）	烟叶（万公斤）	肉禽蛋（万公斤）	干鲜果品（万公斤）	蔬菜（万公斤）	家禽（万只）
河北	28.2	0.40	2.55	0.75	4.80	2.55	44.70	—
小计	1116.1	114.5	52.75	15.7	123.8	359.25	1332.8	94
长沟占房山区集市交易比重	23.1%	64.1%	15.4%	15.9%	21.6%	10.3%	14.3%	57.4%

资料来源：《北京市房山区志》，北京出版社1999年9月版，第229页。

20 世纪 80 年代的长沟集市属于马路市场，当地农民及一些小规模的商业经营者肩背担挑，大一些的经营者则赶着马车，熙熙攘攘前来买卖货物，人多的时候还挤占了路边的农田。1995 年，东长沟村与西长沟村决定共同投资 1130 万元改造马路市场，增建商业设施，将长沟集贸市场建设为有固定场院的集市。新建的综合交易市场占地 50 亩，建筑面积 5000 平方米，有 2 个交易大厅，1 栋二层小楼，100 间商用平房，400 余个摊位。镇政府则设立市场科，对集贸市场进行管理。长沟集贸市场生意兴隆，市场成交额 1998 年为 1834 万元，1999 年达到了 1960 万元。

目前，长沟镇的集市贸易主要集中于两条东西长约 1500 米的大街上。南边大街的摊位主要经营服装、日杂用品、小农具，北边大街固定摊位较少，流动摊位很多，主要经营鱼、肉、禽、蛋、蔬菜、干鲜果品、调味品等农副产品。20 世纪 90 年代后，由于京郊兴办了多家农产品集贸市场，长沟大集的地位不如改革开放初期了，但现在仍是京南辐射十里八村的农村集贸市场，吸引了周边居民前来购物，河北省涿州的邻近村民也来买东西。集市的经营者主要是当地人，此外，也有河北、湖南、四川、湖北、山东等省商人进入集贸市场租赁摊位，经营商品。

除固定的摊贩外，每月每逢阴历初一、初六、十一、十六、二十一、二十六为集日时，以及每逢节假日，流动摊贩增加，前来购物的人也比平时为多。每年阴历腊月十六到三十是长沟大集最为兴盛的时候，流动摊贩最多可达 1000 余家，每天有近 10 万人前来赶集。据市场管理人员介绍，长沟集贸市场每天的经营额约在 5000 万元左右。

长沟镇还在小城镇中心区建设了商贸园区。长沟商贸园区占地面积 10 万平方米，营业面积 2 万平方米，经商户 165 个，从业人员 1500 人，年营业额近 2 亿元。集建材、化工、电器、副食、餐饮、娱乐于一体，初步实现了传统商贸业向现代物流业的转变。

为扩大长沟大集的影响力，也为了推进长沟镇的旅游业，镇政府计划改造长沟集贸市场，规划建设水上集市。但长沟大集如何振兴，仍然面临诸多挑战，如市场定位问题、附近农贸市场及物流中心的竞争问题等。

二　生活消费品流通体系的发展

计划经济时期，农村商业体制过于单一，供销合作社几乎垄断了长沟人民公社的商品流通市场。油、盐、酱、醋、糖、茶、烟、酒等日常生活用品，肉、蛋等副食品，锅、碗、瓢、盆等日杂用品，核桃、栗子等土特产品，民用化工、五金、建材，以及棉花、布匹、鞋袜等衣着用品，大大小小的生活消费品全由长沟供销社经营。供销社还负责收购家禽、生猪、鸡蛋等农副产品。人们称供销社是"第二政府"。

改革开放后，农村出现了私营的便民小卖部，经营百姓日常生活用品，打破了供销社的垄断地位，生活消费品市场开始形成多元化格局。从 20 世纪 70 年代末期开始，我国社会商品日渐丰富，国家逐渐放开了商品价格，减少了控购商品种类。80 年代初期，各种票证自行作废。1982 年，国家放开了首批 406 种商品的价格。此后，又放开第二批 416 种商品、第三批 266 种商品的价格。1986 年，北京市实行国家指导价格、指导价和市场调节价三种商品价格，国家指导价格商品有 476 种，指导价格商品有 66 种，市场调节价格商品达到 1013 种。此后，不少商品逐步走向市场价格。随着商品价格的放开，日用工商品流通出现多种体制、多种渠道并存的局面，农村商品流通领域的竞争十分激烈，供销社受到前所未有的挑战。

1992 年，我国经济建设高速发展。私营资本纷纷涉足农村商品零售市场，大大小小的百货店遍及农村商品流通市场，而长沟供销社的经营作风与经营方式却没有跟上时代步伐。1992 年年底，长沟供销社在各家竞争对手的冲击下，陷入经营困境。此后，附近的张坊供销社、大石窝供销、南长乐供销社、岳各庄供销社与长沟供销合作社合并为新的长沟供销社，并开始改革，实行承包门店、租赁房屋、联营等多种形式的经营。长沟供销社的分散化改革，并没有焕发活力，其市场地位反而更为衰落。目前，长沟供销社已基本不再以集体经济形式从事经营活动，16 名职工大多是 40—50 岁的人员，他们的工资及福利主要靠供销社出租房屋来解决。长沟供销社约有房屋等固定资产 400 万—500 万元。

与长沟供销社的处境相似，长沟的其他国营或集体商业机构，如粮店、食品店等，也在与众多的私营经营者的竞争中败下阵来。20 世纪 90 年代初期，为了理顺粮油价格，国家改革了传统的粮食流通体制。1993 年，国家取消了城镇居民凭粮本粮票购粮办法，允许多渠道经营粮食，迈出粮食购销市场化改革的重要一步。1994 年，长沟建立了几家私营粮店，而原先的国营粮店却萎缩了。价格放开之前，生猪收购、屠宰及肉食品销售，主要由食品公司与供销社经营。价格放开之后，经营渠道增多，食品公司大部食品店停产，资产闲置。食品公司只得将偏远利微的小食品站出租、拍卖。

与集体所有制、全民所有制商业企业衰败形成鲜明对比的是，长沟的私营商业在 20 世纪 90 年代后蓬勃兴起。根据 2004 年的经济普查数据，除长沟集贸市场外，有营业执照的私营商业企业总数约 150 余家，主要经营日用百货、烟酒茶糖副食、粮油、蔬菜、家电灶具、文化用品、服装布料、五金日杂、医药等商品，分布于除六甲房、三座庵两村外的 16 个村庄。总的来看，长沟镇私营商业企业以满足居民日常需要的日用百货店居多，大约有 50 家；再次是经营烟酒副食的小店，有 27 家；再次是经营家电灶具的商店，有 25 家；最后是经营服装布料的小店，有 14 家。另外，有 10 家五金日杂店，7 家文化用品商铺，4 家药店，3 家粮油店，3 家蔬菜店。如表 5 - 5、图 5 - 4 所示。另有批发业个体户两户，从事水产品、干鲜蔬菜、调料等商品的批发零售，营业额达 20.04 万元，净收入为 33600 元。①

表 5 - 5　　　　　　　　**长沟镇私营商业企业分布情况**

单位：家

村庄	日用百货	烟酒茶糖副食	粮油	蔬菜	家电灶具	文化用品	服装布料	五金日杂	农用生产资料	药店	合计
西厢苑	2									1	3
南正	2										2

① 资料来源于长沟镇统计科。

续表

村庄	日用百货	烟酒茶糖副食	粮油	蔬菜	家电灶具	文化用品	服装布料	五金日杂	农用生产资料	药店	合计
北正	1	4						3	2		10
双磨	5	3			1			2		1	12
南良		1									1
北良				1					1		2
东良	1	1									2
东长沟	1										1
西长沟	24	15	3	2	22	6	14	5	3	2	96
太和庄	1					1				1	3
东甘池	2										2
西甘池	3				1						4
南甘池	1								1		2
北甘池	1										1
坟庄	2										2
沿村	2				1						3
黄元井	2	3									5
六甲房											0
三座庵											0
合计	50	27	3	3	25	7	14	10	7	4	150

资料来源：长沟镇统计科2004年经济普查资料。本表150家私营商业企业是取得营业执照的商业店铺。

长沟镇的商业店铺除少数几家家电商店和百货超市外，普遍规模很小，多为家庭经营，从业人员多为2—3人。在经营家电的商铺中，最大的商店是2003年成立的镇办企业学东电器商店。该店成立时有职工35余人，2006年时有职工25人。学东电器商店有较大的营业额，2003年为1053万元，2004年为1656万元，2005年为2235万元，2006年为1772万元。在经营百货的商店中，长沟镇有两家规模较大的超市，一家是华冠超市30店，位于坟庄村路口，紧邻长沟镇的主要商业街道；另一家是佳美超市，位于东长沟长沟集贸市场附近。2006年东良、沿村、北正和南甘池4村新开了4家华冠益佳加盟店。

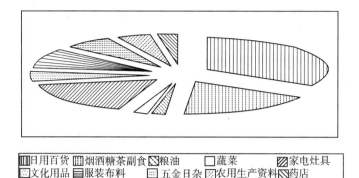

图 5-5　长沟镇有营业执照私营商业企业的行业分布

华冠超市 30 店开业于 2004 年 1 月 5 日，是北京华冠商贸有限公司的分店，营业面积有 1320 平方米，分为上下两层。华冠超市 30 店以经营食品、日用品为主，兼营服装、百货、家居用品，经营的单品达 6300 种。该店的服务商圈可达 10 平方公里，覆盖 16 个行政村，可满足 3 万人的消费。华冠超市 30 店 80% 的消费者都是当地村民。超市开业之初，消费群体主要是 40 岁以下的中青年和学生，现在该店的消费群体已逐步扩展到 40 岁以上的人群及儿童。开业之初，超市主要经营百姓需要的生活必需品如粮油、副食品、调味品、洗涤用品，逐渐到向经营熟食、速冻食品、方便食品、乳制品、家居用品、服装、电器、文化用品等综合超市发展。顾客购物单也由当初平均不足 15 元提高到了 20 元左右。华冠超市 30 店从开业起，所有员工全部从当地聘用，为当地居民提供了 60 个工作岗位。开业 4 年来，华冠超市 30 店也取得了良好的经营业绩，销售收入逐年提升，2004 年为 648.9 万元，2005 年为 806.6 万元，2006 年为 851.2 万元，2007 年达到 962.7 万元，平均年增长率为 14%。[1] 佳美超市经营方式与华冠超市 30 店相近，也有上下两层经营区域，下层主要销售粮油、副食品、饮料、调味品、洗涤用品、文具，上层主要销售服装、箱包、音像商品。这两家超市从商品价位看，粮油、副食品、饮料、调味品、洗涤用品、文具等商品价格与北京市内的超市差不多，而服装价格非常低廉，毛衣多为 60—70 元 1 件，棉服多在 100 元左右，有几款羽绒服仅为 50 元，但多为小企业生产的产品。[2]

---

[1]　资料数据由华冠超市 30 店提供。
[2]　笔者 2008 年 1 月中旬了解到的价格。

除上述私营商业企业外，长沟镇还有为数众多个体商业户，其中有不少是无执照的商业个体户。据 2004 年的统计，经营零售业、批发业的个体户有 582 户，其中 333 户无执照，如表 5-6。

表 5-6　　　　　　　　长沟镇个体商业及服务业情况

行业	户数	其中有执照户	从业人数（人）	营业面积（㎡）	净收入（元）
零售	580	247	936	31988	6214944
餐饮	52	16	178	4792	940716
居民服务	74	21	145	4667	499728
卫生和福利	24		38	3528	206400
其他服务业	122	35	237	16770	640104
批发	2	2	4	350	33600
文体娱乐	4	2	8	1270	84600
总计	858	323	1546	63365	8620092

资料来源：长沟镇统计科 2004 年经济普查资料。

长沟镇经营日常生活消费品商铺的区域分布极不均匀。西长沟村因是镇政府所在地，因此，绝大部分的商店都设在那里，各行业店铺达 93 家，占全镇商铺总数的 65%。另外，有 287 家个体商户也在西长沟村营业，占全镇个体商户的 49.5%。其次是双磨村，有 12 家私营商业企业，49 家个体商户。再次是北正村，有 8 家私营商业企业，31 家个体商户。其他村庄按开办私营商业企业家数多少依次为黄元井 5 家；西甘池 4 家；西厢苑小区、太和庄、沿村各 3 家；南正、东良、东甘池、坟庄各 2 家；南良、北良、东长沟、北甘池各 1 家。六间房、三座庵村则无私营商业企业，分别有 3 家和 4 家个体商业户，如表 5-5、表 5-7、图 5-6 所示。

表 5-7　　　　　长沟镇个体商业与服务业行业与区域分布情况

村庄	零售	餐饮	居民服务	修理业	医疗卫生	文体娱乐	批发	合计
西厢苑	2	3	2	0	1	0	0	8
南正	27	4	5	14	2	0	0	52
北正	31	3	4	10	0	1	0	49
双磨	49	14	11	28	1	1	0	104

续表

村庄	零售	餐饮	居民服务	修理业	医疗卫生	文体娱乐	批发	合计
南良	9	1	2	4	2	0	0	18
北良	10	0	1	4	0	0	0	15
东良	21	0	2	4	0	0	0	27
东长沟	33	2	0	6	3	0	0	44
西长沟	287	11	18	18	1	0	0	335
太和庄	13	9	12	7	1	0	1	43
东甘池	3	0	1	2	0	0	0	6
西甘池	13	1	2	2	0	1	0	19
南甘池	5	0	1	4	2	0	1	13
北甘池	9	0	5	1	1	1	0	17
坟庄	16	1	2	3	3	0	0	25
沿村	30	2	3	7	0	0	0	42
黄元井	15	0	3	5	3	0	0	26
六间房	4	1	0	3	2	0	0	10
三座庵	3	0	0	0	2	0	0	5
合计	580	52	74	122	24	4	2	858

资料来源：长沟镇统计科 2004 年经济普查资料。

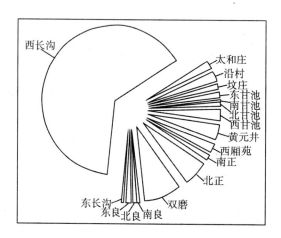

图 5-6 长沟镇经营生活用品私营商业企业的区域分布

三　农用生产资料流通体系的发展

计划经济时期，长沟人民公社农用生产资料主要由长沟供销社经营，生产队需要的化肥、农药、种子、农具等生产资料都在长沟供销社购买。20世纪80年代，房山县农村生产资料市场出现多家机构经营的局面，农村基层供销社销售小部分农用生产资料如化肥、农药、小型农具等，其他农用生产资料多为区属专业公司经营，如农机公司专营各类农业机械，并形成购销、技术培训、农机修理网络，种子公司专营各类粮种、菜种，畜牧水产公司专营动物优种引进、培育等。

20世纪90年代初期，长沟供销社陷入困境，进行门店承包、租赁等改革，经营农用生产资料主渠道的地位一落千丈。随着农用生产资料价格的放开，长沟镇出现了多家经营农用生产资料的私营店铺。1994年长沟乡开办了乡办企业种子站，从事种子、农药、化肥的经营，一直经营到2004年企业改制时结束。现在，长沟镇有7家经营农用生产资料的店铺，分布于西长沟（3家）、北正（2家）、北良（1家）、南甘池（1家），主要销售种子、农药、化肥。目前，区供销社正在建设农资连锁企业禾农公司长沟镇分店，如图5-7所示。

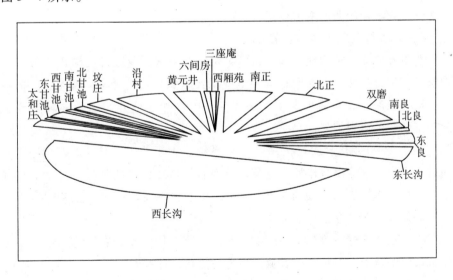

图5-7　长沟镇个体商业的区域分布

第三节 农村服务业及交通运输业的发展与变化

长沟的农村服务业主要包括金融、邮政通信、房地产、旅游及其他生活服务业如医疗、餐饮、洗浴、照相等方面。改革开放以来，长沟的金融业变化很大，一是农村金融市场快速增长；二是农村金融机构出现大的变动。计划经济时期农村金融的主体机构中国农业银行长沟分理处逐步撤出农村贷款业务，邮政储蓄正在改变"只存不贷"的经营模式，长沟镇农村信用合作社改组为北京市农村商业银行长沟镇支行，农村信贷市场的主体是农村商业银行长沟镇支行。长沟镇的邮政电讯业在20世纪90年代后发展较快。房地产业主要是满足当地居民的住房需求，在21世纪之初曾有较快的增长。旅游业刚刚起步，但基础很好，发展潜力极大。医疗卫生、餐饮、洗浴、照相、修理等生活服务行业较为齐全，方便了群众的日常生活。另外，20世纪80年代、90年代长沟镇的交通运输业发展迅猛，现在全镇已形成连接各村的村镇水泥公路网络。进入21世纪后，随着其他服务业的兴起，交通运输业在第三产业中所占比重逐渐下降了。

一 农村金融业的发展变迁

（一）农村金融机构的发展

改革开放前，长沟地区的农村金融机构有中国农业银行长沟营业所、长沟农村信用合作社，另外，长沟邮电支局经营农村汇兑业务。20世纪80年代后期，长沟邮政支局扩大了金融业务，1988年年底开始承办邮政储蓄业务，金融职能得到加强。

20世纪90年代，农村信用合作社系统加大了改革步伐。2005年1月，随着北京市农村信用合作社的改革，长沟农村信用合作社改组为北京市农村商业银行长沟镇支行。现有职工16人，其中有3人专管信贷业务，有8人在营业部办理储蓄等银行业务。

中国农业银行在改革中不断撤并基层分支机构，收缩农村金融业务，强化城市金融业务，但长沟镇农业银行分理处仍旧保留着。

2007年国家批准成立中国邮政银行，长沟镇邮政支局的金融业务也在转型，目前正在组建邮政银行支行。

现在，长沟镇的金融机构由中国农业银行长沟镇分理处、北京市农村商业银行长沟镇支行和房山区邮政局长沟支局邮政储蓄组成。

（二）金融服务

1. 存贷款业务

中国农业银行长沟镇分理处、北京市农村商业银行长沟镇支行以及长沟镇邮政支局邮政储蓄 3 家金融机构都开办面向当地企业、机关、事业单位、居民的储蓄业务。从吸收农村居民储蓄看，中国农业银行长沟镇分理处、北京市农村商业银行长沟镇支行基本上平分秋色，邮政储蓄相对较少。2006 年中国农业银行长沟镇分理处吸收了约 2.1 亿元储蓄，北京市农村商业银行长沟镇支行也吸收了约 2.1 亿元储蓄，房山区邮政局长沟支局邮政储蓄约吸收居民存款 3000 万元。

近年来，北京市农村商业银行长沟支行吸收的储蓄额呈上升趋势。改革开放初期，长沟农村信用合作社每年的存贷款业务并不大，20 世纪 80 年代大约每年吸收 300 万—400 万元的存款。90 年代后吸收的储蓄逐渐增多，到 2001 年存款达 11200 万元，2002 年上升到 12000 万元，2003 年提高到 14100 万元，2004 年增加到 15700 万元，2005 年提升至 18700 万元，2006 年增长到 21390 万元。北京市农村商业银行长沟支行吸收的存款主要来源于当地农村居民，吸收的企业及政府的存款不太多。居民存款中又以 3—5 年的中长期存款为主。由于长沟镇距市区较远，居民储蓄比较稳定。2007 年年初股市开始火暴后，许多地区的储蓄受到影响，不少储户提取存款投入股市。但长沟相对闭塞，农村居民缺乏证券知识，因此很少有人前去取款炒股。

在农村贷款方面，中国农业银行长沟分理处曾经是主力军。20 世纪 90 年代中国农业银行长沟分理处还向长沟冯氏车圣有限公司、玻璃钢公司等约 40 户企业发放了 2500 万元的贷款。但是，由于中国农业银行的业务调整，2000 年以后农业银行长沟分理处不再向当地投放贷款。

中国邮政储蓄长沟镇邮政支局以往只有吸收当地储蓄存款的业务，是农村资金流向城市的渠道之一，被人称为农村资金的"抽水机"。为改变邮政储蓄只吸收农村储蓄不向当地发放贷款的问题，2007 年 8 月北京邮政管理局决定在京郊的通州、房山、门头沟三个区开办名为"好借好还"的"个人存单小额质押贷款"业务。房山区邮政局选择了西潞、长沟两个邮政支局开办这项业务。长沟邮政储蓄业务能够向当地居民发放小额贷款了。新推出的邮政储蓄小额质押贷款业务，贷款金额最低为 1000 元，最高可达 10 万元以上，贷款期限最长为 1 年，每笔贷款不超过质押存单总额的 90%。但农户用于质押的存单必须是邮政储蓄的存款存单。贷款 1 万元最低利息为每天 1.55元，允许借款人使用他人的存单质押，这样，农户可用亲朋好友的存单质押，解决急需资金的燃眉之急。这种小额质押贷款办理流程简单、快捷，放款及时，最快的当天就能得到贷款。长沟镇邮政储蓄开展存单质押贷款业务，为农村金融市场引入竞争机制，扩大农村金融服务供给。国家批准建立中国邮政银行后，长沟镇支局的邮政银行支行也开始筹建，不久将会向当地农村提供更多的贷款业务。

北京市农村商业银行长沟镇支行则延续了原先信用合作社的信贷业务，为当地农户及工商户提供信贷服务。由于中国农业银行收缩了农村贷款业务，邮政储蓄的贷款还额度很小，因此，在长沟镇农村信贷业务方面，北京市农村商业银行长沟镇支行是主角，"一农"支"三农"。

北京市农村商业银行长沟支行的信贷业务主要集中投向"三农"，支持当地经济的发展。长沟支行的贷款主要分为农户贷款、农村经济组织贷款、农村工商业贷款等几类。近几年来，长沟支行每年的贷款余额呈现裹足不前的态势，除农户贷款增加外，其他类型的贷款都在下降，如表 5 - 8。

表 5 - 8 　　　　　　　　　　**北京市农村商业银行长沟镇支行业务状况**

（单位：万元）

	存款余额	贷款				
		贷款余额	农户贷款	农业经济组织贷款	农村工商业贷款	其他贷款
2001	11200	4516.7	456.6	1412.8	2606.5	40.8
2002	12000	4755.3	432.5	1387.8	2902.9	32.1
2003	14100	4804.1	471.7	1387.8	2913	31.6
2004	15700	3365.6	590.5	79.7	2663.7	31.5
2005	18700	2121.6	1048.2	79.7	993.7	
2006	21390	2595.1	1734.8	79.7	780.6	
2007		3204.1	2159.9	79.7	964.5	

资料来源：北京市农村商业银行长沟镇支行。

据长沟镇支行管理人员介绍，虽然每年贷款余额有所降低，但银行的盈利能力在提高。在改制之前，长沟镇农村信用社承担了不少政策性贷款任务，贷款余额较大，但贷款质量较差，呆坏账比例较大。改为农村商业银行后，按照商业银行模式运作，一切经营活动都在围绕创造利润展开。支行强化了信贷管理，每笔贷款都实行终身负责制，谁放出贷款谁必须收回，因此，信贷员对发放贷款比较慎重。另外，改为商业银行后，当地政府对银行的信贷干预也少了。因为长沟镇的工业企业不多，现在支行将工作重点放在发放农户养殖贷款上，与 2001 年相比，农户贷款增加了 4 倍以上。

北京市商业银行长沟镇支行发放贷款的对象主要是本镇的养殖户，也有少部分贷款跨区域投放。长沟支行采取四种方式发放农户贷款：一是质押放款，农户以有价证券、存单等作质押，银行发放贷款；二是农户以房地产作抵押，银行评估后发放相应的贷款；三是农户联保贷款，即五家农户相互联保，银行发放小额贷款；四是信用户信用贷款，农户在信用评定活动中被评为信用户，不用担保就可得到贷款。长沟支行放出的小额农户贷款基本可以做到全额回收，很少有坏账。如果农户的还款信用良好，下次申请贷款时可以得到更多的贷款额度。农户申请 5 万元以下的小额贷款，经银行审查后，最快 7—10 天可以拿到贷款，一般 30 个工作日内可以得到贷款。长沟镇支行对工商户的贷款，主要采取抵押和担保方式发放。

北京市农村商业银行长沟镇支行多年来一直存在存款多于贷款的问题，存贷差还呈逐年扩大的态势，如 2001 年为 6683.3 万元，2002 年为 7244.7 万元，2003 年为 9395.9 万元，2004 年扩大到 12334.4 万元，2005 年增加为 16578.4 万元，2006 年上升为 18794.9 万元。长沟支行将多出的存款上存上级行北京市农村商业银行房山区分行，由上级分行统一调拨使用。长沟支行本身愿意多向当地经济部门发放贷款，因为发放商业贷款可以得到年利率 8% 左右的利息收益，而上存上级行只有年息 3% 左右的利息收益。长沟支行存款大于贷款，在当地缺乏有吸引力的贷款项目，与当地工商业欠发达有关。

历史上的坏账仍然对农村商业银行长沟镇支行的发展存在影响。其前身农村信用合作社时期，由于发放政策性贷款、经营管理不善等原因，不少贷款变为呆坏账。特别是在 20 世纪 80 年代中期，因为政府号召支持专业户、个体户的发展，长沟农村信用合作社曾发放了一些贷款，但大部分未能收回。20 世纪 90 年代后期，长沟信用合作社也有一些工商业贷款变为呆坏账。北京市农村信用合作社改制过程中，为缓解信用社的呆坏账问题，由当地政府出面，在欠款的村庄划出部分土地，将使用权交给农村商业银行，以充抵以前村集体的债务。长沟镇支行拿到手里的土地全是机耕地，根据国家有关政策不能改变土地的用途，只能将土地出租耕种，收益很低，转让困难，不能有效使用，对化解呆坏账作用不大。现在，每年农村商业银行都要从利润中提取部分资金来弥补历史上的坏账。

2. 农业保险

近年来，由于各级政府对"三农"问题的关注，农业保险开始走出低谷。长沟镇的种植业、设施农业、特色林果业比较发达，长沟镇又有 1/3 的山地、1/3 的丘陵，时常遭受冰雹等自然灾害，对农业保险的需求很大，经营农业保险的安华农业保险股份有限公司、中国人保财险公司在长沟镇开展了农业保险业务活动。

安华农业保险股份有限公司是经国务院同意、中国保监会批准成立的首家全国性商业化运营、专业化经营的农业保险公司。安华农业保险股份有限公司北京分公司在房山区设立了营销服务部，率先开办政策性农业保险业务，向农户提供粮食作物种植农业保险。农户种植的小麦、玉米，生长管理正常，经安华农业保险公司及乡镇协保员验标合格的粮食作物，均可通过村委会统一向安华公司投保。安华保险公司承担冰雹、火灾、大风（八级以上）、倒伏减产 4 种风险。粮食作物种植保险获得政府的支持，市政府给予参保农户 50% 保费补贴，区政府给予 30% 的补贴，农户自己只需要承担 20% 的保费。农户投保粮食作物种植险时，小麦保额每亩 500 元，保费每亩 40 元，其中政府补贴 32 元，农户只需要每亩交 8 元；玉米保额每亩为 400 元，保费每亩为 32 元，其中政府补贴 25.6 元，农户每亩只需要交 6.4 元。参加保险的粮食作物遭受自然灾害后，安华保险公司视受灾情况给予赔偿，如果全部绝产，按保额全额赔偿；如果部分减产，按照损失数量占每亩保险金额的比例赔偿；如果遭受非绝产的中度损失，茎、叶、生长点、果实都不同程度受损仍能继续生长，给予有效保险金额 30% 以下的赔偿；如果遭受轻度损失，个别叶片、果实受损仍能恢复生长，受损程度较轻，酌情每亩给予 50 元以下的赔偿。粮食作物种植保险实行自愿投保，长沟镇农户基本全部入保。

中国人保财险公司在长沟镇推出的农业保险是日光大棚、日光温室保险。保险公司规定，凡符合建造技术要求，基础结构稳固的日光大棚、日光温室及棚、室内作物均可投保。保险公司的主要保险责任是：在保险期限内，因遭受冰雹、八级以上大风、雪灾、火灾造成大棚、温室及棚、室内作物的经济损失，保险公司负赔偿责任。政府支持设施农业的发展，对投保日光大棚、日光温室保险的农户给予80％的财政补贴，农户仅需要交纳20％的保费。不同保险标的保费如表5－9所示。棚（室）、薄膜遭受损失的赔偿标准为：棚架、温室、薄膜及其他辅助材料发生全损时，按保险责任分类在对应保险金额内赔付，发生局部损失，按保险责任分类根据损失比例在对应保险金额之内比例赔付；棚架、温室、薄膜及其他辅助材料在承保后第二个月计算折旧，在赔付时扣除折旧。棚（室）内作物赔偿的最高限额标准为：一是瓜果类蔬菜及作物，在开花坐果前受损，全部损失按对应分项有效保险金的50％赔付；坐果后采摘前受损，全部损失按对应分项有效保险金的100％赔付；已开始采摘后受损，全部损失按对应分项有效保险金的80％赔付。二是根叶类蔬菜，定植成活后10日内受损，全部损失按对应分项有效保险金的50％赔付；10日后至采摘前受损，全部损失按对应分项有效保险金的100％赔付；已开始采摘后，全部损失按对应分项有效保险金的80％赔付。这两类作物如果发生部分损失，则按最高赔偿标准限额乘以受损比例赔偿。三是观赏性作物受损时，全部受损按受损当期已投入成本赔偿，部分受损按受损作物能够出售的市价与约定成本的差额赔偿。长沟镇经营设施农业的农户基本参加了这一农业保险。

表5－9　　　　　　中国人保财险日光大棚、日光温室保险保险金及保费

分项保险标的		保险金额	保险费率	保险费		
				总保险费	财政补贴	农户缴纳
日光温室		20000 元/亩	4‰	80 元/亩	64 元/亩	16 元/亩
		30000 元/亩	4‰	120 元/亩	96 元/亩	24 元/亩
日光大棚		6000 元/亩	4‰	24 元/亩	19.2 元/亩	4.8 元/亩
		8000 元/亩	4‰	32 元/亩	25.6 元/亩	6.4 元/亩
		10000 元/亩	4‰	40 元/亩	32 元/亩	8 元/亩
		15000 元/亩	4‰	60 元/亩	48 元/亩	12 元/亩
		20000 元/亩	4‰	80 元/亩	64 元/亩	16 元/亩
设施内作物	收获性作物	1000—2000 元/亩	6‰	60—120 元/亩	48—96 元/亩	12—24 元/亩
	观赏性作物	1000 元/亩	6‰	60 元/亩	48 元/亩	12 元/亩
		2000 元/亩	6‰	120 元/亩	96 元/亩	24 元/亩
		3000 元/亩	6‰	180 元/亩	144 元/亩	36 元/亩

资料来源：长沟镇农业办公室。

二　邮政电讯业的发展

20 世纪 80 年代后，随着社会经济的快速发展，邮政电讯服务业的业务量持续扩大，新的业务陆续推出，业务范围不断扩大。为适应社会经济的发展趋势，1990 年房山区邮政局改变了原来的邮政体制，在全区设立 10 个邮政支局。长沟镇邮政支局成为全区 10 个支局之一，负责长沟镇及附近韩村河、大石窝、张坊、十渡、蒲洼 5 个乡镇的邮政业务。目前，长沟镇邮政支局有 33 名职工，在长沟镇工作的有 11 名职工，其余分散在其他乡镇。

长沟镇邮政支局的投递段有 14 个，除几条山区投递线路因交通条件较差、需要人力投送外，多数投递段都已实现机动车投送。长沟镇邮政支局的业务主要有信函包裹邮寄和投递、报刊订阅与投送、邮政汇兑等。20 世纪 80 年代长沟邮政支局增设了特快专递包裹、商品包裹、纸质包裹业务，目前仍是支局的主要业务之一。近年来，长沟邮政支局每年报刊订阅量增长 10% 左右，现在大约为 860000 份。为扩大报刊订阅量，长沟镇邮政支局按照上级部门的要求，推出了多种优惠活动，如订阅晚报送健康报，订报送食用油，12 种报刊前 3 个月免费，等等。支局每年投送的信件大约为 30000—40000 封，每年高考录取工作开始后的一段时间，是支局最为繁忙的时候，每天要送 1000 封左右的录取通知书。长沟镇邮政支局每年的包裹业务约有 90000 件左右，包裹里邮寄的主要是日用品如衣物、小礼品、食品（如干鱼）等、企业的零配件，等等。附近部队的战士、外地的打工人员常常前来邮寄包裹。支局每天的汇兑业务不大，大约有 200—300 笔，每笔大约在 200—300 元。

长沟镇邮政支局还利用自身的网络优势，为企业宣传业务，如利用邮政 DM 广告，在向用户投递报刊邮件时附带送上企业的宣传广告。该支局已为长沟镇御塘贡米、有机蔬菜等厂家投递了广告，支局与企业都获得了收益。

长沟镇农村电话业务在 20 世纪 90 年代后期得到大的发展。1993 年长沟乡仅有 17 条电话线。1994 年增长到了 480 门电话。1995 年长沟镇的电话增加到了 1000 门。1997 年又提高到了 1650 门。1998 年后，长沟镇的电话用户飞速增长。1998 年全镇电话为 3000 门，1999 年达到 3941 门，2000 年为 4000 门，2001 年上升到了 5500 门，2002 年增长到 7500 门。2003 年后，长沟镇的电话已基本普及，如 2003 年电话普及率为 95%，2004 年提高到 97%，2005 年、2006 年达到了 98%。在家庭固定电话快速增长的同时，长沟镇的移动电话用户也迅速增加了。近几年来，长沟镇居民的电脑用户也在增多，家庭普及率 2003 年为 5%，2005 年提高到 15%，2006 年达到了 20%，2007 年达到了 22%。长沟镇电脑用户的增加，带来了互联网用户的增多，居民扩大了信息渠道。

三　房地产业

长沟镇远离市区，近年来房地产业主要为满足当在居民住房需求。从房地产投资来看，2000 年后随着城市房地产市场的快速发展，长沟镇的房地产业迈出大的步子。20 世纪 80 年代房地产规模较小，当年投资额都在 1000 万元以下，1995 年为 696 万元，1996 年为 688 万元，1997 年为 779 万元，1998 年为 830 万元，1999 年为 903 万元。2000 年以后，房地产投资额出现大的增长，2000 年为 1080 万元，2001 年略降为 714 万元，2002 年达到 2507 万元，2003 年提高到 10600 万元，2004 年、2005 年略降为 8000 万元和 8700 万元，2006 年升为 10372 万元。长沟镇也开发了一批商品房。2001 年长沟镇还建立了镇办企业房地产开发公司，进行房地产开发。

房地产开发带来商品房建设与销售面积的增长。2002 年商品房新开工面积为 12000 平方米，竣工面积为 12000 平方米，销售面积为 10795.4 平方米。2003 年商品房新开工面积为 38000 平方米，竣工面积为 13000 平方米，销售面积为 6098.4 平方米。2004 年商品房新开工面积为 54000 平方米，竣工面积为 24000 平方米，销售面积为 9029 平方米。2004 年投资 9000 万元的九龙花园别墅区建成，共有各具特色的别墅 144 栋，总建筑面积为 3.2 万平方米。2005 年商品房新开工面积为 54000 平方米，竣工面积为 24000 平方米，销售面积为 9113 平方米。2006 年商品房建设基本停止。

四　旅游业

长沟镇山清水秀，泉水独特，具有发展旅游的良好条件。近几年，经过大力整治生态环境，已形成以胜泉、龙泉湖、圣泉公园为代表的北泉水河 6 公里旅游景观带，打造出独具魅力的亲水景观。2007 年房山区六届人代会曾明确提出：要"构建'南北两线、八大景区'旅游产品体系"和"以旅游业为龙头，大力发展现代服务业"，长沟镇正处在房山区南线旅游的黄金地段，发展京郊旅游大有可为。

但与京郊周边已初具特色的农村休闲旅游相比，长沟镇的起步已比较晚了。现在，长沟镇只是打好了发展旅游的基础，旅游产业还未形成，仅有少数村庄办起了农家乐休闲旅游，但未形成规模。对于未来旅游业的发展方向，长沟镇提出要发挥资源优势，打造旅游产业区。第一，以云居寺路以北的沿村、三座庵、东甘池、西甘池、南甘池、北甘池六个村为重点，依托丰富的山、水资源优势，构建吃、住、游为一体的现代文明旅游体系。加快与日本 NRC 株式会社的合作，建设旅游度假景区，提升旅游业的整体水平和质量。努力发展湖上游乐项目，在时机成熟时对龙泉湖的水面开发游船、划船、快艇等水上项目，让游人在自然环境中尽情享受旅游的快乐。第二，大力发展民俗旅游，进一步完善民俗旅游专业村建设，充分发挥双千亩果园的优势，组织大自然鲜果采摘节，进一步增加农民收入。第三，结合北泉水河下游河道治理，向江苏周庄学习，整合资源要素，突出水乡特色，建设集休闲购物、文化互动、旅游观光为一体的水上"苏州街"，把京南第一集继续发扬光大。

都市型现代农业是长沟农业方向之一，也是旅游业的发展重点之一。目前，长沟已建成 3000 亩核桃园、3000 亩柿子园，为开展休闲采摘旅游打下了基础。长沟 1500 亩水面的龙泉湖放养了鲢鱼、鲤鱼及各类观赏鱼，周边种植了莲藕、油葵等作物，荷花玉立，葵花盛开，形成了自然生态绝佳的景观。另外，民俗旅游也是长沟未来的发展方向之一。2006 年年末，全镇有 9 个农业观光园，2 个民俗旅游村，40 户民俗旅游接待户。从事观光园和民俗旅游的人员为 295 人，接待旅客 2.8 万人次，总收入 220 万元。总体而言，长沟镇的旅游业还处于起步阶段，潜力巨大。优美的水乡风光、多彩的民俗文化，将会吸引越来越多的市民前来观光。

五　其他生活服务业的发展

与居民生活密切相关的医疗、饮食、理发、洗浴、洗衣、照相、加油、修理等行业也有大的发展。现在，长沟镇作为企业登记注册的生活服务店铺有 39 个，开展医疗、理发、洗浴、洗衣、照相、茶馆、婚庆服务、电脑服务、修理等服务。其中，医疗卫生诊所最多，有 22 个。其次是理发和照相馆，各有 5 家。再次是服装干洗店，有 3 家。另外，长沟镇有泉水河会议中心、西厢苑酒楼、好新奇餐饮服务中心等 3 家规模较大的餐饮企业。此外，澡堂、茶馆、婚庆服务部、电脑维修部各有 1 家。如表 5 - 10、图 5 - 8 所示。

长沟镇居民服务业的区域分布不平衡，登记注册的服务业法人单位主要集中于镇政府所在地西长沟村。西长沟村的此类居民服务点有 15 个。坟庄、双磨村各有 4 个，太和庄、东长沟、北正村各有 3 个，南甘池、东甘池村各有 2 个，北良、南良、北正、东良村各有 1 个。西长沟村各类服务点比较齐全，其他村庄的居民服务机构主要是医疗诊所。如表 5 - 10，图 5 - 9 所示。

表 5 - 10　　　长沟镇登记注册的居民生活服务业法人单位的分布情况

（单位：家）

村庄	医疗	理发	洗浴	服装干洗	照相	茶艺	婚庆	电脑服务	合计
南甘池	2								2
东甘池	2								2
北良	1								1
南良	1								1
太和庄	2				1				3
坟庄	4								4
东长沟	3								3
西长沟	3	2	1	2	5		1	1	15
双磨	2	1		1					4
北正	1	2							3
东良	1								1
合计	22	5	1	3	5	1	1	1	39

资料来源：长沟镇统计科提供的统计资料。

除上述从事服务的法人机构外，长沟镇还有不少个体户从事服务业，其中很多是无证经营。据 2004 年的统计资料，长沟镇有餐饮业个体户 52 户，营业面积有 4792 平方米，但有执照的仅 16 户；居民服务业个体户有 74 户，营业面积为 4667 平方米，但有执照的才 21 户，主要从事美容美发、家电修理、洗浴、照相、复印打字、服装加工等服务；文化体育和娱乐业个体户有 4 户，仅 2 户有执照，从事放映录像等经营活动；其他服务业个体户有 121 户，营业面积为 16770 平方米，但仅 34 户有执照，从事电气焊、农用

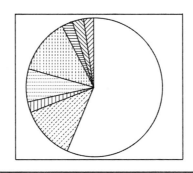

☐医疗 ☒理发 ⊞洗浴 ▥服装干洗 ▯照相 ▤茶艺 ⊠婚庆 ▨电脑服务

图 5 - 8　长沟镇登记注册的居民生活服务业店铺的行业分布

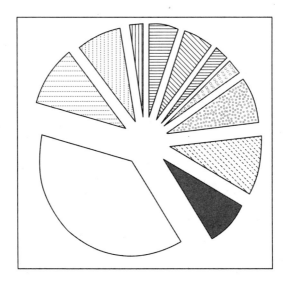

▤南甘池 ◩东甘池 ▨北良 ▦南良 ▨太和庄 ⊠坟庄 ■东长沟 ☐西长沟
▥双磨 ▥北正 ⦀东良

图 5 - 9　长沟镇登记注册的居民生活服务店铺的区域分布

车、自行车、摩托车修理、汽车补胎、洗车等服务。① 这说明从事车辆修理
的个体服务业占了较大的比重。如图 5 - 10。

　　长沟镇个体服务业的分布也多集中于镇政府所在地及一些大的村庄。

————————————

① 资料来源于长沟镇统计、经管科。

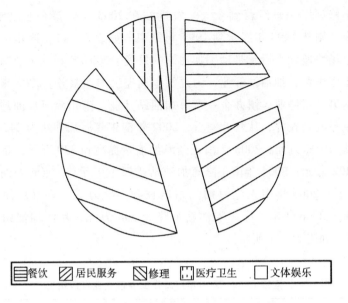

▤餐饮	▨居民服务	◫修理	▥医疗卫生	□文体娱乐

图 5 - 10　长沟镇个体服务业的行业分布

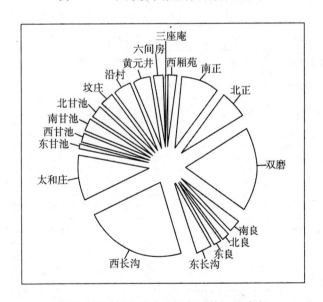

图 5 - 11　长沟镇个体服务业的区域分布

如图 5 - 11。

　　除这类服务部门外，从 20 世纪 90 年代开始，长沟开办了汽车修理厂、农机站、农机供应站，从事汽车修理业务、农用机械的销售、培训与修理业务。汽车修理厂一直经营到今天。农机站在 2003 年乡镇企业改制时结束。农机供应站则从 1993 年经营到 1995 年结束。如表 5 - 11。近几年我国家用小汽车市场快速壮大后，带动了加油站的发展。2001 年村办企业南正隆海加油站、三座庵燕云加油站开业，为过往车辆提供加油服务。2002 年三座庵燕云加油站第二年停业，镇办企业京海加油站开业。南正隆海加油站、京海加油站的业务发展较好，从营业额看，2002 年南正隆海加油站为 245 万元，京海加油站为 300 万元；2003 年南正隆海加油站提高到 330 万元，京海加油站上升到 302 万元；2004 年南正隆海加油站达到 540 万元，京海加油站增加到 308.7 万元；2005 年南正隆海加油站增长到 548 万元，京海加油站由降为 77.5 万元；2006 年南正隆海加油站下降为 398 万元，京海加油站上升到了 260 万元，如表 5 - 11 所示。

表 5 - 11　　　长沟镇 1990—2006 年第三产业乡镇企业发展情况

年份	企业名称	职工人数（人）	总产值（万元）	总收入（万元）	总利润（万元）	净利润（万元）	税收（万元）
1990	农机站	65		32	1.2	1.2	
	商业公司	60		7			
	汽车修理厂	200	97.5	127.5	10.3	5.7	
1991	农机站	79	7.5	49	3.7	2	
	商业公司	40		15	4.9	3.6	
	汽车修理厂	45	85	85	14.1	2	
1992	农机站	79	10.5	59.8	5.2	3	
	商业公司	40		15.4	5.6	2.2	
	汽车修理厂	45	101	101	16.5		
1993	农机站	68	8.6	56	4.5		
	商业公司	50		21.5	5		
	运输站	5		44.5	3.7	1.1	
	地材供销站	16		444.3	1.6		
	农机供应站	4		2	0.6		
	汽车修理厂	45	160	130	12.5	2.4	

续表

年份	企业名称	职工人数 （人）	总产值 （万元）	总收入 （万元）	总利润 （万元）	净利润 （万元）	税收 （万元）
1994	农机站	31	30	63.4	6.1	1.1	
	地材供销站	16		445	3.1		
	商业公司	168		3200	64		
	农机供应站	4		6	1		
	运输管理站	5		505	5		
	种子站	8	60	170	1.6		
	汽车修理厂	45	170	150	14		
1995	农机站	15	21	82	2.9	0.9	
	地材供销站	15		11.7	3.6		
	运输管理站	5		12.6			
	种子站	10		261.9	3.2	3.2	
	农机供应站	10		261.9	3.2	0.8	
	汽车修理厂	45	200	180	15		
1996	地材供销站	5		6.8	0.6		
	运输管理站	5		13	2		
	农机站	25	18	72	2	1.9	
	种子站	7		254.7			
	汽车修理厂	50	265	255	11.5		
1997	地材供销站	5		1.9	17	−1.1	
	运输管理站	5		12.5	6	2	
	农机站	23	2	62	96	2.1	
	种子站	8		256	20	1.4	
	汽车修理厂	45	280	280	107	12	
1998	地材供销站	6		1			
	农机站	19		26	5.6		
	种子站	5		198	0.5		
	汽车修理厂	45	140	140	7		

续表

年份	企业名称	职工人数 （人）	总产值 （万元）	总收入 （万元）	总利润 （万元）	净利润 （万元）	税收 （万元）
1999	汽车修理厂	45	143.5	143.5	7		
	农机站	14		40.2	8.4		
	种子站	5		109.7	0.6		
2000	汽车修理厂	25	81.5	81.5	5		
	农机站	14		23			
	种子站	6		63.4			
2001	种子站	5		51	1		
	汽车修理厂	15	72	72			
	农机站	10					
	南正隆海加油站	8		27	3		
	三座庵燕云加油站	10		5	1		
2002	汽车修理厂	22	65	65	5.8		4.0
	科春种子站	8		48.6			
	京海加油站	8		300	3.0		
	南正隆海加油站	15		245			
2003	汽车修理厂	22	58.5	58.5	3.6		
	科春种子站	4		29.5	0.3		
	京海加油站	10		302	0.5		1.0
	学东电器	35		1053	4.0		1.0
	南正隆海加油站	10	66	330	12.9		
2004	汽车修理厂	22	46.2	46.2	2.7		
	京海加油站	8		308.7			
	科春种子站	4		53	3.0		
	学东电器	35		1656	3.0		3.0
	长安物业管理中心	40		99.0	0.5		
	南正隆海加油站	10		540	3.7		

续表

年份	企业名称	职工人数 （人）	总产值 （万元）	总收入 （万元）	总利润 （万元）	净利润 （万元）	税收 （万元）
2005	汽车修理厂	5	1.6	1.3			
	京海加油站	8		77.5			
	学东电器	30		2235	7.0		4.0
	长安物业管理中心	40		188	0.2		
	南正隆海加油站	11		548	3.7		
2006	汽车修理厂	1		1.2			
	京海加油站	8	8.0	260			2.0
	学东电器	25		1772.0	2.0		4.0
	长安物业管理中心	40		241.0			6.0
	南正隆海加油站	45	398	48.5			

　　资料来源：长沟镇统计科提供的统计资料。原资料中，1997 年以前统计企业总利润与净利润，1997—2001 年仅统计企业总利润，2001—2006 年不再统计企业净利润，增加了税收统计项目。村办企业无净利润、税收统计。

六　交通运输业的发展

　　在 20 世纪 80 年代，交通运输业是长沟的支柱产业，直到 90 年代中期，交通运输业产值、营业收入基本上占第三产业产值的一半。80 年代初期到 90 年代中期，长沟运输业的发展比较快。从运输业的营业收入看，1990 年为 635 万元，1993 年提高 1738 万元，1994 年上升到 2739 万元。但是，1995—1998 年运输业营业收入连续下滑，低于 1994 年的水平。1999 年运输营业收入回升，达到 2853 万元，2000 年又提高到 3228.3 万元，2001 年上升为 4329.6 万元。2002 年后，运输的营业收入更是一年一个台阶，2002 年为 6723.9 万元，2003 年为 8048.4 万元，2004 年为 9702 万元，2005 年为 9960 万元，2006 年突破 1 亿元，达到 12129 万元。从运输营业收入的年增长速度看，1995 年、1998 年出现了大的负增长，1991 年、2005 年的增长率低于 10%，分别为 6.7% 和 2.1%，其他年份的增长率都比较快，1992 年、1993 年、1994 年年增长率分别达到 29.4%、98.2% 和 57.6%。1998—2002 年运输业营业收入年增长率出现高速增长，1998 年为 36.6%，2000 年年增长率为 34.1%，2001 年为 34.1%，2002 年提高到 55.3%。2003 年、2004 年、2006 年运输业营业收入保持平稳快速增长，年增长率分别为 19.7%、20.5% 和 21.8%。2007 年运输业出现了小幅下降，如表 5 - 1。

长沟乡曾在 20 世纪 90 年代设立乡办企业运输管理站，经营运输业务。1994 年运输管理站成立时，有 5 名工作人员，当年营业总收入为 44.5 万元，总利润为 3.7 万元，净利润为 1.1 万元。1994 年运输站营业总收入为 50.5 万元，总利润为 5 万元。1995 年后运输站的经营开始走下坡路，营业总收入 1995 年为 12.6 万元，1996 年为 13 万元，1997 年为 12.6 万元；总利润 1996 年为 2 万元，1997 年为 6 万元，如表 5 - 11 所示。1998 年起运输站基本停办，此后乡镇企业转制时正式结束。

长沟镇有不少个体运输户。据 2004 年的统计，从事运输的个体户为 353 户，营业收入达 1982.5512 万元，净收入为 472.4076 万元，不过仅有 2 户有营业执照。长沟镇个体运输户黄元井村最多，其次是双磨村、北正村、坟庄村和南良村，这 5 个村的运输个体户占全镇个体运输户的 62.6%，如表 5 - 12、图 5 - 12。

表 5 - 12　　　　　　　　　　　　　**长沟镇各村个体运输户情况**

村庄	户数	村庄	户数
西厢苑	5	东甘池	14
南正	16	西甘池	8
北正	40	南甘池	7
双磨	43	北甘池	9
南良	27	坟庄	30
北良	8	沿村	23
东良	3	黄元井	81
东长沟	10	六间房	10
西长沟	4	三座庵	15
太和庄	10	合计	353

资料来源：长沟镇统计科 2004 年经济普查资料。

随着经济的发展，20 世纪 90 年代后期长沟镇加强了全镇乡村道路的建

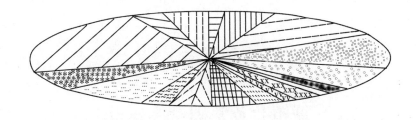

西厢苑	南正	北正	双磨	南良	北良	东良	东长沟
西长沟	太和庄	东甘池	西甘池	南甘池	北甘池	坟庄	沿村
黄元井	六间房	三座庵					

图 5 - 12　长沟镇个体运输户的区域分布

设。90 年代初期，全镇只有 2 条公路线，乡村道路多为土路。从 1998 年起，镇政府筹集资金，修建乡村道路，当年建成镇内水泥路 14 公理。1999 年到 2000 年，乡村水泥路发展到 30 公里。2001 年乡村水泥路增加到了 33 公里。2002 年，长沟镇政府投资 1700 万元，完成了东西南北四个甘池村、坟庄、黄元井等 13 个村的路网建设，修路 20 条，共 23 万平方米，彻底改变了居民出行"晴天一身土，雨天一身泥"的落后状况。2002—2006 年，借全社会关注"三农"问题的东风，长沟镇乡村道路建设又取得大的进展，2002 年水泥路增加到 53.69 公里，2003 年扩展到 65 公里。2004 年镇政府还投资 200 万元，修路 4 万平方米，使水泥路进一步延伸到街巷和住户门前，实现了村镇内公路联网。2006 年乡村公路达到 72 公里。

长沟镇乡村道路的硬化与联网，方便了当地群众的出行，促进了交通运输业的发展，也为发展旅游业打下了很好的基础。

第六章

城镇化及基础设施建设

长沟镇有悠久的集市历史，有较大的城镇规模，又位于交通要道上。1994年、1996年和2004年，先后被北京市政府、国家建设部和国家六部委确定为首批小城镇建设试点镇、全国小城镇建设试点镇和全国重点镇，是北京市8个国家级试点镇之一。被确定为重点镇后，长沟加快了发展速度，镇中心区人口不断增加，基础设施日益完善。目前，该镇形成了以5个村为核心的镇中心区，建成了良好的基础设施，有了初步城镇规模和进一步发展的良好条件，同时农村基础设施也有了明显的改进。

第一节 长沟镇城镇化过程及建设环境

长沟的城镇化表现在镇中心区的扩大和发展，支持镇中心区发展的是镇内非农产业的发展和基础设施的不断完善。

长沟镇中心区位于长沟镇域东南部的平原上，2005年规划范围为：北起云居寺路，南至房易路、七环路，西起南水北调线东侧绿地，东至太和庄村和西长沟村[①]，含一个居委会及太和庄、东长沟、西长沟、坟庄及沿村五个行政村。镇中心区规划总用地面积5.4平方公里，占长沟镇总面积的13.95%。长沟的镇中心区是长沟镇政治、经济、文化、教育、科技、医疗、信息等的中心，是全镇的交通枢纽，是非农产业发展的主要区域，是长沟镇发展的火车头。

---

① 北京市规划委员会——规划专题，房山区长沟镇中心区控制性详细规划获批复。

镇中心区的位置，在镇中的比例及与周边农村的位置关系，如图 6-1 所示。

图 6-1　长沟镇总体规划

一　改革开放前的长沟镇中心区

（一）新中国成立前的长沟镇中心区

根据长沟镇的考古材料及老人们回忆，汉代长沟镇的集市便已具有相当规模。从挖掘的资料看，汉时，现东长沟村及附近所建的古城有东、西、南三个城门，城北因临圣水河而没有修建城门，但建有停泊船只的码头。此时的长沟是当时京南水陆交通的枢纽之一，成为商贾汇集，交换南北商品的重要集散地。后来，由于圣水河水量逐步减少，水运逐步减少到停止，但由于长沟镇位于北京到河北及山西的交通要道上，仍是当地的经济重镇之一，商品交易的集市功能一直延续下来。即使在民国年间，虽然我国持续军阀混战，城市陷于战乱，然而，地势偏僻的长沟镇集市贸易在当时却得到了良好的发展机遇，商品交易非常活跃。据民国版的《房山县志》记载："长沟镇在涿、房之交，涿境居三分之二，房山境居三分之一，商业以粮行为大宗，杂货次之，其他药行，盐店，布行等亦皆殷实。集分二、四、七、九，附近菜园居多，凡有婚丧购鲜菜者多集此焉。"

　　到了抗日战争期间，长期的战争使物质匮乏，集市交易量减少。然而，由于长沟位于山区抗日根据地和平原日伪敌占区的交界，抗日根据地仍利用这个市场采购所需要的物资，并通过集市渠道将根据地的物产输送出去，长沟集市在那个特定的时期仍然保持了一定的交易量。

　　由于在几百年中一直保持着较大规模的集市，农村商业比较发达，历史上长沟镇手工业也有一定程度的发展。如沿村由于距离集市位置较近，带动了该村编织业的发展。该村的荆条编织形成长期的传统。房山区历史上曾有"七贤篮子沿村筐"之说。据该村现已80高龄的王士明、白桂林老人讲，历史上沿村几乎家家从事编织业，村中高、邵、白、王四家手艺最佳，所编器具结实、耐用、美观。镇上的条子集荟萃各类荆条编织品，来自北京及邻近文安、霸县等地的客商云集于此，成批量购买，然后再转运到各地。

　　历史上影响长沟镇发展的第二个重要因素是官府行为，主要有两个方面，一是行宫的修建；二是采运石料。由于长沟镇位于北京通往易县的主要道路上，雍正年间清王朝开始在易县大规模建设皇陵。皇陵修建过程及日后，历代皇帝曾多次前往。由于当时交通主要依靠步行和畜力车，行动缓慢，为了便于休息，从京城到易县皇陵间建立了数个行宫。长沟由于其地理位置适当，加上当地景色优美，成为行宫建设的重点之一。当时长沟所建的行宫位于现镇中心区西部的南正村，是北京去河北易县西陵的第二座行宫。行宫坐北朝南，占地约2万平方米，历史上清朝皇帝曾多次在此行宫小住，其中乾隆留下的印记最多。清朝皇帝祭西陵时，多自黄辛庄启程，经韩村河进入太和庄后，往往在长沟镇"洗尘弹辇"再入迁行宫。皇帝的来临提高了长沟的知名度，吸引了各地的商贾注意，使集市更为兴盛。官府行为的另一个因素是，在元明清三代修建北京城时，城市建设所用的大量石料来自于房山，特别是巨型汉白玉石料主要来自于房山的石窝。从史料中得知，元、明、清三朝修建北京时，运送巨石的路线是，自石窝起，从长沟至房山、良乡，过卢沟桥，至北京；修建明十三陵的石料，再由北京运往昌平；运往清东陵的路线是，再由北京向东过通县、三河、蓟县，到达遵化东陵；石料运往承德避暑山庄时，起自石窝，至北京，再经怀柔、密云等地，到达承德避暑山庄；到山东孔庙碑石料运输路线为，起自石窝，循至东陵线路，再由运河运至山东。无论巨石运到哪里，长沟都是必经的第一站，加上镇中人口相对密集，又有良好的手工业基础，在元、明、清三个历史时期，长沟人担当了运送石料的主要工作。大量的石料远程运送使这一工作成为历史上长沟人的重要劳役之一。由于需要运送和开采大量石料，在明清时期，承揽运输业务的车行，制造车辆的车铺以及相关的铁匠铺、皮麻铺等都形成了一定的规模，也在一定程度上支持了长沟镇的发展。

（二）建国后到改革开放前的长沟镇中心区

建国后，长沟镇建设迎来了历史上最好的时期。由于从根本上解决了战乱问题，有了长期稳定的发展环境，长沟镇中心区的经济和基础设施建设得到了长足的发展。虽然建国后不久我国就实行了统购统销，限制了农产品，特别是粮棉等主要农产品的市场流通，在"文化大革命"时期又多次割"资本主义尾巴"，限制商品经济的发展，使我国的小城镇市场交易普遍衰落，长沟镇的集市贸易与全国小城镇贸易同样衰落，但由于农民互通有无的需求，长沟镇的集市贸易一直存在。由于集市贸易有北京、河北两地农民的参与，市场的商品较其他集市更为丰富，在特定的时期交易还比较活跃。据长沟镇老人们回忆，20 世纪六七十年代时有不少城里人骑车或乘车专程到长沟镇赶集，购买在城市中凭票证或城市商场里不能买到的农产品及手工业品。

在这一阶段，由于人民公社的设立，镇中心区的行政中心地位加强，同时，由于经济的增长，长沟镇中心区的基础设施建设得到了长足的发展，使镇中心区带动周边发展的作用逐步显现。表现在以下几个方面：

第一是公路建设。历史上的长沟镇虽然位于京冀晋间的交通要道上，但直到 20 世纪 60 年代前，全镇的道路一直是土路。建国初期整个房山区可以勉强通汽车的公路仅有 37.5 公里，长沟镇与周边的交通多用传统的畜力车辆[①]。20 世纪 50 年代，为了给当时的考古及为国际友人参观周口店北京人遗址提供方便，房山区的柏油路通到了周口店。60 年代，房山通往易县的房易路铺上了柏油，结束了长沟镇没有高等级公路的历史。柏油路的开通不但方便了长沟镇对外的商品运输，而且也便利了镇内其他行业的发展。1964年，长沟镇通往房山的长途汽车开通，虽然在相当长时间内，每日仅有上下午两次车，但毕竟结束了长沟镇居民进城不便的历史，便利了长沟人与外界的联系，加强了镇中心区交通枢纽的作用。

第二是电力建设。北京郊区农村是我国农村最早通电的地区，长沟镇由1963 年架设了第一条电力线路，结束了长沟镇没有电力的历史，从此镇里不但有了电灯，而且粮食加工，农田灌溉等也开始用上电，使大量农民从繁重

---

① 房山区县志。

的体力劳动中解放出来，提高了劳动效率。电力的开通也为其他方面的现代化建设奠定了基础。1971年在镇中心区设立供电所，从此，镇中心区开始成为全镇电力供应的中心。

第三是邮政局的建设。历史上的长沟镇与其他地区的信息交流主要依靠口信和委托他人带信，直到1953年，信件的传递还需要到近30里外的琉璃河。1956年，长沟镇邮政所的设立，使长沟有了方便的对外联系的渠道。从此农村可以每天通过报纸和信件了解各地信息，结束了信息封闭的状态，镇中心区信息中心的地位得到加强。邮局建设后不久，电报业务随即开通，使长沟镇的居民不仅可以接收外来信息，而且可以利用现代手段与外界进行联系，方便了贸易活动。

第四是乡卫生院建设。根据已有的资料，民国时长沟镇就曾有两家兼有医生坐诊的药铺，同时建国前，镇上的医生就有了基本的分科诊治，如在永善堂坐诊的吕敏医生，擅长妇科和儿科，但在建国前，长沟镇只有中医没有西医，只有传统的诊治手段没有现代化的医疗设备，只能诊治常见的小病，不能解决基本的农村医疗问题。1958年，在北京市政府的支持下，长沟建起了乡卫生院，配备了基本的现代医疗设备，大小病症基本可以在卫生院得到治疗并对村中医疗点进行技术指导，镇中心区成为全镇的医疗和卫生中心。

第五是镇中学的建设。解放前长沟镇就有现代的学校教育，虽然当时只有完小，但已经是在这一地区现代教育比较早的区域之一。1958年，长沟镇中学在镇中心区设立，开始只能完成初中教育，1971年，长沟中学设立了高中部，从此长沟镇人可以在当地完成12年教育，从镇中学直接考入大学和中专。镇中心学校的设立，不但提高了长沟镇的教育水平，而且由于一批有大学文化的中学教师进入镇中心区，且学校有基本的体育设施和体育教育，也使镇中心区成为全镇的现代教育和体育中心。

第六是广播站的建设。建国之初，长沟镇农民得到外来信息主要有两个渠道，一是通过集市上的信息交流；二是乡村干部对外界信息的传达。当时社会上虽然既有报纸，也有收音机，然而，由于绝大多数农民并不识字，也无力购买报纸，不可能通过报纸得到外部信息，购买收音机更加困难。根据镇中老人回忆，直到20世纪70年代，全镇没有一个农民家庭订报，除了少数生意人和乡干部，中学老师外，也没有哪一个农民有条件购买收音机。为使农民及时了解党的方针政策，了解外界信息，了解科技种田的基本知识等，1959年，根据房山区政府的指示，当时的长沟人民公社建立了广播站，开始架设有线广播喇叭对各村进行广播，起初仅在各村主要位置上有一个到几个大喇叭，60 年代后，又将小喇叭直接通到农民家中，使农民足不出户可以了解国内外各种信息，了解镇中的各种事件并能收听到文艺节目，镇中心区的信息中心地位得到加强。

第七是电话开通。建国之初，房山区仅有 50 门的磁石交换机，乡村电话业务几乎为零。1959 年，在房山区大搞区乡电话的活动中，当时长沟人民公社设立了第一步电话机，使长沟镇对外的信息交流可以实时进行。20 世纪 60 年代，房山区公社与各大队的电话开通，虽然当时还是手摇电话，与外界的联系还不方便，但已经有了对外联系的现代化手段。

第八是人民公社时期建立了科技站和拖拉机站，设立了种子站等，镇中心区成为带动全镇科技和农业现代化发展的中心。

第九是乡信用社的建设，使镇中心区成为全镇的金融中心。

二 改革开放及重点小城镇的确定

改革开放加快了城镇化的进程，由于独特的地理位置和大规模的集市交易，在 20 世纪 90 年代，长沟镇被确定为北京 33 个重点建设的小城镇，创造了长沟镇加快城镇化的条件。

改革开放后，市场上的农产品在短短的几年中由极度的短缺转变为逐步富裕，市场的开放和政策放宽使"文化大革命"时期衰落的农村集市贸易再度得到发展。由于人口增长，农业科技普及，农产品品种、产量增加等，加上交通、信息条件的改善，特别是此时农民多数有了自行车，少数购买了拖拉机，加上道路的硬化和公共汽车的开通，使集市交易的范围更加扩大。据长沟镇的老人们回忆，改革开放后，当时长沟镇周边 35 公里范围内的农户都来此参与集市贸易，参与交易的人经常在 10 万人以上。根据有关部门的统计分析，1988 年集市年交易额超过 2000 万元。当时的集市交易在镇中心区沿长易公路展开，交易的摊位长达十几里地，有时交易摊位和人群被挤进了附近的农田，经常影响到房易路上汽车的正常行驶。为了方便交易，在区政府的支持下，长沟镇拓宽了房易路，将镇中心区内 1 公里的公路从原来的 12 米拓宽到 30 米，同时在镇中心区西部建立了交易市场。在交易旺季，当时乡政府的重点工作之一就是维护集市的秩序，为集市交易提供服务。

改革开放后，北京及我国城市建设的大发展，镇内外收入的提高也为集市贸易创造了良好的条件。此时我国各大城市的建设都需要房山区的石料，加上对外开放带来的出口需求，使房山区石料开采和运输空前活跃。据当时长沟镇负责管理石料开采的白书岭回忆，由于长沟镇境内丘陵地区盛产大理石、白云石，而城市建设对这些石料有大量的需求，从 20 世纪 80 年代中期开始，石料开采就成为长沟镇的主要产业之一。当时采石的大小企业有 90 多户，带动就业近 6000 人，采石工作分为开采、出石、加工、运输和销售等环节，担负开采、管理等工作的主要是长沟镇人，而加工、运输等环节外地人比较多。由于拥有资源优势和传统技术，采石户的收入比较高，在 90 年代初期，一个劳动力的年收入可达到 6 万元左右，外地来的工人也有稳定的收入，长沟镇采石场当时不存在拖欠打工者工资的问题。大量的外来民工及本镇劳动力较高的收入也在一定程度上带动了集镇贸易的发展。

由于改革开放后长沟镇集市贸易发展很快，规模较大，为长沟镇被市政府确定为重点小城镇奠定了基础。1994 年，在建设部的参与下，北京市政府将小汤山、长沟、杨宋庄、漷县、杨镇、榆垡、太师屯、康庄、斋堂、峪口 10 个集镇作为北京的小城镇建设试点。这 10 个试点小城镇在功能定位上分为四种类型，一是旅游、度假、疗养型，如昌平县小汤山镇；二是工业型小城镇，如怀柔杨宋镇；三是商贸型小城镇，如房山区长沟镇；四是"绿色"生态环保型小城镇，如密云县太师屯镇。1996 年，长沟镇再次被确定为全国小城镇建设试点镇。2004 年 3 月被国家部委评为全国重点小城镇。

长沟被确定为市级和国家重点小城镇为长沟的城镇化带来了新的机遇。

一是对镇中心区发展做出了高标准规划。北京市要求试点镇必须选择甲、乙级资格的单位进行规划设计。各试点镇的规划基本上都是北京市规划院设计完成的。同时，试点镇总体规划和控制方案必须经过有关专家和部门的修改审议，由首都规划建设委员会办公室审批，这样做出的规划虽然花费时间长，投入的资金多，但规划档次高、质量好、有深度、有水平，有利于城镇的长远发展，各试点镇严格按照各项规划进行布局建设，按设计施工。做到了无规划不建设，无设计不施工，使城镇建设有了科学合理的依据。长沟镇在 1994 年与北京城市建工建筑设计研究院共同制定了 1994—2010 年的发展规划，2003 年再次与中国城市规划研究院合作，先后完成了长沟小城镇总规的修编和全市首家乡镇环保规划的编制工作；

制定了《房山区长沟镇总体规划（2003—2010 年）》，并得到主管部门的批复。

二是享受了优惠政策。为了支持试点小城镇建设，1995 年市政府 18 个委办局联合印发了《北京市小城镇建设试点工作意见》即（95）京政农发 180 号文件。该文件对北京郊区小城镇建设发展中涉及的建设、土地、户籍、开发、投资管理、发展目标等诸多方面提出了原则性的政策规定，给试点小城镇一些优惠政策：其中包括在户籍管理上实行"投资小城镇、户口进北京"；在土地管理上实行"五统一"方针；在投资机制上实行多元化管理，建立试点镇的"小城镇建设专项资金"；镇内工业小区的高新技术项目享受市级工业开发区的优惠政策等。

三是增加了投资来源，促进了镇中心区的建设。在此以前，长沟镇建设的资金来源主要有两个，其一是镇中企业和个人积累的资金，其二是政府给予的投资。由于镇内资金积累速度慢而政府给予的投资有限，长沟镇的建设速度一直比较缓慢。列入试点镇后，政府给予了更为灵活的政策，同时利用了各种媒体宣传北京重点建设的小城镇，提高了长沟镇的知名度，提高了资金的来源渠道，加快了长沟镇的建设。在这一阶段长沟镇的建设中，采取了合作、合资、股份、外来个人投资等方式，镇中心区建设有了较快的发展。

1994 年长沟镇被市政府确定为小城镇建设试点镇后，先后投资 580 万元实施了云居寺路两侧千亩绿化工程；府前街一期、二期拓宽改造绿化美化工程和滨河公园基础设施建设工程；投资 830 万元完成了"新世纪工业园区"内的道路、给排水、电力、电信等基础设施建设工程；投资 2400 万元完成了商贸园区建设；新建商贸服务楼 2 万平方米；投资 1000 万元完成第二住宅小区 10000 平方米；投资 160 万元新建 1300 平方米的派出所办公楼；投资 50 万元建了 4 个镇标和 3 个电子烟花彩灯。以上投资项目中，基本建设投资以政府为主，企业配套，商业、住宅建设由企业和个人投资，环境建设、绿化美化由政府投资为主，企业配套。粗略计算，在这些投资中，企业和个人投资占到总投资的 85% 左右，政府投资占 15% 左右。大量的配套投入及城市建设使长沟镇初步建成设施完备，环境优美，建筑现代的新型城镇。

在镇中心区的建设中，长沟镇采用的是根据规划由房地产开发公司实施的模式，有关情况如专栏 6 - 1 和表 6 - 1 所示。

表 6 - 1　　　　　长沟镇被确定为重点小城镇后的人口变化

单位：人，%

年度	年末总人口	城镇人口	乡村人口	城镇人口比例
1995	24342	1495	22847	6.1
1996	24354	1586	22768	6.5
1997	24375	1667	22708	6.8
1998	24234	1745	22489	7.2
1999	24314	1823	22491	7.4
2000	24200	2157	22043	8.9
2001	24159	2123	22025	8.7
2002	24195	2230	21964	9.2
2003	24069	2388	21681	9.9
2004	24149	2496	21653	10.3
2005	24123	2558	21565	10.6
2006	24123	2598	21525	10.8
2007	26115	5511	20604	21.1

资料来源：长沟镇统计资料（1995—2007 年）

说明：2007 年长沟镇人均耕地不足半亩，乡村人口多数从事非农产业，在镇中心区务工或兼营商业，城镇人口中有部分仍然在农村居住，只是将户口转入城市，两种户口不足以清楚地反映长沟镇城镇化的现状。

专栏 6 - 1　长沟镇房地产开发公司及其运作

1995 年 11 月，北京市长沟房地产开发有限责任公司宣告成立。从此，全区试点小城镇建设的重任就落到了当时的公司总经理朱孝和他的伙伴们的肩上。根据 1994 年所编制的总体规划和详细规划，长沟镇中心区的建设大致包括三部分内容，一是新建一个住宅小区；二是改造镇里街道两侧的危旧房；三是加快基础设施建设。

1998 年占地 204 亩的长沟小城镇住宅小区——西厢苑小区，一期工程共 8 万平方米竣工并交付使用。小区不仅实现了住户对供水、供电、供暖的基本要求，而且接通了有线电视线路和液化气管道。小区的物业管理水平也在逐年提高。1999 年。西厢苑小区被评为北京市物业管理优秀住宅小区和北京市物业花园式小区。在危旧房改造方面，到 2000 年开发公司已建成了长达 1 公里的步行商业街——京南第一街，新建商业门面房 110 间，建筑面积近 1 万平方米。此外，他们还建成了占地 50 亩、建筑面积 1.05 万平方米的长沟综合交易市场和建筑面积为 1.1 万平方米的长沟商贸园区一期工程。在基础设施建设方面，2000 年他们投资 1000 余万元，建成长沟镇工业园区道路工程 1.8 公里，工业园区办公楼一栋，以及园区的给排水、通信等设施；投资 600 万元，完成了全长 1.5 公里的长沟大街拓宽工程（第一、二期工程，路面由原宽的 18 米拓宽到 50.5 米）；投资 380 万元完成了房云路两侧的绿化——长 6.4 公里，宽 100 米，绿化面积 1000 亩，故又称"千亩绿化工程"等。开发公司在小城镇建设中充分发挥自身优势，体现了长沟特色。一是所有的楼房和商贸楼的墙体都不用砖砌筑，而全部采用砌块。用砌块建房，既节省土地又保温节能。二是形成开发—建设—建材—绿化一条龙。这些年他们成立了建筑公司，先后建起了砌块厂，彩板门窗厂，并上了制瓦生产线生产水泥瓦，还成立了花圃公司，培植绿化所需要的花草，树木。三是街道两侧的住宅一律设计成商贸型。这是因为 500 多年来长沟一直是集贸流通地，是商贸型小城镇，每月农历初一、初六都有区内外的上万人前来赶大集。这种商贸型楼房就是为适应外地来长沟经商者的需求而设计和建造的。

三　长沟镇中心区的发展规划

长沟镇在城镇建设中十分重视规划的作用，舍得投资于城镇规划，对于规划的实施也比较认真。制定的规划由于质量较高，使长沟镇建设科学合理，并有长远发展的潜力。

（一）1994 年的规划

长沟镇在被北京市确定为重点小城镇后即开始了规划的制定工作，1994 年由房山区规划局和长沟镇政府共同委托国家建设部政策研究中心和建设规划设计研究所完成了《长沟镇总体规划》、《长沟镇中心区控制性详细规划》、《长沟镇中心区（起步区）详细规划》、《长沟镇工业区控制性详细规划》等。规划制定中反复征求了镇内干部和群众的意见，规划完成后得到有关部门的批复，便长沟镇建设有了明确、科学的依据。

1994 年的规划有三个主要结论：

1. 镇中心区城镇性质是以贸易、工业为主的综合性小城镇，是房山西南综合经济区及其邻近地区的经济中心。

2. 2010 年镇域人口规模约 5 万人，镇中心区人口规模约为 3 万人左右。镇中心区用地规划 3—5 平方公里。

3. 全镇以长沟镇区为中心，依托房易路、云居寺路，加快镇与村、平原与山区之间的经济联系，形成一点（镇区）带两片（平原经济区、山地丘陵区）的地域结构。

目前镇中心区的基础设施建设等基本上是按照 1994 年版规划实现的，尤其是路网的建设。同时，规划也有所调整，主要是工业由分散要调整到集中，使工业形成规模和外部经济，同时带动第三产业的发展。另外，环境保护和水源保护等工作在实际进行后受到重视，增加了内容。

（二）2003 年的规划

进入 21 世纪后，针对北京市工业竞争日趋激烈，各级对环境要求越来越高，市区的旅游需求日益增长，郊区发展第三产业条件不断改善，而集市贸易比重下降，资源开采业被全面禁止等新的形势，长沟镇确定了"以水为神，以绿为魂，天人合一，永续发展"的思路，提出了"造碧水蓝天，打造江南水乡·建绿色生态宜居城镇"的发展目标。根据新的条件，长沟镇投资 400 万元，聘请了中国城市规划设计研究院经过半年时间，先后完成了《长沟镇总体规划（2003—2010 年）》、《长沟镇中心区控制性详细规划》、《长沟镇中心区环境保护规划》、《长沟镇文物保护规划》、《长沟风景旅游度假山庄概念规划》等并获得了有关部门的批复，从而得到了发展的先机。规划的制定对长沟镇形成科学的功能分区，完备的交通网络，靓丽的湿地景观，怡人的绿化环境起到了指导性作用，为长沟镇的持续发展奠定了坚实的基础。

2003 年规划有三个重点内容：

1. 根据小城镇建设的战略要求和北京市的整体发展要求，并结合长沟镇的现状对长沟镇重新定位，合理调整中心区的规模，逐步使农村非农产业和劳动力向中心区集中，积极促进农村地区城镇化的快速进行。

2. 根据对长沟镇性质、功能定位及镇中心区规划的研究，相应调整镇区的用地布局，在加大工业开发力度的同时带动第三产业的发展。

3. 结合长沟镇环境保护规划，土地利用总体规划，本着"经营城镇"的理念，充分保护和利用长沟镇的环境资源，在规划中综合体现环境维护和综合开发的理念。

依据 2003 年规划，到 2008 年长沟镇的基础设施等建设已经基本完成，形成了蓄势待发的态势，有了加快发展的先决条件。

由于 2005 年 1 月 12 日国务院常务会议讨论并原则通过了《北京城市总体规划（2004—2020 年）》。依据这一规划，2006 年，北京市各区县完成了 11 个新城的发展规划，根据市、区两级的新规划，及新农村建设后发展条件与形势的变化，长沟镇正在准备制定到 2020 年的发展规划。

第二节　长沟镇中心区的服务设施

作为北京的重点小城镇，经过几十年的建设，现在的长沟镇中心区已经形成良好的基础设施条件，有完善的服务机构，可以提供全面的服务。

一　现有基础设施条件

（一）镇中心区的道路

长沟镇中心区主要沿房易路展开，最重要的建筑多数在房易路两侧。经过改造，房易路经过长沟镇的道路路面由原宽 18 米拓宽到 50.5 米；现为上下四车道，车道外为一米多的绿化带，绿化带外为非机动车道，在部分路段，非机动车道宽度达到 5 米，并画出了汽车停车线，方便来长沟镇办事的人停车。镇内主要道路都安有路灯，目前路灯晚上亮的时间较短，九点半左右就没有路灯了。

镇内全部街道已经硬化，并进行了绿化，中心道路保养良好。多数街道都安装了路灯。与房易路上的路灯一样，全镇内的路灯亮的时间都不长。

到 2006 年，镇中心区内 5 个行政村中的道路也已经全部实现硬化，大部分道路还完成了绿化，目前长沟镇建成区内已经没有沙石路、土路。建成的道路宽阔，为今后的发展预留了空间。路况良好，车辆行驶通畅。

（二）能源供应条件　电力与燃气

1. 电力供应

长沟镇属于北京电网覆盖区，供电电源来自房山区。目前，110 千伏的南尚乐变电站有 3 条 10 千伏线进入长沟镇，35 千伏五候变电站有 2 条 10 千伏线进入长沟镇，根据长沟镇到 2010 年规划计算，两个变电站对长沟的出线完全可以满足长沟镇未来生产和生活用电的需求。

为了保证长沟镇工业园区发展的需要，镇规划中预留了一处建设 110 千伏变电站的 5000 平方米用地，即使长沟镇工业发展速度超过规划的设想，长沟镇的电力设施也能保证发展的需求。

由于北京电网的改善，房山区近 5 年来供电质量一直很好，电压稳定，全年没有非正常的停电现象。电价实行北京市发改委制定的统一标准。镇中单位、工商户和居民对供电基本满意。

镇内设的供电所负责电力的供应及线路维护等，供电所为三层的独立建筑，面积 1100 平方米。设在镇内规划的办公区内。

2. 燃气供应

1998 年时长沟镇建立了液化石油气混气站，从房山区石化公司拉燃气供应镇内部分建筑。设计供气能力 200Nm³，实际供气量 100Nm³。目前主要供应西厢苑小区的 580 户居民。燃气站建立初期由天津东海集团有限公司负责经营，该公司在北京曾管理过 30 多个燃气站，近几年，液化气涨价幅度大，该集团亏损严重，现已退出，改为镇物业公司管理。由于目前条件下经营燃气无利可图，管道燃气发展很慢。部分后期建设的楼房目前还没有通管道气，居民和经营户仍然使用液化气罐。

镇上罐装液化气站为私人经营。由于房山区石化工业发达，液化气的供应一直没有问题，价格与北京市内基本相同，供应有保证。

长沟镇规划中预留了能够为 5 万名居民及相应的办公、服务设施提供燃气的混气站，有可能在将来进行建设。

（三）信息条件

1. 邮政

镇中心内设有长沟邮政支局，位于镇政府南侧。邮政支局为一独立两层小楼，有独立的院落，邮政支局建筑面积约 700 平方米。可以满足镇内对邮政业务的需求。

2. 电信

长沟电信支局位于政府南侧，为一独立的三层楼房，建筑面积 880 平方米，现有电话机交换容量 1 万门，电话用户约 8000 户，镇内几乎所有单位和家庭都安装了电话。目前通房山区的直达中继线 600 条。除电话业务外，近几年电信局还受理计算机联网业务。电话及计算机上网费用与北京市区相同。镇内打电话十分方便，信号很好，与市区没有区别。

3. 无线通信

镇内中国联通、中国移动及小灵通均设有发射塔，信号良好，全镇范围内，包括山区的绝大部分都可以使用手机。

4. 有线电视

长沟镇在 20 世纪 90 年代开通了有线电视，信号、收费与市区相同，对农民收费有一定的优惠，镇内有服务点。居民反映有线电视信号良好，频道丰富，可以满足看电视的需求。

（四）供水、排水与污水处理

1. 自来水供应

长沟镇有良好的水资源条件，镇中心区 1996 年投资 940 万元建成了日供水能力 5000 吨的供水厂，可向镇中心区和周边 5 个村供水。自来水主要来自地下井水，水厂由镇物业公司经营。由于水源丰富，长沟镇自来水的价格较低，2007 年对城镇居民收费为 2.8 元/吨，对农民收费为 1 元/吨。由于地下水埋藏浅，水质好，水厂用电少，供水成本低，虽然收费不高，水厂还能略有盈利，可以持续发展。

2. 排水设施

镇中心区有良好的排水设施，目前已经实施雨、污分流的排水方式。由于镇中心区地势较高，排水条件好，几十年来没有发生过积水问题。

3. 污水处理设施

镇内建有投资 810 万元的污水处理厂，日处理污水能力为 1 万吨，处理后的污水可用于绿化工程，景观用水等。污水处理经费由行政支出，能够保证污水厂的正常运行。长沟镇污水处理厂是北京市第一批城镇污水处理厂，在一定程度上起了示范的作用。

（五）热力

镇中心区在居民区及办公区附近建有一个供热锅炉房。设计规模为 2 台 20 吨热水锅炉和 2 台 10 吨热水锅炉。目前安装了 2 台 10 吨热水锅炉，实际使用 1 台 10 吨热水锅炉，供热面积 9 万平方米，现有的居民楼、办公楼及部分商用楼使用集中供热。设计的锅炉房可以满足长沟镇中心区发展的需要。锅炉房有完善的消烟除尘设备，排放达到北京市规定的标准。供热收费按北京市统一标准，居民反映多数楼房冬季温度在 18℃ 以上，少数房间由于位置较偏，有时低于 16℃。总体来看供热质量较好，居民基本满意。

我国煤炭价格近几年上涨幅度很大。2002 年，房山区煤炭价格大约为230 元/吨，2007 年上涨到约 600 元/吨，而供热收费标准与 2002 年相同，目前供热有一定程度的亏损，如果不加调整，很难持续发展。

镇中心区中的农村及部分商户则采用小锅炉或蜂窝煤供暖，由于选用的煤炭质量好，加上镇中心区人口密度不大，在我们的调查中感到，采暖季时镇中心区空气质量良好。

（六）环境与绿化

长沟镇的环境维护与绿化工作由镇市政管理中心负责。目前市政管理中心有 80 多人，负责镇内的园林、绿化、卫生、道路维护，垃圾处理、厕所管理等工作。其中清洁队 20 多人，安排的主要是镇内下岗人员，清洁队还拥有两台机械化清扫设备，提高了清扫的效率。镇内设有总投资 555 万元的无害化垃圾处理站，占地约 6000 平方米，处理站内建有工作办公室、宿舍和库房，两个 120 平方米的垃圾处理车间，配有办公用车 3 辆，专业车辆 6 辆，能够保证全镇垃圾得到及时处理。在长达两年多的长沟镇调查中，我们看到的长沟镇非常干净，既没有垃圾，也没有痰迹。

镇中心区建有 10 个公共厕所，为了方便市区来的大量游人，同时也为了使厕所与旅游点融合，在圣泉公园投资 120 万元，建设了面积达 330 平方米的一座三星级厕所，达到北京中等公园中高等级厕所的水平。其余厕所也达到了北京市规定的标准。厕所内都设有大理石洗脸盆，并有专人负责每日打扫。

除公路两侧的绿化树外，长沟镇中心区还在泉水河两侧建设了 40 米宽的绿地公园，形成了宽阔的绿化带，全部面积约 1000 亩。镇中心区内的绿地已经初具规模。

二 现有商业服务设施

（一）商业

镇中心区有商业企业 570 家，安排了约 1000 人就业。其中有执照的 247 家，有执照的经营户多数有店面房，专业于商业经营。无执照的约为总数的一半，有兼业的性质，主要是在集市上的摊位。我们在集市上调查了部分无执照的经营户。这些经营户的摊位大小不同，大的占地在 20 平方米左右，小的只有几平方米，有的摊位还有简单的设备，用于加工或辅助销售。长沟镇内无照经营者较多的主要原因是无照经营成本低，一个月只需要交纳不到 10 元的卫生费，不用交纳占路费。由于长沟镇集市时镇上来往交易的人很多，他们反映，在集市的日子销售额比较高。所贩商品少量为自产，绝大多数是批发来的。由于经营成本低，商品价格便宜，无照商户的部分商品受到欢迎，但竞争十分激烈，商品利率很低。镇中心区商店经营的商品种类繁多，从电器专营到取暖锅炉代理应有尽有，甚至还有品牌服装，如真维斯的专营店。镇中商业最繁华的地段集中了两个小有规模的连锁超市，两个超市的经营面积均在 800 平方米左右。超市中的商品及价位与市区基本相同。由于商店多，品种全，长沟镇的商业不仅吸引了本镇的城乡居民，而且周边其他镇的居民和企业有时也来长沟镇购物。

（二）餐饮

镇中心区有餐饮店 52 家，安排了约 200 人就业。绝大多数餐馆的规模都比较小，大中型餐馆有 7 家，主要对象是镇中的商业活动及办事时请客等，在旅游季节，经常有一些旅游者在镇中就餐。

（三）旅店

镇中心区有一股份制的二星级宾馆——泉水河会议中心。会议中心为独立院落的三层楼房，建筑面积 4600 平方米，设有住宿和餐饮两大部门，既可以接待外来人员住宿，也可以安排小型宴会。中心有 46 个标准间，可提供 100 多人的食宿。该中心除了接待来长沟镇办事的人员外，在旅游季节还时常安排过往的旅游团队及部分散客，目前接待旅游团队是会议中心收入的主要来源。由于看好房山区旅游业的发展，镇中心区正在新建另一个宾馆，预计在 2008 年完工。另外，在商业街上还有两家个体的小旅馆，设施比较简单，但收费低，可以满足低收入者的住宿需求。

（四）金融与保险

长沟镇房易路办公区与商业区之间设有两个金融机构，一个是北京农村商业银行长沟支行。另一个是中国农业银行长沟分理处。农业银行长沟分理处为一个单独的院落，银行办公及员工宿舍为三层楼房，建筑面积 860 平方米，营业厅单独设置在办公楼边，与镇政府办公楼仅一墙之隔。农业银行对面则是北京农村商业银行长沟支行，支行为路边的一栋三层建筑，没有独立的院落，建筑面积 900 平方米左右。另外，邮局内设有邮政储蓄，不但可以存款，也可以贷款并办理企业的业务。此外，中国人寿保险公司等三家保险公司已经在长沟镇设立了营销服务部。

（五）其他服务

镇中各种服务业比较齐全。不但有美容美发、家电修理，甚至还有拍摄结婚照的影楼，有复印打字及小型诊所。根据统计科的统计，这些企业有近 300 家，安排了近 500 人就业。能够为镇内单位和居民提供从日常生活到文化娱乐以及住房装修等的各种服务。

长沟镇政府办公楼建在房易路西侧,镇中心区的北部。虽然与商业区同在一条路上,但有一定的距离。目前在镇中心区基本形成了商业、住宅、行政及工业几个不同的区域。政府办公楼位于办公区的中心。政府院内有两栋楼,前楼为四层,建筑面积2200平方米。主要用于办公,政府机关的绝大多数部门设在前楼,后楼为三层,面积800平方米,主要用于提供生活服务,包括了餐厅及有五个房间的招待所。由于政府部门人员的增加,后楼也安排了两个办公室。同时,政府的三个事业单位在政府办公楼的对面租用了几百平方米的楼房用于办公。

长沟镇的派出所,法院、国税、地税、工商所等单位均为独立的小院,单独的楼房,围绕在长沟镇政府大楼的周边。

2006年,长沟镇专业森林消防中队成立,使森林防火正规化,专业化,经常化。

镇中心区的公共设施及公共服务可参见本书有关教育、卫生、体育、社会保障等章节的内容。有关工业园区及长沟镇工业发展的情况在第7章中详细介绍。

三 现有居住区的条件

（一）以多层楼房为主的普通住宅小区

现有的普通住宅小区一个——西厢苑小区。西厢苑小区位于长沟镇中心地带,东边临街,北边是政府办公区,南边为商业区,西部为别墅区、工业区,生活区环境良好。小区1998年动工,1999年开始入住。建筑面积87000平方米。分两大块,大街商住两用房建筑面积30000平方米,现居住213户、561人。商品住宅小区主要是六层的单元楼房。小区人均绿化面积65平方米,小区内种植各种花草树木,有室外健身场200多平方米,并有室内多功能娱乐室,图书室,老年活动站,警务工作室等配套设施,小区内外的交通条件很好,道路宽阔并已完成绿化。

历史上,购买西厢苑小区住房的主要是外地投资者,目前,2000多外地投资者陆续迁出长沟镇,他们居住的住房绝大多数转售给长沟镇人。目前小区中居住的主要是生活和工作在长沟镇的人,仅有5%的人来自长沟镇外。

专栏6-2 长沟镇西厢苑小区的对外宣传材料

西厢苑小区地处长沟小城镇中心地带,截止到2006年7月底,社区共有居民 620 户，1703 人。2004 年成立党支部，现有流动党员 14 名。居民来自全国各地。为保证良好的生活、居住条件，居委会坚持以人为本，发动居民群防群治。主要采取了以下措施：1. 组建志愿者服务队伍。2. 居委会成员与困难家庭攀亲结对送温暖，帮助解决实际困难。社区为 60 岁以上的老人建立了健康档案，对孤寡老人实行每日问候制度，每天早晨询问老人的身体健康状况和要求。3. 多种形式广泛宣传，提高居民防范意识，居委会充分利用广播，宣传栏等广泛宣传治安，交通安全等小知识，提高大家防范意识，定期对外来人出租房屋进行检查。4. 组织落实社区信息网络建设，聘请居民楼门长为信息员，随时了解居民楼内流动人口情况，居委会为联络点，进行流动人口的汇总，做到服务到户，措施到人，4. 落实完善服务制度，把矛盾化解在萌芽状态。5. 掌握计生动态，宣传计划生育政策，西厢苑社区至今无计划外生育，连年获得镇计划生育部门的表彰。6. 加大精神文明建设力度，为居民创造昂扬向上的文化氛围。

西厢苑社区自成立之日连年被市、区、镇评为"先进单位"、首都文明社区，首都绿化美化花园式单位，首都绿色社区等。

西厢苑小区的物业由镇投资建立的长安物业公司管理，该物业公司为三级资质，员工 33 人，受镇政府领导，是自负盈亏的企业。除居民楼管理外，物业公司还经营商业。住宅小区大部分楼房可以提供管道燃气，所有楼房都实行集中供热，都接通了有线电视，电力供应良好。小区外不远就是商业街，步行 10 分钟可达镇内的两个超市，购物方便，出来步行不到 7 分钟就有通往市区的公共汽车。由于小区空地较多，虽然近几年不少居民购买了家庭汽车，但小区内停车仍然方便。

长沟镇的房价目前比较低。2007 年年底，北京市市区新房均价达到 10000 元以上，房山区新城的房价也上涨到 6000 元以上，而长沟镇的房价还在 2000 元左右。目前，由于长沟镇农村建房已经不再新批宅基地，村中青年人多数也不再务农，故此，镇中心区及周边的部分青年人愿意在镇上购买单元房，但由于建设手续批复困难，长沟镇的新楼建设也不容易，可能在一定程度上影响长沟的城镇化进程。

（二）别墅区

西厢苑小区与镇内新建的别墅区隔一条马路，由于是单独的小院，给所有来长沟镇的人以深刻的印象。别墅区占地约 80 亩，2007 年年底已经全部完工，共有 98 套二层或三层，连体或独立的别墅。从住房的外观质量来看，小区的别墅应属于中低档，不但面积不大，建筑材料的使用也一般。但无论是别墅区内的环境还是外部环境，该别墅区在北京市都有其独特之处。别墅区的院内引入了长沟镇的泉水河，河水穿小区而过，流入圣泉公园。别墅区院内利用这一泉水建起了池塘、小河。小区的西面即为镇内占地 200 亩的圣泉公园，多数别墅内可依窗观赏水天一色的美景。别墅区东面为多层住宅楼，北面现为待开发区域。小区正门外的道路为镇内新建四车道的公路，出行十分方便。小区物业与西厢苑同一，有集中供热，管道供燃气，生活很方便。目前，这些别墅还未销售。全部销售后，一方面有可能增加镇中心区的购买力，安排至少 30 人就业；另一方面，也增加了长沟镇与外部的联系，有利于长沟镇开展招商引资等工作。

四 镇中心区的农村

目前镇中心区还有 5 个行政村，居住着约 7000 人。由于长沟镇城镇建设占用了这 5 个村的部分土地，村中耕地减少但在镇中心区的就业机会较多。长沟镇在就业安排中实行的政策是，城镇发展中占用哪个村的地优先安排该村劳动力就业，同时镇中的就业机会也优先安排 5 个中心村就业，优先安排本镇农村劳动力就业。近几年长沟镇经济发展速度较快，招商引资取得了一定的成效，有较多的就业机会，能够较好地解决中心区被占地农村的劳动力就业问题。

由于有较好的地理位置，也由于长沟镇非农产业发展较快，中心区 5 个村收入较高，2006 年的人均收入在 9000 元以上，集体经济也有较高的收入。从村委会的条件看，类似于北京近郊。长沟镇优美的自然环境也为这些村增色不少，如，坟庄村就入选北京最优美的乡村之一。从自然环境条件看，坟庄村在北京可以说名列前茅，只是由于与市区距离较远，目前在市民中的知名度还不高。

从我们的观察看，镇中心区农村农民的住房质量较好，部分农民已经开始盖了两层的小楼。村中道路全部硬化，主要道路还安上了路灯。其中沿村在旧村改造中还盖起了 6 栋 6 层的楼房，全部用于农民的居住，在一定程度上改善了农民的居住条件。目前居住于中心区的农民仍保留有部分农田，他们既可以耕种土地，又可以在镇上就业，处于向城镇的过渡阶段。虽然长沟镇目前的土地比较充裕，但由于我国对耕地占用的严格控制，即使是小城镇在建设中也不能大量占用耕地。中心区 5 个村农民住宅占用的土地有可能通过改造而减少，可以为长沟镇进一步的发展提供部分土地储备条件。

五　居民生活条件及对生活的反映

（一）生活条件

长沟镇由于有长期商贸集市发展的历史，是当地集市的中心，故与周边同等规模的小城镇相比，居民有更好的购物条件。镇中商店众多，商品齐全，几乎全部生活必需品和大部分耐用商品在镇中都可以买到。目前只有购买汽车等极少数大商品还需要到新城去选择。如果购买品牌服装等则需要到市区。在生活的基本条件上，镇中心区唯有管道天然气一项与市区有明显区别。由于管道天然气热量高，价格低，如果能够接通，有利于进一步提高镇内的生活水平并创造更好的生产条件。

长沟镇内的空气质量明显优于市区，虽然北京市在整治空气污染方面投入了很大的力量，但在我们数次的调查中都能感觉到，这里的空气质量远高于北京市市区，也高于北京的近郊区。长沟镇水源相对丰富，供水质量都很好。经过多年建设，镇中心区环境优美，生活方便，教育、医疗条件良好，参与调查的人员均认为是京郊宜居的小城镇。

由于长沟镇城镇人口仅有几千人，故镇中服务网点数量小，如，超市的规模为中小型，商品品种数量不多。餐馆目前仅有中低档次，可选的数量不多，有些路过此地的旅游者感到在这里找不到合适的就餐地点。如果想找到更好的购物和就餐点，则需要在十几公里之外。这些虽然是小城镇自身的特点，但在一定程度上影响了青年人、城市人选择在长沟镇定居。

（二）居住的意愿和吸引力

虽然从居住条件，从生活环境看，长沟镇适合于居住和生活，但在我们的调查中发现当前不少在长沟镇工作的人并不选择在此居住。镇中的学校、医院以及政府机关的工作人员不少选择在新城居住。由于这三个单位居住于房山新城的员工较多，目前在中小学、幼儿园、医院及镇政府都有通往新城的班车，每天到新城居住的三个单位的员工在 200 人左右。小城镇上的这一点与大城市正好相反。在北京市区，由于住房价格高，环境条件差，空气和噪声污染严重，不少工作于市区的人在郊区的城镇中买房，从而在郊区形成了几十个卧城，不少城里人在城市工作而在郊区居住。北京市区的这种情况在我国及世界各大城市已经比较普遍。但在京郊小城镇中却是相反，小城镇住房价格低，生活环境好，但在小城镇中工作的不少人却选择在中小城市中居住。不但长沟镇是这样，在我们调查的北京周边小城镇中也有一部分如此。通过询问了解，在长沟镇工作而选择在新城居住的主要有以下三个原因，一是镇内教育条件不如新城，更不如市区，但市区房价太高，距离过远，而从长沟镇到新城只需要30分钟左右，且房价可以接受，所以长沟镇到城市居住的绝大多数人没有选择进入市区而选择在新城。从教育条件看，长沟镇虽然学校设备和老师条件都不错，但由于人口总数少，平均收入较低，受教育的选择小。而在新城可以有较多的选择机会，如孩子可以上外语班，学各种乐器，参加各种兴趣班，参加数学提高班等。到了初中，在长沟镇只有一所中学，但在新城可以有多个选择。虽然长沟镇已经是接近于小城市的市级重点城镇，但仍无法与人口几十万人的房山区新城相比。二是在新城居住可以为子女提供更好的就业条件。长沟镇虽然有大量的就业机会，但目前来看，能够提供的大企业白领工作的机会并不多，企业中的实际收入也低于市区和新城的平均水平。特别是接受过大学本科教育的青年人在长沟镇工作的选择面比较少，部分在长沟镇居住的人为了子女能够有更充分的就业选择而将住宅安置在新城。三是在镇中工作的多数专业人员是通过分配、招聘、安排等来到长沟的，这些人原来居住在新城，习惯于新城中的生活，亲朋好友也在新城，所以，虽然在长沟镇工作，但并不居住在镇里。从调查来看，由于从北京市区来长沟镇工作的不多，同时距离市区的距离过远，长沟镇工作的专业人员中还没有居住于北京市区的。

从我们对长沟镇农村人口居住意向的调查看，农村中的多数中老年人并没有进入镇中心区的意向，主要是生活不习惯，支出比在村里高，同时熟人少，不如在村里。而大部分镇中的青年人一方面认为镇里的生活条件好，住房价格低，适合于生活；另一方面，他们也感到镇中就业机会少，文化生活不丰富，如果有条件，还是更愿意到市区或新城工作和居住。根据镇社保所提供的材料，由于本镇劳动力受教育的程度相对较高，接受培训多，本镇劳动力选择到市区工作的较多，而镇中企业由于劳动力密集型的较多，对劳动力的知识水平和培训要求较少，工资较低，对本镇青年人的吸引力不大，选择在本镇企业工作的多数是家在本镇的中老年人，镇中企业的青年劳动力以外来为主。形成本镇劳动力进入市区，外来劳动力在长沟镇就业的格局。

由于距离市区过远，长沟镇还没有成为市区人口选择的卧城。市区人口，包括新城人口在长沟镇购买住房，居住于镇上的很少。然而，长沟镇毕竟是宜居的城镇，有优美的环境和条件，镇上的别墅对市区部分高收入群体有一定的吸引力，有可能成为这些人的周末房。由于别墅还未正式销售，这种认识还需要今后的验证。

外来人口的数量和比例是一个城镇经济和社会发展程度的标志。根据有关部门的统计，在长沟镇工作和生活的外来人口在600人左右，约占镇中心区城镇人口的30%。说明长沟镇有一定的活力和吸引力。但与新城周边及高速公路两侧的乡镇比，长沟镇的外来人口数量少，比例小，反映了由于条件所限，目前的长沟镇在经济发展和就业安排上与上述城镇还有较大的差距。

一个城镇住房的价格从另一个侧面反映了当地对居民的吸引力，根据我们的调查，2008年，在北京市区五环路周边80平方米的两居室楼房的月租金约为1800元，房山区新城周边为1000元，而长沟镇在500元左右。住房的差价在一定程度上反映了各地对居民的吸引力。

长沟镇中心区的人口增长预计近期将主要来源于镇周边农村人口通过在镇中心区的工作逐步转向到镇内居住，从而实现长沟镇人口的城镇化。从将来看，镇中心区通过工业和商贸等的发展，有可能提供更多的就业机会，不但可以吸引周边农村和城镇的人口，而且工业发展起来，企业形成规模，还有可能吸引全国各地甚至北京市区的专业人才，这些人在就业稳定后，有可能居住于镇中心区，推动长沟镇城镇的发展。在长沟镇发展到更大规模，人口达到4万人左右，同时交通条件进一步改善后，可能会提供更多的机会，对居住的人口形成更大的吸引力。

第三节 长沟镇农村居民点的基础设施与村镇建设

长沟镇现有18个行政村，其中5个村为镇中心村，基本建设等在镇中心区规划中安排，其余13个村为农村居民点，基础设施与村镇建设独立进行。

一 农村居民点的基础设施现状

由于长沟镇是北京重点镇，从我们到的村庄情况看，农村基础设施条件较好，但通过向农民了解得知，历史上这些农村居民点的基础设施也很落后，发生改变主要是在改革开放以后，特别是在新农村建设以后。

（一）通村的道路及村内道路

改革开放前，长沟镇只有镇中心区借助房易路有通到农村的硬化路面，当时镇中心区中的 5 个行政村村中的道路也是土路。大风就起灰，雨天要穿靴是村民对当时村内交通的描述。特别是连阴天的夜间，村民出行尤为不便，手电筒是村民家中必备的物品之一。改革开放后，借助集体经济的力量，部分农村居民点陆续通了公路。1980 年，根据改革开放后制定的"山、水、田、林、路"统一规划，综合治理的原则，新修公路 14 公里，使三良、双磨、坟庄、三座庵、六甲房等 11 个行政村通了公路，田间公路的修建也在这一年开始。1994 年，在长沟镇列入北京重点小城镇后，由于发展速度进一步加快，经济实力增强，企业增加，通村公路的修建速度加快。但当时公路仅仅是通到村口和部分重点企业，村内的道路并没有硬化，加上夜里没有路灯，村民出行还有诸多不便。村民形容当时的情况为"进屋现代化，出门脏乱差"。广大农民迫切希望尽快改变这一状况。新农村建设以来，长沟镇借助各方面的力量加快了通村公路的修建速度，截至 2007 年 12 月，通往 13 个农村居民点，包括到各个自然村全部道路已经实现硬化，其中 6 个新农村建设的试点村到各户的小路也实现了硬化，到 2008 年 7 月，主要道路累计安装了太阳能路灯 1233 盏，方便了村民的出行，即使在夜间，农民也能像城里人哪样方便地外出学习、串门。非试点的 7 个村，村内主要道路也已经实现硬化，安上了太阳能路灯。通到住户的小路计划在 2009 年前全部实现硬化。

与主干道的修筑不同，修通村公路的经费来源比较复杂。新农村建设以前，通村公路的经费来源主要是镇政府、村委会和各个企业共同出资。有的村中当时有较大的镇办、村办企业，经济收益较高，公路修筑的较快。有的村办企业效益较好，村里的主要道路也完成了硬化。由于条件不同，前几年各村道路有较大的差距。在此次新农村建设中，长沟镇有 6 个村在 2005 年、2006 年分别列为北京市或房山区的试点村，试点村分别得到市、区两级项目的支持资金，这 6 个村在两年内实现了村内全部道路的硬化。非试点村则还需要依靠镇政府和本村财力，同时调动村民的积极性来完成村内道路的硬化。

当前通村道路虽然比较完善，但由于农村货车较多，特别是长沟镇位于与河北省的交界，大量外地货车经常从长沟镇通过，部分通村的道路，包括村内的道路有破损问题，到 2008 年，修复尚不及时，农民希望能够解决这一问题。

在村内道路的修建中，除市、区政府的支持外，房山区实行的对口支持方式也起了明显的作用。如六甲房村基础设施建设比较滞后，与该村对口的房山区交通局为了改变村里的落后面貌，送去了扶持资金5万元，水泥200吨。利用支持的条件，该村完成了村内路面的硬化，也在2007年实现了家家通硬化路。

（二）供水、排水与污水处理，

与全国大部分北方农村相同，改革开放前长沟镇的农村居民点也主要靠摇辘轳从井中打水。虽然村中的井不深，然而，打水毕竟是个力气活，如果家中没有青壮年劳动力，用水就是个难题。另外，在连阴天中村民常常需要冒雨挑水，由于不便打伞，穿雨衣又行动不便，挑一次水常常弄一身湿。在经济条件改善后，农民的第一需求是通自来水。改革开放后，由于长沟镇乡镇企业发展较快，20世纪80年代农村居民点中陆续通了自来水。到90年代，全部农村居民点都通了自来水。长沟镇的水质较好，水的质量没有什么问题。只是目前除镇中心区的5个村外，仅有东甘池、北正两个村的自来水是24小时供水，其余11个村都是分时段供水，有的村每天2小时，有的村每天3—4小时不等。农民家中还离不开水缸。虽然家中有水龙头，但还不能打开龙头就有水。另外，目前只有3个农村居民点的农民家庭装了水表，其余村用水的费用还是按人口计算。到2007年还有3个村自来水没有通到各家中，只是在主要路口处有水龙头，农村家庭还需要挑水。经与镇、村干部交谈，他们认为近两年内将能改变这种状况。

由于长沟镇的地形条件，村中道路排水较好，雨季不会产生积水问题，同时，在修路时也都修了排水的明沟，雨水能很快得到排放。但农村家庭的排水设施目前还比较少，即使是中心区的5个村，也仅有作为市级试点的坎庄村较好地解决了农户家庭的排水问题。另外，在此次新农村建设中，区试点的北正、双磨和位于山区的三座庵也在有关部门的支持下解决了农户的排水问题。排水像城市一样采用了暗道施工的方式，既不影响交通，又干净卫生。

由于污水处理的投资大，运行费用又有一定困难，除了中心区部分农村的污水能够得到处理，北正村污水处理的设计工作已经完成外，目前农村居民点的污水还未能得到较好的处理，也没有列入当前的计划。

（三）环境、绿化与垃圾处理

确立了以环境促发展思路的长沟镇非常重视环境卫生工作。无论我们到哪一个村都可以看到，虽然村中的建筑质量有所不同，农民的收入水平有所不同，但环境卫生的状况无论是什么时间都是十分优秀的。特别是 2007 年，由于各方面支持的力度加大，长沟镇农村绿化美化面积达到 34 万平方米。与城乡结合部相比，远离城市的农村环境往往要更胜一筹。环境得到较好的保持有三个原因，一是长沟镇的宣传教育，包括文明教育等；二是长期的习惯，这里曾经是行宫的所在地，环境卫生历史上的要求就比较高，但最重要的一点还是镇里采取的非常有效的环境保证措施。长沟镇有一支 200 多人的环境卫生队伍，有稳定的卫生方面的投入，有专门的环境设施。长沟镇的垃圾实行村收集，镇运输，区处理的方式，垃圾处理的费用目前还由镇里负担，农民并不交费。同时，镇市政中心购置了垃圾专用车，已经实现了垃圾的无害化处理。由于环境保护的出色工作，2007 年，国家环保总局授予长沟镇"全国环境优美镇"称号。

专栏 6-3　长沟镇农村居民点保持卫生的具体做法

走进长沟镇南甘池村，你会发现每一条胡同的墙上都挂着一个小铁牌，这些铁牌上写的不是这条胡同的名字，而是写着"负责人某某某"。这些负责人就是南甘池村为了更好地维护村容村貌的整洁、进一步做好创卫工作而聘请的胡同管理员。

这些胡同管理员大部分都是由南甘池村的党员、优秀村民代表所组成。他们对所管辖胡同内的路面清洁程度、垃圾清运情况等进行随时检查、对清洁人员进行打分测评，并及时制止乱扔乱涂等不文明现象，确保大路小路路路整洁，为创卫工作贡献自己的一份力量。

2006 年，长沟镇 100 名专职保洁员正式上岗，将担负起全镇各主要街道、公共场所、各村街道的清扫工作和垃圾收集工作。为方便保洁员随时清理、收集垃圾，保证他们的安全，镇有关部门为保洁员配备了带挂斗的三轮车，并制作了具有反光效果的工作服，大大方便了保洁员的工作，提高了工作效率。

资料来源：2007 年长沟镇网站宣传材料

目前，长沟镇已经建立了村级管理员队伍，并形成了长效机制。村域内垃圾收集、街道保洁、路灯亮化、绿化管护、设备维修、治安管理和公共设施维护以及劳动力就业、培训、医疗、养老保险、五好家庭、文明户评选等工作，落实到具体负责人，能够确保村域内干净整洁，秩序良好。

（四）公共交通条件

进入 21 世纪后，公共汽车开始通到长沟镇的各个行政村，目前镇中心区通的是北京市统一的 9 字头公共汽车，而通到各村的是区内小公共汽车。小公共汽车来往频率高，在高峰期可达到半小时一次，村民感到很方便，特别是到房山区新城的车次较多。在长沟镇的 18 个村中，已经全都通公共汽车，方便了农民的出行。

我们在调查时多次乘坐到镇内的公共汽车。镇上公共汽车发车较早，间隔时间也不长，高峰时几分钟就有一次车。与北京远郊区进城汽车相类似，每日早晨进城车很多而从城市到长沟镇的车很少，来的也相对晚，晚上返回长沟镇方向的车很多，而进城的车很少。如在夏天，回到长沟镇的车可以到晚上 9 点半点，而从长沟镇进城的车最后一班是下午 6 点。乘坐公共汽车到城区办事比较方便，但从城区到长沟镇办事则不太方便。

（五）通信与信息条件

与其他基础设施建设相比，长沟镇农村现代信息的建设相对要晚一些。20 世纪 90 年代初，长沟镇电信局建立后，农村居民点才有了家庭安电话的条件，虽然当时一部电话的安装费用为 3900 元，远远超过当时两个农民的年平均收入，但还有一部分搞经营的农民家庭开始安装电话。随着电话安装费用的不断下降，农民家中电话也逐步普及，目前长沟镇各村中的绝大部分家庭都安装了电话。2007 年农村居民电话的安装费用为 200 元，仅为当年农民年平均收入的 1/50 左右，而且对农民的电话月费还有优惠，农民对此比较满意。

与电话相比，手机的使用虽然比城市要晚，但普及的时间要短了很多。直到 2001 年，镇上才有了第一个手机基站，从此，长沟镇各个农村居民点的农民也可以像城里人一样使用手机了。手机基站的另一个作用是方便了城市来的旅游者。目前，长沟镇农村手机持有量已经超过每百户 80 部，差不多每个青年人都有一部手机，部分中老年人也开始接受手机。

有线电视的安装虽然比较晚，但农民对此的意见并不大，接入有线电视的农户比例并不高，大约在 40% 左右。在有线电视安装前，不少农民用的是卫星天线，也可以看十几个节目，而且没有月租费。只是在 20 世纪 90 年代中期卫星天线的费用比较高，好的要一千多元，而安装有线电视只要 300 元左右。目前，效果更好的卫星天线市场价格仅为 200 元左右，又没有月租费，使用成本低于有线电视，受到一部分农民的欢迎，只是现有政策不允许使用。另外，部分农民反映，有线电视的收费有些高，我们也感到，在农民收入普遍偏低的情况下，有线电视的收费应该适合农村的收入，应该有一定的优惠。

近几年开始在城市普及的计算机网络在长沟镇农村也正在逐步普及，到 2007 年，长沟镇"四位一体"信息网络入户率达到 80% 以上。不少农民可以在家中上网了解信息，有些开办农家乐的农民已经利用计算机信息网与城市的游客联系。同时，建在村中的爱农驿站担负着向农民发布有关农业生产、农产品销售和技术以及农业资料供应的信息，信息由北京市有关部门统一发布，及时可信，受到农民的欢迎。

与我国所有农村相同，长沟镇的农村中都有广播站，不同的有两点，一是有 4 个村广播站与镇数字图书室建立了联系，可以根据村民的要求有选择地播送村民喜欢的数字广播内容。受到村民的欢迎，镇里也计划今后在各村中普及数字广播。二是长沟镇充分利用了广播的条件，形成农村广播的特色，如在 2007 年尝试的"新农村好孩子"广播。据了解："新农村好孩子"广播站是由全镇 18 个村品学兼优的小学生担任广播员，在学校教师的指导下搜集有关新农村建设的各类信息，或稍加整理进行广播，或编排成快板、歌曲、诗朗诵等小节目再进行广播。这样，既充分发挥了小学生的创作能力，又使村里的乡亲们以一种全新的方式了解到了新农村建设的各方面知识，受到了各村的一致好评。

专栏 6-4　北甘池等三个村开通了数字图书广播，农民坐在家中就能听到上万部书

前不久，长沟镇投资近 5 万元购置了图书数据库软件，在镇机关数字图书馆的带动下，利用机关局域网建设有声数字图书馆。馆内囊括了古典文学、现代文学、外国文学、历史评书、百科知识等 17 类近 2 万部图书，其中所有文学作品都是原声播音，真正实现中外文学用耳听，而且所有文档均可打印、复制或另存。目前，长沟镇数字图书馆作为新农村文化建设的一项重要内容，正在向其他农村延伸。该镇还将在其余 15 个村普及有声数字图书馆。

资料来源：长沟镇陈峰岩郝金英在房山区宣传网上写的稿件。

（六）电力、煤炭与其他能源

长沟镇供电所是房山区乡镇中的第一所，也是北京市建在农村的 12 个供电所之一。"农村供电所的主要职责是负责辖区内 10 千伏及以下配网的运行、维护、抢修；10 千伏及以下用电客户、农村居民用户的抄表、收费；农村居民用户计量表计的轮换及事故表更换；农村居民电卡表售电服务，分台区线损管理等工作。"农村供电所的建设使电力为农村的服务更加贴近，长沟镇农村居民点的生产和生活用电保障程度较高。

与电力相比，目前农村居民点的燃气供应问题比较大，一是与北京城市中普遍安装的管道天然气相比，农村使用的罐装液化气还很不方便。更重要的是，罐装气的价格明显高于管道天然气。加上部分城市居民有计划供应的便宜液化气，而绝大多数收入低的农民却要购买高价液化气，不少农民对此很有意见。

煤炭是长沟镇农民使用的另一种主要能源，目前农民家庭取暖和炊事用能主要是煤炭。由于近几年煤炭价格上涨很快，农民感到难以承受，在一定程度上降低了农村的生活水平。

沼气是农村居民点中鼓励使用的可再生能源，镇里有明确的鼓励政策，但由于养殖业在长沟镇并不发达，农村居民点中实际安装沼气的仅有十几户，以后发展的余地也不大。双磨村养牛较多，镇里已确定帮助其建立一个有规模的沼气站。

秸秆气是近两年北京开始试在农村推广的可再生能源，有良好的节能减排效果。由于技术还不成熟，投资也比较大，目前仅在三座庵村试安装了一台，还没有正式运行，北正村秸秆燃气站已经完成前期可行性论证和选址，计划 2008 年动工。东长沟村规划建设一个生物质固化燃料项目。如果秸秆气化等能够取得良好的效果，对解决农村能源问题，节省农民开支，增加农村就业及减少对环境的污染等都能够起到一定的作用。但从我们的调查来看，此事仅仅依靠镇村两级的努力还不够，迫切需要市、区两级政府从科技上、资金上，政策上更大力度的支持。

二　农村居民点的公共服务设施

（一）医疗站点

目前长沟镇中全部农村居民点都有社区卫生服务站，有大夫值班为村民看病并出售药品。药品为房山区建立的连锁经营点，统一供货，统一价格。

目前药品质量和价格有一定的保障，然而据对药品经营公司的调查，这些公司经营农村药品供应亏损比较严重，是否能够长期坚持还有一些问题。农村医疗点的医务人员有两个来源，一是原有的乡村医生；二是镇医院来的值班大夫，长沟镇的医院等级较高，医务人员也有一定的水平，指导的农村医疗点受到农民的好评。

专栏6-5　关于长沟镇卫生服务中心到农村医疗站点服务的报道

长沟镇中心卫生院选配30余名医务人员深入各村医疗卫生站（室）方便群众看病。

为确保每一名农村群众能够快捷、方便、放心的享受医疗服务，长沟镇在健全农村卫生站室基础设施的基础上，选配了30余名医疗技术精湛、服务意识强的卫生院业务骨干深入到各村卫生站室为群众看病解痛。为不影响卫生院的业务工作，医务人员采取定期入村制度为群众看病，即根据不同村的需要由村委会和卫生院共同制定"医务人员坐诊表"，每周一、三坐诊或每周二、四坐诊，每相邻村日期不相同，以使村民在本村没有坐诊医生时可到邻村就诊。下阶段，长沟镇还将与市区各大医院联系，聘请专家到农村卫生站室坐诊，以填补坐诊日期空白，提高医疗水平，促进全镇医疗卫生事业的快速发展。

资料来源：2007年长沟镇网站宣传材料。

（二）商业与购物

长沟镇经商人员较多，改革开放以来，现有的农村居民点购物一直比较方便。近几年来，除了原有的小商店、代销点外，连锁超市也开始进入农村居民点。根据房山区规划，要在1000人以上的大村建立连锁超市。长沟镇根据当地的情况，按照每2500人拥有一个中型超市的标准，在北正、西长沟、东良、双磨、南甘池、西甘池等村建设超市6个，方便群众购物，商品的质量和品种都有一定保证。与其他地区的农民相同，目前长沟镇农民吃菜也靠在市场上购买，每日生活需要的肉菜蛋奶主要来自市场，从我们的调查来看，无论是大村还是小村日常生活用品和食品都可以在村内买到，只是在家中来了客人，或家中需要招待客人时才到镇中选购少量的食品。

村中办连锁超市需要占用一定的面积，一般手续为村中提出申请，镇政府根据情况审查批准。

（三）村中的小学与幼儿园

长沟镇的小学始建于 1943 年，是北京市农村中建立小学比较早的地区之一。由于近几年适龄儿童的数量大幅度减少，长沟镇小学从原来的村村办转向集中于中心小学，13 个农村居民点中有 10 个村的儿童需要乘坐班车上学。为了保证学生安全，同时也减轻农民负担，长沟镇政府出资购买了校车，农民每年每人只需要 200 元的班车费用，不足部分由镇财政补足。在校车的安排方面，长沟镇超过了北京城区及近郊区的平均水平。

目前村中农民对儿童教育已有较高的认识，绝大多数农民都送儿童到幼儿园。从我们的调查中看到，农民对幼儿园的认识主要不是看管孩子，而是幼儿园中能学到东西。在镇中心区周边的农村中，不少农民将孩子送到质量较好的中心区幼儿园。由于幼儿不宜于坐班车，每日的接送给家长带来一定困难。目前还有一些个人办的幼儿园，这些幼儿园收费不高，也有一定的设施，幼儿园中可以接受一定的教育，同时与农民的居住点距离近，方便家庭的接送，但办园质量参差不齐，设施与师资力量都不能与中心幼儿园相比。

（四）文化体育设施

长沟镇的 13 个农村居民点也都有较好的文化体育设施。目前最好的文化广场是北正村 2007 年 12 月修建竣工的北正文化广场，现已投入使用。据了解，北正村修建文化广场的资金一部分来自村委会。北正是长沟镇中村办工业比较发达的村之一，同时，区里也支持了一部分资金。其余农村居民点的文化体育设施虽然不能与北正村相比，但也达到一定的水平。2007 年 11 月 19 日，北良村安装了健身器材，至此长沟镇 18 个行政村、1 个居委会已有 15 个村、1 个居委会安上了健身器材，实现了让大部分百姓在家门口健身、休闲、娱乐。有的健身广场还分为幼儿区与老年区，配置不同的适合于儿童和老人的健身器材。目前尚未安上健身器材的 3 个村计划 2008 年 9 月前全部安上。

长沟镇是文化活动比较丰富的地区，镇里村村都有活跃的秧歌队，北甘池、东甘池的太平鼓表演队，自导自演，独俱韵味。当地村民的文化活动有长期的传统，这些活动除镇里，村里给少量支持外，主要是农民自己的爱好和投入，有一定的群众基础。

长沟镇到 2007 年实现了村村有图书室，每个图书室至少有几千册图书。同时，镇图书室还经常通过交换丰富各图书室的内容。但从我们的调查中也看到，目前送到农村的图书多数以农业经营和技术书籍为主，由于长沟镇人均耕地仅有半亩，村中专业从事农业的人员不多，这些书籍颇受冷遇。而农民欢迎的文艺、科普、保健类的书籍少了一些。如果送到农村的书籍针对性更强一些，图书室发挥的作用可能更好。

长沟镇是房山区文体活动的先进，2007 年全镇被评为市级文明村 1 个，区级文明村达到 13 个。是房山区农村文明单位比例最高的乡镇之一。

（五）其他服务

1990 年以前，长沟镇农村居民点中没有洗浴条件，特别是到了冬季，多数农民洗澡十分困难。20 世纪 90 年代后，这种状况开始改变，首先是购买太阳能的农户增加，解决了春、夏、秋三季的洗澡问题，农民家中有了洗浴条件。其次是除了镇中心区外，部分先富的农村中也建了大众浴池，保证了农村居民点冬天的洗浴条件。但目前只有 4 个村有这种条件，其余村民为洗浴还需要走较远的路。2007 年，南良、六甲房村的节能浴池也正在建设，到 2008 年还将陆续增加有洗浴条件的农村居民点。另外，根据计划，在新农村建设中，北京市政府将为安装太阳热水器的农村家庭每户补助 500 元，届时，大多数农村家庭都将拥有利用太阳能洗浴的设施。

三　农村居民点的建筑

（一）现有建筑质量

长沟镇的农村由于有较好的条件，居民点的住房质量较好，即使是在山区中的三座庵村，由于历史上采石业比较发达，收入较高，住房质量也不错。早在 20 世纪 80 年代长沟镇就已经全部是砖瓦房，不少农民家中后来陆续安上太阳能和土暖气。也有部分农民盖起了两层的楼房，主要是在镇中心区附近，数量不多。近两年建筑变化的重点主要是厕所，在市区两级的支持下，长沟镇全部农村完成了厕所的改造，通过资助每个农户 800 元，政府投入大部分，农民出工、出劳，投入一小部分，实现了全部农村用上冲水厕所。只是由于目前自来水还不能够 24 小时实时通水，如厕后有的农村还需要端水冲，但基本消除了厕所的臭味，减少了苍蝇，农村卫生状况得到明显的改善。

在新农村建设中，位于镇中心区的坟庄、东长沟及位于山区中的三座庵以及镇中心区周边的北正村等完成了整体规划设计，其中坟庄村由于地处镇中心区，计划通过盖楼房实现农民的城市化，其余村庄近期在农民住房上还将保持原来的状态。

（二）农民新居的试验

长沟镇未来向城镇化方向发展的障碍之一是需要大量的土地，在目前的条件下，通过旧村改造，实现农民上楼居住可以得到一部分发展用地。如坟庄在新农村建设规划中通过测算，看到如果全体村民上楼居住，可以节约1500亩土地，如果这些土地得到合理利用，村民的福利待遇、就业和收入水平及全村的经济发展都可以达到新的水平，并有利于解决村民的福利待遇，养老保险等问题。

为做大做强旅游产业，实现"缩村腾地"，2007年长沟镇投资1405万元，在沿村、东甘池实施了一期旧村改造工程，建设住宅楼4栋，建筑面积两万平方米，能够满足192户农民入住。从我们的调查看，长沟镇农民对进楼居住态度不一。由于长沟镇人均耕地少，多数农民早已不以农业为主业，但对于宅基地还有一定的依赖，特别是因搬进楼房后生活费用有一定的增长，不少农民还有一定的顾虑。另外长期生活在有自己宅院的农民对于搬入单元式的楼房常常感到非常不习惯。虽然有一部分农民主动购买了镇中住宅小区的楼房，但购买楼房居住的主要是村中的青年人。中老年人多数不愿意搬到楼房中居住。当涉及从现有住房迁向楼房，同时拆除原有住房时，农村工作的难度一点不低于市区的拆迁工作。长沟镇也在摸索，如何解决好增加建设用地，改造原有住宅，同时也为农民接受和欢迎的方法。

（三）新村规划与发展方向

在新农村建设中，长沟镇行政村重视农村规划工作。根据房山区规划及长沟镇规划的发展方向和具体安排，规划了行政村的基础设施建设等。目前全镇18个村中，已相继完成坟庄、北正、东长沟、三座庵、太合庄、六甲房、双磨、北良、南正和黄元井等10个村的村庄规划。村规划由于镇政府有关部门及村领导班子提出，委托区内规划部门完成，并通过群众讨论。房山区、长沟镇两级非常重视行政村的规划工作，除具体工作的指导外，还安排了一定的资金支持。如对坟庄村规划的支持就在8万元以上。

长沟镇农村除中心区外还有两个农民居住集中成片的地区，一是东、西、南、北四个甘池村，这四个村居住比较集中，没有明显的村落间的距离，四个村人口合计约为4000人。另一个是南、北、东三个良村，三个村人口合计为3500人。2005年后，长沟镇已经开始打破行政村界限，采取联村发展的措施，实行资源整合，优势互补。如整合四个甘池村及周边三个村的山水旅游资源，打造旅游休闲度假产业带，以三个良各庄村及周边三个村为重点，打造特色种植、养殖基地，形成特色产业带等。另外，根据现有规划，有些村可以合并为新的农村居民点，在新农村建设中，可不再单独为每个村设文化广场，村医务室等，而是将其作为大村进行安排。如果这么做，投资的经济效益非常明显，服务的效果也更好。但囿于农村的长期习惯，目前的阻力还很大，还需要做大量的工作。从我们对其他地区的调查来看，农村的规模大小差距悬殊，七八千人组成一个村的在京津地区并不少见，但具体到每个村有其长期延续下来的习惯，有各个家族的想法，合并村虽然有好处，但难度不小。

第七章

科技、生态环境和可持续发展

坚持科技是第一生产力和建设生态文明，基本形成节约资源和保护生态环境的产业结构、增长方式、消费模式是乡镇经济社会发展的必然途径。"十五"以来，长沟镇在党委、政府领导下，一方面，它们始终坚持"科教兴镇"和可持续发展战略，积极健全科技服务体系，加大科技项目引进、试验、示范和推广工作力度；另一方面它们坚持可持续发展战略，不断加大环境保护力度，积极实施改善环境、保护环境、养山富民诸工程，精心打造生态宜居城镇，开拓经济社会发展新局面。

第一节 科技服务体系建设概况

"十五"以来，长沟镇科技工作在上级党委、政府领导下，在房山区科委的大力支持下，紧紧围绕长沟镇农村产业结构调整，大力实施"科教兴镇"战略，调动方方面面的积极性，做到了各项工作协调发展，充分发挥了科技为经济建设服务的职能，从而使长沟镇的科技工作迈上了新的台阶。

一 科技服务网络建设

镇党委、政府首先从思想上提高认识，把科技兴镇工作作为一项硬任务摆在全镇工作的重要位置，把科技工作作为振兴经济的主要措施。截至目前，长沟镇已形成了以农业综合技术服务中心为中心的科技推广和服务体系，镇农业综合技术服务中心有 11 名专职人员，其中中专学历 3 人，大专学历 4 人，本科学历 4 人；年龄构成为 21—30 岁 2 人、31—40 岁 5 人、

41—50 岁 3 人、51—60 岁 1 人。

2002 年，长沟镇重新调整了科技工作领导小组，把科技工作纳入"双目标"责任制中进行考核，镇党委书记、镇长亲自安排布置科技工作落实推广项目，召开专门会议研究科技工作，并经常性到田间地头，在农户家中亲自指导科学技术的推广和运用；其次，镇上成立了由镇党委书记任组长，镇长、科技副镇长为副组长，有关部门和村场"一把手"为成员的"科技兴镇"领导小组。同时，领导小组下设办公室，由主管副镇长任办公室主任，从农科、农机、畜牧、企业、农民文化技术学校等部门抽调精兵强将组织和实施科技工作规划，在此基础上，各村也成立了以村书记，村长及科技副村长为正副组长，村民小组长为成员的科技服务小组，形成了镇、村、组三级科技服务网络，从而使科技知识能广泛及时地传播到广大农民手中，确保实用科技成果的迅速转化。同时，镇政府不断加强对信息工作领导，由一名副镇长主管信息工作，经常指导、督促信息办工作。目前，长沟镇信息工作也逐步走向制度化、科学化轨道，为农民增收、农业增效起到了一定的促进作用。

二 科技管理和体制创新

在加强科技管理工作方面，镇村两级不仅制定了本年度的科技工作计划，而且镇分管科技工作的领导与各村科技副村长还签订了目标责任制，并将考核分与村"双目标"考核工作中所占分值挂钩，同时，完善了长沟镇科技工作例会制度，参会人员扩展到镇涉农部门的科技人员，并通过了以会代训的方式，宣讲市场信息和实用技术，包村技术人员，并与村科技副村长面对面进行技术交流。同时，将镇科技工作做了全面分工，从而保证了长沟镇科技工作能够有序地展开。

为了充分调动科技人员的工作主动性，长沟镇的教育、涉农部门在上年改制的基础上，2008 年进一步加大创新力度，采取竞聘上岗，分片包干、双聘制、承包经营等措施，实行了技物结合，大大调动了科技人员工作积极性和主动性，为全镇进一步深化科技体制创新积累了一定的经验。

三 科技项目引进、示范和推广工作

"十五"以来，长沟镇依靠科技进步，认真贯彻落实科学发展观，合理调整农村产业结构，促进农村经济持续快速发展，实现"农业增效，农民增

收"的目标，按照建立高产优质高效低耗农业技术体系的要求。他们加大了对先进新技术、新成果项目、农作物优良新品种的引进、试验、示范、推广的实施力度，鼓励农民及技术部门大胆引进应用新品种新技术，继续把引进新技术项目列为考核指标之一。由于领导重视，措施得力，今年引进应用新品种新技术的积极性十分高涨，围绕产业结构调整，全镇引进试验示范推广农林牧草项目 21 项。

在农业方面，长沟镇结合镇情，确立了"稳定粮食作物面积，增加经济作物面积"的发展思路，同时围绕农产品加工龙头企业及市场需求，合理安排粮食、蔬菜种植面积，按照无公害农产品生产需求，因地制宜大力发展都市型现代农业，以北甘池优种核桃合作社、双磨星冠弘成合作社为典范，巩固规范双萍奶牛合作社、三座庵柴鸡合作社，带动全镇核桃、蔬菜、奶牛、柴鸡产业化发展，加强无公害农产品产地认定与产品认证，增强特色农产品市场竞争力。重点实施五项工程：一是引进推广优质薄皮核桃，实行标准化生产，形成 5000 亩优质薄皮核桃产业。二是发展设施农业，成功引进食用菌，填补了房山区食用菌生产空白。新发展林地食用菌 100 亩，双孢菇 20 栋，完成双磨蔬菜产业化基地配套冷库、交易大厅、检测室建设。三是投资 350 万元，在三座庵村建设自动化肉鸡养殖小区一处，建鸡舍 4680 平方米，养殖规模 8 万只。四是投资 395 万元，在沿村建设生猪养殖基地一处，建猪舍 5830 平方米，养殖规模 1 万头。五是加强南甘池民俗旅游接待村建设，新发展民俗旅游接待户 20 户，并推出北甘池核桃、双磨蔬菜、三座庵磨盘柿采摘等民俗旅游项目，让一产变三产，让农民在转变生产方式中得到实惠。

在基础设施方面，继续以"亮起来、暖起来、循环起来"三项工程为重点，2006 年安装太阳能路灯 700 盏，太阳能热水器 1800 台，建大型沼气池两个，推广户用生物质炉和节能采暖炉。积极推进农村安全改水工程，让三良、黄元井、南正、六甲房等 6 个村 2400 户、7000 名农民喝上放心水。继续大力实施新农村建设功能配套系列工程，完成村庄规划、路面硬化、环境绿化、信息服务站、娱乐健身场所等系列工程，解决关系群众切身利益的热点问题。同时，不断推进基层民主自治，扎实开展村务公开和民主管理，加大村账双托管和村账镇审工作力度。

在环境保护方面，近年来，长沟镇坚持打造绿色经济特色，塑造生态环境品牌，坚持生产、生活、生态三兼顾、永续发展，实施"天人合一"的发展战略，取得了突出成效。2002年，在全市255个乡镇中率先被首绿委评为园林式小城镇。同年，在房山区市级中心镇经济发展综合评价和绿色国民经济综合评价中：长沟镇经济发展水平、发展速度和绿色GDP三项指标均居5个市级中心镇之首，于2003年被房山区委、区政府授予"绿色国民经济示范镇"称号，2004年分别被国家环保总局和全国爱国卫生运动委员会授予"全国环境优美镇"和"国家卫生镇"称号。一幅"山顶松柏盖帽，山间果树缠腰，山下流水潺潺，平地花园环绕"的生态景观，吸引了无数中外游客。

在发展工业方面，长沟镇进一步加大了对企业规范化运作的管理，加大了技术改造投入。2006年长沟镇工业总产值完成5.8亿元，为农村转移劳动力237人。企业各项经济指标与去年相比，均保持了较高的增长率，呈现出了强劲的发展势头；他们始终坚持"走出去，请进来"的原则，充分利用地缘及农产品优势，与知名企业、科研院所攀亲结友，大力优化投资环境，加大工业区建设，千方百计做好招商引资工作。2008年，镇党委把项目工作摆在了更加突出的位置。镇党委、政府成立了专门的项目工作领导小组，设立了项目办公室，健全了项目跟踪负责制，党政主要领导带领班子成员，积极主动出击，寻求投资项目，形成了党政主要领导亲自抓，分管领导具体抓，其他领导配合抓，全镇上下争项目的工作格局，使长沟镇项目工作取得了历史性的突破。

2006年，该镇与房山区科学技术委员会签订了课题任务书。其课题名称为新型玻璃钢人防密闭门，所属项目名称是科研试验示范，课题委托单位（甲方）：北京市房山区科学技术委员会，课题承担单位（乙方）：北京房云盛玻璃钢有限公司，项目依托单位（丙方）：长沟镇人民政府，经费概算：200万元，起止年限为2006—2007年。目前已顺利完成"玻璃钢人防密闭门"的研制，各项检测要求均已达标，并且检测性能十分优异，现在正筹备国家级人防工程专家级产品鉴定会。

四　农民素质教育和科普培训工作

为了提高农产品的质量，使长沟镇农产品在国内外市场上占有一席之地，长沟镇把抓好农民的科技培训，提高农民整体科技素质作为一项长期工程常抓不懈。在开展科技培训工作中，长沟镇想方设法向广大农民推广普及科学知识，千方百计提高农民的科技意识和自身素质，在科普培训活动中，长沟镇围绕产业结构调整和重大技术的推广应用，重点抓好了几方面的培训，一是围绕种植技术的应用，邀请了技术专家来镇讲课，培训骨干，然后由镇项目实施办公室的技术员深入村组播放技术光盘，大力宣讲该项目的重大意义；二是为做大做强长沟镇苗木产业，高薪邀请专家教授，高级工程师专题对林场、良种场等基地的种苗户进行了专场培训；三是突出抓好奶牛养殖和疫病防治知识培训，由协会出面邀请了北京农业职业学院教授对协会养殖户进行了多次培训；四是邀请农产品加工企业技术专家培训农民，教育农户按标准进行生产，诚信守约，农户原料生产是"企业第一车间"的认识得到认可；五是抓好田间现场会、外出观摩会，2008 年重点开展了高效节水、特色种植养殖现场会。

2007 年长沟镇争取国家投资和本镇实施的项目比较多，每一项镇财政都要想法给予资金支持。实施膜下滴灌、埋式滴灌、苗木基地测量及品种展示区建设，10 万亩无公害基地申报、小城镇项目科研论证等都投入了大量经费，2008 年累计投入 20 万余元，是历年来投入最大的一年，同时，对科技管理工作进行了规范，镇上专门建立了科技宣传栏，科技办对科技示范户进行详细完整的登记造册，并且制定了科技活动记载表，新品种新技术登记册、科技示范田登记册、特色种植登记册、特色养殖登记册，使长沟镇的科技工作进一步走向档案化、规范化。

五　科技队伍建设情况

多年来，长沟镇始终十分重视加强科技队伍建设，它们始终坚持"实际、实用、实效"的原则，抓住队伍建设不放松，它们围绕特色产业开发，采取综合与单项、骨干与普及、课堂与现场、项目与生产四结合的办法，开展科技培训，提高科技进步程度。一是建立科技人才库，大力实施乡村干部"素质工程"，编制了乡土人才登记册；二是采取组织科技人员到村组示范、参加培训相结合的方式，加强对专业技术人才的继续教育和岗位培训，使现有人才的业务水平和综合素质得到提高，成为留得住用得上的专业人才。但科技服务工作与市、区的要求相比，还存在一定差距，主要体现在创新能力还不强；科技成果转化率和科技人才综合素质还有待于进一步提高。今后，他们将继续按照区的安排部署，做到机制上再创新，措施上再完善，工作上再落实，继续坚持以科技为先导，全力实施"科教兴镇"战略，以科技进步推动全镇经济社会的超常规、跨越式发展。

2006 年，它们一方面通过积极宣传发动，组织群众到外地参观学习等形式，引导干部群众解放思想、转变观念，树立科技致富意识。另一方面，积极聘请区种植业服务中心、畜牧水产服务中心、林业局等技术人员到相关村举办培训班、现场指导等形式，解决种植、养殖等方面中的技术难题。为驻镇企业引进科技人才。其中，高级职称 5 人、中级职称 7 人、初级职称 20 人，使北京恒博立华机械设备有限公司、北京房云盛玻璃钢有限公司等高新技术企业的科研项目进展顺利。

2006 年年末，全镇共有农业技术人员 124 人，其中，在农业生产经营单位中从业的农业技术人员 106 人，占 14.52%。按职称分，初级农业技术人员 110 人，占 88.71%，中级农业技术人员 14 人，占 11.29%。

表 7 - 1　　　　　　　　　　农业技术人员数量情况

单位：人

	普查数	比重%
初级	110	88.71
中级	14	11.29
合计	124	100

资料来源：长沟镇第二次农业普查数据。

第二节　生态环境保护工作

根据北京城市发展的总体规划，北京市城市地域范围内将构建"两轴—两带—多中心"的城市空间结构。依据这一发展规划，北京房山区长沟镇属于西部发展带，规划为生态涵养保护区。近年来，长沟镇确定了发挥地域优势开发水资源，以水为媒带动全镇整体发展的"水域经济战略"，确立了"以水为神、以绿为魂、天人合一、永续发展"的思路。

一　自然和人文资源优势

长沟镇位于京郊西南风景旅游带前沿，背靠山区，长期以来以农业经济为主，自然生态良好，是久负盛名的"御塘贡米"的产地，发源于西北部的北泉水河和房易路南侧南泉水河贯穿全镇，水质优良，水量大。随着长沟镇可持续发展战略的实施，保护环境的措施进一步加强，环境优势不断凸显出新的特色。

发源于甘池村的泉水经久不息，形成较大的水系，纵贯全域。近些年来，镇政府本着"在保护中实现开发，在开发中达到保护"的原则，已建成龙泉湖及二期工程，蓄水量达 250 万立方米，并建成占地 200 亩集种植、养殖、观赏、休闲于一体的圣泉公园。

长沟镇共有 18 个行政村，以云居寺路和房易路为中轴将镇域分成三个经济发展带。其中云居寺路以北有 6 个村，这一地区有较为丰富的水资源，是长沟镇长远发展的依托。云居寺路以南至房易路以北有 8 个村，是长沟镇的中心地带，承担着工业强镇的重要使命，同时也是全镇的商业中心。房易路以南有 4 个村，主要以大农业和设施农业为主，是全镇经济基础最为薄弱的地区。

2003 年以来镇党委政府投入了大量资金以北部 6 个村为中心打造水环境，以坟庄和西长沟为中心建设产业基地，以南 4 村为重点发展设施农业。目前水环境已初现景观效果，经济效益也初步显现；产业基地已有十多家企业入驻，年产值达到了 5000 多万元，解决就业 6000 多人次；设施农业发展起步较晚，但发展较快，之前北正村示范大棚的落成，起到了良好的示范作用。2005 年新农村建设，该镇的北正、东长沟、三座庵等 3 个村经济基础薄弱、环境建设较为落后，被确定为区级试点村，确定等级为中级。坟庄村地处镇中心地带，有一定经济基础和发展条件，被确定为市级试点村，确定等级为较高级。

长沟镇历史悠久，文化底蕴深厚。汉代置乡，唐宋发轫，明清腾达，成为富庶之地。时至今日，汉代城垣雄姿犹存、千佛寺藏经阁散落的古经记载着佛教文化的博大精深，北郑院辽塔印证着从五代十国至大唐佛教文化演绎的过程、德灵塔历经千年风雨，饱经沧桑仍完美如初。甘池满清皇族规格不同的石碑、宝顶，胜泉寺中的残碑、杵山顶部溶洞内的摩崖石刻，南正村出土的汉代手工作坊群和沿村出土的谷物扇车、提水工具等文物，向后人展示了长沟当时科技文化的荣兴；太和庄的天主教堂，显示出长沟古镇的多元文化；明万历年间铸造的铁钟，昭示着长沟曾经拥有的辉煌灿烂的历史文化。

独特的地理优势，深厚的文化底蕴和北方难得的水资源环境使长沟具备了文化旅游产业所有必备的条件。长沟镇充分利用得天独厚的山水资源，在充分调查研究的基础上计划在 22.6 平方公里的西北部山区投资 100 亿元，把长沟建设成为北京旅游市场上独一无二的宜居宜憩的大社区，湖光山色时尚休闲的旅游目的地。自 2003 年开始，各项工作都在紧锣密鼓地进行，部分景点已按规划初露端倪。

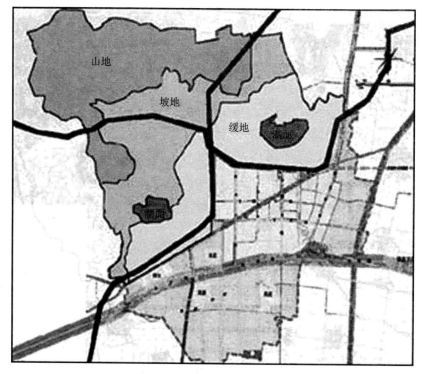

图 7-1 湖光山色时尚休闲大社区规划

目前，选址在长沟，占地 2 公顷的世界地质公园博物馆及地块控制性详细规划已通过市规划委审查批准。长沟镇与日本 NRC 株式会社合作开发的"北京未来世界"旅游度假区项目，已完成文化创意有限公司的建立，正在进行规划、设计等前期筹备工作。华夏文明博物馆、联合国生态文明示范镇、山地车俱乐部等填补北京旅游休闲市场空白的项目纷纷对房山区长沟镇进行了实地考察。

为使山区农民致富，长沟镇还对民俗旅游项目进行统筹规划，突出亲水特色。以龙泉湖景区为中心，计划开发"探寻甘泉源头游"、"湖心激情水上游"等水上娱乐项目，陆续将东、西、南、北四甘池村全部进行旧村改造，建设以白墙灰瓦为主要风格的江南四合院民俗旅游村，使之成为北方亲水型特色民俗旅游村，形成长沟镇新的亮点和经济增长点。

北京是中国的首都，未来的北京将集国家首都、世界城市、文化名城、宜居城市这四大鲜明特色于一身。《北京城市总体规划（2004 — 2020 年）》提出，作为国家首都，北京将为中央党政军领导机关高效开展工作服务，为国际交往服务，保障首都政治、行政与国务活动的效率与安全；作为世界城市，规划期内北京将重点发展具有国际影响的金融、贸易、旅游、会展及信息服务等行业，不断提高北京在世界城市体系中的地位和作用；作为文化名城，北京将进一步成为全国的文化、教育、科技中心，形成传统文化与现代文明交相辉映、具有高度包容性、多元化的世界文化名城；作为宜居城市，空气清新、生态良好的居住环境。可见，建设北京、发展北京，建设首都社会主义新农村，必须以保护好生态环境，必须以生态村镇为主要目标。即使在郊区，也应该禁止城市和工业规模扩张，注重科技含量提高；禁止房地产业的盲目扩张，注重规模效益提高。

二 生态环境保护工作

"十五"以来，长沟镇形成了一个共识就是保护环境事关首都生态安危，"宁肯缓发展，也不能乱发展"。它们认为大都市郊区的发展，首要的是要积极保护土地资源。一是要保护好现有的耕地、林地和水资源等；二是要继续拓展退耕还林、植树造林、绿化美化等工程；三是要节约使用每一寸土地、每一滴水、每一片绿地。

农村都市化，不是消灭农村，而是要调整、优化、美化农村，建设首都社会主义新农村；不是要消灭农民，而是要提高农民的素质和生活水平，不是要拆建农村而是要美化农村。当然，保护农村，并不是不要拆建农村，而是要在原有的基础上改造农村，不仅要发展新城区，并且要建设新城区。在村镇规划和建设上，要根据当地客观条件，科学编制规划；在新农村建设模式上，力求以人为本，突出与自然和谐，格调新颖，形式多样；在新农村建设部署上，必须坚持科学规划、分类指导，实行因地制宜、因地制宜，因乡制宜，因村制宜，有步骤、有计划、有重点地逐步推进。要注重立足乡村特点，突出地方特色，尊重各地的传统、习惯和风格，不能把鲜明的民族特色改没了，不能把突出的地域特征搞没了，不能把优秀的文化传统弄没了。事实证明，首都郊区的各个区县、各个乡镇、各个村庄都有其比较优势，如生态优势、地域优势、文化传统优势等。在新农村建设中，务必充分发挥这些优势资源，建设适合其优势特点的新农村。例如，处在水资源保护区的新农村建设，就必须以自然村落和风格去建设，具有旅游资源优势的就必须发展具有民俗特点的新农村，具备生态优势资源的就必须建设具有田园风格的新农村。

近几年来，长沟镇始终坚持"保护环境就是保护生产力，珍惜资源就是珍惜生命"的宗旨，不断加大山区生态环境治理力度。针对靠山吃山，违背可持续发展规律的传统生产生活方式，长沟镇采取先疏后堵，关矿限采等措施，先后关闭了66家白云石矿，并进行了矿区整理、绿化美化，确保实现矿山全部垂直挂绿。

2006年，长沟镇矿山恢复工程共计200亩，有8个主要矿坑，已动用土石方77万立方米，目前工程进展顺利已完成全部工程的60%；实施了小流域综合治理工程，流域总面积16.6平方公里，部分治理后已种植中草药300亩、莲藕500亩；土地整理已完成240亩，工程全部完工后可修复整理出土地440亩将全部用于绿化、果树种植及养殖用地；这些治理工程将进一步改善生态环境，调整产业结构，促进流域内年户增收3500元；为保护环境、改变山区农民落后的生产方式，该镇生产、生活、生态"三生"兼顾，在山区坚持实施"弃羊养鸡"和"退耕还林"工程。已发展柴鸡养殖8万只，3000亩磨盘柿、4000亩薄皮核桃已进入盛果期。这些做法既保护了生态，也保住了山区农民的饭碗，一大批农民正在逐步走向富裕，实现经济效益、生态效益、社会效益的均衡发展，逐渐走出了一条具有自身特色的可持续发展之路。

2003年，长沟镇政府通过ISO9001质量管理体系认证，圣水公园、千亩龙泉湖水乡初见端倪，生态环境进一步改善，荣获"首都文明乡镇"称号。2004年投资350万元启动多项绿化工程，绿化面积达到4783亩，全镇绿化覆盖率超过50%；投资1700万元，完成环境综合治理、土地整理以及南北泉水河会聚工程，荣获"全国环境优美乡镇"和"国家卫生镇"称号。2006年龙泉二期综合治理工程竣工，新增湿地37万平方米，镇域环境进一步改善。截至2007年年底，全镇林木覆盖率达53.4%，人均公共绿地65.5平方米，农村改厕率达95%以上，全镇垃圾无害化处理率达到50%。

三 养山富民工程

长沟镇山区、丘陵占镇域总面积的2/3，因此没有山区的小康，就没有全镇的小康，没有山区的现代化，就没有全镇的现代化，几年来，养山富民一直是长沟科学发展的主线。长沟镇认真坚持有规划、有产业、人民满意的原则，全面分析了自身的比较优势，通过近十年的综合治理，镇域内山区、丘陵地区的生态环境得到了有效的修复、保护和开发，水环境得到了有效的延长和放大，凸显了长沟的山水特色，为长沟的发展提供了无限商机。

（一）清理、关闭非煤矿山

以牺牲生态环境和浪费资源为代价，既形不成拳头产品，也打造不出品牌，更难聚集成规模经济，因此几年来长沟镇对镇域内的非煤矿山进行了大规模的清理和关闭，累计关闭了116个采石厂和石材运转点。由开采业转移下来的农民，长沟镇一是采取引进效益好、无污染、规模大的劳动密集型企业和提供小额贴息贷款等多种形式，积极进行就业安置。二是对石材业仍情有独钟的技术农民，引导他们对石材进行深加工，既保护了生态环境，又延长了产业链条。三是通过"经济林补偿"和实施"弃羊还鸡"工程，引导农民大力发展特色种植、养殖，既改变了山区农民的生产方式，也富裕了山区农民。

（二）集中土地整治，持续水利富民

为有效治理无度开采造成的生态破坏，长沟镇对六甲房、黄元井等村3200亩山坡地进行了集中整治，平整坑沟110万立方米，坡改梯田1300亩，打井3眼，建蓄水池3座，疏挖排水沟3600米。经整理的土地，目前已经具备了种植条件。完成了三座庵、黄元井小流域治理，累计修建集雨场1.6万平方米，蓄水池225座，改造泵站32处、梯田3000亩，发展节水灌溉2000亩，水利富民赢得了"市级先进六连冠"的佳绩。

（三）实施河道治理，再现湿地景观

长沟母亲河——北泉水河多年自然流淌，无人治理，河边杂草丛生，河内淤泥拥堵，既失去了昔日美丽的光彩，又给防洪渡汛带来安全隐患。几年来，长沟镇以水环境治理为重点，开泉种柳清淤，修堤筑桥铺路，引水截流建湖，在镇域内形成了一道约6公里长的水景观旅游线，天然甘泉、景观莲藕、欢快的北泉水河、300亩龙泉湖，加上橡胶坝、水车、形状各异的石桥，使水乡特色初步显现。目前，全镇人均湿地面积已达150平方米。

（四）完善制度，建立长效机制

按照建管并重的原则，先后出台了长沟镇《矿产资源管理规定》、《水资源管理规定》、《土地管理规定》、《林业资源保护规定》，并经镇人代会表决通过，形成了长效机制，为可持续发展提供了法制保障。此外，城管、园林养护、护林防火、防汛抗旱等专业队伍发展到200人，并画地为片，责任到人，形成了系统、完善的管理和维护体系。

（五）构建产业支撑，促进山区农民持续增收

长沟位于京西南风景旅游带上，是房山区黄金旅游线的重要节点，西有云居寺、十渡、仙栖洞，北有上方山、周口店猿人遗址、石花洞、银狐洞，东有商周遗址、韩村河，南有涿州风景旅游带等景区，镇境内的云居寺路穿越 22.6 平方公里的丘陵山地，交通便利，最大辐射半径约 35 公里，最小辐射半径约 5 公里，因此，长沟镇决定依据现有自然资源和地理条件及周边环境的特点，发挥自然地理优势，让周边景区为长沟服务，打造京郊第一休闲旅游渡假山庄，集行、游、住、食、购、娱为一体，形成探索自然变迁、欣赏秀美风光、提倡参与互动，领略现代文明的旅游胜地。为此，特地聘请相关专家远赴美国、加拿大、新西兰、日本等国考察与长沟 22.6 平方公里的山区丘陵地势相近的旅游景区，结合我国实际和长沟特点编制完成了《长沟风景旅游渡假山庄概念规划》。依据规划打造湖光山色渡假、石趣园体育、林间山庄和俱乐部渡假四大风景区，从而依托旅游业形成山区丘陵强大的产业链，达到"穷人下山，富人上山"，从而改变人们的生产、生活方式，实现可持续发展。

第三节　始终坚持可持续发展战略

一　长沟镇经济社会发展现状

2006 年长沟镇坚持以经济建设为中心，实现了经济总量增加，质量效益提高的目标。全镇农村经济营业收入完成 19.4 亿元，同比增长 20%，财政税收完成 1.2 亿元，同比增长 16%，固定资产投资完成 7.6 亿元，同比增长 56%，人均纯收入实现 9020 元，同比增长 1%，全镇经济呈现出良好的发展态势，如表 7-2、图 7-2 所示。他们不断加大招商引资工作力度，全年引进项目 18 个，到位资金 3.6 亿元，特别是与日商洽谈合作的旅游度假景区建设项目取得初步成果。同时，按照"亲商、安商、富商"的原则，他们积极组织，协同工商等部门现场办公，为 30 家规模大、信誉高、效益好的企业集中办理了工商年检验照手续，深受企业欢迎。与此同时，他们积极开展农业结构调整，推进传统农业向现代农业转变。投资 605 万元，在南正、北正、双磨等 9 个村实施了万亩农业综合开发工程，有效地改善了农业种植条件。全年发展设施大棚 359 栋，种植樱桃 450 亩，发展柴鸡养殖 8 万只，

为实现农民增收打下了良好基础。

表 7 - 2　　　　　　　长沟镇 2002—2006 年经济收入状况

年份	2002	2003	2004	2005	2006
农村经济经营总收入（亿元）	9.61	12.62	15.55	19.04	19.40
人均纯收入（元）	6949	7673	8272	8958	9020

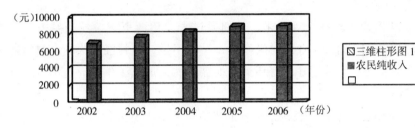

图 7 - 2　2001—2006 年农民人均纯收入变化状况

二　长沟镇发展的优势和劣势

认真分析该镇的发展优势和机遇，无疑对长沟镇确立可持续发展的目标和战略，促进经济社会全面发展意义十分重大。

（一）内部优势（S）

1. 交通条件便利。长沟镇位于北京西南，南与涿州接壤，西与涞水隔拒马河相望，京周公路横穿而过，素有"路潞之喉"之称。

2. 历史文化流长。长沟历史悠久，汉代置乡、唐宋发轫，明清腾达成为富庶之地，辽金石塔历经千年完好如初，乾隆御笔、贵族宝顶等文化遗产十分丰富。

3. 独特的水资源。发源于甘池村的泉水经久不息，形成较大的水系，纵贯全域。近些年来，在镇政府的改造和开发中，已建成龙泉湖及二期工程，蓄水量已达 250 万立方米，并建成占地 200 亩集种植、养殖、观赏、休闲于一体的圣泉公园。

4. 优美的好环境。改革开放以来，长沟镇十分重视环境的保护和修复，2005 年，长沟镇被评为全国环境优美镇，国家卫生镇，全国经济千强镇。

5. 政府形象良好。2003 年，镇政府通过了 ISO9001：2000 质量管理认证，成为全国第一批通过此鉴定的乡镇一级政府。

（二）内部劣势（W）

1. 生态观念淡薄。应该说，近几年来，长沟镇在优化农村生态环境这个问题上都做了大量工作，镇村面貌发生明显改变。但是应该承认，个别镇村干部由于职能转换不到位，没有把优化农村发展环境当做大事来抓，镇政府还没有从"保姆"的位置解放出来；农民在新农村建设中的主体地位还有待加强。

2. 缺乏产业支撑。近年来，他们通过大力招商引资，经济实力明显提升。但是退出原始开采业的村级经济，一蹶不振，镇村经济失衡，村级经济缺乏产业支撑，导致了在培育环境上捉襟见肘，形成了生产、生活方式和发展的障碍。

3. 市场发育不良。长沟镇传统的集市贸易历史悠久，但由于市场培育不够，一直以农副产品交易为主、特色不够鲜明，故始终发育缓慢且难于上规模。

4. 生态破坏严重。长沟有丰富的山地资源，石材储量十分丰富。传统的"靠山吃山"生产方式，曾使山体百孔千疮，自然景观和植被严重破坏，不但没有富裕农民，带来经济腾飞，反而浪费了资源，破坏了生态，污染了环境，为生态的恢复付出了沉重的代价。

5. 主体地位缺失。无论是新农村建设还是京郊经济社会的全面发展，农民是主体，应该唤起千百万农民的积极性和主动性，但目前他们总体上还是政府包办、政府推动型的发展趋势，农民主体地位在某种程度上缺失。在部分村域，农民对政府的依赖程度较为强烈，等、靠、要的思想和行为依然严重。

（三）环境机会（O）

1. 首都发展的国际化。2008 年北京奥运会即将临近，这将为北京的发展带来极大的机遇，必然带动都市现代农业和第三产业的迅猛发展，促使产业结构进一步优化和升级。同时，也标志着北京对外开放力度进一步加大，首都国际化进程加快，十分有利于他们参与世界竞争和发展。

2. 首都市场潜力巨大。2006 年年末全市常住人口（在京居住半年以上人口）1581 万人，其中，年收入超过 5 万元的家庭占到了一半以上；据北京市城乡经济信息中心 2003 年网上调查，家庭年收入在 10 万元以上的已占

13％以上；加之在京的数万名使领馆和国外商社人员，因而其消费水平全国一流。按权威机构规划，北京将成为世界级游乐中心、健康产业营销中心和高档消费品营销中心；并引领着物质消费与精神消费，消费需求趋向多元化、高档化、个性化、安全化，且潜力巨大。

3. 生态产品价值升值。随着首都改革开放步伐的加快，国际化程度的提升，由第一产业提供的生态产品的价值必然升值，农民收入必然增加。因而必然强有力地推进北京郊区都市现代农业，以及因此而延伸的观光旅游业、农产品加工业、房地产业、现代服务业等产品价值赶超世界市场价值，出现持续升值趋向。2007 年市农业局联合中国农业大学陈阜教授等人对北京市农田生态服务价值进行的研究表明，农田生态服务价值达到 3590 元/亩，是其产品价值的 1.6 倍以上。

4. 国际地质博物馆落户本镇。目前，世界地质公园博物馆选址及地块控制性详细规划通过市规划委审查。博物馆主馆占地 2 公顷，科普园和室外展场占地 2.77 公顷。长沟镇与日本 NRC 株式会社合作开发的"北京未来世界"旅游度假区项目，已完成文化创意有限公司的建立，正在进行规划、设计等前期筹备工作。华夏文明博物馆等项目也在洽谈中。

5. 新农村建设不断取得突破。北京较全国提前 4 年取消农业税，对粮食生产者直接补贴力度加大，对农产品安全生产高度重视，以及"221 行动计划"的实施，为稳定京郊农业并可持续发展提供了良好的政策环境与发展环境。2006 年，北京市城乡投资比例出现历史性"拐点"：对郊区投资比例首次超过城区，达到 52％。同样耐人寻味的是，京郊已经有 86.9％的农民加入了新型合作医疗，44.8 万人参加了社会养老保险。2006 年，市委、市政府制定了一系列奖励和补贴政策，京郊 9.9 万人农民获得免费职业技能培训，其中 7 万人获得职业技能证书，8.3 万人农民转移就业成为"上班族"。

（四）环境威胁（T）

1. 外埠经济的冲击。这种冲击已近十年，且依然强劲，大多数品种的外埠生态产品特别是农产品及涉农产品已占上市量的 70％左右。

2. 镇域竞争的影响。随着京郊经济的快速发展，各个区县、各个乡镇，特别是远郊区县，都在争先恐后地发展自己，并且以打造一流环境、发展都市现代农业和旅游业为主线。在全市、甚至全球范围内竞争资本、技术、环境等生产要素。

3. 轻农理念的影响。轻农、弃农思潮抬升。自从解决了温饱问题，尤其是农产品出现数量相对过剩之后，轻农的思潮就开始有所抬升。尽管北京一产增加值不断增长，但其在地区生产总值中的比重却逐年下降，2006 年只有 1.3%。本已匮乏的耕地与水资源更加稀缺，加剧了城市扩张与农业发展的冲突，如城市建设占地与基本农田保护的矛盾，第二、三产业及居民生活用水与农业用水的矛盾等。在这种态势下，"取消农业，消除农村、消灭农民"的弃农思潮再次抬升，从而构成了对农业可持续发展的威胁。

4. 生态盈亏的影响。就总体而言，山区生态盈亏呈赤字，且 2003 年较 1999 年扩大 0.561ha/人；① 北京 7 个山区区县，呈生态赤字的有 5 个，同比增加 1 个（密云）；② 怀柔区生态盈亏为正值，同比增加 0.025ha/人；而其余 6 个区县均减少，减幅最大的 3 个区县依次为平谷、昌平、密云。

5. 传统体制的制约。改革开放以来，北京城乡一体化和新农村建设进程明显加快。十六大以来，针对循环经济，国家虽然出台了若干政策，但还很不完善。在小城镇建设上，户籍政策被取消，对经济发展的拉动作用丧失，特别是在规划、土地审批等方面统得过死，审批周期太长，企业不能及时入驻，开发不能及时开工建设，就业无法及时解决；在绿色产业和旅游开发上，倾斜政策力度较小，产业支撑难以形成。

表 7-3 　　　　　　　　　　　长沟镇 SWOT 分析

（一）内部优势（S）	（三）环境机会（O）
1. 交通条件便利	1. 首都发展的国际化
2. 历史文化流长	2. 首都市场潜力巨大
3. 独特的水资源	3. 生态产品价值升值
4. 优美的好环境	4. 国际地质博物馆落户本镇
5. 政府形象良好	5. 新农村建设不断取得突破
（二）内部劣势（W）	（四）环境威胁（T）
1. 生态观念淡薄	1. 外埠经济的冲击
2. 缺乏产业支撑	2. 镇域竞争的影响
3. 市场发育不良	3. 轻农理念的影响
4. 生态破坏严重	4. 生态盈亏的影响
5. 主体地位缺失	5. 传统体制的制约

如上分析，可见长沟镇经济社会的发展自然条件、基础条件较为优越，面对区域和国内外市场机会和挑战并存。首都的国际化趋势和生态涵养产业

发展战略的确立，使长沟面临前所未有的良好机遇。其突出是丰富的水资源和文化底蕴优势，其主要障碍来自观念、体制方面，其主要问题是缺乏形成产业支撑的相关优惠政策、生态保护和修复的支持性资金。

三　可持续发展战略的实施

镇域经济的发展，必须依据比较优势的原理，依托资源优势、借助环境优势谋求又好又快发展。所以，长沟镇经济和社会的发展必须大力发展生态循环经济，走可持续发展道路，即"以水为神、以绿为魂、天人合一、永续发展"的思路。

（一）增强生态观念，发展生态循环经济

北京作为全国政治中心、文化中心和国内外交往的中心。"三农"发展既具有普遍性，更有具特殊性。郊区是首都生态安全的主要屏障、水资源的主要供给区、绿色景观的主要保护区，生态安全事关重大。所以，发展生态经济事关重大。

1. 长沟经济的发展，首要的是要进一步加大生态整治力度，养山富民。退是为了进，今天的退出是为了明天更快、更好的发展。就矿山而言，只有"忍痛割爱"、"壮士断腕"，淘汰落后的生产能力，才能抓住机遇培育和发展新的产业，从而实现本地区产业和产品结构的优化升级，实现经济增长方式由粗放型向集约型转变。在实施过程中，一是要坚决取缔无证企业和"五小"企业，并注意定期回访、抽查，严防死灰复燃；二是要依法行政，善于把国家的政策要求同本地的实际结合起来，研究、制定切实可行的工作方案，开展深入细致的思想政治工作，解开企业经营者思想上的"疙瘩"；三是疏堵结合，淘汰与发展并重。关闭不是为关闭而关闭，而是为了重新整合现有资源，使资源在保护中得到开发，在开发中实现保护。

2. 长沟经济的发展，同时要加强基础设施建设。要按照社会主义新农村建设的要求，充分利用市委、市政府新农村基础设施建设绿色通道，加快项目的立项审批，大力改善农村环境，实施改水、改电、改路、改厕、建便民店、节能浴池等新农村建设功能配套系列工程，提高人民生活质量，保证农民在舒适文明的条件下生活，彻底改变不健康的生活方式，提高区域文明程度，优化区域发展环境。目前，长沟镇已基本实现了公路联网、村村亮化，全镇人民基本喝上洁净的地下水，85%的农户用上了水冲式厕所，新农村建设在全镇如火如荼地展开。

（二）培育主导产业，发展文化旅游产业

1. 长沟经济的发展，必须转变观念，树立科学发展观。一方面要提高各级领导对生态保护和可持续发展的认识，坚持与时俱进，转变旧观念，适应新情况，以新思路、新办法，扎扎实实地埋头苦干，开创工作新局面；另一方面是提高全体公众的环境意识，树立可持续发展观念，深入开展"爱我家园"社会公德教育活动，使农民养成爱护公共设施，保护公共财产的良好习惯，在全镇形成保护环境就是保护生产力，珍惜资源就是珍惜生命的共识。

2. 长沟经济的发展，必须因势利导，发展生态旅游产业。一是在靠山有水的村，打造绿色生态旅游。坚持"以水为神，以绿为魂"，造碧水蓝天，建绿色生态型精品小城镇，实施水域经济战略，建设生态旅游景区，让清洁产业和绿色贯穿农村，实现"穷人下山，富人上山"；二是无山水优势的村，也要认真分析本村的特色和优势，发展适合本村特色的民俗旅游和设施观光农业。以"吃农家饭、住农家院、品民俗情、享田园乐"为主要内容，开拓民俗旅游和观光农业市场，不断提升农民的素质，使生产方式得到质的飞跃。

（三）发展生态产品，发展都市现代农业

发展都市型现代农业，是本市加快都市型现代农业发展，推进社会主义新农村建设的重要举措，是为首都市民提供更多更好的生态产品，提高生活质量的必然途径。北京的都市型现代农业，是与首都功能定位相契合，以市场需求为导向，以科学发展理念为指导，以现代物质装备和科学技术为支撑，以现代产业体系和经营形式为载体，以现代新型农民为主体，融生产、生活、生态、示范等多种功能于一体的现代化大农业系统，目标是形成优良生态、优美景观、优势产业、优质产品。发展都市型现代农业，关键是要着力开发农业的多种功能，向农业的广度和深度拓展，促进农业结构不断优化升级，实现质量和效益的提高和统一。

长沟经济的发展，必须大力发展都市现代农业。依据长沟资源优势，应该把经济发展的重点放在设施农业上，发展高科技蔬菜产业园，大力发展农业观光采摘业，提高农民经济收入，让农民在转变生产方式上得到实惠。同时，继续做大做强目前的柴鸡养殖、莲藕种植、薄皮核桃、磨盘柿等特色产业，打造特色品牌，在旅游观光、生态蛋特供、采莲挖藕、果品采摘上下工夫，逐步形成规模经营，使一产变三产，让可持续发展的特色产业富裕农户。

（四）培养市场主体，发展产业化的进程

培养市场主体，发展产业化的进程，一是进一步做大做强龙头企业。要通过引导、扶持和支持，尽快形成一大批产业关联度大、技术装备水平高、经济实力雄厚、带动能力强的龙头企业和企业集团，并创出一大批农产品品牌，面向国际国内两个市场形成竞争力较强的农业产业化体系。二是完善利益联结机制。鼓励和引导龙头企业与种养基地和农户建立稳定的产销协作关系和多种形式的利益联结机制。大力发展订单农业，促进龙头企业通过股份合作制等形式与农户在产权上结成更紧密的利益共同体，形成"风险共担，利益共享"的新机制。三是大力发展各类中介组织。鼓励和支持多种形式的农民专业合作经济组织发展。按照民办、民管、民受益的原则，积极稳妥地发展各种形式的农产品行业协会，提高农民的组织化程度。四是完善政策，加强指导。进一步适应形式发展的要求，调整和完善政策，加大扶持力度。继续优化农业产业化发展环境，加强规划引导，促进农业产业化持续健康发展。

（五）突破体制约束，创造镇域特色经济

长沟经济的发展，必须建立制度，形成长效机制，才能实现永续发展的格局，才能突破体制约束，创造镇域特色经济。

1. 长沟经济的发展，必须进一步解放思想，加快改革开放力度。要制定有利于综合考核地区和企业可持续发展水平的指标体系，试行重大项目和重大决策的可持续发展影响评价制度，提高政府推进新农村建设的公共服务水平；要建立有利于新农村建设的相对稳定的资金投入和经营管护机制。在基础设施建设方面，政府要采取以奖代补的形式，对各村给予支持。但政府不再包办，要从"保姆"的位置上解放出来，在基础设施经营上逐步实行市场化运作方式，引导非国有资金甚至国外资金投入可持续发展领域，使资产变现，形成良性发展格局；要建立有利于引导各类利益主体参与可持续发展的价格调节机制。通过价格调节，引导各类相关利益主体的法人强化节约资源，严格保护城乡生态环境，真正发挥价格机制在资源的市场供求和可持续利用等方面的调节功能；要依靠科技，大力开发、推广和应用先进适用的"生态"实用技术。在企业加快推行清洁生产，促进各类企业环境污染由末端治理向全过程控制的根本转变。在农村大力发展秸秆发电，推广使用太阳能路灯、浴池等环保节能产品；要积极发展各级各类教育，提高全民可持续发展意识。在基础教育中广泛宣传新农村建设和可持续发展的内容（如，新农村建设三字经），利用"四位一体"有线网络广泛开展国民素质教育和科普教育。

2. 长沟经济的发展，必须进一步加强法治观念，提高新农村建设的法制化水平。一是做好相应的配套制度建设和标准制定工作。建立健全有关可持续发展的各项管理制度，尽快出台《河湖资源保护开发利用管理办法》、《农村基础设施属地管理实施办法》、《工业设施建设和管理办法》、《安全生产管理办法》等一系列规章制度，形成长效机制，逐步形成资源环境工作管理制度体系。二是大力提高全社会的公共监督和法制化管理水平。强化"建管并重"，加强执法队伍建设，加大执法力度，注意发挥监督组织的监督作用，切实保障各级政府和执法部门依法行使管理职能。目前，全镇市政、市场、水政、园林养护等专业队伍已发展到 200 人，为新农村依法建设提供了保障。

第八章

农村居民的收入和消费

居民收入的增长是经济发展的成果，消费结构的改善是居民收入提高的标志。改革开放近 30 年来，长沟经济的快速发展带来了居民收入的大幅度增长，推动了农村居民消费结构的转变。20 世纪八九十年代，长沟镇的经济发展速度快于房山区农村的平均发展速度，使长沟镇农村居民家庭的收入水平在 2000 年前后进入全区的先进行列，长沟镇农村居民家庭的消费结构也向富裕型转变，恩格尔系数持续下降，且远低于全国农村居民的平均水平。当然，由于个人能力、资源禀赋等方面的不同，长沟镇农村居民家庭之间的收入差距也是存在的，消费结构表现出多样性与差异性。

第一节　农村居民收入状况

长沟农户收入水平在改革开放近 30 年里发生了巨大变化。20 世纪 90 年代前期，长沟在房山区 28 个乡镇中，处于经济较为落后的地位。从 90 年代后期到 2000 年前后，长沟镇的经济发展速度一直超过全区的年增长率，农户收入年增长率也远远高于全区的增长率。到 2000 年长沟镇农户人均收入跃居全区先进行列。进入 21 世纪后，长沟镇经济保持平稳发展态势，农户人均收入水平也处在全区第五、六名的位次。在农户收入水平整体提高的情况下，由于家庭成员多寡、资源禀赋、社会关系、自身能力等存在差别，长沟镇不同的农户家庭收入存在差距。长沟镇农民家庭收入的快速增长，主要得益于农民家庭收入来源结构的变化。改革开放初期，作为农户收入主渠道的家庭经营性收入逐渐退居第二，随着乡镇企业的异军突起，工资性收入成为家庭提高收入水平的主渠道。此外，近年来由于政府加大了对"三农"的支持力度，农户得到的转移性收入也在逐渐上升。

一　农村居民收入的持续增长

（一）20 世纪八九十年代农户收入的快速增长

改革开放以来，长沟经济进入快速发展时期，第二产业、第三产业的壮大为当地农民提供了增收的渠道，农村居民的收入逐步提高。2000 年之前，长沟镇农户人均收入虽然高于全国农户家庭人均收入的平均水平，但低于房山区农户人均收入的平均水平，在全区 28 个乡镇中经常位于第 21 名，属于经济较为落后的乡镇。但是，20 世纪八九十年代，长沟农户人均纯收入年增长率却一直很高，与区内其他乡镇农户人均纯收入的差距在迅速缩小。

20 世纪八九十年代长沟的经济发展水平一直在追赶房山区平均水平，农户的人均纯收入也一直在追赶房山区的平均水平，直到 2000 年两项指标才追上并超过了全区的平均值。长沟农户人均纯收入赶超房山区农户人均纯收入的历程，也是其经济发展速度高速增长的过程。1996—2000 年，长沟镇农户人均纯收入年增长率一直高于房山区农户人均纯收入年增长率。1996 年长沟镇农户人均纯收入增长了 9.5%，房山区农户人均纯收入增长了 5.9%，长沟镇农户人均纯收入的增长率高出全区平均水平 3.6 个百分点。1997 年长沟镇农户人均纯收入年增长率为 19.2%，而房山区农户人均纯收入年增长率为 5.2%，长沟镇农户人均纯收入年增长率超出全区平均水平 14 个百分点。1998 年长沟镇农户人均纯收入年增长率为 14.5%，房山区农户人均纯收入年增长率为 5.1%，长沟镇农户人均纯收入年增长率高出全区平均水平 11.4 个百分点。1999 年长沟镇人均纯收入年增长率达到 35.8%，而房山区农户人均纯收入年增长率为 5.0%，长沟镇农户人均纯收入年增长率竟超出全区平均水平 30.8 个百分点。2000 年长沟镇农户人均纯收入年增长率为 32.7%，房山区农户人均纯收入年增长率为 7.4%，长沟镇农户人均纯收入年增长率高于全区平均水平 25.3 个百分点。

长沟农户人均纯收入也快速提高。1995 年长沟镇农户人均纯收入为 1921 元，而房山区农户纯收入为 3483 元，长沟镇农户收入水平仅为全区农户平均收入水平的 55.1%，在全区 28 个乡镇中居于第 21 位。1996 年长沟镇农户人均纯收入提高到 2104 元，而房山区农户平均纯收入为 3694 元，长沟镇农户收入水平为全区农户收入水平的 57.0%，在全区

28 个乡镇中仍居于第 21 位。1997 年长沟镇农户人均纯收入上升到 2510 元，房山区农户人均纯收入达到 3885 元，长沟镇农户人均纯收入为房山区农户纯收入的 64.6%，提高了 7.6 个百分点，在全区 28 个乡镇中居于第 21 位。1998 年长沟镇农户人均纯收入为 2874 元，房山区农户人均纯收入增长到 4082 元，长沟镇农户人均纯收入为全区农户纯收入的 70.4%，又提高了 5.8 个百分点，在全区 28 个乡镇中提升到第 19 位。1999 年长沟镇农户人均纯收入提升到 3905 元，房山区农户人均纯收入增长到 4286 元，长沟镇农户人均纯收入达到了房山区农户人均纯收入的 91.1%，已接近于全区农户人均纯收入的平均水平，在全区 28 个乡镇中提升到第 12 位。2000 年长沟镇农户人均纯收入进一步提高到 5181.1 元，而房山区农户人均纯收入平均为 4602 元，长沟镇农户人均纯收入水平首次超过全区农户人均纯收入的平均水平。长沟镇摆脱了全区农户人均纯收入较低的处境，开始向富裕乡镇迈进，如表 8-1 所示。

表 8-1　长沟镇 1995—2006 年农户人均纯收入增长情况及与房山区和全国对比情况

年份	长沟镇农户		房山区农户		全国农户	
	金额（元）	年增长率（%）	金额（元）	年增长率（%）	金额（元）	年增长率（%）
1995	1921		3485	15.4	1557.74	29.2
1996	2104	9.5	3694	5.9	1926.1	23.6
1997	2510	19.2	3885	5.2	2090.13	8.5
1998	2874	14.5	4082	5.1	2162	3.4
1999	3905	35.8	4286	5.0	2210.34	2.2
2000	5181.1	32.7	4602	7.4	2253.42	1.9
2001	6646.9	28.3	5047	9.7	2366	5.0
2002	6949	4.5	5492	8.8	2475.63	4.6
2003	7673.4	10.4	5966	8.6	2622.24	5.9
2004	8272.2	7.8	6438	7.9	2936.40	12.0
2005	8958.0	8.3	7205	11.9	3254.93	10.8
2006	9020	7.0			3587	10.2
2007	9115	1.1				

资料来源：长沟镇统计科提供的统计资料（1995—2006 年），《中国统计年鉴（2006 年）》。

（二）21 世纪之初农户收入居全区领先地位

进入 21 世纪后，长沟镇的经济保持较好的发展态势，当地农户的收入水平则节节升高。长沟镇的经济实力更为强大，农户的收入日益增加，在全区 28 个乡镇中，长沟镇农户人均纯收入水平也进入了领先行列。

继 2000 年农户人均纯收入高速增长后，2001 年长沟镇农户人均纯收入年增长率也达到了 28.3%，而房山区农户人均纯收入年增长率为 9.7%，长沟镇农户人均纯收入年增长率比全区平均水平高出 19.6 个百分点。2002 年后，长沟镇农户人均纯收入年增长速度放缓，低于或接近房山区农户人均纯收入年增长速度，但长沟镇农户人均纯收入金额仍高于全区平均水平。2003 年长沟镇农户人均纯收入年增长率为 10.4%，房山区农户人均纯收入增长率为 8.6%，长沟镇农户人均纯收入年增长率高出全区农户纯收入年增长率 1.8 个百分点。而 2002 年、2004 年、2005 年长沟镇农户人均纯收入年增长率分别为 4.5%、7.8%、8.3%，都低于房山区农户人均纯收入年增长率。如表 8-1、图 8-1 所示。

进入 21 世纪，长沟镇农户人均纯收入仍保持较快的增长，在全区的位次进一步提升。2001 年长沟镇农户人均纯收入增加到 6646.9 元，房山区农户人均纯收入提高到 5047 元，长沟镇农户人均纯收入为全区农户人均纯收入的 1.32 倍，在全区 28 个乡镇中进一步提升到第 5 位。2002 年长沟镇农户人均纯收入增长到 6949 元，房山区农户人均纯收入上升到 5492 元，长沟镇农户人均纯收入为全区农户人均纯收入的 1.27 倍，在全区 28 个乡镇中位于第 5 位。2003 年长沟镇农户人均纯收入达到 7673.4 元，房山区农户人均纯收入增加到 5966 元，长沟镇农户人均纯收入高出全区农户人均纯收入 1707.4 元，是全区农户人均纯收入水平的 1.29 倍，在全区 28 个乡镇中位于第 5 位。2004 年长沟镇农民家庭人均纯收入突破 8000 元，达到 8272.2 元，房山区农民家庭人均纯收入为 6438 元，长沟镇农户人均纯收入高出全区农户人均纯收入 1834.2 元，是全区农户人均纯收入水平的 1.28 倍，在全区 28 个乡镇中位于第 5 位。2005 年长沟镇农户人均纯收入仍高于全区农户人均纯收入平均水平，长沟镇农户人均纯收入为 8958 元，而房山区农户人均纯收入为 7205 元，长沟镇农户人均纯收入高出全区农户人均纯收入 1753 元，是全区农户人均纯收入水平的 1.24 倍，在全区 28 个乡镇中仅以 1 元之差屈居窦店镇之后，位于 6 位，如表 8-1 所示。

目前，长沟镇农户人均纯收入在房山区全区 28 个乡镇中仍处于领先的位置。

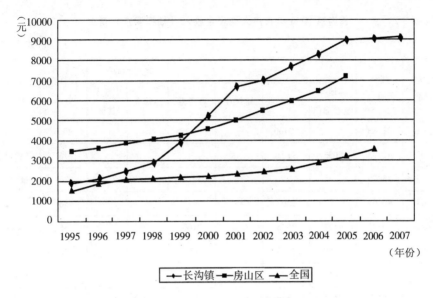

图 8-1 1995—2006 年长沟镇农村居民人均收入的增长

（三）农户的收入差距

不可否认，即使在农户收入水平整体提高的情况下，由于家庭成员多寡、资源禀赋、社会关系、自身能力等存在差别，不同家庭的收入存在差距。

从 2006 年长沟镇 35 户农户抽样调查资料看，35 户农户家庭现金总收入和人均现金纯收入差别较大，家庭年现金收入总额最多的为 79100 元，家庭年现金收入总额最少的为 16235 元，最高收入家庭年现金总收入是最低收入家庭年现金总收入的 4.87 倍。35 户农民家庭中，年现金总收入在 2 万元以下的有 2 户，占总被调查户的 5.7%；年现金总收入在 2—3 万元的有 4 户，占总被调查户的 11.4%；年现金总收入在 3—4 万元的有 15 户，占总被调查户的 42.8%；年现金总收入在 4—5 万元的有 5 户，占总被调查户的 14.3%；年现金总收入在 5—6 万元的有 3 户，占总被调查户的 8.6%；年现金总收入在 6—7 万元的有 3 户，占总被调查户的 8.6%；年现金总收入在 7 万元以上的有 4 户，占总被调查户的 8.6%。年现金总收入在 3—6 万元的农户数共有 23 户，占被调查户数的 63.9%。这说明长沟镇大多数农户家庭年现金总收入在 3—6 万元之间，如表 8-2，图 8-2、图 8-3 所示。

表 8 - 2　　　　长沟镇 2006 年农户人均现金收入（抽样调查）情况

单位：元

家庭代码	现金总收入	工资性收入				经营性收入		转移性收入	人均收入
		本地非企业部门	乡镇企业	建筑业	服务业	运输业	农业及其他		
601	31583		10400					113	10513
602	42725	5033	9133					76	14242
603	35275			5767	5917			75	11759
604	40405		2563	7483				56	10102
605	39225	4125	2525		3100			56	9806
606	40425	5250	4425		375			56	10106
607	50825	2250	10025		375			56	12706
608	49201	4567	10890		733			210	16400
609	43725	10875						56	10931
610	52625		1475	11625				56	13165
1801	30275	5000		1000				55	6055
1802	35325				938	7828		69	8832
1803	29275	9667						92	9759
1804	61875	10266						46	10312
1805	36315			10602	727		667	92	12106
1806	36275					7200		55	7255
1807	30531							6106	6106
1808	75543	25089						92	25181
1809	16235	3550	440					69	4059
1810	67475	7200						6295	13495
1901	26676		3767				2067	3059	8893
1902	31253					6615	6615	1198	7813
1903	78845		4163			4693	165	566	9857
1904	36397		6360				264	655	7279
1905	31000					10333			10333

续表

家庭代码	现金总收入	工资性收入				经营性收入		转移性收入	人均收入
		本地非企业部门	乡镇企业	建筑业	服务业	运输业	农业及其他		
1906	28977		525			6225	329	65	7244
1907	31795		216			5810		333	6359
1908	36499		11067		367		627	106	12167
1909	26431		6138				378	92	6608
1910	18211		3208				222	140	3642
201	60100	750		14200				75	15025
202	39900			9175	725			75	9975
203	79100			19700				75	19775
204	59616	750		14050			15	89	14904
205	33109			6100			410	112	6622

资料来源：长沟镇统计科提供的统计资料。

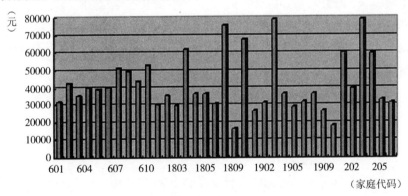

图8－2 长沟镇2006年抽样农户家庭现金总收入情况

一般而言，家庭年现金总收入越多，人均年现金总收入也较多。从2006年长沟镇农户抽样调查资料看，不同家庭人均年现金收入水平也存在很大的差距。人均年现金收入最多的家庭为25181元，人均年现金收入最少的家庭为3642元，人均年现金收入最多的家庭是人均年现金收入

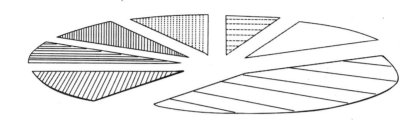

2万元以下 2—3万元 3—4万元 4—5万元 5—6万元 6—7万元 7万元以上

图 8 - 3　长沟镇 2006 年农户家庭年现金收入比较

最少的家庭的 6.91 倍。家庭人均年现金收入在 5000 元以下的有 2 户，分别为 3642 元和 4059 元，占被调查户的 5.7%；家庭人均年现金收入在 5000—7000 元的有 4 户，占被调查户的 11.4%；家庭人均年现金收入在 7000—10000 元的有 10 户，占被调查户的 28.6%；家庭人均年现金收入在 10000—14000 元的有 13 户，占被调查户的 37.2%；家庭人均年现金收入在 14000—16000 元的有 3 户，占被调查户的 8.6%；家庭人均年现金收入在 16000—19000 元的有 2 户，占被调查户的 5.7%；20000 元以上的有 1 户，占被调查户的 2.8%。长沟镇农民家庭人均年现金总收入在 7000—14000 元的共有 23 户，占被调查户数的 63.9%，这说明长沟镇大多数农户家庭年现金总收入在 7000—14000 元之间，如表 8 - 2，图 8 - 4、图 8 - 5。

二　农村居民收入结构的变化

（一）收入结构的变化

改革开放以来，北京郊区农村利用得天独厚的毗邻大都市的地理优势，农民家庭收入持续快速增长。农民家庭收入的快速增长，主要得益于农民家庭收入来源结构的变化。改革开放初期，家庭经营性收入是农户收入的主要渠道。20 世纪 80 年代后期，随着乡镇企业的异军突起，工资性收入所占比例在大幅提高，而家庭经营收入所占比例在稳步下降。此外，近年来由于政府加大了对"三农"的支持力度，农户得到的转移性收入也在逐渐上升。

位于北京市远郊的长沟镇，20 世纪 90 年代以来，农户收入结构也出现了较大的变化。由于缺乏长沟镇农户收入结构的系统资料，我们选取 1995—

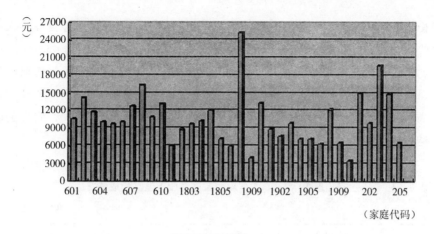

图 8 - 4　长沟镇 2006 年抽样农户人均现金收入情况

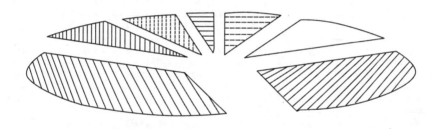

图 8 - 5　长沟镇 2006 年农民家庭人均现金收入比较

2005 年房山区农户收入结构统计资料，① 对这一时期长沟镇农户收入结构作一近似性描述。1995 年房山区农户收入中工资性收入占 46%，家庭经营收入占 54%。1996 年后，工资性收入所占比例逐步上升，超过了 50%，工资性收入所占比重大的年份达 66.6%，工资性收入在总收入中所占比重最小的

① 房山区农户收支资料来源于全区 200 个农户的抽样调查资料，其中包括了长沟镇农户的抽样调查资料。

年份也在 50.6%。伴随着工资性收入所占比重上升，农户家庭经营性收入在总收入中所占比重趋于下降，经营性收入所占比重最大的年份为 42.1%，所占比重最小的年份为 29.5%。这表明，自 1996 年以来，改革开放初期原先在总收入中居于主要地位的家庭经营性收入已退居次要地位，而工资性收入成为农户收入的主要来源，工资性收入在总收入中所占比重最大，农户的收入结构已经发生了变化，如表 8 - 3。

表 8 - 3　　　　房山区 1995—2005 年农户家庭总收入及其构成情况

单位：元、%

年份	工资性收入		经营性收入		其他收入	总收入	
	金额	所占比例	金额	所占比例		金额	所占比例
1995	1889.73	44.5	2219.86	52.3	138.92	4248.51	100
1996	2348.15	56.4	1669.82	40.1	145.68	4163.65	100
1997	2784.8	65.3	1298.4	30.4	183.3	4266.4	100
1998	2922.5	66.6	1296.4	29.5	172.5	4391.4	100
1999	2926.1	61.6	1554.2	32.7	271.1	4751.3	100
2000	2848.8	55.0	1790.6	34.6	439.9	5179.3	100
2001	3185.0	54.6	2200.8	37.7	449.2	5835.0	100
2002	3617.6	54.4	2459.4	37.0	578.0	6655.0	100
2003	3881.9	54.3	2705.2	37.9	556.0	7143.1	100
2004	4105.5	53.3	3109.0	40.4	488	7702.6	100
2005	4600.1	50.6	3830.5	42.1	664.2	9094.8	100

资料来源：《房山区统计资料》、《房山区统计年鉴》（1995—2006 年）。

20 世纪 80 年代后期至今，长沟镇农户收入结构的变化趋势与房山区农户收入结构的变化趋势是一致的。近几年长沟镇农户工资性收入一直超过经营性收入，2002 年二者比例为 55.5∶44.5，2005 年二者比例为 51.9∶48.1，2006 年二者比例为 54.5∶45.4。2007 年工资性收入与家庭经营性收入比例为 56.2∶44.8，如表 8 - 4 所示。

表 8 - 4　　　　长沟镇 2002—2007 年农户人均现金收入来源的变化

年份	工资性收入		家庭经营收入		总计	
	比例（%）	金额（元）	比例（%）	金额（元）	比例（%）	金额（元）
2002	55.5	4208	44.5	3378	100	7586
2005	51.9	5025	48.1	4657	100	9682
2006	54.6	5081	45.4	4232	100	9313
2007	56.2	5381	44.8	4284	100	9580

资料来源：长沟镇统计科提供的统计资料。

2006 年长沟镇农民家庭工资性收入主要来源于就业于当地非企业组织及本地的企业。当地非企业组织主要是家庭成员在不具备企业性质的行政事业单位和各种组织中劳动得到的收入，包括村干部的工资、奖金及补贴，乡及乡以上行政事业单位的工资、奖金及补贴等。在农村住户家庭人均现金收入中，从非企业组织得到的工资占了 33.6%；从本地企业得到的工资性收入占了 15.8%，其中从乡镇企业得到的工资性收入占 13.4%；外出就业得到的工资收入占 5.2%。而在人均工资性收入中，农村住户人均从非企业组织中得到的工资收入占 61.5%；从本地企业得到的工资收入占 29.0%，其中从乡镇企业得到的工资占 24.7%；外出就业得到的工资收入占 9.5%，如表 8 - 5。

长沟镇农户家庭经营性收入主要是运输业收入及农业收入。2006 年农户人均运输业营业收入占农户人均现金总收入的 12.2%，人均农业及其他营业性收入占农户人均现金总收入的 32.5%。而在人均家庭经营收入中，农户人均运输业营业收入占 26.9%，农户人均农业及其他营业性收入占 73.1%，如表 8 - 5。

表 8 - 5　　　　长沟镇 2006 年 1～12 月农民家庭人均现金收入来源

单位：元

月份	工资性收入					家庭经营收入		
	非企业组织	本地企业		外出就业	小计	运输业	其他	小计
			其中乡镇企业					
1	320	98	74	31	449	102	236	338
2	336	30	118	58	523	79	363	442
3	272	101	93	65	484	74	170	244

续表

月份	工资性收入					家庭经营收入		
	非企业组织	本地企业		外出就业	小计	运输业	其他	小计
			其中乡镇企业					
4	271	122	112	34	426	76	310	386
5	258	89	83	36	383	129	380	561
6	267	108	108	35	411	130	299	429
7	287	141	128	35	455	107	261	368
8	233	156	107	35	430	110	230	340
9	223	160	78	31	415	85	204	289
10	224	147	109	75	446	100	294	394
11	164	256	189	31	450			325
12	271	66	54	15	322	148	345	168
合计	3126	1474	1253	481	5081	1140	3092	4232

资料来源：长沟镇统计科提供的统计资料。

（二）转移性收入的增长

长沟镇农户转移性收入在 2004 年以后出现了较大的增长。长沟镇农户转移性收入的提高，得益于近年来国家对农村及农业生产建设的投入。2004年政府开始实施粮食种植补贴，此后，北京市政府还向农户提供良种补贴和综合补贴。长沟镇的 18 个村庄的粮食种植户都得到了玉米、小麦种植补贴，2004 年长沟农民得到的粮食种植补贴为 814423.5 元，2005 年为 798959 元，2006 年为 770397 元，2007 年达到了 1061785.6 元，如表 8-6。

表 8-6　　　　　长沟镇 2004—2007 年农民得到的粮食种植补贴

单位：元

年份 村庄	2004	2005	2006	2007
合计	814423.5	798959	770397	1061785.6
南正	65069.5	60750	73162.5	128482.1
北正	96895.5	94901.5	79494	107006.4
双磨	100080.5	101347	102175.5	165100

续表

年份 村庄	2004	2005	2006	2007
南良	46758.5	56242	61743	90747
北良	46766.5	52823	48643.5	684922
东良	27742.5	36251	40732.5	70956.3
东长沟	44327.5	44390.5	45267	62339.6
西长沟	547	325		
太和庄	58635.5	57000	57037.5	96583.5
沿村	88155	72056	79891.5	69962.1
坟庄	45860	21171.5	20191.5	11768.9
东甘池	27205.5	23940	23940	33537.4
南甘池	8102	6757.5	7828.5	11423.5
北甘池	3858	3248		6368.7
西甘池	30720	42685	34395	47309.7
六间房	40194.5	47307.5	30150	33942.2
三座庵	19356	18187	13005	28780
黄元井	64167.5	59576.5	52740	56583.8

资料来源：长沟镇农办。农户得到的粮食作物种植补贴为种植面积补贴。

　　2006 年长沟镇种植玉米、小麦的农户得到了种植补贴、良种补贴和综合补贴。得到小麦种植补贴的农户达 4040 户，占农户总数的 64.2%，补贴总额为 670593.6 元，户均为 166 元。得到玉米种植补贴的农户达 5300 户，占农户总数的 84.3%，补贴总额为 348769.8 元，户均为 65.8 元。由于农户种植面积不同，得到的补贴也差别较大，如小麦补贴三座庵村的农户平均得到 453 元，而东甘池村的农户平均得到 114.9 元。玉米种植补贴东良村农户平均得到 108.9 元，而坟庄村农户平均只得到 25.3 元，如表 8－7。

表 8 - 7　　　　　　　长沟镇 2006 年农民得到的粮食作物种植补贴情况

单位：元

村庄	小麦			玉米		
	金额	户数	户均	金额	户数	户均
南正	68738.4	456	150.7	28584.9	510	56.0
北正	72165.6	419	172.2	34840.8	504	69.1
双磨	92967.6	477	194.9	38223.9	555	68.9
南良	54538.8	254	214.7	31865.4	305	104.5
东良	37260	148	251.8	17428.5	160	108.9
北良	45619.2	337	135.4	19129.5	350	54.7
东长沟	41868	248	168.8	18678.6	255	73.2
太和庄	54756	323	169.5	20533.5	321	64.0
沿村	58500	459	127.5	27704.7	471	58.8
坟庄	16632	63	264	11396.7	450	25.3
东甘池	22982.4	200	114.9	8618.4	223	38.6
南甘池	6537.6	41	159.5	4284.9	69	62.1
西甘池	26640	188	141.7	21951	396	55.4
六间房	20592	113	182.2	23382	245	95.4
三座庵	5436	12	453	15255	158	96.6
黄元井	45360	302	150.2	26892	328	82.0
合计	670593.6	4040	166.0	348769.8	5300	65.8

资料来源：长沟镇农办。农户得到的粮食作物种植补贴有种植面积补贴、良种补贴及综合补贴。

　　2007 年长沟镇得到小麦种植补贴的农户为 2620 户，占农户总数的 41.7%，补贴总额为 584355.4 元，户均为 223 元。长沟镇得到玉米种植补贴的农户达 5306 户，占农户总数的 84.4%，补贴总额为 477430.2 元，户均为 90 元。农户得到的补贴因种植面积不同而有所差别，如小麦补贴三座庵村 1 户农户得到 6160 元，而黄元井村的农户平均得到 123.2 元。玉米种植补贴三座庵村农户平均得到 190.1 元，而坟庄村农户平均只得到 25.8 元，如表 8 - 8。

表8-8   长沟镇2007年农户得到的粮食种植补贴情况

单位：元

村庄	小麦			玉米		
	金额	户数	户均	金额	户数	户均
南正	88193.6	244	361.4	40288.5	493	81.7
北正	30800	143	215.4	48492.6	509	95.3
双磨	114400	480	238.3	50700	482	105.2
南良	52800	191	276.4	37947	304	124.8
东良	44756.8	141	317.4	23735.4	195	121.7
北良	43428	294	147.7	27522.3	352	78.2
东长沟	38456	201	191.3	23883.6	252	94.8
太和庄	66924	320	209.1	29659.5	321	92.4
沿村	35165	217	162.1	34797.1	434	80.2
坟庄	2288	4	572	9480.9	368	25.8
东甘池	21736	149	145.9	11801.4	187	63.1
南甘池	5632	24	234.7	5791.5	62	93.4
北甘池				6368.7	10	636.9
西甘池	10560	62	170.3	36749.7	410	178.4
六间房	7040	19	370.5	26902.2	206	251.3
三座庵	6160	1	6160	22620	119	190.1
黄元井	16016	130	123.2	40567.8	602	67.4
合计	584355.4	2620	223	477430.2	5306	90.0

资料来源：长沟镇农办。农户得到的粮食作物种植补贴有种植面积补贴、良种补贴及综合补贴。

（三）住宅及耐用消费品状况

1. 居民拥有的住宅状况

近些年来，长沟农村居民的居住条件有了很大的改善。到2006年年末，农村居民平均每户拥有的住宅面积为130.2平方米。拥有自己住宅的住户6586户，占常住居民户的99.26%，其中拥有1处住宅的有5933户，占总户数的89.42%；拥有2处住宅的有625户，占总户数的9.39%；拥有3处以上住宅的有 28 户，占总户数的 0.42%。

长沟地区农村居民的住宅主要为平房。2006 年年末，在全部农村居民户中，居住在平房的有 6261 户，占 94.36%；居住在楼房的 373 户，占 5.62%。

长沟镇农村居民住宅的建筑结构主要为砖木和砖混结构。2006 年年末，有 4748 户农户的住宅为砖木结构的，占总户数的 71.56%；有 1537 户的住宅为砖混结构，占总户数的 23.17%；有 349 户的住宅为钢筋混凝土结构，占总户数的 5.26%；仅有 1 户居住于竹草土坯结构的房屋，占总户数的 0.02%，如表 8 - 9。

表 8 - 9　　　　　　　　长沟镇 2006 年年末农村居民住宅状况

	普查数	比重（%）
户均拥有住宅面积（平方米）	130.2	100
按拥有住宅数量分的住户（户）		
拥有 1 处住宅	5933	89.42
拥有 2 处住宅	625	9.39
拥有 3 处及以上住宅	28	0.42
没有住宅	49	0.74
按住宅类型分的住户（户）		
楼房	373	5.62
平房	6261	94.36
其他	1	0.02
按住宅结构分的住户（户）		
钢筋混凝土	349	5.26
砖混	1537	23.17
砖木	4748	71.56
竹草土坯	1	0.02
其他	0	0

2. 居民拥有的耐用消费品状况

近些年来，随着收入水平的提高，长沟农村居民拥有的耐用消费品有了较为明显的增加。2006 年年末，长沟每百户农村居民中平均拥有彩电 109 台，固定电话 92 部，手机 112 部，电脑 7 台，摩托车 27 辆，生活用汽车 9 辆，如表 8 - 10 所示。

表 8 - 10　　　长沟镇每百户农村居民拥有的主要耐用消费品状况

	单位	普查数
彩电	台/百户	109
固定电话	部/百户	92
手机	部/百户	112
电脑	台/百户	7
摩托车	辆/百户	27
生活用汽车	辆/百户	9

资料来源：长沟镇统计科 2007 年农普数据。

第二节　农村居民的支出与消费

20 世纪 80 年代以来，长沟镇农村居民家庭的支出与消费数额随着收入水平的提高而增加。长沟镇农村居民家庭的消费结构在 90 年代后也逐渐形成了生活消费支出占绝对比重、生产性支出居于次要地位、转移性支出与财产性支出缓慢增长的格局。长沟镇农村居民家庭间的收入差距，导致不同收入水平家庭消费结构的差异，而低收入家庭与高收入家庭生活消费结构的明显区别在于：低收入家庭花在居住、通信、医疗、衣着等方面的费用低于高收入家庭。长期以来，长沟镇农村居民家庭的收入水平高于全国农村居民家庭的收入水平，长沟镇农村居民家庭的恩格尔系数也低于全国水平，且处于持续下降之中。

一　支出与消费结构的变化趋势

改革开放以来，北京郊区农村居民的消费支出随着收入的增加而提高。地处北京远郊区的长沟镇，农户收入水平在不断上升，消费支出也在不断增加。因为缺乏长沟镇农户人均支出与消费情况系统的统计资料，我们以房山区农户人均支出与消费抽样调查数据，对长沟镇农户近十几年来人均支出与消费状况作一推测。20 世纪 90 年代中期后，除 1996 年、1998 年房山区农户家庭的人均支出出现负增长外，其他年份都保持上升态势。房山区农户人均支出与消费年增长率在 1997 年、1999 年、2002 年、2004 年都超过了10%，2001 年、2005 年超过了 20%，如表 8-11 所示。2000 年之前，长沟镇农户的收入水平在房山区 28 个乡镇中处于第 21 名的位次。按照收入决定消费的一般规律，90 年代长沟镇农户人均消费水平应该低于房山区农民家庭人均消费水平；2001 后，长沟镇农户收入水平超出了房山区农户平均的收入水平，长沟镇农户的人均消费水平则应该不低于房山区农户的人均平均消费水平。根据长沟镇统计与经管科提供的资料，长沟镇农户人均支出与消费总额 2003 年、2004 年、2005 年、2006 年分别为 6553 元、8162 元、6685 元和 7804 元。

表 8-11   房山区 1995—2005 年农民家庭人均支出与消费情况

年份	生产性支出		生活消费支出	其他非生产性支出	人均总支出	
	小计	家庭经营费用	购置生产性固定资产			总额	年增长率%
1995	659.42	612.06	47.36	2337.39	124.50	3121.32	
1996	414.2	400.1	14.1	2466.5	99.7	2980.5	-4.6
1997	443.3	301.9	141.4	2793.5	98.2	3334.9	11.9
1998	266.4	242.9	23.5	2639.1	172.3	3077.7	-7.7
1999	544.7	364.5	180.2	2740.5	176.1	3461.3	12.5
2000	260.6	158.9	101.7	2755.2	336.8	3503.8	1.2
2001	338.7	273.3	65.4	3296.2	421.6	4307.7	22.9
2002	873.3	840.8	22.5	3627.2	435.0	4925.6	14.3
2003	933.1	882.8	50.3	4089.7	357.8	5380.6	9.2
2004	1016.8	973.0	43.8	4630.4	407.2	6059.9	12.6
2005	1756.4	1602.9	153.5	5203.9	363.2	7359.1	21.4

资料来源：房山区 1995—1999 年社会经济统计资料、《北京市房山区统计年鉴（2002—2006 年）》。

20 世纪 90 年代以来，房山区农户的支出结构形成了生活消费支出占绝对比重、生产性支出居于次要地位、转移性支出与财产性支出缓慢增长的格局。房山区农户人均生产性支出除 1995 年和 2005 年超过 20% 外，其他年份都低于

20%。房山区农户人均生活消费支出除1995年和2005年低于80%外，其他年份都高于20%。转移性及财产性支出则有小幅上升，但不超过10%，如表8 - 11、图8 - 6。长沟镇农户的人均支出结构应该基本上与房山区农户人均支出结构相似。根据长沟镇统计与经管科提供的资料，2005年长沟镇农户人均生产性支出943元，占总支出的14.1%；生活消费性支出为5498元，占总支出的82.2%；转移性支出为244元，占总支出的3.7%。2006年长沟镇农户人均生产性支出为1194元，占总支出的15.3%；生活消费性支出为6212元，占总支出的79.6%；转移性支出为398元，占总支出的5.1%，如表8 - 12。

表8 - 12　　　　长沟镇2005—2006年农村居民人均消费支出情况

单位：元

年份	生产性支出	其他	生活消费支出		总计
			总额	其中食品支出	
2005	943	244	5498	1730	6685
2006	1194	398	6212	1816	7804
2007	807	452	7299	2021	8558

资料来源：长沟镇统计科提供的统计资料。

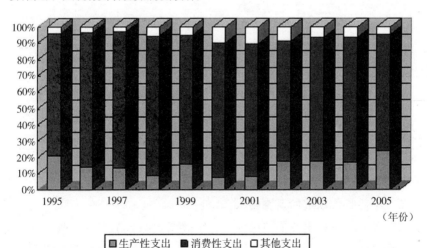

图8 - 6　房山区1995—2005年农户家庭支出与消费结构的变化

一年之中，农户的支出与消费的季节性特征较为明显。以2006年长沟镇农户的支出与消费为例，1月份、2月份、12月份因为时值元旦和春节期间，农户消费支出较多，从人均生活消费支出看，这3个月的消费额占全年支出与消费总额的29.3%。此外，4月份是春耕播种时节，农户生产性支出较大。2006年长沟镇农户在4月份人均生产性支出为682元，占全年生产性支出的57.1%。由于4月份生产性支出较大，当月农户的支出与消费额是全年中最多月份，占年支出与消费总额的14.5%，如表8-13。

表8-13　　　　　　长沟镇2006年1—12月农户人均支出与消费

单位：元

月份	生产性支出	生活消费支出	转移性支出	小计
1	30	577	26	633
2	16	620	160	796
3	18	386	29	433
4	682	439	8	1129
5	36	510		546
6	42	460		502
7	26	698		724
8	95	518		613
9	20	559		579
10	30	471		501
11	17	476		493
12	182	498	175	855
合计	1194	6212	398	7804

资料来源：长沟镇统计科提供的统计资料。

二　不同收入家庭的消费结构

如果排除靠举债消费的情况外，一定时期内，一个家庭的收入状况决定了它的消费水平。家庭收入水平不同，消费额度与消费结构存在差别。为分析长沟镇不同收入水平农民家庭的收入差距，我们利用2006年长沟镇35户农村居民家庭现金实物收支登记账，逐一统计其2005年12月到2006年11月的支出项目，并根据其家庭年总收入、人均纯收入情况，选取其中的9户作不同人均纯收入家庭的代表,以考察长沟镇不同收入家庭的消费情况,如表 8 - 14 所示。

表 8 - 14　　　　长沟镇 2006 年不同收入农民家庭的支出与消费结构

家庭代码	收入		支出							
			生活消费支出		生产性支出		转移性等支出		人均支出小计	
	家庭纯收入	人均纯收入	金额(元)	(%)	金额(元)	(%)	金额(元)	(%)	金额(元)	(%)
1910	18211	3642	2677	84.0	149	4.7	359	11.3	3185	100
1807	30531	6106	5065	84.9	176	2.9	731	12.2	5972	100
1806	36275	7255	4345	95.2	91	2.0	130	2.8	4566	100
1802	35325	8832	4710	60.8	3034	39.1	10	0.1	7754	100
605	39225	9800	3937	82.3			849	17.7	4786	100
202	39900	9975	4763	81.4	237	4.0	852	14.6	5852	100
1905	31000	10333	7143	75	278	2.9	2103	22.1	9524	100
204	59616	14904	12702	91.3	300	2.2	915	6.6	13917	100
203	79100	19775	8644	97.6	58	0.7	150	1.7	8852	100

资料来源:长沟镇统计科提供的统计资料。

（一）低收入家庭的消费结构

1910 号家庭是人均纯收入在 5000 元以下的农村居民家庭的代表。1910 家庭为五口之家,不固定的打工收入和出售农产品是家庭收入的主要来源。

1910 号家庭 2006 年人均纯收入为 3642 元,2005 年 12 月到 2006 年 11 月人均支出 3185 元,其中人均生活性消费支出为 2677 元,占支出总额的 84%;人均生产性支出为 149 元,占支出总额的 4.7%;人均转移性支出等其他支出为 359 元,占支出总额的 11.3%。

1807 号家庭是五口之家,主要收入是男主人做教师的工资收入,年收入为 30531 元,人均年纯收入为 6106 元,我们将其作为人均年纯收入在 5000—7000 元农村居民家庭的代表。2005 年 12 月到 2006 年 11 月,该家庭人均支出 5972 元,其中人均生活性消费支出为 5065 元,占支出总额的 84.9%;人均生产性支出为 176 元,占支出总额的 42.9%;人均转移性支出等其他支出为 731 元,占支出总额的 12.2%。

长沟镇收入较低的农村居民家庭的支出结构中,生活消费支出一般占了

80%。在生活消费支出中，由于不同家庭的偏好与支出需要不同，各项支出额及所占的比例不同。有子女上学的家庭，文化教育娱乐的支出要大一些，甚至成为生活消费的主要的支出之一。1910 号家庭有子女在上学，人均文化教育的支出占到生活消费的 36.3%；人均食品支出、居住费用分别占到生活消费支出的 18.7% 和 16.4%；再次是人均衣着支出，占到生活消费支出的 10.3%；人均通信、医疗的支出占的比重较小，分别为 4.9% 和 5.9%，如表 8－13 所示。1910 号家庭的食品支出中，最多的副食品支出，人均为 188 元；其次是肉类支出，人均为 128 元；粮食、蔬菜支出分别为人均 57 元和 59 元。鸡蛋和食用油的支出分别为人均 10 元和 9 元，如表 8－16 所示。

1807 号家庭的生活消费支出结构与 1910 号家庭略有不同，食品支出占了主要部分。在生活消费支出中，人均食品支出占生活消费支出的 39.3%；第二是医疗支出，因为家里有病人，人均支出占生活消费支出的 21.6%；第三是人均居住支出，占了生活消费支出的 19.5%；第四是人均衣着支出，占生活消费支出的 7.6%；人均文化教育娱乐支出、通信支出和交通支出分别占生活消费支出的 3.8%、3.0% 和 1.4%。

比较农村居民家庭的消费结构，可以看到，低收入家庭生活消费结构与高收入家庭生活消费结构的明显区别在于：低收入家庭花在居住、通信、医疗、衣着等方面的费用低于高收入家庭。1910 号家庭居住、通信、医疗、衣着等支出占生活消费支出的比例分别比 203 号家庭低 23 个、5.6 个、2.7 个和 2.7 个百分点。1807 号家庭居住、通信、衣着等支出占生活消费支出的比例分别比 203 号家庭低 19.9 个、7.4 个和 7.4 个百分点，如表 8－15 所示。

表 8－15　　　　长沟镇 2006 年不同收入农民家庭人均生活消费结构

单位：%

消费项目	家庭代码								
	1910	1807	1806	1802	605	202	1905	204	203
食品	18.7	39.3	21.4	21.4	33.8	29.0	38.5	11.3	15.3
衣着	10.3	7.6	14.3	3.0	11.1	7.7	16.4	12.3	13.0
交通		1.4	7.4		0.5	10.7	1.4	5.3	0.3
通信	4.9	3.0	17.8	8.0	8.0	13.5	9.5	2.7	10.4
医疗	5.9	21.6	3.6	1.8	0.9	5.4	5.5	3.8	8.6
文娱	36.3	3.8	4.7	0.5	29.9		8.0	33.4	10.8

续表

消费项目	家庭代码								
	1910	1807	1806	1802	605	202	1905	204	203
居住	16.4	19.5	25.9	63.5	12.6	31.8	16.0	29.3	39.4
其他	7.5	3.8	4.9	1.8	3.2	1.9	4.5	1.9	2.2
合计	100	100	100	100	100	100	100	100	100

资料来源：长沟镇统计科提供的统计资料。

表 8 – 16　　　　长沟镇 2006 年不同收入农民家庭人均生活消费支出

（单位：元）

消费项目		家庭代码								
		1910	1807	1806	1802	605	202	1905	204	203
食品支出	蔬菜	59	131	40	116	94	76	98	51	68
	粮食	57	548	264	352	236	205	332	77	166
	油脂	9	151	84	117	125	109	72	24	43
	肉	128	439	7	266	433	384	379	154	544
	蛋	10	40	82	28	29	67	23	47	114
	奶		181	117	2390	98	84	22		
	副食	188	316	234	71	294	302	1604	729	172
	果品	36	138	51	23	51	44	127	245	53
	调料	14	48	52	13	69	103	18	23	134
衣着		276	381	623	132	436	367	1175	1558	1124
交通			70	320		18	508	97	676	27
通信		132	153	769	379	315	642	688	338	903
医疗		157	1096	158	87	35	257	397	484	745
文娱		972	193	204	25	1176		571	4240	931
居住		438	987	1127	2989	495	1517	1143	3722	3409
其他		201	193	213	89	131	92	321	250	189
合计		2677	5065	4345	4710	3937	4763	7143	12702	8644

资料来源：长沟镇统计科提供的统计资料。

（二）中等收入家庭的消费结构

1806 号、1802 号、605 号、1905 号家庭和 202 号家庭收入分别为

36275 元、35325 元、29225 元、31000 元和 39900 元，人均年纯收入分别为 7255 元、8832 元、9800 元、10333 元和 9975 元，我们将这 5 户作为年人均纯收入在 7000—10000 元的长沟镇农村居民家庭的代表。1806 号家庭为五口之家，1 人从事运输业，1 人在镇政府做临时工，1 人上学。1802 号家庭有 4 口人，主要收入来源是经营出租车的收入。605 号家庭是四口之家，男主人在村里当电工，女主人在乡企业上班，女儿在服务行业，另有 1 子上学。1905 号为 3 口之家，男主人开出租车，家有 1 子上小学。202 号家庭共有 4 口人，儿子在建筑公司上班，女儿在电信局上班，儿女的工资收入是家庭收入的主要来源。

　　2005 年 12 月到 2006 年 11 月，1806 号家庭人均支出为 4566 元，其中人均生活性消费支出为 4345 元，占支出总额的 95.2%；人均生产性支出为 91 元，占支出总额的 2.0%；人均转移性支出等其他支出为 130 元，占支出总额的 2.8%。1802 号家庭人均支出为 7754 元，其中人均生活性消费支出为 4710 元，占支出总额的 60.8%；人均生产性支出为 3034 元，占支出总额的 39.1%；人均转移性支出等其他支出为 10 元，占支出总额的 0.1%。1802 号家庭经营运输业务，因此，在其支出结构中加油、修车以及其他费用占了生产性支出的绝大部分，农业生产费用则很少。605 号家庭人均支出为 4786 元，其中人均生活性消费支出为 3937 元，占支出总额的 82.3%；人均转移性支出等其他支出为 849 元，占支出总额的 17.1%。202 号家庭人均支出为 5852 元，其中人均生活性消费支出为 4763 元，占支出总额的 81.4%；人均生产性支出为 237 元，占支出总额的 4.0%；人均转移性支出等其他支出为 852 元，占支出总额的 14.6%。这 4 户家庭人均的生活费用支出大致在 4000—4700 元，如表 8 - 14 所示。

　　1905 号家庭 2005 年 12 月到 2006 年 11 月，该家庭人均支出为 9524 元，其中人均生活性消费支出为 7143 元，占支出总额的 75%；人均生产性支出为 278 元，占支出总额的 2.9%；人均转移性支出等其他支出为 2103 元，占支出总额的 22.1%，如表 8 - 14 所示。据该户现金实物收支登记账记载，其转移性支出的很大部分是送礼及请人吃饭。

　　长沟镇农村居民家庭的支出结构中，除从事第二、三产业经营的家庭外，生活消费支出占的比重也很大。而在生活消费支出中，不同的家庭表现出一定的差异性。1806 号家庭支出最多的是居住费用，人均支出占生活消费支出的 25.9%；第二是食品支出，人均支出占生活消费支出的

21.4%；第三是通信支出，人均支出占生活消费支出的17.8%；第四是衣着支出，人均支出占生活消费支出的14.3%；另外，交通、文化娱乐和医疗支出分别占生活消费支出的7.4%、4.7%和3.6%。

1802号家庭家里支出最多的是居住费用，人均支出占生活消费支出的63.5%；第二是食品支出，人均支出占生活消费支出的21.4%；第三是通信支出，人均支出占生活消费支出的8.0%；第四是衣着支出，人均支出占生活消费支出的3.0%；另外，文化娱乐和医疗支出分别占生活消费支出的0.5%和1.8%。

605号家庭支出最多的是食品，人均支出占生活消费支出的33.8%；第二是文化教育支出，人均支出占生活消费支出的29.9%；第三是居住支出，人均支出占生活消费支出的12.6%；第四是衣着支出，人均支出占生活消费支出的11.1%；另外，交通、通信和医疗支出分别占生活消费支出的0.5%、8.0%和0.9%。

202号家庭因为儿女都是年轻人，生活方面比较追求时尚，因此，购买空调、电视等家用电器，购买衣物，外出请客吃饭，手机话费等方面支出较多。支出最多的是居住费用，人均支出占生活消费支出的31.8%；第二是食品支出，人均支出占生活消费支出的29.0%；第三是通讯支出，人均支出占生活消费支出的13.5%；第四是交通支出，人均支出占生活消费支出的10.7%；另外，衣着和医疗支出分别占生活消费支出的7.7%和5.4%。

1905号家庭支出最多的是食品支出，人均支出占生活消费支出的38.5%；第二是衣着支出，人均支出占生活消费支出的16.4%；第三是居住支出，人均支出占生活消费支出的16.0%；第四是通信支出，人均支出占生活消费支出的9.5%；另外，交通、文化娱乐和医疗支出分别占生活消费支出的1.4%、8.0%和5.5%。

以上述5户为代表的中等收入家庭的食品支出中，副食品、粮食和肉类支出占的比重较大。

（三）高收入家庭的消费结构

长沟镇35户农村居民现金实物收支登记账中，有2户是人均年纯收入高收入户，最高的1户年人均纯收入超过了25000元。我们选择203号家庭和204号家庭作为高收入家庭的代表，分析其消费支出结构。

203号家庭有4口人，家中有2个孩子上中学，男主人从事建筑行业，年收入为 79100 元，是 35 户登记居民现金实物收支中年收入最高的家庭，该户人均年纯收入为 19775 元。2005 年 12 月到 2006 年 11 月，该家庭人均支出为 8852 元，其中人均生活性消费支出为 8644 元，占支出总额的97.6%；人均生产性支出为 58 元，占支出总额的 0.7%；人均转移性支出等其他支出为 150 元，占支出总额的 1.7%，如表 8 - 14 所示。

204 号家庭共有 4 口人，两个孩子在上学，男主人在建筑公司上班，女主人在村委会任职，家庭年收入为 59616 元，人均年纯收入为 14904元，我们将其看作为人均年纯收入在 14000—16000 元的长沟镇高收入农村居民家庭的代表之一。该户现金实物收支登记账反映，2005 年 12 月到2006 年 11 月，该家庭人均支出为 13917 元，其中人均生活性消费为 12702元，占支出总额的 91.3%；人均生产性支出为 300 元，占支出总额的2.2%；人均转移性支出等其他支出为 915 元，占支出总额的 6.6%，如表 8 - 14 所示。

长沟镇高收入家庭的支出结构中，生活消费支出占了绝对比重。在生活消费支出中，居住支出又是主要的支出项目。204 号家庭因为有子女上学，支出最多的是文化教育费用，人均支出占生活消费支出的 33.4%；第二是居住支出，人均支出占生活消费支出的 29.3%；第三是衣着支出，人均支出占生活消费支出的 12.3%；第四是食品支出，人均支出占生活消费支出的 11.3%；另外，交通、通信和医疗支出分别占生活消费支出的5.3%、3.8% 和 2.7%。

203 号家庭支出最多的是居住费用，人均支出占生活消费支出的39.4%；第二是食品支出，人均支出占生活消费支出的 15.3%；第三是衣着支出，人均支出占生活消费支出的 13.0%；第四是文化教育支出，人均支出占生活消费支出的 10.8%；另外，通信、交通和医疗支出分别占生活消费支出的 10.4%、0.3% 和 8.6%。

以这 2 户为代表的高收入家庭的食品消费中，副食品、粮食和肉类支出占的比重较大。

三　农村居民家庭恩格尔系数的变化

前文分析了改革开放以来长沟镇农村居民家庭的收入持续增长，农村居民家庭的支出结构出现了较大的变化。为探讨长沟镇农村居民家庭基本的消费结构状况，我们考察了近几年来当地农村居民恩格尔系数的变化。

　　恩格尔定律指出，随着家庭收入的增加，其中用来购买食品的支出所占的比例越来越小，即食品在总支出中所占比例与家庭收入成反比。从全国范围来看，改革开放近30年来，农民收入逐渐增加，农村居民的恩格斯尔系数由1978年的67.7下降到1995年的58.6，再进一步下降到2000年的49.1，到2005年降低到45.5。[①] 长沟镇农村居民的收入水平一直高于全国农村居民的收入水平，可以推断出改革开放以来长沟镇农村居民家庭的恩格斯尔系数应该小于全国平均水平，而且，还可以进一步推断出长沟镇农村居民家庭的恩格尔系数的趋势应该与全国一致，也在持续下降。

　　根据长沟镇统计与经管科提供的资料，2003—2006年农村居民家庭的恩格尔系数比全国农村居民家庭的恩格尔系数低许多。2003年全国农村居民家庭的恩格尔系数为45.6，长沟镇农村居民家庭的恩格尔系数是17.6，比前者低28个百分点；2004年全国农村居民家庭的恩格尔系数为47.2，长沟镇农村居民家庭的恩格尔系数是25.6，比前者低21.6个百分点；2005年全国农村居民家庭的恩格尔系数为45.5，长沟镇农村居民家庭的恩格尔系数是31.4，比前者低14.1个百分点，如表8-17所示。

表 8 - 17　　　　长沟镇2003—2006年农村居民家庭的恩格尔系数

年份	全国农村居民家庭	长沟镇农村居民家庭
2004	47.2	25.6
2005	45.5	31.4
2006	43.0	29.2
2007		27.7

资料来源：长沟镇统计科提供的统计资料；《中国统计年鉴（2006）》。

　　另外，利用2006年长沟镇35户农村居民家庭的现金实物收支登记账，我们计算出8户具有代表性的农村居民家庭当年的恩格尔系数，他们的恩格尔系数比全国农村居民家庭的恩格尔系数低很多，[②] 如表8-18所示。随着未来长沟镇农村居民收入水平的进一步提高，当地居民家庭的恩格尔系数还将进一步下降。

---

① 《中国统计年鉴》（2006年）。
② 可能因为有的家庭在登记现金和实物收支时有所遗漏，所计算的数据不太准确。

表 8-18　　　　　　　　长沟镇 2006 年部分农民家庭的恩格尔系数

	1910	1807	1806	1802	605	202	1905
消费支出	2677	5065	4345	1009	1331	4763	7143
食品支出	501	1992	931	4710	3937	1380	2751
恩格尔系数	18.7	39.3	21.4	21.4	33.8	29.0	38.5

资料来源：长沟镇统计科提供的统计资料。

第九章

党政机构沿革和职能变化

1948年12月，房山解放。1950年1月，长沟地区划为三区，共18个村。1953年3月，划小乡，长沟地区共划六个小乡。1956年7月，小乡进行合并，合并后有长沟乡和甘池乡。1957年8月，长沟乡与甘池乡合并为长沟乡。1958年4月，长沟乡划为北京市，称为北京市周口店区长沟乡。1958年9月5日，成立政社合一的长沟人民公社。1960年12月27日，撤销周口店区，改为房山县，长沟公社为北京市房山县长沟公社。1983年4月，长沟乡进行体制改革，恢复乡的建制由长沟公社改为长沟乡，并成立乡政府，设乡长、副乡长、乡秘书，下设乡政府办公室和其他办事机构。1990年3月18日，撤乡建镇，更名为长沟镇人民政府，实行镇管村的体制。

第一节 党的组织建设

一 党的组织结构

长沟镇的改革开放和现代化建设事业是在党的领导下进行的。镇党委处于镇级政权建设的领导核心地位，2007年年末，党委由9个委员组成。设党委书记1名，兼任镇人大主席；副书记2名，其中1名兼任镇人民政府镇长，1名分管党群工作；其余党委委员中有组织委员、纪检委员（即纪委书记）、宣传委员、人武部长以及镇政府的2名党员副镇长。

随着中国改革开放和经济社会的发展变化，长沟镇党委按照"高效、精简、廉洁、开拓"的原则，从新的形势和新的任务出发，开展了丰富、生动的执政实践。党组织的结构网络也随之发生变化，如图9-1和图9-2.

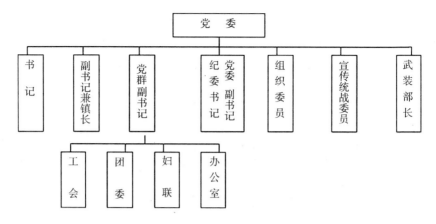

图 9 - 1 2006 年以前党委的结构

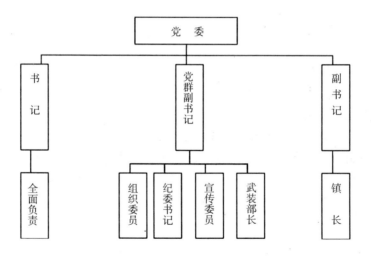

图 9 - 2 2006—2008 年机构改革后党委的结构

镇党委设办公室，与政府办公室实行"两块牌子、一套班子"运作，名为"党政办公室"，配 1 名办公室主任、2 名副主任。办公室负责文件收发、文稿起草、档案管理、机关事务等日常工作。

二 党的组织体系建设

多年来，长沟镇党委始终把科学发展、协调发展、党建与经济互促互进的工作思路贯穿全局，不断创新党的组织体系、活动平台和工作机制。长沟镇党委下设 31 个党支部，2007 年年末共有中共党员 1153 人。长沟镇党委坚持三个统筹，创新党的组织体系。

首先是统筹农村改革与村级党组织建设。传统的农村基层党组织是按行政区域设置的，但改革开放以来农村党员个性化发展趋势日益明显，单一按行政村设置党组织，客观上限制了党员的个性化发展。镇党委根据农村行政管理体制改革、村级集体资产股份制改革以及农村经济形式、就业形式多样化的特点和需要，对全镇村级党组织进行了全面梳理和调整，按照方便党的工作、方便党员活动的原则，进行了村级党组织设置的整合优化。对规模大、党员多的村级企业，单独建立党支部。

其次是统筹园区经济发展与非公企业党的建设。近年来，长沟镇新世纪农民就业产业基地经济发展迅猛。一期产业基地初具规模，初步实现了水、电、气、暖、路和场地等六通一平。目前，进入基地的工业企业已近 50 家。针对工业不断向园区集中，园区规模不断扩大的新形势，镇党委积极探索区域性建党的路子。目前已组建非公企业党支部 2 家。对一些不符合建党条件的企业，通过镇党委选派党建工作指导员的形式加强党的建设。根据企业党员的特点，提出了"在分散中求集中，在集中中求管理"的党员管理理念，同时开展"当发展经济的能手，做发挥作用的骨干"的党员先进性教育活动，使产业基地企业党员在经济发展中充分发挥骨干带头作用。

再次是统筹城镇建设发展与社区党的建设。随着城市化进程的加快，党建工作也逐渐向社区延伸和拓展。镇党委在社区组织体系的建立、领导方式的转变、活动内容的丰富上进行改革和创新，将原有居委党支部改建为社区党支部，并重新进行了功能定位。现在，西厢苑社区已经从以往单纯的居民委员会开始向城市社区转变，工作制度比较完善，机构网络比较齐全。在社区党员共建、社区事务共管、社区资源共享、社区文明共创、社区难题共解、社区活动共办等活动中，发挥了很大的作用。

三　党的组织活动载体

多年来，长沟镇党委着力构筑三大工作平台，创新党员的活动载体：

一是建优建强农村基层党的活动平台。长沟镇把建强建优基层党组织活动室作为一项重要的基础性工作来抓，按照"六个有"的要求，即党员教育有一套上墙制度，有一套电教设备，有一个党建园地，有一套高标准的硬件设施，有一套党建书籍，有一套台账资料。全面争创"先进党员活动室"，在资金筹措上采取镇财政补一点，基层单位出一点，外界筹一点的办法，加大了投入力度。上年全镇所有的村级、部分企业和市镇单位党员活动室已经完成改建和新建，累计投入100多万元。镇党委还专门从留存党费中拨出10万元为一些经济基础薄弱的单位购买了电教设备。全镇基层党支部已经形成了争创一流活动室的良好氛围，党组织活动的硬件设施上了一个新台阶。到去年年底，所有基层党支部的党员活动室100%达到合格党员活动室标准。

二是全力构造园区党的活动平台。刚进入产业基地的企业正处于起步阶段，党建工作的基础比较薄弱，产业基地党员的活动出现了一些困难，为使产业基地党建工作不滞后，镇党委从硬件设施上入手，投入800万元，建造了园区办公服务中心，然后依托这个中心建立了党员活动中心。现在，产业基地党员活动中心有电教设备，有活动场所，有阅览室，各种配套设施齐全，已经成为对园区基层党组织和党员提供教育、活动等方面服务的窗口。同时，对于有条件的入驻企业，党委要求按照"先进党员活动室"的标准建好党员活动阵地。

三是努力构建社区党的活动平台。随着农民向城镇集中，城镇规模不断扩大，离退休党员、职工党员、下岗职工党员、外来流动党员等各种类型的党员向社区不断聚集。镇党委综合社区各种资源，为社区党员提供服务，切实加强对社区各类党员的分类管理，探索社区党员集约化、社会化服务管理的新路子。投资100万元的社区新办公用房将于年内开工建设，更好地发挥社区作用。

四　党的组织运行机制

多年来，长沟镇党委着力建强三支队伍，创新党的工作机制。

一是建立完善农村基层干部选拔任用机制。针对以往选用农村基层干部视野不宽、渠道不畅、机制不活等问题，镇党委开阔视野、拓宽渠道，努力走公开、平等、竞争、择优的新途径，选拔培养了一批政治上靠得住、发展上有本事、人民群众信得过的优秀村干部。在程序上，全面实行考察预告、差额考察、任前公示制度，推行票决制。2007年，镇党委又在村和社区党支部换届选举中全面实施了"两推一选"，村党组织班子成员都经过党员大会和村民代表会议两次推荐以及全体党员民主投票表决后选举产生。经党委批准，有3个村党支部设5名支委，1个村党支部设4名支委，其余14个村皆设3名支委。经过两轮推选，3月20日进行了集中投票，18个村全部足额产生支委，62 名党员当选新一届村党支部委员。18 个村党支部全部一次选举成功。

二是建立完善党员教育管理机制。创新载体形式，广泛开展各种主题教育活动。2007 年，在机关党支部深入开展了"学习型、文明型、服务型、廉洁型、和谐型机关"创建活动，在企事业单位和农村党支部深入开展了党员双承诺、串百家门访千口人、主题党日等活动，取得了较好效果，全镇五好村党支部达到 8 个，标兵支部达到 4 个，区级文明村达到 10 个，在房山区创建考核评比中名列前茅，连续 7 年荣获"五好乡镇党委"称号。同时，在全镇党员干部中广泛开展"农村实用人才结队帮扶"活动，为全镇 270 家有帮扶需求的农户和指导教师签订了协议书，既解决了群众的实际困难，又为进一步发挥农村党员先进性和在优秀致富标兵中培养发展对象搭建了平台。对流动党员实行了联系卡制度，一人一卡，由流动党员管理站指定 1—2 名党员作为联系人，定期与流动党员联系，及时了解他们的工作、生活和思想，帮他们解决一些实际困难，让他们时时刻刻感受党的温暖。

三是建立完善党务干部激励考核机制。对全镇企业党务干部队伍情况进行了分析调查，在立足于用好用活现有资源的基础上，对一些后备的党务干部人才进行排队摸底和筛选，建立了企业党务干部人才库。同时，通过经常性的考察和了解，及时调整更新人员，积极为工业园区和企业推荐输送党务干部人才。镇党委在基层党组织中牢固树立不抓党建是失职、抓不好党建是不称职的观念，每年在确定年度发展目标和任务的同时，将党建工作同步考虑，在确定年度考核时，将党建工作同步纳入考核。规定凡是党建工作不达标的单位，不得申报各类综合性的先进，对党组织负责人予以诚勉直至撤换。镇党委还专门从镇财政拨出一块资金作为考核激励基金，数额占到党务干部全年工资收入的 20% 左右。

长沟镇党委之所以连续多年获得五好乡镇党委称号，不仅是因为党的组织健全、党的制度完善、党的活动载体形式多样，而且党委一班人辩证地看待党政分开、政企分开，在新的历史时期加强和改善党的领导，不是党不管经济，而是根据现代化建设的客观要求，形成"党委多考虑战略经济，政府多管地区中观经济，把微观经济交给企业去办"的格局。党委成员腾出精力，对经济社会发展中的重大问题进行调查研究，探索经济社会发展规律，制订出切合本地实际的发展战略，努力推进全镇统筹协调发展，促进经济社会全面进步。

第二节　党的领导核心作用

长沟镇共有 31 个党支部，其中农村党支部 18 个，社区党支部 1 个，机关党支部 1 个，企事业单位党支部 11 个。全镇共有党员 1153 名，其中 35 岁以下的党员 213 名，拥有大专以上学历的党员 151 名。近年来，长沟镇党委坚持以"创建"工作统揽经济社会发展全局，扎实抓好党的思想建设，全面加强党的组织建设，创新农村党支部书记的激励机制、村级干部监督机制、村级后备干部选用机制、党员发展公示机制，取得了一定成效，进一步密切了党与人民群众的鱼水联系，连续多年被评为"五好乡镇党委"，全镇区级五好村党支部达到 11 个，区级文明村达到 12 个。在取得成绩的同时，我们也清醒地看到全镇，特别是农村党支部还存着一些突出的矛盾和问题。一是农村党员队伍结构不尽合理，制约了农村基层党组织活力的发挥。944 名农村党员中，35 岁以下的年轻党员 129 人，只占农村党员总数的 13.7%，拥有大专以上学历的 41 人，只占农村党员总数的 4.3%。二是农村党支部书记的能力和政治水平与推进农村民主政治建设客观要求不相适应，支部书记的思想还不够解放。三是农村集体经济薄弱，18 个行政村税收总额只占全镇税收总量的 4%，直接影响了农村基层党组织凝聚力、号召力、战斗力的发挥。

"十五"以来，镇党委以"创新党建、凝聚民心"为目标，从三个方面积极开展工作，成效卓著。

一　实践党的宗旨

党的宗旨是为人民服务，体现在农村主要是让人民富裕。只有人民真正得到了实惠，切身体会到党组织的温暖，才能切实增强农村支部的凝聚力。

1. 冲破村域界限，整合镇域资源。针对村集体经济比较薄弱的现实，打破村域经济发展界限，采取"联村"发展的措施，实现资源整合，优势互补。以东甘池、南甘池、北甘池、西甘池等七个村为重点，依托丰富的山水资源优势，举办民俗游、生态观光游、干鲜果品采摘节，打造旅游休闲观光区；以西长沟、东长沟、太和庄、坟庄等村为重点，依托新世纪产业基地和京南第一集，大力发展现代工业和精品商贸业，打造工业商贸区；以北良各庄、东良各庄、南良各庄、双磨等村为重点，依托深厚的农业产业基础，大力推广设施农业和现代都市农业，打造现代农业区。在三个发展区域管理模式上，推行"村域发展支部书记联席会议"制度，联村党支部定期召开会议，研究区域又好又快的发展措施，发挥村党支部在带领群众建设小康社会中的创造力，实现"联村"发展，"联智"推进。

2. 重视协会功能，实施品牌战略。围绕"调整农业产业结构、增加农民收入"这一主线，抓住观念、体制、机制、市场四大要素，加快柿子、核桃、贡米、蔬菜等"支部＋协会"模式的农业专业合作组织建设，使农村党支部既是各项事业的领导核心，又是解决农民后顾之忧的市场经营者，通过市场机制带动产业结构调整，提高产品质量，应对市场竞争。同时，大力实施品牌战略，在"御塘贡米"、"圣泉珠雪枣"、"胜龙泉薄皮核桃"已分别被国家认定为绿色食品和注册商标的基础上，加快"吉庆"牌蔬菜的注册，并进一步将这些农产品向有机食品发展，尽快占有一定的市场份额，让农民的钱袋子鼓起来。

3. 鼓励党员创业，带领百姓富家。充分发挥农村党员在发展农村经济带头致富和带领群众共同致富的示范作用，在全镇18个村开展"党员小康示范户"创建活动，创造宽松环境，制定相关政策，鼓励各村有一技之长的党员带头创业，既为群众提供就业岗位，又通过"结对子"的形式带动群众创业，从而实现党员创实业，百姓富家业的良好格局，充分体现农村党组织和党员的先进性。

二 凝聚党心民心

优良的党风是唤起民众的巨大力量。要通过转变党员、干部工作作风，凝聚党心民心，增强党组织的号召力。

1. 开展串百家门活动。以"党员联系户活动"为载体，充分发挥党员的桥梁、纽带作用，通过定期走访，与群众"拉家常"，向群众宣讲党的路线方针政策，直接了解群众的所思所想、所盼所愿，有效地增进干部对群众的真情实感，有效地沟通思想、化解矛盾，进一步密切党群干群关系。在此基础上，建立健全社会主义新农村建设为民办实事台账，明确具体责任人，列出月进度、完成时限和完成标准，年底对照台账进行检查考核，真正将实事办实，好事办好。

2. 开展主题党日活动。以各村党支部为单位，每季度最少组织两次主题党日活动，主要结合新农村建设实际、季节特点及群众关心的热点、难点问题开展活动，努力形成"群众困难日，党员活动时"的工作格局。如，开展党员义务植树日、党员防灾排险日、党员护林防火日、党员扶贫助困日、党员清洁卫生日、党员理论学习日、党员义务宣传日、党员民主议政日等。要通过主题党日活动真正打造出一支平常时刻看得见、关键时刻站得出、危难时刻冲得上的党员干部队伍，努力赢得群众的掌声。

3. 推进民主政治。通过增强党支部工作的透明度，扩大党内民主，赢得群众的信任与支持。一是理顺村"两委"关系，确立村党组织的领导核心地位。抓紧完善村党组织挂帅、村民自治组织主抓、各类经济和群团组织配合的村级组织运行机制，进一步完善"两委联席会议"决策程序，相互配合形成合力，共同搞好新农村建设。二是认真落实"三会一课"和"两日活动"，党员干部要带头参加、带头发言、带头维护团结、带头伸张正义，要求群众做到的党员必须先做到，要求党员做到的基层领导干部必须带头做到，切实做到正人先正己，干部作表率。三是创新村务公开，紧紧抓住群众普遍关心和涉及群众切身利益的重点、热点、难点问题，及时调整充实公开的内容、形式，规定公开时间，规范和完善程序，健全配套制度，使村务公开民主管理逐步走上规范化、科学化的轨道。四是继续深化"村帐双托管"制度，规范村级财务管理，从源头上杜绝腐败，树立"为民、务实、清廉"的良好形象。

三　党建机制创新

农村基层组织战斗堡垒作用的发挥直接关系到农业的发展、农村的稳定、农民的福祉，党建机制的创新是永葆农村基层组织战斗力的关键。

1. 创新选人理念。重点抓好四个层面的工作：一是选好配强新农村建设的带头人。拓宽选人视野，注重在党员致富大户、农村经纪人、复员退伍军人及务工返乡党员中选拔那些政治素质好、群众观念强、公道正派的优秀党员充实到班子中来，进一步增强班子的活力。特别要把那些有经济头脑、能热心带领群众致富、能打开工作局面的优秀干部选拔为党支部书记。二是抓好农村后备干部队伍建设，真正把农村那些德才兼备的优秀青年纳入村级后备干部人才库，并健全选用机制，做到早发现、早培养、早选拔，以确保基层战斗堡垒有持续的战斗力。三是大力实施"双培"工程。注重在优秀青年农民、优秀致富能手和农村其他社会阶层的优秀分子中发展党员，把那些善于致富、乐于奉献、公道正派的优先发展成党员、培养成干部，把勇于创业、带民创业的党员干部培养成社会主义新农村建设的带头人和生力军。四是严肃党员发展制度。在严格落实党员发展公示制的基础上，重点落实《发展党员工作责任追究制度》，规定"村党支部及其负责人不认真履行党章和其他党内法规所赋予的职责，没有将发展党员工作摆上重要议事日程，纳入党建工作责任制，或长期不做发展党员工作的，要追究党支部及其负责人的责任"，逐步改变农村党员队伍结构不合理的问题。

2. 创新学习制度。一是在学习形式上，要按照教与学互动、学与用结合的思路，变封闭式培训为开放式培训，变灌输式教育为案例式、启发式和情景模拟式教育，制定出详细的全年学习计划和学习内容，适时组织党员干部外出参观考察，开阔视野，并建立健全学习考勤、考核等工作制度，推进理论和业务学习的制度化、规范化，并形成长效机制。二是在学习内容上，既要加强理论学习，不断提高政治理论素养和理论水平，保证镇党委、镇政府的政令畅通；又要重视和加强对党员干部农村实用技术的培训，使每个党员干部都能掌握 1 至 2 门实用技术，成为新农村建设的"实用人才"。三是在学习效果上，要通过深入学习，解放思想，使农村党支部领导能力、政治水平和执行能力与推进社会主义建设客观要求相适应，促进农村各项事业发展，实现农村的和谐与稳定。

3. 发挥党员先进性。一是创新保持共产党员先进性长效机制，在农村党支部和党员中推行"双承诺制"，增强农村党支部服务群众意识，激发党员永葆先进性的内动力。二是深入开展以"带头交党费，带头参加党组织的活动，带头参政议政；争当优秀党员，争做文明标兵，争创先进支部"为主要内容的"三带三争"活动，提高全体党员干部自觉践行"三个代表"，处处发挥模范带头作用，服务新农村建设的自觉性。三是成立党风建设监督员队伍，聘请德高望重的党员、群众出任党风建设监督员，对全村党员进行监督，不断增强党员的荣誉感和责任感，增强带领群众建设新农村的战斗力。

四　在改革开放中的领导作用

长沟镇党委自改革开放以来，始终坚持党的基本路线，在农村改革和经济建设等方面充分发挥了其领导核心作用。其主要工作体现在如下几个方面。

1. 土地资源合理利用与经济协调发展。在土地所有权问题上，过去一直沿用 20 世纪 60 年代初中央文件所明确的"三级所有、队为基础"的农村土地集体所有制结构，土地的所有权和使用权都在生产队手中。改革开放后，1982年起对农村土地实行联产承包责任制，分田到户，旧的体制被打破，土地的所

有权与使用权分离了，土地的所有权仍归集体，农民拥有使用权。1986 年国家
颁布了第一部规范用地的法律——《中华人民共和国土地管理法》，使土地的
有效管理走上了法制化的轨道。长沟镇党委、政府既致力于工业经济的发展，
又防止土地的过度开发和随意开发，推行土地有偿使用制度。1998 年起进行农
村土地的第二轮承包，界定承包主体，并发放了《土地证》，将农民的土地分
为"口粮田"、"责任田"两部分。然而，90 年代开始，乡镇企业的发展，使
农业收入在农户收入中的比重下降，农民种田的积极性也随之下降，许多田地
被抛荒，造成土地资源的闲置。为解决这一矛盾，镇党委、政府引导村级把闲
置的责任田收回来，转包给"种田大户"，实行农业的适度规模经营。2004
年，全镇又顺利完成了土地确权，为土地的合理流转打下了基础。

2. 工业经济结构的优化与协调发展。乡镇企业从 20 世纪 70 年代的村村点
火、处处冒烟的遍地开花、粗放经营，镇党政引导企业既重视发展速度，更重
视结构和质量的协调。通过鼓励发展新兴产业特别是高新技术企业，加大重
组、整合力度，把优势企业做大做强，中小企业做精做专；通过引进外资嫁接
内部技术改造等途径，进行了广泛的资产重组和结构调整，改变了原来以传统
工业为主的格局，形成电子信息、机电一体化、生物医药、精细化工、新材料
等新兴产业，走出了一条速度比较适中、结构相对合理、效益稳步上升的协调
发展新路子。

3. 经济发展和社会事业协调发展。长沟镇在经济发展的同时，积极发展
社会事业，如优先发展教育，不断深化教育体制、教育思想、教育内容、教育
方法的变革，九年制义务教育、成人教育、党校教育等都得到了长足的发展。
对文化事业的投入软件和硬件并重，专业文艺和群众文化取得显著成效。建立
健全医疗卫生服务网络，重视和加强疾病预防控制工作。体育场馆设施日益完
善，竞技体育和群众体育蓬勃开展。计划生育工作得到加强，维持较低的人口
出生率，人口质量得到提高。长沟镇作为房山地区的典型代表，综合发展素质
和水平位于全区前列。

4. 人的发展与自然环境的协调。拥有得天独厚的水资源优势是长沟的特
色、品牌与灵魂。经过全方位的考察、研究与论证，长沟镇确定了发挥地域优
势开发水资源，以水为媒带动全镇整体发展的"水域经济战略"。确立了"以
水为神、以绿为魂，天人合一，永续发展"的指导思想，明确了"造碧水蓝
天，打造京南水乡，建绿色生态宜居宜憩城镇"的发展目标。结合这一实际，
2003 年年初，长沟镇投资 400 余万元聘请中国城市规划设计研究院专家经过半

年的考察、分析、总结，完成了《长沟镇域规划》、《长沟镇中心区控制性详细规划》和《长沟镇环境保护规划》的编制工作，形成了科学的功能分区、畅通的交通网络、完善的水景绿地系统，为长沟小城镇的可持续发展奠定了坚实的基础。特别是 2005 年北京市总体规划修编对各郊区县进行了新的功能定位，房山被确定为首都城市发展新区；房山"十一五"规划将长沟定位为南线亲水生态休闲度假走廊和农民就业产业区。与长沟镇近年来的发展相符合，更加坚定了长沟发展水域经济，建设生态宜居宜憩城镇的信心。在规划的执行上，长沟镇严格按照统筹区域发展、统筹经济和社会发展、统筹人与自然和谐发展的理念指导城镇规划实施，用"未经规划寸土不动，一经规划严格执行"的铁规矩贯彻落实规划。为此，长沟镇又相继出台了《关于规范使用土地管理的规定》、《农村集体资产管理办法》等多个规范性文件，坚持规划一张图、建设一盘棋，确保开发建设严格按规划进行，绝不允许越雷池半步。尤其针对经营类建设项目，划定了生产区建设标准、绿化率等硬性指标，即要求企业在建设生产用房等设施的同时，必须建设占企业用地 30% 的绿地，坚持"少盖房、多栽树"，达到"花园式单位"标准，违反规定者一律不得审批。对非规划许可项目，即使寸土万金，也坚决把住不放，先后有 20 多个不符合规划和环保要求的项目被否决。与此同时，行政执法部门按照长沟镇总体规划的要求，加大了对违反规划开发建设的执法力度，做到发现一处，拆除一处，确保了城市建设服从城市总体规划的要求。

5. 精神文明、政治文明和物质文明的协调发展。从改革开放与经济建设的实际出发，以全面提高村民、市民素质和推进农村城市化为目标，有重点、有针对性地加强精神文明建设；以促进政府依法行政、公民依法办事、各方依法有序为目的，深入开展法制教育，大力加强政治文明建设。在工作中还始终注意处理好进一步扩大改革开放、吸收世界优秀文化与继承弘扬传统文化的关系，处理好加强思想道德建设和加强法制建设的关系，从而不断推进精神文明和政治文明建设。

按照辩证唯物主义的观点，协调总是相对的，而不协调的矛盾总是时时生成又不断解决的。长沟镇党委认为，协调并不是由主观愿望决定的，也不是整齐划一地同步实施的，重要的是及时发现不协调的因素并主动调节。贵在及时，贵在主动，这就是领导艺术。今日长沟的协调发展成绩已有目共睹，但新的不协调又摆在人们面前，如经济结构性矛盾仍然存在，富民工程滞后于经济发展速度等。随着各种对策措施的到位，这将会实现更高水平上的协调发展。

第三节　行政机构沿革及其职能

一　镇人民代表大会

镇人民代表大会是镇级地方权力机关。长沟公社第一届人民代表大会建立于 1959 年 5 月 26 日至 6 月 3 日，以后每隔 2—3 年进行一次换届选举，通过民主选举方式，选举产生正、副镇（乡）长和人民代表，人民代表有干部、工人、农民、企业家、民主人士等。镇每年召开一次人民代表大会，对镇级重大决策事项进行审议和表决，镇级重大事项只有通过人代会决定后政府方能付诸实施。镇人大由党委书记兼任人大主席，并配有 1 名专职人大副主席，定期组织人大代表进行视察，对镇政府实施的重大实事项目和人民群众普遍关心的热点、难点问题进行现场视察，开展民主监督和法律监督。

长沟镇从 1981 年 3 月第六届人民代表大会开始，人民代表大会制度日趋完善，每届人民代表大会审议政府工作报告和财务预决算报告。同时，人大主席团还确定若干个镇级经济社会发展的目标和主题，如表 9 - 1。

表 9 - 1　　　　　　　　　历届人大会议简况

时间	大会届数	代表名额（名）	会议议题
1981 年 3 月	第六届人民代表大会	104	一、作工作报告 二、选举第六届管委会 三、通过长沟公社革委会工作报告的决议 四、通过代表提案审查的报告
1984 年 5 月	第七届人民代表大会	121	一、作政府工作报告 二、作财政预决算的报告 三、选举乡长、副乡长 四、作代表提案审查报告 五、通过大会决议
……	……	……	……
2002 年 12 月	第十三届人民代表大会	71	《团结拼搏，真抓实干，大力推进全镇经济社会健康持续发展》
2006 年 11 月	第十四届人民代表大会	57	一、作政府工作报告 二、选举镇长、副镇长

　　长沟镇人民代表大会主席团下设办公室，配有 1 名办公室主任（近年由人大副主席兼任）。办公室主任配合人大主席团成员，组织人民代表定期开展视察活动和专项检查活动，并把活动情况以书面形式向上向下汇报，起到人民代表联系人民群众的桥梁和纽带作用。

二　镇人民政府

　　长沟镇人民政府是基层政权的行政执行机关。设镇长 1 名，由镇党委副书记兼任，设副镇长 5 名，其中 2 名党员副镇长为镇党委委员。镇长主持政府全面工作，副镇长的分工随着经济社会的变革而有所变动，如图 9 - 3 和图 9 - 4 所示。

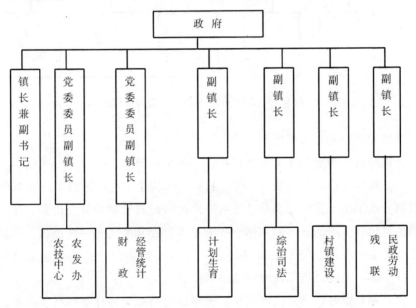

图 9 - 3　2006 年以前长沟镇政府部门结构

　　长沟镇长期以来经济发展走的是"三为主、一共同"的道路，就是以集体经济为主，以乡镇工业为主，以商贸市场为主，实现人民群众的共同富裕。这条道路从 20 世纪 60 年代至 90 年代前期，都发挥了极其重要的作用。然而进入 90 年代后期，特别是在计划经济向市场经济转变的过程中，因为一些累积性矛盾，乡镇遇到了一些困难。对此，长沟镇开始进行了一系列卓有成效的产权制度改革，理清了政府同企业之间的关系，对政府职能进行了重新界定。政府行为坚决从企业微观经济层面中退出，使企业重新释放出活

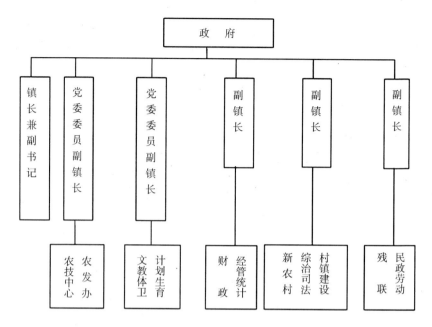

图 9 - 4　2006—2008 年政府部门结构

力，经济发展重新步入了快车道。

长沟镇政府转变职能主要体现在以下几个方面。

一是做好经济发展的服务工作。目前，长沟镇企业的转制率已达 100%，产权制度改革基本完成。企业已经从原来的行政式管理中解脱出来，获得了经营的自主权，成为市场的主体。政府工作已经从经济第一线退出，转向为企业发展营造良好、公平的市场环境，通过政策导向，引导企业走科技创新、技术创新之路，以实现经济的快速发展。

二是用好财政，为人民办实事。长沟镇对财政管理体制进行了改革，加强了对财政的管理力度，实行镇长"一支笔"的审批制度。在确保机关正常运作的基础上，从有限的财力中抽出资金，每年为人民办几件实事、好事，并认真解决人民生活中的实际困难，以具体的行动来实践"三个代表"重要思想。

三是努力搞好城镇建设。镇政府始终把提高城镇化水平、搞好城镇建设作为一件大事来抓，政府每年都要花巨资来完善市镇配套的基础设施，提高镇区现代化水平和承载能力，近年来每年的投入都在 3 亿元以上。同时，在建设过程中，政府逐渐确立了"经营市镇"的观念，改变以往靠政府单一投入的模式，吸纳各种社会资金，形成合力，提高镇区的繁荣程度；注重打响长沟名气，打造"御塘"、"圣泉珠"、"甘池泉"、"胜龙泉"等品牌，树立良好的对外形象，以吸引各方投资。

四是进行 ISO9001 质量管理体系认证。2003 年以来长沟镇以优化发展环境为主题，以建设高效服务型政府为目标，引入 ISO9001 国际质量管理标准，制定了质量方针、质量目标，编制了质量手册、程序文件、作业指导书，完善了科室职责，规范了办事程序、工作流程，形成了持续运行有效的质量管理体系，成为全国首家通过 ISO9001 质量管理体系认证的乡镇一级政府。这一体系的建立和不断完善，优化了人力资源配置，强化机关内部管理，提升了干部服务水平，推进了长沟镇构建服务型政府、法制政府、诚信政府和高效政府的形象进程。

五是制定资源保护规定。为了进一步加强全镇矿产资源、水资源、土地资源、林业资源管理，依据国家的相关法律法规出台了长沟镇《矿产资源管理规定》、《水资源管理规定》、《土地管理规定》、《林业资源保护规定》，并经镇人代会表决通过，为可持续发展和依法行政提供了法制保障。

长沟镇在转换政府职能的同时，十分注重加强镇级公共财产的管理，确保其保值和增值。1996 年以前，长沟镇以集体经济为主，由镇、村两级出资办企业，企业资产归属集体，企业的各种权力都在政府手中，企业的盈亏与经营者没有直接关系。对如何加强集体公共财产的管理这个问题，无论是经营企业还是政府部门都没有进行过深入的探讨。政府向企业下达经济目标和任务，企业只管完成各项指标，至于经营过程中集体资产是否增值则很少过问。自 20 世纪 90 年代初开始，政府开始意识到镇有公共资产的管理问题，并采取了一系列措施，力图解决这一问题，其中最主要的就是同企业经营者签订资产增值承包合同，每年进行年度考核，这一做法在一定程度上加强了政府对集体资产的调控能力，但由于没有触及企业经营者同企业产权之间的关系这个核心问题，也没有对企业和政府之间的关系进行界定，企业吃政府的大锅饭，职工吃企业的大锅饭，企业对市场反应的灵敏度低，经营管理模式滞后，对经营者监督和考核不力，导致了企业严重亏损，政府对企业的失控愈演愈烈，加上每年考核往往流于形式，不可能从根本上解决问题。

近年来，在明晰产权关系后，长沟镇政府对集体资产管理体制和方法也进行了探索，制定出了一些有效的措施。一是组建了镇级资产运作机构。长沟镇着手筹建镇级资产经营有限公司，对所有集体资产实行规范化管理、市场化运作，确保集体资产保值增值。二是对部分企业进行破产转制。三是未转制的集体企业资产进行了清查，防止集体资产流失。

长沟镇政府对产权制度改革、创新和发展后，政府的自身行为也得到了自我约束，做到"有所为，有所不为"，正确处理政府作用与市场作用、"有形之手"和"无形之手"的关系，对社会治安综合治理等该强化的强化，对企业微观经济管理该弱化的弱化，对不合理的审批事项该取消的取消，让"越位"的"归位"，让"错位"的"正位"，让"缺位"的"补位"，努力建设勤政廉政，取信于民的政府。

长沟镇政府在转换职能的同时，进一步理顺同党委、地方人大和各种社会组织的关系。

一是主动接受人大监督。镇政府领导班子由镇人民代表大会选举产生，自觉接受人大监督。人民代表们充分行使职权，在会议期间提出批评、意见、建议的提案；会后，人大组织代表不定期地深入基层视察和检查工作。政府对人大代表的提案都给予明确答复，对于人大代表提出的各种问题，也能及时解决；政府的财政预算、人事任命等，都须提交人民代表大会通过才能正式生效；政府还定期向人大汇报工作，切实体现人民当家做主的权利。

二是接受党委的领导。镇党委基本不干涉政府事务，逐步实行党政分开。镇政府自觉接受党的领导，坚决贯彻党的各项路线、方针和政策。

三是支持发展和加强引导好各种社会中介组织。镇政府对于各种社会组织，只要其愿意接受党委、政府的领导，在经济社会发展中发挥积极作用，都予以支持。镇里积极鼓励和支持商会及其他行业协会，并对其进行有效管理，使其在生产、生活中发挥重要作用。

长沟镇在行政管理职能上设有民政助理、文卫助理、经贸助理、农业助理、村镇建设助理、计划生育助理、科技助理、统计助理等职位，另有财政所、司法所等政府职能部门。2005年年末，区人事局核定给长沟镇党政机关公务员35人，事业编制人员45人。

三　镇村关系和村民委员会建设

长沟镇政府在镇村关系的处理上既按照法律规定办事，又在实践中有所创新。从法律上讲，镇政府对村民委员会是一种指导关系，而不是领导关系，村民委员是村民群众的自治组织。但在实践中，镇一级政府对社会层面的行政管理，都是通过村民委员会来具体实施的。例如，计划生育、征兵服役、税费收缴、造房起屋、社会治安、综合治理，等等。这种行政管理关系，缺乏法律的支撑，有时候在具体问题面前需要创新。因此，镇里在实际操作中，一般都是强调村级党组织在农村工作中发挥领导核心作用和战斗堡垒作用，以确保党在农村的各项路线方针政策和具体工作任务的落实。同时，每年年初对镇村主要干部制订工作目标责任制考核办法，把他们全年报酬的决定权抓在镇一级党委、政府的手里。当然，通过民主集中制和正确导向的方式，掌握村级主要干部的任免权，这是最重要的镇管村的手段。村委会的工作，实质上是在党支部的领导下，按照镇党委、镇政府的意图和要求开展社会层面的行政管理工作，通过村民代表会议的形式来增强工作的民主性和群众的参与度。

四 基层民主和村民自治

1. 村民选举更加民主化。近年来，长沟镇在全镇村民委员会换届选举中实行了全面直选和差额选举。整个选举中，先由村民自主提名村委会主任、委员候选人，然后按照差额选举的原则，按照被提名人得票多少确定正式候选人，最后由村民直接投票选举产生村委会主任和委员。这种选举形式，更有利于组织意图和群众意愿相结合，更有利于基层民主建设，使群众能选出信得过的带头人。

2. 村务工作进一步公开化。长沟镇把村务公开作为基层民主建设的一项重要内容来抓，早期村务公开内容不全面，群众对村委会的工作情况不能及时掌握。近年来，长沟镇在村务公开工作上实行了"三个统一"：① 统一公开形式，建立了"一栏一墙一纸三会"制度。"一栏"即公开栏，由镇统一格式、项目和要求，在各村村委会设固定公开栏，把 12 项内容全部逐项公开。"一墙"即公开墙，各村在村中心显著位置设公开墙，将村务公开内容全部上墙，便于群众集中监察。"一纸"即明白纸，对每季需公开的内容全部印发到户，保证群众知情率 100%。"三会"即每个村都要建立村民代表会、民主理财小组会和监委会，审议村内重大事务和公开内容。目前，全镇共设置村级公开栏 18 个，公开墙 18 个，今年累计发放明白纸 1 万余张。② 统一公开时间。每季首月的 15 日前公开上一季度的村务情况，同时接受群众的质询。对于村干部不能回答或回答不能让群众满意的问题，由镇包村干部和信访干部负责调查，解答处理群众提出的各种问题。对临时性和突击性的工作，采取一事一议及时公开的办法。③ 统一公开程序。按照适度原则，严格把握公开的分寸和层次。对公开的内容，首先由民主理财小组审核签字盖章后，报镇经管站审核无误后，再由村文书负责据实上墙公布，并建立公开档案以备查询。

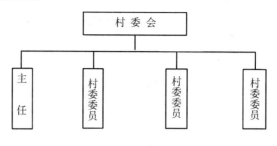

图 9 - 5　村民委员会的治理结构

第四节　纪检监察工作

长沟镇党委下设 1 名纪委书记负责纪检监察工作，其工作宗旨是按照党中央和市区关于反腐倡廉的决策部署，以经济建设为中心，发挥纪检监察职能，落实党风廉政建设责任制，规范领导干部从政行为，从源头上预防和治理腐败，使全镇党风廉政建设保持健康的态势，为维护镇级改革、发展、稳定提供有力的政治保证。

几年来，通过建立健全长效管理机制，有效地落实了党风廉政建设责任制，促进了全镇各项工作的健康发展。

一　健全思想教育机制

教育先行正源头，治理腐败的关键在思想教育。因此，在宣传学习教育方面，长沟镇重点抓好以下四方面工作。

一是建立健全学习制度。在学习形式上，采取集中培训、分散自学、课题辩论、写作竞赛等灵活方式，进行广泛学习。坚持和完善党委班子民主生活会、中心组理论学习、周五机关学习日等制度；建设了机关有声数字图书馆，方便机关干部利用网络进行学习。同时，每人都建立了自学计划，每周自学不少于 4 小时，并记好学习笔记。在学习内容上，突出学习"三个代表"重要思想、"八荣八耻"社会主义荣辱观、胡锦涛总书记在中纪委七次全会上的讲话精神和党风廉政建设各项方针政策，倡导和树立"八个方面"

的良好风气，努力增强机关干部拒腐防变的自觉性和主动性。

二是开展正反两方面教育。运用保持共产党员先进性教育活动创造的好做法、好经验，深入开展正反两方面的反腐倡廉教育。以先进典型为榜样，加强对广大党员的理想信念和从政道德教育、党的优良传统和作风教育、党纪党规和国家法律法规教育；以案说法，通过看录像、请专家讲课等形式，剖析腐败案件发生的根源，使党员干部自觉抵制资产阶级腐朽思想的侵蚀，戒骄戒躁，警钟长鸣，真正做到"为民、务实、清廉"。

三是创新廉政教育宣传机制。创办了镇纪检刊物——《读报思廉》，以"感悟思廉"、"案件纪实"、"党纪条规学习"等五大板块为宣传主题，将镇科级以上干部和村党支部书记作为重点对象，宣传廉政信息、通报腐败案件、收录警言警句，通过生动鲜活的案例，使广大党员干部树立了正确的世界观、人生观、权力观、价值观，有效预防和避免了职务犯罪。《读报思廉》自2005年创刊以来，已累计发行31期，1895份，收到了良好效果。

四是认真开展主题教育活动。为进一步提高广大机关干部的事业心、责任心，解决机关干部在思想、作风方面存在的问题，镇党委深入开展了"整顿机关作风，提高工作效率"主题教育活动。通过整顿学风，强化思想意识；整顿机关作风，强化服务意识；整顿思想作风，强化公仆意识；整顿工作作风，强化效率意识，切实改变个别机关干部萎靡不振、不思进取的精神状态和不守纪律、松松垮垮、贪图享乐、弄虚作假、办事拖拉、敷衍塞责等工作作风。

二　健全监督制约机制

反腐倡廉，监督是关键。长沟镇不断加大组织监督和群众监督工作的力度，建立健全有效的监督机制，收到了良好的效果。

一是增强党内监督意识，加大组织监督力度。要求每个党员干部都要从思想上克服"现在以经济建设为中心，开展反腐败斗争应见好就收，以免分散抓经济建设的精力；党风廉政建设年年搞，都是老一套，再搞也没有什么新东西"等认识上的障碍，始终保持清正廉洁，自觉地带头坚持参加各级组织的教育，认真完成党交给的工作任务。同时，通过召开民主生活会，严格按照党规、党纪和党员标准检查，每个党员干部都要实事求是地向党组织汇报自己的思想和工作情况，开展批评和自我批评，自觉接受党组织的监督。

二是践行"三个代表"，接受群众监督。进一步研究制定了《关于进一步深化政务公开工作的实施意见》，利用政务公开栏，对群众普遍关心、涉及群众切身利益的问题及镇党委、镇政府制定的重点工程、重点工作、每季度财政收支等情况以及镇政府决策的内容和实施情况进行公开，提高行政行为的透明度，做到真公开、实公开。同时，每季度定期召开人大代表、政协委员、企事业单位代表、社会监督员座谈会，听取社会各界意见，围绕政务公开的范围、内容、形式、工作标准、时限要求、服务承诺等完善相关工作制度，接受群众监督。进一步发挥网络优势，搭建起政府与群众之间的信息桥梁，利用长沟镇政府网站（www.changgou.com）建立"领导信箱"、"政务信箱"和"投诉信箱"，听取群众呼声，改进工作作风。不断畅通信访渠道，充分利用包村干部下乡和设立意见箱、热线电话、网上信箱等形式，及时了解群众需求，关心群众疾苦，受理群众投诉，努力把问题解决在基层，解决在萌芽状态，积极预防和妥善处理群体性事件，确保了长沟镇的政治安定和社会稳定。

三　健全反腐败预防机制

权力监督与制约是现代民主政治的核心问题。为此，镇党委、镇政府不断加大力度，预防官僚主义、特权思想和腐败现象的产生。

一是构建了反腐败管理体系。认真落实惩治和预防腐败体系实施纲要，坚持标本兼治、综合治理、惩防并举、注重预防的方针，出台了《长沟镇党风廉政建设和反腐败工作安排意见》，进一步完善了党风建设责任制，明确了廉政建设的重点，对21项党风廉政建设和反腐败斗争主要任务进行了分解，明确了主管领导，牵头部门和协办科室，保证了各项任务的有效落实。

二是健全了权力监督制约机制。认真落实责任追究制度，镇党委、镇政府重大事项的决策必须发挥集体领导作用，通过书记会、党委会研究决定，实现了科学决策。同时，通过管理交叉、岗位轮换，强化权力运行各个环节上的互相制衡；提高权力运行透明度，不仅公开了权力运行过程，而且公开了权力运行的结果，使权力运行始终置于大众的监督之下。

三是出台文明办公制度。为进一步转变机关工作作风，提高工作效率，密切与广大人民群众的紧密联系，认真研究制定了《中共长沟镇委员会关于开展〈首问责任制〉、〈文明办公制〉和〈文明接待制〉的实施意见》。《意见》实施以来，全体机关干部牢固树立了"在机关，我代表科室；在基层，我代表机关；在镇域外，我代表长沟"的思想，把接待、办公、廉政中的小事当成大事来抓，热情为基层、为企业、为群众服务，受到了大家的一致好评。

四　健全自我约束机制

在加强权力监督制约的同时，长沟镇还建立自我约束机制，要求党员干部自觉地按照"三个代表"重要思想和为人民服务的宗旨，自己约束自己，自己管好自己，为党和人民的根本利益掌好权、用好权，自重、自省、自警、自励，以身作则，在群众中树立好的榜样。为此要求全体党员干部做到"四要四不要"，即，要尊重自己的人格、爱惜个人的名誉，不要做与自己身份相悖的事情；要经常反省和检查自己的一言一行，一举一动，做到防微杜渐，常扫灰尘，警钟长鸣，抗拒腐蚀，抵制诱惑，不要一失足成千古恨；要不断用生活中的反面典型告诫自己，提醒自己趋贤避佞，不要重蹈覆辙；要以高尚的精神，突出的业绩激励和鞭策自己，牢记党和人民赋予的权力，做到清正廉洁，在构建社会主义和谐社会中作贡献，不要成为人民的罪人。

几年来，通过实践，长沟镇党委、纪委深深体会到：党风廉政建设责任制是一项长远性、基础性、全局性的重要制度，全面落实党风廉政建设责任制对反腐败斗争具有重要意义。在具体工作中必须做到"三个敢于"。

一是敢于从棘手问题抓起。越是棘手的问题往往越是群众普遍关注的热点、难点问题，只有在这些问题上下手才有说服力，这也是领导班子战斗力与凝聚力的一个体现。一个领导干部光洁身自好、两袖清风，还远远不够，特别是第一责任人必须坚持原则，敢于负责，敢抓敢管，惩治腐败。唯有如此，党风廉政建设和反腐败工作才能有的放矢。

二是敢于从部门内部抓起。党风廉政建设责任制是一项规定，也是一种领导方式和工作方法。在贯彻落实过程中，要坚持以党的事业为重，勇于揭露本部门的问题和薄弱环节。要正视现实，牢牢把握实事求是，突出重点的基本方法，采取切实可行的措施和积极稳妥的工作方法，把自己管辖范围内的工作做好，努力营造小气候。

三是敢于从小事抓起。细节决定成败。党风廉政建设和反腐败工作无小事。夫祸患常积于忽微，而智勇多困于所溺。所以在具体工作中我们要盯准小事，把小事当做大事来抓，及时发现隐患，找准漏洞，不让小事酿成事件，努力构建完善的反腐败管理体系。

第十章

镇财政和公共产品的供给

建立规范的乡（镇）级分税制财政体制，是为了更好地理顺市、区与乡（镇）的财政分配关系，充分调动财政生财、聚财、理财的积极性，增强乡（镇）财政自我发展、自求平衡的能力，保障（乡）镇级经济和社会各项事业的健康发展。1985 年，房山区长沟乡财政所成立后，一定程度上发挥了上述功能。

第一节　财政体制和机构沿革

财政体制是划分中央、市、区（县）各级政府之间财政收支范围和管理权责的一项基本制度，是经济管理体制的重要组成部分。在不同的社会制度里，财政体制是不相同的。几千年来，长沟的行政体制和隶属多有变迁，探讨其解放前的财政体制鲜有文字参考，因而难以对解放前的财政做翔实的梳理。

一　1949—1984 年的财政体制

新中国成立后，国家对北京市的财政管理体制规定，经历了从"统收统支"、"比例分成"到"财政包干"的过程，北京市对区（县）的财政管理体制也同样如此，区（县）对乡（镇）、街道的财政管理体制，由于机构建成时间短，大致也比照市对区（县）的办法实行。直至 1985 年长沟乡财政所成立，财政管理体制发生根本性变化。

（一）1949—1957 年

新中国成立初期，北京市根据国家"统收统支"财政管理体制规定，地方组织的财政收入全部上缴中央，地方的财政支出全部由中央拨付，收支两条线。

1951 年，北京市开始实行"划分收支，分级管理"的财政管理体制。1951—1957 年，长沟和其他乡级政权一样，实行的是"统收统支"的财政体制，即收入全额上缴，支出全额核定下拨，实际上是个"报账制"的财政管理体制。

（二）1958—1984 年

这一阶段是人民公社时期，由于其是一种"政社合一"的组织体制，它具有政治和经济的双重属性。这在一方面，人民公社作为乡镇政府的替代组织，它是政府组织，履行政府的职能，因此公社财政具有明显的政府财政的性质；可是另一方面，人民公社又是一个经济组织，其财务又是典型的企业性财务，与政府的财政有着根本的不同。

长沟公社财政是由原来的长沟乡财政和长沟农业合作社财务合并而成，国家实行体制下放，开始实行"财政包干"的管理办法，公社财政开始初具雏形。1961 年，《农村人民公社工作条例》颁布后，国家对人民公社管理体制进行了调整，并在此基础上，人民公社的财政管理体制也由"财政包干"调整为"统收统支"的管理办法，而且划分了国家财政和公社财政的收支范围。这在一定程度上扭转了乡镇财政、财务混乱的状况。据从长沟镇退休的财务人员回忆说，当时公社的财政并不独立，由县核定支付和管理的支出，主要是行政办公费，当时的交通不方便，公交车很少，公社的会计一个月骑自行车到县里报一次账；当时的差旅费是到县里报销，外出补助 2 毛钱。没有其他太多的支出。要是召集会议等需要支出的时候，就打报告到县里，县里批复后才开会，不会超支。自此，公社财政体制一直延续到 20 世纪 80 年代。

至于公社财政或财务所要提取的各种规费等集体提留以及上级的专向拨款，则属于公社的集体经济管理范畴。长时间内，长沟公社财政收入就是上面的拨款。公社主任主抓粮食生产、粮食上缴。大队粮食交上来，一个粮贸干事去算账，钱回队。当时，社员的粮食要等粮管所算账后才可以分到其手中。20 世纪 70 年代末，有一年，秋收的时候雨水比较多，粮食翻晒很困难，不少大队的粮食由于翻晒不及时而霉烂了不少，有个大队没有等公社粮管所的账算好，为了快点晒好粮食，就提前把应该给社员的粮食分了下去，后来这个大队长受到了公社的严厉批评。当时各个大队的农业税，就由长沟粮管所扣下来，上缴县财政局。

长沟的粮贸干事是县粮食局派出的。1957 年，长沟公社有了粮贸干事，第一任粮贸干事是刘福生，后来几任粮贸干事分别是李秀全、郑满等人，最后一任粮贸干事是张瑞明，他是长沟北正人，做了十多年，一直到粮管所的职能发生转变，他也正好到了退休年龄。

在此期间，长沟的财政管理随着国家对北京市的财政管理体制变化也在不断发生细微的变化。1959—1961 年，国家对北京市实行"收支挂钩，总额分成，一年一定"的财政管理体制；1962—1967 年，国家对北京市的财政管理体制是"总额分成加小部分固定收入"，但每一个年度都略有变化；1968 年，改为收支两条线的办法，即"收归收、支归支、收支分别算账"；1969—1970 年，国家对北京市实行"收支挂钩，总额分成"的财政管理体制；1971—1977 年，国家对北京市实行"定收定支，超收分成"的财政管理体制；1978—1984 年，国家对北京市实行"总额分成加超收分成"的财政管理体制。

表 10 - 1　　　　　　　　1959—1984 年北京市财政管理体制

时间	财政管理体制
1959—1961 年	收支挂钩，总额分成，一年一定
1962—1967 年	总额分成加小部分固定收入
1968 年	收归收、支归支、收支分别算账
1969—1970 年	收支挂钩，总额分成
1971—1977 年	定收定支，超收分成
1978—1984 年	总额分成加超收分成

资料来源：结合《北京市财政志》的内容整理。

从以上财政管理体制的变化可以看出，一直到长沟乡财政所建立前，国家长期以来采取了"统收统支"的办法，收入全部上缴中央，支出由中央核定指标，北京市的财政支出规模很小，同样，乡（镇）基本没有可以支配的财政支出，即乡（镇）一级财政其实没有真正建立起来。但随着经济和社会事业的发展，其也逐渐暴露出一定的弊端。面对经济社会的发展，改革财政体制已成历史的必然。

二　1985 年以来长沟镇财政的建立与变化

十一届三中全会以后，以家庭联产承包责任制为基础的统分结合的双层经营体制迅速在全国范围内扩展，由此引起了乡村经济社会的深刻变革。国家在乡村推行的经济体制改革冲击着人民公社的基层组织形式，并急剧地瓦解了与之相匹配的集体主义意识形态，从而对乡村基层组织建设和乡镇财政体制改革提出了新的要求。在 1982 年修订的《宪法》中，明确规定乡镇政权是我国政权体系中一级相对独立的政权组织。在这样的宏观背景下，长沟财政开始建立并伴随着政府体制的改革不断发展。

（一）长沟财政的建立

1983 年，中共中央、国务院发出了《关于实行政社分开，建立乡政府的通知》，提出了"随着乡政府的建立，应该建立乡一级财政"的要求。此后，财政部制定并颁布了《乡（镇）财政管理施行办法》，并在全国范围内正式施行。自此，乡镇财政的建设与发展便步入正常轨道。

1984 年，北京市人民政府决定建立乡财政，房山县的阎村镇被作为试点镇建立了镇级财政。1985 年，长沟乡建立了财政所，张元涛担任第一任所长。

长沟乡财政所是乡政府的办事机构，受镇政府和房山区财政局的双重领导。建立财政所的时候，当时规定长沟乡财政所的基本工作任务包括以下几个方面：第一，贯彻执行党的各项方针政策和各项财政、财务制度；第二，负责编制本乡范围内的财政收支预决算；第三，负责组织管理本乡范围内的预算收入，保证完成上级财政部门下达的各项收入指标，用好管好国家预算内支出，努力提高资金使用效果；第四，帮助乡属企、事业单位和农村经济合作组织搞好财务管理，大力促进农村的发展；第五，负责管理本乡的各项预算外资金，大力促进农村经济发展；第六，负责本乡的国库券推销工作等。这个规定一直延续到现在，具体内容和说法有些改变，但总体任务没有发生根本性改变。

（二）长沟财政体制的变化

从 1985 年建立乡（镇）级财政到现在，长沟的财政管理体制不断变化，其沿革情况大致如下。

1. 1985—1987 年。这一阶段，国家对北京市实行"划分税种，核定收支，分级包干"的财政管理体制。这是一种"划分收支，分级管理"的"半统半放"的财政管理体制，即核定收入包干，超收分成，核定支出，包干使用。

2. 1988—1993 年。这一阶段，国家对北京市实行"核定基数，递增包干"的财政管理体制。按照 1987 年的基础数字，核准机关和学校开支，实行差额补贴。长沟中学以及小学的办公经费、工资都由镇财政支付。

3. 1994—1998 年。1994 年，国家开始实行分税制改革。即从 1994 年起，国家对北京市实行"划分收支范围，实行分税制"的财政管理体制。1994 年建立地税，为确保镇财力，以 1993 年的实际财力不减为前提，按照新的税种，确定镇的税收，不考虑镇的支出。1993 年的税收，国家把"大头"拿走了；而 1988 年的镇支出体制一直延续到了 1998 年。1998 年才考虑镇上的开支情况。当时，学校的学生人数是历史高峰期，老师的数量相应也是高峰期，学校人员工资支出比较大，增加了适当支出；而且国家在此时也调整了税收政策，企业所得税的 25%、增值税的 25% 归镇财政。实际上，1988—1998 年是乡镇财政最艰苦的 10 年，到 1999 年税收调整政策开始显现效果，镇财政开始有所好转，而支出却没怎么增加，镇里的可支配财力就增加了。

4. 1999—2002 年。1998 年财政体制做了微调，1999 年再次微调。2000 年 1 月 1 日起，按照房山区的统一部署，长沟实行新的财政管理体制。主要内容：一是财政管理体制改革的基本原则是合理调整区与乡镇的分配关系；合理调整乡镇之间的财力分配，坚持税收收入分税管理的原则，坚持方案清晰与特殊问题特殊考虑的原则。二是在具体内容上，划分了事权和支出，乡镇财政主要承担乡镇机关行政、事业经费，乡级卫生事业经费，离退休人员经费，居委会补助等支出；乡镇收入划分为乡镇固定收入和区乡共享收入，固定收入包括农业税、农业特产税和耕地占用税，共享收入包括在增值税地方部分、营业税、企业所得税、房产税、教育附加收入等。三是在市与区共享收入实行"五五分成"的基础上，区与镇再"五五分成"。长沟镇财政所得分成比例分别为：增值税 6.25%，营业税 25%，城建税 21.25%，教育费附加收入 25%，企业所得税 25%，土地使用税 25%，房产税、车船税、资源税、印花税均为 50%，固定收入的农业税、农业特产税和耕地占用税均为 100% 作为镇财力。鉴于镇财政所得税收分成有限，区财政每年拨付 442.4 万元转移支付，用于弥补长沟镇的财力不足。

2002 年 1 月 1 日起，实行新的区乡财政体制：一是收入的划分，分为共享税收和固定收入，税收分成比例延续原比例；二是支出的划分，乡镇财政主要承担乡镇机关行政、事业经费，乡级卫生事业经费，离退休人员经费，居委会经费，教育公用经费和乡镇事业发展的部分支出；三是即得财力的测算，招商引资的税收各乡镇留成部分75%返还乡镇，不计入乡镇即得财力。这次财政体制改革是和乡镇的机构改革同步进行的，镇上工作人员的工资标准向公务员过渡，按照镇上的编制核定公务员的人数。此外，由于教育管理体制的调整，镇财政不再支付教师工资，而只承担学校的基本建设费用支出。

（三）目前的镇财政管理体制

目前，长沟镇执行的是在2000年体制的基础上，区2000年5月完善、核定的新一轮财政运行体制。其特点为：划分税种、比例分成、定编定额、收支挂钩、超收分成、结余留用、创新机制、平衡发展，实行所得财力区乡两级"五五分成"的办法。镇财政所结合区实行招商引资税收奖励的优惠政策，以小城镇开发为龙头，大力实施"环境兴镇，引进强镇"的发展战略，集聚财力，发挥财政的工作职能，促进了全镇各项事业的快速发展，为构建和谐长沟起到了积极而重要的作用。

现在，长沟面临实现财政收支平衡的挑战。目前，本地企业税收总量仍处于弱势，新的税收增长点缺乏，严重制约了自有财力的增加。而基础设施建设、环境治理、社会保障，以及促进经济社会发展等各方面的需求又有增无减，实现财政收支平衡的压力很大。

第二节　财政收入

财政收入是指国家财政参与社会产品分配所取得的收入，它是实现国家职能的财力保证。长沟镇的财政收入亦是如此。

一　收入规模

财政税收是衡量一个地区经济发展的硬性指标。长沟镇的财政税收进入21世纪后增量较大，增幅较高，成绩突出。2001年，长沟镇财政税收首次突破亿元大关，实现税收入库1.22亿元，比2000年增加5141.4万元，同比增长72.4%，完成房山区下达年计划指标6450万元的189.9%，占全区乡镇税收总额的24.8%，并在全区28个乡镇、办事处中率先实现了"税收亿元镇"的奋斗目标，由1994年的年税收234.85万元、全区排名的倒数第三位而跃至首位。以后几年中，由于国家政策的变化，财政收入规模递增幅度不均衡，变化幅度较大，但总体表现出良好的发展趋势。

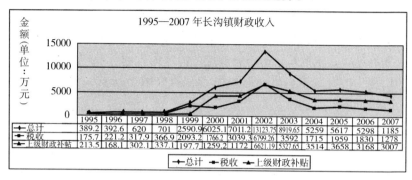

	1995	1996	1997	1998	1999	2000	2001	2002	2003	2004	2005	2006	2007
总计	389.2	392.6	620	701	2590.9	6025.1	7011.2	13423.75	8919.65	5259	5617	5298	1185
税收	175.7	221.2	317.9	366.9	2093.2	1766.2	3039.3	6799.26	3592	1715	1959	1830	1278
上级财政补贴	213.5	168.1	302.1	337.1	197.7	1259.2	1172	6621.19	5327.65	3514	3658	3168	3007

资料来源：长沟镇财政所提供的统计资料。

图 10 - 1　长沟镇 1995—2007 年财政收入情况示意

从图 10 - 1 可以看出，1995—1998 年，长沟镇的财政总收入不足 800 万元，税收收入和上级的财政补贴都不是很高，财政收入增幅比较小；1999—2000 年，由于大力开展招商引资，工商税收增幅很大。1999 年，长沟引进了北京顺天通房地产开发有限责任公司，完成住宅面积 30 多万平方米，引进增量显著，获全区一等奖；2000 年，税收总额实现了 7106 万元，创出了历史最高水平，在全区各乡镇经济总量和经济增长综合评比中取得了第一名的好成绩；2001 长沟镇税收在全区率先突破亿元大关，位居房山区第一位，实现了财政收入跨越式发展的目标；到 2002 年，达到长沟财政收入最高时期，为 13423.75 万元；但到了 2003 年，财政收入开始滑坡；2004 年以后的几年，收入大幅下降，到了 2005 年，虽有所回升，但增长幅度较小；2006 年、2007 年持续低迷，难以有 2002 年的辉煌。财政收入下降的原因有三个：一是由于国家调整了税收政策；二是一些房地产企业外迁；三是国家取消了农业税和农林特产税。

长沟财政收入的结构特点比较明显，主要是以引进企业的税收为主，缺乏扎根本土的支柱产业，有很强的依赖性，受政策制约较大。

二　长沟镇的财政收入结构

长沟镇的财政收入主要包括工商税收、耕地占用税、上级财政补贴等几个部分。

（一）农业税收

北京市征收的农业税占整个财政收入中的比重虽然不大，但政策性很强，一征一免，直接关系到农民的经济利益。长沟镇农业税的征收，是以常年产量为计税依据的。1979年，经国务院批准，实行农业税起征点的办法。为了平衡农村各种农作物的税收负担，1983年和1987年北京市先后开征农业特产税和耕地占用税。凡在北京市行政区域内生产农业特产品的单位和个人，为农业特产税的纳税义务人。纳税义务发生时间为农业特产品收获或者出售的当天，纳税人应当自纳税义务发生之日起三十日内，向当地税收机关申报纳税。农业特产税的应纳税额，按照农业特产品实际收入和规定的税率计算征收，不征收地方附加。农业特产税实际收入以人民币计算。对于实际收入难以掌握的，当地税收机关可根据不同产品的具体情况评定常年产量，按当地中等价格和规定税率计算缴纳农业特产税。长期以来，农业税收在长沟财政税收中的比例不是很大，农业税每年在40万元左右，农业特产税每年在6000元左右。农业税收在长沟财政收入中虽然比例不是很大，但在一定程度上弥补了财政总体收入不足的缺陷，2004年取消了农业税收，乡镇的财政收入下降了不少。

（二）工商税收

长沟镇财政税收完成情况，对长沟镇财政的影响比较大。从图10-2可以看出，1994—1998年税收收入从234.85万元增长到464.7万元，属于稳定增长，增长幅度有高有低，但基本没有超过30%；1999—2002年三年间，税收大幅增加，2002年1—8月份，长沟镇实现财政税收入库总额14809.87万元，比上年增加5094.77万元，同比增长52.4%，完成年度财政收入任务14207万元的104.2%，提前超额完成财政税收任务。其中增值税、营业税、城建税、教育附加收入、企业所得税、房产税增幅较大，分别比2001年增长了188.1%、41.5%、73.8%、77.6%、203.8%和250.9%。到2002年年底税收就达到了24755.79万元，几乎超过1994—2001年的总和，成为长沟历史上的财政收入高峰，也是长沟税收史迄今为止的最高峰。

房地产的开发在中国不少地方成为第二财政。长沟在21世纪发展中也受到了房地产开发的影响，前面提到的长沟引进的北京顺天通房地产开发有限责任公司对长沟财政的作用不可小觑。顺天通房地产开发公司2002年开发的北京市经济适用房试点区——天通苑小区，完成入库税收2.55亿元，成为带动房山区房地产业发展的重要力量。但该公司的主要经营地是在北京市昌平区，同时该公司也是北京市昌平区的第一纳税大户，属于异地经营的房地产开发企业。但是，按照《中华人民共和国税收征收管理法》的规定，同时随着开发区招商结构的进一步调整，北京市出台了"城区开发企业销售不动产营业税，由企业注册地主管税务机关征收"，改由"项目所在地主管税务机关征收"，顺天通公司变更了注册地，到昌平注册。于是 2003 年长沟的税收收入下降到 17070.05 万元，2004 年再次降低，难有 2002 年的辉煌。后面的几年，税收每年虽有回升，但也就是 10000 多万元。

从工商税收的变化可以清晰看出，长沟税收对国家政策和外来企业的依赖性很大，这值得其他一些乡镇深思。

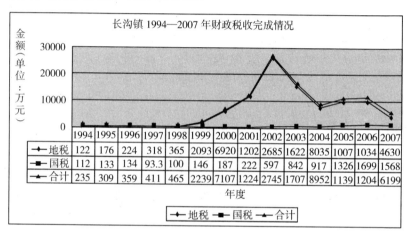

长沟镇 1994—2007 年财政税收完成情况													
	1994	1995	1996	1997	1998	1999	2000	2001	2002	2003	2004	2005	2006	2007
地税	122	176	224	318	365	2093	6920	1202	2685	1622	8035	1007	1034	4630
国税	112	133	134	93.3	100	146	187	222	597	842	917	1326	1699	1568
合计	235	309	359	411	465	2239	7107	1224	2745	1707	8952	1139	1204	6199

资料来源：长沟镇财政所提供的统计资料。

图 10 - 2 长沟镇 1994—2007 年税收变化示意

（三）上级财政补贴

上级财政补贴主要是指财政转移支付、专项补助、体制补助、结算补助等四类。财政补贴的数量与国家对农村的重视有很大关系。税收高，则财政补贴也高。从 2006 年的新农村建设开始，财政补贴的金额有所增加。从图 10 - 2 可以明显看出，20 世纪 90 年代中期后，国家对长沟的财政补贴每年基本不超过 200 万元，最高的一年 2000 年也不过是 376.5 万元。2002 年是长沟财政收入最高的一年，财政补贴也最高。2004 年、2005 年，国家的专项支付最高，分别是 982 万元和 889 万元。2007 年，市、区两级财政为长沟财政补贴建设基金接近 5000 万元，是历年来财政补贴最多的一年。建设基金是单独决算的，在图 10 - 3 所列的表格中并没有出现。

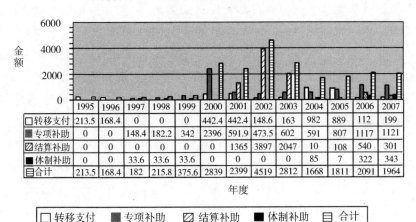

长沟镇 1995—2007 年财政补贴情况（单位：万元）

年度	1995	1996	1997	1998	1999	2000	2001	2002	2003	2004	2005	2006	2007
□转移支付	213.5	168.4	0	0	0	442.4	442.4	148.6	163	982	889	112	199
■专项补助	0	0	148.4	182.2	342	2396	591.9	473.5	602	591	807	1117	1121
▨结算补助	0	0	0	0	0	1365	3897	2047	10	108	540	301
■体制补助	0	0	33.6	33.6	33.6	0	0	0	0	85	7	322	343
▤合计	213.5	168.4	182	215.8	375.6	2839	2399	4519	2812	1668	1811	2091	1964

年度

□ 转移支付　■ 专项补助　▨ 结算补助　■ 体制补助　▤ 合计

资料来源：长沟镇财政所提供的资料。

图 10 - 3　长沟镇 1995—2007 年财政补贴示意图

三　促进税收增长的主要做法和措施

自 1994 年起，长沟镇党委、政府都把小城镇开发建设作为一个千载难逢的重要机遇，作为工作的重中之重，常抓不懈。由于历史原因，长沟镇的经济基础比较薄弱，所以在小城镇开发建设起步的最初几年，经济发展比较缓慢，反映在税收工作中同样如此。直至 1999 年，财政税收工作才真正实现了飞跃。但是在 2003 年以后，财政税收又出现了新的特点，长沟镇积极采取了一系列应对措施。

（一）充分发挥财政职能，齐心协力保增收

1994 年起，分税制的财政体制开始运行，既给财政工作带来了发展机遇，同时也增加了工作难度和压力。经济要发展，城镇要建设，财政供养人员的开支要保证，如果没有雄厚坚实的财力，没有强大的财政作依托是难以实现的。长沟镇切实发挥财政职能，严格依法治税，强化保证措施，积极组织税收入库。主要举措有：

1. 领导重视。财政税收工作既是政府的一项重要的经济考核指标，又是关系到全镇各项事业发展的基础性工作。为此，镇党委、政府高度重视，党委书记亲自抓，对税收进展情况随时掌握，有时甚至亲自去协调各种关系；同时出主意、想办法，制定政策，为保证实现财政税收工作目标奠定坚实的基础。

2. 量化目标。为了强化保证措施，镇党委、政府与各村、各镇办企业以及财税各所都签订了《税收目标管理责任书》，对任务指标进行量化，并制定了切实可行的考核办法；财政所建立税收台账，年终进行统一考评，奖优罚劣，务求实效，从而充分调动了全镇上下各方面的积极性，形成了目标明确、各负其责、各司其职、齐抓共管的工作格局。例如，有两个村的党支部书记以前对财政税收工作从不过问，自从实行财政税收工作考评制度以后，经常到财政所询问了解本村的税收完成情况。

3. 广泛宣传。为了在全镇范围内树立"依法纳税光荣、偷逃漏税可耻"的良好社会风气，长沟镇财政所还经常利用长沟大集的机会，到街上举办义务咨询活动，发放宣传材料；同时采取举办培训班、召开座谈会等多种形式，听取纳税人的意见、建议，密切与纳税人的关系，使广大纳税人形成自觉依法纳税的意识，有力地促进了税收工作的开展。

4. 招商引资。1999 年以来，在不断完善小城镇基础设施建设的基础上，长沟镇积极筑巢引凤，不断加大招商引资力度，制定了一系列优惠政策。本着诚信为本的原则，如约兑现落实，从而赢得了众多名商巨贾的信赖，吸引更多的商家老板来长沟投资置业。此外，镇政府还从市、区聘请了 20 名专家担任长沟镇的经济顾问。这些社会知名度高、有威望的人员为长沟镇发展建言献策，引资入项，仅 2001 年就引进项目 42 个，引进资金 1.84 亿元，招商引资所形成的税收占税收完成总额的 82%，为长沟镇经济的发展注入了勃勃生机，增添了发展后劲。

（二）强化服务意识，转变政府职能

随着改革的不断深入，政府的职能作用越发明显和突出，正在由原来的管理型向服务型转变。为此，长沟镇注重强化为企业服务的意识，充分发挥政府服务职能，对前来长沟投资兴业的商家一视同仁，一律提供良好的服务。如帮助办理各种手续，协调疏通各种关系，努力营造一个宽松、良好的投资环境。不仅如此，镇里主要领导还经常深入企业，深入基层，到工地现场办公，为企业解决实际工作中遇到的难题，从而深受企业家们的欢迎和好评。

（三）优化财政支出结构，不断改善投资环境

财政税收取之于民，用之于民。长沟镇税收的快速发展，也为构建公共财政积聚了财力。在确保教育、行政等公职人员行政经费开支、工资发放和财政收支平衡、不发生赤字的基础上，不断加大对公共财政的投入力度，特

别突出的表现是小城镇发展中的基础设施建设。长沟镇城市化进程的加快，使投资环境更加完善，不仅进一步促进了招商引资工作的开展，也使经济得以快速发展，促进了税收任务的圆满完成。

（四）与时俱进，寻求不同时期财政增长的策略

2003 年以后，受新出台的一些宏观调控政策及市场波动的影响，特别是顺天通房地产开发公司等个别纳税大户的外迁，使得长沟镇原已形成的财政税收发展态势受到明显制约，财政收入大幅度下滑。为此，长沟镇不得不寻求新的发展策略。第一是积极努力，争取上级专项资金支持。2007 年春节前，镇政府全力以赴与区各委办局协调，使 2006 年争取的各种专项、奖励找尾资金 520 万元按时到位。对于个别问题，更是努力争取，予以解决。第二是严格把关，开源增收防外流。2006 年年底，当得知通成达水务公司已在良乡附近的一个乡镇注册后，镇领导立即找到该公司了解情况，并积极配合招商办，协调相关职能部门，使该公司在较短时间内完成了到长沟镇的登记注册手续，增加了镇财力。

第三节　财政支出

财政支出是指国家将筹集起来的财政资金进行分配使用。财政支出又划分为预算内支出和预算外支出。

一　支出结构及其变化

新中国成立初期，国家财政困难，为集中财力，中央对北京市的财政体制采取了"统收统支"的办法，由于乡镇财政不独立，长沟的收入全部上缴，支出也由县审核划拨。由于当时国家各级政府，尤其是县以下政府的财力很小，长沟财政支出规模很小，主要是基本的行政事业费和教育支出等。1985 年建立乡财政后，财政支出规模逐年扩大，财政支出总量增长加快，资金的投向也发生了较大的变化。优化支出结构，集中财力办大事、办实事，在保证教育、行政管理等人员经费开支、增资及时兑现的基础上，财政工作开始探索向构建公共财政框架的方向发展，经济建设、城市建设等生产性支出在支出总额中的比重明显增大。深化产业结构调整，加快基础设施建设，统筹社会事业发展成为长沟镇进入 21 世纪后财政支出的主线。

表 10 - 2 　　　　　　　　　　长沟镇 1995—2007 年财政支出

年度	总计	行政事业费	基本建设	农业	教育	医疗	社会救济
1995	363.2	25.12	50.3	34.69	214.03	30	8
1996	354.7	25.48	10.87	75.46	203.82	25.08	9
1997	498.7	96.4	30	912	237.3	33.6	3
1998	581.9	85.7	40	71.2	268.6	25.9	1.8
1999	1170.2	105.8	105.9	147.5	309.4	43.5	7
2000	4252.9	177.2	640	1584.6	328	42.5	5
2001	5105.9	424.4	677.8	177.7	365.8	195.8	9
2002	10908.1	859.6	1192.9	321.9	57.2	81.7	44.2
2003	7074	1048	933	463	43	179	1
2004	3412	1200.98	24.2	553.75	84.7	54.6	34.85
2005	4240	1342.9	15	271.4	107.83	121.64	57.78
2006	4055	1748	394.14	783.78	16.22	75.17	29.25
2007	8699.33	2120	4998.77	1198.39	65.87	36.71	43.12

资料来源：长沟镇财政所提供的统计资料。

从表 10 -2 可以看出，长沟的财政支出主要包括行政事业费、基本建设费、农业、教育、医疗、社会救济等六个方面的内容。财政支出的每个方面也呈现出不同的特点。

需要说明的是，2007 年长沟镇基本建设的 4998.77 万元是国家财政补贴给长沟的专项基金，按照以前的统计口径不列在表中。

（一）行政事业费绝对数量逐年上升，支出比重呈上升趋势

行政事业费的支出主要用于镇人员工资、奖金和办公费用。1995—2006 年，长沟的行政事业支出逐渐增大，受财政体制改革的影响，行政事业费的比重有所变化，最低的一年是 2002 年，在整个财政支出中的比重是 4.2%，但基本趋势是逐渐上升的。2006 年，行政事业费的支出占财政支出的 43.1%，是 1995—2007 年支出比重最大的一年。2007 年的行政事业费的支出占总支出的 24.3%。

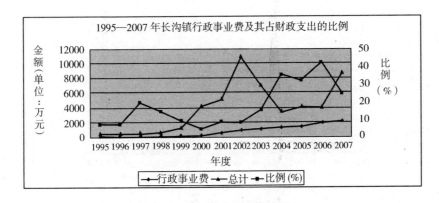

资料来源：长沟镇财政所提供的统计资料。

图 10 - 4 长沟镇 1995—2007 年行政事业费及其占财政支出的比例

虽然行政事业费的比重有的年份会低一些，但从表10 - 4可以看出，行政事业费的绝对支出数量一直呈上升趋势，这反映出乡镇"吃饭财政"的特点。由于事权和工作量的增加，因此乡镇政府这个层级的干部人数也是不断增加的，即政府机构和干部人数所耗费的财政支出是刚性的。当财力不足的时候，就需要压缩其他开支，但基本的行政事业费是难以压缩的。由于这一块支出属于刚性支出，但是它的增加又受到上级的严格制约，因此它在整个财政支出中所占比重的多少，往往取决于整个收入的盘子有多大。

（二）基本建设支出为镇村基础设施建设提供了保障

城镇基础设施建设和农村基础设施建设是长沟镇财政的主要支出事项之一，长沟镇在农村基础设施建设方面走在了北京很多乡镇的前面。

长沟镇的基本建设投资可以分为四个阶段：第一个阶段是1995—1999年，投入较少，1996年投入最低，只有10万元，1999年最高不过是105.9万元；第二个阶段是2000—2003年，投资大幅度增加，四年时间全镇基本建设投资合计3443.7万元，其中2002年一年的基本建设费是1192.9万元；第三个阶段是2004—2005年两年，投资金额合计不足40万元；第四个阶段是2006年至今的加大投入阶段暨新农村建设阶段，建设经费加大，2006年是394万元，2007年高达4998.77万元，占财政支出的57.46%。

2007年，长沟利用市、区两级政府的建设基金，基础设施建设顺利推进。主要的投资项目包括启动了中心区路网、110千伏输变电等重点建设工程，为产业基地的发展奠定了坚实的基础。并且投资进行

图 10 - 5　长沟镇 1995—2007 年基本建设投入

环境整治和环境建设，建设绿地 4.5 万平方米，绿化带 4300 平方米；完成了龙泉湖绿化并对镇域内的绿地进行了补植和改造，共计改造绿地面积 1.5 万平方米。以上投入的资金总额比 1995—2006 年的总和（4114.11 万元）还要多出 800 万元。

基本建设经费的投入保证了长沟基本建设的规模和水平。1995 年，经北京市政府、国家建设部批复，长沟镇被列为首批全国小城镇试点，同时被列为全国小城镇建设试点。2001 年 1 月，长沟镇获得"京郊小城镇建设先进镇"的称号。1997—2002 年，累计投资 3.3 亿元，在北京尚未按照中央统一部署开展新农村建设之前，长沟已经开始投入大量财政资金开展了"道路硬化"、"农村改厕"、"农村基础设施建设"等项目，有力地促进了镇区建设和农村基础设施建设。其他基本建设的具体项目可以参考其他章节，本章不再一一赘述。

（三）镇财政在农业方面的投入不足制约了都市型现代农业的发展

改革开放以来，长沟镇的第二、三产业在农村经济中所占的份额越来越大，农业所占份额日益减少。特别是进入 20 世纪 90 年代后，长沟的投资结构出现了显著的变化，农业方面的财政支出金额不大、在总支出中的比重也不是很大。

镇财政支出用于农业方面的支出，主要包括农业生产费、农田水利建设费、农业科技费等三项。镇财政不仅直接组织资金，保证了对农业的投入，也在促进农村经济发展中起到了导向作用。但总的来说，长沟镇农业支出所占比重不高。1995—2007 年每年的支出情况如图 10 - 6 所示。

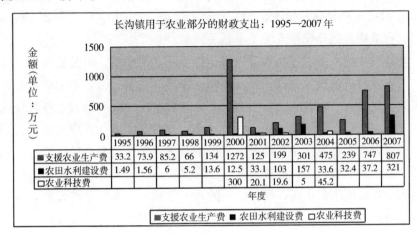

长沟镇用于农业部分的财政支出：1995—2007 年

金额（单位：万元）	1995	1996	1997	1998	1999	2000	2001	2002	2003	2004	2005	2006	2007
■支援农业生产费	33.2	73.9	85.2	66	134	1272	125	199	301	475	239	747	807
■农田水利建设费	1.49	1.56	6	5.2	13.6	12.5	33.1	103	157	33.6	32.4	37.2	321
□农业科技费						300	20.1	19.6	5	45.2			

年度

■支援农业生产费 ■农田水利建设费 □农业科技费

资料来源：长沟镇财政所的统计资料。

图 10 - 6 长沟镇 1995—2007 年用于农业部分的财政支出

如图 10 - 6、图 10 - 7 所示，1995 年以来，农业支出占财政支出的比重不算高，但是就绝对数额来说，除个别年份因整个财政收入猛增而大幅度增加外，总的来说，一直不是很高。只有在 2006 年、2007 年的投入分别是 747 万元、807 万元，所占比重除个别年份外，均不高于 20%，其中有 5 年低于 10%，2002 年只有 2.95%。

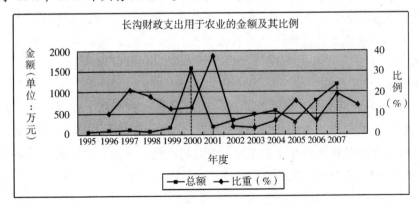

长沟财政支出用于农业的金额及其比例

■总额 ◆比重（%）

资料来源：长沟镇财政所提供的统计资料。

图 10 - 7 长沟镇 1995—2007 年农业投入占财政支出的比重（%）

由于农业比较效益低，农田水利设施的投入远远不足，从 1995—2006 年，长沟在农田水利建设的累计投入只有 436 万元，不过令人欣喜的是，2007 年农田水利设施的投入是 321 万元，这和 2008 年中央一号文件提出的加大农业基础设施建设投入的要求是一致的。

农业科技投入可以提高农业产量，这是不争的事实。但是长沟镇的财政支出中农业科技的投入一直不足，1995—2007 年总共投入不足 100 万元，其中多数年份没有任何投入。从图 10-6 可以看出，2000 年的农业科技投入是 300 万元，其实它不会超出 30 万元，据调查是作为农业生产费用掉了。

造成农业科技投入不足的原因有以下几点：第一，农业科技投入的动力不足。由于农业收入在长沟镇及其农户家庭中的比重不是很大，因而农业科技投入的积极性不是很高，而在农户的收入结构中，小农经济的收入所占比例很小，还有一定数量的农户把土地租给了外地人耕种，对农业科技的投入自然也不热心。第二，农业科技投入无相关机构实施。农业科技投入需要相关的机构来实施，但在乡镇体制改革中，以前承担农业科技推广和实施的农技推广站、水利站、种子站都被撤销，虽然新成立的农业技术综合服务中心具有"负责本镇粮食、林果、蔬菜、畜牧、水产、水利、农机、化肥、籽种、中草药、农药等系列化综合技术指导和科技推广工作；为本地区发展特种农业提供科技服务；负责本地区养殖业的技术培训和指导"等职能，但中心人员不足，无力承担农业科技推广的责任。第三，农业科技人员数量不足、结构不合理。全国农业普查数据表明，到 2006 年年末，长沟镇共有农业技术人员 124 人，但其中在农业生产经营单位中从业的农业技术人员 106 人，真正从事农业科技推广（含行政人员）才 16 人。按职称分，初级农业技术人员 110 人，占 88.71%，中级农业技术人员 14 人，占 11.29%。如图 10-8。

农田水利设施的老化、农业科技的不足都制约了都市农业、现代农业的发展，也与北京市 2005 年年初实施的"221 行动计划"明确提出要加快发展都市型现代农业的要求不相符。农业科技投入不足、农田基础设施老化是普遍现象，不是长沟镇的独有特点，应该引起深思。

（四）文教卫生事业费

长沟的文教卫生事业包括教育事业、卫生事业、文化事业等三个方面。与财政体制的改革密切相关，教育事业和卫生事业的财政支出都有显

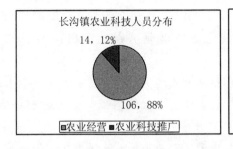

资料来源：全国第二次农业普查长沟镇 2006 年数据。

图 10 – 8 长沟镇农业科技人员的从业分布和职称结构

著的变化。

教育事业的经费支出主要包括学校的基本建设经费、教师工资等。从图 10 – 9 可以明显看出，教育事业费支出在 2002 年前、后分成两个阶段：2002 年以前，由于教育是全额拨款单位，长沟初级中学和镇办小学的基本建设费用和教师工资都是乡镇财政支出，教育经费支出在乡镇财政支出的比重很大，连续 4 年都在 50% 以上，1995 年占到了近 60%；到了 2002 年，教育经费上划，教师工资由区财政统一支付，不再由长沟镇财政支付，但学校的基本建设经费不足部分仍由长沟镇负担，这样经费的支出比重就小了许多，即从 2002 年至今，其支出均不超过 10%。

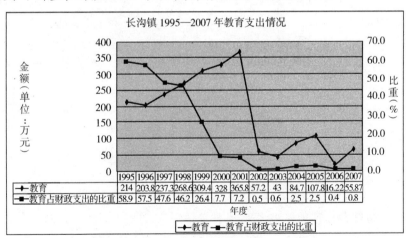

资料来源：长沟镇财政所提供的统计资料。

图 10 – 9 长沟镇 1995—2007 年教育支出状况

　　卫生事业的财政支出包括乡镇卫生院的差额补助、地方病防治和机关事业人员的医疗费等几个方面。长沟卫生事业的财政支出演变经过了三个阶段：

　　1995—2002 年，卫生事业费中包括弥补长沟卫生院经费的不足，卫生院是差额补助拨款单位。每年长沟镇财政需要支出大约占镇财政支出 8% 左右的卫生事业费。

　　2002—2003 年，卫生院的财政补助由区财政负担，乡镇财政不再负担卫生院的差额补助，但地方病防治费用的支出增加了，而支出的绝对数额不是很大，2003 年为 179 万元，是历年支出最多的一年。

　　2004 年至今，卫生事业支出中增加了新型农村合作医疗补助。2004 年年初，长沟镇新型农村合作医疗体系开始建立，四年来镇财政补助近 37 万元。

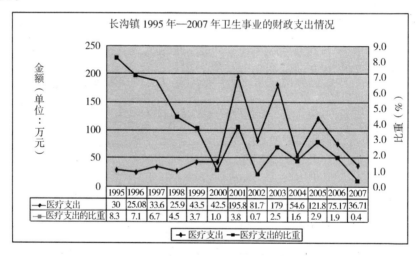

资料来源：长沟镇财政所提供的统计资料。

图 10 - 10 长沟镇 1995—2007 年卫生支出状况

　　（五）社会保障的财政支出促进了社会福利事业的开展和社会和谐

　　长沟镇社会保障的财政支出主要包括赈灾、抚恤、社会福利几个方面。社会救济的支出不是很高。2000 年以前，社会救济财政支出的绝对数额和比重都不是很大。2001 年，长沟镇按照北京市的要求，着手解决农村优抚对象的危房问题，也加大了其他方面社会救济的支出。2002 年以后，社会救济的财政支出数额和比重都有所增加，特别是 2007 年，社会救济方面的财政支出达到 43.12 万元，如图 10-11 所示。

2004 年年初，长沟镇新型农村合作医疗体系建立，参合率达到了 74.4%，位居全区前列；2005 年，覆盖率 100%，参合率达到 83.77%，完成报销 1.3 万人，报销总额达 66 万元，排全区第一名；2006 年，参合率达 94%，最低生活保障制度得到全面落实，做到了应保尽保、应退尽退；2007 年，参合率达 100%，新型农村合作医疗参加 18356 人，个人筹资总额 607720 元，镇财政补助 367080 元，争取市区两级资金 1101240 元，筹资总额 2076040 元。

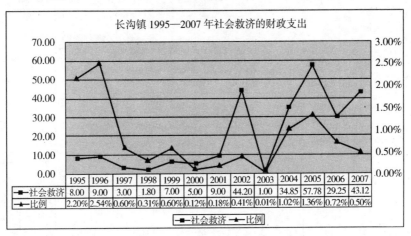

资料来源：长沟镇财政所提供的统计资料。

图 10-11　1995—2007 年社会救济支出状况

二　财权与事权的平衡问题

乡镇政府财权与事权不相匹配，即财力很小而要办的事情却很多，这是长沟 1985 年财政建立以来的长期存在问题，也是 2004 年以前农村税费改革遇到的难题。

（一）长沟财政工作中财权与事权不相匹配的情况

为了实现财权与事权的平衡，长沟镇做了大量的工作：一方面，镇里牢固树立"比例适当，集散有度，收支合理，使用得当"的理财观念，努力促进经济与财政的协调发展。在发展经济的基础上，大力健全收入管理机制，争取享受国家的优惠政策，加强税收征管，促进财政收入这块"蛋糕"的不断加大。另一方面，则是调整支出结构，基本保证了财权与事权的平衡，如

表 10 - 3 所示。

表 10 - 3　　　　长沟镇财政 1997—2007 年结余暨财政平衡情况

单位：万元

年度	财政收入							财政支出	滚存结余			备注
	本年收入	转移支付	专项补助	结算补助	体制补助	上年结余	收入合计		专项结余	净结余	结余合计	
1997	317.9		148.4		33.6	120.1	620	498.7		121.3	121.3	
1998	366.9		182.2		33.6	121.3	704	581.9		122.1	122.1	
1999	2093.2		342		33.6	122.1	2590.9	1170.2		1420.7	1420.7	其中区欠乡款1370.2万元
2000	1766.2	442.4	2396.1			1420.7	6025.4	4252.5		1772.9	1772.9	支出含体制上解470.2万元
2001	3039.3	442.4	591.9	1364.7		1772.9	7211.2	5105.9		2105.3	2105.3	支出含上解公粮补贴2.4万元
2002	6799.26	148.6	473.45	3897.14		2105.3	13423.8	10908.1		2515.7	2515.7	支出含上解司法经费3.3万元
2003	3592	163	602	2047		2515.65	8919.65	7074		1845.7	1845.7	
2004	1745	982	591	10	85	1846	5259	3412		1847	1847	
2005	1959	889	807	108	7	1847	5617	4240		1377	1377	
2006	1830	112	1117	540	322	1377	5298	4055	243	1000	1243	
2007	1278	199	1121	301	343	1243	4485	3701	467	317	784	

资料来源：长沟镇财政所提供的统计资料。

但是在财权与事权的平衡工作中，也存在着一些令人堪忧的问题和不足。主要表现如下。

1. 全镇经济和财政总体上发展不平衡，存在着"两多两少"的现象。"两多两少"即税收入库中投资注册企业完成的多，本地自主企业、扎根企业完成的少；招商引资镇级完成的多，村一级完成的少。与此相应，形成了镇级经济发展较快，而村级经济无明显起色的"一边倒"现象。加之村级经济基础原本就薄弱，致使相当一部分村的经济工作仍然缺乏实力和后劲。

2. 由于招商引资注册企业在税收总额中完成的比重较大，随着北京乃至全国小城镇数量的增加，各区县、乡镇之间优惠政策不断出台，竞争日益激烈，长沟的小城镇政策优势明显减弱，这无疑增加了税收工作的不稳定因素，应当加以重视，以提早采取措施，避免大的波动。

3. 镇财政收支矛盾日益突出，支出压力不断增大，年终实现收支平衡具有相当大的困难。

（二）问题产生的原因

从表 10 – 3 可以看出，虽然长沟镇现在的财政是平衡的，但维持平衡的难度确实很大，造成这种困境的主要原因是区乡两级财权与事权划分不够合理，财权未随事权走，具体体现在：

1. 财政体制调整以后，在人员的政策性增资上，上级出政策，"资金按原渠道解决"，乡镇支出增加，而相应的上级补助没有增长，致使本不宽裕的乡镇财政日趋紧张。

2. 上级各相关部门出台并要求乡镇财政予以资金匹配的项目不断增加，也是形成乡镇财政困难的原因之一。计划生育、农村合作医疗、农村生活困难人员家庭低保、卫生公用经费，以及农村现役义务兵、在乡优抚对象优待金等各种匹配资金，每年支出达 86.08 万元，而这些需要匹配的支出款项，是已定财政体制中所没有包含的，是镇财政支出中新增加的内容。

（三）进一步采取的措施

针对存在的问题，需要长沟镇积极采取有力措施，进一步培植本地税源，尽快调整收入结构。一是充分发挥产业基地的平台作用，加大招商引资力度，以引进无污染、规模大、效益高、市场竞争能力强的企业；二是在原有基础上，进一步打造商贸型小城镇的特有品牌，发挥 500 年传统大集的优势，在产业化上下工夫；三是以已经形成的御塘贡米、磨盘柿、薄皮核桃等农副产品基地为龙头，在深加工方面做大做强，以扭转农业收入比重低，收入结构不平衡的局面，实现稳定、可持续的收入发展目标，使财政收入"蛋糕"进一步做大做强，为全镇各项事业发展提供财力保障和资金支持。

第四节　财政管理

财政管理是指国家对财政、财务活动进行组织、指挥、调节和监督等各项活动的总称，贯穿于财政分配的全过程。它包括目标的确定，形势的预测，方案的决策，计划的编制、实施与检查分析，以及财政信息的反馈等。

为了适应社会主义市场经济发展的需要和新会计法的实施，加强农村财务管理和经济核算，完善农村财务管理，规范财务行为，使之规范化，保证会计等有关资料的真实、完整，长沟镇制定了"长沟镇农村经济财务管理制度"、"长沟镇统计工作管理制度"、"长沟镇审计办法及村账镇审办法"、"农村财务审批权限及招待费开支的规定"等有关规章制度，并以文件形式下发。长沟的财政管理，主要包括预算管理、零户统管、村级财务管理和财务审计等四个方面。

一　预算管理

长沟的财政机构建立后，按照《预算决算暂行条例》和房山区的具体情况，开始编制乡（镇）财政预算。1994 年起，按照预算法的规定，北京市地方财政预算，由市、区（县）和乡（镇）共三级预算组成。长沟乡（镇）级预算包括：乡（镇）税收计划与专项收入计划和乡（镇）级行政事业单位支出预算两部分。

在预算管理中，长沟在以下三个方面的工作比较突出。

1. 强化预算外资金管理，建立零户统管制度。预算外资金有国家农业开发资金、农业专项资金、农村税费改革转移支付资金、生态林养护资金、民政和社会保障经费、市区发改委和财政局专项资金、会计师事务所财政资金等。

作为全区首批十个零户统管试点镇之一，长沟镇党委、政府重视搞好预算外资金管理工作。他们把收支两条线与零户统管工作紧密结合，使预算外资金得到有效管理，制定并出台了《长沟镇零户统管管理（试行）办法》。财政所与各个部门严格把关，分管同志认真负责，加强了相关资金的使用与管理。

2. 加强税收征管，确保应收尽收。为防止税收中存在的"跑、冒、滴、漏"现象发生，做到应收尽收，镇党委、政府坚持实行财政与税务所长例会制度、财税目标管理责任制度、定期到长沟大集进行税法宣传制度等，在全镇范围内形成了"依法纳税光荣，偷逃漏税可耻"的良好社会氛围，为圆满完成全年税收任务奠定了坚实的基础。

3. 依法规范预算管理，强化预算约束机制。在执行零基预算的基础上，实行综合预算管理，一方面集中财力确保重点支出，重点支持教育、农业和小城镇建设事业发展；另一方面坚决反对和制止奢侈浪费，积极提倡勤俭节约，努力压缩非生产性支出，最大限度地发挥财政资金的投入产出和社会效益。

为了严肃财经纪律，提高财会人员素质，长沟重视搞好财政、财会人员的学习培训工作。镇里采取多种形式，深入开展《会计法》等各项财政、财会法规的学习培训活动，进一步提高了财政、财会人员的思想素质和业务素质，使财经秩序有了可靠保障。长沟每年都举办财会人员培训班，并按要求组织参加区里举办的培训班。

二　零户统管

2000年以前，长沟镇部分科室在金融机构开设有资金账户，俗称"小金库"。这些资金账户的存在，给财政管理带来了难度。2000年10月起，长沟镇取消了各科室在金融机构开设的所有资金账户，只保留财政在金融部门开设的一个专户，即财政零户统管专户，成为房山全区"零户统管"工作十个试点镇之一。经过一段时间的运行，长沟镇的"零户统管"工作步入正常轨道，收支两条线也按照国务院文件规定执行得比较坚决，并得到了区里的首肯。

2002年，零户统管工作进一步标准化、规范化，在7月底区零户统管办公室组织的检查验收中，长沟镇的零户统管工作得到了区检查组的充分肯定，财务管理运行程序以及会计基础工作规范化受到好评。2004年1月，根据房山区零户统管办公室的要求及相关财会管理规定，长沟镇出台了《零户统管财务管理办法》。该办法的主要内容有：

1. 取消各科室在金融机构开设的所有资金账户，只保留财政在金融部门开设的一个专户，即财政零户统管专户。

2. 有收费项目的科室必须严格按照物价部门规定的项目收费，不得随意提高标准和扩大收费范围，必须使用从财政部门领取的专用收费票据作为入账依据，纳入零户统管专户统一核算，统一管理。

3. 坚持实行收支两条线管理，任何资金不得"坐收坐支"。

4. 加强现金、支票、发票的管理。一是各科室领用现金及支票时，需填写领用申请单，经主管财务副职签字后，由资金会计办理。二是建立"四定票据"管理制度，即一定管理人员，由总会计、资金会计、统管会计、单位出纳分工负责，共同做好票据管理工作。二定控制制度，票据购入、发出、核销等工作都要建立票据台账及接报手册，互相签字制约，以旧换新；三定数量，即根据科室业务需要，核定供票数量；四定按时缴销，每月核验，交旧领新。审结后，核销旧票。三是各科室需设立一名专（兼）职出纳，负责日常业务开支和保管，不准白条抵库。收取的现金或支票，必须于当日内存入财政专户，严禁体外循环。四是科室出纳人员必须建立现金日记账，逐笔记录现金的收付情况，做到日清月结，账实相符。有特殊业务的科室，出纳还要做好相关台账的建立、记录工作。五是各科室定额备用金为 1000 元，遇有特殊情况另议。

5. 制定了原始凭证审核制度。所有支出均要有合法票据（财税），有具体用途，单位、数量、金额、时间、收款人等标注齐全，并有经办人签字，按审批权限，经主管财务领导签字后方可报销。

6. 明确了审批权限。各科室资金支出在 100 元以下的，由主管副职审批；100 元以上的经主管财务领导签字后报销；一次性支出在 1000 元以上的须事先写出书面申请，并由主管副职报书记会批准。

7. 确定了单据和原始票据的报账时限。为了快捷准确地反映每个科室和单位的数据，各科室出纳必须及时将所填的单据和原始票据交统管会计和资金会计记账，最长时间不得超过 4 个工作日，并于每月 25 日前按时填写原始凭证结算清单，完成好月底对账工作。

三　村级财务管理

从 2003 年起，为了进一步加强全镇村级财务管理，加大对村级财务的监督力度，提高村级财务管理水平，结合村级财务管理的实际情况和存在的问题，按区、镇两级的要求，长沟镇成立了"长沟镇会计服务中心"，对农村财务实行"村账镇记"的办法。

（一）村级财务管理的发展历程

按照村级财务管理的范围和管理水平，村级财务管理大致经历了以下三个阶段。

第一阶段，将行政村纳入镇的财务管理。从 2003 年年初起，对北正、南正、北良、东良、东长沟、北甘池、南甘池、三座庵等 8 个村进行清产核资，认真进行盘点，核实资产，并移交了财务账目，"村账镇记"工作正式启动。8 月份对太合庄、黄元井进行村账镇记；10 月份对南良、双磨、沿村、六甲房、西甘池、东甘池进行清产核资；截止到 10 月底，完成了全镇 16 个村的村账镇记工作。

第二阶段，实现村级财务管理的信息化。2006 年，为适应信息化发展的新形势，按照市委、市政府明确提出的建设"数字北京"的战略目标，建立了"村管系统"，以农村财务管理为切入点，实现农村基层组织对人、财、物进行全面综合管理。从 6 月份起，镇里对 2005 年的农村经济统计资料进行录入更新，目前已全部完成，实现网络传输。

第三阶段，建立村级数据处理站。2007 年，完成村级与市、区、镇联网，对人口资料、土地资料、合同资料、财务状况等十大模块，1244 项指标，238 万条信息进行更新上传，建立起村级数据处理站。

（二）长沟镇"村账镇记"管理办法的主要内容

1. "村账镇记"是在不改变村集体资金所有权、支配权，不改变集体经济组织管理体制的前提下，对村级财务规定时间、地点、集中审核，统一管理，即"镇管账不管钱，用钱需审批，报账按程序，事后审计"的一种双向制约机制。被记账的村，在通过社员代表大会讨论通过后实施"村账镇记"。

2. 经济管理科是农村经济组织财务的业务主管部门，负责农村经济组织财务的管理、监督、指导、服务，以及对实行"村账镇记"的村和未实行"村账镇记"的村的审计。"村账镇记"工作由镇纪检会、经管科直接管理。

3. 执行"村账镇记"的村合作经济组织的财会人员（出纳）要保持相对稳定，无正当理由，任何单位和个人都不得随意进行调换。财会人员如需调动或离职，必须严格按照《房山区农村合作经济组织财务管理办法》规定的程序办理。

4. 执行"村账镇记"的村合作经济组织要在每年年初和年底制定本年度的财务收入、支出预算和决算，包括生产经营收支计划、行政管理支出计划、基本建设支出计划、财务收支计划。以上计划需经社员代表大会讨论通过，并报镇政府审核批准后，才可以公布年终决算方案。

5. 执行"村账镇记"的村合作经济组织，必须建立财务审批"一支笔"

制度，负责本村的财务审批工作，村负责人对本村的财务管理有经营权和财务审批权，被记账村的财务负责人为第一责任人。实行当期开支当期报销，特殊情况可延长一个月，超过期限一个月视为挪用公款，三个月以上视为贪污。

6. 一切开支要取得合法规范的原始凭证，内容要填制齐全，报销入账的凭证必须有经手人和村合作经济组织的财务负责人"一支笔"签字。财务负责人"一支笔"经手的原始凭证要有两位以上领导人签字，经审核无误后方可入账报销，报销凭证必须加盖有关印章，严禁"白条"充当。

四　财政审计

搞好乡镇财政审计，是加强审计监督的重要方面，它不仅是强化财政管理，壮大农村乡镇经济的需要；也是审计事业自身发展的需要。做好乡镇的财政审计，为推进村镇经济建设提供决策依据。

长沟镇的财政审计工作主要由经济管理科和财政所来承担。在审计工作中，严格按照各项制度执行，做到事前把关、事中监督、事后审计，有效控制非生产性开支，增加财务收支的透明度。

长沟镇的财政审计主要包括三个方面：一是每年都积极配合上级财政、审计、发改委、会计师事务所等部门完成对中央、市级各专项以及村级公益组织、南水北调、农业综合开发、民政、劳动、中心路网等资金的审计工作。二是2004年以来，长沟镇还开展了专项审计，主要是对镇办水磨石厂、长安建筑公司、建筑分公司、贡米厂进行资产清查审计，对黄元井村集体企业"玉石沟开采厂"进行了责任审计，对双磨村的经济运行情况进行了审计，对北正中学撤校并校进行资产清查审计。在检查2004年年度村级报刊订阅费用中，全镇18个村共支付报刊费75988.14元，全镇订阅报刊超标金额为24970.14元，超标最多的村为坟庄村，超标金额为3384元。18个村订阅报刊多为党报党刊，占订阅报刊总金额的78.4%。后来及时指出并作了调整。三是2007年完成了17个村的干部任期责任审计，以及一个村的干部离任审计，客观公正地对村干部任期内的工作给予评价。

第五节　公共设施和公共资产的运营和管理

长沟镇公共资产的管理，包括村级和镇级两个层次，即包括村基层公益事业专项补助资金的管理、村集体资产管理和镇公共设施的管理三方面。

一　基层公益事业专项补助资金管理

为做好镇公益事业专项补助资金管理，长沟镇根据《中华人民共和国会计法》、《中华人民共和国预算法》，按照《房山区村级公益事业专项补助资金管理办法》和《房山区社区公益事业专项补助资金管理办法》等文件精神，2005 年 12 月制定了《关于基层公益事业专项补助资金管理的实施意见》，对于公益事业专项补助资金做到了民主管理、公开透明、严格监管、专款专用、手续完备、支出合规，充分发挥了资金的使用效益。

（一）对各村公益事业专项补助资金的管理

1. 镇财政以区财政局下发的《公益事业专项补助资金通知书》确定的数额为准，将资金全额拨付至镇村账镇记办公室，由村账镇记办公室以村为单位单独记账，专户管理。

2. 使用范围：各村公益事业专项补助资金只能用于村内公益事业发展，如环境综合整治、新村建设、道路硬化、饮水安全等，不得用于村干部工资、生活费、抚恤救济费、个人水电费、购买小轿车、移动电话、办公装修等支出，更不得用于招待费、会议费、学习考察费等消费性支出。

3. 各村公益事业专项补助资金实行项目管理，经村民代表大会研究，确定重点支出项目，优先安排与村民生产生活密切相关的公益事业项目。结合村务公开工作，定期向村民公开公益事业专项补助资金的支出使用情况，主动自觉地接受村民监督。

4. 经村民代表大会确定的公益项目施工建设，应实行招投标制度，施工前后应有详细的《工程预算书》和《工程决算书》，并报镇经管科备案。

5. 各村公益事业专项补助资金实行报账制，统一执行村账镇记制度。在项目施工期间及竣工结算时，持相关票据到村账镇记办公室申领资金，镇经管科负责审核监督。各村公益事业专项补助资金如有结余，可结转下年使用，不得改变资金性质和用途，严禁挪移占用等违规现象的发生。

6. 村账镇记办公室定期向财政所通报各村公益事业专项补助资金使用情况，并接受上级财政、审计等相关部门的监督检查。

（二）对镇社区居委会公益事业专项补助资金的管理

1. 镇财政以区财政局下发的《公益事业专项补助资金通知书》确定的数额为准，将资金全额拨付至镇零户统管办公室社会事务管理科民政账户，单独记账，专户管理。

2. 使用范围：社区公益事业专项补助资金只能用于社区公益事业发展，如社区文化体育、教育、卫生、美化绿化、社区治安、综合整治、法律宣传与服务等，不得用于人员工资福利、办公经费等支出，更不得用于购置费、招待费、会议费、组织外出学习考察费等消费性支出。

3. 社区公益事业专项补助资金实行项目管理，依据镇经济社会发展规划与社区居民意见确定重点支出项目，优先安排与居民生产生活密切相关的公益事业项目，并定期向居民公开公益事业专项补助资金的支出使用情况，主动自觉地接受居民监督。

4. 确定的社区公益项目施工建设应实行招投标制度，施工前后应有详细的《工程预算书》和《工程决算书》，并报镇社会事务管理科备案。

5. 社区公益事业专项补助资金实行报账制，执行零户统管制度，在项目施工期间及竣工结算时，持相关票据到镇零户统管办公室申领资金，镇社会事务管理科负责审核监督。社区公益事业专项补助资金如有结余，可结转下年使用，不得改变资金性质和用途，严禁挪移占用等违规现象的发生。

6. 镇财政所和社会事务管理科应定期向区财政局、民政局报送社区公益事业专项补助资金的使用管理情况，并接受上级财政、审计等相关部门的监督检查。

二　村集体资产管理

为了加强农村集体资产管理，保护集体资产所有者、经营者的合法权益，促进农村经济健康发展，根据国家有关法律规定、《北京市农村集体资产管理条例》，以及房山区《乡镇集体资产运营与管理试行办法》，长沟镇结合实际情况，制定了《长沟镇农村集体资产管理办法》，规范了各村经济合作社集体所有资产的管理。

1. 明确农村集体资产所有权。村经济合作社的集体资产属于该经济合作社劳动群众集体所有；社员大会或者社员代表大会选举产生的村经济合作社管理委员会依法行使集体资产所有权。

2. 规范农村集体资产经营权。村经济合作社依法决定集体资产的经营方式，可以实行承包经营、租赁经营；可以集体资产参股、联营；也可以实行股份合作经营。集体资产实行承包经营或者租赁经营的，需经村民代表会议通过，报镇经济管理科审核，镇政府批准。承包合同或者租赁合同，经镇经济管理科审核鉴证后签订。经营者的债务责任，按照合同规定承担。合同没有规定的，个人经营的，以个人财产承担；家庭经营的以家庭财产承担。集体资产实行承包经营的，应当合理确定承包款；实行租赁经营的，应当合理确定租金。承包经营或者租赁经营集体资产的集体或者个人，必须按照合同规定，及时交纳承包金或者租金。实行承包经营或者租赁经营，应当进行资产评估，把资产保值增值纳入承包合同，建立固定资产折旧制度。经营者须按照规定提取折旧费，折旧费归集体所有。用集体资产参股、联营、合资经营，应当清查资产，清查债权债务，并由会计事务所或者审计事务所进行资产评估。集体资产出售、转让，必须经村民代表大会讨论通过，并进行资产评估，报镇经济管理科审核，镇政府批准。

3. 制定农村集体资产管理办法。村经济合作社负责集体资产的管理工作。农村集体资产实行民主管理，定期公布账目，接受社员监督。重大事项必须经社员大会或者代表大会讨论通过。

镇经济管理科对各村集体资产管理进行监督，重点对财务计划、收益分配方案、专项基金的提取和使用、承包合同和其他经济合同的执行情况进行检查。

村经济合作社要建立健全固定资产登记和保管使用制度，对于资产存量、增减变动情况要及时准确地登记；要建立固定资产明细账，定期盘点，做到账实相符。

村经济合作社的土地全部被国家征用、经济合作社建制撤销的土地补偿费和安置补助费，原有集体固定资产和历年积累余额，由镇政府用于组织生产和不能就业人员的生活补助，生产基金、公益金、生活基金和低值易耗品、库存物资、畜禽折款，以及国库券等，由原村经济合作社社员合理分配，方案须经镇人民政府批准。

要建立农村集体资产报告制度，即村经济合作社要按照规定填报统计报表，定期向镇经济管理科报告。

村党支部书记及主要干部离任、年终收益分配、社员代表大会提出要求或者镇政府认为需要时，对集体资产进行审计。

4. 明确责任处罚措施。损坏集体资产的，应当恢复原状或者折价赔偿；遭受其他损失的，应当赔偿损失。

承包经营或者租赁经营农村集体资产不按规定提取折旧费，或者不按时交纳承包款、租金的，应当依照合同约定或者法律规定承担违约责任。

村经济合作社未经镇政府批准，私自出售、转让、出租集体资产的，将对村党支部书记、村经济合作社责任人追究责任，并将处理集体资产所得款项上缴镇政府；年终取消评选"五好支部"资格，扣除村党支部书记、村经济合作社责任人全年报酬的20%。

集体资产管理人员失职，造成集体资产损失，以及在村党支部书记、主要负责人离任审计中发现的问题，需由行政主管部门给予行政处罚的，由行政主管机关依法处理。情节严重构成犯罪的，要依法追究刑事责任。

三　镇公共设施和公共资产的运营和管理

长沟镇的公共资产管理工作，主要由市政中心承担。为了保证公共资产的正常运营，主要采取了以下措施：

1. 统一思想，明确责任，分工合作，合同管理。市政中心全体工作人员进行具体分工，签订责任书，并与园林、环卫各小组组长及园林看护人员签订责任书，责任具体落实到人，以提高工作质量和工作效率。

长沟镇现有绿地面积近30万平方米，根据园林管理季节性强的特点，面对绿化管理面积大、技术管理人员少等情况，为了便于管理，将管辖区域原有的六个组分为四个大组，每一大组由市政一名职员具体负责，每天由专业人员对各片绿地进行检查和技术指导，并保证及时除草、打药、修剪等日常维护管理。市政中心为社区管理服务中心园林职工制订了考核管理办法和园林管理技术知识培训计划，促使每个人都能掌握基本的专业知识，通过严格考勤，奖勤罚懒，来充分调动员工的积极性，搞好镇域范围内环境美化、绿化工作。

2. 搞好环境整治，美化、净化镇区环境。为加快农村城市化进程，构建和谐新农村，长沟镇加大财力、物力、人力进行环境综合整治。市政中心对长沟镇的府前大街、长沟西大街两侧新入住的商业门店，签订了"门前三包责任书"，为保证镇域内主辅路干净、整洁，市政中心每天由环境组对管辖区内的小广告进行巡查，做到随时发现随时清除，保证地面清洁、设施清洁、建筑物清洁。

3. 加大基础设施投入，完善小城镇功能。为加大环卫基础设施投入，长沟镇结合实际情况，因地制宜地制定了适合本地区经济建设需要和满足人民群众需要的公共设施建设计划。首先是公共厕所建设计划。根据区市政管委下达的任务指标，长沟镇2006年建设节水型二类公厕7座，切实解决过路行人上厕所难的问题。其次是建立了镇垃圾中转站。再次是对村庄实施垃圾密闭化管理，做到当天垃圾当天清除，减少垃圾暴露，降低污染。目前，全镇18个行政村实施垃圾密闭化管理，实行村收集、镇运输、区处理的管理模式。

第十一章

教育、文化、卫生、体育

长沟文化底蕴深厚。新中国成立后，当地政府注重教育、文化、卫生、体育事业的发展。特别是改革开放 30 年来，随着经济实力的增强，长沟的各项社会文化事业也推向新的水平。全镇教育环境发生了翻天覆地的变化，基本形成了"幼、普、成"三教统筹、协调发展的大教育格局。注重农村文化建设，已形成形式多样、内容丰富的农民文化氛围。医疗卫生条件得到极大地改善，医疗卫生工作始终走在房山区的前列。全民健身体育设施大幅度增加，体育健身的环境和物质条件得到较大改善，群众性体育活动蔚然成风。

第一节　教育发展情况

作为北京历史文化名镇之一的长沟镇自古就有尊师重教的传统，从 1600 多年前的祖逖因在长沟感受到的严谨的求学态度，而使其发奋读书，从而演绎出"闻鸡起舞"的故事到清代的白师曾和徐华年办私塾育英才，从而折射出了长沟悠久的教育传统。新中国成立以后的长沟镇继承了尊师重教的传统，始终把教育放在重要的位置上，注重对教育的投入，为社会培养出了一批批有用的人才，多次获得区委、区政府颁发的"教育工作先进乡镇"的称号。特别是在近些年，镇领导在经济建设中按照科学发展观和可持续发展原则，始终把教育放在优先发展的战略地位，把教育视为小城镇城市化进程中招商引资的一项重要基础环境，使全镇教育环境发生了翻天覆地的变化，基本形成了"幼、普、成"三教统筹、协调发展的大教育格局。目前，全镇拥有一所中心幼儿园、一所中心校（附带两个完小）、一所区直属中学和一所成人文化学校。

一　学前教育

长沟的学前教育经历了一个从无序到有序、从弱小到壮大、从分散到集中的过程。2005 年，在镇政府的支持下，成立了中心幼儿园。目前形成了一个中心园、五个民办幼儿园的学前教育格局，使长沟的学前教育得以规范地继续发展下去。

（一）长沟镇儿童基本情况

长沟镇现有 18 个行政村和 1 个居委会，总人口 2.7 万人。新中国成立以后，人口出生也经历了从高峰到低谷的过程。从 20 世纪 90 年代至今，由于计划生育政策的作用逐渐显现，使人口出生率呈现下降的趋势，年出生儿童数从 1996 年的 254 人下降到 2006 年的 188 人，2005 年 0—6 岁的儿童数为 1047 人，2006 年 0—6 岁的儿童数为 974 人，2007 年有所上升，0—6 岁的儿童数为 1074 人。

（二）幼儿园、学前班的发展情况

学前教育主要途径以幼儿园、学前班为主，特别是幼儿园在学前教育中发挥着重要的作用。

2004 年以前，长沟学前教育基本处于无序状态，主要是村办镇管或个体经营，与学前教育要求的标准差距甚远，学前教育成为长沟镇大教育中最薄弱的环节。

2004 年，长沟镇共有 14 所幼儿园，其中村办幼儿园 13 所，私立幼儿园 1 所，它们分布在 14 个村，幼儿园有 23 个班、426 人。其中学前班 240 人、分 12 个班；幼儿园 186 人、分 11 个班。人数在 20 人以上的有 12 个班，其余各班人数均在 15 人左右。全镇从事幼教工作的教师共 20 人，全部属自聘教师，但她们从事幼教工作时间较长，最长的达 33 年。在这些教师中大学学历（工农兵时期）的 1 人，中师学历的 5 人（其中 4 人是幼教专业），高中学历的 8 人，初中学历的 6 人。在岗的教师中有 18 人参加过房山区教师进修学校组织的教师培训，取得了相应的学前教育上岗合格证，其中有 2 人取得了北京市幼教师资培训中心颁发的园长证。

2005 年，全镇有 8 个幼儿园，其中，镇办的中心幼儿园 1 个，民办 7 个，入托儿童 395 人。中心园的建立既是房山区乡镇管理体制改革工作的产物，更是镇党委、政府为满足人民群众对优质学前教育的需求所采取的重大举措。随着小城镇发展步伐的加快，品位的提升，对教育提出了更高的要求，特别是在 2003 年建成并竣工的具有现代化规模和水平的中心小学后，更使得学前教育的基础设施与小城镇发展不相适应，所以急需建立一所现代化的中心幼儿园，促进学前教育的规范发展。

2006 年，全镇形成了中心幼儿园 1 个、民办幼儿园 1 个、5 个村办学前班的格局，幼儿园入园儿童数 420 人，学前三年受教育率为 89.1%，学前 2 年受教育率为 94.4%，学前 1 年受教育率为 100%。

2007 年，学前教育格局进一步发生变化，即 1 个中心幼儿园，5 个民办（北正、东长沟、北甘池、东甘池、幸福）幼儿园，没有村级幼儿园，幼儿园入园儿童数 450 人。

（三）幼儿园基本情况

1. 民办幼儿园

到目前为止，长沟镇共有 5 家民办幼儿园，都已在教育部门注册，其中，幸福和北正幼儿园为非家庭式的，剩下 3 个为家庭式的。

幸福幼儿园：是 5 家民办幼儿园中规模最大的一家，成立于 1998 年，占地面积 450 平方米，其中校舍建筑面积 120 平方米，为幼儿活动室；2007 年，设有 3 个班，在园儿童 89 人，其中，3 岁以下 10 人，3—5 岁 49 人，5 岁以上 30 人；设园长 1 人，专任教师 3 人，全部为女性，其中，幼教专业毕业 2 人，园长为大专学历，有园长资格证书，其余为高中学历。

北正幼儿园：成立于 2006 年，2007 年，设有 3 个班，在园儿童 77 人，其中，3 岁以下 2 人，3—5 岁 45 人，5 岁以上 30 人；专任教师 2 人，全部为女性，高中学历。

北甘池幼儿园：成立于 1971 年，占地面积 150 平方米，其中，校舍建筑面积 65 平方米，为幼儿活动室；2007 年，设有 2 个班，在园儿童 17 人，其中，3—5 岁 5 人，5 岁以上 12 人；专任教师 1 人，女性，高中学历。

东长沟幼儿园：成立于 1999 年，占地面积 120 平方米，其中，校舍建筑面积 50 平方米，为幼儿活动室；2007 年，设有 2 个班，在园儿童 21 人，其中，3—5 岁 8 人，5 岁以上 13 人；专任教师 1 人，女性，高中学历。

东甘池幼儿园：成立于 1987 年，占地面积 150 平方米，其中，校舍建筑面积 50 平方米，为幼儿活动室；2007 年，设有 2 个班，在园儿童 18 人，其中，3—5 岁 9 人，5 岁以上 9 人；专任教师 1 人，女性，高中学历。

2. 中心幼儿园

从以上的介绍中可以看出，民办幼儿园不论办学条件、在园儿童数还是师资力量都非常薄弱，中心幼儿园在长沟镇的学前教育中发挥着举足轻重的作用。

（1）中心园基本情况

中心园的前身应该是成立于 1977 年左右，当时在北京市属前列，后与小学合并。1986 年重新建独立幼儿园，1992 年 5 月扩大规模，后由于生源减少（私立园的成立）而停办。2004 年，由镇政府投资 300 万元在原中心小学教学楼的基础上改建而成，并借助房山区政府推出的"乡镇中心园体制改革"的政策，于 2005 年 9 月正式开园，接收孩子入园。

它坐落在长沟镇西长沟村，占地面积 2580 平方米，房屋建筑面积 3069 平方米，总投资 300 余万元。设有 7 个活动室、7 个睡眠室、1 个音乐活动室；与中心小学共用绿地面积 973 平方米；图书 2034 册，电脑 10 台，还有大型玩具、桌面玩具等。目前幼儿园的硬件环境在房山区乡镇中心园中位于前列。

2005 年，招收 207 名幼儿，分为 7 个班，其中，小班 3 个、中大班各 2 个；2006 年，招收的幼儿达到 220 名，仍为 7 个班；2007 年，招收的幼儿进一步增加，为 252 名，班数增加到 8 个。在招收的幼儿中主要以镇本地的孩子为主，同时也招收少量临近河北省的孩子。

中心园成立之初，按照"房山区政府关于深化乡镇中心幼儿园管理体制改革的意见"（房政发［2005］18 号）文件精神，结合当地实际，从中心校挑选了 13 名热爱幼教事业、责任心强、事业心强的教师到中心园从事管理、保教工作，平均年龄 34 岁，其中，具有专科、本科学历的 8 人，占教师总数的 61.5%，具有小学高级职称的 5 人，占教师总数的 38.5%。后又聘用了10 个临时工，他们以前都在学前班从事过相关工作，具有一定的教学、管理经验，另外还有 4 名行政管理人员、4 名伙房人员；2006 年，聘用的临时工全部辞退，招收了从房山区职业学校幼师专业毕业生 8 人；2007 年，教职工人数增加到 33 人，其中专任教师 29 名、园长 1 名、保健员 1 名、其他人员2 名，聘用的临时工 4 人，从学历上看，在 29 名专任教师中，本科毕业的12 人、专科毕业的 16 人，初中毕业的 1 人；从职称上看，具有小学高级职称的 7 人，一级职称的 17 人，二级职称的 2 人；现任园长大专学历，小学高级教师。

（2）快速发展中的中心园

办园之初，他们就提出了一系列的办园宗旨和办园理念等，并贯彻在实际行动中，为中心园的快速发展奠定了基础。他们提出了"让每个孩子和谐发展"的办园宗旨，以及"以幼儿发展为根本，在理解中体现尊重，在平等中实施关爱，在赏识中愉悦身心"的办园教育理念。

从 2004 年建园到 2005 年 9 月开始接收幼儿入园，接着 12 月 18 日全区乡镇中心园管理体制改革阶段性总结现场会就在中心园召开，市教委领导对该园的发展情况给予了高度的评价；2006 年 5 月，房山区成教中心刘秀梅校长在对该园进行深入考察之后，决定将该园作为房山职业学校幼师班的培训基地，组织学生见习。2006 年 6 月，通过了乡镇中心园验收；2007 年 7 月，又通过了北京市二级二类园验收。在短短的三年里就取得了这么大的成绩，得益于多方面的因素。

第一，抓住有利时机。2005 年，房山区政府发布了《关于深化乡镇中心幼儿园管理体制改革的意见》，为乡镇学前教育的发展带来了机遇，中心园正是在这样的条件下建立起来的。

第二，得到了各级领导的关心与支持。开园后，各级领导多次来园对幼儿园的发展给予指导和支持，使中心园得到了快速的发展，如北京市处级调研员王淑兰老师先后 2 次来园指导工作，并对中心园的建设给予了很高的评价："让我们两个没想到，没想到乡镇中心园建设得这么好；没想到在这么短的时间，发展的这么快"。2006 年 5 月 29 日，市教委刘利民主任、学前教育处处长张小红、房山区区长祁红、区委副书记崔国民、副区长李惠英、房山区教委主任郭志族等领导来到中心园与小朋友们一起庆祝"六一"国际儿童节，市教委为孩子们送来了价值 2 万余元的玩教具，房山区政府、区教委和长沟镇政府分别为孩子们送来了价值 5000 余元的玩教具，体现了各级领导对中心园的关心。

第三，镇政府的投入为中心园的发展提供了物质保障。作为长沟镇 2004 年十大重点工程之一的中心幼儿园，镇政府投入了 300 多万元，用于改建主楼、购置玩具、图书、改造餐厅、添置办公用品等，使幼儿园的硬件环境一下子跻身于房山区乡镇中心园前列。

第四，规范、科学的管理。他们倡导教师"像爱自己一样爱孩子。"建立和谐的师幼关系，这从他们的办园理念中也可以看出来。

在处理干群关系上强调真诚付出与换位思考，赢得了教师的信任，使干群之间关系融洽，发挥出了团队的优势。

在班子建设上，采取了"树个人形象，壮集体声威"的做法，围绕"集体声威"这个中心点，给空间、给担子、给机会、展个人风采，这种做法取得了良好的效果。

同时还加强了管理制度的建设，以制度促发展，如在进行各项岗位培训的同时还制定了十余项管理制度，其中包括"园长、主任、幼师、保育员、保健医岗位职责"及"财务管理制度"、"伙房管理制度"等。

第五，激励机制的建立。镇政府出台了学前教育奖励规定，即中心园通过北京市农村乡镇中心幼儿园达标验收，一次性奖励幼儿园 10000 元；中心园晋升为北京市一级一类幼儿园，一次性奖励幼儿园 20000 元；每年全镇 10 个先进教育工作者奖中明确幼儿园 1 个名额；中心园获区政府实施素质教育综合评价一等奖，奖励园长 1000 元；获区级以上十佳园长称号，奖励园长 1000 元；中心园通过北京市农村乡镇中心幼儿园达标验收，一次性奖励园长 1000 元，晋升为北京市一级一类园，一次性奖励园长 2000 元；每年教师晋级要保证学前教师占一定比例。奖励机制为中心园发展注入了生机与活力。

第六，重培训教育。由于本园干部、教师均是在 2005 年 8 月转岗而来，面对幼教工作，都是零起点。把握幼教工作基本常规成为亟待解决的问题，他们先后走进了房山、良乡、蓝天、六一等幼儿园，学习经验，但没有从根本解决问题。于是，他们又采取多种办法提高幼教人员的业务水平，以尽快适应幼教工作。首先把房山进校学前中心的教研员多次请进来，进行各个方面的指导；其次是与强者联姻，借势发展。房山幼儿园是房山区唯一的一所市级示范园，他们与该园建立了"手拉手"关系。从 2005 年 8 月开始，先后 10 次走进房幼，房幼骨干教师来园指导 5 次；再有就是让教师走出去。该园在人员相当紧张的情况下，仍派 1 名教师参加全脱产培训，选派骨干脱产培训；最后结合本园实际，加强园本培训。从 2005 年 8 月 20 日开始，每天中午都组织专题培训。在经费不足的情况下，仍坚持为教师购买磁带、光盘、图书，让教师有的学、有的用。为提高教师的专业素质，该园还加强教研活动，在不同学期开展了一些针对幼儿教育的教研活动，两个学期下来，教师解决问题的能力、反思能力有了提高，观察幼儿、了解幼儿的水平有了飞跃。

特别值得一提的是，他们采取的"家园共育"的方法，使家长了解了幼儿园，得到了家长的支持。转变家长育儿观念是家园共育合作的重中之重。

如第一学期，中心园组织了三次"科学育子专题讲座"和一次幼儿园工作汇报会。第二学期，又以汇报幼儿园工作为主、组织开放日活动，千方百计让家长了解幼儿园的工作。平时就疾病预防、安全工作、幼儿园情况通报等内容，经常发放致家长一封信，或在"家园共育"专栏中公布。还经常收集"育儿经验"供家长阅读。这种做法促进了家长与教师之间的合作、和谐。

（3）所取得的成绩

在全园教职工的努力下，中心园获得了多项荣誉。在区级故事比赛、教育随笔评优、玩教具制作评优等比赛中，先后有 13 人次获奖；保教主任陈景全撰写的《早教活动中专任教师的工作重点》在房山区见习经验交流，他本人也获得房山区先进管理者称号；中心园先后获得 2005—2006 年度房山区先进集体、2005—2006 年度文明单位、2005—2006 年度人民满意标兵学校、2005—2006 年度教育科研先进集体、2005—2006 年度综合评价一等奖。

（4）发展中存在的问题

虽然，中心园在短短的三年中取得了不小的成绩，但是在发展中也遇到了一些问题，制约了它的快速发展，主要表现在以下几个方面：

第一，人员缺编。虽然正式在编职工从建园的 13 人增加到现在的 33 人，但是仍然不能满足需求。

第二，难以满足全镇居民对优质学前教育资源的需求。中心园目前只有一座建筑面积为 3069 平方米的楼房，空间有限，供孩子们在室外活动的空间也非常狭小，难以再接收更多的孩子入园。

第三，幼教与普教待遇不同。目前学前教育还没有纳入义务教育范围，已纳入义务教育范围的中小学所能享受到的待遇和优惠政策，中心园教师担心今后可能会有差别。由此带来一系列问题，比如中心园的教师有一部分来自小学，这是因为现在随着人口出生率的降低，学生生源在减少，导致小学教师出现超编，只能转岗，而幼儿园又缺编，但是，教师担心转岗后的待遇得不到保障。虽然，目前在长沟幼教和小教的待遇是同等的，但得不到国家政策的支持，解除不了他们的后顾之忧，2007 年，又转岗了 9 名教师，为此，镇里的领导做了大量的工作；再有就是一部分教师也认为干幼教低人一等。

第四，教师劳动强度大。在幼儿园，教师不仅要教孩子知识，还要照顾他们的生活，非常辛苦，而且他们都要从早上七点一直干到下班，中午也不能休息，往往一些对教师的培训只能安排在中午进行。

（5）今后的发展规划与思路

在长沟镇的"学前教育'十一五'发展规划"中明确提出：以中心园改革为契机，争取中心园在"十一五"期间上级上类，使之真正成为全镇的学前教育教研中心、培训基地和教学示范基地，以此拉动全镇学前教育向规范化、标准化健康发展。实施"一中四分"战略，使学前教育形成一个中心园带动四个分园的学前教育格局。具体表现在：2006年中心园通过北京市乡镇中心园达标验收；2007年通过北京市二级二类园验收，以上均已达到；2008年建立北正分园；2009年建立四甘池、北良、坟庄三个分园，分园的建设也在筹备中；2010年通过北京市一级一类园验收。

二　九年义务教育

长沟的基础教育在"文化大革命"期间也受到严重的影响，直到1980年学校秩序才开始有了好转，教育质量逐年恢复和提高，教师队伍不断壮大，师资问题得到解决，学龄儿童入学率基本稳定在98％左右。全社已基本普及了小学，初中教育、高中教育也相应得到巩固。1983年乡党委召开了规模空前的教育工作会，全乡中小学初步做到了"四有一无"（有教室、有桌凳、有围墙、有操场，无危险房屋），改善了办学条件，提高了教育质量。1987年长沟乡贯彻中央关于教育体制改革的决定，加强了师资培训和教学科研，大力普及九年制义务教育，使小学入学率达到99.8％，巩固率达到99.6％，均比1986年有所提高，小学各年级的合格率和中学的入学率、巩固率保持了100％，同年长沟乡基础教育工作在全区名列第二。推行校长负责制，强化基础教育，在1990年11月北京市组织的教育验收中，长沟镇的中小学均顺利通过验收并获奖。进入21世纪的长沟基础教育不论是在办学条件、办学规模上都获得了长足的发展。

（一）小学教育

1. 长沟小学校的历史变迁

长沟小学旧址是在原旧庙南庵，奠基人是时任房山县日伪保安团团长孔宪江，在兴办长沟小学上还是作出了贡献的。1940年年初开始兴建，1941年开始招收第一批五年级生，当时所招考生不仅有来自房山六、七、八区，连河北涿县西北乡、涞水县部分地区的学生也慕名而至，当时只招收五年级一个班就有58人之多，1943年，首届高小毕业生毕业，招收的五年级由1个班增加到3个班，由于学生的质量高，毕业的学生很受欢迎。第一任校长是西营乡绅大学毕业的甄仙舫。当时的长沟小学不仅教学质量高,而且在体育运动方面也是佼佼者,在涿、良、房三县运动会上,房山县居三县之首,而长沟小学又居各完小总分之首,并涌现出一批体育名将。

据一些老教师回忆,解放以后,长沟有3所完全小学,即长沟、双磨、西甘池小学;1967年以后,实行村村办小学,做到上学不出村;1988年长沟18个村,有18所小学,其中12所为完小,6所普小;1993年4个甘池的小学合并到龙泉小学;1994年,太和庄、东长沟小学合并;1995年东良小学合并到北良小学,这样就变为11所完小,1所普小;从2002年起,继续实行规模办学,撤南良、黄元井小学;2003年南正、双磨小学合并到北正小学;2004年,撤全镇8所小学,新建1所中心小学,改造2所中心片小学;2005年11月,长沟实现了规模办学,组成一个中心校——长沟小学和两个完小(北正、龙泉河),中心校主要解决西长沟、东长沟、太和庄、坟庄、沿村、六甲房、三座庵、北良各庄、东良各庄、南良各庄10个村和西厢苑小区学生的入学问题;北正小学主要解决南正、北正、双磨、黄元井学生的入学问题;龙泉河小学主要解决4个甘池学生的入学问题。

2. 学生情况

学生最高峰时期是1997年、1998年,当时大约有110个班,每班学生47人左右,总数为5100多人。

2005年,小学在校学生总数1379人,2006年,小学在校学生总数1279人,具体情况是:中心小学有23个教学班,724人;龙泉河小学有6个教学班,165人;北正小学有14个教学班,390人;2007年,中心校有21个教学班,691人,9月以后的学生数为615人;龙泉河小学有6个教学班,162人,9月以后的学生数为151人;北正小学有13个教学班,352人,9月以后为11个教学班,学生数300人,目前入学率、升学率均为100%。

3. 办学条件

从解放初期的简陋条件到现在随着各级政府投入的增加,三所小学的办学条件得到了极大的改善,正向着现代化的学校迈进。据一些老教师的回忆,从解放初期到"文化大革命"前,一半学校的校舍是利用庙宇,另一半是利用没收地主的房子改建的,"文化大革命"前有的学校还让学生自己背板凳来上学。"文化大革命"后由村出资翻建房子,除了长沟小学,主要的都是村出资,有条件的小学学生使用的是木桌椅,而条件差的小学只能用石板当桌子。

2004 年，开始实施规模办学，学校的办学条件得到了极大的改善。中心小学占地面积 35600 平方米（51.4 亩），分教学区、办公区、生活区、活动健身区。建有建筑面积 5018 平方米的教学楼一幢，建筑面积 2300 平方米集师生餐厅、教师办公、娱乐于一体的综合楼一幢，300 米环形塑胶跑道操场一个，200 平方米多功能厅一个，足球场一个，篮球场两个。结构如表 11 - 1。

表 11 - 1　　　　　　　　中心小学教学楼内结构

名称	数量（个）	面积（平方米）
标准教室	24	1780
计算机、语音等专用教室	11	480
多功能教室、心理咨询室、图书室及电子阅览室等公共教学用房	11	560
教研室、办公室等办公用房	16	370
浴室、卫生间等生活服务用房	21	375

另有电脑 70 台，图书 30241 册，固定资产 1784.93 万元，有校园网。

龙泉河小学始建于 1992 年，坐落于东、西、南、北四甘池中心地带，主要服务于"四甘池"的适龄儿童。占地面积 9308 平方米，建有教学楼一栋，200 米环形跑道操场一个，足球场一个，篮球场一个，劳动基地一亩。教学楼内构成如表 11 - 2。

表 11 - 2　　　　　　　　龙泉河小学教学楼内部结构

名称	数量（个）	备注
标准教室	12	36 间
办公室	2	6 间
图书室	1	内有图书万余册
机房	1	内有电脑 27 台
实验室	1	
仪器室	1	教学实验仪器齐全

固定资产总值达 90.54 万元，有校园网。

北正小学，位于长沟镇北正村，由原北正中学改建而成，占地面积 26700 平方米，建筑面积 2620 平方米。1998 年镇党委、政府投资 20 万元翻建房屋 45 间，并进行了校园内全部房屋室内装修，更换线路，修复围墙，初步改变了学校的面貌，1999 年又新建教室 10 个，总投资 35 万元，2001 年又投入 65 万多元进行二期改造，彻底改变了校园面貌。全体师生自己动手进行绿化，绿化面积达 2500 平方米。

拥有体育运动场 1 个，电脑 42 台，图书 24698 册，固定资产 207.30 万元，有校园网。

此外，为解决三座庵、六甲房和沿村的学生上下学问题，2004 年镇里出资购买了两辆大客车，由镇政府统一管理，这在北京的乡镇还是很少的。

对照北京市中小学校办学条件标准，目前全镇小学基本达到北京市中小学校办学条件标准，"十一五"时期的重点是对照标准进一步完善、提高和大力实施现代化建设。

4. 师资情况

据一些老教师回忆，"文化大革命"前一些有文化的人被吸纳到教师队伍中来，1964 年之前基本都是正式在编的，也有少量的代课教师，还有就是少量的师范生被分配到学校中来，如 1963 年、1964 年、1980 年、1981 年，来自师范的教师主要是房山师范、北京市一、二、三师范，中专学历，从 1964—1979 年出现断档，因此，从村里找了一部分代课教师（由国家给部分工资）、队派教师（1964—1979 年，挣工分的），还有部分高中生进入教师队伍。1998 年以后基本没有新人进入，近几年，分配来的都是本科生。1980—1997 年还有合同代课教师，1998 年以后撤掉合同代课教师，偶尔也有临时代课的，称为临时工。师资高峰时为 230 人，2004 年，为 110 人，其中 30 岁以下 56 人，31—50 岁的有 46 人，50 岁以上的 8 人，中专 23 人，大专以上 87 人，初级职称的 59 人，中级职称 51 人；2005 年，89 人，30 岁以下的 42 人，31—50 岁的 39 人，50 岁以上的 8 人，中专 22 人，大专以上的 67 人，初级职称 44 人，中级职称 45 人；2006 年，为 100 人，30 岁以下的 43 人，31—50 岁的 48 人，50 岁以上的 9 人，中专 23 人，大专以上 77 人，初级职称 41 人，中级职称 45 人。2007 年，专任教师 82 人，30 岁以下的 29 人，31—50 岁的 41 人，专科以上学历 63 人，高中学历 19 人，高级职称 38 人，中级职称 39 人，初级职称 2 人，未有职称 3 人。

5. 办学特色及所取得的成绩

依据中心校提出的"打牢基础，为发展奠基"办学理念、"在绿色教育理念下的自主办学特色"。各校在这个大主题下，确定自己的办学特色，以促进学生和谐、健康、可持续发展为目标，张扬学生个性，促进学生全面发展。中心小学提出了"以教科研为先导，以课堂教学为突破口，全面推进素质教育"。北正小学提出了"以教学为中心，以科研为先导，以质量求生存，以创新求发展"；龙泉河小学多年来一直坚持"一切为了学生，为了学生一切"的办学方针。

多年来，中心校的三所小学在全体师生的共同努力下，取得了多项成绩。如中心小学教师队伍建设成效显著，组织多次丰富多彩的教研活动，为青年教师成长搭建起施展才华的舞台，各项活动的有效开展，提高了学校的知名度，为教师的自主发展搭建起平台。艺术教育活动卓有成效，中心小学的武术、跳绳、健美操、舞蹈等各个兴趣小组，在房山区各级各类比赛中均取得优异成绩。该校先后被评为房山区人民满意标兵学校，房山区先进集体，房山区教育质量总价一等奖，北京市优秀家长学校等光荣称号。

龙泉河小学的全体教师学生团结合作、顽强拼搏、锐意进取，各科成绩在历年检测中都名列前茅，英语小组、拼词小组、打字小组、体育小组、奥赛小组等多项学科在全国、北京市、房山区、中心校的学科竞赛中近 500 人次获奖，培养了大批"合格＋特长"人才。在培养学生的同时，教师们在"丛书"、"德育论文"、"教师范文"、"基本功大赛"、"视导课"、"研究课"等都屡次获市区级奖励。

为了能让学生全面而富有个性的发展，北正小学成立了"红领巾"合唱队、乒乓球训练队、英语拼词组、书法组、计算机组等。在市区级竞赛中，合唱队第一次代表中心校参加区级比赛，就取得了集体一等奖的好成绩。英语拼词组多次参加区级竞赛，多次荣获集体一等奖，在市级比赛中成绩突出，显示出他们的英语教学和训练的水平。

长沟中心校 2006—2007 学年度先后有 62 人次获得 50 项区级、12 项市级奖励。另外，在素质教育中值得一提的是它的书法教育，1994 年，提倡"合格 ＋ 特长"，对学生进行多方面的素质教育，书法在当时搞的非常普遍，每天都留出 20 分钟的时间指导学生练习书法，学生练习的热情也非常高，2000 年长沟中心校被中国教育书法协会确定为"写字教育基地"，并在多次比赛中获奖，如今书法依然作为一门课程列入教学计划，但是和以前相比，重视程度有所下降。

6. 发展中存在的问题

一是优质基础教育环境与现代化装备水平不均衡，新建教学楼内教学设备信息化、网络化程度亟待装配；二是全镇优质教育资源分布不均衡，突出表现在中心小学环境与北正等其他两所小学差距较大；三是软件管理与硬件建设发展水平不协调，管理滞后矛盾突出；四是中心校骨干教师与教师总量比例不协调，骨干教师仅占教师总量的 3.6%，而且一部分优秀的教师流向区里其他好的学校；五是教育发展从外延式向内涵式转变、管理模式从粗放型向集约型转变的工作进程还有待进一步加快。

7. 镇政府给予的支持

2003 年投资 2000 万元，按照 20 年不落后标准新建建筑面积 5000 平方米的中心小学教学楼。2004 年投资 15 万元为中心小学 200 平方米的多功能厅装备现代化教学设备及新型校园多媒体双向控制教学系统设备，现已成为房山区西南乡镇小学教研活动中心；投资 64 万元建设了房山区乡属小学第一家 300 米塑胶跑道，极大地改善了镇小学的体育和健身环境；投资 90 万元购置两辆班车、新建了学生食堂，彻底克服了规模办学中存在的接送难、就餐难、交通安全隐患多等不利因素。2005 年投资 500 万元新建了建筑面积 2500 平方米集教师就餐、办公、娱乐于一体的中心小学综合服务楼。2006—2007 年两年时间又投资 118 万余元对中心小学、北正小学、龙泉河小学进行环境美化、房屋修缮，先后完成了中心小学绿化、安装健身器材、龙泉河小学修缮、北正小学校舍全面改造、北正小学机房装修等。一系列基础设施建设，整体提升了长沟镇小学教育环境，也使全镇义务教育朝着均衡化发展方向迈进。基本实现了北京市推进义务教育均衡发展工作会议上提出的"全面落实科学发展观，推进首都义务教育均衡发展的要求"。

"十一五"时期教育规划的核心就是加快教育硬件、软件的现代化建设，使全镇的小学教育再上一个新台阶。

（二）中学教育

1. 长沟中学校的历史变迁

"文化大革命"前只有长沟中学，1967 年以后，提出小学办在村，中学办在片，三四个村办一个中学，20 世纪 70 年代，国务院科教组发出《关于1974 年教育事业计划（草案）的通知》，在农村采取小学带帽的办法来发展中学，当时长沟也办了北良、甘池、东长沟三所带帽中学，八年级制（即小学五年，初中三年），后来带帽中学逐渐被撤销，70 年代还建立北正中学，生源主要来自北正、南正、双磨、黄元井四个村，随着生源的逐步减少，2005 年按照镇里规模办学实施意见的精神，实行撤并，学生全部转入长沟中学，目前只剩下长沟中学一所区直属中学。

2. 长沟中学的发展情况

（1）长沟中学的基本情况

长沟中学位于长沟镇太和庄村，始建于 1958 年，第一任校长陶永禄，1978 年当时的房山县革命委员会将长沟等 9 所中学改为县直属学校，目前仍然是房山区直属重点校之一。

学校占地面积从 1995 年的 45390 平方米增加到现在的 66869 平方米，校舍总面积 6719 平方米，其中教室 2358 平方米，实验室 490 平方米，图书室 157 平方米，微机室 132 平方米，体育运动场 9500 平方米，电脑从 1997 年的 69 台增加到现在的 137 台，图书藏量也从 1995 年的 278 册增加到现在的 28574 册，校内教育教学设施齐备，各项体育场所、设施齐全。

（2）学生情况

据一些老教师回忆，学校建立初期，条件非常简陋，只有 4 个班，大约 170 多学生，而且都是初中，没有高中；1960 年，又招了 4 个班，当时的教育是以"邢燕子"为榜样，一边学习，一边劳动，以劳动为主；1961 年，又招了 4 个班，一共 12 个班；"文化大革命"开始时期，学校学生搞串联，学生无法正常上课，在中央 1967 年发出的"复课闹革命"的通知要求各地的大、中、小学生停止串联，返回本地，积极参加本校的无产阶级"文化大革命"，进行斗批改，并组织学生学习后，长沟中学于 1969 年建立了 2 个高中班，每班 45 人，由于当时的"停课闹革命"使很多初中生无法毕业，仅建立 2 个高中班消化不了，于是就发展到 4 个班，后又发展到 8 个班，高中实行 3 年制后，发展到了 12 个班，初中、高中共 24 个班，这种情况保持了很多年。

表 11 - 3　　　　　　　　　　1995—2006 年在校生人数

单位：人

年份	初中生	高中生	总数
1995	946	217	1163
1996	1104	287	1391
1997	1145	314	1459
1998	1205	280	1485
1999	1220	279	1499

续表

年份	初中生	高中生	总数
2000	1310	277	1587
2001	1359	275	1634
2002	1326	369	1695
2003	1013	569	1582
2004	1192	720	1912
2005	797	768	1565
2006	585	669	1254
2007	533	486	1019

资料来源：文卫科统计数据。

学生入学率100%，升学率基本保持在98%左右。

（3）师资情况

据一些老教师回忆，学校建立初期，教师只有十多名，有的还是来自城里的，教师的宿舍也是办公室，晚上只能在煤油灯下备课；1961年，随着学生的增加，陆续又招进一些教师，有来自师范学院的本科生，教师总数达到30多人；20世纪70年代，又分来一些师范学院毕业的本科生；90年代，初中教师严重短缺，教师满负荷工作量还不够，只好请代课教师，主要是请高中毕业生教初中学生；1994年以后，高中开始扩招，教师再次出现短缺，由于政策允许从外地招大学生，所以补充了一部分师资。

表11－4　　　　　　　　　1995—2006年教师基本情况

单位：人

年度	职工总数	专任教师										
		合计	年龄构成				学历构成			职称构成		
			30岁以下	31—40岁	41—50岁	50岁以上	中专	大专	本科	初级	中级	高级
1995	109	80	61	2	10	7	8	45	27	66	12	2
1996	125	96	72	5	8	11	10	55	31	80	12	4
1997	128	94	75	4	9	6	3	63	28	79	13	2
1998	133	89	67	8	9	5	6	61	22	69	16	4

续表

年度	职工总数	专任教师										
		合计	年龄构成				学历构成			职称构成		
			30 岁以下	31—40 岁	41—50 岁	50 岁以上	中专	大专	本科	初级	中级	高级
1999	134	98	72	13	3	10	5	67	26	73	19	6
2000	137	101	76	15	4	6	3	71	27	75	22	4
2001	136	98	66	24	3	5	2	69	27	74	21	3
2002	146	99	67	25	3	4	2	63	34	77	19	3
2003	151	108	77	25	2	4	4	64	40	85	20	3
2004	176	122	90	26	2	4	4	37	81	97	21	4
2005	168	158	59	77	9	13	9	27	122	102	43	13
2006	162	153	58	72	11	15	7	23	120	94	44	15

资料来源：文卫科统计数据。

（4）教学质量与特色

五十年的奋斗历程，积淀了"长中人"爱岗敬业、求真务实的光荣传统；砥砺了"长中人"和谐共济、敢为人先的坚强意志；形成了"长中人"克己刻苦、科学规范的治学氛围。

20 世纪 60 年代的"长中"，过硬的教学质量在房山的影响力非常大，其实这可以追溯到清代，清代三位名文人中的徐华年和白师曾，设立私塾，他们所教的学生大多都能考入房山学宫，不仅因为他们才华出众，更是因为他们"师德高尚"，这种"重文重德"的良好风气一直影响到今天。在 20 世纪 60 年代，学生拼命地学，教师认真地教，那时的房山中学每年都要接收一个半班考上的长中学生，1980—1988 年，更是"长中"最辉煌的时期，很多学生都到长沟中学来补习，经过补习，基本都能考上大专以上的学校，这和他们的师资力量强有很大的关系，"长中"的领导敢于大胆提拔人、重用人，很多刚分来的大学生一来就教高中，使教师的教学水平提高很快，为房山区培养了很多人才，这是它的一个特色。另外，还有一个特色就是美术教育，该校培养学生美术才能始于 20 世纪 60 年代，焦士英是该校美术教育的创始人，这个传统一直延续到今天，为社会培养了大批的美术人才，在高

考中考入和美术有关的专业的学生比例还是很高的，2007 年，在考入本科的
11 人中，有 5 人考的是提前招生的艺术本科，现在除了上美术课以外，每天
都要利用业余时间，辅导学生的美术。但是，随着优秀教师的流失，很多好
的学生流向良乡中学和房山中学等重点学校，使学生的素质有所下降，造成
目前教学质量开始下滑。

表 11 - 5　　　　　　　　　　历年高考的情况

年度	实考人数（人）	专科以上录取人数（人）	录取率（%）
1995	67	5	7.5
1996	50	7	14
1997	74	13	17.6
1998	118	20	17
1999	103	41	39.8
2002	121	80	66.1
2003	128	69	53.9
2004	111	62	55.9
2005	114	82	71.9
2006	170	90	52.9
2007	237	133	56.1

数据来源：房山区 1996—2008 年统计年鉴。

2000 年，在校长王宏健的带领下，坚持"合格 = 品德 + 知识 + 能力 +
健康 + 特长"的育人标准，使学校的各项事业突飞猛进，全面发展，取得了
丰硕的成果。1999 年获"校园建设及管理达标校"荣誉称号；2000 年、
2004 年、2005 年获中小学实施素质教育综合评价二等奖；长沟中学先后被
确定为"联合国教科文组织项目（EPD）"的实验校、成员校；2002 年、
2003 年、2004 年连续获得高中教育教学质量优秀奖，2005 年获得初中教学
质量进步奖；2005 年评为北京市花园式学校。

（5）发展中存在的问题

在长沟中学发展的过程中，也出现了一些问题，影响了它的发展。一是
办学条件的改善问题。由于是区直属学校，所以学校的经费主要来自区财政
拨款，镇里在 2004 年拨款 100 万元、无偿提供 30 多亩土地用于改扩建，历

年拨款情况如表 11 - 6 所示。

表 11 - 6　　　　　　　　　历年拨款状况

年度	经费投入（万元）			经费支出（万元）
	财政拨款	镇投入	其他渠道投入	
1995	117		36	129
1996	136		31	152
1997	167		31	191
1998	172		20	192
1999	202		35	237
2000	232		32	264
2001	288		43	331
2002	306		33	339
2003	408		36	444
2004	490	100	52	541
2005	708		71	779
2006	630		62	692

资料来源：文卫科统计数据。

一是虽然政府的财政拨款年年都在增加，办学条件在逐步改善，但是依然不能满足需求，与镇中心小学的差距依然较大，现在学生还在平房上课，20 多个教学班只有 8 套多媒体设备，还在使用建于 20 世纪 50 年代的旱厕；二是教师的待遇问题，教师的住房依然不能得到解决，工资总水平低于良乡中学等一些重点校，直接的后果就是一些优秀教师流失严重，影响了教学质量的提高；三是领导班子的稳定问题，学校的发展离不开一个稳定的领导班子。

为促进"长中"进一步的发展，镇政府把"长中"也作为奖励拉动的一个重要组成部分，以提高教师教学的积极性。再有就是积极配合区教委全面启动长沟中学的改扩建工程，进一步改善"长中"的办学条件。

二　成人教育

（一）长沟镇人口及文化程度的情况

长沟镇人口从 1995 年的 24342 人到 2006 年的 24123 人，人口数量基本维持不变。

表 11 - 7　　　　　　　长沟镇 1995—2006 年人口的变化

年度	总人口（人）	0—14 岁	15—64 岁	65 岁以上	文盲	小学	初中	高中	大专以上
1995	24342	3603	19094	1645	1470	5937	13439	2995	501
1996	24354	3595	19081	1678	1436	5867	13452	3060	539
1997	24375	3564	19138	1673	1387	5787	13408	3165	628
1998	24234	3470	19067	1697	1329	5684	13217	3327	677
1999	24314	3434	19131	1749	1247	5689	13245	3395	738
2000	24200	3338	19113	1749	1173	5482	13227	3512	806
2001	24159	3237	19133	1789	1118	5381	13176	3613	871
2002	24194	3133	19250	1811	1080	5322	13128	3718	946
2003	24069	2998	19215	1856	1037	5189	12951	3859	1033
2004	24149	2905	19315	1929	991	5004	13117	3958	1079
2005	24123	2793	19325	2005	934	4980	12947	4080	1182
2006	24123	2728	19414	1981	761	4769	13233	4095	1265

资料来源：长沟镇常住人口文化程度统计。

在表 11 - 7 中包括了未成年人的情况，但是也能反映出成人文化程度的变化，从总体情况看，初中文化程度占 50% 左右，随着时间的推移，文盲和小学文化程度者在不断减少，高中以上文化程度的人数在不断增加，说明人口的文化程度也在不断提高。另据长沟第二次全国农业普查主要数据显示，截止到 2006 年年末，长沟的农村劳动力资源总量为 15563 人，其中，文盲 164 人，占 1.05%，小学文化程度的 2372 人，占 15.24%，初中文化程度的 8753 人，占 56.24%，高中文化程度的 3783 人，占 24.31%，大专及以上文化程度的 491 人，占 3.15%，初中文化程度仍占劳动力总数的 50% 多。

（二）长沟镇成人教育的基本情况

从 20 世纪 80 年代初开始，长沟的成人教育也开始恢复起来，长沟镇从实际出发，从实效着眼，坚持长短结合，目标培养与近期使用相结合的原则，举办各类成人教育培训班 15 期，培训 680 人次，累计派出学习人数 23 人，全年共有 42 人参加了行政管理和财会统计中专班的学习。近些年，长沟镇更加注重成人教育的发展，将其作为大教育格局体系的一部分。为了加强对成教工作的领导，使工作真正落到实处，长沟镇成立了成人教育工作委员会，由镇党委书记任名誉组长，镇长任组长，主管教育的副职任常务副组长，镇组织部、宣传部、团委、妇联、计生等部门参加。同时各村确定了成教专干人员，并制定了成人教育相应的培训计划、培训目标、培训内容、教学方法、教学监督、信息反馈、档案管理等各种机制，如图 11－1 所示。

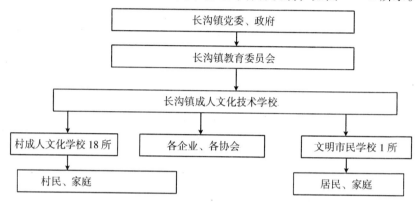

图 11－1　长沟镇成人教育学校组织、领导机构管理结构

现已形成了各村成教专干 18 名，社区教育专干 1 名，其他企事业单位成教专干 25 人的成教网络队伍。构成了以镇成教中心为龙头、下设 18 所村成人文化学校、1 所文明市民学校的成人教育培训网络。

（三）村成人文化学校

18 个村的成人文化学校是在经规模办学只保留 3 所小学的基础上，利用以前的小学校改造而成的，承担对农民的实用技术培训等，2007 年验收合格的村校有 5 个，分别是坟庄村校、北正村校、西甘池村校、北良村校、太和庄村校。它们定期聘请教师讲课。截止到 2005 年，已开展的培训项目有核桃种植、药材种植、柿树种植、肉鸡饲养和奶牛养殖等，参加培训达 5000余人次；举办计生知识培训、安全知识培训、会计知识培训、统计知识培训、法律知识培训、环保知识培训、健康知识讲座、农民富裕劳动力转移培训、企业职工在岗培训等共 15000 余人次。坟庄村与镇成教中心合作打造坟庄村成人教育平台，利用农村远程教育开展各类培训。

（四）市民学校

市民学校设立在西厢苑小区。有专人管理，镇政府每年投资 1 万元用于活动的开展。该校拥有图书室、活动室、培训室、咨询室。截止到 2005 年，共举办学习培训班 20 次，参加人数共计 1000 余人次，培训涉及的内容主要有《婚姻法》、《计划生育法》、《环境保护法》、《未成年人保护法》、《食品卫生法》、《交通安全法》、现代秧歌等，为小区居民更好地学习和生活提供了更多的条件和机会。2006 年以来，先后组织学摄影、学英语等各项活动 20 余次，聘请医务专家到社区义诊、咨询、讲授常见病、老年病的预防知识，深受居民的欢迎。

（五）镇成教中心

长沟镇就业率高，与其政府重视对农民的教育、培训有很大的关系，通过教育、培训提高了农民的素质，容易被用人单位所接纳，镇成教中心从建立之日起就发挥着重要的作用。

2003 年投资 700 万元建立的镇成教中心坐落在长沟镇坟庄村，占地面积 7800 平方米，建筑面积 4000 多平方米，当时是全区唯一一所独立设置的成人学校，具有独立的法人资质，2004 年通过市级示范性成教中心验收，2006 年 9 月代表房山区接受"市级示范性成人文化技术学校"的验收，并顺利通过验收，是房山区仅有的两家之一。

校内共有教室 15 个、图书阅览室、体能测试室、网络室、活动室等 4 个，办公室 4 个，计算机 60 台，文体活动厅和教育厅各 1 部。活动广场 3000 余平方米。经多方筹集资金，取得了区文委、区成教中心等部门的大力支持，先后争取了农业远程教育信息网设备、电脑培训设备、文化教学娱乐组合音响设备、多媒体教育设备、文化网络共享设备、电影放映设备、体育健身及体能测试设备；为进一步推动数字化城镇建设步伐，实现信息资源有效利用和共享，构建终身教育大课堂，提高干部队伍素质，中心还与镇组织部、宣传部联合开通长沟镇有声数字图书馆。其中内容囊括了古典文学、现代文学、外国文学、儿童文学等 17 大类近 18 万余册图书，使图书总量达到 18.5 万册（含电子图书）。另外学校积极争取资金，投资 40 余万元用于校园环境、图书室、网络教室、活动室设备改善，添置了摄像机、投影仪等教学设备共 20 件，使学校各种教学、培训设备齐全，能容纳 200 人学习。教育环境在房山区处于一流水平。

中心现有教职工 6 人，全部是小学教师转岗，其中主任 1 人，45 岁，大本学历；教师 5 人，40 岁以下 1 人，50 岁以上 4 人，大专学历 2 人，中专学历 3 人，另外还请到区成教中心、区农委、区计生委、区科委、区司法局、镇经管站、农办、计生办等部门的专业技术人员来中心兼职任教，又从社会志愿者中选聘具有大专以上学历、高中级职称的优秀教师担任学校的兼职老师。学校有计划、有针对性地从市区科研单位请专家、教授来做专题报告。这些专兼职教师水平高，教学效果明显，通过认真选聘，严格考核、长期合作，使长沟镇逐步建立起一支适应本地区经济社会发展需要的专兼职相结合的、相对稳定的、水平较高的成人教育师资队伍。

中心注重制度的建设，以制度加强管理，保证成人文化技术学校、村校、市民学校工作做到有条不紊、扎实的推进，现已逐步建立完善各项规章制度。一是明确了成人文化技术学校、各村村校的职责，社区市民学校职责；二是制定了成人文化学校校长、教师及管理人员岗位职责；三是制定了学员、阅览室、图书室、棋牌室、活动室管理守则；四是制定了对村校、市民学校工作年度考核机制，明确了成人教育培训的目标及措施。

中心主要以承担农民培训为主，同时也承担组织一些文体活动，丰富农民的精神生活，提高农民素质，促进精神文明建设。关于所做的有关文化方面的培训工作，在文化这一内容中再叙述，主要做的培训工作有：

（1）各级干部培训。为提高村、镇干部的行政管理能力与水平，培养他们开拓创新的精神，组织了各种内容培训，如组织《落实科学发展观 构建和谐社会》的讲座等，对提高干部的综合能力发挥了重要的作用。

（2）实用技术培训。2001—2005 年，先后组织了民俗旅游、礼仪知识、种（养）殖业知识、农民再就业等知识的培训。2006 年，结合农村经济结构调整，积极开展农民培训，共举办果树种植、养殖等实用技术培训 450 余人次，人口理论培训班 400 余人次，电脑培训班 160 余人次，法制教育培训班 400 余人次，再就业培训 500 余人次，会计知识 100 余人次。2007 年举办各类培训班 73 期次，10834 人次参加培训。

随着各种技能培训的开展，在镇教委、农委等相关部门的支持下，2007 年还相继建立了大棚绿色蔬菜种植、编织刺绣等基地，用于培训技能的实际训练。如陈国启一家人，参加学校举办的养殖技术培训班以后，产生了开一个家禽养殖场的念头，经过学校积极联系，在专家的指导下，由建场初期的 700 只鸡发展到了现在的 3000 多只，柴鸡饲养目前已经产生了很大的经济效益，光卖柴鸡蛋每年纯收入就可达上万元。这些成果的取得，都是以成人教育培训、指导为基础的，可以说，没有成人文化技术学校和试验基地的作用，取得这么大经济效益是不可能的。

（3）抓学习型社会建设。长沟镇有 4 个市区级重点村，分别是坟庄村、北正村、东长沟村和三座庵村。为全面构筑长沟成人大教育氛围，推进新农村建设进度，中心对学习型机关单位、学习型行政村、学习型家庭进行了重点典型培育，结合相关建设指标要求，进行了一系列创建试点，培育出镇中心卫生院、坎庄村等10个学习型机关单位、学习型行政村和刘永成、果树著等40个学习型典型家庭。2007年，中心按照"人人是学习之人，时时是实施学习之机，处处是学习之所"的创建学习型组织的建设标准，为全镇各行各类人员学有去所大力投资搭建学习平台。为加快学习型乡镇建设，2008年年初召开了学习型组织创建工作会，成立了以党委副书记王春年同志为组长的创建工作领导小组，负责全镇创建学习型乡镇的规划、协调、组织和管理，制定了《长沟镇创建学习型组织发展规划》，初步建立了镇、村（居委会）二级领导网络格局，同时成立了4个工作小组，负责学习型行政村（学习型社区）、学习型机关（事业单位）、学习型企业领导小组和学习型家庭领导的创建工作。并投资70余万元装备信息中心，投资0.7万元购买书籍，投资1万元聘请专家，使全镇创建工作顺利开展，2007年评选出的创建学习型新村先进村是东甘池村。

与此同时，还积极对村校、市民学校进行培育，发挥他们的积极性和创造性，取得了很好的效果。如西厢苑社区市民学校结合北京举办奥运会的契机，组织居民学英语，充分调动了居民的学习热情，人人争为奥运做贡献。

（4）抓特色培育。为积极推进长沟镇经济的发展，近几年来，先后建成了中草药材基地、优质稻米基地、奶牛饲草基地以及养殖小区等。为此，中心大力开展特色项目培训，开展新技术、新成果项目推广。如中草药标准化生产技术的引进，为长沟镇中草药标准化基地建设增添了新的活力；奶牛胚胎移植技术，为改良本地奶牛种质，培育高产奶牛提供了科技支持等。这些项目的建设、发展，都和中心开展的培训工作是分不开的。

（5）其他教育。2004年，为老年教育举办书法、象棋、绘画、秧歌、交谊舞等培训300余人次，为使社区居民树立社会公德、家庭道德，先后开办了公民道德知识讲座600余人次，举办家庭教育、健康及防病知识讲座300余人次。2006年，结合长沟镇中心幼儿园开园之际，中心组织了主题为"小手拉大手"活动，采用孩子教育家长的方式进行相关知识培训，把亲子教育研究引入家庭，提高家长对学前时期教育问题的重视程度。2007年，聘请镇中心园保健医隋冬华、清华大学二附中副主任史定平等举办了家长科学育儿、男性保健、优生优育等知识培训，

843 人次参加培训。

（6）远程教育。已经争取到了农业远程教育信息网设备，开通了智农天地和文化共享系统，在学校内可以免费无限下载农业知识教程、最新文艺节目；在长沟"四位一体"（每个行政村村村通有线电视、广播、网络、视频）工程未建成之前，为提高中心教育资源的使用效率，中心充分利用电脑室建设的局域网，组织村里人员进行农业知识、科普知识的培训，并根据老百姓所选择的教育内容，制作成光盘，发放到各村校进行免费借阅播放。2006 年 11 月，长沟镇"四位一体"入村工程已经基本竣工，入户率达到 80% 以上，中控室建设于 11 月竣工，12 月投入使用，2007 年 1 月进行剪彩。此工程竣工后，每天上午 8：00—10：00，下午 4：00—6：00 作为成人专题教育时间，并入"四位一体"视频系统，播放远程教育网专题节目。

由于长沟的成教工作立足于本地实际，开展了一些有针对性的教育培训活动，使每年参与中心活动的人数均达到长沟常住人口的 31% 以上。

还有值得说明的一点是：2004 年年初，长沟镇将坟庄村委会纳入了成人教育学校管理范畴，扩大了学校规模，标志着长沟镇成教工作进入了规范性管理的新时期。同年长沟镇按房山区 2010 年规模办学标准规划，一步到位实施了规模办学，在房山区首次将成人教育纳入了全镇大教育奖励机制范围，以此来促进成人教育的发展。

在成人教育取得成绩的同时，还存在一些需要解决的问题。表现在：成人教育经费缺少必要的保障制度，工作处于被动局面；农村成人教育对象，年龄、文化素质、专业技能等差异大，乡镇成人学校很难满足成人学习培训需求，需要一支职业精神强、专业技能高的专兼职师资队伍，现有教师年龄结构偏大，专业水平低，难以承担职业教育任务；部分干部群众对成人教育认识不高，重视不够；特色教育的培育力度不够；学习型组织、学习型家庭普及率还应进一步加大工作力度等。

"十一五"时期农民教育培训工作的设想是：长沟镇的农民教育将以率先基本实现首都现代化和筹办奥运为契机，以不断满足长沟镇经济建设和人民群众日益增长的教育需求为出发点，以加快发展形成特色为主题，以加大教育创新为出发点，以提高教学质量和管理水平为核心，全面实施农民教育培训工程，根据市场需求培养工业人才、农业人才、管理人才，为推动长沟社会全面进步，建设学习型行政村奠定坚实基础。

第二节　文化发展情况

长沟镇在挖掘、保护历史文化的同时，也注重农村文化建设，以多种形式丰富农民的业余文化生活，引导农民形成积极向上、健康、文明的新风尚，营造出乡风文明的新景象。

一　灿烂悠久的历史文化

长沟历史悠久，汉代置乡、唐宋发轫、明清腾达，成为富庶之地，历史文化源远流长。经过时间的洗礼，虽然有的已经不复存在，有的只剩残垣断壁，但依旧能让人感受到昔日的辉煌。

长沟镇政府一直注重对历史文化的挖掘和保护，曾组织人员对镇内的历史文化资源进行了摸底调查；还组织专门人员整理、编写、出版了《京畿古镇——长沟》和《乾隆御笔长沟诗帖》两部反映长沟历史文化的书籍，2007年，又编写出版了《京畿古镇——长沟（续）》。

（一）众多的历史文化遗迹

在两汉时期的三百年间，是长沟地区经济繁荣、文化发展时期，也留下了丰富的历史文化遗存，主要有西乡侯国故城。另外在今天的沿村、南正村等地相继发现了一些汉代墓葬、作坊遗址，出土了一些文物，如出土的陶俑、陶楼等，这些文物形象地反映出当时长沟地区社会经济和文化的发展水平。

鳌头寨山城位于长沟镇三座庵村西般州山上，现已无法考证是何军所驻，但据专家考证应是唐代的遗址。

在元代，所留下的遗迹很少，只是在黄元井西北杵山发现了一座古溶洞，在洞口顶部发现了一块元代的摩崖石刻；记录了元代中后期，南正村的石匠们修整溶洞的情况。

据传建于明代东长沟的三义庙，是当地百姓为奉祀三国时期的刘、关、张三人而建。

源于自然环境的优美，明清时期又成为皇族王公贵族建立陵寝的理想之地，如清敬谨亲王陵园、继贝勒陵园等。

建于1748年的南正行宫，当年乾隆亲笔书写的30块御制诗碑中的27块依然保存到现在。

（二）宗教文化

大约是在隋代中期，在今天长沟的南正、北正村一带，是个人口集中的村镇，而且该地区的民间佛教活动一直很兴盛，据《房山县志》等的记载，当地有崇福寺（遗址在北正村）、聚福寺（遗址在西甘池村）等均建于隋唐时期。另外，北正村距北京著名的佛教圣地——云居寺仅仅10公里远，该村的居民从唐代以来同云居寺的佛事活动就有着密切的联系，这从已发现的历史遗迹中已得到了证实，如从北正村崇福寺遗迹中发现的郑伏护造多宝像佛塔。

除了上面提到的郑伏护造多宝像佛塔外，在长沟北正村的辽代佛塔内，出土了一些有价值的佛教文物，从中反映出当时的佛教活动情况，包括：20余件佛教石刻造像，虽然造像已残，但仍能从其造型与铭文中反映出当时的造像艺术及书法特点，对研究北京地区的唐代佛教具有一定的资料价值；在塔中还发现了五代时期的一个陶制经幢和四个陶塔，这是北京地区迄今为止发现的最具完整的五代时期佛教文化遗存；出土的两件五代十国时期的石刻，所刻的铭文从侧面反映出长沟地区当年佛教活动的情况。

辽代是长沟地区历史上的第二个繁荣发展阶段，辽代统治者崇信佛教，所以佛教活动也很发达，由于距离云居寺较近，所以带动了长沟地区佛教的发展，从近年的考古发现看，当时的长沟以今北正村、南正村、东甘池村、西甘池村的北郑院、千佛寺、章庆禅院、玄心寺为中心，南与云居寺、智度寺及天王院等寺相连，北与石经山诸寺为辅，俨然像一座佛教弘法的大道场。

当时在北正村建有北郑院（下寺）、千佛寺（上寺）、佛舍利塔；西甘池建有玄心寺，特别值得一提的是寺中的一块碑，碑文生动地描述了九百多年前长沟地区的山川风貌、自然环境，而且真实地记录了该地区的区划方位、山水名称的由来及村名地名，对于考证此地的区域沿革有重要价值；南正村建有一座石塔、石经幢。除了这些著名的寺庙外，还出现了一些著名的僧人，当时玄心寺有个叫洙的僧尼，被朝廷赐紫袍，并赐号文雄慧照大师，是辽代末期一位名动燕京的学僧。

到了金代，不仅寺庙很多，而且还被女真贵族和皇族选为陵寝之地。如位于西甘池村的慧聚寺就是一个当时远近闻名的佛教活动场所等。

在明清两代的五百年中，长沟地区的佛教依旧活跃，除了佛教还有道教。另外，在太和庄村依旧保存下来的建于1914年的法国天主教堂，反映出了长沟地区宗教文化的多元化现象。

建国以后，这些宗教文化逐渐消失了，现又开始恢复，2006年，从北京来了一位觉一法师，他与大队协商，签订了协议，盘下了崇福寺遗址，建了一个禅院，2007年农历九月十九开光，有3位出家人，每天有信徒10人左右在学习，他们是本村的农民。我们在调查中看到：有11人在学习，其中9人为女性，这些人年龄在40—50岁之间。有法事活动时，人员大约30—40人，有从北京昌平、丰台等地赶来的，人员比较固定。崇福寺的手续正在审批过程中，已经报到了房山区民政局。另外，现在，基督教活动有3个家庭聚会点，其中有2个已经得到了"三自爱国运动委员会"的批准。这个委员会是我国最高的基督教社团组织，它在长沟的教徒有200多人。政府的管理主要从合法与不合法的角度，成立了镇、村两级宗教领导小组。这几年参加宗教活动的人数在增加。比较固定的200多人，其中本镇的居民有30—40人，其他主要是丰台、昌平的。

（三）"地缘名人"的足迹

从远古时期到近代社会，长沟地缘优势的作用非常明显，涌现出了多位妇孺皆知的名人，黄帝与蚩尤的涿鹿山大战，黄帝训练虎豹等六种野兽御敌，当年的驯兽之地就选在今天的甘池胜泉边的山梁，以胜泉水饮之，现在的寿阳山实际就是"兽养山"的谐音；传说黄帝的史臣仓颉创造了象形文字，每见一物便创造一个字，"丰"字就是他登上雪山向东南眺望，依照地形创造出来的。1600多年前的东晋名将祖逖也是因感受到了长沟学子严谨求学的态度，而发奋读书，从而有了"闻鸡起舞"的典故。"推敲"一词的产生就是源于唐代诗人贾岛到长沟胜泉寺向故人辞别，有感而发，在诗句"僧推还是敲月下门"好的反复斟酌中演绎而来。成语"宠辱不惊"源于唐代当过长沟父母官的卢承庆对一位失职官员在受到处理后所做出的表现而说的一句话。

二　民俗文化

长沟地区的民俗文化与其渊远的历史文化、地域特点密不可分，从而显示出富有特色的地区民俗文化。

1. 开秧门

长沟种植水稻的历史可以追溯到西周时期，因长沟的水质、土质俱佳的原因，使长沟的清水稻闻名天下，有"贡米"之称，"九蒸九晒，色香如初"，乾隆曾在他的《微雨二首》诗中表达他那种食稻而喜的心情，"顾波原田亩，良农待兴耕。巽二汝勿逗，好生天地胜"。对于水稻的栽种，长沟稻农将其视为神圣之事，年年把水稻插秧的农事活动当做大事，要举行隆重的仪式，就像要出征那样，祭天祭地，叫做"开秧门"，这个习俗一直保持到现在，人们仍把插秧栽稻的第一天称为"喜开秧门"。

2. 饮联会

在长沟地区过年，以前与别的地方相比，最具特色的一个习俗就是过了"小年"，乡镇间的文人之间或亲友、店铺老板相邀文人举行"饮联会"，大家坐在一起饮酒做春联，即荟萃了古人恭贺新春的最佳联句，又是书法技艺的一次大比赛，充满了文化氛围。从民国以后，"饮联会"的习俗逐渐失去，但农村文人为乡亲写春联的习俗一直持续到前些年，现在人们都是从市场上买些春联和"福"字等，笔写春联的历史也就结束了。

3. 长沟花会

历史上，长沟花会曾以三十多档的规模融入到房山整体队伍，当时最盛行的时期是 20 世纪初，那时长沟村村有花会，名气较大的有：西甘池和南良的"杠箱会"，太和庄、西长沟的"花鼓子会"，东甘池的"太平鼓会"等共三十余档，其中"杠箱会"为群会之首，而且花会都是自发的。每年的五月初一是长沟最热闹的庙会，也是花会最展示自身的时候。长沟花会借助长沟大集保持了数十年的历史，现在还有太平鼓表演。

三 农村文化建设

农村文化建设是农村社会发展中的重要组成部分，1978 年以后，长沟农民的业余文化生活日趋丰富，村村办起了俱乐部和"青年之家"，活泼健康的文体活动得到进一步普及和发展。1983 年、1984 年，连续两年组织了春节花会及文艺调演。在中央提出社会主义新农村的建设目标后，更是加大了农村文化建设的力度，共建和谐长沟。

（一）政府搭台，群众唱戏

1. 依托成教中心组织群众文化活动

近些年，镇成教中心在组织对农民开展技能培训的同时，还积极组织了多项丰富多彩的群众文化活动，丰富农民的业余文化生活，促进全镇精神文明的建设。

2004 年，为丰富妇女的业余文化生活，长沟镇在镇成教中心建立了妇女儿童活动中心，中心内设有妇女儿童活动室等，成为全镇妇女、儿童学习、娱乐的主要场所；还组织了一支妇女文艺宣传队。

2005 年，中心开展了一系列文化活动，如组织开展庆"五一"歌咏比赛，全镇有 30 余名歌曲爱好者参加；开展了庆祝"七一——伟大的党"为主题的电影放映月活动；"爱我长沟爱我家"为主题的电影放映周活动等；中心还投资 3 万元购置了电影放映设备，设立 2 名专职电影放映员。

2006 年，为丰富老百姓的业余文化生活，结合精神文明建设工作重点，在区相关部门的支持下，中心与宣传部、文卫科联合举办了《知荣明耻共建和谐长沟》大型文艺汇演活动；推出"文明健康伴我行"电影宣传月、"根除生活陋习、维护优美环境"宣传周活动，播放了《太行山上》、《精武英雄》、《农村用电安全》、《饮食习惯与健康长寿》等影片，自制了"魅力长沟"、"开心 30 秒"系列短片，充分利用投影仪、电脑、电影机等宣传媒介，将健康知识、安全知识等相结合，以寓教于乐的方式在各村电影放映中进行播放、宣传与教育。

中心还和镇组织部、宣传部联合利用镇机关的局域网开通长沟镇有声数字图书馆，可随时登录阅览。在此基础上，陆续在各个村开通了数字图书广播，使农民坐在家中就能听到万部书。

从 2007 年 4 月份开始，利用每周五下午两小时的时间，开展周末大讲堂活动，长沟镇邀请一些专家学者等为镇机关干部、各村两委干部和社区居民讲课，以此来提高机关干部和居民的文化素质。

2007 年，在北正、北良、坟庄、三座庵、中心校和文体中心，分别安装了六套数字影院设备，并培训了专门的放映人员。2008 年，建立的农村数字电影院于 1 月 17 日在北正村举行了数字电影首映仪式，中心坚持"月月有主题、周周有活动、天天有影看"的原则，为广大农民提供精神食粮。

每年都组织五月鲜花歌咏比赛、庆元旦、七一等的联欢活动。

2. 组织的其他文化活动

2004 年，为把终身学习的理念植入家庭，在全镇 18 个村都成立大众读书会。

2005 年 5 月，镇组织了主题为"春夏之约"的大型文艺活动月，包括五月鲜花歌咏比赛、乡村歌手大赛、消夏露天电影等，受到农民的欢迎。

2005 年 10 月 1 日，长沟镇宣传部、文卫科、妇联、团委举办了庆"十一"革命歌曲演唱会暨志愿者义务宣传队成立仪式。宣传队的任务是及时宣传各项政策、法规、丰富群众的业余文化生活。

2006 年，在市文化局实施的"文艺演出星火工程"中，中国评剧团为长沟 18 个村的群众演出 13 场；2007 年，先后有良乡拱辰街道星火艺术团、大石窝文化艺术团为长沟 18 个村的群众演出 25 场，参加演出的演职人员达 410 人次，观看演出的群众达 5530 人次。

2007 年举办了"水乡风韵、魅力长沟"的有奖摄影比赛、民间花会比赛、消夏露天电影等。此外，镇里还利用边角地、文化大院广场等闲散土地为农民开展文体活动创造条件，先后开展了电影放映、文艺演出等活动。截止到 2007 年，已放映电影 297 场、演出 40 场。

3. 文艺团体情况

从 2004 年至今，村村都建立了秧歌队；北甘池、东甘池还有太平鼓表演队。还有一个值得一提的就是释芳艺术团。

长沟镇释芳文艺宣传队成立于 2006 年，属于自娱自乐、自发组织的团队，队长郭建生，现有团员 65 人，平均年龄 45 岁，该团一般每周活动 2—3 次，对成员的培训主要是由团内队员或其他人员来承担，2006 年培训的总课时达到 296 课时。以义务演出、镇村大型活动演出、任务演出为主，2006 年，共演出 36 场，总人次 1010 次，其中完成上级任务演出 25 场，其他公益性演出 11 场。团队的经费主要来源于政府每年支持的 2 万元，而每年的开支约在 5 万元左右，用于购买设备、服装、雇车等，特别是义务演出无补贴，所以资金是制约其发展的根本性问题，还有就是缺乏专业人员的指导。

为了丰富全镇人民的业余文化生活，宣传队于 2007 年 6 月 22 日开始在全镇范围内开展消夏晚会周末巡演活动。截止到 7 月 24 日，他们已经先后在坟庄、南甘池、南正、北甘池、北正、西甘池、双磨等 10 个村，为当地老百姓送上了他们自编自导、精心编排的文艺节目，受到了各村老百姓的热烈欢迎。

镇里目前可用于文艺演出的剧场有长沟中学礼堂、长沟镇政府礼堂、长沟镇文体中心和长沟中心校礼堂四处。

（二）村文化大院的建设

2004 年，村文化大院达到 13 个，截止到 2007 年，已达到 19 个（18 个村和一个居委会）。

为使村级文化大院发挥出在提高农民素质方面的重要作用，各村都加大了投入，改善硬件条件。如长沟镇的坟庄村是新农村建设的试点村，在注重促经济发展的同时，也狠抓村风建设，提高农民素质，完成了4800平方米文化大院、网络信息站的建设，配有电脑、图书、健身器材等设施，而且是全天免费向村民开放。2005年，西长沟村加大活动室、图书室建设力度，投资5000元购进图书1000余册。

这些村级大院在镇成教中心的领导下，积极开展各项活动。如坟庄村与镇成教中心联合打造坟庄村成人教育平台，充分利用农村远程教育设施和文化教育设施开展各类培训和文体活动；北正村把文化活动与我国传统节日相结合，在元旦春节期间，扭秧歌、猜灯谜、对春联、开展各类文体活动竞赛吸引了本村及周边村民的热情参与。

（三）北正村文化广场

北正村文化广场于2007年由村投资兴建，总投资额200余万元。2007年12月，长沟镇北正村大型文体活动广场已全部竣工，并通过检查验收。如今这里已经成为北正村及附近村的老百姓每天锻炼身体、休闲娱乐的好去处，填补了长沟地区无大型娱乐场所的空白。

2008年1月3日，这里举行了一场具有民族特色的文艺演出，为闻讯而来的500余名村民表演了各种节目，受到了村民的热烈欢迎。

（四）文化大集

长沟大集起源于汉代，至今仍存在，中心借传统大集之势弘扬先进文化，传播科技知识，使原本只具备商品交换功能的商业大集，演变成为除商业功能以外还为人们提供各种知识和信息的文化大集，使农民在赶集购物的同时也收获了政策、技术和信息等。

（五）倡导健康、文明的新风尚

新农村建设中提出乡风文明，而提高农民的道德修养、文明素质是其中重要的一个方面。经过多年的努力，长沟农民的文明程度不断提高。

2004年，长沟镇在府前街及8个自然村的主要街道建立了"宣传文化教育一条街"，为教育农民提供了良好的宣传阵地；2006年镇里自制了"文明30秒"等系列短片，教育农民要讲求文明公德、爱护环境等。2006年，中心以公民素质道德教育为重点，开展了"迎奥运、树新风"、"爱我家园""礼仪在长沟，文明伴我行"活动；入户发放《文明礼仪教育读本》12000册，做到全镇每户一册。制作了以八荣八耻、新农村建设三字歌、村民行为规范四字歌等为主要内容的新农村建设宣传册，免费发放给全镇的农户。通过宣传教育活动，倡导了健康、文明的新风尚。在坟庄村，我们看到街道整洁，其中一条街被评为"老街坊和谐一条街"，文化墙上还写有村民行为规范的"四字经"，教育村民应该做什么、怎样做。

另外，在开展文明礼仪教育的过程中，还注重对农民"除陋习、树新风"的教育。如禁止土葬，2006年1—9月，共死亡人口136人，未发现一起尸体外流事件，保证火化率100%，骨灰入盒率85%以上。2006年，镇出资发放死亡人口补助金16400元。在这样的过程中，提倡移风易俗、丧事简办。

（六）创办《水乡长沟》期刊

2007年，为了进一步促进长沟农村文化建设、宣传长沟，长沟镇创办了《水乡长沟》内部刊物，以反映镇域环境建设、新农村建设、精神文明建设为主要内容。该刊物为季刊，分为春季号、夏季号、秋季号、冬季号，一年编印4期，到目前为止已编印6期，发放范围为全镇各村、各企事业单位和友邻乡镇，对于宣传长沟产生了良好的效果。

第三节　医疗卫生

长沟镇是一个有着悠久历史的古镇，伴随古镇的发展，医疗诊所也在不断发展，在一定程度上满足了当地人民看病就医的需要。特别是解放以后，长沟镇的医疗卫生条件得到极大地改善，长沟镇的医疗卫生工作始终走在了房山区的前列。

一　医疗卫生机构设置完善

历史上长沟镇曾有两家兼有医生坐诊的药铺，虽然在新中国成立前，镇上的医生就有了基本的分科诊治，如在永善堂坐诊的吕敏医生，擅长妇科和儿科，但在新中国成立前，长沟地区只有中医没有西医，只有传统的诊治手段没有现代化的医疗设备，只能诊治常见的小病，广大农村缺医少药，农民生病后无钱就医，往往求助于装神弄鬼的巫婆神汉。如三座庵村一名儿童患了麻疹，不知求医，却请巫婆跳神，结果因延误医治而死亡。

1956年社会主义改造进入高潮，国家禁止私人行医，长沟大众联合诊所成立。1958年实现人民公社化后，农村医疗卫生工作又取得新的进展。1958年10月，长沟大众联合诊所与南尚乐地区医院、赵各庄卫生所合并组建为长沟卫生院。在政府的支持下，镇中心区建起了乡卫生院，配备了基本的现代医疗设备，大小病症基本可以在卫生院得到治疗并对村中医疗点进行技术指导，镇中心区成为全镇的医疗和卫生中心。长沟卫生院原址在东长沟大街中段，免费租用的小平房，建筑面积达 100 平方米，有医务人员 14 名，简易病床 7 张。

20 世纪 60 年代，各村都陆续开设了私人药铺，经营中西药，药铺内一般都有药剂师和中医医生，为农民提供开方买药服务。1968 年起长沟人民公社开始禁止私人行医，农村实施合作医疗制度。这是一种农民社员自筹资金、互助互利的集体医疗福利制度。

1970 年北京市卫生局将长沟卫生院确定为长沟中心卫生院，占地面积4900 平方米，医务人员扩充到 40 人，病床增加到 30 张。在长沟卫生院建立与扩建的同时，1971 年长沟人民公社村村建立了合作医疗站。农村合作医疗制度的建立与推行，进一步提高了长沟地区农民的医疗福利。在自筹资金方面，各村根据各自的经济状况，安排了医疗经费，一般每人每年 2 元，由大队合作医疗站统一使用。农民在本大队合作医疗站看病，大队根据经济状况，全部免收或部分免收其医疗费用；若需要外出就医，须经大队合作医疗站同意，并到指定医院就诊，按 30%—50% 的比例报销药费。

1980 年卫生院迁址到长沟镇太和庄村西（长沟大街 15 号），当时是工字形平房，占地 1200 平方米，房屋建筑面积 450 平方米；20 世纪 80 年代初期，实行家庭联产承包责任制后，长沟乡的集体经济财力日益不足，合作医疗制度陷于停顿，各村合作医疗站（大队合作医疗站）纷纷解体，又变为私营的药铺。

20 世纪 80 年代末期，国家开始重视发展农村医疗事业，投资完善农村医疗设施。1989 年长沟镇新建了免疫楼；1992 年又新建了住院楼；2001 年建了三层门诊楼，建筑面积 2500 平方米；2006 年建了行政办公楼，建筑面积 1250 平方米，长沟卫生院改名为长沟镇社区卫生服务中心。

长沟医院在漫长的发展过程中不仅注重硬件建设，还注重软件建设，在改善医疗条件的同时，不断引进高素质的医务人员。20 世纪 90 年代，长沟卫生院的医疗水平比较高，在当地较有声誉，医疗覆盖面远至周边乡镇，甚至河北省的涿州市。

长沟镇社区卫生服务中心属于集体事业单位，2007 年卫生院占地面积10967.67 平方米，建筑面积 6000 平方米，硬化面积 200 平方米，院内有 60多棵树，有医务人员 60 多人，医生 20 多人，其他为护士和工勤及行政人员，医务人员主要来自北京市卫生学校和房山区卫生学校的毕业生分配，并经过正规培训，持有医师证，专业人员为药剂师、医生、护士。科室设置较全，开设有门诊、急诊、防疫、医保、妇幼保健等诊室，设有外科、内科、五官科、妇产科、儿科、骨科、口腔科、中医科、理疗科、妇幼保健科、疼痛科、中医神经科、白内障专科、眼科。每天门诊量平均80人次，旺季达到250人次，拥有住院床位40个，每月接待住院病人7—8人，平均住院期为3—8天。

2003年"非典"时期设有发热门诊，2005年开设了狂犬病免疫预防门诊。

2003年有社区卫生服务站5个，村卫生室17个，乡村医生69人。到2006年在双磨、西甘池、北良、北正、东长沟、沿村、坟庄7个村建立了村级社区卫生服务站，至此，18个村的社区卫生服务站（室）全部建成，配套医疗设备全部到位，并投入使用。

2007年春，由房山区医院和各乡镇社区卫生服务中心医院组建了医疗集团，在建立了村级社区卫生服务站的村下设7个村级卫生所，在没有村级社区卫生服务站的村都建有卫生室（当地村民称之为药铺），使全镇村级卫生室数量达到43个，其中40个为公有，3个为私营。镇卫生服务中心医院派出医生对每个村级社区卫生服务站进行巡回业务指导和值班，一般每个村级社区卫生服务站（室）有专职的卫生人员2—3人，都持有医师证，主要承担健康宣传、基本疾病的诊治。初步形成了以社区卫生服务中心为主体、村卫生服务站、室为补充，覆盖全镇、设置科学的社区卫生服务网络，社区卫生服务站覆盖率达100%。

通过多年的努力，长沟镇已逐步建立健全医疗保健服务体系、疾病预防控制体系、卫生监督执法体系和突发性公共卫生事件应急体系，初步形成了多层面、广覆盖的医疗卫生服务网络，为提高镇居民的健康水平提供了坚实的保障。

二　医疗卫生条件不断改善

北京市房山区中心卫生院在长沟镇区、镇两级政府的支持下，医疗卫生条件不断改善，工作业绩突出，1992年被卫生部认定为一级甲等医保医院，形成一所集医疗、预防、保健为一体的医疗单位，被有关部门评定为"国际爱婴医院"、"市级放心药房"。

2007年医院共有医务人员76人，其中主治医师15人。拥有300AX光机、德国产尿 21 项分析仪、美国产钾钠氯半自动生化分析仪、心电监护仪、多功能麻醉机、多功能手术床、理疗科脉冲整体治疗仪、日本东芝阿洛卡 B 超机、心电图机、脑电图机等先进医疗设备。

由于医院的条件比周边好，除了镇上的人到医院看病外，周边镇及河北省的人有时也来医院看病。

长沟镇社区卫生服务中心是长沟镇政府 2007 年为百姓办实事的工程之一，总投资约 337 万元。工程的竣工标志着长沟镇农村公共医疗设施建设有了显著的提高，为做到病有所医奠定了坚实的基础。

2007 年新建职业康复托养机构一个，总投资 110 万元，其中从市、区有关部门争取财政资金 90 万元，镇匹配资金 20 万元，配备了各种康复配套设施，建立和完善了康复档案管理工作。

截至 2007 年年底，长沟镇全部农村居民点都建有社区卫生服务站和身体锻炼场所。社区卫生服务站有大夫值班为村民看病并出售药品。药品由加盟为房山区药品连锁经营点统一供货，统一价格，药品的质量和价格有保障。镇医院来的值班大夫技术水平较高，指导农村医疗点的医疗服务，受到农民的好评。

表 11 - 8　　　　长沟镇 1995—2007 年社区卫生服务中心卫生院情况

年度	医疗机构占地面积（平方米）	固定资产总额（万元）	职工总人数（人）	病床（个）	每万人拥有医疗床位数（个）	每个医生负担人口数（人）
1995	10967.67	178	129	44	14	474.6
1996	10967.67	203	124	44	14	493.75
1997	10967.67	255	125	44	14	789.8
1998	10967.67	271	119	44	14	514.49
1999	10967.67	272	118	44	14	518.85
2000	10967.67	280	108	44	14	566.89
2001	10967.67	250	104	44	14	588.69
2002	10967.67	260	107	44	14	572.19
2003	10967.67	278	102	44	14	600.24
2004	10967.67	270	99	44	14	618.43
2005	10967.67	260	89	44	14	687.92
2006	10967.67	278	87	44	14	703.73
2007	10967.67	203	87	44	14	703.73

资料来源：长沟镇文卫科。

三　医疗卫生工作稳步发展

长沟镇于 2004 年被全国爱国卫生运动委员会授予"国家卫生镇"称号。由于长沟医院的医疗卫生工作成绩突出，被连年评为先进集体。1996 年被评为区级卫生先进单位；1997—1998 年被评为镇卫生先进单位；2000 年被评为区级卫生先进单位；2001—2006 年被评为市级花园单位；2002—2003 年被评为区级卫生先进单位；2004—2006 年被评为镇级卫生先进单位；2003 年 7 月被评为抗非典先进单位；2007 年被评为区级卫生先进单位和公费医疗先进单位。

2007 年村级卫生机构基本完善，投资建成了 11 个社区卫生站，分别是西长沟、太和庄、沿村、南正、北正、双磨、北良、东长沟、坟庄、西甘池、六甲房村；建成了 7 个村级卫生室，分别是东甘池、南甘池、北甘池、南良、东良、黄元井、三座庵村。经房山区卫生部门评定，西长沟、坟庄、东甘池、南甘池、西甘池、北甘池、北正、东长沟、太和庄、沿村和坟庄 11 个村被评为区级卫生村。

为促进长沟镇卫生事业发展，2004 年实施了全镇范围的改厕工作，共改厕 3812 座，建公厕 8 座。2007 年镇政府投资 11 万元建立了 11 个村级公厕并已投入使用。

长沟镇社区卫生服务中心卫生院坚持派医生到村级医疗站点服务制度，每年选派 30 余名医疗技术精湛、服务意识强的卫生院业务骨干深入到各村卫生站室开展医疗服务，为群众看病解痛，确保每一位农村群众能够快捷、方便、放心的享受医疗服务。为不影响卫生院的业务工作，医务人员采取定期入村制度为群众看病，根据不同村的需要由村委会和卫生院共同制定"医务人员坐诊表"，每周一、三坐诊或每周二、四坐诊，每相邻村日期不相同，以使村民在本村没有坐诊医生时可到邻村就诊，方便村民就医。

为加强长沟镇的医疗卫生工作，2006 年长沟镇成立了社保所，划拨建筑面积为 120 平方米的办公楼房给社保所，并投资 5 万余元进行了装修和办公设备的购置，主要开展就业促进工作、新型农村合作医疗工作、农村养老保险工作和城镇医疗保险工作等。

1975 年以前合作医疗的保费为 2—2.5 元/人年，1975 年以后合作医疗解体，农村医疗卫生状况一度停滞不前。

2004 年开始实行新型农村合作医疗保险制度，保费分 40 元/人年、60

元/人年、80 元/人年三个档次，按需选择，对于低保对象、优抚对象、新中国成立前的老党员、重残人员实行免费加入，农民参保积极性很高，当年参保率为 100%，参保人数达到 1.8 万人。

2006 年参保范围有所扩大，参加合作医疗率达到 94%。2007 年新型农村合作医疗工作作为长沟镇党政部门为民心工程和全镇工作的一项重要工作内容，医药费报销的封顶线按交保费的档次分别为 7 万元、8 万元和 9 万元，报销比例一般为 70%，有独生子女的报销比例再上浮 10%，这样一项惠及农民的优惠政策深入人心，得到了各级领导和村民的支持，参合积极性高，农民风险共担的意识加强，保费收缴工作十分顺利，合作医疗覆盖率达到了 100%，参保率 100%，参保人员 18354 人。由于收缴的保费增加，镇政府决定配套资金 30 多万元，给已报销的参保人上浮报销比例 10% 进行二次报销，共为 225 名参保人员报销医药费 76.2 万元。

实行新型农村合作医疗保险使农村居民有了最基本的医疗健康保障，基本完善了农村居民的大病风险保障机制，通过实行住院报销和门诊直报的措施，惠及到了每一位参保农民。

为推进农村合作医疗制度的改革，让农民在合作医疗制度中得到更大利益，减轻参保农民在住院、医疗费报销过程中的负担和压力，帮助生活困难的弱势群体渡过难关，2007 年长沟镇对参合人员住院、医疗报销实行预拨款制度，对患者需住院，但因家庭经济困难，无力支付全部抵押金的，由镇财政按住院抵押金总额的 20%—25% 的标准支付预拨款给患者。这一举措为构建"和谐长沟"奠定了坚实基础。

2007 年 8 月份，长沟镇开展了对城镇居民的"一老一小"大病医疗保险工作，使城镇老年人和学生及婴幼儿大病都有医疗保险，入院有保障，参保人员凭手册就医，可选择 3 所定点医疗机构作为定点医院，学生及婴幼儿可在全市定点医疗机构中的儿童医院、中医医院、专科医院直接就医；城镇老年人可在全市的中医医院、专科医院直接就医。这项医疗保险涵盖的报销项目主要是恶性肿瘤放射治疗和化疗、肾透析、肾移植后服抗排异药门诊治疗等特殊病的医疗费，以及儿童的白血病、血友病、再生障碍性贫血等疾病的医药费。此项保险得到长沟镇居民的大力支持，参保率达 90% 以上，已参保人数达 403 人。

2007 年为 185 个农村低保对象进行了医疗救助，发放救助款 4.9 万元；为优抚对象报销医药费 7.3 万元；为 184 名生活困难的 60 岁以上低保老人发放了慈善医疗救助卡，为他们减免医疗费用9.2万元；为725名低保人员、32名贫困残疾人、19名新中国成立前老党员办理了免费参保手续；为562名参保人员报销医疗费100余万元；为城镇失业人员发放医疗补助金4.1万元；为248个退休人员报销医疗费16.9万元，已累计为农民报销各类医疗支出达250余万元。

2008年，长沟镇实行全镇新农合医保统筹，保费收缴只设一个档次，40元/人年，其中部分小城镇居民也纳入进来，镇里补40元，匹配资金90万元。

为促进长沟镇的医疗卫生工作，建立健全医疗保障体系和公共卫生体系，对医疗工作人员定期进行培训和考核，制定奖惩措施，实行执证上岗；对医院管理者也进行培训，系统学习基层卫生事务的政策和业务管理知识，提高管理水平。1998年以来，长沟医院为全镇每户居民建立了健康档案，每年组织一次身体体检，春秋各组织一次下到各村开展体检服务，为妇女和儿童进行体检，并开展宣传教育工作，提供咨询，发放宣传品。医药费通过电脑档案记录直接报销，合作医疗报销药品达312种。开通的120急救电话和120急救车每天24小时值班，现平均每周出车7—8次，每年仅补贴车费就有2万—3万元。

2007年长沟卫生院开展了"光明行动计划"，对34名白内障患者免费实施了复明手术；对0—6岁儿童开展健康筛查活动，查出患者，及时转诊治疗。

长沟镇基本完成"人人享有卫生保健"和"人人享有医疗保障"的工作目标。社区卫生服务中心在做好基本医疗工作的同时，积极拓展服务领域，扩大服务人群。以60岁以上老人等重点人群为对象，实施融合体检、健康调查、健康教育、行为干预等综合服务的健康工程，为全镇60岁以上居民建立了健康档案，实行计算机管理。全面实行责任医生制度，提供便民医疗服务，做到每个居委（村委）会有一名责任医生，与社区居民互动。

表11－9　　　　　　　　　　　长沟镇卫生人员情况

年份	职工总数	卫生技术人员	其他技术人员	管理人员	工勤技能人员	实有床位
1995	64	54		4	6	44
1996	57	48		1	8	54
1997	79	60	3	5	11	44
1998	78	61	2	5	10	50
1999	82	65	2	5	10	44

续表

年份	职工总数	卫生技术人员	其他技术人员	管理人员	工勤技能人员	实有床位
2000		66				44
2001	83	68	2	2	11	44
2002	80	69	6	2	3	70
2003	72	64	4	1	3	70
2004	68	55	4	1	8	70
2005	66	58	4	1	3	44
2006	65	55	6	2	2	44
2007	60	45	4	1	10	44

资料来源：房山区统计年鉴。

表 11－10　　　　　　　　　　　长沟镇卫生技术人员情况

年份	卫生技术人员	执业医师	执业助理医师	注册护士	药师（士）	检验技师（士）	影像技师（士）	其他卫生技术人员
1995	54	18	15	11				
1996	48	23	14	11				
1997	60	22	17	12				
1998	61	21	13	14				
1999	65	27	13	12				
2000	66							
2001	68	26	14	13				
2002	69	24	12	19	2	3		9
2003	64	20	9	16	2	2		15
2004	55	25	1	15	2	4		8
2005	58	22	6	14	2	3		11
2006	55	20	6	14	1	3		11
2007	45	18	5	13	2	3	1	3

资料来源：房山区统计年鉴。

四　医疗防疫保健工作不断完善

1978 年以后，卫生保健事业得到巩固和发展，合作医疗在防病治病中发挥了重要作用，人们健康水平得到提高。

1987年，全乡60%的村建立了卫生责任制，并专门设立了清洁员，有的村还实行了干部包片、定期打扫卫生制度，当年的卫生工作在全区卫生评比中名列第四。

1990年在恢复区、乡、村三级医疗卫生网的工作中，加强了网底建设，村级医疗室普遍增设了设备，基本走上了集体管理的轨道。

1994年改造中心卫生院的医疗条件，镇政府协调资金15万元，翻建危房20间，新建中档病房10间，建筑面积600平方米，维修门诊病房2200平方米，建设水冲式厕所1个，改善了中心卫生院的医疗条件。

长沟镇人民政府设立了文卫科，有专人负责卫生防疫、妇幼保健、计划生育、计划免疫、传染病防治、食品和劳动卫生监督、健康教育及乡医管理等工作，认真贯彻执行《女职工保健工作规定》、《性病防治管理办法》、《中华人民共和国母婴保健法》、《中华人民共和国职业病防治法》等规章制度。2007年卫生事业费完成36.71万元。

多年来，长沟镇卫生院响应市、区卫生部门的号召，积极开展各项疫病防治工作，维护公共卫生安全，同时为社会提供体检和卫生保健工作。利用一切机会向居民宣传卫生知识，强化卫生意识，倡导健康文明的生活方式，预防、制定、控制各种传染病、疫情流行和蔓延措施，并狠抓落实。

由于长沟镇狠抓了计划生育政策的贯彻落实，全镇生育水平长期稳定在较低的生育水平，如2003年计划生育率达到96.8%，计划外生育得到有效控制；2007年计生政策符合率达到97%，综合节育率达到87.3%。

1996年，开展并完成了对中小学生的"补碘"和乙肝疫苗接种工作。

2002年，长沟镇社区卫生服务中心医院按照国家有关农村社区卫生服务要求，积极号召与群众签订保健合同，即每人每年交费20元，可享受多项保健医疗服务：如免费建立终身健康保健档案一份，并负责记录、保管；一年免费做B超、心电图、透视、查血糖一次；随时免费提供测血压、脉搏、健康咨询等服务；免费接送诊治者；检查治疗者检查费减免50%。到目前，已有200多人与中心卫生院签订了保健合同。

2004年创建国家卫生镇工作通过市爱卫会综合考评，达到环境卫生、食品卫生、传染病防治、健康教育等指标。镇村两级严密防控禽流感，取得全面胜利。

2005年，为增强农民群众的健康防病和自我保健意识，倡导健康的生活方式，提高农村居民的健康水平和生活质量，为村民提供优质、平价、安全的医疗、防病、保健服务，长沟镇按照北京市"1486 工程"中的建设标准要求，完善了村级社区卫生服务站的建设，实现房屋、人员、设备"三配套"；为村民全员建立健康档案，实行健康档案微机化管理；聘请房山医院高水平医生出诊和指导工作；印制健康教育宣传材料、健康教育知识宣传板、举办健康教育大课堂等多种形式，宣传卫生防疫知识、疾病防治知识、健康教育知识，提高人民群众的健康防病意识；建立社区、医院双向转诊制度，实行无障碍转诊，形成了"小病在社区、大病进医院、康复回社区"和医疗、预防、保健整体联动的卫生服务格局，使村级卫生机构标准化建设覆盖率、居民健康档案建档率、乡村医生接受培训率及常住人口儿童计划免疫四苗接种率、孕产妇系统管理率、儿童系统管理率六项指标全部达到 100%。

为有效防控狂犬病疫情，2005 年 12 月 15 日，房山区长沟镇中心卫生院被北京市卫生防疫站纳入北京市狂犬病免疫预防门诊名单，配备了 120 急救车 1 辆，病人打 120 急救电话，可在几分钟内出车急救。

为有效防控"非典"疫情，2003 年的"非典"时期开设了发热门诊，由于隔离防范措施得力，未出现确诊"非典"病人。

2006 年，长沟镇人民政府制定了《长沟镇突发公共事件总体应急预案》，以应对发生在长沟镇境内的各种公共突发事件，成立了应急指挥领导小组和各专业应急工作组。为应对发生的公共卫生突发事件，成立了医疗卫生救治工作组，总指挥由镇党委副书记、镇长李仲担任，副总指挥由主管副镇长张秀芳担任，主要职责是按照"统一指挥、主管牵头、分工协作"的原则，牵头做好卫生系统抢险救治、防控及应对工作。医疗卫生救治工作组组长由长沟卫生院院长担任，成员为长沟镇卫生院及所辖社区卫生室工作人员，主要任务是积极赶赴现场负责事发现场伤员救治和卫生防疫工作。

为控制学校麻疹、风疹、腮腺炎疫情，2006 年 9 月，长沟镇按照北京市和房山区人民政府的要求，将麻风腮疫苗纳入第一类疫苗管理，并免费为适龄儿童进行接种，同时按照房山区卫生局与教委联合下发的《房山区学校麻风腮疫苗查漏补种工作方案》，组织全镇各中小学校共同完成了在校学生查漏补种工作，较好地控制了疫情。

2007 年 10—11 月，针对流感病人增多的情况，为防止流感疫情爆发和流行，长沟镇贯彻落实北京市委、市政府关于落实 2007 年流感疫苗接种工作的指示精神，对流感疫苗接种工作进行了安排部署，按照"属地管理，自愿接种"的原则，做到高度重视，加强领导，精心组织，周密部署，职责明确，措施到位，依法、科学、规范、有序的开展接种工作，优质高效地完成这项政府惠民工程，保护人民群众身体健康，为党的十七大献礼。对60岁以上老年人给予免费接种流感疫苗；在校中小学生可享受50%的接种费用优惠。

2007年积极开展灭"四害"活动，抓好镇域内食品卫生。举办食品卫生知识培训、健康教育知识讲座5场，参加培训人数达600余人次，并三次联合区卫生局、区爱卫会对镇中心区副食、餐饮、饭店、美容美发店卫生进行检查，检查中查处问题56项，并对镇域内蔬菜、粮食、食用植物油、水产品等食品实施重点控制和抽检，对检查中发现的不合格食品立即要求商家下架并进行销毁，提高了对镇域内食品安全的控制能力。

2008年3月，为预防房山区甲肝疫情扩散，作为房山区23家预防免疫规范化门诊之一的长沟镇社区卫生服务中心医院，按照房山区卫生局的安排，为18个月龄至24个月龄的儿童（包括外地在京常住儿童）提供甲肝疫苗免费接种服务。

第四节　体育事业

长沟的体育事业伴随着长沟经济发展而发展，特别是1995年国家《全民健身计划纲要》颁布实施以来，在各级党委和人民政府的领导下，长沟全民健身体育设施大幅度增加，体育健身的环境和物质条件得到较大改善，群众性体育活动广泛开展，人们的体育健身意识不断加强，参加体育健身活动的人数越来越多，人民健康素质显著提高，在每年的区级体育比赛中多次获得名次和荣誉。

一　组织机构不断健全和完善

解放以后，长沟人民政府设有专门管理体育事业的部门和人员。特别是建镇后，长沟镇人民政府设立文卫科，主管长沟镇的体育事业，贯彻落实国家的有关政策，组织开展了丰富多彩的体育运动，调动人们参与体育活动的热情，极大地提高了人民的身体素质。

1978年以后，随着长沟人民群众的业余文化生活日趋丰富，村村陆续办起了俱乐部和"青年之家"，各种体育活动得到广泛而深入地开展。

为促进长沟镇的体育活动的开展，1987年3月28日长沟镇成立了体育运动委员会和农民体协组织。从此，长沟镇群众性的体育运动蓬勃兴起，主要体育活动有篮球、乒乓球等。

1996年房山县为争办体育先进县，迎接国家体委检查房山县体育工作，长沟镇加强了软硬件建设，积极组织开展各种体育活动，而且投资3000元制作了展板15块，收集整理了相关档案，为成功争办体育先进县做出了贡献。

为贯彻落实《北京市奥运行动规划》、《全民健身计划纲要》《普通人群锻炼标准》，建立健全全民健康服务体系，积极开展全民健身运动，有序地实施《全民健身计划纲要》二期工程（2001—2010年），长沟镇制定了体育发展目标：到2010年，全民体质测定达标率达到75％以上。

为抓好青少年的身体健康，长沟镇认真贯彻执行了《学校体育工作条例》，开展了《学生体质健康标准》达标工作，从体育课的设置和体育器材的配备等方面保证青少年的身体得到相应的锻炼。

为迎接2008年北京奥运会和贯彻落实《全民健身计划纲要》，长沟镇于2007年10月26日成立了北京市迎奥运和谐杯金秋全民健身篮球赛长沟镇预赛组委会，重点抓了宣传、报名和组织工作。

由于长沟镇体育事业得到迅速发展，2007年被房山区体委评为体育先进乡镇；北正村被评为房山区体育工作示范村。

二　体育投入增加，体育设施逐步完善

长沟镇的体育投入随着长沟镇的经济发展在不断增加，体育设施已能够满足人们基本的健身需求。

为促进全民健身运动的开展，加强农村体育设施的建设，1996年长沟完成了各村的"三室一站"（图书阅览室、党员活动室、电教室、老年活动站）建设，为部分村配备了体育健身器材。

到2002年长沟镇文体事业得到进一步加强，村民娱乐室、老年活动站等基础设施进一步完善，广泛开展了乒乓球比赛等体育活动，促进了群众体育健身活动的开展。

2003年长沟镇在坟庄村86号建成长沟镇文化体育活动中心，其中有东厅195平方米、西厅250平方米两个活动室，配备了乒乓球案等体育器材，

是长沟镇开展体育活动的主要场所之一。

2004 年长沟镇又投资 80 余万元，在体育健身设施相对缺乏的双磨、坟庄、东甘池、南甘池、西甘池、北甘池、六甲房 6 个村建立了体育健身场所，共配置健骑机、太空漫步机、跑步机等各类健身器材 100 余台件，为村民晨练和健身提供了好去处，解决了村民"健身难"问题。

2006 年，长沟镇为三座庵、北正两个村安装健身器械 26 件套。截至 2006 年，长沟镇共建立了 8 个区级体育健身示范村，分别是西长沟、坟庄、东甘池、南甘池、西甘池、北甘池、南正和北正。在全镇 14 个村安装了 14 套体育健身设施，安装了体育健身设施的村是南正、北正、双磨、东长沟、西长沟、太和庄、坟庄、东甘池、南甘池、西甘池、北甘池、六甲房、三座庵、西厢苑居委会。

截至 2006 年年底，长沟镇政府投资建设文体中心和文体广场等主要体育设施共计 2150 万元，建筑面积 32000 平方米；为 4 个区级新农村建设示范村的体育设施投资 333.4 万元，建筑面积 1910 平方米（见表 11 - 11、表 11 - 12）。

2007 年长沟镇开展了送器材、送知识、送项目的"体育三入村"活动。积极与区体育局联系，争取到 10 副室内乒乓球台子，并陆续发放到双磨、南良、黄元井、三座庵等村，丰富了各村体育健身设施，为百姓健身提供了基础保障，受到各村村民的热烈欢迎，为创建北京市体育健身示范镇奠定了基础。

在区、镇政府的支持下，各村的体育健身设施逐步健全和完善。2007 年 11 月，长沟镇政府投资为北良村安装了健身器材，至此长沟镇政府共为 15 个村、1 个居委会安上了健身器材；截至 2008 年 7 月，长沟镇政府投资已为全部村安装了健身器材，实现了让长沟百姓在家门口就可以健身、休闲、娱乐的目标。有的村还建了健身广场，健身广场都划分出幼儿区与老年区，配置了适合于儿童和老人的各种健身器材。

2007 年 11 月，北正村修建了全镇最大的大型文体活动广场，占地面积 10 亩，总投资 200 余万元。广场主体设施包括：一个中央大戏台、一个标准篮球场，还有羽毛球场、乒乓球场和健身器材场地，同时在篮球场的东北侧设计了老年人专用的看台，广场东侧有一个专供村民散步的休闲长廊，广场中央有一个大型假山，广场的周围还配套了相应的基础服务设施，成为北正村村民和全镇人民的一个良好的休闲健身场所。

为加速长沟镇体育健身设施建设，长沟镇制定了体育主题公园建设规划。建设工程包括：中心服务楼、培训用房、乒乓球馆、大众健身房、棋牌娱乐馆、儿童娱乐室、广场以及排水、供水、暖气、电力等设施，计划在2010年以前进行建设。

表 11 - 11　　　　　长沟镇人民政府投资建设的体育设施情况

填表时间：2006 年 2 月 20 日

名称	位置	类型	总投资（万元）	占地面积（平方米）	建筑面积（平方米）	竣工时间（年份）	2005 年利用状况	
							使用（人次）	从业人数（人）
文体活动中心	坟庄	现有设施	500	8000	2300	2004	6000	8
文体广场	云居寺路口	现有设施	150	10000		2003	10000	25
圣泉广场	西长沟村南侧	现有设施	1200	10000		2003	8000	25
体育广场	镇政府北侧	现有设施	300	4000		2002	8000	25
合计			2150	32000	2300			

资料来源：长沟镇文卫科提供的统计资料。

表 11 - 12　长沟镇的区级新农村建设重点村健身广场（公园）投资项目统计

填表时间：2006 年 3 月 24 日

项目村名	建筑面积（平方米）	硬化面积（平方米）	绿化面积（平方米）	亮化面积（平方米）	健身设施（件）	总投资（万元）	健身设施投资（万元）
北正村	130	5000	2900	5000	2	10	56
坟庄村	780	1500	500	1800	30	15	122
东长沟村	800	2000	500	2000	3.5	12	134
三座庵村	200	200	400	1500	10	8	21.4
合计	1910	8700	4300	10300	45.5	45	333.4

资料来源：长沟镇文卫科提供的统计资料。

三　广泛开展各项体育活动

为促进长沟镇全民健身运动的开展，长沟镇文卫科、工会、体协等单位组织开展了不同形式和类型的体育活动，并取得了辉煌的成绩。

1983 年和 1984 年，连续两年组织参加房山区农民乒乓球赛，长沟乡乒乓球男队夺得 1983 年冠军。

1990 年，长沟镇组织运动员参加了房山区第二届全民运动会，夺得了全区总分第三名的良好成绩。

1996 年 10 月 24—26 日，长沟镇组团参加了房山区举办的第四届全民运动会，虽然没有取得团体名次，但是运动员们尽力拼搏，以顽强毅力坚持到底。

1999 年，长沟镇被评为"房山区第二届全民健身体育节先进单位"。

在镇党委、镇政府的大力支持下，积极组织参加了区总工会 2004—2005 年举办的全区职工乒乓球比赛，分别获得了男子团体第五名和第二名的好成绩。2004 年还获得了唯一的"房山区职工乒乓球赛优秀组织奖"。

各村在体育健身设施逐步完善的同时，开展了各种体育活动。2005 年春节，北正村党支部、村委会组织开展了乒乓球比赛和篮球比赛，乒乓球比赛吸引了相邻村的村民报名参加，共 40 余人参加比赛，年龄从十几岁到六十几岁，篮球比赛吸引了邻村的长沟、黄元井等村的村民闻讯前来参加，比赛分为老中青三个组进行，两项体育比赛极大地激发了村民们参与体育运动的热情，从他们脸上的笑容和开心的笑声中可以看到这项活动组织的非常成功。

2005 年 10 月，长沟镇工会组织召开了镇机关首届职工运动会，比赛项目有乒乓球、自行车慢行、羽毛球、定位投篮、跳绳、踢毽、拔河、中国象棋、扑克等 12 项，职工踊跃报名参加。各基层工会每年都利用"三八"、"五一"、"十一"、春节等节日开展了丰富的文体活动，形式多样、丰富多彩、健康向上，深受大家欢迎。

2006 年 2 月 11 日，长沟镇举办了镇机关第二届职工运动会，设有乒乓球、跳绳、定点投篮、踢毽子、象棋、跳棋 6 个比赛项目，共有 110 名机关工作人员报名参加了比赛。

2006 年 1 月，长沟镇组织参加了区总工会举办的"房山区职工兴工杯乒乓球赛"，获男子团体亚军的好成绩。

2006 年 5 月，长沟镇机关工会组织举办了全机关乒乓球联赛，有 50 多名机关职工报名参加了比赛。

2006 年 9 月，长沟镇组织参加了房山区第七届全民运动会，获乒乓球比赛乡镇男子组团体第 5 名。

2007 年 3 月 3 日，北正村举办了迎元宵乒乓球比赛，26 名村民报名参加。

2007 年 3 月 28 日，长沟镇组织参加了房山区妇女健身风采展示大赛，获健身罐操表演奖。

2007 年 9 月 22 日是长沟镇"迎奥运、讲卫生"志愿者活动日，29 名大学生村官骑自行车环镇进行奥运知识宣传活动，发放宣传材料千余份。

2007 年 10 月 20 日，长沟镇举办首届全民运动会，以全面贯彻实施《体育法》和《全民健身计划纲要》，落实《房山区奥运体育行动规划》，运动会以推进全民健身、共创和谐城关为主题，来自全镇 18 个村、居委会、驻镇单位的 21 支代表队共计 580 余人参加了比赛。运动会开展了铅球、跳绳、"二人三足"等 10 项比赛项目。区委常委宣传部长唐淑荣、副区长卢国懿、区文明办、区体育局领导出席了长沟镇全民运动会。

2007 年 10 月，长沟镇代表房山区参加北京市第六届农民运动会，获体育贡献奖。

2007 年 12 月，长沟镇参加北京市迎奥运和谐杯今秋全民健身篮球赛，获优秀组织奖。

2007 年 10 月 20—21 日，由长沟镇政府等机构承办的首届"九洲溪雅苑·西棕榈滩杯"中国长沟环湖山地自行车节在长沟镇热烈开幕，这是北京地区首个自行车环湖赛事。房山区人大常委会主任郭先英等领导出席了开幕仪式。来自各地的 260 多位中外参赛选手在秋高气爽、碧水黄花的伴随下，展开了为期 2 天的激烈角逐。此次自行车比赛将自然风光、人文景观与体育竞技紧密地结合在一起，人们既可以观看高水平的体育竞技，又能够欣赏长沟独特的自然风光，体会长沟人民的朴实热情，感受长沟发生的巨大变化，长沟因自行车赛而骄傲，自行车赛因长沟而自豪。比赛现场，设立了山地车、公路车、折叠车共 12 项赛事及数项娱乐比赛，本次比赛的赛道极富特点，在一轮比赛中就沿湖经过了湿地、丘陵、山地三种地形地貌，选手们不仅要面临秋凉天气的考验，更是技术、体能、心理和经验的一次综合测试。特别是男子比赛，争夺相当激烈，选手在竞赛中充分体会到了当地优越的地势条件为比赛带来的特殊乐趣。

2007 年 10 月 26 日，长沟镇举行"相约 2008·传递健康圣火"甘池流域环保健步行活动。全镇机关干部、各村群众、企事业单位的职工 200 余名报名参加。活动中，全体机关干部、群众、大学生村官将手中的宣传旗、标语作为"圣火"，边行走边向路边的行人传递奥运常识、文明常识、环保知识，并请他们像传递"圣火"一样继续将这些知识传递下去，让自己的亲戚朋友同样做一名"文明长沟人";参与健步行的干部群众还向沿途饭店发出倡议,教育它们不要向河道排放污水,倡导它们要保护"母亲河",争做"十星文明户";另外,工作人员还将镇内的重点工程在行走途中向参与者进行了一一解说,从而使干部群众特别是在外游子对家乡的新农村建设有了深入的了解。此次活动的开展,有效倡导了运动健身,营造了人人关心奥运、支持奥运、奉献奥运的浓厚氛围;倡导了环保理念,增强了干部群众环境保护意识;加深了机关干部、群众对家乡新农村建设的感性认识,增强了身为一名长沟人的自豪感。

2007年11月26日,长沟镇被房山区农委、房山区体育局、房山区农民体育协会授予房山区参加北京市第七届农运会贡献奖单位。

2007年12月,双磨村、东良村为落实全民健身运动号召,邀请专业教师来村指导健身球操和秧歌动作。

2008年1月27日,黄元井村举行了迎新春乒乓球比赛,共有26名村民参加,既增进了邻里团结,又增添了节日气氛。

2008年2月12日,北正村在新建成的文体广场举行了迎新春趣味运动会,设有篮球、乒乓球、羽毛球、象棋、扑克等比赛项目,共有150余名村民参与,节日和友谊气氛十分浓郁。

2008年4月12日,在长沟镇文体中心举办了长沟镇全民健身启动仪式暨迎奥运"和谐社区杯"乒乓球选拔赛,为促进全镇的全民健身运动和北京市第二届"和谐社区杯"乒乓球比赛选拔参赛选手。此次比赛共吸引了全镇各村、各居委会的20支代表队,105余名群众的热情参与,形成了众人健身迎奥运的良好态势。经过一天激烈的比赛,分别角逐出男老、女老、男中、女中、男少、女少、混双7个项目的冠亚军,有98名选手进入了长沟镇候选名单。此次活动的成功举办,即展示了长沟人民喜迎奥运的心情,又把长沟镇全民健身活动推向高潮,使群众在锻炼身体的同时增进了相互之间的情感,为构建健康、文明、和谐的社会氛围奠定了坚实基础。

2008年4月15—5月30日,长沟镇组织开展了小学生"运动健身百日行"活动。镇属各小学4—6年级学生积极参加,活动以倡导运动健身,倡导团结、友谊、协作精神和弘扬奥运精神为主题,开展了10人连腿赛跑、集体跳绳、往返跑等体育项目的训练和比赛,促进了未成年人的身体素质和思想道德素质的提高。

2008年4月25日,长沟镇组织机关干部开展"奥运健身行"、"迎奥

运　我参与　我奉献　我快乐"活动，喜迎奥运倒计时 100 天。此次活动吸引了全体机关干部、居委会人员和大学生村官等 150 余人参加。活动中，每一个参加者都将一颗"红心"贴在了自己的左胸前，以表达自己的爱国热情和期盼奥运的热切心情。并通过"奥运知识伴您行"中途知识竞答等环节加深了全体参加人员对奥运知识的认知程度；到达山顶后，全体成员还参加了"奥运在心中，真情见行动"宣誓仪式，并在五环旗上签名。大家纷纷表示要：坚定信念、树立信心；勤奋学习、增长才干；努力工作、执政为民；精诚团结、和谐共进。为维护社会稳定、促进经济发展、构建和谐社会和成功举办北京奥运会做出贡献。

2008 年 4 月，参加北京市第二届和谐杯乒乓球比赛房山区预赛，获优秀组织奖。

四　人民的身体素质不断提高

通过改善体育健身设施和宣传、组织体育活动，长沟镇人民的身体素质得到了显著提高，精神面貌得到极大改善。

为及时了解长沟镇人民的健康素质状况，长沟镇文体中心设立了体质检测站，挂牌为房山区基层成人体质测试站，每年约抽查 400 人进行体质测试，根据测试结果，有专门老师指导进行科学、合理、有针对性地进行体育锻炼。

从房山区基层成人体质测试站对长沟镇 2004—2007 年抽测对象的测试结果看，2004 年平均体质达标率为 63%，2007 年达到 80% 以上，说明长沟镇人民的健康素质在稳步提高。

表 11 - 13　　　　　　房山区基层成人体质测试结果统计表

地点：长沟文体中心　　　　　　　　　　测试时间：2004 年 10 月 20 日

组别	测试人数（人）					达标率（%）
	优秀	良好	合格	不合格	总计	
成人男子甲组（40—59 岁）	10	20	52	47	129	64
成人女子甲组（40—59 岁）	2	34	60	58	154	62
合计	12	54	112	105	283	63

第十二章

人口管理和社会保障

随着经济社会的发展，人口管理也在发生着变化。国家的计划生育政策逐步走向完善，20 世纪 70 年代初，国家开始大力推行计划生育政策。改革开放以后，控制人口数量，提高人口质量，成为国家的基本国策，也成为长沟镇的重要工作。计划生育工作是人口管理的基础内容。在广泛意义上，人口管理与社会保障联系在一起。新中国成立后，社会保障从无到有、到 21 世纪以来逐渐建立健全，长沟镇社会保障的蛋糕也随着本镇经济的发展做大做好起来，主要是使不同情况的广大群众真正及时地享受到应该得到的保障，通过各种教育和管理，促进人口素质提高，解决人口发展中的就业等问题。

第一节　人口管理的与时俱进

长沟镇的人口管理与计划生育工作也有着鲜明的时代特点，逐渐地在常住人口管理的基础上，增加了流动人口管理，在流动人口管理中增加了小城镇人口管理；逐渐地从比较单纯地控制生育，发展到计划生育首先是社会人文教育和人性化关怀，成为党组织和政府服务于广大人民群众的系统工程之一，以及科学行政与依法行政的重要组成部分。长沟镇通过这两项管理，使广大群众的利益得到了保障，比较好地实现了工作目标。

一　常住人口和流动人口管理

长沟镇常住人口管理和流动人口管理，涉及了与公民住所有关的出生身份管理、计划生育管理、社会治安管理等，管理的主要手段是公民法制教育、依法行政与制定和执行一定的制度。

表 12 – 1　　　　　　　　　　　长沟镇常住人口基本数字统计

年度	农业				非农业				农业和非农业合计			
	户数	人数			户数	人数			户数	人数		
		男	女	总数		男	女	总数		男	女	总数
1997	6984	11525	12240	23765	818	1191	857	2048	7802	12716	13097	25831
1998	6549	11033	11734	22767	1163	1765	1498	3263	7712	12798	13232	26030
1999	6435	10705	11329	22034	1448	2121	1933	4051	7883	12826	13262	26085
2000	6272	10123	10593	20716	1944	2765	2689	5454	8216	12888	13282	26170
2001	6212	9905	10450	20355	2217	3039	2968	6007	8429	12944	13418	26362
2002	6107	9587	10026	19613	2725	3425	3497	6832	8832	13012	13505	26445
2003	6107	9292	9644	18936	3357	3867	3904	7771	9464	13159	13548	26707
2004	6112	9081	9367	18448	3865	4079	4174	8253	9977	13160	13541	26701
2005	6169	8818	9071	17889	4404	4321	4351	8672	10573	13139	13422	26561
2006	6288	8637	8842	17479	4980	4655	4719	9374	11268	13292	13561	26853
2007	6189	8251	8407	16658	5211	4836	4889	9725	11400	13087	13296	26383

　　资料来源：根据长沟派出所每年度12月的《常住人口变动统计表》及长沟镇统计资料（2007）整理。

　　随着我国工业化、市场化、城市化的进程，农村流动人口管理工作也摆到了议事日程。长沟镇成立了流动人口管理领导小组，由镇长担任组长，成员包括了综治办、城管队、社会事务科、派出所全体人员，办公室设在镇综治办。流动人口管理的主要办法是进行普法宣传，提高流动人口的公民法制意识；通过清理出租房屋行动，加大外来人口的登记办证率；在了解底数的基础上，清除"三无人员"；与用人单位签订责任书，与出租房主签订责任书，增强他们的责任意识。1999 年，一名杀人逃犯和两名网上在逃犯刚刚落脚长沟，就被流动人口管理部门发现。

　　根据北京市的要求，2007 年 10 月，长沟镇成立了流动人口管理办公室，设在镇社综办，主抓流动人口的社会治安工作。为了加强对出租房屋和流动人口的管理，镇社综办制定了《来京人员增减信息旬报表》，镇政府包村干部负责此项工作，绘制了《长沟镇来京人员网格化管理区划图》，建立健全了流管工作上报制度、工作例会制度、工作上会制度等管理制度。

"暂住人口"指外地来京已经领取了暂住证的人口。1997 年以来，暂住人口变动如表 12－2。外地来京人口与暂住人口的数字相同，说明所有暂住人口都办理了暂住证。

表 12－2　　　　　　　　　　　长沟镇暂住人口管理统计

年度 12 月份	农户内已领暂住证总人数	男性人数	女性人数	个体经营	临时工、合同工	务农	投靠亲友	服务工作	借读培训	探亲访友	其他	备注
1997	459	429	30	33								务工 426
1998	539			87								包括非农业户
1999	514											包括非农业户
2000	269	216	53	20	249							
2001	373	270	103						4		2	其他为技术交流协作
2002	1150	801	349		1149				1			
2003	697	509	188	84	522						91	其他为建筑施工
2004	441	316	125	64	37							
2005	864	611	253	128	671	12	19	25	3		1	
2006	1385	1302	353	195	1100	5	51	10	2	1	21	

资料来源：根据长沟派出所提供的《暂住人口管理统计表》整理。

《房山区长沟镇总体规划（2003—2010 年）》说明书，分析了人口发展的特点以及主要影响因素，指出：目前人口自然增长率较低（2002 年为 1.323‰）的趋势将持续，考虑试点镇的政策及其将来发展，今后人口的发展将以机械增长为主，加快镇域内的农业人口转化，逐步实现农村非农业产业和剩余劳动力向中心区集中，吸引一定数量的常住流动人口，根据人口发展的弹性进行预测。这个规划预测，到 2010 年，常住总人口约 42000—47000 人，其中，自然增长按 1.0‰—1.3‰增长率，为 27000 人；机械增长，根据农村城镇化、工业化、小城镇建设试点政策，迁入人口 15000—20000人；外来打工暂住人口 5000 人，上述合计，到 2010 年，全镇总人口47000—52000 人。

1992—2002 年 10 年间，长沟镇常住人口增加了 683 人。1997—2006 年10 年间，长沟镇常住人口增加了 1022 人，暂住人口增加了 926 人。2006 年，总人口 28238 人，其中常住人口 26853 人，暂住人口 1385 人。

二 常住人口中的小城镇人口管理

1994 年，北京市政府批准在全市 10 个镇进行小城镇试点，长沟镇是其中之一。其主要政策，一种情况，是户口在外省市的人员可以通过投资和人才引进的方式进入小城镇，取得小城镇户口。长沟镇落实这一政策的实际情况，主要是投资进入，即每户两个孩子的投资 25 万元，每户三个孩子的投资 32.5 万元，购买一套两居室以上商品房，每人交 1 万元城镇基础设施费，就可取得小城镇户口，五年以后可以迁出。外省市进京投资人才引进取得小城镇户口政策，在 2005 年 8 月 10 日停止，进行清理整顿，已经上报材料在审批中的继续进行，长沟镇在 2006 年 9 月结束。另一种情况，是本市镇农民变成非农业户的一种，即小城镇户口，在东长沟村、西长沟村、太河庄村、坟庄村、沿村，开始叫起步区，进行试验性的工作，是否转为小城镇户口农民自愿，转的时间也不受限制。农民愿意变成小城镇户口的，镇里与他们签订两个协议书，即拆迁协议书和劳动就业安置协议书，这就意味着政府要解决农民的居住问题，外来人员在这里办企业，首先要安置这里的农民。这个起步区在 1998 年以后改为规划区，经过几年的发展，这 5 个村庄的土地上形成了工业区、开发区等小城镇建设的外在景观，也使这里农民的生活和想法发生了改变。镇小城镇办的数字显示：1998 年 3 月至 2006 年 6 月 29日，有外省市的 402 户投资，投资总数 118315814 元，退款 60746987 元，投资金额 54416526.67 元，单收城建费 6125308 元（其他人从投资中扣除3129800 元）。

根据长沟派出所提供的情况，1996 年 12 月《小城镇规划区常住户口变动统计表》，内容包括增加人口和减少人口两大方面，具体涉及比较多的内容。其中"小城镇户口栏"统计在规划区内已办理小城镇户口的，户数是66 户，总人数是 197 人，其中：男 80 人、女 117 人；"原农业户口栏"统计规划区内未办理小城镇户口的原来农业人口，户数是 2149 户，总人数是

7230 人，其中：男 3456 人、女 3774 人；"原非农业户口栏"统计规划区内原非农业人口，户数是 176 户，总人数是 310 人，其中：男 185 人、女 125人；合计总户数 2391 户，总人数是 7737 人，其中：男 3721 人、女 4016 人。

表 12 - 3　　　　政策实施以来与人口有关的基本情况

年度与合计	本市农转非户数和人数	外省进京户数和人数	安排劳动力	引进大专学历以上人数
1997 年以前	11 户 36 人	1 户 5 人		16 人
1998	28 户 88 人	80 户 308 人	20 人	104 人
1999	28 户 83 人	84 户 312 人	327 人	183 人
2000	20 户 44 人	118 户 360 人	649 人	180 人
2001	2 户 8 人	85 户 237 人	817 人	82 人
2002	4 户 11 人	62 户 182 人	1529 人	121 人
2003		59 户 157 人		
2004		62 户 150 人		
2005		157 户 374 人		

资料来源：根据长沟镇小城镇办和长沟派出所提供的数字整理。

表 12 - 4　　　　2008 年 3 月末小城镇人口基本情况

区域	单位	总户数	男	女	管理单位
镇里规划区（原起步区）	西长沟	223	274	335	村委会
镇里规划区（原起步区）	太和庄	288	441	433	村委会
镇里规划区（原起步区）	沿村	355	623	658	村委会
镇里规划区（原起步区）	坟庄	323	480	533	村委会
镇里规划区（原起步区）	东长沟	113	150	158	村委会
外省市投资者	长沟大街西里小城镇	232	298	324	居民委员会
外省市投资者	长沟大街西里小城镇	2	1	1	居民委员会

资料来源：根据长沟镇小城镇办和长沟派出所提供的数字整理。

从表中可以看到，长沟镇小城镇户口政策实施到 2002 年，本镇农业户转为非农业户共 93 户、270 人，到 2008 年 3 月末达到了 1302 户、4876 人，大约占了 5 个村人口总数的一半。我们在调查期间，遇到一位农民到派出所办理小城镇户口，经了解，她说如果是农业户口，女 55 岁就可以领到养老金了，如果变成了小城镇户口，就要等到 60 岁才能领到，但是，为了孩子就业还是变成小城镇户口好。这可能反映出农民在是否选择小城镇户口时，会从自己最需要什么角度考虑的一种情况。长沟镇小城镇户口政策实施到 2005 年，外省进京达到了 708 户、2085 人，到 2008 年 3 月末，外省进京达到了 234 户、624 人。这两组数字反映出外省进京户已经迁出 2/3。

三　老年人口与少数民族人口管理

老年人口的管理，在长沟镇主要体现在社会保障方面。过去主要是体现在对生活有困难老人的帮助上，如对"五保户"的救助、敬老院的建设。21 世纪以来，老年人口管理除传统内容外，及时准确地把党和政府的福利待遇送给老年人和人文关怀的内容逐渐增加。2006 年，长沟镇社会化退休人员 46 名，实现基本形式管理的退休人员 348 名；领取城乡低保金人员 938 名；办理和领取养老保险金 22 名。所有居住在本地的企业退休人员都领到了联系卡，联系卡内容齐全。镇在所有社区和村建立退休人员自管组织 7 个，参加自管组织人员 266 名。自管组织在镇社保所的指导下，社区与村居委会的领导下，组织退休人员开展自我管理与自我服务工作。2007 年，实现基本形式管理的退休人员 364 名，报销医疗费人员 248 人。2006 年，全镇老年人口 2952 人，其中 80 岁以上 245 人，含 90 岁以上 17 人，百岁老人 1 人。为了关心老年人，镇里到 2006 年，完成了北正、太和庄、沿村、西长沟、东长沟、坟庄、六间房村等 7 个村老年活动中心的建设工程，电视、音响等设备已配备齐全，2007 年开始投入使用。为丰富长沟镇老年活动中心的书籍，满足老年人业余文化需求，镇社管科与房山图书馆联系，使长沟镇老年活动中心获得房山图书馆赠书 5000 册。

根据北京市财政局、北京市劳动和社会保障局的通知精神和和国家有关财务法规，2007 年 1 月 1 日起，长沟镇明确了社会化服务经费的使用范围，是适用于安排本辖区内实行社区管理的企业退休人员开展各项文娱健身活动、社会化管理服务机构探望、慰问孤老和生活困难退休人员等各项服务经费的支出，把社会化服务经费统一纳入镇零户统管办公室管理，单列"社会保障和就业"类"其他社会保障和就业支出"款，经主管镇领导审批后，由财务管理人员按照用途、标准、对象和实际需要数额支用，做到专款专用。

长沟镇有两个满族民族村，一个是东甘池村，另一个是黄元井村。2007 年，全镇满族人口在 1600 人左右。其他少数民族的人很少，主要是外地来的。近年来，北京市民政每年拿出几十万元资金，用于民族村的修路等农村基础设施建设。2006 年，镇里对少数民族流动人口调查结果显示：流动人口中少数民族共 40 人，其中：回族 14 人，蒙古族 4，满族 9 人，土家族 8 人，维族 2 人，壮族、藏族、侗族各 1 人。

第二节 计划生育的时代内涵

长沟镇不断赋予计划生育工作新的时代内涵。计划生育部门通过各种宣传活动，实行"三结合"，深化"三服务"，完善各项管理制度，保证了计划生育目标的实现。

一 开展婚育新风进万家的宣传活动

20 世纪 70 年代，计划生育工作主要是组织妇女观看一些医学标本，宣传禁止近亲结婚，妇女队长到孩子比较多的夫妻家动员实行计划生育，计划生育的主要措施是吃药、结扎手术等，计划生育没有法律的约束，主要是党员和干部带头。1982 年 12 月 4 日，我国现行《宪法》实施后，计划生育成为法律保护的基本国策，计划生育工作也成为政府更加重要的一项工作。长沟镇认真贯彻落实国家的计划生育政策，严格控制计划外出生，在 1987 年的考核中，计划生育在全区名列第五。

国家计划生育委员会从 1998 年起，推出了婚育新风进万家活动，提倡晚婚晚育等科学、文明、进步的婚育观。2001 年，北京市委宣传部、北京市计划生育委员会等 16 个部门联合下发《关于广泛深入开展婚育新风进万家活动的意见》。北京市提出了 2005 年基本实现计划生育工作思路和工作方法的"两个转变"和 20 世纪末到 2010 年人口与计划生育工作奋斗目标：实现"两个转变"即，由孤立地就计划生育抓计划生育向与经济社会发展紧密结合，采取综合措施解决人口问题转变；由以社会制约为主向逐步建立利益导向和社会制约相结合，宣传教育、综合服务、科学管理相统一的机制转变，人口素质得到提高，人口结构趋于合理，人民群众自觉实行计划生育，自我保健意识明显增加，基本做到人口与经济、社会、资源、环境协调发展，逐渐步入良性循环。这样的大环境，使长沟镇计划生育工作的基本思路更加清晰。

八年来，长沟镇围绕婚育新风进万家这条主线，进行晚婚晚育、少生优生、优育优教、男女平等、生男生女一样好、女儿也是传后人等科学、文明、进步的婚育观教育，进行家庭美德和社会公德教育，进行青春期、新婚期、孕产期、育儿期、更年期健康和男性生殖健康知识、预防性病和艾滋病知识、人口与计划生育政策法规、文明健康的生活方式等知识和政策教育，营造着人口与计划生育的人文社会环境，使有关教育渗透在计划生育的每项具体工作中，又有不断完善的相对稳定的载体。

首先，计划生育宣传日常化。例如，2006 年，除 3 月计划生育宣传月、春季拉网式宣传入户走访外，6—7 月，镇妇联聘请专业人员进村讲课，听课群众 1100 人次；7 月份，参加房山区"关爱女孩"独生子女家庭运动会，参赛的 5 个独生子女家庭都获得了优异成绩；9 月 9 日，镇妇联组织开展"关爱女孩，树婚育新风"知识竞赛，18 支代表队参加比赛，100 多名群众及计生干部参加了活动；9 月 23 日，镇妇联组织开展了以"弘扬婚育新风，创造美好生活"为主题的宣传咨询活动，发放《人口与计划生育法律法规汇编》、《真心的祝福》等材料 3000 余份、宣传口号的毛巾 200 余条、围裙 300 余条，受教育群众 3000 余人次，演出 14 个计划生育文艺节目，300 多名群众观看；10 月份，参加了房山区"关爱女孩"知识竞赛，镇获得了优秀组织奖；10—11 月份，镇妇联与劲得钙公司共同举办"婚育新风进万家"有奖问答活动，18 个村入户率 100%，回收率在 90% 以上。

同时，计划生育有了比较稳定的形式。一是镇里多次投入资金，建设人口与计划生育文化宣传基地。2001 年，投资 4 万元，在长沟大街树立了 12 个高标准的计划生育宣传灯箱。2002 年，投资 3 万元，在长沟白云路设立了高标准的计划生育宣传科普长廊；投资 1.5 万余元，在镇机关大厅设立了电子大屏幕；投资 2 万余元，建起了镇、村共 20 个标准化的计划生育宣教室，达标率实现 100%；投资 1.3 万元，建起了 1 个计划生育宣传文化大院、两个计划生育宣传文化墙。还先后投资 1.5 万余元开展了计划生育文化院、文化墙建设。二是把每年 3 月作为计划生育宣传培训月。例如，2002 年，村里镇里组建两支计生宣传队自编自演计划生育节目，到 2006 年，演出达到 30 余场，受教育面达到万余人次。2004 年 3 月，镇妇联请区计生委宣讲团入村、请儿童医院专家讲课及播放教育光盘等多种形式，举办培训班 46 次，受教育群众达到 2800 余人次。三是走村入户拉网式宣传走访。例如，由镇、村计生干部组成计生小分队，在每年春季 2—3 个月的时间里，到户对已婚育龄妇女家庭进行宣传走访。2004 年走访一孩家庭 2832 户、40 岁以下已婚育龄妇女 2832 名，向全镇 18 个村 800 户育龄群众家庭发放了 800 份计划生育知识宣传单和对计生服务的意见调查表。四是在民俗节日的特殊情境中进行宣传。利用长沟传统五百年大集和春节期间，每年开展两次大型婚育文化下乡赶大集宣传咨询活动。例如，2004—2006 年，参加宣传咨询的有两万余人次，接待咨询 1500 余人，发放宣传材料 1000 余份，发放避孕药具 80 余盒，独生子女为全村义务写春联 540 余份。

二　实行"三结合"，深化"三服务"

长沟镇 1986 年开展"五好家庭"评比和"我为小康做贡献"等活动，1987 年建立了红白喜事理事会，为多对青年举行了集体婚礼。

为落实"两个转变"，长沟镇把为群众生产、生活、生育服务作为重点，提出了"开展三结合，深化三服务，为民办实事，少生促快富"的工作思路。三结合，即计划生育与发展农村经济相结合，与帮助农民勤劳致富奔小康相结合，与建设文明幸福的家庭相结合。三服务，即能服务、会服务、服务好。服务工作涉及了做好帮扶独生子女家庭工作、开展计生亲情牵手活动、幸福工程款的发放使用工作、独生子女家庭奖励扶助工作等各个方面。

20 世纪 80 年代，长沟镇使用孕检排查等方法，控制违法生育，逐渐形成了每年镇卫生院和区计生服务站为全镇育龄妇女进行一次妇女健康检查及孕检排查、对重点人"月访视"、"季孕检"等制度，把计划生育宣传做到婚前，实施超前型、孕前型管理，控制了违法生育。镇卫生院积极为已婚育龄妇女体检，收取最低费用。2003 年，镇村计生部门向育龄群众做出承诺：对群众提出的计划生育问题，及时解决答复；对育龄群众计划生育手术问题，随叫随到，及时帮助解决；对申请办理二胎生育手续的家庭户，提供全程服务，并协调审批。承诺的实施，使群众的一些难点热点问题得到了及时有效的解决。镇村计生干部积极开展"五上门服务"，即：送政策上门、送药具上门、送孕检上门、术后慰问上门、送资金技术上门。为方便流动人口领取药具，2005 年，建立了西厢苑避孕药具免费发放点，2006 年，又在卫生院建立一个避孕药具免费发放点。2004 年年初开始，开通全区乡镇第一列计划生育手术直通车，每周三向良乡（房山区医院所在地）发 1 次，从开始时的每年 20 多车次，到 2006 年的 40 车次，为育龄妇女提供服务。

2003 年，北京市帮扶独生子女家庭贴息贷款开始发放。长沟镇从 2003 年 4 月起，把提高优质服务，尽快使独生子女家庭脱贫致富作为计划生育工作的切入点，正式启动独生子女贫困家庭使用贴息贷款致富工程，对有项目、有技术，但缺少资金的独生子女户，给予贴息贷款帮扶，由镇农办和妇联等部门帮助找项目、进行技术培训和指导。由各村对独生子女贫困家庭进行调查摸底，镇计生办和计生协会每人包4—5个村，利用两个月时间，与村计生专干和宣传员一起对全镇2800余户独生子女家庭进行政策宣传。为实施贴息贷款致富工程，镇政府研究决定，同时具备独生子女家庭户、有偿还能力、有发展或经营项目三个条件的，才能享受有关待遇，由镇计生协会专人严把此关。在使用贴息贷款过程中，采取大户带动和分户使用两种方式，对每户使用者实地检查，防止弄虚作假，对已经享受扶助的人员进行重新核查，对符合条件的人员审查上报各种手续。到2006年，镇使用贴息贷款累计达到267.9万元，帮扶户累计达到159户。全镇呈现出以计生家庭户为主体，以富民政策为依托，坚持"自我教育、自我管理、自我服务"的良好氛围。

为了使独生子女贫困家庭户找到发展项目，享受到使用贴息贷款的优惠政策，黄元井村成立了养兔小区，有20多户独生子女家庭搞起了养殖。北甘池村建成了千亩核桃基地，在承包核桃林地时，村集体优先考虑独生子女家庭户，25户承包户中有独生子女家庭15户，村集体还无偿为独生子女家庭户提供核桃苗，主动提出由集体为10户独生子女家庭户争取"幸福工程款"作担保，使这些户分别拿到了5000元"幸福工程"帮扶款，搞起了养殖、种植、运输、面粉厂及食品加工等项目，同时还带动了其他计生家庭。

为落实"两个转变"，长沟镇还从其他方面为群众生产、生活、生育服务。例如，有2名村民，在20世纪70年代的计划生育手术中留下了后遗症，镇里在90年代初加大扶助，先后多次出资，帮助他们修理房屋、养鸡创收、子女上学、改善生活。2004年，社会事务科为全镇38户独生子女贫困家庭办理低保，为5户家庭办理了临时救助，发放临时救助资金7000余元，为143户294名独生子女家庭成员提供了就业岗位。2006年，社会事务科为全镇6户独生子女贫困家庭办理低保，为6户家庭办理了临时救助，发放临时救助金15000元，为210户独生子女家庭送去救助粮。全镇各村还制定了优先解决独生子女家庭就业的决定，优先解决独生子女家庭就业，2006年，为800余名独生子女家庭解决了就业问题。

长沟镇还开展了亲情牵手活动，目的是在村（居）和流动人口集居地积极开展服务活动，扎扎实实帮助计划生育群众解决实际困难，开展计划生育困难家庭、育龄群众生殖健康、独生子女健康成长、关爱女孩、基层计划生育工作者的生育"五关怀"行动，活动主题是亲情关怀，温暖相伴；活动原则是弘扬正气、倡导新风、公益慈善、扶贫济困、实事求是，为统筹解决人口问题创造良好社会氛围。

表 12 - 5　　　　　　　　**长沟镇计划生育财政投入情况**

（单位：元）

年份	独生子女父母奖励费	一次性奖励	退二孩奖励	宣传以及其他费	合计
2004	202925	6000	4000	93544	306469
2005	224025	17000	3000	20000	264025
2006	240185	12000	2000	57727	311912
2007	243760	23000	3000	54430	324190
合计	910895	58000	12000	225701	1206596

资料来源：长沟镇计划生育办公室。

房山区要求独生子女奖励兑现率100%。2003年以前，长沟镇经济条件比较好的村，完成了兑现率，经济条件差一些的村就没有兑现。从2003年开始至今，镇政府出资完成了全镇兑现率，每年每人5元。独生子女父母一次性奖励及退二孩生育服务证奖励是上级政策，即：独生子女父母，男60周岁、女55周岁时，可以得到每人一次性1000元奖励，已经领到了二胎证，又主动放弃了的夫妻，可以得到每人500元奖励。计划生育宣传费、其他费用主要是慰问费、手术费等。2003年年底，镇对4例退出二胎指标的家庭给予了表彰和资金兑现。西长沟村对退出二胎指标的夫妻一次性3000元奖励。

三　坚持依法行政，落实目标管理

20世纪90年代，长沟镇大力宣传落实《人口与计划生育法》和《北京市计划生育条例》，强化利益保障机制，加大执法力度，普及孕检知识，计划生育服务于群众的思想越来越明确，进一步地把长沟镇人口与计划生育工作纳入到了法制化管理轨道，形成了依法管理，协会帮扶，村民自治的局面。

2003年，长沟镇依法加大对超计划生育家庭社会抚养费的征缴力度，对不能按标准上缴社会抚养费的，起诉法院强制执行。2004 年 6 月前，对全镇 28 户 1998 年以来拖欠社会抚养费的下发了催款通知书，对拒不缴纳社会抚养费的起诉到法院强制执行。依法对流动人口与户籍人口同管理、同宣传、同服务，计生办与出租房屋主、雇工单位签订责任书，对成年已婚育龄妇女免费开展孕检，办理流出户籍地婚育证。对人户分离人员情况进行摸底，统一造册，对 94 名外出经商务工育龄妇女利用电话和到其所在地见面方式宣传计划生育政策和避孕知情选择。2005 年 7 月份，对全镇 7 户 1998 年以来拖欠社会抚养费的户下发了催款通知书，对拒不缴纳社会抚养费的户起诉到法院强制执行，到 2006 年，这些问题全部解决。

1995 年，在全镇已婚妇女中开展了上环保险业务和独生子女储蓄业务。1996 年，进行新建账卡工作，1996 年 10 月，经房山区计生委抽查和账卡核对，长沟镇新建账卡合格，这项工作为微机联网做了准备。1997 年，在区计生委会的统一安排下，认真清理了 1991—1996 年生育漏报问题，全镇查清漏报 336 人，其中，一胎 218 人、二胎 107 人、多胎 11 人、1991 年的漏报数达到了 128 人，通过清理漏报，达到了村镇数字相统一。1997 年，全镇下达各种法律文书 17 件。2000 年以来，镇依照统计法规范计划生育管理，计划生育统计做到不瞒报、漏报、错报，逐渐做到了日清、月结、季度考核，加强统计账卡的管理，育龄妇女建卡率达到 100%，账卡相符率达到 99% 以上。2006 年，落实北京市对部分计划生育家庭奖励扶助资金调查摸底工作，7 月 23 日，镇计生委安排布置后，各村进行了安排部署，坚持不多登、不错登、不漏登，条件公开、程序公开、名单公开的原则，严把政策关，对符合条件的 30 人，村里及时进行了公示。从 2003 年年初开始，为了消除婚嫁妇女计划外生育隐患，长沟镇各村、居委会按照现居住地管理的规定，对现居住人员进行调查摸底，分类汇总，分别实行台账管理和系统管理，建立了居住在本地、户口不在本地人员的管理台账，建立了流入和流出人员的管理台账，建立和完善了日常管理制度、信息采集上报制度、流动人口生育服务证查验制度，以及公安、工商、劳动等相关部门的流动人口婚育证明协查通报制度，规范日常管理。

20 世纪 80 年代，按照上级要求，计划生育工作有了实行目标管理责任制的雏形，镇计划生育办公室与镇里各个基层单位签订目标管理责任书，保证计划生育各项指标的完成。镇计划生育领导小组成员由 15 个科室组成，每年年初召开全镇计划生育工作会。每月通过以会代训和例会的形式加强对专干的法律知识、业务知识及工作技巧的培训，2005年，在全区计生岗位培训中，镇专干取得全区第一名的好成绩。2006年10月，区计生委的工作人员对全镇19名专干30多名宣传员进行业务和法律、法规知识培训。2002年以来，镇党委、政府把人口与计划生育工作纳入党支部书记工作化考核，同支部书记奖惩挂钩。同时坚持党支部书记、村主任、计生专干计划生育风险抵押金奖惩制度，即根据计划生育目标考核内容完成情况，兑现干部奖惩。2002—2005年，共兑现计划生育奖励资金85500元。同时对有违法出生的单位进行处罚。2002年，镇制定了从事计划生育工作20年以上，曾获市、区先进的计生专干，给予一次性5000元奖励的制度。2004年年初，有2名专干获得此项奖励，调动了基层专干工作的积极性。

随着《人口与计划生育法》和《北京市人口与计划生育条例》的实施，原有的计划生育村民自治章程已不符合政策、法规的规定。在2004年10月30日的镇"民主议政日"，18个村的村民代表大会分别修订了计划生育村民自治章程，进一步明确了党支部、村委会、计生专干和群众在人口与计划生育工作中的职责与任务、权利和义务。

四　探索跨地域管理，开展便民服务

长沟镇域与河北省相邻，自古通婚情况较多。2003年和2004年，全镇因婚嫁造成人户分离的276名育龄妇女中，85%是与河北省婚嫁。北京市与河北省的计划生育政策存在一定差异。例如，河北省政策规定，农村平原、丘陵地区的农民，只有一个女孩的，就可以审批二孩，北京市的政策是不准许的。对此，一些河北省嫁到长沟镇的育龄妇女提出："河北、北京都同样执行国家的计划生育政策，为什么河北省让生，而北京就不让生？"对她们提出的问题，入户宣传人员从北京的人口结构等角度，做耐心的解释疏导工作。镇南正村一名育龄妇女出嫁到涿州市百尺竿乡，一胎是女孩，想要二孩，到镇计生办咨询政策，计生办人员向她详细介绍了两地的计划生育政策，请她自主选择，最终她将户口迁至丈夫户口所在地，办理了二孩审批手续。2004年8月，长沟镇户在人不在的育龄妇女76人，为了消除违法超怀及出生隐患，镇出动计划生育宣传服务车，对25名嫁出育龄妇女追访到北京丰台、河北省等地，行程2000余公里。多次到河北省涿州市双塔办事处八间房村，走访一名叫宋平的婚嫁妇女，使她感动地说："路这么远，你们就别再来了，我保证只要一个"。

　　房山区计生委与涿州市计生局开展了计生跨省走亲戚联谊活动，共同构筑计生便民服务绿色通道。在对两地婚嫁人员管理上，坚持同服务，同管理，婚嫁到长沟镇人在户不在的育龄妇女与户籍人口一样，享受同等的宣传服务与管理，享受计划生育各项免费服务，并积极帮助他们解决生活中遇到的困难。各村专干听到谁家儿子找了外省市女孩谈恋爱，就主动上门宣传服务、讲清政策，与嫁出的户在人不在育龄妇女的现居住地沟通情况，并利用婚嫁妇女节假日回娘家的机会，登门宣传走访，了解情况。2004 年 4 月，镇东良村一名青年与河北省涿州市百尺竿乡的一名女青年谈恋爱，女青年结婚时继父不给户口簿，他们在没领结婚证的情况下举办了婚礼，并怀了孕。长沟镇得知情况后，向房山区民政局咨询解决办法，与涿州市百尺竿乡计生部门取得联系沟通，使这对青年回家拿到了户口簿，办理了登记手续，避免了计划外生育。河北省涿州市百尺竿乡夹河村名叫沈玉平的妇女，嫁到长沟镇东长沟村后，夫妻承包了村里的面粉厂进行经营，由于资金紧张，面临倒闭，2003 年，镇计生协会得知后主动与她联系，协调区计生协会帮助他们解决了 10 万元的贴息贷款，使其经营正常运转，规模不断扩大。她激动地说："如果不是计划生育协会帮助我，我的厂子早就完了，根本没有我的今天，今后我一定要带动村里的其他独生子女户共同致富回报社会。"为了回报计生协会的帮助，她招工都用独生子女家长，2008 年统计，有 16 个独生子女户在她的食品厂务工。

　　长沟镇对外来育龄妇女的管理采取了三项措施：一是检查婚育证明，与出租房屋主、雇工单位签订责任书；二是免费向他们提供避孕药具、宣传品；三是半年上门开展一次孕检。2004 年，镇有外来育龄妇女 56 人，与出租房屋主、雇工单位签订责任书 44 份、已婚育龄妇女孕检 86 次，无一例违法出生。2005 年，与出租房屋主、雇工单位签订责任书 31 份，对已婚育龄妇女孕检 30 人，办理流出户籍地婚育证 4 个，无一例违法出生。2006 年，有外来育龄妇女 47 人，采取了三项措施管理：一是检查婚育证明，与出租房屋主、雇工单位签订责任书 30 份，已婚育龄妇女孕检 62 人次，无一例违法出生。

五　计划生育各种项指标完成情况

　　以下举例分析表 12 - 6 中数字背后的情况。例如，1996 年，全镇实施各种手术 185 例，其中，上环 102 例、绝育 2 例、取环 22 例、人流 49 例、

表12-6

长沟镇1995—2006年计划生育指标情况统计

年份	计划生育率（%）	节育率（%）	晚婚率（%）	晚育率（%）	独生子女领证率（%）	出生人数	男	女	死亡人数	流动人口数	男	女	总人口数	总户数	男	女	城镇	乡村	农业	非农业
1995	95.8	88.7	70	72.2	48	252	140	112	179	401	376	25	25298	7017	12280	13018		23891	23891	1407
1996	96	89	71.2	76.3	46.8	271	169	102	202	383	354	29	25995	7669	12775	13220	197	24770	24770	1525
1997	95.7	88.8	73.2	74	44.5	256	148	108	208	459	529	30	25813	8019	12716	13097	688	23765	23765	2048
1998	90.2	89.5	74.3	75.3	46.1	214	110	104	176	539	508	31	26030	8278	12798	13232	1875	22767	22767	3263
1999	96.4	89.9	71.9	73.2	45.1	198	98	100	193	514	486	28	26088	8673	12826	13262	2622	22034	22034	4054
2000	97	89.2	76	78.3	47	204	110	94	200	269	216	53	26170	9426	12888	13282	4004	20716	20716	5454
2001	97.8	85.9	75.8	77.8	51.7	142	79	63	222	373	270	103	26362	9796	12944	13418	4470	20355	20355	6007
2002	97.1	90	65	66.6	54.5	217	115	102	174	1150	801	349	26445	10359	13012	13433	4936	19613	19613	6832
2003	96.8	9.1	59.9	62.7	70.6	117	65	52	164	697	509	188	26654	11195	13135	13519	5379	18829	18829	7825
2004	97.8	87.4	66.2	68.2	74.3	247	126	121	199	441	316	125	26561	11737	13137	13529	5403	18382	18382	8284
2005	98.1	89.1	61.5	63	77.6	279	146	133	199	831	581	250	26561	12319	13139	13422	5364	17889	1788	8672
2006	98.5	88.5	59.8	62.9	80	201	99	92	205	1316	986	330	26853	13168	13292	13561	5617	17479	17479	9374

资料来源：长沟镇计划生育办公室。

引产 10 例。1997 年，全镇实施各种手术 264 例，其中，上环 148 例、绝育 5 例、取环 24 例、人流 74 例、引产 10 例。1997 年，在外来人口计划生育的管理上，进行了两次调查清理，办理婚育证 47 份，函调信 53 份。2005 年，育龄妇女 8319 人，其中，已婚育 2006 年，育龄妇女 8107 人，1—10 月份全镇共出生 166 人，计划内一胎 155 人，计划内二胎 9 人，计划外出生 2 人，计生政策符合率 98.8%，比区计生委下达镇的 97% 提高了 1.8 个百分点；全镇育龄妇女 5545 人，应采取节育措施的 4955 人，综合节育率 88.9%，比区计生委下达镇的 85% 提高了 3.9 个百分点；办理生育服务证 204 个，独生子女父母光荣证 183 个，新生儿入户 170 人，随父入户 43 人。

20 世纪 90 年代末至 2007 年，房山区下达的计划生育工作目标，计划生育率一般在 96%—97%，综合避孕率是 85%。长沟镇全部完成或者超额完成了房山区下达的目标。

2007 年，长沟镇计生办认为，基层计生队伍有待进一步加强，各村虽然都配有计生专干，但专干不专成为制约工作有效开展的弊端；市区计生部门要求 50—100 户家庭配备 1 名计生宣传员，镇目前仅有 4 个村有宣传员，对计划生育信息的及时采集和宣传形成制约；违法生育特别是未婚生育现象出现明显反弹，随着离婚再婚家庭的增多、有再生育意愿的人增多导致违法生育；未婚青年缺乏有效的管理机制，有的在校生和在外打工青年怀孕后没有及时采取补救措施，造成违法生育；外出打工和在外居住人员增多，也使镇计生工作存在安全隐患。

第三节 社会保障

新中国成立初期的长沟镇社会福利工作，主要面向优抚对象、低保户、五保户，每年按照国家政策，发放各种福利资金。1987 年，民政工作开展了扶贫、优抚、社会保障等项工作，协助 25 户贫困户发展了种植、养殖、商业和运输业，1991 年年底全部脱贫，镇村两级建福利企业 7 个。1990 年，共安置 17 名残疾人就业，及时为 368 名优抚对象发放各种款项 68766 元，为敬老院投资 1.2 万元改善了在院老人的生活条件。镇敬老院连续多年获得"市级一流敬老院"称号。

1999 年，长沟镇被评为"民政工作全优乡镇"，长沟镇敬老院被评为"房山区文明敬老院"。2000 年，成立了西厢苑小区社区服务站，合作医疗保险人口覆盖率达到100%，并有700多名病人享受了医疗保险待遇。

2002年，社会保障工作稳步推进，最低生活保障制度得到普遍推行；投资9.1万元为9户特困户和残疾人修建房屋33间，提高了他们的生活质量；投资600万元建成了3000平方米的社区服务中心，开辟了社会保障工作的新阵地。

2003年，长沟镇社保所成立，当时只有一个人负责这方面的工作。2003年民政工作稳步发展，被评为北京市"全优乡镇"。2004年，全年培训农村劳动力2650人次，安置农民就业2421人次，率先在全区推出了低保承诺制度。社保所成立后，2005年有关工作全面展开，2006年和2007年进行了基础性的规范化建设。从2006年开始，长沟镇的社会福利工作，在促进农村劳动力转移方面起到了重要作用，形成了自己的特点。

一　社会保障的基础建设

（一）社会保障事务所队伍建设的基本情况

2005年以来，为提高队伍的素质，提升服务水平，长沟镇重点加强了五方面的工作。一是按时参加了房山区组织的各项业务培训，结合镇"整顿机关作风、提高工作效率"主题活动进行整改。二是建立学习制度，每半月一次集体学习，学习的主要内容是劳动政策、民政政策及其他规章制度。三是建立考核制度，每季度组织一次书面考试，促进服务意识和政策水平的提高。四是建立培训制度，采用"一帮一"和例会的形式，每周对19名协管员进行业务培训，使其快速适应岗位环境。五是配备统一的桌牌、胸牌，制定工作岗位职责、行为规范、档案管理、财务管理、业务培训、信息报送、内部监督、外部监督等制度，设立了意见箱、举报电话，并在专门的业务宣传栏内公示业务流程，接受各级各类人员监督。

2006年，全镇18个行政村全部建立了村级劳动保障工作服务站，专兼职工作人员24名，并全部参加了区举办的培训班。镇社保所在区劳动局评估中，2006年，达到了三星级社保所标准；2007年，达到了四星级社保所标准。2007年，长沟镇社保所有工作人员10名，比编制人数多2人，全部大专以上学历，劳动保障工作协管员10名，社会救助工作协管员19名，并设立了专职会计、出纳、档案员、计算机及网络管理员、内部事务管理员。

（二）社会保障事务所其他基础建设

为适应工作需要，长沟镇党委和镇政府不断加大社会保障基础建设工作的力度。在全镇办公用房比较紧张的情况下，调整社保所工作地点，提供了建筑面积350平方米、办公面积290平方米的用房一处，一楼职介、二楼服务，并配备了办公用车一辆，投资10余万元装修和购置办公设备，配齐办公桌椅、档案柜，电脑达到了工作人员每人一台，满足了工作人员和协管员办公的使用需求，使为群众服务的环境得到改善。

在环境建设基础上，健全了各类档案管理，对所有工作分类存档，并分别建立了失业人员求职登记、失业金领取、失业人员再就业、"4050"人员援助台账，农村富余劳动力求职（就业）登记台账，培训台账，社会化退休领取联系卡、生存认定、医药费报销、六类人台账，农村养老保险领取台账以及社保财务管理台账12份，形成了账表相符、数据库及时更新，财务记账及时，账账相符的规范化管理的基础。建立了各项管理机制，设立了专门的劳动关系岗位、内务管理岗位、计算机管理岗位、财务、档案管理岗位，有效地促进了各项工作的有序开展。按照失业管理系统、退休管理系统、职业介绍管理系统、城乡低保管理系统、劳动关系管理系统、合作医疗管理系统、电子财务管理系统，配备了专门的网络管理员，确保计算机和网络的安全有序运转。设立了失业人员、退休人员、职业介绍、职业指导、技能培训、城乡低保、城乡医疗、农村养老等窗口，配备政策索取栏，随时更新各类政策宣传材料，配备方便服务对象使用的纸、笔、老花镜、饮水机等用品，并为残疾人增设了无障碍设施，以满足服务对象的各种需要。

二　社会保障的覆盖水平

（一）建立实施新型农村合作医疗制度

长沟镇的广大农民非常拥护新型农村合作医疗制度。一方面是这项政策真正为农民着想、给农民带来了实惠；另一方面是长沟镇政府对这项工作的重视和积极推广。镇政府在第一时间大力宣传新型农村合作医疗制度，而且把有关的宣传贯穿到了制度实施的每个方面和全过程，一些小册子等宣传品发到了农民手中，在有关办事机构也可方便取到，各项其他工作的具体落实也成为了镇村干部的重要工作。2004年年初，长沟镇新型农村合作医疗体系建立。2005年，新型农村合作医疗参合率达100%，为全区第一名，而且农民个人负担轻。

2007 年，新型农村合作医疗参加 18356 人，个人筹资总额 607720 元，镇财政补助 367080 元，争取市区两级资金 1101240 元，筹资总额 2076040 元。

表 12 – 7　　　　　　　　　长沟镇农民参加新型合作医疗情况

年度	参加新农合作总（人）	缴纳费用（元）			报销金额（元）		体检人数（人）
		个人负担	政府	参合率	门诊报销	住院报销	
2004	16333	10	50	74.40%		27 万	14860
2005	15350	10	50	100%	14 万	62 万	2000
2006	18354	10	50	100%	76.2 万	117.2 万	无

资料来源：长沟镇社保所。

为推进农村合作医疗制度的改革，减轻参保农民在住院、医疗费报销过程中的负担，帮助生活困难的弱势群体，使农民在新型农村合作医疗中得到更大利益，长沟镇制定了《长沟镇关于对参保人员住院实行预拨款制度的实施办法》，规定享受预拨款的适用范围：户籍在本镇且常年在本镇居住的生活困难的参合人员；在符合新型农村合作医疗报销政策，并经医疗部门确诊为大病、特病的患者；经医疗部门确诊后，需要住院治疗交付押金一级医疗在 5000 元以上的；出院后仍欠医疗部门医药、手术等费用在 2000 元以上的。申请预拨款的申报程序：患者或患者家庭成员将所需证明材料上报村委会；由村委会主管人员初审合格后，上报镇社保所；签订"申请住院抵押金预拨款协议书"或"申请住院医疗费预拨款协议书"；社保所主管人员审核后，报镇长办公会批准；发放预拨款。制度还规定了申请预拨款须提供的证明材料。预拨款支付标准：患者需住院，因家庭经济困难，无力支付全部抵押金在 5000 元以上的，按欠交抵押金总额的 25% 支付预拨款。患者住院，因家庭经济困难，医疗费用总支出在 8000 元以上且欠医疗费用占医疗费用 20% 以内的，按报销总额的 50% 支付预拨款，支付预拨款总额不超欠费总额。这个制度和实施办法自 2007 年 1 月 1 日开始试行，由长沟镇社保所负责解释。

为保证这个实施办法的顺利执行，镇里实行申请"住院抵押金预拨款协议书"、申请"住院医疗费预拨款协议书"的方法，明确长沟镇社保所（甲方）与申请"住院医疗费"预拨款当事人（乙方）的权利和义务，防止"预拨款"流失，达到减轻参保农民在住院、医疗费报销过程中的负担，帮助生活困难的弱势群体度过难关的目的。2007 年，为 626 户报销住院费 1550936.37 元，为 425 人报销门诊费 85188.58 元。2007 年 3 月，房山区新投资 65 万元，建设开通新型农村合作医疗网上直接报销系统，报销周期缩短为 5—10 分钟，实现了随诊随报、出院即报，方便了广大农民群众，这套系统的方便快捷也开了全国新型农村合作医疗报销的先河。

长沟镇社保所认为，新型农村合作医疗制度需要不断完善。新型农民合作医疗制度，对一些特种病、器官移植等医疗费用给予了部分报销保障，但与实际支出的巨额费用相比，保障作用不大。为尽可能避免出现需要巨额治疗费用的疾病出现，给参保户带来经济负担，提前预防是关键。房山区 2007 年出台了一项政策值得借鉴。即对可能患有糖尿病、高血压、冠心病、脑猝死等疾病的参保患者，给予免费治疗、免费领取治疗药品，以减少因这些因素引起器官移植等疾病。目前，在长沟镇预计得这四种病的约为 6000 人。此外，新型农村合作医疗制度对城镇"一老一小"医疗保险制度是一个冲击。城镇"一老一小"医疗保险于 2007 年 7 月开始实行，参保人数 403 人。但与新型农村合作医疗制度比较，多数居民们认为还是新型农村合作医疗制度好，"一老一小"全年缴纳费用 300 元/人，起付线是 1300 元，封顶报销最高费用 7 万元，而新型农村合作医疗制度全年缴纳费用 80 元/人，起付线是 500 元，封顶报销最高费用 9 万元。部分城镇老人加入"一老一小"有困难，按规定又不能加入新型农村合作医疗制度，这就会使他们失去医疗保障。长沟镇的做法是：镇政府修改规定，让这部分老人加入新型农村合作医疗制度。

（二）农民养老保险制度的演变情况

1992 年，房山区开始实行农村养老保险制度，它采用完全储蓄积累式的资金筹集模式，农民个人缴费，自我保障。参保办法，第一部分，在登记结婚的时候，夫妻交 400 元，属于管理性政府收费；第二部分，福利企业成立必须具备的条件之一，是为残疾农民上养老保险；第三部分，镇里发文件，村集体财务补助一部分。参保情况是各村党支部书记个人拿一部分钱，解决了他们的养老保险问题，其他多数农民没有参加。1992—2006 年，全镇有 680 多名农民参保，已经有 21 人开始享受有关待遇。2006 年，全年累计入保 2 人、3 万元，累计发放养老金 15 人、5206 元。长沟镇在实践中感到，农村养老保险制度单独核算、单独支付，不能满足参保人员情况变化后的需要，在参保人年龄上涉及面窄，在养老基金管理上也存在着社保基金流失等隐患。

2007 年 3 月 8 日，北京市和房山区主要领导参加了房山区劳动局召开的劳动保障工作会议。这次会议安排部署了农村养老保险工作，长沟镇镇长代表全区各乡镇做了题为《举全镇之力 全面推进农村社会养老保险工作》的表态性发言。会议结束后，长沟镇召开了领导班子会，全体机关干部、村两委班子参加的动员大会和业务培训会，精心安排部署农村社会养老保险工作。镇里各村也分别召开全体党员和村民代表参加的会议，把各级会议精神传达给每一名党员、干部和村民代表。在全面发动工作中，掌握他们对农村社会养老保险的态度，在大张旗鼓宣传的同时，采取"农村社会养老保险政策问答"入户的形式，深入宣传参加农村社会养老保险的意义。成立由各单位"一把手"任组长的领导小组，成立长沟镇农村社会养老保险工作办公室，在全镇 18 个行政村完善村级劳动保障工作服务站的管理，设置专职工作人员，出台长沟镇《农村社会养老保险发展计划》和《2007 年度推进农村社会养老保险工作的安排意见》。2007 年，最低生活保障制度得到全面落实，做到了应保尽保、应退尽退。

新的农村养老保险政策，自 2007 年 1 月 1 日执行。它实行社会统筹和个人账户相结合的基金积累模式，通过个人缴费、集体补助、政府补贴的方式筹集，坚持个人缴费为主、集体补助、政府补贴为辅的方针，鼓励和支持村集体根据本村经济条件，通过民主程序给予集体补助。具体的补助标准是：根据年龄的不同分为两个档，一档补助 80 元，分别是市 35 元、区 36 元、镇 9 元；二档补 240 元，分别是市 35 元、区 164 元、镇 41 元。在此基础上，自 2007 年 1 月 1 日起 5 年内，区财政还给予一定的补贴奖励，分别为第一年 50 元、第二年 40 元、第三年 30 元、第四年 20 元、第五年 10 元。区财政按当年财政补贴总额的 12%，又单拿出资金，作为待遇调整储备金。它是农民个人申请，市劳动局审核，以个人为单位，按累计，然后付钱。有三种缴费方式：一是年度缴费、每年缴；二是分阶段缴费、自己选择缴费的时间；三是趸缴，一次缴齐。

新的农村养老保险政策，基本上能够满足参保人在参保过程中发生不同情况的需要。参保人上限年龄不封顶，必须是本区农业户口人员，小城镇户籍人员不纳入参保范围；最低缴费标准是按照预期领取的养老金不低于本区当年农村最低生活保障标准，最高缴费标准不高于上年城镇企业退休职工养老金平均水平，同时随着变化而进行调整。保险关系可以随着户口的变化，进行包括城市之间的个人缴费、集体补助、政府补贴一同异地转移；农村养老保险与社会基本养老保险之间衔接，其农保个人账户资金可全部用于缴纳社会保险费，农民工参加了社会基本养老保险、缴纳的社会基本养老保险费可以划入农村养老保险个人账户。保险资金全部纳入财政专户管理，并实行社会发放形式。2007 年年底统计，长沟镇发放领取养老保险金人员 17 名，新增参保人员 14 名。长沟镇社保所分析，农民家庭普遍的收入情况是一年 3000 元左右，夫妻拿出 2000 多元钱参保两个人，感觉负担重。有条件的农民认为标准高，政府补贴低。还有农民的意识问题。

从 2008 年 1 月开始，北京市城乡居民无社会养老保障的 60 岁以上人员，每月享受 200 元钱的福利养老金，手续在 5 月底之前完成，1—4 月份补发。

此外，根据城镇居民养老保障的规定，50 岁以上城镇居民有养老保险，长沟镇的部分老人开始投靠在城镇的儿女。由于新型农村合作医疗制度是以家庭为单位参保，所以，已投靠儿女的老人就没有医疗保障了，有关问题需要研究解决。

（三）社会救助的丰富和其他情况

低保户，新中国成立初期叫困难户。对困难户，过去没有救济标准，个人申请，民政局批准，发一个救济证，以民政救济渠道，发粮食、衣服和被褥等。

五保户。在人民公社以后就有，没有证，没有具体的政策，大队给补点，各个村负责，分散养老。集中养老，就是在敬老院。1983 年，乡敬老院正式竣工，地址在三座奄村，16 间房屋旧址还在，最多的时候接收老人 27 位。2003 年，镇里新建了一所敬老院，有一座 3 层楼、50 多间房屋，不对外开放，原敬老院的老人们搬到了这里。2007 年，敬老院有 7 位老人，大队每年出 1500 元，民政部门每年给床位补贴共 4000 多元，用于院里支出，老人一人一张医疗卡，每年 500 元钱。

实行城镇低保政策，农村低保对象政策，2002 年开始实行。有救济标准，按照年龄交钱，数量不一样，女 55 岁、男 60 岁，月领 120 元。长沟镇长期的低保户 25 户左右。现在每年低保户、医疗救助、教育救助的数量是 100 多户。2006 年，累计发放低保金城镇 41.8 万余元、农村 39.1 万余元。2007 年 5 月 23 日，国家出台新的政策，全面建立农民低保制度，长沟镇有低保对象 427 户、988 人，累计发放低保金、救济金、救助金共计 126.7 万元；标准体系也比较健全了，北京市统一政策，低保计收入，不计支出进入门槛。

教育救助。2006 年，长沟镇对低保户家庭的 15 名学生进行了教育救助，发放救助金 6 万元；对家庭生活困难的 9 名本科生实施慈善救助，发放救助金 3.6 万元；对家庭生活困难的 2 名专科生实施慈善救助，发放救助金 0.6 万元；为 567 名在校生办理助学金手续。2007 年，对 5 户低保户家庭的 15 名学生进行了教育救助，发放救助金 6 万元；对家庭生活困难的 9 名本科生实施慈善救助，发放救助金 3.6 万元；对家庭生活困难的 2 名专科生实施慈善救助，发放救助金 0.6 万元；为 567 名在校生办理助学金手续。

临时性一次性的救助。主要包括春荒救济、夏汛救济、冬令救济，还有风灾、水灾、雹灾、火灾等救灾救济。2006 年，长沟镇对 5 户困难家庭进行了临时救助，发放救助金 1.6 万元；及时发放春荒、夏汛救灾粮 19050 斤；发放 2006 年死亡人口补助金 16400 元。2007 年，对 5 户困难家庭进行了临时救助，发放救助金 1.6 万元。2007 年，为 401 户、1209 人，发放冬令救济粮食 23300 斤。2006 年，救灾建房 9 家（4 建 5 修），镇投入 6.6 万元。2007 年，救灾建房 2 家（2 建 2 修），镇投入 4 万元。

优抚对象。新中国成立后开始实行有关政策。2006 年，长沟镇对"老三期"、在乡残、在职残优抚对象 30 人，发放优抚金 11 万余元，报销医药费 7.3 万元。2007 年，长沟镇对"老三期"、在乡残、在职残优抚对象 30 人，参战、参试人员 31 名，发放优抚金 11 万余元，报销医药费 7.3 万元。2007 年，长沟镇为 17 名新入伍的现役军人办理优待安置证，为每一名退伍士兵进行了登记，录入劳动力信息库，对有求职意愿的优先进行了安置，9 月底，共安置新老退伍军人 27 名；对历年来的 243 名退役人员情况进行了调查，经过登记审核 31 人确定为有参战、参试的对象；对镇 41 名具有居民户口的志愿兵、转业士官的情况进行调查，其中有满足调查条件的 3 人；对本镇 20 位"老三期"的优抚对象住房情况进行了调查；对全镇的优抚对象进行走访慰问，送去慰问金、生活用品等全款 1.5 万余元；对 185 人进行了医疗救助，发放救助款 4.9 万元。

城镇医疗：2007 年 8 月，开始实行"一老一小"保险制度，2007 年年底，城镇一老一小参保人数 403 人，其中：一老 290 人、一小 113 人，在全区是中等水平，镇里估计还有 2600—2700 人才能全部纳入。还有一部分人没有加入的原因主要是，居民户中的一部分人是农民转来的小城镇户口，他们已经纳入了新型农村合作医疗制度，现在从新型农村合作医疗纳入城镇医疗保险，农民不愿意，城镇医疗没有新型农村合作医疗有优势，新型农村合作医疗每人每年交80元，保12万元，城镇医疗交300元，保7万元。2008年，新型农村合作医疗更显优势，每人每年只交40元。

社会捐赠：一是1998年开始，房山区下指标。二是以村为主体，如双磨村有个村民得了白血病，村里捐赠了3.5万元。三是镇里搭桥，城里人助学10名。

社会救济：廉租房制度与低保政策同时存在，农民成为居民了，但是不愿意离开农村去住经济适用房。虽然经济适用房的房价比市场低，但是，他们仍然买不起。

表12-8中的数字由长沟镇社保所提供，其中资金来源是政府民政事业事业费和专项拨款：

表12-8　　　　　　　　　　**长沟镇社会救济和优抚统计**

社会救济和优抚		
年度	最低生活保障	定期救济人数	国家抚恤、补助各类优抚对象人数
1995	无	40	36
1996	无	47	36
1997	无	55	36
1998	2	106	36
1999	7	108	40
2000	46	143	41
2001	92	214	44
2002	170	320	46
2003	271	496	41
2004	336	934	36
2005	402	907	31
2006	409	963	30
2007	426	981	56

资料来源：长沟镇社保所。

三 农民就业服务体系的品牌建设

（一）农民就业问题和打造"就业品牌"

从计划经济体制到市场经济体制，用工经历了由劳动局派人去企业，到企业用人到市场上选择，然后到劳动局办理手续的转变。1998 年以后，劳动局改为劳动和社会保障局，长沟镇就把与就业有关的问题纳入了工作范围。

农村改革开放中，长沟镇的一些农民逐渐地从土地上脱离出来，搞小磨石厂等建材企业。由于 2003 年以后采矿业减少，到 2005 年完全关闭，带来了农民再干什么富起来，也就是劳动力转移的问题。2005 年以后，长沟镇里借助外援，走出去收集信息，通过朋友和报纸联系一些企业，建立起了就业信息平台，推荐一部分青年出去做司炉工、服务员、保安等，第一年出去了1000 多人。

2006 年以来，长沟镇明确了"谋求发展、抓紧培训、促进就业、建立保障"的指导思想和"产业、岗位、培训、就业"的工作方针，通过明确"一个指标"、突出"两个重点"、实现"三个突破"、着力打造"就业品牌"的具体工作，落实科学发展观，加快农村劳动力转移就业服务体系建设。

明确"一个指标"，就是社保所每个人的工作都围绕城乡劳动力就业率不低于98%的总体目标而开展。突出"两个重点"，就是围绕解决富余劳动力就业难问题，加强就业指导、端正择业观念，加强技能培训、增强就业能力。每位社保所成员都是政策咨询员。社保所有两名专职职业指导员，宣传就业政策与就业形势，帮助求职者认识自身条件，转变"等、靠、要"思想，逐步摸索经验，开展就业指导。

实现"三个突破"，一是劳动力管理新突破：在建立各种台账的基础上，建立了四个信息库，将全镇 9737 名有就业能力的人力资源信息录入微机，农民求职意愿9636 条录入微机，企业用工信息 3100 余条录入微机。二是残疾人就业新突破：以基层残疾人协会为依托，加强政策宣传，拓展残疾人的康复、就业渠道和就业机会。2006 年，冯氏车圣毯业有限公司等企业共安置残疾人就业 10 人。三是拓宽就业渠道新突破：加强与本地企业和外地企业的联系，随时为企业组织招工，在镇外建立了以"北京同仁集团"等企业为载体的农民就业基地，解决本地就业岗位不足的问题，形成了"企业提供岗位 + 社保所提供信息 + 劳动力提供劳务"的农民就业双向互动模式。另一方面继续开发新的就业岗位，在坟庄村成立了长沟镇第一支村级农民就业服务队，为弱势劳动力提供环境卫生、社区治安、家政服务等公益性服务岗位，收到了良好效果。对有一定劳动力，没有启动资金或找不到致富门路的贫困户，"救济"和"扶贫"结合，开展"一助一"扶贫济困活动，采取小额贴息贷款等措施，帮助他们自救。2006 年，开发社区就业岗位 200 人，失业人员安置就业 168 人，办理自由职业手续的 47 人、自谋职业 4 人，认定就业困难 115 人（其中"4050"人员就业 84 人），100% 实现就业，农村富余劳动力转移就业 1100 多人，在镇蓝宝酒业集团、清华机械厂等企业上班，累计办理农民求职证 275 份。

着力打造"就业品牌"，就是对全镇劳动力提出了"找工作，到社保"的承诺。制定了求职登记、空岗报告服务等制度，畅通信息渠道，开设 61363750 求职热线，在《人民日报》、《中国劳动保障报》等十余家报刊、网站登载就业信息 38 条，为农村富余劳动力推荐就业岗位 2652 个，与镇内、外埠 120 多家企业建立了劳务合作关系，2006 年，镇社保所组织招聘会 34 次，推荐就业岗位 1352 余个，安置就业人数 2509 人，全镇 496 人通过劳务派遣组织派遣到 15 家企业；失业 890 人，城镇登记失业 304 人，发放申领失业保险金 17 万元、医疗补助金 4.1 万元；通过社保所推荐就业 1070 人，累计为 729 人农村劳动力办理转移就业证，对 693 人进行了职业技能培训。

建立了劳动力就业跟踪服务档案，对已就业的人员进行跟踪服务，掌握其工作情况、收入水平，帮助他们解决工作和生活中遇到的困难，并及时把再次失业人员重新纳入帮扶范围，实现求职、就业的一体化和连续化。

沈艳云是北正村一名家庭妇女，有迫切的就业要求，经培训后，社保所为她提供信息到北京东城月嫂服务中心上班，月收入在千元以上。她说："社保所不但使我摆脱了贫困，还使我重新找到了自己的人生价值"。

（二）完善"就业品牌"的新探索

在长沟镇建筑业的兴起中，2003 年，拖欠农民工工资的问题比较严重，出现了有 200 多人拿不到工资的情况。在有关问题解决中，镇政府逐渐形成了从发现解决问题的萌芽入手，通过教育提高用人单位和劳动者素质，通过法律手段维护劳动者权益的工作思路和方法。完善"就业品牌"的新探索，关键之一是维护劳动者的合法权益。为此，长沟镇社保所、工会等部门采取了许多办法和措施，防止侵害职工权益的行为。主要是：以服务者的角色深入企业，找准企业利益与职工权益的结合点，掌握不稳定因素，及时帮助化解，促进制度完善和落实到位，了解企业用工需求，促进劳动力就业；以宣传者的角色，宣传劳动法律法规，使劳动者能够运用法律手段维护自己的合法权益，宣传企业形势，促进劳动者树立企业在岗位就在、没有企业就没有岗位的思想，形成爱岗敬业、遵章守纪、以厂为家的工作作风；以管理者的角色，解决由于建筑工程的承包方式、管理方式等造成的劳动用工混乱等问题，使大部分来自外地的务工人员的基本权益底线得到保障。

为了完善"就业品牌"的成果，2007年以来，长沟镇努力实现"三个创新"。一是创新维权形式，成立了"长沟镇企业职工维权服务中心"，对企业的用工行为常年监督和指导，进一步规范企业用工行为，切实保护职工合法权益，实现劳动合同签订率95%的目标，构建和谐劳动关系。二是创新管理机制，完善村级劳动保障工作服务站建设，使基层工作人员专职率达到100%，促进基层劳动和社会保障工作的有序开展。三是创新就业载体，以城乡"手拉手"为契机，深入推行"三个二就业帮扶计划"，即：每个月至少举办两期招聘会、每个月至少组织两期就业指导培训班、每半年至少举办两期职业技能培训班。

"三个创新"之外，还完善了有关工作。社保资金实行零户统管，由镇财政所实行专人、专户管理，社保所设立专职的出纳，确保了社保资金安全。成立长沟镇双成残疾人婚姻就业协会，继续落实"找工作、到社保"的承诺。采取上街宣传、职工培训、召开企业负责人会议等形式，广泛宣传劳动合同法，为实施劳动合同法打下良好基础。以就业工作为重点，充分发挥村级劳动保障服务站的职能，及时向村委会提供空岗信息，方便求职人员求职，以实现充分就业村100%的目标。

镇社保部门认为，由于各种原因，政府推荐就业还有很大困难，问题产生的主要因素如下：一是随着农业结构调整的不断深入和农业科技含量提高，农业生产用工量逐渐降低，到企业中就业成为农民进一步增收致富的主要方式；二是招商引资力度不断加大，几十家企业就业岗位仍不能满足就业需求，剩余劳动力大量滞留，企业掌握用工的主动权，劳动者处于绝对的被动地位；三是农村剩余劳动力普遍文化水平低、就业能力差、岗位适应能力不强，法律意识、维权意识还很淡薄，就业观念陈旧，要求就业条件太高，部分劳动者宁愿在家闲着也不愿意工作；四是企业计划用工方式转变为企业自主用工方式，从大局和长远看，对长沟城镇建设和发展将起到重要作用，现实是企业用工管理难度增大，外来人口有的占到了企业职工总数的一半，减少了本地区农村剩余劳动力的就业机会；五是主管行政执法部门办事程序烦琐，也造成管理力度和执行力度降低，进而造成企业负责人法律意识更加淡薄，劳动政策无法落实到位。

表 12－9　　　　　　　　　　　长沟镇人口就业情况

（单位：人）

年度	劳动力			在乡镇就业情况				在外就业情况	失业情况
	总计	男	女	总计	第一产业	第二产业	第三产业		
1995	11014	5948	5066	9907	4158	4473	1276	777	330
1996	11502	6211	5291	10295	4748	4000	1547	862	345
1997	11240	5958	5282	10005	4255	4156	1594	845	390
1998	11554	6239	5315	10162	4915	3693	1554	930	462
1999	12443	6719	5724	10706	5033	3395	2278	990	747
2000	11965	6461	5504	10529	5108	3382	2039	957	479
2001	11707	6322	5385	10302	5131	3532	1639	937	468
2002	14018	7570	6448	12191	3399	4391	4401	1262	565
2003	14975	8086	6889	13027	3482	4851	4694	1348	600
2004	15188	8202	6986	12908	3373	4861	4674	1520	760
2005	15600	8424	7176	13260	3744	4906	4610	1560	780
2006	14586	7879	6707	12471	3320	4798	4353	1386	729

资料来源：长沟镇社保所。

（三）第二次全国农业普查所反映的农村劳动力资源总量与结构

根据国务院决定，长沟镇开展了第二次全国农业普查。这次普查的标准时点为 2006 年 12 月 31 日，时期资料为 2006 年度。根据《长沟镇第二次全国农业普查主要数据》、长沟镇第二次全国农业普查领导小组办公室和房山区统计局长沟统计所提供的资料，这次普查的"农村劳动力资源与就业"情况如下。

1. 农村劳动力资源总量与结构

2006 年年末，农村劳动力资源总量为 15563 人。其中：男劳动力 7945 人，占 51.05%；女劳动力 7618 人，占 48.95%。农村劳动力资源中，20 岁及以下的 2423 人，占 15.57%；21—30 岁的 2372 人，占 15.24%；31—40 岁的 3395 人，占 21.81%；41—50 岁的 4220 人，占 27.12%；50 岁以上的 3153 人，占 20.26%。农村劳动力资源中，文盲 164 人，占 1.05%；小学文化程度的 2372 人，占 15.24%；初中文化程度的 8753 人，占 56.24%；高中文化程度的 3783 人，占 24.31%；大专及以上文化程度的 491 人，占 3.15%。

表 12 - 10　　　　　　　　　　农村劳动力资源总量

（单位：人，%）

	普查数	比重
农村劳动力资源总量	15563	100
农村劳动力按性别分		
男性	7945	51.05
女性	7618	48.95
农村劳动力按年龄分		
20 岁及以下	2423	15.57
21—30 岁	2372	15.24
31—40 岁	3395	21.81
41—50 岁	4220	27.12
50 岁以上	3153	20.26
农村劳动力按文化程度分		
文盲	164	1.05
小学	2372	15.24
初中	8753	56.24
高中	3783	24.31
大专及以上	491	3.15

农村从业人员 12373 人，占农村劳动力资源总量的 79.50%。其中：在第一产业就业的 4159 人，占农村从业人员的 33.61%；在第二产业就业的

3834 人，占 30.99%；在第三产业就业的 4380 人，占 35.40%。

表 12 - 11 农村从业人员总量

（单位：人，%）

	普查数	比重
农村从业人员总量	12373	100
第一产业	4159	33.61
第二产业	3834	30.99
第三产业	4380	35.40

2. 农村劳动力流动

2006 年，农村外出从业劳动力 2779 人。其中：男劳动力 2026 人，占 72.90%；女劳动力 753 人，占 27.10%。外出从业劳动力中，20 岁及以下的 223 人，占 8.02%；21—30 岁的 1170 人，占 42.10%；31—40 岁的 755 人，占 27.12%；41—50 岁的 454 人，占 1634%；50 岁以上的 177 人，占 6.37%。外出从业劳动力中，文盲 4 人，占 0.14%；小学文化程度的 97 人，占 3.49%；初中文化程度的 1736 人，占 62.47%；高中文化程度的 774 人，占 27.85%；大专及以上文化程度的 168 人，占 6.05%。

表 12 - 12 农村外出从业劳动力总量

（单位：人，%）

	普查数	比重
外出从业劳动力总量	2779	100
外出从业劳动力按性别分		
男性	2026	72.90
女性	753	27.10
外出从业劳动力按年龄分		
20 岁以下	223	8.02
21—30 岁	1170	42.10
31—40 岁	755	27.17
41—50 岁	454	16.34
50 岁以上	177	6.37

续表

	普查数	比重
外出从业劳动力按文化程度分		
文盲	4	0.14
小学	97	3.49
初中	1736	62.47
高中	774	27.85
大专及以上	168	6.05

外出从业劳动力中，在乡外区内从业的劳动力1087人，占39.11%；在区外市内从业的劳动力1650人，占59.37%；在市外从业的劳动力42人，占1.51%。外出从业劳动力中，在第一产业从业的劳动力3人，占0.11%；在第二产业从业的劳动力1103人，占39.69%；在第三产业从业的劳动力1673人，占60.20%。

表 12 - 13　　　　农村外出从业劳动力流向及从业情况

（单位：人，%）

	普查数	比重
外出从业劳动力从业地区		
乡外区内	1087	39.11
区外市内	1650	59.37
市外	42	1.51
外出从业劳动力按产业分		
第一产业	3	0.11
第二产业	1103	39.69
第三产业	1673	60.20

第十三章

群众组织和社会综合治理

　　长沟镇群众组织的产生、发展以及作用的发挥，在长沟镇的历史上留下了重要痕迹。特别是党和政府部门中的群众组织，围绕党在不同时期的中心工作，履行着自己的职责，包括在社会综合治理方面发挥着重要作用。1991年，《中共中央国务院关于加强社会治安综合治理的决定》公布，全国人大常委会《关于加强社会治安综合治理的决定》颁布。根据有关精神，长沟镇结合自己的实际，广泛发动群众，加强社会治安综合治理，建立和保持良好的经济社会秩序，对推动长沟镇的建设，维护社会稳定起到了重要作用。

第一节　群众组织各具特色

　　群众组织主要是工会委员会、妇女联合会、共青团委员会、残疾人联合会。共青团委员会和妇女组织的历史起点与长沟的历史起点一致。工会委员会、残疾人联合会，在长沟发展的不同历史时期产生。群众组织的产生发展是党和政府维护不同群体合法权益的需要。它们在长沟的历史进程中，以自己的性质和特点，发挥着各种各样的作用，促进了其成员自身素质的提高和不断发展。

一　工会：努力创造和谐劳动关系

（一）依法加强基层工会组织建设

　　2003年，中共中央提出"组织起来，切实维权"、"哪里有职工，哪里有企业，就在哪里建立工会组织"；同时还提出了"再用三年时间，基本实现新建企业普遍建立工会组织，基本实现新建企业工会都能较好地开展工会工作，基本实现新建企业职工合法权益得到有效维护"的目标。中国工会十四大把农民工加入工会首次写进全国工代会报告。当时，长沟镇有的企业还没有认识到工会的作用，个别新建企业对建会存在一定抵触情绪，已建会企业的工会基础工作比较薄弱。

根据《北京市实施〈工会法〉办法》，到 2003 年年末，长沟镇新建工会 7 家，（其中，已开业一年的企业 3 家，个体工商户 4 家，发展会员 60人），累积建会 20 家，发展会员 471 人。

2004 年，根据"党委领导、政府支持、工会运作、各方配合"等精神，"长沟镇新建企业工会组建工作领导小组"成立，并且制定了《中共长沟镇委员会关于进一步加强新建企业工会组建的工作意见》，确定了新建企业建会的四条原则：坚持党的领导、坚持依法推进、坚持促进企业发展、坚持开拓创新；确定了新建企业建会工作的目标：工会组建率达到 90%，职工入会率达到 90% 等目标。到 2004 年年末，镇累计建会 29 个，职工 513 人，发展会员 513 人。2005 年，全镇 18 个村健全了村级工会联合会。到 2006 年，镇累计建会 27 家，职工 599 人，发展会员 599 人。

（二）签订集体合同，推进民主管理

签订集体合同是《劳动法》和《工会法》的规定，是协调劳动关系的一种法律制度。2003 年，长沟镇工会深入已建会企业，走访和摸底，指导各企业工会与企业行政签订集体合同，签订集体企业集体合同 7 家，私营企业集体合同 4 家，区劳动局审核一次通过，建会企业集体合同签订率实现100%。到 2004 年，20 余家企业依法签订了集体合同。

《北京市集体合同条例》，2005 年 11 月 1 日起施行。2003 年，长沟镇签订的集体合同到期。根据"针对街道、乡镇、社区内小企业、非公有制企业地域集中、规模小、人员流动性大的特点，要大力推进区域性、行业性集体合同，扩大集体合同工作覆盖面"的新要求，2006 年 12 月 28 日，长沟镇工会主席分别与镇工业区管理服务中心和镇资产经营公司签订了区域性集体合同书，至此，长沟镇签订集体合同覆盖面实现 100%。

依法推进民主管理，促进企业发展。2004 年，长沟镇各基层工会普遍建立了会员代表大会制度，并实行厂务公开。2005 年，镇里成立了"厂务公开、民主管理"工作领导小组，建立了"党委统一领导、党政齐抓共管，工会组织实施，职能部门各负其责，纪检监督检查，职工群众积极参与"的领导体制和工作机制，各基层工会也普遍成立了"厂务公开、民主管理"工作领导小组。镇里选择了清华机械厂分厂、冯氏车圣有限公司两个有代表性的非公企业进行试点，企业把制定的各项规章制度，企业经济技术创新评选，通过职工代表大会、厂务公开栏等基本形式，在民主日交由职工代表会讨论，定期把年度收入、费用支出、上缴税金、工资福利、职工奖励等情况公开，接受职工监督，调动职工积极性，为企业发展作贡献。

（三）开展"双爱双评"活动，努力创新发展

"双爱双评"活动，是企业爱职工，职工爱企业为内容的竞赛和评选活动。2003年，长沟镇开展了以经济技术创新为主题的"双爱双评"活动，倡导职工掌握一种新技能，应用一项新技术，创新服务、创新管理模式等。例如，首创大地药业有限公司"库房班组"提出了"保证质量，杜绝损失，科学养护，安全度夏"的口号，加强对养护业务知识的学习和考核，查阅了大量的资料和专业书籍，认真总结生产经验，创造出"酒精喷药"养护技术、"塑料真空包装法"和"物料分类码放"的中药饮片养护法，既保证了药品质量不受影响，又杜绝了中药饮片混杂、霉烂事故的发生，2003年内为公司减少了40余万元的经济损失，受到公司技术总监、公司质检部和各级QA的一致肯定，客户退货率几乎为零。

2005年，北京市总工会等共同组织的"首都职工素质教育工程"正式启动，长沟镇成立了实施"首都职工素质教育工程"领导小组，研究制定了《关于"长沟镇职工素质教育工程"的实施意见》，工作目标是经过3—5年的培训，使一线职工的知识结构得到改观，为个人职业生涯的发展和实现自我超越搭建终身学习的平台。2005年，11名职工参加了通用能力培训，在第二年取得了结业证书，自愿进入了第二阶段的中央电大开放教育大专层次的学习，实现了通用能力培训与正规学历教育对接。2006年，又有10名职工报名参加学习。

二 妇联：带领妇女提素质享平等

（一）开展以"双学双比"为主线的各种活动

1989年，全国妇联、农业部等11个单位发出了《关于在全国各族农村妇女中深入开展学文化、学技术、比成绩、比贡献竞赛活动的通知》，号召广大妇女增收致富，简称"双学双比"活动。长沟镇妇联在全镇妇女中，以自尊、自强、自主为目标，以种植和养殖知识技术比赛为主要内容开展了"双学双

比"活动，近20年来，活动不断创新。1997年以来，长沟镇妇女和妇联获得的多种荣誉称号中，主要是上级对她们"双学双比"活动取得成果的肯定。

例如，黄元井村地处长沟镇最西边，属半山丘陵地带，荒山荒坡多，人均耕地0.5亩地，过去村妇女主要围着锅台转。2000年，村妇代会在村委会的支持下，建起了养殖小区，面积12亩，入住20户，开展饲养肉兔和优种猪等养殖业。随着市场的不断变化，村妇代会办起了养猪技术培训班，为妇女提供技术服务，许多妇女养起了种猪，收到了很好的经济效益。宋龙琴参加了镇、区的养殖培训班，她急需扩大场院，村妇代会和村委会协商，特批她3亩地，建起了20间猪舍，引进优良种猪12头，进行杂交饲养。2006年，她家存栏250头肉猪，30头种猪，年利润10万元。她将仔猪发放给村100多位妇女并回收肥猪，提供饲养防疫等技术服务，使她们共同走上富裕的道路。

再如，长沟镇"双萍奶牛合作社"的前身是1998年6月成立的"双萍牛场"。当时，36岁的顾爱萍通过以45户村民入股的形式集资和筹资260多万元建立了"双萍奶牛场"。随着规模的不断扩大，在市、区、镇的大力支持和帮助下，于2001年2月成立了"双萍奶牛合作社"，带动了150余户农民养起了奶牛，2004年，有奶牛600头，日产鲜奶5吨左右，年出售鲜奶1800吨，收入360万元，纯收入90万元，户平均纯收入2万元。"双萍奶牛合作社"连续几年多次获得市、区质量监督局和各级政府的表彰，北京三元公司与它签订了长期供销合同。

"双学双比"在房山区形成了"老街坊文明一条街"的品牌内容，它是区妇联借鉴窦店镇经验，在2000年发起的，号召促进邻里和睦、家庭和睦。长沟镇积极响应，结合自己的实际，年年进行宣传和确定具体任务，使这一活动对"五好文明家庭"创建起到了推动作用：一是家庭卫生有了改变；二是家庭关系、邻里关系有了变化。到2007年，全镇共有老街坊3600多户，五好文明家庭6700多户。

（二）妇女儿童"十五"发展规划完成情况

为了实现长沟镇大战略教育，2004年，长沟镇11所小学合并为现在的3所小学，北正中学合并到长沟中学，教育用房、教育设备、教育质量、师资水平、学生的综合素质等方面有了明显提高。镇政府按照一级一类标准的要求，投资300万元建立了一所建筑面积2500平方米的幼儿园，镇中心区的入院率达到了90%以上。基础教育巩固发展，达到了市区高标准实施九年义务教育的指标要求。

五年间，帮助妇女掌握一技之长，共培训万余人次，通过培训就业近500人。积极开展法制宣传和法律服务。各村都建立了大众图书室、文化娱乐室、党员活动室、体育健身场等，丰富了人们的业余文化生活。全镇百姓都能饮用安全自来水，成为全市第一个改厕镇。

成立了镇、村妇女儿童协调领导小组，主要负责妇女儿童维权工作。建立了维权工作"三包圆"制度，包法律宣传、包法律监督、包法律教育。

到2005年7月，妇女和儿童两个"十五"发展规划全部完成，各项指标全部达到国家规定标准。孕产妇系统保健覆盖率达到99%，婚前医学检查率在98%以上，婚前卫生指导率达到95%，妇女保健知识普及率达到98%，妇女生殖保健知识普及率和计划生育知识普及率达到95%，已婚育龄群众避孕方法"知情选择"率达85%，孕产妇系统管理率达到90%，孕产妇健康教育普及率达到了95%，全镇住院分娩率达到99%，孕产妇死亡率为零。2000—2005年，镇人口自然增长率分别为3.71‰，2.562‰，0.831‰，3.564‰，1.20‰，－1.046‰；完成计划生育率97%，97.8%，97.1%，96.8%，97.8%，98.1%；综合避孕率分别为89%，89.7%，90%，89.1%，88.4%，87.7%，高于全区水平，无节育手术死亡。城镇地区0—3岁儿童早期受教育率达到95%，辍学率为零，初中在校生辍学率为零。通过板报专栏、知识问答、培训等形式宣传《女职工劳动保护条例》，普及率达到98%。

2006年，制定了《长沟镇"十一五"时期妇女发展规划》，把任务指标分解为了48项；制定了《长沟镇"十一五"时期儿童发展规划》，把任务指标分解为了43项。

（三）形成"日常＋培训＋示范"的培养模式

20世纪90年代，长沟镇妇女中，小学文化程度约占妇女总数的55%。为了促进妇女发展，镇妇联组织她们参加各种学习，引导她们树立终身学习理念，有关工作逐渐系统化。

在近20年的"双学双比"活动中，长沟镇形成了"村文化大院"、"五好文明家庭"、"老街坊文明一条街"、"三八林"、"体育健身示范村"、"卫生村"等载体，各载体都具有日常宣传教育的内容，引导妇女在实践中需要什么补充什么，自己教育自己，一点一滴地学习和提高。

从2003年起，长沟镇有了比较系统的针对妇女的培训，到2006年，平均每年有妇女5000人次参加镇村妇女组织的各种培训。

2002 年,长沟镇成立了西厢苑居委会妇女活动中心,2003 年年初,镇出资建立了长沟镇妇女儿童活动中心,2004 年 3 月成为妇女儿童培训、学习和娱乐活动的示范基地。该基地由专人负责管理,建立了管理制度。培训场所包括:教室 10 间/400 平米,多媒体教室 1 间/40 平米,学生宿舍 12 间/160 平米,其他办公用房 3 间/30 平米,图书室 1 间/20 平米(有图书 5000余册),合计 27 间/650 平米;实训基地 2 个,占地面积 7000 平米,建筑面积 1500 平米。教学设备包括:电脑 32 台,投影仪 1 台,远程教育接收系统2 套,其他设备 4 台,设备合计总价值 50 元。

长沟镇妇女儿童活动中心成立以来,利用远程教育网和全国文化部信息网、投影仪、电脑等现有资源,针对广大农村妇女开展了针织、农业种养殖、会计、手工业等技能培训;针对广大儿童开展了英语、美术、音乐等特长教育教学活动;充分利用中心"家长学校"作用,提高家庭教育水平,同时开设家长接待日。

1999 年,房山区妇联打出了"巧姑靓嫂"品牌。长沟镇于 1999 年 10 月建立了黄元井"巧姑靓嫂"养兔基地,2000 年 5 月建立北正村"巧姑靓嫂"药材基地,对长沟镇妇女培训起到了示范作用,为"双学双比"活动注入了生机与活力,一批妇女致富带头人脱颖而出,妇联努力促进她们辐射带动作用的发挥,形成一家一户抓项目的局面。

三 共青团:组织建设的基本情况

2006 年,长沟镇有团支部 24 个。其中,村团支部 18 个、中小学团支部5 个,事业单位团支部 1 个。镇团委书记为专职干部,其他基层团干部都是兼职。

表 13 - 1　　　　　　2006 年长沟镇农村团支部建设情况汇总

(单位:人)

行政村数	村级团支部数	团支部书记数	团支部书记年龄结构				文化程度结构				政治面貌结构			任职时间结构	
			30岁以下	30岁—35	35岁—40	40岁以上	初中以下	初中	高中中专	大专以上	团员	党员	群众	5年以下	5年以上
18	18	18	5	6	3	4	0	5	8	5	1	15	2	10	8

资料来源:长沟镇团委。

表 13－2　　　　　　　　　1997 年长沟镇青年基本情况调查

(单位：人)

15—35 岁青年			政治面貌			文化程度				就业情况						
总数	男	女	团员	党员	群众	初中以下	初中	高中中专	大专以上	农民（农、林、牧）	工人	个体工商	外出打工	学生	其他	待业青年
4762	2490	2272	1588	802	2372	145	2150	2010	457	398	515	98	1496	2056	48	151

资料来源：长沟镇团委。

1982 年 11 月，大包干生产责任制在长沟镇全面展开，团组织围绕这个新事物，组织团员讨论怎样解放思想，勤劳致富。团委树立了两个典型，一个是双磨村青年养菇；另一个是西甘池村青年养柏树苗。引导青年积极发展生产，搞岗位练兵。逐渐地许多青年发展矿山开采、种植养殖业。思想政治教育方面，号召青年树立新风，勤俭办喜事。团委成立了一个婚姻介绍所，镇党委副书记任所长、团委副书记任副所长。组织青年到北京市大兴区搞联谊活动、组织集体婚礼。

20 世纪 90 年代后期，团组织开展的活动比较频繁。2000 年以后活动有所减少，团组织虽然每年也开展一些足球比赛、卡拉 OK、志愿服务等活动，但是，他们认为"基本上是务虚，在青年中影响度也极有限"，"市场经济的发展，文化娱乐的多元化，使团组织的活动越来越难以在青年中产生号召力，团组织在基层有逐渐边缘化的倾向"。即使这样，镇团委克服困难，围绕全镇的中心工作开展了一些有特点的工作。

2004—2005 年，长沟镇共青团开展了"寻找失落的文明"、"文明离我有多远"等主题宣教活动。宣教活动以加强青少年思想道德建设为主，针对青少年生理和心理特点，实施了"三教结合"，即：感官教育、思想教育、实践教育相结合。感官教育，就是分批组织全镇中小学学生到圣泉公园、龙泉湖等地参观，并与旧址原貌进行对比，一方面感受家乡翻天覆地的变化；另一方面感受不文明行为带来的经济损失和不良社会影响，并通过素描、摄影等形式记录设施破坏程度，增强学生的直观感受和思想上的紧迫感。思想教育，就是通过演讲比赛、征文比赛、发放倡议书、集体签名等形式加深理解，引导青少年远离不文明行为，树立高尚的道德情操，逐步强化青少年的文明意识。实践教育，就是组织学生积极参与各项社会实践活动，协助工人修理受损设施、清理白色污染、擦洗橱窗广告、入户发放《公民道德建设实施纲要》和环境保护倡议书等；实施"小手拉大手，文明齐步走"行动，倡导学生用自己的言行影响家人和周围群众，以一个人带动全家人，进而提高全镇广大群众的文明素质。

2006年以来，长沟镇团委全面加强了基层团组织的组织建设，团组织的战斗力不断增强。以党放心、青年满意为标准，切实加强了团干部队伍建设，完成了长沟镇各村团支部建设情况调查工作，各村重新确定了团支部书记，镇团委建立了管理台账，并为每位团支部书记下发了印有工作职责的工作手册，使农村团干部的管理更加规范有序，促进了各项工作的开展。以党建带团建为核心，加强了团的基层组织建设，一直坚持把团的建设纳入党的建设总体规划中，不断研究新情况，形成了新的管理方式和工作运行机制，相继完成了团支部重点工作目标责任制度、基层团组织和团员双承诺制度、团干部集中学习制度、村团支部书记考核制度等规章制度的建立与完善。切实加强了团员队伍建设，完成了近两年的长沟镇农村青年基本情况调查工作，做到了底数清、情况明，严把团员发展关，坚持发展标准，使一批素质高、表现好的先进分子吸收到了团的组织中来。

2006年以来，长沟镇深入开展了系列主题教育活动，团员青年思想道德素质不断增强。在每年的清明节到来之际，组织团员到西甘池烈士陵园开展主题团日活动，通过瞻仰革命先烈的丰功伟绩，接受革命传统教育，激励广大团员矢志不渝地继承和发扬革命传统，为家乡的建设贡献自己的聪明才智。在每年3月5日"学雷锋日"到来之际，组织团员青年采取上街宣传、打扫、清理环境卫生等活动，用实际行动来弘扬雷锋精神。每年开展"节约能源——有你、有我"活动。即在机关、中小学开展节约用水、收集废旧电池、节约用电和节约用纸等行动。在每年具有特殊意义的日子都开展了多项主题活动：在2007年的中秋前夕开展了"登上上方山，行出万里路"活动，20余名大学生村官骑着自行车边行路边宣传"迎奥运、讲文明"方面的常识，即锻炼了身体，又将奥运知识带到了老百姓中间。2007年9月开展了"迎奥运、讲卫生"志愿者宣传活动，活动中29名大学生村官志愿者将印有"奥运到我家、人人齐参与"，"讲卫生、促健康"，"迎奥运、讲文明、树新风"等标语的彩旗捆绑在自行车上逐村宣传，向过往群众发放了有关奥运基础知识和食品健康知识的宣传材料，并详细解答了群众提出的有关奥运和食品卫生、卫生防病等方面的疑问，新颖的方式和热情亲切的服务受到老百姓的欢迎。2007 年 10 月开展了"相约 2008——传递健康文明圣火"甘池流域环保健步行活动。全体机关干部、群众、大学生村官将手中的宣传旗、标语作为"圣火"，边行走边向路边的行人传递奥运常识、文明常识、环保知识，并请他们像传递"圣火"一样继续将这些知识传递下去，让自己的亲戚朋友同样做一名"文明长沟人"。在奥运倒计时 100 天到来之际，镇机关干部参加了"奥运健身行"活动，活动中，每一个参加者都将一颗"红心"贴到了自己的左胸前，以表达自己的爱国热情和期盼奥运的热切心情，并通过"奥运知识伴您行"中途知识竞答等环节加深了全体参加人员对奥运知识的认知程度，到达山顶后，全体成员还参加了"奥运在心中，真情见行动"的宣誓仪式，并在五环旗上签名。

四　残联：积极为残疾人排忧解难

（一）残疾人基本情况和残联工作成果

长沟镇残联成立于 1996 年 2 月。2002 年，有残疾人协会 19 个，助残小组 45 个，残疾人联合会主席团，残疾人协会、助残小组形成的工作网络，覆盖辖区内区属、镇属单位，行业、学校和社区居委会，担负为残疾人事业发展"联系、团结、教育、服务"的职能。1996—2001 年，长沟镇残疾人联合会连续被房山区残联评为残疾人工作先进单位，"九五"期间残疾人工作先进单位、就业安置先进单位。

2002 年，长沟镇有残疾人 673 人，占常住人口 26445 人的 2.5％。其中，视力残疾 42 人，听力残疾 30 人，语言残疾 49 人，智力残疾 83 人，精神残疾 69 人，肢体残疾 348 人，综合残疾 52 人。为帮助残疾人恢复健康，建立了残疾人康复样板社区，形成了康复网络。

2007 年，全镇 18 个行政村，1 个居委会，2.7 万人口中，残疾人 960人，占总人口的 3％。其中持有残疾证的 560 人，未办证残疾人 320 人。在持证残疾人中，智力残疾 82 人，肢体残疾 322 人，精神残疾 58 人，听力言语残疾 83 人，视力残疾 50 人，多重残疾 45 人。未办证的残疾人中智力和精神残疾人 52 人。

2004 年，长沟镇被市政府、市残疾人协调委员会评为"六好"乡镇党委，经验也被分别选入《北京市残疾人康复工作"十五"期间经验汇编》和《康复工作纪实》中。镇残联 2004—2007 年，又连续四年被评为房山区残疾人工作先进单位。2007 年，全镇残疾人市级"五好村"达到 2 个、区级"五好村"达到 5 个。

2007 年 9 月 17 日，长沟镇残疾人联合会第五届代表大会的召开，进一步明确了以邓小平理论和"三个代表"重要思想和科学发展观为指导，充分发挥残联组织的"代表、服务、管理"职能，以"发展残疾人事业"为核心，以加强残联组织的建设和改善残疾人基本生活状况为重点的工作方向。

（二）健全各级组织，做好基础工作

2004 年之前，长沟镇社会事务管理科中有 1 人分管残联工作。2004 年，残联单列科室，设置专职理事长、专干、协管员各 1 人。2005 年，全镇 18 个村全部成立了残疾人协会，24 名专职委员通过面试等考试上岗，形成了长沟镇残疾人联合会、基层残疾人协会、残疾人领导小组，党政配合，一批志愿者组成的工作网络。

2004 年，对全镇眼病患者进行微机管理。2005 年，实现利用微机对全镇残疾人进行管理。职业康复工疗站、残疾人保障金的催缴等各种工作档案也在完善之中。

2004 年 6 月 14—19 日，北京市 0—6 岁儿童健康筛查在长沟镇现场活动，镇 805 名 0—6 岁的儿童进行了智力、精神、听力、肢体、视力五项免费检查，共筛查出 28 名阳性患者的儿童，完成了康复需求调查对象的筛出率不低于本辖区人口总数 3.5% 的指标。

镇残联注重对《中华人民共和国残疾人保障法》、《北京市实施〈中华人民共和国残疾人保障法〉办法》、《北京市按比例安排残疾人就业办法》等法律、法规的宣传，利用每年助残日在辖区内主要地段开展上街宣传活动，组织各单位、部门、社区居委会和助残志愿者，插彩旗、挂横幅、出板报、广播宣传、发放宣传材料，为残疾人开展咨询服务。

2003—2007 年，长沟镇残联先后处理 50 多起来信来访，有效地化解了各类矛盾，维护了残疾人的合法权益。

（三）围绕康复主题，努力规范创新

康复工作是残疾人工作永恒的主题，绝大多数残疾人通过康复治疗可以恢复基本功能。2005 年，长沟镇建立了以卫生院为首的医疗服务网络，定期为残疾人免费进行体检。到 2007 年，建设村级康复站 5 个，职业康复工疗机构 1 个，职业康复工疗站工作人员 7 人（管理人员 1 人、康复指导员 5 人、康复医师1人），成立了康复工作领导小组，并与社区卫生服务中心共同开展"民康工程"。

围绕残疾人康复，主要开展了三方面工作：一是创新眼病康复方法，在全区第一个实施"光明行动计划"；二是创新智障康复方式，成立职业工疗机构；三是创新肢体康复形式，依托社区康复站，利用康复器材，聘请专业医生免费指导康复训练，一部分肢体残疾人通过系统专业的训练，肌体有了明显好转。

2007年以来，长沟镇形成了依托企业，积极开发适合残疾人的职业康复劳动项目，与镇优秀民营企业北京冯氏车圣毯业有限公司进行合作，把做脚垫的废料皮毛撕开这道简单、劳动强度小的工序，作为智残人和稳定期精神残疾人参加职业康复劳动的项目，建立了职业康复工疗站。在争取市区残联的指导和支持同时，镇拨出23万元，购置了办公、娱乐和生活设施。北京冯氏车圣毯业有限公司无偿腾出了9间200平方米的库房用于活动，为残疾人发放劳动补助，免费班车接送他们上下班，免费出车把活送到重残人家里，带动了全镇40名行动不便的重残人不出家门也参加了劳动，形成了点面联动，送活上门，带动家庭从业的局面。还把职业康复与文化娱乐紧密结合，使残疾人的生活有了基本保障，又在劳动中感受到快乐，体会到自身价值。

表13-3　　　　　　　　　　康复工作基本情况统计表

项目　　　　年份	白内障复明术（例）	白内障患者等眼疾检查（例）	免费为残疾人提供轮椅、手杖、车等用品用具（件）	家庭和社区肢体康复等训练（人）	成年智障康复训练（人）	免费贫困精神病人入住农疗基地（人）	成年智障入住农疗基地（人）	精防康复免费服药（人）	下肢重残人家庭无障碍设施改造（户）
2003	76	80	10	9	2				
2004	34	120			10		2	4	
2005	10	120	25		1		1		
2006	11	120	60	7	10	3			
2007	30	120	80		30	3		13	20

资料来源：根据长沟镇残联提供的资料整理。

（四）落实帮扶政策，解决各种困难

到2002年，长沟镇残疾人中办理最低生活保障的共125户、155人，享受残联特困补助的40人，为全镇52名重度残疾人统一出据重残证明，使他们全额享受低保，镇残联为24名特困学生办理了学杂费减免手续，为10名特困学生支付了部分学费。2000—2002年，长沟镇安置残疾人就业54人，收缴残疾人就业保障金1.8万元，扶持残疾人从事个体开业4人，扶持家庭种养殖15人，扶持重残人家庭劳动项目1个。

2003—2007年，长沟镇在"两节"和助残日期间走访慰问残疾人家庭300余户，600余人，发放慰问金10万余元，对30户残疾人家庭进行了危房改造，为583名残疾人免费上了农村医疗保险，为25名残疾人办理了临时救助，共发放救助金8万元，为51名贫困残疾人家庭子女学生发放扶残助学金5.1万元，先后为140名残疾人办理了低保手续，为90余名残疾人做了重残鉴定，对符合条件的重残无业人员发放生活补助，享受临时困难救助的30人、特困补助的101人，做到了残疾户"应保尽保"，享受免费服药政策的精残人员达50余人，累计5万余元，先后为10名精神残疾人员办理住院补贴手续，补助金达2万余元，实施"北京市7574爱心助残工程"，对全镇90余户一户多残、老残一体、生活不能自理的重残人，进行"一助一"、"多助一"，全镇共捐爱心助残款13.3万元。

长沟镇残联千方百计促进残疾人就业，积极与镇内外企业建立并保持了长期稳定的合作关系。2006年，成立了房山区第一家残疾人婚姻就业协会，为残疾朋友搭建了一个婚姻与就业的信息平台。到2007年，已累计安置残疾人就业达32人次，超额完成安置任务，结合残疾人特点，先后组织开展了残疾人计算机、手工编织、服装裁剪与制作、家政服务、面点制作等培训班10期，培训残疾人100多人次。建立了残疾人就业跟踪服务档案，掌实现求职就业的一体化连续化的服务。

表 13-4　　　　　　　　　帮扶工作基本情况统计

项目年份	为贫困残疾人家庭子女发放助学款		发放残疾人特困补助		帮助就业	福利企业安置残疾人就业	慰问品及现金（包括党员干部爱心助残）		危房改造		其他扶助发展生产
	人	元	人	元			人	元	户	万元	
到2002					54		714	135400			
2003			42	16550	34	24	224	23000			
2004					8		73	15800	4	3	

续表

项目 年份	为贫困残疾人家庭子女发放助学款		发放残疾人特困补助		帮助就业	福利企业安置残疾人就业	慰问品及现金（包括党员干部爱心助残）		危房改造		其他扶助发展生产
	人	元					人	元	户	万元	
2005	15	14100	44	262800			10	5000			12人
2006	22	21100	45	13620	2		12	6000			
2007	39	41100	296	279350	40	30	15	7500	3		

资料来源：根据长沟镇残联提供的资料整理。

第二节　综合治理的时代特点

长沟镇的社会治安综合治理工作在 20 世纪 90 年代开展起来，它涉及党和政府工作的各个方面，在促进镇经济、政治、文化、社会、党的建设、服务型政府建设中发挥着重要作用，使长沟广大人民群众受益，也体现出农村与城市比较，北京农村与其他地区农村比较，而具有的社会治安综合治理的特点。

一　保障社会安定

（一）社会治安综合治理网络建设

房山区社会治安综合治理委员会成立于 1991 年，到 1999 年，全区有 34 个乡镇成立了社会治安综合治理委员会，其中包括长沟镇。

长沟镇社会治安综合治理委员会办公室设在社会治安综合治理科，组成部门包括党政有关职能部门，按照"谁主管谁负责、谁经营谁负责"的原则，实行齐抓共管的工作机制，落实目标管理责任制。社会治安综合治理委员会与办公室的组成部门每年签订责任书。社会治安综合治理委员会办公室各组成部门，分别有负责特定综合治理工作的领导小组，每年与各村、各单位、企业签订责任书。

长沟镇的社会治安综合治理工作，从内容上看，有党政纵向和横向两个方面。既有各个部门立足本职、互相配合的抓信访、保平安的综合治理；又有司法所、派出所和村级各种组织参与的治保、调解、巡防、重点人教育管理、警务工作于一体的以维护社会治安秩序为重点的综合治理；还有行政各个职能部门针对特定业务，为维护各种安全、进行各种宣传教育、促进人与人和谐、人与自然和谐的内容更加宽泛的综合治理。社会治安综合治理工作涉及了生产安全、交通安全、消防安全、社会治安等方面，又在广泛开展平安镇建设中统一起来，每年共同开展各种综合治理执法大检查 30 次以上。1998 年，根据房山区政府的通知精神，《长沟镇处理重大突发事故（事件）工作预案》（试行）下发。2006 年以来，长沟镇更加重视这项工作，逐渐地制定了各种预案。

截止到 1999 年，长沟镇连续四年被评为房山区"社会治安综合治理先进单位"。

（二）生产安全的综合治理

1988 年，长沟镇成立安全科。1989—1995 年，长沟镇大理石、白云石、云母粉采矿点逐渐达到了 96 家，直接从事采矿的农民有 850 多人，带动了 5000 多名农民就业，也带来了安全生产问题。1992 年，为加强安全生产，镇里以 1 号文件的形式下发了以加强安全生产为主要内容的《矿山开采管理若干规定》，并且把它印刷成小册子，发到每个职工的手中，职工每年上岗前，必须接受 3 天的培训。劳动保护检查科每个星期都要到采矿点进行检查。

1989 年，当时的劳保科科长兼劳保员白书岭，在长沟第二白云石矿（镇办矿厂）进行安全检查时，发现油丝绳毛碴比较多，表面看没有什么问题，但根据经验分析有断裂危险，于是，发出限期改正通知书。工人放假整改期间，油丝绳断裂，没有发生人员伤亡。1995 年 7 月，白书岭到黄源井村白云石矿检查，发现这个矿垂直深度 60 多米，保安柱酥了，要求停产，矿长不同意。他们请了房山区劳动局监察科长庞学贵和主管镇长吴华一起再次检查，发出整改通知书大约 10 天后，此矿塌陷，几十万元的卷扬机等设备埋在了地里，由于没有生产，十几名工人没有受到伤害。当时《北京市劳动保护监察条例》规定，下令停产必须报县级以上人民政府批准。所以，北京市政协人大代表曾来到这个塌陷地，调查研究劳保员究竟有多大权力，可不可以下令停产。

1998 年以后，政府有了安全生产监督管理局。长沟镇成为全国小城镇试点镇，采矿对空气质量、生态植被的影响与小城镇建设不协调。1999 年，时任国务院副总理的姜春云到镇里考察，也提出了有关问题。镇里开始了"紧鞋带"的政策，1999 年，采矿证的有效期由 4 年改成 2 年，使采矿业受到了限制。同时从加强安全生产入手，建立每年春节过后开工前安全验收制度，对存在安全隐患的采矿点，进行整改和关闭，到了 2002 年，采矿点的数量为 17 家，2005 年年底，采矿业从镇里完全退出了历史舞台，使生产发展与环境保护的冲突得到解决。与采矿业同在同退的是非法采矿点的问题，从 1999 年开始，镇里社会管理科、城管队、派出所、电管等部门联合执法大检查，平均每年查处非法采矿点 7 家左右，还采取山洞爆破，在山上断路等方法，在一定程度上使非法采矿者受到了打击。

2002 年，中国共产党十六大召开之后，长沟镇安全生产的指导思想，是以"三个代表"重要思想为指导，从人民的利益高于一切出发，对安全生产管理，站在对人民群众负责的高度，狠抓不放。2003 年 1—3 月的每个星期一下午，社会事务管理科科长给镇领导讲授《劳动法》1 小时。大约从 2002 年开始，在每年 6 月全国"安全生产月"，镇里都在"安全生产月"的基础上，开展"百日安全大检查"。2004 年，镇里成立了安全生产委员会，下设办公室协调有关部门的有关工作，全镇形成了安全生产管理体系。

2004 年，长沟镇"安全生产月"的指导思想是"三个代表"重要思想、以人为本，全面协调可持续的科学发展观，认真贯彻落实《国务院关于进一步加强安全生产工作的决定》（国法〔2004〕2 号）、《安全生产法》和《北京市安全生产条例》，最大限度地消除事故隐患，遏制重、特大事故的发生，积极维护长沟镇的稳定大局，营造关爱安全、关爱生命的氛围，构建和谐长沟，安全生产成为依法治镇的重要内容。当年，有关部门组织了安全生产大检查两次，排除了各单位的安全隐患，对全镇的加油站进行防火检查、整顿和治理，提高了企业安全经营的意识。同时，按照当时实施的《北京市劳动保护监察条例》，把安全生产的重点放在了劳动保护方面。例如，广天塑料袋厂生产用的是硒类原料，加强了对劳动保护情况的监管；首饰盒加工厂手工作业人挨着人、羊绒衫厂机器靠着机器，侧重灯光照明和防火问题的监管。

1989—2006 年，长沟镇安全生产死亡控制指标没有超标。

（三）交通安全的综合治理

长沟镇的交通安全综合治理，从"三个针对"入手。

一是针对全镇群众，开展了交通安全"五进"活动，即进社区、进农村、进单位、进学校、进家庭活动。加强对中小学生、外地来京务工人员、农民、老年人等特种群体的交通安全教育和管理，利用知识竞赛、座谈会、播放专题片、发放文字材料、开设橱窗等多种形式，深入开展形式多样的交通安全教育活动。例如，连续几年，以"迎奥运，共建首都交通文明"为主题，广泛开展交通安全宣传检查。二是针对重点问题，开展宣传、检查、预防工作。长沟镇域内两条主干公路过往车辆较多，镇政府针对"大十轮"超重超载和封闭不严造成的遗撒现象，结合市、区治超限政策，以城管队为主搞好管理，综治办与卸载站各局口单位密切配合，努力从根源上解决问题；以专业运输，交通违法超标和发生重大交通事故的单位为重点，积极制定降低交通违法和预防事故的具体措施，加大对重点单位的监管；建立校车监管档案，与学校签订交通安全责任书，督促学校与驾驶员及学生家长签订交通安全责任书，每月对校车驾驶员进行体检，对校车进行安全检验。三是针对重点时期，开展宣传检查预防工作。结合"春运"、"元旦"、"春节"、"两会"、"五一"、"十一"等不同时期的中心工作，按照上级交通安全工作的统一部署，在各单位内部开展交通安全大检查，消除安全隐患。2006年以后，交通安全工作，更加突出瞄准奥运、守土有责的原则，层层落实责任制，以宣传贯彻《北京市道路交通安全防范责任制管理办法》为主要内容，以"迎奥运，共建首都交通文明"和"迎奥运、讲文明、树新风"为主题，以"五整顿"和"三加强"工作为载体，坚持目标管理，全面落实交通安全监管责任，大力加强事故预防工作，不断提高交通安全防范能力，结合本镇实际，营造有序、安全、畅通的交通环境。

1989—2006年，长沟镇交通安全死亡控制指标没有超标，交通事故控制起数也在范围之内。

（四）消防安全的综合治理

长沟镇有重特大火灾应急处置预案，2000年以来，每年都有火灾隐患整治专项行动、冬春季防火专项行动、夏季防火专项行动、"119"消防宣传月行动。从2004年开始，每年联合检查5次以上，制定了《房山区长沟镇限期整改通知书》。围绕消防隐患，2005年下发通知书30份、2006年下发4份、2007年下发12份。每年的重大节日、重大活动和"119"消防宣传月期间，全镇各村和各单位都有宣传活动。镇里每年在长沟大街的宣传咨询活动达5次以上。

"京南第一集"的主要交易市场位于长沟镇中心区的西长沟村，每到集日，人们穿流于各个店铺、摊位之间。市场内原有店铺420间，呈"川"字形分布于道路两侧和中央，15米宽的道路分成了两条仅3米宽的小路，连接于道路两侧和中央的商铺，一旦发生火灾，无法进入救援车辆。2006年，长沟镇社综科对此提出了整改意见，经镇长办公会研究决定，拆除了被加上的一排房子，并且加设了消防设施。2008 年，经镇长办公会研究决定，拆除位于市场中间位置的商铺。拆除工作在 2008 年 3 月 3 日完成，共拆除店铺 122 间。失去店铺的商户全部得到了妥善安置，没有出现上访事件。

2005 年，长沟镇成立了一支义务消防队，有水车一辆，组织了一支由 40 岁以下的男性、共 31 人组成的镇机关半专业化扑火队，组织了一支由 35 岁以下的男性、共 10 人组成的长沟镇半专业化扑火队巡查队（镇城管分队），不定期地在重点地方进行防火演习。

长沟镇成立了烟花爆竹管理领导小组，下设办公室。每年的有关工作大致分为三个阶段。第一阶段，12 月上旬，镇政府召开辖区内各村和各居委会、驻镇单位、辖区内企业主要负责人专题会，学习有关规定及市区有关文件，并由负责人回到本单位进行传达，以达到家喻户晓、人人皆知的目的。领导小组召开成员单位专题会，进一步明确职责分工。各单位利用会议、广播、板报、横幅等形式对公民进行专题教育，在辖区内广泛开展"禁放"改"限放"的目的意义，引导广大群众树立安全第一的意识。第二阶段，元旦前，领导小组听取各单位宣传情况汇报。镇综治办搜集、制作宣传品，各成员单位共同参加在长沟大集进行的"限放"宣传。驻镇交通局和交通队的两个检查站检查过往车辆，发现非法运输烟花爆竹的，立即没收并及时上报，派出所、镇城管队在巡逻中加强其他路口检查，发现非法运输行为的，当场处理，并及时上报。工商所和城管队，坚持销售网点的日常三查：查销售单位是否经过上级审批同意，查营业员是否经过专门培训，查所售烟花爆竹是否有防伪标识。出现问题必须先停业，并没收，经上级批准再做最后处理。镇综治办接受群众来信来访，公布举报电话，经查属实的举报，适当给予奖励。综治办、派出所、城管队日常检查禁放区的管理工作，发现问题及时处理。第三阶段，正月十五后，及时对各烟花爆竹销售点的剩余货物进行督促交回。为了应对突发事故，日常监督检查由综治办牵头，城管队、派出所在巡逻中发挥监督检查作用，镇政府带班和值班人员坚守岗位，卫生院加强节假日值班，镇义务消防队员时刻保持临战状态，水车司机保证水车里随时有水，派出所随时准备出警。

1989—2006 年，长沟镇消防控制指标没有超标。

（五）具有北京特色的安全保卫工作

2000 年以来，长沟镇根据上级精神，加强每年全国"两会"、"十一"、全国党的代表大会、国家重大外事活动期间、奥运会准备期间的安全保卫工作。它涉及了人口管理生产安全、交通安全、消防安全、社会治安、信访排查、司法调解、普法教育、维护秩序、打击犯罪等社会综合治理的方方面面，具有北京乡镇特色，使广大长沟群众和周边群众受益。到 2007 年，形成了针对每年特定期间的社会治安综合治理工作方案、交通安全工作方案、安全生产工作方案、消防安全工作方案、出租房屋和流动人口工作方案，每年根据不同期间的具体情况进行调整和完善，制定每个具体期间的工作方案，签订不同部门和行业的责任书。

政府各部门一方面深入进行广泛的宣传教育，营造关爱生命的安全文化氛围，教育群众家庭自防、邻里互望，普及群众性的自防、自救、互救及逃生知识，提高各类人员的自防自救和互救能力。另一方面对供水、供电和供气等部门，加强监督检查、检修和维护工作，确保安全。有关部门深入到车间、矿山开采地、公园景点、人员密集场所、重点水域等重点场所、重点部位和重点环节，把宣传和找问题相结合，查找事故隐患和安全生产的盲区和盲点，发现问题，立即制定整改实施方案。

针对每年主要节日期间，旅游和走亲访友人员增加，安全工作更加复杂的实际，长沟镇健全机制和应急救援预案：一是节日期间信息沟通和事故响应联动机制，坚持做到 24 小时领导带班值班制度，一旦发生事故或遇到紧急情况，领导和有关人员要按规定及时赶赴现场组织抢险和处置，妥善处理事故善后工作，确保社会稳定。二是节日期间生产安全事故的预测和预警机制，制定和完善有针对性的事故应急救援预案，并组织演练，落实各项条件，有效组织事故施救。

2007 年，为落实"平安奥运行动"工作，长沟镇成立了"平安奥运行动"领导小组，发挥党组织统一领导，政府部门分工负责，以领导责任制为龙头，层层落实奥运安保工作责任。实行属地管理责任制、责任追究和倒查制，社会力量协同，人民群众广泛参与，按照"社会稳定，赛场安全，形象文明"的要求，专群结合，群防群治，推进社会面安全保卫工作，落实"大事不出，小事减少，管理严格，秩序良好"的目标，积极为奥运会安全保卫做服务演练准备。

二 化解社会矛盾

（一）调解工作和"两劳"人员安置帮教工作

2000 年之前，长沟镇的司法科，由镇里和房山区司法局双重领导，人员编制在司法所。司法所的调解工作情况：1997 年，受理民事纠纷 95 件，调解率 100%，成功率 98%，防止矛盾激化 5 件，避免了 53 人可能出现的伤亡；1998年，受理民事纠纷100件，调解率100%，成功率98%，防止矛盾激化3件，避免了15人可能出现的伤亡；1999年，受理民事纠纷68件，调解率100%，成功率96%，代理各类经济案件56件，避免经济损失100万元。

2001年，北京市司法局要求各区镇乡成立司法所。长沟镇在2002年成立了司法所。2003年，司法所调解民事纠纷35件。2004年，司法所调解纠纷256件，2005年受理矛盾纠纷113件，成功调解111件，获得北京市司法局授予的北京市司法行政基层建设工作先进司法所称号。

2003年，长沟完成全镇19个人民调解委员会的规范化建设，每月25日召开民调主任例会。

长沟镇司法所和人民调解委员会的调解工作，坚持把矛盾纠纷排查调处作为工作重点，坚持"早发现、早解决"的工作原则，按时召开民调主任例会，利用以会代训的形式，对调解主任进行业务培训，帮助他们掌握调解技巧。同时司法所全面掌握全镇各村矛盾纠纷的类型和调解进度，督促村调委会及时把矛盾纠纷化解在基层。特别是对南水北调沿线几个村的各类矛盾纠纷，司法所积极参与调解，与村委会一起研究落实南水北调的有关政策，做好当事人的思想工作。

"两劳"人员安置帮教工作是维护地区稳定，维护社会治安，防止刑满释放人员重新犯罪、重新造成危害的重要日常工作。2006年，长沟镇司法所完善了村级安置帮教工作的各项规章制度，确保各项工作依法进行，及时建立帮教组织，建立帮教档案，建立监督员，制定帮教计划，定期走访，掌握情况。当时，长沟镇共有刑满释放人员78名，基本上做到了"底数清、情况明"，对人户分离人员，各村和各居委会的帮教组织通过找到他们的工作单位和住址，开展有关工作。

2007年年初，长沟镇司法所建立了刑释解教人员帮教小组。2007年5月，根据北京市安帮办《关于实施刑释解教人员分类帮教的工作意见》的通知要求，全面加强帮教安置工作，结合对刑释解教人员的调查摸底情况，开展了刑释解教人员的分类管理工作。

按照市司法局提出的法律服务进社区的工作要求，长沟镇司法所与北京博维律师事务所联合为新农村建设服务，建立了12个村级法律服务室，定期深入各村提供法律服务，按照市、区工作要求，成立了镇级残疾人法律援助站。

（二）信访办和政府的信访工作网

2002 年，长沟镇在全房山区第一个成立了镇级信访接待室，由 4 位工作经验较多的老同志组成，形成了社保所、信访办、司法所集中办公的"一站式"服务。2002—2007 年期间，信访工作多次受到市、区有关部门的奖励和表扬。2002—2005 年，未发生一起到市、区集体访事件，在镇村解决了一系列群众上访问题。

长沟镇成立了镇社会矛盾调处工作领导小组，组长是镇党委书记。镇党委安排 5 名副职领导轮流值班接待群众来信来访，并实行首接责任制，谁首先接待就由谁负责督办解决，一包到底，变每周一次的"信访领导接待日"为"天天领导接待日"。

按照上级构建"统一领导、部门协调、统筹兼顾、标本兼治、各负其责、齐抓共管"的信访工作新格局等精神，全镇形成了社会矛盾"三级"调处网络体系：一级长沟镇社会矛盾调处中心；二级社区、村调解站；三级农村、社区基层调解员。建立和完善了社会矛盾调处工作体系，形成了以党委、政府统一领导，社会矛盾调处中心具体运作，职能部门共同参与，社会各界整体联动的社会矛盾调处工作格局，努力实现"三不出"、"两化解"、"两个零指标"的工作目标。"三不出"，即小矛盾不出村（社区），一般矛盾不出镇，大矛盾不出区；"两化解"，即把矛盾化解在基层，化解在萌芽状态；"两个零指标"，即群体性事件零指标，越级集体上访和非正常上访零指标。

社会矛盾调处中心，是镇社会矛盾调处工作领导小组的常设办事机构，信访办公室作为领导小组下设的办公室，负责社会矛盾调处中心的日常管理、组织协调等工作。社会矛盾调处中心由党政与群众联系紧密的部门组成，按照部门的工作权限，负责对有权处理或做出解释的社会矛盾进行调处。经镇社会矛盾调处工作领导小组同意，镇社会矛盾调处中心与群众反映问题涉及到的科室及时沟通，对较复杂的问题有关责任科室及时到达镇社会矛盾调处中心。针对重点工作，重点工程建设期间出现的重点矛盾纠纷及全镇排查的重点矛盾纠纷，组成镇工作指导组，深入基层办公，指导和督办重点矛盾纠纷的调处化解，所有入住单位要服从镇工作领导小组的统一安排调度。

全镇各村、各单位成立了农村、社区调解工作站，负责本单位的社会稳定工作。农村调解工作站站长由村党支部书记或村主任担任。社区调解工作站站长由居委会主任担任。农村调解工作站与同级人民调解委员会合署办公，社区调解工作站与社区事务办理站合署办公，并按照人民调解委员会和社区事务办理站的运行方式展开工作。

设置农村社区基层调解员，由全镇 19 名专职治安员兼任，镇各企事业单位参照执行。镇党委与各村支部书记签订信访目标管理责任书，实行越级上访一票否决，并将考核结果作为村党支部书记年终考核的主要内容。

按照上级要求，建立健全了《长沟镇党政领导包案制度》、《长沟镇信访和排查调处责任追究制度》、《长沟镇信访督察制度》等信访工作制度。

（三）群众信访和信访工作的基本情况

2003 年，长沟镇历史上出现了第一次上访高峰，问题集中在建筑工程的层层承包中，由拖欠工人的工资问题而产生。某建筑公司有 6 个承包组，欠农民 110 多万元的工资，涉及 970 位农民。2003 年元旦过后，第一批 47 位农民到了镇政府，要求解决拖欠工资的问题。镇政府解决的结果，使其他的农民看到了希望，于是，又有 4 批农民找到政府，在政府的协调下，这些农民在 2003 年春节前，全部拿到了被拖欠的工资。在这个过程中，出现了一例承包者雇人打工人，使工人住院 20 多天的事件。2004 年元旦过后，又出现了 50 多位农民集体找政府要工资的情况，这件事在政府的协调下，于 2004 年春节前得到了解决。

针对群众上访的问题主要集中在土地征占、企业改制、劳资福利、拆迁补偿、环境污染、干群矛盾、农村低保、宅基地纠纷、家庭生活困难等方面，长沟镇努力正确处理"四个关系"、密切关注"五个方面"的重点事和重点群众。

"四个关系"：经济发展与群众利益的关系、耐心调解与正确执法的关系、查办案件与维护权益的关系、个别人利益和广大群众利益的关系。例如，镇实施云居寺两侧千亩绿化工程，六甲房村地段 18 家石渣厂需要搬迁，厂主要求镇里提供一个适当场地，镇党委考虑到他们的困难，同意在不影响土地规划和旅游秩序的前提下，为其建设加工小区。于是，一个月中，18 家石渣厂全部搬迁完毕。

密切关注"五个方面"的重点事和重点群众：一是密切关注 2005 年开始，因南水北调工程而产生的信访工作量增大（占信访总量 60% 的情况）的重点事。这项工程经过长沟镇 5 个自然村的 436 户，涉及农民的地上物补偿和爆破避险费问题。二是密切关注对土地确权工作存在误解的群众。通过板报、横幅、入户发放宣传材料等形式进行宣传的同时，选派由主要领导带队，负责信访接待的人员和包村干部深入群众家中进行讲解，及时解决矛盾。三是密切关注外地务工人员。镇劳动安全部门不定期深入企业检查农民工生产操作、居住饮食等方面情况，并积极与企业协调，确保农民工工资及时发放。四是密切关注对政策调整、历史遗留问题不理解的群众。信访办采取定期培训与不定期走访相结合的方法，加大政策法规教育和深入群众家庭排解矛盾的力度。五是密切关注社会解矫人员。采取定期回访，开展法律知识培训，组织义务劳动、分析思想汇报等形式，及时了解解矫人员的思想动态。同时，开展建立解矫人员档案，促进他们就业等工作。

针对突发性信访事件中，多数群众情绪非常激动的情况，长沟镇在行动上突出稳、快、准，努力及时反应，理解群众、安慰群众、合理合法解决问题。例如，2007年3月，南水北调工程经过镇西甘池段，因施工单位的违规爆破，造成8名村民受伤。事发后，镇党政主要领导立即赶赴现场，组织救治受伤村民，配合公安机关调查取证，上报有关情况，召开聚集到镇政府的30余名受伤家属和村民会议，通报责任追究情况和受伤村民情况，缓解了群众的愤怒情绪，3个小时内有效地解决了问题。

针对问题比较复杂、集体性问题，长沟镇一是信访领导小组定期听取案件处理情况汇报，引入群众代表听证程序，坚持专题听证会制度，消除群众误解；二是实行法律援助和法律服务制度，信访办和司法所集中办公，方便司法助理员和律师为群众提供相应的各种服务。主要通过这两种途径解决提高信访问题的效率和村民对信访答复的认同问题。例如，因南水北调工程爆破震房问题，镇信访办多次答复群众"已经上报到区有关部门，现在正积极协调这一问题。"但村民先后3次20余人群体访。于是，镇里邀请区、市有关部门和施工单位等，在西甘池采取听证会的形式与村民面对面解答问题，村民听到了领导的关注和事情进展情况，转变了态度。

针对集体上访、越级上访，努力在初次信访一次性彻底解决问题。为此，长沟镇坚持"三个必须"：收到第一封来信，必须立即妥善处理并给予回复；接待群众首次来访，必须耐心听取陈述并妥善做好工作；做出处理意见时，必须不留后遗症。例如，针对8名老同志来访反映1957年响应国家"支援农业生产第一线号召的人员"，2007年生活困难补助费提高的政策落实问题，镇信访办进一步调查，了解到镇里共有这样的老同志 21 人，并与昌平公路局协调，得到了补发补助费的答复。

在努力落实"四个针对"中，长沟镇成立了重点矛盾排查领导小组，针对重点人和重点事，逐村排查分析，把信访工作落实到日。一是各村信访员每日向镇信访办通报村内治安、民事纠纷情况，做到当天矛盾当天解决。二是信访办人员、包村干部每周至少下村一次摸排情况，重点排查"老案"、"要案"，发现苗头及时解决。三是每月定期召开工作例会，总结工作，部署任务，促进好经验、好做法及时推广。四是信访办每季度向党委汇报一次全镇的情况，为党委的各项决策提供依据。五是信访工作人员半年至少撰写一篇以加强信访为主题的调查报告，加深对信访工作的认识与理解，研究解决矛盾的新方法。六是突出重点时期的信访预防，加强对全国"两会"、"十一"等重大敏感时期的信访矛盾排查力度。

长沟镇信访办认为，《信访条例》的颁布实施，对信访办理时限有了明确规定，增加了基层信访工作的难度，有些工作没有及时公开，也造成部分群众对镇、村两级的误解和不信任。例如，南水北调工程在补偿过程中，个别人对政策不了解、对村干部有偏见，捏造出一些谎言；有的基层干部考虑不周全，语言简单粗暴，使小事激化，有的基层干部缺少责任心，处理信访问题不主动；有的信访问题需要两个以上职能科室协调解决，配合不到位，降低了办事效率；这些都是产生越级访的原因。

长沟镇通过宣传教育，提高干部的责任心、政策法律和办事能力。例如，六甲房村针对群众反映的吃水难问题，党支部书记带领"两委"班子连续 3 天调查摸清具体情况，使问题得到妥善解决。镇党委先后总结宣传了西长沟、坟庄等村党支部书记求真务实、勤政为民的事迹，开展学样板、树标兵活动，坚持用身边的先进典型教育干部群众，收到了良好效果。针对工作不透明，群众不信任、有疑虑问题，坚持推行村务公开制度，各村每季度向群众公开一次电费收缴、工程费支出等情况，做到经常性工作定期公开，阶段性工作逐段公开，临时性工作随时公开，专项工作重点公开。在坚持"村账镇审"、"村支部书记离任审计"的基础上，对全镇 18 个村全部实行"村账镇记"制度，切实加强村级财务管理，有效杜绝了不合理开支。积极推行阳光工程建设，坚持集体决策，代表监督，实施工程招投标，增加工程款使用的透明度。

表 13 - 5　　　　　　　　　　长沟镇信访办工作统计报表

各指标	2003 年	2004 年	2005 年	2006 年	2007 年上半年
到乡镇 5 人以下来访（批、人次）	51 批 52 人次	41 批 48 人次	31 批 42 人次	29 批 34	来访 22 件，26 人次
到乡镇 5 人以上集体访（批、人次）	3 批 160 余人	8 批 335 人	3 批 31 人次	8 批，126 余人	2 批，43 人次
到区 5 人以下来访（批、人次）	0	0	0	0	0
到区 5 人以上集体访（批、人次）	0	0	0	J	0

资料来源：由长沟镇信访办提供。

长沟镇的社会治安工作将关口前移，通过矛盾排查、建立领导信访接待日制度、干部包村制度、重点人员台账制度和制定敏感时期信访预案等有效措施，连续八年实现了"小事不出村，大事不出镇"的目标，有效地防止了越级访和群体上访的发生，为经济社会发展提供了良好的社会环境。

第三节　社会治安的标本兼治

一　二十余年的普法和十余年的依法行政

（一）"一五"至"五五"普法的基本情况

我国 1985 年开始"一五"普法工作，长沟镇在"一五"普法和"二五"普法期间，组织广大干部和群众主要学习《宪法》、《刑法》、《民法通则》等改革开放后，国家制定和修改的一批法律。1993 年，国家把家庭联产承包责任制写入《宪法》，长沟镇把有关农村土地承包政策的学习，与《宪法》的学习、与地方性农村家庭联产承包法规的学习结合到了一起。两个时期普法，特别是"一五"普法，长沟镇广大干部和群众处在学习和探索阶段，包括对普法必要性的认识，采取什么样的方式学习，怎样处理学习与工作的关系等，一系列思考和实践都为进一步的普法打下了基础。

"三五"普法期间，镇机关干部、村三委干部主要学习邓小平《论民主与法制》和《学习邓小平民主与法制思想》、《行政处罚法》、《行政诉讼法》、《土地管理法》等内容。镇级领导干部坚持学法制度，学法内容列入中心组学习日，每年两次。自学每年每人学法时间 6 个工作日，机关干部以自学为主，村三委干部采取以会带训的方法，每月 5 日村委会例会、25 日民调主任例会，结合工作特点学习。各村将《村民自治章程》、《民主制度手册》印发到户，镇里以有线广播为主，录制宣传带到各村播放，贴标语口号、设咨询站、动用宣传车，宣传与群众生产生活密切联系的法律法规。例如，宣传爱护树木、依法砍伐，宣传依法防火、禁止违法建筑等。

2001 年，《长沟镇统计法宣传教育第四个五年规划的实施规划》出台。在"四五"普法的宣传教育阶段，长沟镇首先建立了领导干部学法用法制度，坚持每周一上午镇长办公会前学习法律 30 分钟，先后学习了《宪法》、《行政诉讼法》、《行政复议法》、《农村土地承包法》等法律法规；建立了领导班子学法手册，记录学习内容和考试成绩，领导班子研究重大政策、重大事项时，首先学习有关法律；面向主管镇村两级领导、镇村统计人员，重点学习《统计法》及其实施细则和《北京市统计管理条例》等统计法律，学习《行政处罚法》、《行政监察法》、《行政诉讼法》、《行政复议法》、《国家赔偿法》，认识统计法律在统计工作中所起的重要作用，努力提高依法行政、依法统计的能力和水平，实现领导方式和管理方式的转变。

面向广大群众的法制教育。在 2002 年，主要还进行了《四五普法规划》、《依法行政》讲座，为确保社会治安稳定，刑满释放人员及矫正对象不重新犯罪，对镇里 2000 年以来的 37 名释放人员进行回访，对生活、工作无着落的人员进行安置帮教。在 2003 年，以宣传《村民委员会组织法》、《珍爱生命、拒绝毒品》、《预防非典法律知识问答》、《合同法》、《公证知识》、《农村土地承包法》、《新婚姻法》、《老年人权益保护法》等法律、法规为主。

每个政府工作部门都把法制宣传作为依法行政的重要内容。例如，"四五"普法期间，依法治镇领导小组制定了《关于 2002 年期间加强外地来京务工经商人员法制宣传教育工作计划》，将法制宣传教育纳入各单位、各部门的管理责任制中，组织外地来京务工经商人员学习国家基本法律和北京市有关外来务工经商人员管理的法规规章，学习与维护首都政治稳定增强城市服务功能以及举办 2008 年奥运会密切相关的有关社会治安、环境保护及城市管理等方面的法律法规，学习首都市民文明公约以及与外来务工经商人员工作生活密切相关的有关婚姻家庭、计划生育、交通安全、社会保障及禁毒等方面的法律法规。以建筑企业和矿山工作地的来京务工经商人员为重点对象，以集中教育为主要形式，坚持岗前培训与用工过程培训相结合，不断充实培训内容，增强培训效果。

2006 年年初，北京市司法局授予长沟镇北京市"四五"普法先进集体荣誉称号。

2006 年，《长沟镇"五五"普法规划（2006—2010 年）》出台，明确各村、部门的工作责任，为普法工作的顺利开展提供依据。同时，成立了镇普法领导小组，加强对普法工作的领导。成立了镇"五五"普法讲师团，分别成立了 18 个村以民调主任为主的普法宣讲组，健全了法制宣传网络。"五五"普法以来，坚持镇各执法部门和镇党政班子周二政治学习，镇、村、组三级干部大会学习法律制度。2007 年，建立了各村法律服务室。

（二）促进普法科学发展的几项措施

"四五"普法以来，长沟镇总结经验，采取了六项主要措施，努力使普法工作科学发展，迎接"五五"普法的挑战。

一是坚持加强队伍建设，定期组织培训法制宣传教育工作者，鼓励和引导律师、公证员、基层法律服务工作者、人民调解员为人民群众提供法律咨询和帮助，在法律服务过程中宣传法律。

二是坚持加强法制宣传教育理论研究，调查研究普法出现的新问题，努力探索和把握新时期法制宣传教育的规律，发现和培育各类典型。例如，每年春节后大批流动人口返回和到来时，加强对他们知法、守法的引导。2004—2005 年，共开展法制教育 4 次，受教育流动人口 2000 人，无一起外地人违法的案例出现。

三是坚持加强法制宣传教育载体的建设，结合农村实际，采取喜闻乐见，寓教于乐的多种方式进行普法教育。例如，坚持"三到家"、"三下乡"。"三到家"：即开展学法活动，把法制教育读本（资料）发到家；利用农村家庭户主会宣讲法律法规，把法律知识带到家；发挥农村共产党员、村干部、普法骨干、共青团员和高年级学生的作用，把法制宣传送到家。"三下乡"：即法制图片展览下乡，法制文艺演出下乡，法律咨询服务下乡。

四是坚持完善党委领导和全社会参与的法制宣传教育机制，认真实施普法规划，开展宣传发动阶段、组织实施阶段、检查验收阶段的工作，完善领导小组及其办公室例会制度，镇党委和政府将法制宣传教育纳入全镇重点工作中。

五是坚持针对不同人的情况确定法制宣传教育的内容和形式。加强镇、村、企业领导干部的法制宣传教育，推进领导干部法制教育制度化、规范化。重点搞好对青少年的法制宣传教育和法制教育阵地建设，提高中小学法制课堂教学质量。结合依法治社区、依法治企，按照属地管理和"谁用工，谁管理"原则，组织外来人员普法学习。

六是坚持配合不同时期的工作重点进行法制宣传教育。例如，针对"打黑除恶"整治，深入宣传了有关法律法规，形成配合派出所开展专项整治工作和追逃工作的环境。2006年，结合新农村建设，针对重大工程建设，入村进行法律宣传教育5次，受教育4000余人次，上街法律宣传2次，接待法律咨询230多人次。

（三）十余年来依法行政的基本进程

中国共产党十五大提出依法治国，建设社会主义法治国家。1997年，长沟镇制定了依法治镇和社会治安综合治理的五年规划，建立了组织机构，包括普法领导小组、依法治镇领导小组。从1997年开始，镇党委、政府每年与各部门和各村签订《社会治安综合治理责任书》。1999年，镇机构改革中，成立了综治科，健全了各村民调、治保组织，并且成立了联防队伍，初步形成了依法治镇的组织网络，从推进责任制、依法行政、普法教育为切入点、以创建文明村为载体，把重点单位、外来人口管理、重点人管理、化解各种矛盾、预防犯罪为重点，开始了系统地综治工作。

2000年，《长沟镇2000—2002年依法行政实施方案》出台，并且成立了由镇党委书记为组长的依法行政领导小组，由镇人大负责对镇依法行政工作进行全面监督考核，各行政科室按照工作职责范围和依据国家法律法规制定的规范性文件，由党政办公室从合法性、必要性、可行性、规范性上审核把关，报镇长办公会讨论通过，报区有关部门批准备案，方可实施。

长沟镇坚持把依法行政与普法结合。例如，"三五"普法期间，把依法治村同农村基层政权建设、两个文明建设统一起来，各村制定了《依法治村章程》、《村民自治章程》，使依法治村工作不仅规范化，而且实效化，解决了群众关心的热点、重点工作，各村党支部制定了干部自律"十不准"，村委会制定了村政事务"八公开"，培养出了一批普法教育、依法治村、依法治村、依法治厂、依法治矿、依法治校的典型。

2002年以来，长沟镇坚持依法科学决策，提高依法行政质量。一是坚持依法科学规划，完成了《长沟镇镇域总体规划》、《长沟镇中心区控制性详细规划》和《长沟镇环境保护规划》的编制工作，获得了市规委的批复，形成了科学的功能分区、畅通的交通网络、完善的水景绿地的北京系统规划，为长沟小城镇的可持续发展奠定了坚实的基础。二是为依法决策、科学决策、民主决策，镇重要决策事项，均有法律顾问、相关专业专家参与，实施法律顾问制度。例如，南水北调工程涉及镇里五个村的436户，沿线地形地类复杂，从地上物的核实、补偿，到具体拆迁工作的实施都存在着很多困难，镇制定的实施方案等都通过了法律专家的反复研究论证，镇还为工程沿线5个村聘请了法律顾问。

2006年年初，长沟镇成立了由党委书记任组长，镇长任副组长的行政执法责任领导小组，各行政执法部门进一步健全了制度，明确了责任，严格执行《科级干部管理制度》、《村务公开管理办法》、《镇综合管理制度》，分别建立了各部门工作人员守则，制度上墙，公开督促，制度约束，目标管理，阶段检查，年终考核，兑现奖惩；建立健全了镇各个部门公开办事制度，设置政务公开栏，规范工作内容，机关各部门的办事依据、范围、责任、程序、处罚办法、行政事务收费依据和标准等上墙；在减轻农民负担方面，督促各村在村务公开栏中公开村级财务收支、计划生育指标等情况，特别是招待费的支出情况，并在各村民小组文化室墙上设置公开壁，增强村务的透明度。几年来，全镇没有发生因为执法决定不准确、执法行为不文明等造成群众来信来访案件。

二　探索中的社区矫正

（一）明确责任、提高水平和配合工作

社区矫正，是一种新的刑罚执行活动，是利用社会资源教育矫正罪犯的行刑方式，是一项社会性的工作。

2003年7月，在房山区被确定为全市矫正工作试点后，有两名狱警入住，负责指导西南五个乡镇的矫正工作，努力探索和实践适合农村的社区矫正工作模式。

被确定为试点之后，长沟镇的社区矫正工作启动。镇司法所和综治办一起办公。镇党委召开专门会议，成立了长沟镇社区矫正领导小组，制定了长沟镇社区矫正工作方案，召开镇理论中心组学习会，由主管镇长组织学习了北京市综治委、首都社会治安综合治理委员会关于《开展社区矫正工作的实施意见》，召集各村村主任、民调主任、治保主任，召开了"镇社区矫正工作专题会"，会上传达了有关社区矫正的规章制度，对村一级的社区矫正工作明确责任，并利用以会代训的方式进行社区矫正知识的培训，会后下发了社区矫正的有关规定和宣传材料，要求村委会在村民当中进行宣传，使人民群众能够了解社区矫正。在镇政府的月刊上辟出一个"社区矫正工作答疑"版面。

努力学习，配合工作。2003—2007年，为了提高业务水平，有关部门的同志反复学习《北京市社区矫正工作100问》、《北京市社区矫正培训教材》等相关书籍。镇司法所、派出所、综治办配合工作。例如，社区矫正试点工作开始之后，一些以前在派出所被管制的对象转到了司法所。某矫正对象一直不报到，不写思想汇报，不接受教育矫正，不参加公益劳动，司法所多次了解情况仍下落不明，就与长沟派出所联系，发送了查找矫正对象的建议书，由派出所协助查找。

长沟镇的矫正工作进展平稳。2003年7月，社区矫正在长沟镇开展的当年，司法所接收矫正对象6名，男5人、女1人，缓刑5人，剥权1人。到2006年，共接收矫正对象36名，男33人、女3人，缓刑29人，假释2人，剥权4人，保外就医1人。截止到2007年11月10日，共有矫正对象15名。犯罪类型：盗窃3人，故意伤害2人，交通肇事2人，诈骗2人，故意杀人1人，寻衅滋事1人，剥权1人，抢劫2人，窝藏、销售赃物1人。司法所对社区矫正对象进行心理分析，认真制定了矫正计划，并且有完整的档案记录。2007年，社区矫正工作成绩突出，22名矫正对象全部按期解矫。

（二）依法矫正、严格管理和热心服务

社区矫正是一项执法行为。长沟镇司法所坚持刑罚执行的本质属性，在日常工作中对矫正对象严格管理，体现法律的威严，使他们能够重新反省自己原来的犯罪行为，逐渐自觉接受矫正。在开展试点工作以后，矫正对象第一次报到必须有村主要领导、矫正对象监护人陪同，进行谈话教育，写保证书，填写监护人基本情况登记表。司法所与村居委会、矫正对象本人、监护人签订责任书。矫正初期，矫正对象首先在司法所学习一周，通过考试后，按照规定，每月电话报到四次以上、面对面的教育两次、至少完成10小时的公益劳动。司法所按照矫正对象所处不同等级，制定了矫正对象《思想汇报》书写要求，令其必须按规定时间、次数和书写要求，如实汇报思想。对矫正对象交的思想汇报，有关人员认真阅读批改，当面指出存在的问题。对于错别字现象，司法所为他们准备了字典，严格审查，令其更正重新抄写。司法所不定期地进行家访和电话联系，了解社区服刑人员的生活、思想等方面的动态信息。矫正初期，矫正对象感觉不自由，有的在思想汇报上就提出再也不想被管了。一段时间后，他们逐渐自觉地接受了社区矫正。矫正对象某夫妻是同案，判刑后，妻子压力很大，足不出户，经常患病，夫妻经常互相埋怨吵架，司法所分别与他们谈心，向他们宣传《婚姻法》中夫妻的权利义务，联系区妇女医疗小分队为女方诊治病情，与村里联系，为他们安排工作，生活基本稳定后，夫妻关系得到了改善。

（三）人格矫正的专题研究和个案结构

针对年龄小、自我约束性差的矫正对象，长沟镇司法所制定了专门的矫正计划，从矫正不良习惯开始，逐步影响到他们的心理，进一步转变他们的逆反心理，对他们进行有关法律法规教育和道德教育，努力唤醒他们追求进步的信心和决心。同时，坚持按照矫正制度对矫正对象进行管理，对新接收的矫正对象，分析个性差异和行为特点，对重点人思想不稳定、犯罪倾向严重的进行心理测试，按照测试结果等进行分类管理，制定切实可行的矫正方案，要求矫正对象认真总结接受社会矫正以来的思想和行为变化。

形成矫正个案的基本结构：一是了解矫正对象的自然基本情况；二是掌握矫正对象犯罪的各种原因的背景资料，从矫正对象需要的角度分析与其犯罪有关联的需要结构；三是全部剖析矫正对象心理和习惯行为的主要问题；四是分析矫正对象的家庭支持因素和生活环境，诊断矫正对象的心理活动；五是以心理学人的需要理论为主要矫正理念，分析矫正对象的生活需要、工作需要以及需要；六是努力通过生活和工作等实际问题的解决满足矫正对象的需要及工作过程；七是确定矫正效果，帮助矫正对象进一步明确生活目标，找回自我，转变观念，融入社区，自食其力，使思想和行为矫正初见成效；八是解矫之后工作跟进，把有生活困难等情况的人定为重点帮教对象，适时跟踪回访，通过家访、谈话等形式，继续鼓励他们以积极的态度面对生活，巩固矫正效果。

三　治安防控建设和打击违法活动

（一）派出所队伍建设的历史情况

1948 年 12 月，房山县解放，县公安局由张坊陆续迁入房山城内，该月底公安局建立组织机构，下设 4 个股和长沟等 3 个派出所，任秀成任长沟派出所所长。1949 年 9 月，杨春儒任长沟派出所所长。1950 年 6 月，房山县公安局下属的长沟等 3 个派出所撤销。

1958 年 10 月 22 日，经北京市公安局批准，房山县公安局直属派出所在房山县委下设 7 个工委的基础上，调整建立 7 个派出所，其中有长沟派出所。

1968 年 11 月，北京市公安局军管会以精简机构和干部下放劳动为名，将原市局和分县局的大批干警集中到市公安局 104 农场劳动改造，随即撤销了长沟等 10 个派出所。

1986 年 4 月 3 日，房山县公安局在长沟乡召开了基层基础工作现场会，长沟派出所所长刘旺介绍了他们适应"改革、开放、搞活"的形势，做好基层基础工作的经验，局长苏华在总结中肯定了长沟派出所抓基础工作的经验，要求各单位学习长沟所的做法。

1987 年 6 月 12 日，房山县公安局成立"推进目标管理责任制领导小组"，确定以城关、长沟、十渡派出所为试点单位。

2000 年 12 月 20 日，房山区分局制发《北京市公安局房山分局职能配置内设机构和人员编制规定》，明确了分局的主要职能，设长沟等 20 个派出所为副处级派出所。

（二）派出所设施建设情况

2007 年年底，长沟派出所有政委 1 人、所长 1 人、副所长 1 人，治安警 6 人、社区警 4 人、行政内勤 1 人、户籍内勤 1 人，共 15 人，全部大专以上学历。

2000 年以来，长沟镇派出所在加强队伍建设方面做了一系列工作，不断制定完善了各种制度 22 项，包括建立健全监督制度，不断加大党风廉政建设，突出教育、制度、监督工作并重。

例如，开展向天安门分局学习活动，领会"天安门警察精神"的核心，努力实现"执法为民，争创一流"的要求，进行"珍惜职业，把握人生"的主题教育活动，查找自己工作中的差距。根据上级要求，聘任特邀警风监督员，反映民警执法中的作风情况，帮助派出所解决实际问题，向社会开展警务宣传等。制定了《苦练基本功方案》，围绕"三懂"、"五会"，即懂方针政策、懂法律法规、懂业务知识，会擒敌自卫、会执法执勤、会管理服务、会群众工作、会计算机应用的练功目标，重点抓民警应知的基本知识、应会的基本技能、应有的基本体能的训练。

2000—2007 年，房山区内群众送给长沟派出所锦旗 18 面。2000 年和 2005 年，长沟派出所分别获得房山区消防先进单位称号。2006 年，在"服务型机关"创建活动中，长沟派出所获得镇文明标兵称号。2006 年，根据上级的指示精神，长沟派出所通过各种考核，招收了 24 名治安员，治安员对辖区各种治安工作开展调查摸底工作，在限养执法、二代证办理、提供线索破案方面发挥了作用。

1989 年，长沟派出所有 1 辆三轮摩托，6 名治安警、4 名责任区警全部配有自行车。2006 年年底，派出所辖区内的各重要路段、出京路口技防措施安装完毕，电脑人手 1 台，警用车 2 辆、地方车 4 辆，治安民警、责任区片警、治安组长每人 1 台通讯电台。

（三）治安工作"四张网"的建设运作

"四张网"建设指的是实体网、虚拟网、社区网、巡逻网建设。实体网建设包括了社区防控和巡逻防控。虚拟网建设指的是运用科技管理手段形成治安防护网、特种行业管理信息。例如，长沟镇旅店业入住人员的信息，从治安管理的角度看基本覆盖。社区网建设，长沟镇主要是建立警务工作站，在这个基础上，加强个警务责任区之间的联系，定期召开案件分析会，调动居委会、村委会的积极性，使它们主动投入到治安工作中，调动广大群众的积极性，成立自愿维护社会治安组织，群防群治。

加强农村治安防控体系建设。一是巡逻网建设。派出所成立起就有巡逻的工作，这项工作得到重视和规范化是从 2003 年开始。从北京市看，北京市公安局、北京市房山区公安分局到长沟派出所形成了大的巡逻网，有巡逻路线和工作流程规范，市局统一制定了巡警一日工作流程，包括岗前准备、上岗值勤、岗后总结三个方面和若干具体工作。长沟镇派出所根据"三高"情况，制定具体的巡警路线，包括巡控路线和停靠点。巡控路线：长沟交通检查站往南到双磨村的 7—8 公里为一巡控路线，它是镇里的主要大街，繁华场所集中的地方，店铺众多，易发生治安案件。停靠点：包括长沟中学、金融网点（邮政储蓄所、农行长沟支行、农村商业银行）、政府门口、京南第一集。例如，巡逻车每天下午在长沟中学放学时间停在那里 20—30 分钟，应对治安情况。二是社区网建设，一方面是加强内保工作，对教育、卫生、金融等内保单位的内部日常安全保卫工作进行指导，与有关的单位和企业签订治安保卫责任书，明确单位和企业应该履行的治安责任。另一方面就是加强国保工作。积极构筑"乡乡有组织、村村有队伍、户户有人看"的农村治安防控网络，开展治安巡逻、护村护院、邻里守望等各种形式的群防群治活动。

巡防工作情况。2003 年，长沟镇派出所共设卡盘查 60 余次，出动警280 余次。2004 年，共设卡盘查 60 余次，出动警 280 余次。2005 年，共设卡盘查 70 余次，出动警 300 余次，查获盗窃车 5 辆，抓获违法和犯罪嫌人37人。2006年年初，由村委会和责任区民警推荐，派出所考核，镇综治科和派出所共同审定，在全镇18个村成立了专职巡防队伍，50名专职巡防员作为村综治站的工作人员，在派出所的直接指导下开展每天的工作，在各自辖区巡逻，维护地区巡防环境。

安全保卫工作。一般要求，5000人的一个行政区应该为一个责任区，有1名区警。长沟镇划分了4个责任区，有4名区警，在每一个区警间建立了一个中心区警站，责任区之间横向联系，每周由责任区警长召开各村治保主任、治保积极分子和本辖区民警参加的辖区基础工作会议，治保主任汇报本村一周基本情况，与本区民警进行工作沟通、案情通报、问题分析、工作研究。在此基础上，各个警长分别向派出所所长汇报，派出所领导研究所里的下一周工作。针对每年全国"两会"、"五一"、"十一"、"春节"的安全保卫工作，从2000年左右开始更加明晰起来，成为了每年安全保卫的重要工作。常住人口部分，一是针对群体访和个人访，由各个行政区的片警深入到村委会开展工作，根据镇信访办掌握的情况，进一步调查有关情况；二是找工作对象正常谈话，了解生产工作等信息。工作对象是指两劳释放人员。暂住人口部分，主要是进行清理整治检查，加强治安巡逻。

消防管理。消防管理实行三级管理，房山区消防局一级管理，分局消防队二级管理，镇里实行三级管理。

（四）专项打击和专项整治的基本情况

案件发生等情况。1997年，发生刑事案件13件，发生治安案件27件。1998年，发生刑事案件16件，发生治安案件22件。2002年，发生刑事案件39件，破案26件，发生治安案件45件。2003年，发生刑事案件37件，破案率90%以上，发生治安案件65件。2004年，发生刑事案件60件，破案率90%以上，发生治安案件83件。2005年，发生刑事案件59件，发生治安案件108件。2006年，发生刑事案件111件，破案率81%以上，发生治安案件526件。

案件类型等情况。2002年以来，发生在长沟镇的刑事类案件以盗窃、入室盗窃居多，治安类案件以伤害居多。从2006年破获的入室盗窃案件看，两名14岁的未成年人盗窃12起。2005年，刑事案件中盗窃案件最多，占到61%，又多系未成年人所为。对于这些情况，派出所每年都有比较具体的分析，例如，在2004年的分析中，认为有主观和客观原因，警力不足、有的基础工作不到位，有的基层治保组织没有发挥作用，流动人口增加，与河北交界、周边废旧收购点比较多，违法犯罪人犯罪后易销赃逃脱等。对此，派出所采取健全组织、与相邻的河北省的几个派出所加强联系、加强巡逻，在京路出口不定时设卡盘查等措施解决问题。对未成年人犯罪，派出所也有分析，例如，家庭情况、教育情况。对此，它们与镇综治办坚持每年到学校宣传法制，配合学校上好法制课等，还通过专项行动解决一定的主要问题。例如，近年来，镇校园及周边持刀侵害学生人身的违法犯罪案件屡有发生，个别学生随身携带管制刀具进入校园。派出所制定和实施了《集中收缴校园管制刀具的工作方案》，采取召开学生大会，法制副校长给学生上法制课、致家长一封信、张贴标语、悬挂标幅和宣传画、以案释法等方式，使学生了解《北京市管制刀具认定标准》等，教育学生远离刀具，爱护生命。

专项打击和专项整治工作，对推进农村平安建设有着重要作用。从两者的区别看，专项打击针对犯罪而言，专项整治包括流动人口、出租房屋、废旧金属收购点、娱乐场所等整治。从两项工作的组织者看，有全国统一的"严打整治"、北京市公安局阶段性的专项工作、北京市房山区公安分局的阶段性专项工作。从这两项工作的具体内容看，具有比较强的针对性。例如，专项打击工作主要根据"三高"情况，即某类型案件高发、某时间段案件高发、某地点案件高发。从两项工作的任务看，每年都有多次。例如，2005年，夏季治安专项打击整治，时间在8—9月，开展了扫黄禁娼专项行动，旧货业、废旧物品回收业、机修业整治专项行动，出动各类执法人员500多人次，与工商部门联合取缔废旧收购业12处、网吧2处、买卖二手手机1处，行政拘留11人。2006年，开展了集中收缴校园管制刀具的专项行动、除恶治乱百日专项行动、通信和电力设施巡逻防控专项行动、打黑除恶斗争暨"惊蛰"专项行动等。

长沟镇加强专项打击和专项整治工作采取的主要措施，是加强治安网络建设和开展排查整治。针对杀人、盗窃、抢劫等侵财犯罪活动，努力快侦快破。例如，2005年3·16重大抢劫杀人案，长沟镇一名出租司机在运营过程中，反抗一名房山城关乘客的抢劫行为被杀害。派出所接到报案后迅速对线索进行排查，几个小时后将犯罪嫌疑人抓获。派出所针对旧货业买卖，针对与河北交界的重要路口，针对学校安全的重点问题、针对生产、交通、消防等各种安全问题进行排查，即围绕重点地区、重点领域、重点单位、重点人群开展排查。边排查边提出整改意见，对需要一定时间整改的，提出阶段性整改目标和措施，落实领导责任和部门责任，限期改变面貌。这些工作由镇长牵头，政府有关部门、村委会、居委会配合。

第十四章

长沟镇未来发展展望

　　根据发展经济学的理论，在市场经济条件下一个区域的发展主要是由以下五个因素决定的，即该地区的历史及现状，当地的外部条件与未来增长的需求，以及当地对于发展所做的决策和努力。长沟镇的未来也将取决于这五个因素的综合作用。对于长沟镇的历史及现状，在前面各章中已有详细的描述，依据长沟镇的发展脉络及发展条件，可以基本把握长沟镇未来的发展方向，并根据发展的条件制定相应的规划。

第一节　长沟镇未来发展的条件

　　从现在起到2020年，长沟镇的发展既取决于镇内现有的条件，自身的努力，也受外部条件的制约，在各种制约条件中，《北京城市发展规划（2004—2020年）》及长沟镇所在的《房山新城规划（2005—2020年）》对长沟镇未来的发展有着决定性的影响。

一　外部条件及变化趋势

　　在未来十几年中，北京市的产业结构及产业布局还将继续调整，城区一部分人口，产业将继续向郊区转移，国内外对北京工业及第三产业投资的一部分也将转向北京郊区，大量的外来人口将进入北京，北京的人口还将持续增长。由于在可以预见的时间内，北京的房价因供求的因素还将持续增长，市区人口的一部分将会选择在郊区居住，推动郊区的建设和发展。在城市中心区产业结构调整的同时，北京郊区各新城会有一个高速发展的时期，这必然带来新城产业结构和人口居住模式的转变，新城的部分产业和人口也将向周边转移，这些都将为长沟镇的发展带来新的商机。

（一）北京市及河北省的发展规划对长沟镇可能带来的影响

根据《北京市"十一五"时期功能区域发展规划》，北京的通州、顺义、大兴、昌平、房山五个区和亦庄开发区为城市发展新区，这一区域"是北京发展高新技术产业、现代制造业和现代农业的主要载体，是北京疏散城市中心区产业与人口的重要区域，也是未来北京城市发展的重心所在"。根据这一规划，在北京城市的四个功能区中，长沟镇所在的城市发展新区将是未来北京三次产业全面发展的区域，是未来人口和产业增长最快的地区，是接受外来人口和产业最多的地区，也是未来各方面投入最大的地区。长沟镇所处的区域在未来发展中有一定的优越条件，有较大的发展潜力。

由于长沟镇紧邻河北省的涿州市，涿州的发展对长沟镇也将产生一定的影响。在《河北省城市化"十一五"发展规划》中，河北省的涿州等12个县级市将率先发展成为中等城市。预计从现在起到2020年，涿州市年城市化水平在1.5%左右。在河北省批复的涿州市规划中，涿州的城市性质确定为：以现代制造业、旅游文化休闲产业为主导的冀中北部区域性中心城市。在城市规模方面，到2010年，涿州主城区居住人口25万人，城市建设用地控制在30平方公里以内；到2020年，主城区居住人口35万人，城市建设用地控制在38.5平方公里以内。从相关规划中可以看到，紧邻长沟镇的涿州市在未来12年中，城市人口每年增加1万人左右，增加的人口和产业的大部分将来自涿州的外部区域，其中一部分来自北京市。另一方面，到2020年时，长沟镇在发展中除有可能利用北京市、房山区新城的条件外，还紧邻着河北省的一个35万人口，现代制造业和休闲产业较为发达的中等城市涿州市。

（二）房山区未来的规划以及对长沟镇发展的影响

根据长沟镇所在的《房山新城规划（2005—2020年）》，房山区在产业发展上是"以传统产业升级为基础，将积极拓展相关生产性服务业作为房山新城产业发展的重点。在第二产业中，以石油化工和新材料产业、装备制造、建材产业的生产服务为重点拓展部门，注重推动生产服务产业集群、公共服务（文化）产业集群的协同发展，积极拓展高端物流、教育研发、旅游休闲、文化创意等新兴产业，形成产业集群，促进房山整体产业结构升级"。在人口发展方面，房山新城的人口在未来12年内将从目前的37万人增长到

2020 年的 55 万人，当地城市的高速发展，人口的城市化及外来人口大量进入，使房山新城将在短短的十几年时间内从中等城市发展为初具规模的大城市，每年人口城市化的速度大约在 1.5% 左右。

在区域定位方面，房山区将区内的乡镇分别定位于新城周边乡镇组团、独立发展乡镇和生态涵养区乡镇。其中新城周边组团乡镇首先聚集未来发展中的人口和产业，独立发展乡镇为未来产业和人口的安置区，而生态涵养地区是人口向外转移的区域。长沟镇被定位于独立发展的乡镇，是未来人口和产业安置的区域，要为人口和产业的进入做好充分的准备。

（三）长沟镇发展的区位条件及发展的可能

北京城区仅有西部是山区。在北京的城市发展中，东、北、南三个方向都有较大的空间，由于西部是山区，目前已经列为生态涵养区，不但城市的人口和产业不可能向西部大量转移，而且生态涵养区的人口还要向外部转移。作为城市发展新区的房山区，虽然有接受人口和产业转移的任务，但由于房山区仅有东南部 30% 左右的面积为平原，区内的丘陵和西部的山区也要以生态涵养为主，不可能大量接受来自外部的人口和产业。根据有关规划，未来房山区的发展将主要沿京石高速公路向南推进。长沟镇位于紧邻丘陵和山区的平原上，与京石高速公路距离相对较近，交通运输条件较好，有较好的发展条件和一定的发展空间。在这一位置上，一方面可以承接部分为确保生态涵养等而从山区转移下来的人口；另一方面，也可以承接部分市区和外省市转移的产业和人口。由于长沟镇的区位和地理条件等，故在相关规划中被列为房山区未来发展的重点区域之一，能够借助北京市及房山区发展创造的外部条件加快发展速度。

（四）长沟镇周边城镇的发展条件及其影响

从长沟镇的条件及镇领导关于长沟镇发展的分析得知，长沟镇的进一步发展将在相当大程度上依赖于外部资金、技术、人才、项目等的投入，需要通过招商引资加快发展。从我国招商引资的条件看，目前，一方面国内外有大量的资金、项目需要寻找新的发展区域，北京市也有大量的项目、人口、资金在今后向市区外转移。然而与此同时，国内外也有大量的区域正在努力于招商引资，其中包括长沟镇周边的各个城镇。长沟镇是否能够得到预想的外部资金、项目等的投入既取决于当地的政策与所做的工作，也取决于与周边地区在争取外部资金、项目上的竞争优势。长沟镇要发展，需要在招商引资工作中认识与周边地区相比的优势与劣势。周边地区直接对长沟镇发展有影响的区域有：

1. 涿州市的发展条件及对长沟镇的影响。除房山新城外，涿州市是距离长沟镇最近的中等城市，也是周边招商引资力度最大的城市之一。从地理位置上，涿州城位于京石高速和京广铁路沿线的平原地区，到北京市中心区的距离与长沟镇基本相同，但从汽车行驶时间计算则要少几分钟。从地区提供的服务条件看，目前的涿州市人口为 22 万人，已经达到中等城市水平，市区拥有完备的服务设施，而长沟镇人口在 2.7 万人左右，仅能提供基本的生产和生活服务。同时，涿州市由于地处河北省，在各项政策制定上比北京更为灵活，土地的价格，特别是工业和住宅用地价格比较低。利用其区位优势和优惠的政策，近 15 年来，涿州市已经吸引了从北京扩散的一批项目，其中既有第二产业项目，也有第三产业的部分项目。在第二产业项目中含有规模较大，科技含量较高的部分项目。到 2007 年年底，涿州市的房地产业已经向北京市销售了 3000 套以上的住房，面积超过 15 万平方米。目前，针对北京市的招商引资和吸引北京人口入住仍然是涿州市的主要工作之一。近几年，涿州市市长多次做客北京电视台，为涿州市进行宣传。由于涿州位于交通主干线上，能够截留南来北往的投资和人口，同时，北京在发展规划中已经明确提出要开展京津冀合作，要带动周边区域的发展，市政府在一定程度上支持市区项目迁入河北省。北京的公共汽车，电话线路目前都直通涿州市。住在涿州市及在涿州市办企业，可以乘坐北京的公共汽车，享受北京提供的各项优惠，也可以申请安装和使用北京区号的电话，甚至所办的企业也可叫北京市某企业。除了户口的区别外，在涿州市居住和办企业已经与在北京郊区乡镇没有差别。

2. 琉璃河镇和韩村河镇的发展条件及其竞争性。这两个镇均位于比长沟镇交通更为优越的位置。其中琉璃河镇位于京石高速出口，是历史悠久的大镇，韩村河镇虽然与高速出口有近十公里的距离，但公路路面条件很好，道路宽阔，交通更为流畅，能够给外来人员留下较好的感觉。从镇开发区的条件看，琉璃河镇的工业和服务业均以传统产业为主，韩村河的工业以建材为主，如果长沟镇今后以现代工业为主要方向，周边这两个城镇难于提供有利的外部经济条件。历史上的琉璃河镇以生产水泥而闻名，环境条件至今不佳，房地产项目至今尚未启动。韩村河村借助历史上规划的良好基础设施条件启动了房地产项目，近 7 年来已经完成三期工程，总面积 10 万平方米左右，已经有大约 3 千名外来人口入住，村内建有医疗、商业及设施良好的学

校，有面积 300 多亩的公园。居住地规划良好，环境优美，空气清新。对外
来人员，特别是北京市区的退休人员有较强的吸引力。韩村河的房地产开发
目前还预留有几百亩土地，由于该地的竞争条件优于长沟镇，又处于北京市
区到长沟镇的必经之路上，使长沟镇在近十年内发展普通房地产项目会有较
大的难度。

3. 周边其他城镇的发展条件及影响。距离房山新城及京石高速公路更远
的大石窝、张坊等镇历史上也是以生产建材为主，现代制造业并不发达，不
能为长沟镇发展现代制造业提供外部经济条件。近几年，由于北京理工大学
入驻房山新城，为房山区发展现代制造业提供了优越的技术支持条件，特别
是人才培训的条件。目前北京理工大学的部分化工项目已经落户于石楼等新
城周边镇。北京理工大学近十几年来在科技开发中取得了大量的成果，如果
能够将其机电一体化的部分成果转移到房山，并选择既具有较大面积和发展
潜力，又有良好基础设施条件的开发区，有可能给长沟镇提供发展现代制造
业的新机遇。

另外，如果房山区能够借用北京郊区密云、怀柔等地的经验，通过土地
置换进一步扩大长沟镇开发区的面积，并将大石窝、张坊、十渡三个偏远山
区乡镇的农民就业基地集中于长沟镇，在长沟镇开发招商，利税归招商乡
镇，就业安排优先招商乡镇，这一做法有可能进一步扩大长沟镇现有开发区
的规模，更充分地利用现有长沟镇开发区基础设施的条件，使开发区形成较
好的规模经济，并加快房山西南地区的发展。

二　内部条件及变化的可能性

由于一个地区的发展常常是当地历史发展的延续，这一地区的历史在一
定程度上决定当地的现状，而其历史和现状又在相当大程度上影响着这一地
区的将来，故此，长沟镇的历史和现有的内部条件在决定未来发展中也起着
至关重要的作用。

（一）长沟镇支柱产业的变化

历史上，除农业外，采石业及与采石相关的产业曾经是长沟镇的主要产
业之一，采矿及以当地资源为主的建材业在 20 世纪后期的几十年中曾支持
着长沟镇及房山区经济的发展，由于采石业的收入较高，涉及人员较多，对
拉动当地其他产业也起到了明显的作用。据房山区的老同志讲，在 1990 年
前后，由于房山区矿产资源开发处在兴旺时期，当地人均收入较高，这一地

区的餐馆，歌厅等的生意曾经十分红火。进入 21 世纪后，由于北京市将生态涵养列为郊区主要任务，控制了资源开采行业的发展，长沟镇采石业基本不复存在，当地与资源开发相关的建材行业，运输业、服务业等相应萎缩。根据北京规划和环境保护等的要求，长沟镇需要完成从资源开发型产业向现代制造业和新型服务业的转型。由于当地历史上缺乏现代制造业的基础，完成这一转型的难度较大。

历史上支持长沟镇经济发展的另一支柱是集市贸易。集市贸易曾为长沟镇带来旺盛的人气，拉动了小城镇服务业的发展，并且是长沟镇设立的主要条件之一。然而，在现代商品经济条件下，传统的农村集市贸易已经开始呈萎缩的状态，参与集市贸易的人数在减少，集市贸易的金额也在减少。从市场发展的角度来看，传统的农村集市贸易是农村家庭经营的副产品，而进入 21 世纪后，我国农村经营中出现了新型的农业组织，包括农业的产业化，专业化、合作化，农业庄园等新的大规模农业商品生产组织开始出现，发展的速度很快并得到国家的支持，这些农业组织主要采取了进入批发市场，产销一体化及直接进入连锁超市，进入社区农产品批发市场等形式，使进入集市的农产品数量大幅度减少。另一方面，北京市推行的连锁超市进入农村，疏通了工业品进入农村的渠道，使大量工业品通过超市进入乡镇，部分大的行政村中目前也建立了连锁超市。在现代商业的夹击下，我国传统的集市贸易正在走向衰落，难于、也不可能振兴起来成为支持长沟镇发展的力量。我们 2007 年、2008 年数次到长沟镇大集的调查中也看到，在集市上贸易的人数并不多，农历逢一逢六的集日明显没有了往日的风采。

目前，在北京郊区农村，能够支持乡镇经济发展的新型交易形态主要是批发市场，然而，由于周边农村的专业生产能力并不强，加上长沟镇规划中的现代商贸城建设仍处在招商引资阶段，因此，我们在调查中还看不到长沟镇的传统集市向批发市场转变的迹象，长沟镇依靠新型交易形式发展商贸可能还要等一段时间。

根据北京市及房山区的规划，未来长沟镇服务业发展的主要方向是旅游文化和休闲娱乐产业，长沟镇发展这一产业虽然有良好的基础条件，但由于缺少这一产业的历史，缺乏有经验的人员和组织管理者，也缺乏相应的投资，在这一产业的发展上困难较大，旅游休闲产业发展起来可能需要较长的时间。

（二）长沟镇的基础设施条件与发展框架

从调查中我们看到，经过多年的努力，长沟镇已经形成了适宜于工业制造、人口居住和休闲旅游产业发展的基础设施条件。

为适应长沟镇从采石业向加工业的转变，经上级批准，长沟镇建起了规模较大的新世纪农民就业产业基地，基地总规划面积 2 万亩。目前已经由国道、市级公路和基地内道路共同形成三横、三纵的方格交通网络，并实现了供水、供电、供暖、污水、排水网、电信、道路及厂区用地的"七通一平"。到 2007 年，这一产业基地已经有几十个企业入驻，目前可供工业企业发展的用地还有 2000 多亩。产业基地规划是长沟镇委托北京城市规划设计研究院完成的，并已经得到了北京市的批复。从我们的调查看，这一产业基地有较大的规模，又有较高的标准，其中道路条件与我们在北京近郊区看到的区属工业开发区基本相同。设计的工业区与长沟镇中心生活区，主商业区保持了相当的距离，镇中心区可以向工业区提供生产和生活服务条件。在北京市发展用地十分紧缺的条件下，长沟镇完成的这一工业开发区为外来投资的进入创造了基本条件。

为发展旅游休闲产业，改善生活环境，长沟镇在镇中心区东北部建起了面积 1000 多亩的龙泉湖，镇中心区内建有面积 200 多亩的圣泉公园，泉水河穿镇中心区而过，中心区内绿树成荫，道路宽阔，形成北京地区少有的江南水乡特色，形成了宜居的城乡环境。

（三）长沟镇的人力资源条件

虽然长沟镇人均耕地面积仅为 0.5 亩，能安排的农业劳动力不多。如果仅有农业，镇里会有大量的剩余劳动力。但由于多年努力，目前长沟镇劳动力基本上得到了较好的安排，愿意工作的长沟镇劳动力都有各自的工作岗位，其中约有 30% 的镇内劳动力在北京市区及房山新城工作，主要从事的劳动多数为传统服务业和工业。根据我们的了解，长沟镇人在其他地区从事商业及自己办企业的人数很少。由于长沟镇历史上制造业并不发达，镇内有工业技术和工业管理经验的人员不多。目前长沟镇内的企业多数为劳动力密集型产业，对员工的技术要求不高，镇内员工缺乏现代制造业的技能。

由于长沟镇工业发展比较快，加上镇内到市区和新城就业比较容易，收入也比较高，长沟镇劳动力就业目前有较多的选择。因此，虽然目前长沟镇工业企业数量不多，但仅镇内劳动力还不能满足镇内工业发展的需要，目前还有几百名河北省劳动力在长沟镇内的企业工作，主要从事的是劳动力密集型企业的简单劳动。由于长沟镇劳动力处在基本平衡的状态，近几年进入长沟镇的新企业往往还需要大量招收外来劳动力满足企业的需求，目前外来劳动力的来源主要是邻近的河北省。从对周边地区的调查来看，河北省，特别是邻近长沟镇的河北省山区还有一定的劳动力输出能力和要求，由于河北省教育水平明显低于北京郊区，目前外来的劳动力绝大多数是初中毕业生，又由于劳动力的输出地缺乏工业企业，进入长沟镇的劳动力绝大多数没有在工业企业工作的经历，没有工业的技能和经验。根据有关方面的调查，由于20世纪河北省大量人员外出打工，加上生育人口数量的减少，河北省劳动力输出的能力在下降，未来支持北京郊区发展劳动力密集型工业产业的能力趋弱。

针对长沟镇劳动力知识和技术水平较低的问题，在新农村建设中，长沟镇投入大量资金建起了面积5000多平方米，并有多媒体教室的成人教育中心，目前这一中心经常与市区两级有关企业和学校联合，对镇内员工进行培训，长沟镇有能力提供员工培训的条件，在一定程度上能够解决劳动力技术和知识不足的问题。

（四）长沟镇的资金和当地产业发展条件

处在转型中的长沟镇工业多数为传统项目，技术含量不高，规模多数为中小型企业。目前虽然有几个外来投资的企业取得了良好的经济效益，但由于这些企业是总公司下属的加工厂，其发展需要由总公司决定，是否能在长沟镇增加投资还需要根据多种情况确定。长沟镇自办的企业数量不少，但一是规模不大；二是经济效益处于一般水平，虽然能够有一定的发展，但能力较弱。总体来说，长沟镇地税收入不高，目前能够保证镇内日常开支，并完成部分必要的基础设施建设，但没有余力投资于工业发展。从目前的情况看，长沟镇依靠现有企业扩大再生产发展必将是一个缓慢的过程，长沟镇加快发展需要吸收外部的资金、技术、人力和管理。

三　增长的需求及制约条件

进入21世纪后，北京郊区农村的中心工作已经从20世纪北京市的菜篮子、米袋子向为城市发展提供空间及良好的生态环境转变，城市的发展向北京郊区提出了新的需求，同时也有新的制约区域发展的条件。

（一）北京市未来增长的需求

根据有关规划及目前的发展趋势，在未来12年内北京市市区和新城建设还将保持较高的速度。由于对土地的需求增长较快，对占用耕地开发的限制日趋严格，近几年来，北京市区和新城周边土地的价格持续上涨，20世纪末，新城周边的土地价值在10万元左右一亩，到2007年，北京多数新城周边的土地上涨到 60 万元一亩，部分新城周边的土地上涨到 100 万元一亩，北京城区周边的土地则更高达 200 万元一亩。由于土地的短缺，当前不但一般工业项目不宜再安排在市区和新城周边，而且部分城区的第三产业也正在向周边地区转移。随着对占用基本农田控制越来越严格，北京对土地的利用也会有更加精细的计算，由于上述因素，长沟镇已有的，得到批准同时已经完成基础设施建设的农民就业基地的价值将会逐步为人们所认识，成为长沟镇发展的有利条件之一。

　　由于外来农产品的增加，北京郊区向市区提供农产品的比例正在逐步缩小，城市需要的绝大多数农产品在 21 世纪已经由国内外最有竞争优势的地区提供，与此同时，由于城市的扩大和人口的增加，居住于市区的人们到郊区休闲旅游的需求在明显增长。根据有关统计数字，进入 21 世纪后的 8 年中，北京市休闲旅游的增长保持在每年递增 20% 左右。由于在今后 12 年内北京市区人口还将增加 100 万人左右，同时北京郊区的 11 个新城中有 6 个将从中小城市发展为 50 万人以上人口的大城市，其中三个新城人口将接近百万，未来的新城人口也将产生到郊区休闲的需求。目前北京郊区具有山水风景的乡镇在假日的休闲旅游已经基本上饱和，从我们近 3 年的调查来看，北京的假日旅游人群已经拉动了周边河北、内蒙、辽宁等地的农村发展，如距离北京 300 公里的辽宁省绥中的海边农村，在夏季双休日接待的游客中 65% 左右来自北京市。由于城市人口增长产生的这一需求需要在北京郊区发展出更多的能够提供休闲娱乐的乡镇，从而为具有水乡特色的长沟镇发展提供了明确的需求条件。

　　（二）北京未来发展的主要制约条件

　　在北京市的规划中，水资源、能源、土地和环境承载能力是未来发展的四个最主要的制约因素。在世界上，人均年 300 立方水的地区属于严重缺水地区，北京市 2005 年人均水资源不足 250 立方米。根据水资源的数量，北京市水资源局在 2004 年制定北京市"十一五"规划中曾建议要将 2010 年的北京市人口控制在 1700 万人以内，而且提出这一建议时已经考虑到北京市完成南水北调后每年可以调入的近 10 亿立方米水。由于北京人口的持续增长及未来对利用地下水的限制，完成南水北调并不能从根本上改变北京缺水的局面，水源不足成为制约北京发展的最主要因素之一。因当时的统计数字有误，北京水务局的规划根据并不正确。2007 年对北京人口的实际统计表明，北京市在 2007 年 2 月实际居住人口已经达到 1701 万人。如果以现有的速度持续增长，预计到 2010 年将超过 1800 万人。由于在南水北调工程完工后的 10 年内北京市已经不可能再有大的调水工程，预计至少在 2020 年以前，北京市都将是严重缺水的状况。根据上述条件，北京市不能发展用水量大的企业，能够发展啤酒、饮料的地区除了北部的山区外，只有南部山区周边少数几个水源相对丰富的区域，长沟镇相对丰富的水资源是北京郊区乡镇中不可多得的优越条件，在未来的发展上占有一定的优势。

近几年北京城市及非农产业的发展占用了大量的土地，根据北京的规划，一方面，北京市区的人口还将增加；另一方面，在今后 12 年内，北京的新城也将保持快速发展的势头，预计在 12 年内，北京城市人口增加大约在 300 万左右，城市化及新产业的发展必然占用大量的土地，根据北京市"十一五"规划对城市发展需要的占地与北京可以开发土地的测算，北京今后在需要利用的土地方面有很大的缺口，今后的发展不可能再延用 20 世纪对土地利用的粗放方式，大规模占用耕地建立开发区的可能性极小。目前长沟镇得到规划批复的具有发展潜力的大面积工业开发区有可能在不长的时间内显示出其珍贵的价值。

根据《房山新城规划（2006—2020 年）》，"房山区长期以来以煤矿和非煤矿山为主的资源型产业，对山区、浅山区和平原区的自然生态破坏较严重，阻碍了其他更具竞争力的新兴产业的发展，破坏了城市形象。同时，燕山石化等大型石化企业，使得房山区整体产业的能耗、耗水量在全市均居前列，房山山前地区的环境质量长期徘徊"。与房山新城周边地区不同的是，长沟镇及其周边地区历史上一直没有污染的工业企业，也没有高能耗产业，城镇环境条件很好，这也为长沟镇未来发展新兴的无污染的现代制造业和旅游休闲产业提供了基本条件。

第二节　长沟镇的发展规划及未来展望

作为北京的重点城镇，长沟镇十分重视规划工作，建镇之初的科学规划为长沟镇的发展打下了良好的基础，也为未来的发展创造了有利的条件。目前长沟镇已经具有良好的基础设施条件，具有加快发展的条件。

一　长沟镇规划的历史沿革

长沟建镇后就非常重视长远发展的规划工作。1994 年被国家六部委批准为小城镇试点镇后，就已委托建设部规划研究所制定了《长沟镇总体发展规划》，《长沟镇中心区控制性详细规划》及《长沟镇工业区控制性详细规划》等。

目前长沟镇中心区和工业区基本建设的依据主要是上述规划。由于前期规划科学合理，使长沟镇基本建设有明确的依据。当前的长沟镇各功能区位置清晰，居住，商业，文教、服务等设施安排基本合理，工业与居住区既保持了一定的距离，使居住环境不受干扰，又使工业区能够方便地得到镇中心区提供的服务并有继续发展的余地。

进入 21 世纪后，长沟镇发展的各方面条件有了较大的变化，20 世纪 80 年代迅速发展的集市贸易在 90 年代后期出现明显的萎缩，加上吸引外地人口入户长沟投资工商业的发展方式因相关政策改变而不能持续；同时，北京工农业生产结构有大幅度的调整，郊区旅游休闲的需求明显呈上升趋势，而传统产业，特别是劳动力密集型产业正在逐步退出北京市，向我国的中西部地区转移。

为适应上述变化了的条件，长沟镇首先完成了《长沟镇总体规划（2002—2020 年）》和《长沟镇土地利用规划（2005—2020 年）》，设计了今后发展的方向和目标。2003 年，长沟镇又与中国城市规划设计研究院共同完成了新版的《房山区长沟镇总体规划（2003—2010 年）》。这一规划确定了长沟镇工业带动的思路，扩大了工业开发区的面积，提高了工业开发区的标准，并为长沟镇发展旅游休闲产业奠定了基础。

由于在 2004 年北京市制定的到 2020 年城市发展规划得到中央批复，依据这一规划，房山区制定了《房山新城规划（2005—2020 年）》，在规划中重新定位了房山区各个乡镇，包括长沟镇在北京市、房山区发展的定位和方向。今后，长沟镇还需要根据镇内发展的现状及北京市、房山区的新规划考虑并制定未来的发展规划。

二　长沟镇前期规划的实现程度与调整

对照长沟镇 1994 年与 2003 年制定的两个规划可以看出，长沟镇的建设基本上是根据规划安排进行的。1994 年规划中设计的，居住"区内 6 层塔楼与 5 层板式住宅相互围合成各自不同的邻里气氛"以及"在地质条件较差的范围内安排绿地和中小学操场，同时，由文化中心，中学，小学等构成相对集中的文化区域"的规划思想在长沟镇得到了较好的体现。走在长沟镇的中心街区，可以感受到这是一个经过精心设计的区域，镇中心区各个区域的安排都有深入的考虑。

在调查中我们也看到，规划既考虑了长沟镇现时的需要，同时也为将来的发展留有较充分的余地。如集中供热、自来水供应等考虑了未来人口增长的因素，而供电考虑了工业发展、人口增长及生活水平提高后对电力可能的需求。各个区域也都留有一定的发展空间，保证了在一定时间内各方面发展对占用空间的要求。由于对未来的发展考虑比较全面，在1994年制定的规划中，虽然主要思路是依据长沟镇商贸发展带动城镇建设，所做规划的工业区较小，但因为对未来发展留有较充分的空间，使2003年版规划能够在原规划的基础上扩大工业开发的面积而不致对原有建设带来较大的影响。

三　长沟镇未来发展的优势、劣势与主要制约条件

（一）长沟镇未来发展的优势

长沟镇未来发展的优势条件主要有以下几点，一是长沟镇是北京西南少有的江南水乡，有较为丰富的水资源和良好的环境条件，有优美的自然和人文景观。二是有科学规划，面积较大并得到批复的农民就业基地，这一基地目前有较大的发展空间①。三是已经完成了镇域内及开发区的基础设施建设，形成了蓄势待发的条件，外来项目可以在长沟镇迅速发展。四是镇内已有完善的生活和服务设施，能够为外来项目和人口提供全方位的生产和生活服务。五是北京市区未来产业和项目的郊区化，人口的城市化以及产业结构的调整为长沟镇接受城市转移项目提供了外来投资条件。六是房山新城的高速发展及部分市区高等院校、科研单位等落户于房山新城以及北京现代制造业的发展为长沟镇发展现代制造业提供了人才和项目的外部条件。

（二）长沟镇未来发展的不利条件

根据相关调查及与北京郊区其他乡镇条件的对比，我们认为，制约长沟镇未来发展的不利条件主要有三个。

一是交通运输相对不便。在市场经济条件下，交通运输的方便快捷对于区域的发展有着决定性的作用。在对北京郊区各乡镇的调查中我们看到，位于城区和新城周边，以及位于高速公路出口处、城市间连接线上和轨道交通

---

①　北京市海淀区的上地产业基地一期为1.8平方公里，石景山区的八大处开发区一期为0.8平方公里。作为乡镇农民就业基地，长沟镇开发区的面积已经比较可观。

线上的乡镇在接受城市项目和人口转移，发展非农产业上有明显的优势。其他区域处于劣势。长沟镇一方面与北京市区、房山新城距离相对较远；另一方面又无快速交通渠道。虽然境内的房易路路面质量很好，通向新城及高速公路口的道路基本畅通，但在北京郊区中毕竟属于交通不够方便的乡镇之一，从北京市区及新城到长沟镇所用时间较长。为此，在房山新城规划中，长沟镇被列为独立发展的小城镇，新城的扩大对长沟镇没有直接的带动作用。交通运输条件上的相对不便是长沟镇未来发展的最为不利的条件之一。

二是现有人口能力相对较低。当地及周边人口的知识、技能和经验等是决定区域经济发展的另一个重要条件。知识来源于学习，技术需要培训，而经验需要长时间的积累。从我们的调查来看，在人口的现代工商业知识、技术和经验以及现代服务业能力方面，长沟镇有明显的不足。历史上的长沟镇在采石、运石及建材生产上有丰富的知识和经验，有一定的销售传统建材的渠道，在发展和管理集市贸易上有较丰富的经验和能力，在传统工业生产上也有一定的经验，有部分人才。然而，由于房山区产业结构的调整，历史上长沟镇人曾经引以为豪的知识、经验和技术在进入 21 世纪后很难发挥作用，而长沟镇人并不熟悉的现代设施农业、现代制造业、旅游休闲产业，以及招商引资等成为发展的主要内容。长沟镇发展对人的要求不是历史经验和技术的自然延续，而是新知识、新技术、新经验的重新学习，这就使长沟镇人口在市场竞争条件下处于不利的地位。历史上长沟镇人熟悉的管理采石，管理家庭型建材生产、进行传统集市贸易的技能和经验在新时期几乎失去了用武之地，而长沟镇人不熟悉的现代制造、旅游休闲、现代商业等成为发展的主要途径，这是长沟镇未来发展的第二个明显的不利条件。

三是发展中缺乏外部经济和规模经济条件。在市场经济条件下，外部经济和规模经济条件对于地区经济的发展也有至关重要的作用。历史上长沟镇的资源开采和传统建材生产有明显外部经济条件，但新时期需要发展的现代制造业在长沟镇周边地区，包括整个房山区是薄弱的产业，外部可借用的力量有限。换言之，长沟镇目前具有外部经济条件的产业今后难于发展，而长沟镇缺乏外部经济条件的产业是北京市规划的未来发展方向，这就使长沟镇在发展中感到特别的困难。长沟镇目前的啤酒、饮料等有了一定的规模，但也因缺乏外部经济和规模经济而在发展中面临一系列的困难。在北京郊区的调查中我们看到，有些乡村由于良好的外部经济条件在发展休闲旅游产业上取得了引人注目的成绩，使这些乡镇在不长的时间走上了富裕之路。如邻近八达岭的八达岭镇，邻近十三陵的十三陵镇以及周边有大量风景点的怀北镇、雁栖镇等。长沟镇虽然有美好的风景，但在北京的知名度很低，周边虽然有知名的人文景观，但其一是与长沟镇距离较远；其二是景观的吸引力不高，也难以形成外部经济效益。长沟镇虽然有了现代工业和旅游休闲产业的萌芽，但至今规模很小，未形成规模经济条件。缺乏外部经济和规模经济效益，在市场经济条件下就难于取得优势，这是长沟镇未来发展中面临的第三个大的困难。

（三）长沟镇发展的限制因素

在长沟镇发展规划中，以下限制因素也需要考虑。

一是水的限制。长沟镇虽然号称水乡，然作为水的发源地，其水量并不丰盛。从对水量的测定来看，满足长沟镇景观设计尚有不足，用于其他方面的可能性更小。长沟镇还不可能在招商引资中引入大批用水量大的项目。同时，目前的景观已经实现了用水的基本平衡，进一步扩大用水量的可能性也不大。从目前的规划来看，长沟镇人口和工业在未来还会有明显的增长，用水量也要增加。防止泉水的枯竭，保证长沟镇景观的可持续发展可能在未来几年内就将提到长沟镇重要议事日程上。故此，在规划中还要有水资源的合理分配和利用等考虑。

二是劳动力资源的限制。历史上我国乡镇企业的发展，包括东南沿海地区多数城市经济的发展在很大程度上依靠的是当时普遍存在于各地的剩余劳动力资源。发展劳动力密集型企业，依靠低工资，低成本快速扩张曾是全国各地经济的主要发展模式。但从长沟镇的现时来看，到 2007 年，长沟镇已经基本实现了愿意就业者均有业可就，农业中剩余劳动力也基本不复存在，近几年长沟镇企业发展在一定程度上需要引入外来劳动力。另从长沟镇周边情况看，目前河北省剩余劳动力也已经不多。从我们对北京其他区县乡镇的调查来看，2005 年起，部分乡镇的劳动力密集型企业已经出现了招工难等问题。考虑到我国东部沿海大量劳动力密集型企业正在向中西部地区转移，加上我国新农村建设力度加大等因素。长沟镇在 21 世纪继续发展劳动力密集型产业的可能性较小。再从发展规划角度看，北京已经确定了在房山区发展现代制造业，而现代制造业不但对资金、技术有较高的要求，而且对劳动力的知识和技术能力也有较高的要求。目前长沟镇及其周边缺乏能够满足发展现代制造业所需要的劳动力，这也是未来发展的一个重要限制因素。

三是城镇规模的限制。现代制造业不但需要大量的资金和技术，需要知识丰富并接受一定培训的技术工人，而且需要有方便的生产、生活服务和外部协作条件。对于外部协作条件，我们在前面已经进行了分析。根据调查，在发展现代制造业方面，目前长沟镇可能借助的资金、技术等只能来源于北京市区、房山新城及其开发区。由于距离相对较远，借助这些条件有一定的困难。另一方面，根据北京的发展规划，未来 12 年内，北京将重点发展郊区新城，"十一五"时期是顺义、通州和亦庄三个新城，到 2020 年，其他 8 个新城也要加快发展。从房山区规划的重点来看，新城及其周边的区属开发区是区内发展的重点。在这样的条件下，今后一个时期，北京市的人口和资源将主要向各个新城及周边开发区集中，房山区人口和资源将主要向区内新城及区属开发区集聚。长沟镇在这一时期大量集聚人口，扩大规模的可能性较小，这也在一定程度上会限制近期现代制造业等在长沟镇的发展。

四　长沟镇规划的发展目标

根据长沟镇现有基础，发展条件并考虑未来发展的限制因素，长沟镇党委、政府认为，通过努力工作，发挥现有优势，克服不利因素可以实现长沟镇的长期发展。长沟镇发展的目标在近几年镇各次会议上已经十分明确，并在镇中心区以大字标语向社会公示，即在未来将长沟镇建设成为"富裕、生态、魅力、和谐"的新型小城镇。

（一）产业发展目标

产业发展目标是决定长沟镇未来是否能够实现富裕的主要决定性因素。进入 21 世纪后，长沟镇已经确立了现代工业和旅游休闲这两大项目。

为发展现代工业，长沟镇已经完成了 4.6 平方公里的农民就业基地的基本建设，今后工作重点将转向招商引资活动及支持外来落户企业的发展。从目前我国各开发区的情况看，2005 年，开发区每平方公里实现的产值在 20 亿—100 亿元之间。即使是以底线计算，在当前建设的开发区能够全部利用后，有可能使长沟镇进入百亿元小城镇的行列。故此，长沟镇已经确立要"坚持引进强镇战略不动摇"。牢固确立"只有招商引资才有出路[①]"的理念，并为此安排其他方面的工作。

在旅游休闲方面，长沟镇已经具有了初步的发展条件，经过多年努力，在镇中心区及周边形成了北国江南的景色。2007 年，北京已经在多次会议上

---

① 长沟镇党委书记王占勇 2007 年年度总结，摘自长沟镇网站。

确定，首都西南部地区要积极发展休闲娱乐产业，着力推动重大新产业项目落户。房山区也已经明确，要积极推进长沟龙泉湖休闲度假区等重大旅游项目实施。市区两级政府的支持和明确的态度为长沟镇发展休闲旅游提供了良好的外部条件。由于长沟镇发展这一产业的历史短，既缺乏经验，又缺乏人才，通过引进合作者可能是加快这一产业发展的有效途径。根据其他乡镇的经验，旅游休闲不但能够带来一定的收入，而且能够加大当地与外界的交流，有利于配合招商引资，吸引现代项目进入长沟镇。

（二）城镇建设目标

在工业和旅游休闲项目发展后，长沟镇的人口将有所增加，城镇建设也将进一步发展。根据北京郊区其他开发区的现有情况推断，在长沟镇顺利完成 4 平方公里开发区的招商引资工作，实现开发区百亿现代工业产值的条件下，假设工业开发区的人员 60% 居住在长沟镇，加上为开发区服务的人员等，到 2020 年长沟镇将增加 2 万人左右的居住人口，再加上部分现有农村人口进入镇中心区，到 2020 年镇中心区的人口在 4 万左右。考虑到土地的有效利用，届时长沟镇将出现一批高层的楼房，增加更多的商业、娱乐和生产、生活服务设施。长沟镇将成为居住环境良好、生活服务完善的新型小城镇。

2008 年，北京市政府进一步明确了要加大对市级中心镇扶持的力度，同时明确了生态建设向京西南转移，北京市政府的发展方针将为长沟镇小城镇建设提供政策支持和资金保障。

（三）人民生活水平目标

2007 年，北京市人均 GDP 超过 7000 美元，职工人均年收入近 4 万元，城市人均可支配收入超过 2.2 万元。同年长沟镇人均收入超过万元，人均 GDP 约 3300 美元，虽然在房山区小城镇中名列前茅，但与北京市还有明显的差距。产生差距的主要原因是长沟镇目前的生产基本上还处于传统的方式，还没有转入现代生产的轨道，劳动生产率还比较低，特别是农业人口的劳动生产率还很低，镇内服务业比例虽然较高，但明显缺乏现代高档次的服务业。如果能够在近 7 年内通过招商引资完成工业园区的开发，将长沟镇生产转入现代制造业的轨道，同时现代服务业的旅游休闲业能够按目前的设想得到发展，加上奥运会后北京对新农村支持的力度加大，农业转入现代农业等因素。预计长沟镇经济的增长速度将高于北京市的平均水平，到 2020 年时长沟镇的人均收入将超过北京城区 2008 年的平均水平，农民年人均收入超过 2.5 万元，地区人均生产总值超过 7000 美元。同时，长沟镇城镇化水平从目前的 40% 提高到 70% 以上，镇域内绝大多数人口将进入中心区，长沟镇的居民生活水平也将进一步提高，2020 年时全镇家庭汽车的拥有量达到 20 世纪 70 年代日本农村的 50% 家庭拥有汽车的水平，农村居民也会像 20 世纪 70 年代的法国农村那样，大部分居民开着自己的汽车到镇上和城里上班。

2020 年时，北京的城市郊区化进程将进一步加快，到郊区居住、工作和生活的城市人口持续增长，长沟镇将会成为北京城市居民向往的工作和居住地之一。

根据现有条件，预计到 2020 年长沟镇居民的人均收入仍仅为城区居民人均收入的 65% 左右，与城市中心区的差距还会比较明显，进一步提高当地的生产效率和服务能力，提高收入和生活水平仍将是 2020 年以后长沟镇发展的主要目标之一。

第三节　展望长沟镇农村

北京的农村经济有两种类型，部分乡镇村级经济十分活跃，行政村中的产业发展和农村建设成效显著，发展方向和目标明确，有很强的自我发展能力。同时也有一些乡镇，乡镇级经济力量很强，发展较快，而村级发展的力量相对较弱。无论是从统计数字还是我们的实地调查都可以看到，长沟镇明显属于后一种类型。由于长沟镇是重点小城镇，在未来的发展中，有可能统一规划全镇的发展，通过中心区的镇域经济带动全镇收入和生活水平的提高。

一　现有农村产业现状及发展面对的问题

进入 21 世纪后，长沟城镇建设的速度较快，占用了部分耕地，农村人均耕地的数量进一步减少，加上城镇和工业区的配套工程等，使水稻种植的面积减小，虽说长沟镇有长期种植水稻的历史，农民有丰富的种植经验，水稻单产也比较高，然而由于缺乏规模，种水稻的农民仅能够保证温饱，收入很难提高。在农民收入中所占的比例可能将进一步缩小。

长沟镇近几年在丘陵坡地上大力发展薄皮核桃种植取得了明显成效。到 2007 年，薄皮核桃的种植面积超过 3000 亩。根据其他地区的经验，在种植良好的条件下，薄皮核桃的亩产可以在 300 公斤左右，亩收入能够达到 5000

元左右，发展的这一品种能够在一定程度上提高长沟镇大部分丘陵坡地农村的收入，但长沟镇拥有的适合于种植核桃的坡地也不多，发展薄皮核桃可以使农民脱贫，难于使全镇农民致富。

长沟镇山中仅有一个行政村，目前人口为 600 人左右。由于北京山区主要的任务转向生态涵养，山村工作受到各方面的重视与支持。近几年，长沟镇的山村——三座庵的生态涵养工作得到了房山区畜牧水产服务中心与中国烟草总公司、中国绿化基金会等单位的支持，在山区中建立了生态示范林，部分村民每月有 400 元的护林费。开始发展工厂化的肉鸡养殖，农民的收入有所增长。但山村中生态涵养是主要任务，农村产业的发展受到一定的制约。

在上述项目发展的同时，长沟镇近几年来发展了蘑菇种植及设施农业等占地少，投资大，收效高的现代农业项目，进一步提高了农民的收入。由于长沟镇地形复杂多样，农产品品种多，目前尚未形成生产的规模化，专业化，各种产品生产的数量较少，市场知名度较低，在镇内发展农产品加工也有一定的难度。

受采石、建材等行业衰落的影响，历史上曾给长沟镇北正、黄元井、六甲房、坟庄等村带来可观收入的建材生产等目前基本上不复存在，农村企业中虽然有少量新项目，但无论是在农村经济中的比例还是将来发展的潜力都不足。除了镇中心区的坟庄、东西长沟及沿村外，其余行政村中有发展潜力的企业不多，村集体经济力量不强，非农产业比例较小，产业发展的难度较大，目前通过自我积累使农村经济发展的能力较弱。

二　农村基本建设现状及发展

虽然历史上的长沟镇建有皇帝的行宫，并有历史悠久的农村集市，但由于镇内农民收入普遍不高，对古建筑的保护不力，目前全镇已经没有知名的古建筑，农民住房质量也不高。当前的长沟既缺乏古镇风貌，也缺乏有文化特点的民房。长沟镇各村农民的住房多以砖瓦和石块为主，仅能解决遮风避雨等问题，尚不能提供保温，生活舒适等条件。无论是从历史的价值还是从现代生活方便的角度，长沟镇农村目前的住房条件都不适宜发展农村旅游项目，多数住房没有保留的价值，在未来建设中需要对现有住房进行大规模的改造。

从农民的基本生活看，长沟镇多数行政村基本做到了饮干净水，走平坦路，但农民冬季取暖还是个大问题。历史上长沟镇农村冬季取暖的条件就比较差，改革开放后，随着收入水平的提高，部分农民开始在冬季烧煤取暖，但房间的温度也不高，从实际调查的情况看。由于 2005 年以后京郊煤炭价格上涨较快，而农民收入较低，使原来冬季取暖条件较差的农村取暖更为困难。我们冬季实际测试农民家庭在白天的温度，绝大多数农民住房冬季的室内温度低于 16℃（16℃是北京市区集中供热的最低标准），多数农民冬季的室内温度低于 11℃。在基本生活方面，这也是目前北京城乡最为显著的差别。针对这一问题，北京市曾提出要使农村"亮起来，暖起来，循环起来"。并进行了大量的努力，但一直缺乏有力措施，农民冬季住温暖房可能还需要10 年以后才能实现。

从 20 世纪 80 年代起，北京市就十分重视农村的基础设施建设问题，到目前，长沟镇已经实现了所有农村通硬化路，所有农村通自来水，2007 年部分农村有了路灯。从我们到镇中各村的情况看，道路、供水、供电及村中垃圾处理都达到较高的标准，村中保持了清洁整齐，大部分农村安了健身器材，部分试点村，如北正村还安装了数字电影放映设备，坟庄村建起了健身广场、文体大院，以及太阳能浴池等。为了节省土地发展休闲旅游，沿村还建起了楼房，改善了农村的住房条件。

新农村建设给长沟镇农村带来了明显的变化，农民的生活条件和生产条件有了大幅度改变。但在长沟镇的 18 个行政村中，列入市、区两级的 5 个新农村试点的行政村近三年变化较快，同时，镇中心区及周边村各方面条件较好，目前还有 10 个左右的行政村虽然生产和生活的基本问题得到了解决，但农村面貌仅依靠村内的力量难于进一步改变，农民收入难以进一步提高，农民与城镇居民收入差别较大，与城区收入差别十分明显。当前长沟镇多数农民生产和生活还没有转入现代化的轨道。

另外，目前长沟镇新农村建设的试点虽然取得了一定的成绩，有了很大的变化，但由于新农村建设中主要是依靠外来投入对农村的改造，而农村自我发展能力没有得到明显的增强，下一步如何扩大新农村建设取得的成就还是个问题。从长沟镇的情况看，解决行政村的问题主要依靠各级增加投入，这种新农村建设模式何时能够普及到镇上的全部农村，是否能够长期坚持，目前无论是农民还是镇政府工作人员都存有一定的疑问。从长沟镇农村制定的发展规划中也可以看出，制定规划的人员对各村的问题看得比较明确，对农村基础设施建设的规划也可圈可点，唯农村的产业发展缺乏亮点，从中也反映了长沟镇农村产业发展的难度。

三　新农村发展的设想

当前长沟镇农村的劳动力流失非常明显，接受中专以上教育的农村劳动力，中青年男劳动力和年轻的妇女劳动力几乎全部进入城镇或城市打工，留在农村的主要是老年和中年以上妇女劳动力及部分 50 岁以上的男劳动力。依靠现有农村劳动力和农村自身的条件发展现代产业非常困难，几乎是不可能的，新农村建设和发展需要有新的思路。

长沟镇中心区发展潜力大，条件好，有可能接受北京市区和房山新城的辐射，在城市带动下加快发展。长沟镇农村虽然规模小，接受外来辐射的能力弱，但与镇中心区关系紧密，有可能在长沟镇中心区的带领下发展。从长沟镇各村的条件来看，在分散的农村中发展新产业的难度很大，但集中于镇中心区发展有一定的优势。

根据东亚地区农村发展的经验，农民兼业是提高收入的主要途径之一。如果设想的长沟镇工业开发区能够按预想的进度得到开发，一方面，工业区内将有一定的工作岗位，特别是企业中的服务性工作可以由兼业的农民完成；另一方面，工业区的发展，城镇人口的增加也将带来大量的服务性就业机会，如餐饮、洗衣、美容、美发、家政、商业、运输等，这些服务性工作的投资少，技术要求低，时间比较灵活，也适合于兼业的农民。如果这些发展起来，在 10 年左右时间，有可能使农民兼业收入超过农业收入，从而在现有条件下使农村收入得到提高，生活条件得到根本性改善。

长沟镇旅游休闲业的开发也将给农民带来大量兼业机会。如果能够借助于目前长沟镇的水乡条件吸引一定数量的休闲农庄的投资，在长沟镇发展一批休闲旅游的项目，也有可能为农民的兼业带来大量的机会。旅游休闲需要的服务人员集中于节假日工作，与家庭农业在劳动时间上的矛盾不大。由于长沟镇目前农业普遍规模较小，实行这种兼业有可能在不降低农业收入的条件下提高农民的收入。

目前长沟镇 18 个村中，有 5 个在镇中心区，这 5 个村农民的兼业非常方便，上班地点与在村内没有多少差别。18 个村中最远的行政村骑自行车到镇中心区也仅需要 40 分钟，考虑到目前农民普遍购买了电动自行车、摩托车等交通工具，在长沟镇兼业的农民上班、住宿都没有问题，农村发展的关键是镇中心区的招商引资及旅游休闲的项目能否落实，长沟镇能否尽快实现从传统产业向现代产业的转变，是否能够在今后 7 年左右的时间内，提高劳动的效率和服务的档次。

另外，虽说新农村建设不是新村建设，新房不等于新村，但对于发展旅游休闲业的农村来说，农村的新房是非常重要的，有可能是决定农村旅游业发展的最主要因素。由于到农村旅游休闲的主要是城市的中高收入人群，这些人要求的生活条件有着提高的趋势。如我们在对北京及周边的农村调查中了解到，多数城市旅游者选择食宿的标准并不是收费较低的农房，而是外观漂亮、有档次、干净卫生的住房。为了吸引外来旅客，不少农村想方设法提高住房的质量，从盖平房转向主要是盖楼房，从盖一般的小楼，到盖小洋楼。从对旅游者的调查中也可以看到，吸引游客到郊区的，既不是农家饭，更不是农家大炕，也不是农民的生活方式，而是郊区的环境、风光及农村生活的情趣。长沟镇要发展农村休闲旅游，不但需要有一批外来投资兴建的项目，而且需要从根本上改变农村的住房条件、生活条件，并通过规划，使其能够满足外来旅游者休闲消费的需求，这样，一方面有利于根本改变农村的面貌；另一方面，也有可能使长沟镇的部分农村通过发展休闲观光旅游提高收入，形成盖新房增加收入，增加收入盖新房的良性循环，从而使部分农民找到增加收入的致富道路。

后　记

2006 年，当中国社会科学院继续开展大规模的国情调研时，我们选择了北京市房山区的长沟镇作为调研对象。北京作为首善之区，其郊区的乡镇也具有特色。而长沟镇无论其地理条件、产业结构，还是其环境保护、可持续发展等，都值得研究和探索。

当该课题立项以后，经济所就知道要搞好这次国情调研，必须借助北京市的科研力量，并获得长沟镇党政部门的支持和配合。于是在 2006 年年底，由经济所牵头和立项，邀请北京农业职业学院参加课题组共同开展调研工作。随后，经过经济所、农业职业学院和长沟镇三方领导协商，对这次调查的意义与合作达成共识，支持课题组全力做好这次调研工作。调研工作经过比较充分的准备，于 2007 年 8 月正式启动，课题组开始了调研写作。经过一年多的时间，其间经过补充调查，数易其稿，终于达到了预期目标。经过三易其稿，多次修改，并补充上 2007 年的最新数据后，终于在 2008 年 9 月拿出了现在这部书稿。尽管仍然不尽如人意，但是的确已经是我们尽力而为、形成共识的成果。

中国是一个历史悠久的大国，而目前经济发展的不平衡和正处于经济和社会的转型期，使得中国的国情愈加显得博大深厚，我们以长沟为个案的调研以及写出的这部报告，只能说是对国情的管窥蠡测，是一次比较肤浅和局部的认识，希望能够得到读者的批评指正。此外，我们还打算将这个调研继续进行下去，以获得进一步的研究成果。同时，我们在这里还对支持和帮助过我们调研工作的单位和同志表示衷心的感谢！

本书写作分工如下。

第一章：马俊哲、肖金科；

第二章：赵学军；

第三章：隋福民；

第四章：石建国；

第五章：赵学军；

第六章：鄢毅平；

第七章：钱　静、吕天禄；

第八章：吴俊丽；

第九章：陈峰岩、钱　静；

第十章：马俊哲、李　凌；

第十一章：张耀川、王秀清、王　新；

第十二章：蔡丹阳；

第十三章：蔡丹阳；

第十四章：鄢毅平。

武力、马俊哲、赵学军进行了调查提纲的设计和统稿，隋福民也参加了统稿工作；马俊哲组织了研究过程中的调查和写作协调工作；王春年组织了实际素材与资料的提供工作；长沟镇的分管领导和职能科室、有关单位提供了相关素材，并对相关内容进行了审读，提出了修改意见；李仲、吕天禄对全部书稿进行了最后的审定把关。在此，对其所付出的辛劳，一并表示谢忱！

著　者

2008 年 9 月 23 日